LE PROBLÈME À TROIS CORPS

"Exofictions"

Titre original :
San Ti (三体)
Éditeur original :
Chongqing Publishing House Co., Ltd., Chongqing
© Liu Cixin (刘慈欣), 2006
French translation rights authorized by China Educational
Publications Import & Export Corp., Ltd.

© ACTES SUD, 2016
pour la traduction française
ISBN 978-2-330-07074-8

LIU CIXIN

Le problème à trois corps

roman traduit du chinois
par Gwennaël Gaffric

ACTES SUD

I

UN PRINTEMPS SILENCIEUX

1

LES ANNÉES DE FOLIE

Chine, 1967.

L'assaut de l'Union rouge contre le quartier général de la brigade du 28 Avril durait depuis déjà deux jours. Tout autour de l'édifice, les drapeaux de la brigade claquaient au vent, telles des torches attendant d'être ravivées.

L'officier en chef de l'Union rouge était terriblement inquiet, non qu'il ait peur des miliciens en faction dans la tour – les deux cents et quelques hommes de la brigade du 28 Avril ne pesaient pas bien lourd face aux gardes rouges de l'Union, fondée au début de l'année 1966 et dont la puissance économique et militaire était sans rivale. Ce qu'il craignait, c'étaient les quelques dizaines de fours de métal en fusion entreposés à l'intérieur du bâtiment. Ceux-ci, reliés par des détonateurs électriques, étaient pleins à ras bord d'explosifs. Il ne pouvait les voir, mais il pouvait sentir leur présence magnétique. Un doigt sur un bouton et tous seraient réduits en cendres.

Les jeunes gardes rouges de la brigade du 28 Avril étaient capables d'une telle folie. Par comparaison avec les vétérans qui avaient mûri à mesure qu'ils affrontaient les tempêtes, cette génération de rebelles était une meute de loups cavalant sur des charbons ardents. Plus fous que la folie elle-même.

Une silhouette gracile émergea au sommet de la tour, celle d'une belle jeune fille brandissant un grand étendard sur lequel on lisait "28 avril". Son irruption fut accueillie par une volée de coups de feu. C'était un cocktail hétérogène d'armes : des vieilles carabines à l'américaine, en passant par des ZB-26 tchèques, des Arisaka Type 38, jusqu'à des armes plus récentes, comme des fusils d'assaut et des pistolets-mitrailleurs – ces derniers avaient été dérobés à l'armée au lendemain de la parution de "L'éditorial d'août*". On trouvait même des armes blanches comme des coutelas et des lances, qui formaient avec les armes à feu un véritable condensé de l'histoire moderne...

Les miliciens de la brigade du 28 Avril connaissaient la chanson par cœur. Outre l'étendard, le camarade perché sur le toit se servait parfois d'un haut-parleur pour vociférer des slogans ou bien il lançait des tracts au pied du bâtiment. Chaque fois, ceux qui parvenaient à sortir indemnes de la pluie de projectiles étaient couverts de gloire.

La fille qui venait d'apparaître sur le toit croyait sans doute qu'elle connaîtrait aujourd'hui le même destin. En secouant ce drapeau de guerre, c'était son adolescence passionnée qu'elle agitait. L'ennemi serait bientôt consumé par les flammes et demain, un monde idéal jaillirait de son sang bouillonnant... Alors qu'elle s'enivrait de ce triomphal rêve écarlate, la balle d'un fusil lui transperça le corps.

La poitrine de cette jeune fille de quinze ans était si frêle qu'elle ne freina même pas la vitesse du projectile qui, une fois passé au travers, émit un sifflement dans son dos. La jeune garde rouge s'écroula en même temps que son drapeau, mais sa silhouette délicate s'effondra moins vite que l'étendard. Elle plana jusqu'au sol, comme un oisillon amoureux du ciel.

Les gardes rouges de l'Union tirèrent des salves de joie. Certains grimpèrent jusqu'au toit de la tour, où ils arrachèrent l'étendard de la brigade du 28 Avril et brandirent fièrement la dépouille de la milicienne comme un trophée de guerre, avant de la lancer depuis cette hauteur jusqu'au portail en fer de la grande cour.

Les barreaux aux extrémités pointues des grilles métalliques du portail avaient été arrachés pour servir de lances au début

---

* En août 1967, la revue *Le Drapeau rouge* publia un éditorial intitulé "Débusquer les contre-révolutionnaires au sein de l'armée" qui contribua à la flambée des attaques et des pillages des armureries et des poudrières nationales, provoquant une explosion des conflits entre différentes factions de gardes rouges à l'échelle de tout le pays. *(N.d.A.)*

du combat. Il n'en restait plus que deux sur lesquels la jeune garde rouge vint par malchance s'empaler. L'espace d'un instant, la vie sembla regagner ce corps gracieux.

Les gardes rouges de l'Union firent quelques pas en arrière et mitraillèrent le corps suspendu de la fille comme une cible d'entraînement. Ce feu nourri de balles fut pour elle aussi doux que la pluie, elle ne ressentait plus rien, ses bras se soulevaient par moments telles des branches de lierre, comme si son corps était balayé par des gouttes de pluie, jusqu'à ce qu'enfin la moitié de sa jeune tête se détache et qu'il ne lui reste plus qu'un œil, magnifique, en train de contempler le ciel bleu de cette année 1967. Un regard où la souffrance était absente et où ne demeuraient plus qu'un espoir et une ardeur inflexibles. Elle avait en réalité eu plus de chance que les autres : elle, au moins, avait sacrifié sa vie au plein cœur d'un épisode de passion idéaliste.

Ce fanatisme s'empara de la ville entière, comme si des processeurs fonctionnaient en parallèle. La "Révolution culturelle" était devenue un seul et unique combat. Un déluge informe et frénétique s'abattait maintenant sur la cité, s'engouffrant dans la moindre brèche, se faufilant dans le moindre recoin.

Aux confins de la ville, sur le terrain de sport d'une université, une séance de critique publique à laquelle assistaient plusieurs milliers de personnes avait commencé depuis près de deux heures. En ces temps où coexistaient de multiples factions, des conflits complexes éclataient partout entre différentes obédiences. Rien que sur le campus, des hostilités brutales opposaient gardes rouges, membres du Groupe de travail de la Révolution culturelle, miliciens de la brigade de propagande des travailleurs ou de la brigade de propagande des soldats. Chaque groupe finissait souvent par imploser et donnait naissance à de nouvelles coalitions internes qui revendiquaient chacune des principes et des programmes uniques. Leurs antagonismes déchaînaient des actes d'une cruauté plus infâme encore. Ils partageaient pourtant un ennemi commun : l'Autorité académique réactionnaire, si bien que les malheureux qu'on disait appartenir à cette tendance devaient endurer des attaques féroces provenant de tous côtés.

Les membres de l'Autorité académique réactionnaire possédaient des particularités qui les distinguaient des autres adversaires malfaisants de la révolution. Lorsqu'ils avaient été attaqués, leur première réaction avait été de répondre avec orgueil et ténacité, mais c'était cette attitude qui leur avait valu le plus d'exécutions. Rien que dans la capitale, en l'espace de quarante jours seulement, plus de mille sept cents personnes furent battues à mort au cours de séances de critique publique. Pour échapper à cette folie, beaucoup d'entre eux choisirent une voie plus rapide : Lao She, Wu Han, Jian Bozan, Fu Lei, Zhao Jiuzhang, Yi Qun, Wen Jie, Hai Mo et tant d'autres décidèrent de mettre eux-mêmes un terme à des vies autrefois très estimées.

Ceux qui avaient survécu à cette étape devenaient progressivement insensibles aux coups répétés de fureur révolutionnaire ; c'était comme s'ils avaient développé une carapace spirituelle qui les protégeait d'un effondrement final. Lors des séances de critique publique, ils plongeaient dans un état de demi-sommeil que seules les menaces vociférées à leur encontre étaient à même de secouer, ils répétaient mécaniquement un nombre incalculable de fois les mêmes aveux. Puis, le moment venait pour certains d'entre eux de passer à la troisième étape : après une séance de critique ayant duré jusqu'au soir, la glorieuse idéologie politique de la révolution se déversait comme du mercure dans leur conscience, ébranlant les fondations d'un édifice intellectuel jadis façonné par le savoir et la raison. Ils se mettaient à se croire effectivement coupables, constataient les dégâts qu'ils avaient véritablement causés à la grande cause du peuple, et ils pleuraient de douleur. Les confessions des intellectuels étaient toujours beaucoup plus profondes et sincères que celles des autres ennemis de la révolution. Mais pour les gardes rouges, les adversaires qui parvenaient jusqu'aux deux dernières étapes manquaient de piquant. Seuls les dangereux ennemis qui restaient bloqués à la première étape étaient capables de susciter une ferveur dans leurs esprits depuis longtemps fanatisés. Ces adversaires étaient des morceaux de tissu rouge agités par un matador, mais ils se faisaient de plus en plus rares.

Il n'en restait plus qu'un seul dans cette université, un professeur dont la rare intransigeance lui avait valu l'honneur d'être le dernier convoqué en séance de critique publique.

Ye Zhetai avait survécu à la Révolution culturelle jusqu'à ce jour et il en était toujours à la première étape : non seulement il refusait de reconnaître ses crimes, mais il ne s'était pas donné la mort et n'était pas devenu insensible aux accusations portées contre lui. Lorsque le professeur de physique arriva à la barre, l'expression dans son regard disait clairement : Alourdissez encore ma croix! Mais si le fardeau que les gardes rouges lui faisaient porter était en effet écrasant, ce n'était pas une croix. Les personnes condamnées à des séances de critique publique devaient en temps normal être coiffées d'un haut chapeau tressé en bambou, mais le sien était en acier soudé. Il portait aussi une pancarte sur sa poitrine, pas en bois comme d'ordinaire, mais une plaque en fer qui n'était autre que la porte du four de son laboratoire, barrée en diagonale d'une grande croix rouge et sur laquelle était écrit son nom en caractères noirs clinquants.

Les gardes rouges qui escortaient Ye Zhetai étaient deux fois plus nombreux que d'habitude : ils étaient six, deux garçons et quatre filles. Les deux garçons marchaient d'un pas sûr et soutenu, leur apparence était celle de jeunes bolcheviks aguerris. Tous deux étaient en quatrième année de licence de sciences physiques, mention "physique théorique", et par ailleurs anciens étudiants de Ye Zhetai. Les quatre filles, beaucoup plus jeunes, étaient élèves de deuxième année du lycée affilié à l'université. Ces petites combattantes vêtues d'un uniforme serré à la taille par une ceinture militaire irradiaient de l'énergie bouillonnante propre à l'adolescence. On aurait dit quatre braseros verts encerclant Ye Zhetai. L'apparition de ce dernier provoqua l'embrasement de la foule qui se trouvait sous la tribune et les slogans que l'on rechignait à clamer quelques instants plus tôt résonnèrent de plus belle, comme une marée emportant tout sur son passage.

Après avoir patiemment attendu la fin de ce déferlement, les deux garçons debout sur l'estrade se tournèrent vers l'accusé :

— Camarade Ye Zhetai, vous êtes un expert en sciences mécaniques, vous devez bien vous rendre compte que la force unie contre laquelle vous résistez est si puissante que si vous continuez à vous obstiner, elle vous conduira à la mort! Nous allons aujourd'hui reprendre la séance là où nous nous étions arrêtés la dernière fois. Ne perdons pas de temps en palabres. Professeur Ye, répondez à la question suivante : de 1962 à 1965, lors de vos cours d'introduction à la physique, avez-vous, oui ou non, donné sans permission un grand nombre d'informations sur la théorie de la relativité?

— La théorie de la relativité est un principe de base des sciences physiques, comment pourrais-je ne pas en avoir parlé durant mes cours de physique fondamentale? répondit Ye Zhetai.

— Menteur! hurla une jeune garde rouge à côté de lui. Einstein était un représentant de l'Autorité académique réactionnaire! Et, comme les mauvais esprits se rencontrent, il est parti fabriquer la bombe atomique pour les impérialistes américains! Si nous voulons fonder une science véritablement révolutionnaire, il nous faut d'abord mettre à bas le pavillon noir de la théorie de la relativité qui représente les intérêts de la classe bourgeoise!

Ye Zhetai garda le silence, il encaissait la souffrance de devoir porter une coiffe de métal et une plaque sur la poitrine, restant muet aux questions qui ne méritaient aucune réponse. Dans son dos, ses étudiants fronçaient les sourcils. La jeune fille qui venait de prendre la parole était la plus sagace des quatre jeunes gardes rouges. Elle avait manifestement préparé sa tirade, car il l'avait vue un peu plus tôt répéter derrière la tribune. Cependant, pour affronter Ye Zhetai, il ne suffisait pas d'ânonner des slogans. Aujourd'hui, ils avaient choisi de faire usage d'une arme nouvelle pour vaincre le professeur. Une jeune garde rouge fit un signe de main à quelqu'un dans l'assistance.

Assise au premier rang, Shao Lin, épouse de Ye Zhetai et collègue de celui-ci dans la faculté de sciences physiques, se leva et monta sur l'estrade. Elle était affublée d'une veste vert gazon qui ne lui allait pas du tout, mais qui se voulait tout proche de la couleur des uniformes des gardes rouges. Cependant, pour tous ceux qui avaient connu Shao Lin et savaient qu'elle aimait dans le passé se vêtir d'élégantes robes mandchoues, cet accoutrement paraissait saugrenu.

— Ye Zhetai! cria-t-elle à l'adresse de son époux.

Il était évident qu'elle n'avait guère l'habitude de ce genre de spectacle, et élever le ton lui coûtait des efforts, au point même que les trémolos dans sa voix avaient redoublé d'intensité.

— Tu ne t'imaginais certainement pas que je me dresserais devant toi aujourd'hui pour te dénoncer et te critiquer, n'est-ce pas? Oui, tu m'as autrefois bernée, tu m'as aveuglée avec ta vision réactionnaire du monde et de la science! Mais j'ai ouvert les yeux à présent! Grâce à l'aide des petits généraux de la révolution, je me tiens désormais du côté de la révolution, du côté du peuple!

Elle se tourna vers l'assistance :

— Camarades! Petits généraux de la révolution! Vous tous, personnels et éducateurs révolutionnaires! Nous devons prendre conscience de la nature réactionnaire de la théorie de la relativité d'Einstein. Son aspect réactionnaire est encore plus explicite pour ce qui est du principe de la relativité gravitationnelle! Il propose un modèle statique de l'univers et nie la nature dynamique de la matière. Cette théorie est antidialectique! Elle prétend que l'univers a des limites, ce qui n'est autre chose que de l'idéalisme réactionnaire…

En entendant son épouse déverser son éloquent discours, Ye Zhetai eut un sourire amer :

— Lin, je t'ai donc aveuglée? À dire vrai, tu as toujours été une énigme pour moi. Un jour, j'ai loué ton intelligence devant ton père – il a d'ailleurs de la chance d'être déjà parti, cela lui épargne d'être aujourd'hui témoin de ce désastre –, il a secoué la tête et m'a affirmé que sa fille n'apporterait jamais aucune contribution à la science. Puis, il a prononcé cette phrase qui s'est gravée en moi pour le reste de ma vie : "Lin est trop intelligente. Pour réussir dans le domaine des théories fondamentales, il faut être stupide." Les années ont passé et je n'ai cessé de méditer la signification de cette phrase. Lin, tu es trop intelligente. Voilà déjà quelques années que tu as senti le vent politique tourner dans le monde académique. Tu as assuré tes arrières, par exemple en changeant dans tes cours les intitulés des paramètres et des lois de la physique : la loi d'Ohm est devenue la loi de la résistance électrique, les équations de Maxwell sont devenues les équations électromagnétiques, la constante de Planck est devenue la loi des quanta… Tu expliques à tes étudiants que les résultats de la science ne sont que la cristallisation de la sagesse des masses laborieuses, que les autorités académiques réactionnaires ne faisaient que dérober les fruits de cette sagesse. Mais malgré ton zèle, tu n'as toujours pas été admise dans le courant révolutionnaire, regarde-toi maintenant, tu ne portes même pas sur tes manches le brassard rouge du "personnel éducatif de la révolution". Tu es venue les mains vides, sans même avoir le droit d'emporter avec toi un ouvrage des citations des plus grands révolutionnaires… Pourquoi le destin t'a-t-il fait naître dans une illustre famille de la Chine ancienne ? Et dire que tes parents sont tous deux d'éminents scientifiques.

Tiens, en parlant d'Einstein, tu as sans doute davantage à confesser que moi. Cet hiver de l'année 1922, lorsque Einstein est venu à Shanghai pour donner une conférence, ton père, qui parlait très bien l'allemand, a été désigné pour faire partie de ses accompagnateurs. Tu m'as raconté plusieurs fois que c'est avec la bénédiction d'Einstein lui-même que ton père avait suivi la voie des sciences physiques et que, si tu avais choisi de faire de la physique ton métier, c'était sous l'influence directe de ton père. Ce qui faisait donc du grand Albert ton mentor indirect ! Quel bonheur, quelle fierté tu en tirais ! Puis plus tard, j'ai appris que ton père t'avait raconté un mensonge bienveillant, car il n'avait en réalité échangé qu'un bref instant avec Einstein.

C'était le matin du 13 novembre 1922, alors qu'il marchait dans la rue de Nankin, accompagné, si je ne me trompe, de Yu Youren, président de l'université de Shanghai, de Cao Gubing, patron du journal *Ta Kung Pao*, et d'autres chercheurs… Tandis qu'ils passaient à côté d'un chantier de voirie, Einstein s'est arrêté à hauteur d'un ouvrier en train de briser des pierres, il a regardé en silence ce garçon aux mains et au visage sales simplement vêtu d'une chemise en loques dans le vent glacial de l'hiver. Il a demandé à ton père : "Combien gagne cet homme par jour ?" Après avoir interrogé l'ouvrier, ton père a répondu : "Cinq centimes." Ce fut le seul échange entre ton père et ce scientifique qui a changé la face du monde. Il n'a été question ni de physique ni de théorie de la relativité, simplement de la dureté de la réalité.

Selon ton père, Einstein est resté debout en silence encore un moment au même endroit en observant le labeur languissant du jeune garçon. La pipe qu'il tenait dans sa main s'est éteinte alors même qu'il n'en avait pas tiré une seule bouffée. Lorsqu'il m'a raconté ce souvenir, ton père a lâché un soupir en disant : "En Chine, toutes les pensées libres et contestataires, après avoir pris leur envol, finissent toutes un jour ou l'autre par s'écraser sur le sol, car la gravité de la réalité est trop lourde."

— Baisse la tête! ordonna en hurlant un garde rouge.

Ye Zhetai n'aurait pas su dire pourquoi, mais il avait senti dans cette injonction comme la manifestation d'un reliquat de sympathie d'un étudiant pour son professeur. Car en lui accordant de baisser la tête, le chapeau de métal tomberait et tant qu'on lui ordonnerait de maintenir la tête baissée, il n'y aurait aucune raison pour le forcer à porter à nouveau le chapeau. Cependant Ye Zhetai garda la tête haute, soutenant à la force de son maigre cou le pesant couvre-chef.

— Baisse la tête! Espèce d'insolent réactionnaire!

Une garde rouge qui se tenait à côté de lui se défit de sa ceinture de cuir et la lança en direction de Ye Zhetai. En heurtant son front, la boucle en laiton de la ceinture laissa une marque visible qui fut très vite escamotée par un gros hématome violacé. Ye Zhetai chancela, mais il parvint à retrouver son équilibre. Un garde rouge reprit ses semonces :

— Lors de vos cours sur la mécanique quantique, vous avez aussi propagé une grande quantité de contrevérités réactionnaires.

Cela dit, il fit signe de la tête vers Shao Lin pour lui indiquer qu'elle pouvait poursuivre.

Shao Lin n'attendait que cette occasion, elle devait continuer à parler sans relâche pour préserver son esprit d'un effritement total.

— Ye Zhetai, voilà un fait que tu ne pourras pas nier! Combien de fois as-tu distillé à tes étudiants l'hypothèse contre-révolutionnaire de l'école de Copenhague?

— Mais ce n'est ni plus ni moins que l'hypothèse reconnue comme étant la plus conforme à l'interprétation des résultats expérimentaux, rétorqua Ye Zhetai.

Le ton de sa voix, toujours aussi calme même après qu'il eut reçu un tel coup, emplit Shao Lin de stupeur et d'angoisse.

— Cette interprétation postule qu'une observation extérieure conduit à une réduction du paquet d'ondes. Encore une autre manifestation outrageante de l'idéalisme réactionnaire!

— Est-ce la philosophie qui doit guider l'expérience ou l'expérience qui doit guider la philosophie? l'interrogea Ye Zhetai.

Cette soudaine contre-attaque plongea un moment ses accusateurs dans l'embarras.

— C'est bien entendu la juste philosophie marxiste qui doit diriger les expériences scientifiques! lança un garde rouge.

— Cela revient donc à dire que cette prétendue "philosophie" juste tombe du ciel. C'est donc remettre en cause l'idée que les connaissances véritables proviennent de la pratique, ce qui – soit dit en passant – va précisément à contre-courant des principes marxistes de la connaissance du monde naturel.

Ni Shao Lin ni ses deux étudiants gardes rouges n'étaient en mesure de justifier convenablement ce paradoxe. Contrairement aux jeunes collégiens gardes rouges, ils ne pouvaient pas riposter en faisant fi de toute logique. Mais ce n'était pas le cas des quatre jeunes filles, persuadées que la révolution ne devait souffrir aucune attaque. La fille qui venait tout juste de fouetter Ye Zhetai lui asséna un nouveau coup de ceinture. Ce fut ensuite le tour des trois autres filles de le cingler de la même manière, car dès lors qu'un camarade faisait la révolution, on se devait d'être encore plus révolutionnaire, ou à tout le moins autant. Les deux garçons ne bronchèrent pas. S'ils étaient intervenus, on les aurait suspectés à leur tour d'être des contre-révolutionnaires.

— Durant vos cours, vous avez également propagé la théorie du Big Bang, certainement la théorie scientifique la plus réactionnaire de l'univers! dit un garde rouge en essayant de changer de sujet.

— Peut-être cette théorie sera-t-elle retoquée dans le futur, mais les deux grandes découvertes astronomiques de notre siècle, la loi de Hubble et le fond diffus cosmologique, font du Big Bang la théorie la plus crédible de l'origine de l'univers.

— Foutaises! s'égosilla Shao Lin, puis elle se lança dans un interminable réquisitoire contre la théorie du Big Bang, en n'oubliant naturellement pas de disséquer en profondeur sa nature réactionnaire.

Cependant le caractère parfaitement insolite de cette théorie intrigua la plus sagace des jeunes gardes rouges, qui ne put s'empêcher de demander :

— Mais alors le temps aussi a pris naissance avec cette singularité initiale? Qu'y avait-il avant la singularité?

— Rien du tout, dit Ye Zhetai, comme s'il répondait à une question posée par une petite fille.

Il tourna la tête et la regarda avec bienveillance, mais son chapeau en métal et ses blessures rendirent ce mouvement très difficile.

— Comment? Rien? Mais c'est réactionnaire, absolument réactionnaire! hurla la jeune fille avec fureur.

Ne sachant quoi répondre d'autre, elle se tourna vers Shao Lin pour solliciter un soutien qu'elle obtint aussitôt.

— Cette hypothèse laisse une place pour l'existence de Dieu, suggéra Shao Lin à la jeune fille en hochant la tête.

La jeune garde rouge, encore confuse, se trouva ragaillardie et menaça Ye Zhetai avec sa ceinture :

— Vous… prétendez que Dieu existe?

— Je n'en sais rien.

— Que dites-vous?

— Je dis que je n'en sais rien. Si par Dieu, vous entendez une sorte de superconscience au-delà de l'univers, alors je n'ai aucune idée de son existence. Que l'on soit pour ou contre, la science ne fournit pour l'instant aucune preuve tangible.

Le cauchemar qu'il était en train de vivre en ce moment faisait plutôt pencher Ye Zhetai vers la conviction de l'inexistence de Dieu.

Ces propos réactionnaires outranciers soulevèrent une indignation générale sur le terrain de sport et, sous l'impulsion d'un garde rouge situé juste sous l'estrade, retentirent à nouveau des salves de slogans.

— À bas le pouvoir scientifique réactionnaire de Ye Zhetai!

— À bas les autorités scientifiques réactionnaires!

— À bas les doctrines réactionnaires!

— Dieu n'existe pas! Les religions sont des subterfuges créés par les classes bourgeoises pour museler l'esprit des classes laborieuses! cria la jeune fille une fois que les slogans se furent apaisés.

— C'est un point de vue à sens unique, répliqua froidement Ye Zhetai.

Blessée dans son amour-propre, la garde rouge émit un jugement radical et sans appel, estimant qu'aucun discours ne pourrait jamais faire changer d'avis le dangereux ennemi qui se dressait devant elle. Armée de sa ceinture, elle se précipita sur lui, aussitôt imitée par ses trois comparses. Mais comme Ye Zhetai était de grande taille, les quatre gamines de quatorze ans durent faire de grands moulinets pour atteindre la tête que Ye refusait de baisser. Après quelques coups, le chapeau de métal qui lui servait malgré tout de protection tomba et dès lors, les boucles en laiton des larges ceintures s'abattirent sur lui comme un déluge. Ye Zhetai finit par s'écrouler sur le sol. Enhardies par cette issue, les jeunes gardes rouges se jetèrent corps et âme dans ce glorieux combat, persuadées de lutter pour des idées, pour des idéaux, enivrées par la perspective de participer à une mission historique, fières de leur acte héroïque…

— Le président Mao nous enseigne de combattre par le verbe et non par la violence! se décidèrent enfin à crier les deux étudiants de Ye Zhetai, et ils se précipitèrent pour écarter les quatre filles, devenues à moitié folles.

Mais il était déjà trop tard, le physicien était allongé, immobile, sur le sol. Ses yeux à moitié clos semblaient fixer le filet de sang qui s'écoulait de son crâne. L'assistance, aussitôt gagnée par la folie, se figea en un instant dans un silence de mort. La seule chose en mouvement était ce filet de sang qui rampait en ondulant tel un serpent jusqu'au bord de l'estrade où il tombait goutte à goutte et en rythme dans un carton vide, comme des bruits de pas, tantôt proches, tantôt éloignés.

Un rire mystérieux, à glacer le sang, brisa le silence. Il semblait provenir de l'esprit déjà disloqué de Shao Lin. Certains commencèrent à quitter les lieux et ce fut bientôt la débandade. Tous fuyaient la scène le plus rapidement possible, jusqu'à ce qu'il ne reste plus qu'une jeune fille sous l'estrade.

C'était Ye Wenjie, la fille de Ye Zhetai.

Lorsque les quatre filles s'en étaient prises à son père, elle avait voulu se ruer sur l'estrade, mais deux vieux concierges de l'école qui se tenaient debout à ses côtés l'en avaient empêchée en lui glissant à l'oreille qu'elle aussi risquait de perdre la vie. Son apparition n'aurait fait qu'exacerber la violence d'une scène déjà guidée par la folie. Elle avait pleuré et hurlé de toutes ses forces, mais sa voix avait été noyée par les vagues de slogans et d'encouragements de la foule. Maintenant que tout était redevenu calme, elle n'était plus capable de faire s'échapper le moindre son de sa bouche, elle ne pouvait que fixer le corps sans vie de son père. Tout ce qui n'avait pas pu sortir sous forme de pleurs ou de cris s'était dissous dans son sang et l'accompagnerait le restant de sa vie.

Alors que tout le monde était parti, elle était debout, là, le corps et les membres ayant conservé la même position immobile dans laquelle les vieux concierges l'avaient contrainte de demeurer, comme si elle s'était fossilisée. Ce ne fut qu'après de longues minutes qu'elle relâcha ses bras encore tendus et qu'elle se dirigea lentement vers la tribune, s'assit à côté du cadavre et serra la main déjà froide de son père, dont les yeux vides se perdaient dans le lointain. Lorsque quelqu'un vint pour emporter le corps, Ye Wenjie sortit de la poche de sa chemise un objet qu'elle glissa dans la main de son père : sa pipe.

Quand Wenjie quitta silencieusement les lieux, il n'y avait déjà plus personne au milieu du chaos du terrain de sport. Elle prit le chemin qui la ramenait chez elle. Lorsqu'elle arriva devant le dortoir des enseignants, elle entendit au premier étage des gloussements provenir de leur maison : ce rire émanait de la bouche de la femme qu'elle appelait autrefois sa mère. Wenjie tourna les talons sans bruit, laissant ses pieds la conduire où bon leur semblait.

Elle s'aperçut que ceux-ci l'avaient transportée jusque devant la porte de Ruan Wen, son professeur principal lorsqu'elle était en quatrième année de licence, et aussi son amie la plus fidèle. À compter des deux années de maîtrise d'astrophysique, puis ensuite, lorsque les cours furent arrêtés avec le lancement de la révolution et jusqu'à aujourd'hui, le Pr Ruan avait été, avec son père, la personne dont elle s'était sentie le plus proche. Ruan Wen était jadis partie étudier à Cambridge. Sa maison était pour Ye Wenjie un véritable cabinet de curiosités : elle regorgeait de livres aux belles reliures, de peintures et de disques ramenés d'Europe, et elle possédait même un piano. Elle avait également une collection de pipes occidentales disposées en ordre sur une exquise étagère en bois. C'était elle qui avait offert la pipe à son père. Les pipes étaient faites de différents matériaux : rhizomes de bruyère méditerranéenne, sépiolite de Turquie… C'était comme si chacune d'entre elles avait été imprégnée de la sagesse de l'homme qui les avait jadis tenues dans les mains et portées à sa bouche. Toutefois Ruan Wen ne lui avait jamais parlé de lui. Ce chaleureux petit monde raffiné était devenu aux yeux de Wenjie un port où jeter l'ancre pour échapper aux tempêtes de la terre. Mais cela, c'était avant que la maison de Ruan Wen ne soit fouillée et ses biens, saisis. Comme son père, elle aussi subissait de terribles épreuves depuis le début de la Révolution culturelle. Durant la séance de critique où elle s'était retrouvée sur le banc des accusés, les gardes rouges lui avaient accroché ses chaussures à talons hauts autour du cou et avaient barbouillé son visage de rouge à lèvres, pour montrer la décadence de sa vie bourgeoise.

Lorsque Ye Wenjie poussa la porte de Ruan Wen, elle découvrit que la maison avait été remise en ordre depuis qu'elle avait été dévalisée. Les peintures à l'huile arrachées avaient été raccrochées au mur, le piano qui avait été renversé était retourné à sa place d'origine – bien que les touches soient cassées et l'instrument injouable, il était parfaitement propre – tandis que les lambeaux de livres qui n'avaient pas été confisqués étaient alignés sur l'étagère… Ruan Wen était assise sur un fauteuil pivotant devant son bureau, les yeux fermés. Elle semblait paisible. Ye Wenjie alla se placer à sa hauteur, elle lui toucha le front, le visage et les mains. Glacés. Dès son entrée dans la pièce, Wenjie avait en effet remarqué le flacon de somnifère vide renversé sur le bureau. Elle demeura un instant debout avant de se retourner. Elle se sentait plus triste que jamais. Elle était à présent devenue un compteur Geiger bloqué sur le chiffre 0 pour avoir été soumis à trop de radiations. Mais lorsqu'elle voulut sortir de la maison et qu'elle tourna la tête pour jeter un dernier regard à Ruan Wen, elle vit que la professeur se portait comme un charme. Elle se mettait du rouge à lèvres et enfilait ses chaussures à talons hauts.

2

LE PRINTEMPS SILENCIEUX

Deux ans plus tard,
sur la chaîne de montagnes du Grand Khingan.

"Timber!"

Aussitôt après ce cri retentissant, un mélèze gros comme un pilier du Parthénon s'effondra avec fracas sur le sol, et Ye Wenjie sentit la terre trembler sous ses pieds. Elle ramassa sa hache et sa petite scie et se mit à débiter les branches de l'arbre. Chaque fois, elle avait cette impression d'être en train de dépecer un gigantesque cadavre. Il lui arrivait même d'imaginer que ce géant était son propre père. Les sentiments qui avaient été les siens deux ans auparavant lors de cette terrible nuit où elle avait dû nettoyer la dépouille de son père à la morgue refaisaient surface. Les larges écorces des branches devenaient les profondes blessures qui recouvraient le corps de son père.

Plus de cent mille travailleurs, appartenant à six divisions et à quarante et un régiments du Corps de production et de construction de la Mongolie-Intérieure, étaient disséminés dans les vastes forêts et prairies de la région. Tout juste débarqués de la ville dans ce monde inconnu, beaucoup de jeunes instruits ayant rejoint le Corps entretenaient un espoir romantique : lorsque les tanks impérialistes des Soviétiques passeraient la frontière de la Mongolie-Intérieure, ils se mettraient rapidement en ordre de bataille, et leur chair et leur sang formeraient le premier rempart de la République. C'était bien là l'une des appréciations stratégiques qui avaient présidé à la constitution de ces unités. Mais la guerre que tous espéraient tant était comme ces montagnes que l'on distingue au loin sans jamais parvenir à les atteindre. Ils devaient donc se contenter de défrichage, de pâturage et de coupe du bois. Ces jeunes adolescents enflammés par la fièvre de la Révolution culturelle s'apercevaient vite que, par rapport à ces terres sauvages, les plus grandes villes du continent n'étaient en réalité que de simples bergeries. Leur ardeur frénétique n'avait aucun sens au milieu de ces prairies et de ces forêts froides et insondables où une giclure de sang chaud refroidissait plus vite qu'une bouse de vache, et où le purin avait davantage de valeur que le sang. Mais ils étaient de la génération des enflammés, leur destin était de se consumer dans le brasier de la révolution. C'est pourquoi, sous les assauts répétés de leurs tronçonneuses, d'immenses forêts touffues devenaient des collines chauves et arides ; sous les roues de leurs tracteurs et de leurs moissonneuses-batteuses, de vastes prairies étaient labourées avant de devenir des champs de céréales, puis des déserts.

Ye Wenjie n'avait qu'un seul mot pour décrire la déforestation dont elle était témoin : "folie". Les hauts et nobles mélèzes de Dahurie, les pins sylvestres à feuilles persistantes, les gracieux bouleaux de Mandchourie, les trembles qui touchaient les nuages, les sapins de Sibérie, les bouleaux noirs, les ormes des montagnes, les frênes de Mandchourie, les chosenias, les chênes de Mongolie : ils coupaient tout ce qui se trouvait sur leur chemin. Les tronçonneuses fondaient sur les arbres comme un essaim de criquets d'acier. Partout où étaient passées les unités du Corps, il ne restait plus qu'un parterre de souches.

Un tracteur était sur le point d'emporter le mélèze abattu. À l'autre extrémité, Wenjie caressa doucement la section sciée de l'arbre. Elle le faisait souvent. Elle se disait que c'était une immense cicatrice et qu'ainsi elle pouvait ressentir la douleur intense éprouvée par l'arbre. Soudain, elle vit une autre main en train de caresser une autre souche, et les frissons qui parcouraient cette main résonnèrent en elle. La main semblait diaphane, mais on voyait que c'était celle d'un homme. Ye Wenjie leva la tête, elle découvrit que c'était Bai Mulin, un jeune homme mince et frêle, journaliste au *Journal de la grande production*. Il était arrivé l'avant-veille pour faire un reportage sur son régiment. Ye Wenjie avait déjà lu certains de ses articles, il avait une plume élégante et faisait preuve d'une sensibilité et d'une minutie qui tranchaient avec la brutalité de l'environnement, ce qui lui avait fait grande impression.

— Ma Gang, viens par ici, cria Bai Mulin à un garçon un peu plus loin.

Le garçon, aussi robuste que le mélèze qu'il venait tout juste d'abattre, s'approcha, et le journaliste Bai l'interrogea :

— Sais-tu quel âge a cet arbre ?

— C'est facile à compter, répondit Ma Gang en indiquant les cernes sur la souche.

— C'est ce que j'ai fait. Cet arbre a trois siècles. Combien de temps t'a-t-il fallu pour le scier ?

— À peine dix minutes, tu peux me croire, je suis le tronçonneur le plus rapide du régiment. Peu importe l'équipe où je suis affecté, la bannière rouge des travailleurs modèles me suit et ne bouge plus.

L'enthousiasme de Ma Gang était manifeste, comme d'ailleurs celui de tous ceux auxquels le journaliste avait prêté attention. Avoir son nom dans les lignes d'un reportage du *Journal de la grande production* était un insigne honneur.

— Plus de trois siècles, une dizaine de générations. À l'âge de ses premiers bourgeons, la Chine était encore à l'époque de la dynastie Ming. Pendant ces longues années, combien de tempêtes a-t-il éprouvées, de combien d'intrigues a-t-il été le témoin ? Mais toi, en quelques minutes, tu l'as abattu d'un coup de tronçonneuse, tu ne ressens donc rien ?

— Que veux-tu que je ressente ? (Ma Gang resta un moment interdit.) Ce n'est qu'un arbre, ça ne manque pas ici, il y a un bon paquet de pins bien plus anciens.

— Retourne donc travailler.

Bai Mulin secoua la tête, il se rassit sur la souche et poussa un léger soupir.

Ma Gang soupira lui aussi, très déçu que le journaliste ne souhaite pas l'interroger davantage.

— Les intellectuels font toujours beaucoup de bruit pour pas grand-chose.

Et au moment même où il parlait, ses yeux se posèrent sur Ye Wenjie, assise non loin de là. Son jugement l'englobait aussi manifestement.

Le mélèze fut emporté par le tracteur. À force de racler contre les pierres et les souches qui jonchaient le sol, son écorce s'ouvrit et dévoila sa chair. À l'endroit où il était enraciné à l'origine, l'humus formé par les épaisses couches de feuilles tombées depuis plusieurs années sur le sol se creusa en un canal d'où suintait de l'eau que les feuilles mortes coloraient de rouge carmin, comme du sang.

— Wenjie, viens te reposer un peu par ici.

Bai Mulin lui désigna une autre souche. Elle était effectivement éreintée, elle posa ses outils et s'approcha avant de s'asseoir dos à dos avec le journaliste.

Après un moment de silence, Bai Mulin déclara subitement :

— Je peux deviner quels sont tes sentiments. Ici, nous sommes les seuls à les partager.

Wenjie ne répondit rien. Bai Mulin ne s'attendait pas à une réponse de sa part. Elle était d'ordinaire d'un tempérament taciturne et ne communiquait que très peu avec les autres. Les nouvelles recrues croyaient même qu'elle était muette.

Bai Mulin poursuivit, comme s'il se parlait à lui-même :

— Je suis venu ici il y a un an, avant le Corps de production et de construction. Je me souviens qu'il était midi quand je suis arrivé. Mes hôtes m'ont dit que nous mangerions du poisson, j'ai jeté un coup d'œil dans la petite baraque en bois, mais je n'ai vu sur le feu qu'une marmite remplie d'eau. Où était le poisson ? Une fois l'eau bouillie, j'ai vu la personne en charge de la préparation du repas sortir avec un rouleau à pâtisserie et se rendre à une rivière qui passait devant la baraque. En quelques coups de rouleau, il a attrapé plusieurs saumons. L'endroit abondait en ressources, mais vois ce que la rivière est maintenant devenue, c'est un filet d'eau vaseuse vide de poissons. Je me demande vraiment si c'est un Corps de production ou de destruction.

— D'où te viennent ces réflexions ? demanda Ye Wenjie, en se gardant bien de dire si elle les approuvait ou si elle les rejetait.

Cependant, rien que pour cette phrase, Bai Mulin lui était reconnaissant.

— Je viens de finir un livre qui m'a beaucoup marqué…
Lis-tu l'anglais ?

En voyant Wenjie approuver de la tête, Bai Mulin sortit de son sac un livre à la couverture bleue. En le tendant à Wenjie, il regarda autour de lui, peut-être pour s'assurer que personne ne le voyait faire.

— Ce livre est sorti en 1962, il a eu un grand retentissement en Occident.

Ye Wenjie se tourna pour prendre le livre, elle lut le titre : *Silent Spring*, par Rachel Carson.

— Où te l'es-tu procuré ? lui demanda-t-elle à voix basse.

— Le bouquin a attiré l'attention des élites. J'y ai eu accès car je suis responsable de toutes les traductions concernant les forêts pour les publications internes réservées aux cadres.

Wenjie feuilleta le livre. Elle fut très vite captivée. Dans une brève introduction, l'auteur décrivait un village devenu silencieux et sur le point de mourir à cause des poisons présents dans les pesticides. Derrière une écriture simple et limpide battait un cœur anxieux.

— Je voudrais écrire au comité central pour dénoncer les actes irresponsables du Corps de production et de construction, déclara Bai Mulin.

Wenjie leva la tête du livre. Elle mit un certain temps à comprendre de quoi il parlait, puis sans rien dire, elle replongea dans sa lecture.

— Si tu veux le lire, je te le prête, mais il vaut mieux que personne ne le voie, tu sais, ce genre de choses…, dit Bai Mulin en jetant un œil autour de lui.

Puis il se leva et partit.

Trente-huit ans plus tard, à l'heure de rendre son dernier soupir, Ye Wenjie se rappela l'impact qu'avait eu le *Printemps silencieux* sur sa vie. Avant cette lecture, la méchanceté des hommes avait imprimé une plaie incurable dans sa jeune âme, mais ce livre lui avait pour la première fois permis de réfléchir de façon rationnelle. Il n'avait en soi rien d'extraordinaire et son sujet était assez restreint, il ne faisait après tout que décrire les préjudices provoqués sur l'environnement par l'abus de pesticides, un phénomène que Wenjie considérait autrefois comme un acte légitime, normal ou du moins neutre. Cependant le livre lui avait fait prendre conscience que, du point de vue de la nature, il n'y avait pas de différence entre cet acte malfaisant et la Révolution culturelle. Les dommages provoqués sur notre monde étaient tout aussi considérables. Mais alors, combien y avait-il encore d'actes humains qu'elle croyait légitimes ou justes mais qui se révélaient en fait nuisibles ? Plus elle y pensait, plus cette idée la faisait frissonner, plus elle chavirait dans la peur. Et si le rapport entre l'homme et le mal était celui qui unissait l'océan et l'iceberg ? Deux énormes masses faites de la même matière, à cette différence près que l'iceberg se distingue plus facilement que l'océan. Mais ce n'est qu'une différence de forme, car l'iceberg n'est en fin de compte qu'une infime partie de la gigantesque entité qu'est l'océan. Elle avait jadis démasqué le mal profond de la Révolution culturelle que la plupart de ses contemporains trouvaient juste et glorieuse, comme Rachel Carson avait démasqué celui de l'usage des pesticides que Wenjie trouvait normal et légitime. Il était bien possible que toutes les actions humaines soient mauvaises par nature et que différentes personnes puissent démasquer différentes formes de mal. L'humanité ne saurait jamais atteindre une véritable conscience morale, de la même manière que l'homme ne pouvait s'élever du sol en tirant sur ses propres cheveux. Pour réussir, il fallait l'aide d'une force extérieure à l'homme.

Et c'est cette idée qui déterminerait le cours du destin de Ye Wenjie.

Quatre jours plus tard, elle alla rendre le livre à Bai Mulin. Il vivait dans la seule chambre d'hôte de tout le régiment. En poussant la porte, Wenjie l'aperçut allongé sur son lit, harassé de fatigue, le corps couvert de boue et de sciure de bois. En la voyant, il se leva précipitamment.

— Tu as travaillé aujourd'hui ? demanda Wenjie.

— Cela fait un moment que je suis ici sans rien faire d'autre que musarder. Je devais mettre la main à la pâte, c'est ça la solidarité révolutionnaire ! Nous sommes allés travailler au pic du Radar, la forêt y est luxuriante, les couches d'humus nous arrivaient jusqu'aux genoux, j'ai peur d'avoir attrapé le choléra.

— Le pic du Radar ? sursauta Wenjie.

— Oui ! Le régiment a reçu l'ordre urgent d'y établir un périmètre de sécurité.

Le pic du Radar était un endroit mystérieux. C'était une aiguille aux pentes abruptes qui ne portait aucun nom à l'origine mais avait acquis cette appellation à cause de l'immense antenne qui se trouvait maintenant à son sommet. En réalité, tous ceux qui avaient un peu de bon sens savaient qu'il s'agissait d'une antenne radar qui, bien qu'elle change quotidiennement de direction, ne connaissait pourtant jamais de rotation régulière. On pouvait entendre le vrombissement sourd de l'antenne à des kilomètres. Les membres du régiment savaient que le pic abritait une base militaire. Selon les habitants de la région, lorsque celle-ci avait été construite trois ans plus tôt, elle avait nécessité le travail d'un grand nombre d'ouvriers. Une ligne à haute tension avait été installée et une route avait été ouverte pour rallier le sommet, sur laquelle avait été acheminé beaucoup de matériel. Mais une fois la construction de la base achevée, la route avait curieusement été détruite et il ne restait plus qu'un sentier exigu passant à travers la forêt, tandis que des hélicoptères venaient se poser en haut du pic. L'antenne radar n'était pas sortie souvent. Quand le vent était trop fort, elle restait au sol, mais quand elle était mise en marche, il se passait des choses étranges : les animaux de la forêt s'agitaient, des nuées d'oiseaux s'affolaient brusquement, et il arrivait que les humains souffrent de maux de tête ou de nausées. Les gens d'ici perdaient plus facilement leurs cheveux qu'ailleurs et, si on les écoutait, ces symptômes étaient apparus après l'installation de l'antenne. De nombreuses légendes couraient au sujet du pic du Radar. Les jours de grande neige, dès que l'antenne était mise en route, les flocons se transformaient en gouttes de pluie. Les températures étant très basses, les gouttes d'eau gelaient au contact des arbres et des stalactites de glace apparaissaient suspendues aux branches. La forêt devenait un palais de cristal, dans lequel on entendait sans cesse des bruits de branches brisées et de stalactites tombant sur le sol. Parfois, quand l'antenne était en route, un ciel bleu pouvait soudain devenir violemment orageux, et on apercevait parfois dans le ciel nocturne de bien étranges halos de lumière…

Le pic du Radar était sous haute surveillance. Dès l'établissement du camp, le premier avertissement du commandant du Corps de production et de construction fut de rappeler à chacun de ne pas approcher du pic, car les sentinelles de la base avaient ordre de tirer sans sommation. La semaine précédente, deux soldats du régiment partis chasser avaient poursuivi un chevreuil jusqu'au pied du pic du Radar, et ils furent aussitôt accueillis par une salve de tirs convulsifs en provenance de la guérite située à mi-hauteur sur le flanc du pic. Par chance, la forêt étant épaisse, ils avaient pu rentrer sains et saufs ; l'un d'entre eux avait eu si peur qu'il en avait mouillé son pantalon. Le lendemain, ils furent convoqués et reçurent chacun un blâme. Peut-être était-ce précisément la raison pour laquelle la base du pic du Radar avait décidé de créer un périmètre de sécurité. Le fait qu'ils puissent utiliser les soldats des régiments à leur guise montrait d'ailleurs bien à quel point ceux qui l'administraient étaient haut placés.

Bai Mulin récupéra son livre et le plaça délicatement sous son oreiller. Il en profita pour sortir du même endroit quelques feuilles de brouillon barbouillées de caractères et les tendit à Wenjie :

— C'est le brouillon de la lettre, pourrais-tu la lire et me donner ton avis ?

— La lettre ?

— Je t'en ai parlé, celle que je vais envoyer au Comité central.

La lettre était écrite en pattes de mouche, et Wenjie eut du mal à la lire jusqu'au bout. Toutefois le contenu était riche, et les arguments avancés solides. La lettre commençait par expliquer comment la déforestation avait transformé les montagnes Taihang, célèbres dans l'histoire pour leur luxuriance, en pitoyables monts chauves. Elle évoquait ensuite la quantité croissante de boue et de sable dans le lit du fleuve Jaune, pour conclure en indiquant que les opérations de déforestation menées par le Corps de production et de construction provoqueraient des dégâts irréparables. Wenjie remarqua que sa prose était proche de celle de Rachel Carson, précise, claire, mais pas exempte de poésie. Malgré sa formation scientifique, elle se laissa émouvoir.

— C'est très bien écrit, lui dit-elle avec sincérité.

Bai Mulin la remercia d'un hochement de tête.

— Eh bien, je vais l'envoyer.

À ces mots, il prit une nouvelle feuille pour recopier la lettre au propre, mais sa main tremblait tant qu'il n'arrivait pas à écrire convenablement le moindre caractère. La première fois que quelqu'un utilise une tronçonneuse, sa main tremble tant qu'il ne parvient même pas à tenir son bol de riz en main, alors écrire…

— Je vais l'écrire pour toi, dit Ye Wenjie, puis elle prit la feuille que lui tendait Bai Mulin et se mit à recopier le brouillon.

— Tu as une très belle écriture, dit Bai Mulin en regardant la première ligne de caractères tracée par Wenjie.

Il lui donna un verre d'eau, mais sa main tremblait encore, et une bonne quantité d'eau tomba du verre ; Wenjie s'empressa de décaler un peu la lettre.

— Tu as étudié la physique ? demanda Bai Mulin.

— L'astrophysique. Mais cela ne m'est d'aucune utilité aujourd'hui, répondit Wenjie, sans lever la tête.

— Tu étudies les étoiles, comment cela pourrait n'être d'aucune utilité ? Les universités ont rouvert, mais ils peinent à trouver des étudiants de troisième cycle. Qu'une brillante chercheuse comme toi se retrouve dans un coin perdu comme celui-ci, c'est vraiment…

Wenjie se tut et continua à écrire, la tête entre les épaules. Elle n'avait pas envie de rétorquer à Bai Mulin qu'elle s'en était en fait très bien sortie en intégrant le Corps de production et de construction. Elle ne voulait rien dire qui concerne la réalité. Il n'y avait rien à dire.

La chambre recouvra sa quiétude, on n'entendait que la pointe du stylo plume gratter sur le papier. Wenjie pouvait sentir l'odeur du bois de pin sur le corps du journaliste. Pour la première fois depuis la mort tragique de son père, elle éprouvait une sensation de chaleur ; pour la première fois, elle se sentait un peu détendue et elle relâcha provisoirement sa méfiance à l'égard du monde qui l'entourait.

Elle finit d'écrire la lettre plus d'une heure plus tard, elle recopia ensuite l'adresse et le nom de la personne que lui avait donnés Bai Mulin, puis elle se leva et prit congé. Arrivée à hauteur de la porte, elle se retourna et lui dit :

— Donne-moi donc ta veste, je te la laverai.

Elle fut elle-même surprise de cette sollicitude.

— Non ! Comment oserais-je ? répondit prestement Bai Mulin en agitant la main. Vous, les femmes du Corps de production et de construction, vous faites toute la journée le même travail que les hommes ! Rentre vite te reposer, tu dois partir à 6 heures pour la montagne, demain. À ce propos, je rentrerai après-demain au siège central, je parlerai de ta situation à mes supérieurs hiérarchiques, peut-être pourront-ils t'aider.

— Merci, mais je me sens bien ici. Je suis au calme, lui confia Wenjie en regardant l'océan d'arbres brumeux baignés par les rayons de la lune sur les montagnes du Grand Khingan.

— Ne serais-tu pas en train de fuir quelque chose ?

— J'y vais, fit Wenjie à voix basse, puis elle sortit.

Bai Mulin observa sa silhouette gracile disparaître sous le clair de lune, puis il leva la tête vers les arbres que venait de contempler Wenjie. Au loin, sur le pic du Radar, il vit se dresser lentement la gigantesque antenne. Elle luisait d'une lumière froide et métallique.

Un midi, une semaine plus tard, alors qu'elle travaillait dans le chantier forestier, Ye Wenjie fut convoquée d'urgence au quartier général du régiment. À peine entrée dans le bureau, elle sentit que quelque chose ne tournait pas rond : le capitaine du régiment et l'instructeur politique étaient tous les deux dans la pièce, ainsi qu'un homme au regard glacial qu'elle ne connaissait pas. Une serviette noire était posée sur le bureau. Un livre et une enveloppe qui devaient probablement se trouver à l'intérieur un peu plus tôt avaient été sortis et posés à côté. L'enveloppe était ouverte, tandis que le livre en anglais était celui qu'elle avait lu quelques jours plus tôt : *Printemps silencieux*.

Pendant la Révolution culturelle, les individus avaient tous développé une sensibilité concernant leur situation politique. Celle qu'éprouvait Ye Wenjie était plus intense encore. Elle sentit aussitôt que le monde se refermait sur elle comme une poche.

— Ye Wenjie, voici le directeur Zhang, du Bureau politique central. Il est venu enquêter dans notre régiment, lui expliqua l'instructeur politique. Nous attendons de toi que tu collabores et nous dises toute la vérité.

— As-tu écrit cette lettre ? demanda le directeur Zhang, en sortant la lettre de l'enveloppe.

Wenjie tendit la main pour s'en saisir, mais le directeur la garda entre les mains, se contentant de détacher chaque feuille et de les lui montrer jusqu'à la dernière page – celle qu'elle voulait voir. Elle ne portait aucun nom à l'endroit de la signature, il était simplement écrit : "Les masses révolutionnaires".

— Non, ce n'est pas moi qui l'ai écrite, nia Wenjie, tremblante, en secouant la tête.

— C'est pourtant ton écriture.

— Oui, j'ai aidé quelqu'un à la recopier au propre.

— Qui ?

En temps ordinaire, lorsque Ye Wenjie était injustement persécutée au sein du régiment, elle ne prenait que rarement la peine de se défendre, ravalant son honneur sans rien dire, endurant silencieusement les punitions et ne compromettant personne d'autre. Mais cette fois, la situation était différente, elle en était parfaitement consciente.

— C'est un journaliste travaillant pour le *Journal de la grande production* arrivé la semaine dernière pour faire un reportage, son nom est…

— Ye Wenjie, l'interrompit le directeur Zhang en la dévisageant avec des yeux pareils à des canons de fusil. Laisse-moi t'avertir qu'accuser à tort un autre camarade ne fera qu'aggraver ta situation. Nous avons fait notre enquête au sujet de Bai Mulin, il a simplement posté cette lettre à Hohhot sur ta demande, mais il n'en connaissait pas le contenu.

— C'est… ce qu'il a dit ?

Ye Wenjie eut l'impression qu'un voile noir était tombé devant ses yeux.

Le directeur Zhang ne lui accorda aucune réponse, il brandit le livre :

— Pour écrire cette lettre, tu as certainement dû être influencée par ceci.

Il montra un instant le livre au capitaine et à l'instructeur politique en disant :

— Ce livre a pour titre *Printemps silencieux*, il a été publié aux États-Unis en 1962, et a eu un impact considérable dans le monde capitaliste.

Il sortit alors un autre livre de la serviette, dont la couverture était composée de caractères noirs sur un fond blanc uni :

— Voici la traduction chinoise de ce livre, publiée en interne à titre de référence négative. À l'heure qu'il est, les autorités ont déjà rendu un verdict juste concernant ce livre : c'est un ouvrage toxique de propagande réactionnaire. Le livre s'appuie sur la théorie de l'idéalisme historique pour faire l'apologie des eschatologies religieuses. Sous couvert de préoccupations environnementales, l'auteur cherche à justifier les dégâts ultimes du capitalisme. Son contenu est profondément contre-révolutionnaire.

— Mais ce livre… ce n'est pas le mien non plus, murmura Wenjie d'une voix sans force.

— Le camarade Bai Mulin a été désigné pour être l'un des traducteurs de cet ouvrage par les autorités. Il est tout à fait légitime qu'il ait ce livre en sa possession. Bien entendu, il était toutefois de sa responsabilité d'en prendre soin, il n'aurait pas dû te laisser l'opportunité de le voler pendant son travail, car à présent, tu as trouvé à travers lui une arme intellectuelle qui peut être utilisée contre le socialisme.

Ye Wenjie garda le silence. Elle savait qu'elle était déjà tombée au fond du piège qu'on lui avait tendu et que toute lutte serait désormais superflue.

Contrairement à ce que rapportèrent plus tard les récits historiques rendus publics, Bai Mulin n'avait à l'origine pas délibérément eu l'intention de compromettre Ye Wenjie. C'était en toute bonne foi qu'il avait envoyé cette lettre aux autorités. À cette époque, beaucoup de gens avaient des raisons d'envoyer des lettres au gouvernement, mais la plupart étaient des cailloux jetés à la mer. D'autres, plus rares, valaient à leurs auteurs une promotion express ou une totale destruction. En ce temps-là, le système nerveux de la politique en Chine était extrêmement complexe. En tant que journaliste, Bai Mulin avait cru connaître les trajectoires et les sensibilités de ce système nerveux, mais il avait été trop sûr de lui, sa lettre avait atterri dans un champ de mines dont il n'avait pas connaissance. Une fois qu'il fut conscient de cette réalité, la peur prit le dessus et il décida de sacrifier Ye Wenjie pour se protéger.

Plus d'un demi-siècle plus tard, les historiens seraient unanimes pour considérer que cet épisode de l'année 1969 fut une date clef dans l'histoire de l'humanité.

Malgré lui, Bai Mulin devint un personnage emblématique de l'histoire, mais il n'eut jamais l'occasion de le savoir. Les historiens rapportèrent non sans déception la suite sans histoire de son existence. Bai Mulin continua à travailler pour le *Journal de la grande production* jusqu'en 1975, année durant laquelle le Corps de construction et de production de la Mongolie-Intérieure fut démantelé. Il déménagea dans une ville du Nord-Est où il travailla pour l'Association pour la science et la technologie jusqu'au début des années 1980. Il partit ensuite vivre à Ottawa, où il enseigna la langue chinoise jusqu'en 1991 et où il mourut d'un cancer du poumon. Durant le restant de sa vie, il ne mentionna à personne l'histoire de Ye Wenjie. Quant à savoir s'il éprouva du remords ou du repentir, personne ne le saura jamais.

— Wenjie, nous t'avons toujours traitée avec tous les égards possibles dans ce régiment! cracha le capitaine en même temps qu'une grosse bouffée de tabac Mohe.

Puis il poursuivit en regardant le sol :

— Souviens-toi d'où tu viens, des antécédents dans ta famille, pourtant jamais nous ne t'avons traitée comme une étrangère! Lorsque tu t'écartais du groupe, que tu ne t'investissais pas totalement dans le progrès, combien de fois l'instructeur Wang et moi-même t'avons tendu la main? Jamais nous n'aurions imaginé que tu pourrais te rendre coupable d'un tel crime !

— Je savais depuis le début que sa résistance à la Révolution culturelle était profondément enracinée, renchérit l'instructeur politique.

— Faites venir deux hommes et, cet après-midi, escortez-la, elle et les preuves de son dossier, au Bureau politique, soupira le directeur, toujours impassible.

Une fois les trois autres détenues emmenées l'une après l'autre, Ye Wenjie se retrouva seule dans sa cellule. La pile de charbon située dans un coin de la pièce s'était épuisée et personne ne l'avait ravitaillée, le foyer allait bientôt s'éteindre. Il faisait désormais si froid dans la cellule que Wenjie dut s'envelopper dans sa couverture.

La nuit tombée, deux personnes vinrent la voir. L'une d'entre elles était une cadre politique plus âgée qu'elle. Elle était accompagnée d'un soldat qui la présenta comme l'émissaire militaire du Tribunal populaire intermédiaire*.

— Cheng Lihua, se présenta la cadre.

Elle avait la quarantaine, était vêtue d'une veste militaire et portait sur le nez des lunettes aux verres épais. Les traits de son visage étaient doux et il était évident qu'elle avait dû être une belle femme dans sa jeunesse. Elle parlait sans se départir d'un sourire qui donnait une impression d'affabilité. Ye Wenjie savait pertinemment qu'il était inhabituel qu'une cadre de ce rang vienne rendre visite à un détenu attendant sa sentence. Elle fit prudemment un geste de la tête vers Cheng Lihua et se leva de son lit étroit, lui offrant une place pour s'asseoir.

— Il fait si froid ici. Et le foyer ?

Cheng Lihua jeta un regard insatisfait vers le geôlier-chef en faction devant la porte de la cellule, puis se tourna vers Wenjie :

* À cette époque de la Révolution culturelle, la plupart des organes et des institutions de sécurité publique étaient sous la responsabilité de l'armée. Les représentants militaires avaient le dernier mot concernant toutes les décisions judiciaires. *(N.d.A.)*

— Mmmh, jeune, plus jeune que ce que je pensais.

Cela dit, elle s'assit sur le lit et se rapprocha de Wenjie. Elle plongea la tête dans sa serviette et murmura sur un ton très maternel :

— Wenjie, tu es une sotte! Vois ce que tu as fait de toi. Plus tu lis de livres, plus tu deviens sotte! Ah, vraiment…

Elle trouva enfin ce qu'elle cherchait et agita devant sa poitrine une liasse de documents, puis elle leva la tête vers Ye Wenjie et lui dit avec un regard plein de sollicitude :

— Ah, les jeunes! Mais qui n'a jamais fait de sottises? Moi aussi, j'ai été jeune et sotte. À cette époque, j'étais membre de la troupe d'art prolétaire de la IVe armée, j'étais soliste dans la chorale de chants soviétiques. Une fois, lors d'une réunion d'apprentissage politique, j'ai suggéré que nous devrions rejoindre l'Union soviétique pour devenir une nouvelle République au sein d'une grande alliance socialiste, afin de renforcer le communisme à l'échelle internationale… J'étais si naïve mais qui n'a jamais été naïf? Ce qui est fait est fait, il faut simplement reconnaître qu'on a eu tort et rectifier son point de vue, puis continuer à servir la révolution!

Les paroles de Cheng Lihua semblaient destinées à lui faire gagner la confiance de Wenjie, mais cette dernière avait dans son malheur appris à être prudente. Elle n'osait pas prendre cette bonne intention pour argent comptant.

Cheng Lihua posa la pile de documents sur le lit devant Wenjie, puis elle lui tendit un stylo :

— Allons, signe, puis nous pourrons parler entre adultes et tout reprendre à zéro en éliminant les furoncles qui infectent ton esprit.

Elle avait pris le ton d'une mère qui voulait faire avaler un biberon de lait à son enfant.

Ye Wenjie observa silencieusement le rapport, mais elle resta immobile et ne saisit pas le stylo qui lui était tendu.

Cheng Lihua sourit avec indulgence :

— Tu peux me faire confiance, je te garantis personnellement que le contenu de ce dossier n'a rien à voir avec ce qui t'a amenée ici. Signe donc!

L'homme qui l'accompagnait et qui était resté debout ajouta :

— Ye Wenjie, la responsable Cheng est là pour t'aider, elle a fait beaucoup d'efforts pour toi.

Cheng Lihua leva la main pour le faire taire :

— Il faut la comprendre, cette gamine est effrayée. De nos jours, il y a des camarades dont la conscience politique n'est pas assez élevée, c'est le cas au sein du Corps de construction et de production, mais aussi au Tribunal populaire. Ils sont parfois si brutaux et emploient des méthodes si simplistes ! Bien, Wenjie, lis donc ce document, lis-le attentivement.

Ye Wenjie prit le dossier et le feuilleta à la lueur blafarde de la cellule. La responsable Cheng ne lui avait pas menti, ces documents n'avaient effectivement rien à voir avec son affaire, mais avec son père. Certains étaient des rapports d'information sur les relations entre son père et d'autres individus et sur le contenu de leurs conversations. Les informations rassemblées dans le document avaient visiblement été fournies par Ye Wenxue, la petite sœur de Ye Wenjie. Garde rouge des plus radicales, Wenxue avait dénoncé son père avec beaucoup de zèle. C'était elle qui avait rédigé de nombreux chefs d'inculpation, dont certains avaient directement contribué à la mort atroce de Ye Zhetai. Mais dès le premier coup d'œil, Wenjie sut que sa sœur n'était pas l'auteur de ce rapport. Le style avec lequel Wenxue avait dénoncé son père était violent, on avait l'impression en la lisant d'une chaîne de pétards qui explose, mais celui du dossier qu'elle tenait entre les mains était froid et l'œuvre d'un auteur aguerri. Le contenu était clair et précis : qui avait vu qui, en quelle année, quel mois, quel jour, ce dont ils avaient parlé. En dehors de ce contexte, n'importe qui y aurait vu une chronique sans intérêt, mais le funeste dessein qui se cachait derrière ce document était sans rapport avec les délires juvéniles de Ye Wenxue. Wenjie ne comprenait pas vraiment où voulait en venir le rapport, mais elle devinait vaguement que cela avait un rapport avec un grand projet national de défense. En tant que fille de physicien, Wenjie comprit qu'il s'agissait du "programme des deux bombes" (H et nucléaire) qui faisait trembler le monde depuis 1964. Durant la période de la Révolution culturelle, pour éliminer une personne haut placée, il était nécessaire d'obtenir auprès de tous les organismes impliqués les informations secrètes susceptibles de le faire tomber. Cependant le programme des deux bombes était un sujet délicat pour les conspirateurs, car le projet était sous haute surveillance du gouvernement, afin d'éviter que quiconque ne profite des troubles de la Révolution culturelle pour glaner des informations sur celui-ci. Son père ayant été condamné pour des raisons politiques, il n'avait pas eu l'occasion de participer directement à la conception des deux bombes, il n'avait fait que mener un travail théorique en parallèle. Mais il était plus facile de se servir de lui plutôt que de ceux qui travaillaient sur le projet depuis le début. Wenjie ignorait si ce qui était écrit était vrai ou faux. Ce dont elle était sûre, en revanche, c'était que le moindre signe de ponctuation était porteur d'une mortelle force de frappe. En dehors de la cible ultime visée par ce rapport, d'innombrables individus avaient peut-être été entraînés dans l'abîme à cause de ces rapports. En toute fin du document, elle vit la signature grossière de sa petite sœur. Ye Wenjie devait y ajouter la sienne. Elle remarqua que trois témoins avaient déjà apposé la leur.

— J'ignore si mon père a eu ces conversations avec ces gens-là, dit-elle à voix basse en reposant les documents à leur place d'origine.

— Comment peux-tu l'ignorer ? Beaucoup ont eu lieu chez vous. Si ta sœur le sait, toi aussi.

— Je l'ignore vraiment.

— Mais ces conversations ont réellement eu lieu, tu dois nous faire confiance.

— Je n'ai pas dit qu'elles n'avaient pas eu lieu, simplement que je ne les ai jamais entendues. Donc, je ne peux pas signer.

— Ye Wenjie…, dit l'homme en s'avançant, mais la responsable Cheng l'arrêta aussitôt une nouvelle fois.

Elle s'assit encore plus près de Wenjie et, lui prenant la main, elle lui dit :

— Wenjie, laisse-moi t'expliquer ce qui se passe. Le sort d'une personne dans ton cas peut changer du tout au tout. Au mieux, tu seras jugée comme une jeune instruite aveuglée par un livre réactionnaire, ce qui n'est pas si grave. Il n'y aura même pas besoin d'avoir recours à une procédure judiciaire.

Tu devras simplement participer à une réunion d'apprentissage et écrire quelques rapports autocritiques, et tu pourras retourner au sein du Corps de construction et de production. Mais dans le pire des cas, Wenjie, tu le sais au fond de toi, tu seras inculpée pour trahison contre-révolutionnaire. Et pour ce qui est de ce genre de condamnation politique, le tribunal préférera pencher vers la gauche, quitte à paraître trop radical, que d'être accusé de droitisme. Toutefois, il appartiendra au responsable militaire de trancher. Bien sûr, cela reste entre nous.

L'homme qui l'accompagnait ajouta :

— La responsable Cheng essaie de t'aider. Tu le vois bien, il y a déjà trois signatures, que tu signes ou non ne changera rien. Ye Wenjie, ne sois pas stupide cette fois.

— Il a raison, mon enfant! Quand je vois une fille aussi brillante que toi dans un tel pétrin, ça me fait de la peine! Je veux vraiment te sauver, mais tu dois coopérer. Regarde-moi. Me crois-tu capable de te faire du mal?

Ye Wenjie ne voyait plus la responsable militaire, elle ne voyait plus que le sang de son père.

— Responsable Cheng, j'ignore si les faits rapportés dans ces documents sont vrais, je ne signerai pas.

Cheng Lihua se tut, elle fixa Wenjie pendant un long moment, comme frigorifiée par l'air glacé de la cellule. Puis lentement, elle replaça les documents dans sa serviette et se leva. L'expression de bienveillance n'avait pas disparu de son visage, mais celui-ci semblait figé, comme si elle portait un masque de plâtre. Et c'est sans se départir de ce rictus bienveillant qu'elle se dirigea vers le coin de la pièce où était posé le seau d'eau destiné à la toilette des détenus. Elle s'en saisit et en reversa la moitié sur Wenjie et l'autre sur son lit, placide et méthodique, puis elle envoya valser le seau et sortit de la cellule en lançant un juron : "Bâtarde butée!"

Le geôlier-chef fut le dernier à sortir, il jeta un dernier regard glacial sur une Wenjie entièrement trempée, puis claqua la porte et tourna le verrou.

Le froid hivernal de la Mongolie-Intérieure traversa les habits humides de Wenjie comme une gigantesque main qui se cramponnait à elle. Elle entendit le claquement martial de ses propres dents, puis le son disparut. En pénétrant dans sa moelle, le froid changea le monde réel devant ses yeux en un enfer blanc comme le lait. Elle sentit que l'univers tout entier devenait un immense bloc de glace à l'intérieur duquel elle était la seule créature vivante. La petite fille qu'elle était et qui allait bientôt mourir de froid n'avait aucune allumette, seulement des illusions. Le bloc de glace devint peu à peu diaphane, et une grande tour émergea devant elle. À son sommet, une jeune fille agitait un drapeau, la maigreur de son visage contrastait furieusement avec la majesté du drapeau. C'était sa petite sœur, Wenxue. Depuis que cette dernière avait coupé les ponts avec sa famille de scientifiques réactionnaires, Wenjie n'avait plus eu aucune nouvelle, jusqu'à il y a peu, lorsqu'elle apprit que sa sœur était morte brutalement deux ans plus tôt lors d'une lutte entre gardes rouges. Dans le tumulte de cette scène, la personne qui brandissait le drapeau se mua en Bai Mulin, dont les lunettes reflétaient les flammes qui brûlaient au pied de la tour. Puis il devint à son tour la responsable Cheng, puis sa mère Shao Lin, puis Ruan Wen, et enfin son père. Alors que le porteur de l'étendard ne cessait de se métamorphoser, le drapeau, lui, flottait en continu comme le pendule d'une horloge éternelle comptant le peu d'années qu'il lui restait à vivre. Bientôt, le drapeau se brouilla, comme tout autour d'elle, et le bloc de glace qui renfermait l'univers l'emprisonna une nouvelle fois. Mais cette fois-ci, tout était devenu noir.

3

CÔTE ROUGE I

Ye Wenjie ne savait combien de temps avait passé lorsqu'elle entendit un bourdonnement sourd qui semblait provenir de toutes les directions. Dans son esprit encore embué, il lui apparaissait comme le vrombissement d'une énorme machine en train de forer ou de découper le bloc de glace dont elle était prisonnière. Le monde était encore assombri par une chape obscure, mais le son lui paraissait de plus en plus réel et, bientôt, elle put affirmer que la source du bourdonnement ne venait ni de l'enfer ni du paradis. Elle réalisa qu'elle avait encore les yeux clos. Elle s'efforça d'ouvrir ses paupières lourdes. Elle vit d'abord une lampe incrustée profondément dans le plafond qui semblait protégée par un treillis métallique et émettait une lueur tamisée. Le plafond lui-même semblait être en métal. Elle entendit une voix d'homme l'appeler à voix basse.

— Vous avez beaucoup de fièvre.

— Où suis-je ? demanda Wenjie d'une voix si faible qu'elle eut l'impression que ce n'était pas elle qui parlait.

— Dans un hélicoptère.

Wenjie se sentit à nouveau fébrile, et elle se rendormit, bercée par le même étrange bourdonnement. Peu de temps après, elle s'éveilla une nouvelle fois. Cette fois-ci, son engourdissement avait disparu, mais la douleur était revenue : sa tête et ses articulations la faisaient souffrir et son haleine était bouillante. Elle avait mal à la gorge. C'était comme si elle avalait de la braise à chaque déglutition. Mais le fait qu'elle puisse éprouver ces sensations indiquait en soi que son corps fonctionnait de nouveau.

Wenjie tourna la tête et vit à ses côtés deux hommes qui portaient la même veste d'uniforme que la responsable Cheng, à la différence près qu'eux étaient coiffés d'un bonnet de fourrure brodé de cinq étoiles rouges. Leurs cols légèrement ouverts dévoilaient un insigne rouge accroché à leur poitrine, et l'un d'eux portait des lunettes. Wenjie remarqua qu'on l'avait bordée avec un grand pardessus militaire rouge qui lui tenait chaud. Elle voulut se lever et se surprit de l'aisance avec laquelle elle réussit. Elle regarda à travers le hublot de l'autre côté de l'appareil. Des cylindres de nuages pivotaient lentement. L'éclat du soleil l'aveugla, elle s'empressa de diriger son regard ailleurs et vit que l'intérieur étroit de la cabine était jonché de malles militaires vertes en métal. Par-delà les hublots de l'autre côté, elle put remarquer les ombres des rotors, et elle eut la confirmation qu'elle se trouvait bien à bord d'un hélicoptère.

— Vous devriez vous recoucher, dit le militaire à lunettes, puis il l'aida à s'allonger et la recouvrit du pardessus.

— Ye Wenjie, est-ce vous qui avez écrit cet article ?

L'autre militaire brandissait une revue en anglais devant ses yeux. Elle lut le titre de l'article : "De l'existence d'une tension superficielle dans la zone de radiation du soleil et ses particularités en termes de réflexivité". La couverture de la revue indiquait qu'il s'agissait du volume 66 de *The Journal of Astrophysics*.

— Évidemment que c'est elle, est-ce qu'il y a encore besoin de le prouver ?

Le militaire à lunettes reprit la revue et fit les présentations :

— Voici Lei Zhicheng, commissaire politique à la base de Côte Rouge, je suis Yang Weining, ingénieur en chef de la base. Nous sommes encore à une heure de notre lieu d'atterrissage, reposez-vous.

Yang Weining ? Ye Wenjie ne répondit rien, elle se contenta de le regarder avec surprise. Elle remarqua qu'il n'avait pas l'air serein ; manifestement, il n'avait pas l'intention de révéler à son compagnon qu'ils se connaissaient. Yang Weining avait autrefois été l'étudiant de Ye Zhetai. L'année où il avait obtenu son diplôme, Wenjie venait tout juste d'entrer à l'université. Elle se rappelait encore aujourd'hui très bien de la première fois où Yang Weining était venu chez eux. Il avait tout juste réussi son entrée en troisième cycle et était venu discuter avec son père des orientations de son sujet de recherche. Yang Weining avait exprimé son désir de travailler dans le domaine des sciences expérimentales et appliquées, et voulait autant que possible se tenir à l'écart des théories fondamentales. Wenjie se souvenait de ce que son père avait répondu : "Je ne m'y oppose pas, mais n'oublie pas que nous sommes spécialistes de physique théorique. Pourquoi une telle résolution?" Yang Weining avait répondu qu'il souhaitait apporter une contribution réelle à son époque. Ye Zhetai avait rétorqué que la théorie était le fondement de l'expérience : découvrir les lois de la nature n'était-il pas une contribution tout aussi importante? Yang Weining avait hésité un moment avant de lâcher que les études théoriques menaient plus facilement à des fautes idéologiques. Cet argument avait plongé le père de Ye Wenjie dans le silence. Yang Weining était un garçon talentueux, il avait un esprit vif et de solides connaissances mathématiques, mais pendant la brève période durant laquelle il effectua ses études de troisième cycle, il maintint avec son professeur une relation aussi distante que respectueuse. À cette époque, Wenjie et Yang Weining se croisaient souvent mais, peut-être en raison de l'influence de son père, elle ne faisait guère plus attention à lui. Quant à savoir s'il s'intéressait à elle, Wenjie l'ignorait. Peu de temps après l'obtention de son diplôme, Yang Weining coupa les ponts avec son professeur.

Après s'être sentie une nouvelle fois faible, Wenjie ferma les yeux. Les deux militaires la quittèrent pour aller s'accroupir derrière une malle et chuchoter à voix basse. Mais dans cette cabine étriquée, le vrombissement du moteur ne parvenait pas à couvrir entièrement leur conversation et elle saisit quelques bribes :

— J'ai quand même l'intuition que c'est une mauvaise idée.

C'était la voix de Lei Zhicheng. Yang Weining rétorqua :

— Aurait-on trouvé une personne avec ses compétences par la voie légale habituelle?

— Eh, ce n'est pas faute de m'être démené! Je n'y suis pour rien si aucun militaire n'est spécialiste de ce domaine. Mais avec les civils, on n'est jamais au bout de nos peines. Tu connais le degré de confidentialité de ce projet. Pour y prendre part, il faut d'abord avoir servi dans l'armée. Le règlement exige de rester isolé pendant des années. Comment font les militaires qui ont des familles ? Elles aussi, on doit les retenir à la base, mais personne n'accepte une telle contrainte. J'ai trouvé deux candidats qui auraient fait l'affaire, mais ils préféraient encore être envoyés dans les écoles du 7 Mai plutôt que de venir s'enterrer ici*. On peut bien sûr leur forcer la main mais, pour ce genre de travail, il vaut mieux des personnes venues de leur plein gré.

— Nous n'avons donc pas le choix.

— Mais c'est contraire au règlement.

— C'est de la nature du projet de contourner le règlement. Si quelque chose arrive, j'en assumerai la responsabilité

— Ah, Yang, de quelle responsabilité parles-tu ? Tu as la tête plongée dans les problèmes techniques, mais Côte Rouge n'est pas un programme national de défense ordinaire. Sa complexité va bien au-delà des questions techniques.

— Sur ce point, je peux difficilement te contredire.

Quand ils atterrirent, le soleil était déjà en train de se coucher. Ye Wenjie déclina l'aide de Yang Weining et de Lei Zhicheng et descendit toute seule tant bien que mal de l'appareil. Un vent violent manqua de la faire s'envoler. En soufflant sur les hélices encore en mouvement de l'hélicoptère, le vent fit entendre un son strident. Ye Wenjie était familière de ce vent qui soufflait dans la forêt, elle connaissait ce vent et ce vent la connaissait, c'était celui des montagnes du Grand Khingan. Bien vite, elle entendit un autre bruit, un bourdonnement grave, énergique, vaste et puissant, qui semblait servir de décor à ce monde, celui de l'antenne parabolique battue par le vent. C'était en l'approchant qu'on pouvait véritablement mesurer l'immensité de ce voilage céleste. En un mois, la vie de Wenjie

---

* Durant la Révolution culturelle, les "écoles du 7 Mai" ou "écoles des cadres du 7 Mai" étaient des camps de "rééducation" pour les cadres administratifs, techniques et politiques, où ceux-ci prenaient notamment part à des travaux agricoles. (N.d.T)

avait effectué une grande boucle, et elle se trouvait maintenant au pic du Radar.

Wenjie ne put s'empêcher de tourner la tête pour regarder dans la direction du campement du Corps de construction et de production, mais elle ne vit qu'un océan d'arbres brumeux bercés par les couleurs du crépuscule.

L'hélicoptère ne paraissait pas avoir été affrété spécialement pour elle : des soldats approchèrent pour embarquer les malles qui jonchaient le sol de la cabine. Ils passèrent devant elle, sans même lui jeter un regard. Lei Zhicheng, Yang Weining et elle continuèrent leur chemin tout droit. Wenjie remarqua à quel point la superficie du pic du Radar était étendue. Du pied de l'antenne, on distinguait un complexe de bâtiments blancs qui, par contraste avec l'antenne, ressemblaient à de délicats cubes de construction. Ils se dirigèrent vers l'entrée de la base, gardée par deux soldats armés. Ils s'arrêtèrent devant la porte.

Lei Zhicheng se tourna vers Ye Wenjie et lui dit avec gravité :

— Ye Wenjie, vous avez été convaincue d'un acte de trahison contre-révolutionnaire. Le tribunal vous a condamnée à une peine à la hauteur de votre faute, mais vous avez aujourd'hui l'opportunité d'expier vos crimes en travaillant ici. C'est à prendre ou à laisser.

Il indiqua la direction de l'antenne :

— Vous vous trouvez dans un complexe militaro-industriel. L'un des projets de recherche menés ici requiert vos compétences. Pour des détails plus concrets, je laisserai l'ingénieur en chef Yang vous expliquer. Réfléchissez bien.

Cela dit, il fit un signe de la tête à Yang Weining et suivit la file de soldats qui transportaient les caisses de matériel à l'intérieur de la base.

Yang Weining attendit que les hommes soient partis avant de faire signe à Ye Wenjie de s'éloigner un peu. Il était évident qu'il craignait que les soldats placés en sentinelle devant la base n'entendent leur conversation. Cette fois, il ne prétendit plus ne pas la connaître :

— Wenjie, je vais te parler franchement, ce n'est pas une opportunité. J'ai défendu ta cause devant la Commission militaire et, malgré la lourde sentence préconisée par la responsable

Cheng Lihua, ta situation te vaudrait au maximum dix ans de prison qui pourraient être ramenés à six ou sept ans en fonction des circonstances. Mais ce lieu – il balaya la base du regard – c'est un complexe de recherches ultra-confidentiel et, dans ton cas, cela signifie peut-être...

Il s'interrompit, comme s'il souhaitait que le bourdonnement de l'antenne battue par le vent aggrave le ton de sa voix :

— ... que tu ne sortiras jamais d'ici.

— J'accepte, murmura Ye Wenjie.

Yang Weining fut surpris par la rapidité de sa décision.

— Rien ne presse, tu peux réfléchir encore un peu. L'hélicoptère ne repart que dans trois heures. Si tu as l'intention de refuser, je peux te raccompagner là-bas.

— Je ne veux pas y retourner, entrons.

La voix de Wenjie était encore très faible, mais son timbre était cette fois dur comme du métal. Dorénavant, à part peut-être le monde des morts dont elle ignorait toutefois l'existence, le seul endroit où elle accepterait de se rendre était ce pic coupé du monde. Ici, elle éprouverait un sentiment de sécurité qu'elle n'avait pas ressenti depuis longtemps.

— Sois tout de même plus prudente, tu dois comprendre ce que cela signifie.

— Je suis prête à rester ici toute ma vie.

Yang Weining se tut, il regarda l'horizon, comme s'il voulait forcer Ye Wenjie à prendre le temps de la réflexion. Wenjie aussi était silencieuse, emmitouflée dans son pardessus battu par le vent, les yeux également plongés dans le lointain. Les montagnes du Grand Khingan avaient disparu dans l'épaisse obscurité de la nuit. On ne peut rester longtemps dehors à réfléchir en plein hiver. Yang Weining décida de se diriger vers l'entrée, il marchait vite, comme s'il voulait laisser Wenjie derrière lui, mais elle s'accrochait pour suivre son allure. Ils franchirent ensemble la grande porte de la base de Côte Rouge. Les deux gardes refermèrent les deux lourds battants de métal derrière eux.

Après avoir marché un moment, Yang Weining s'arrêta. Il désigna l'antenne à Wenjie :

— Il s'agit d'un projet de développement d'une arme de grand calibre. Si l'opération est un succès, le résultat sera encore plus révolutionnaire que l'invention de la bombe nucléaire ou de la bombe H.

Arrivé devant le plus gros bâtiment du complexe de la base, Yang Weining poussa directement la porte sur laquelle Ye Wenjie vit qu'il était inscrit : "Console de contrôle des transmissions". À peine étaient-ils entrés qu'elle reçut au visage une bouffée de vapeur chaude qui empestait l'huile de moteur. Elle découvrit que le vaste hall était envahi de tous types de machines et d'instruments. La pièce était éclairée par des signaux lumineux et les vacillements des oscilloscopes. Plus d'une dizaine de techniciens y étaient assis, mais on les aurait plutôt crus accroupis au fond de profondes tranchées face à des rangées d'appareils prêts à les submerger. Les mots de code des différentes opérations en cours se succédaient par vagues, et l'ambiance paraissait à la fois nerveuse et désordonnée.

— Il fait meilleur ici. Attends-moi un moment. Je vais veiller à ce qu'on te prépare une chambre, dit Yang Weining à Wenjie, avant de lui montrer du doigt une chaise à côté d'une table.

Wenjie vit que quelqu'un d'autre était assis à la table, un militaire armé d'un fusil.

— Je préfère attendre dehors, lâcha Wenjie en faisant demi-tour.

Yang Weining lui sourit aimablement :

— Désormais, tu es une employée de la base. Hormis quelques endroits que je t'indiquerai, tu peux te déplacer où tu le souhaites.

Dès qu'il eut fini de parler, une expression de désarroi se dessina sur son visage. Il avait compris que l'autre sens de cette phrase était : "Tu ne pourras plus jamais partir d'ici."

— Je préfère attendre dehors, insista Wenjie.

— Comme tu voudras…

Yang Weining observa le militaire, qui ne les avait pas remarqués. Il comprit presque Wenjie, et l'accompagna hors de la console de contrôle.

— Reste ici à l'abri du vent, je reviens dans quelques minutes. Je vais simplement demander à quelqu'un d'allumer un feu dans ta chambre. Les conditions de vie à la base sont rudimentaires, il n'y a pas de chauffage.

Puis il s'éloigna.

Wenjie resta debout à côté de la porte de la console de contrôle. L'immense antenne se dressait derrière son dos, elle occupait tout juste la moitié du ciel. De là où elle était, Wenjie pouvait entendre distinctement les bruits à l'intérieur de la console de contrôle. Brusquement, la cacophonie des mots de code s'éteignit et un silence s'abattit sur la salle. Tout juste pouvait-on entendre les ronronnements irréguliers des appareils. Puis la voix d'un homme rompit le silence :

— 2ᵉ corps d'artillerie de l'Armée populaire de libération. Projet Côte Rouge. Transmission 147 autorisée, 30 secondes avant lancement.

Catégorie de la cible : 3A ; Code de position : BN20197F ; Fin de la vérification de la transmission, 25 secondes !

Numéro de fichier de la transmission : 22 ; Annexe : nulle ; Extension : nulle ; Fin de la vérification du fichier, 20 secondes !

Rapport du pôle d'énergie : OK !

Rapport du pôle de codage : OK !

Rapport du pôle d'amplificateur : OK !

Rapport du pôle de détection des perturbations : dans les limites autorisées !

Entrée dans la phase irrévocable du programme : 15 secondes !

Tout redevint silencieux, puis dix secondes plus tard, une alarme retentit et un signal rouge se mit à clignoter à toute vitesse sur l'antenne.

— Transmission ! À chaque pôle, à vos postes de surveillance !

Wenjie sentit comme un léger picotement sur son visage. Elle savait qu'un puissant champ électrique s'était créé. Elle leva la tête pour voir la direction dans laquelle s'orientait l'antenne, elle aperçut dans le ciel nocturne un nuage émettant un halo bleu foncé, si faible qu'elle crut tout d'abord à une illusion née de son esprit. Mais lorsque le nuage fut soufflé par le vent et que la lueur s'éteignit, un autre nuage vint prendre sa place dans le ciel. Dans la console de contrôle, le concert de mots de code avait à nouveau repris, mais elle pouvait encore saisir quelques phrases :

— Pôle d'amplificateur endommagé, magnétron 3 grillé.

Pôle d'assistance : retour à la normale!

Seuil n° 1 atteint! Continuez la transmission.

Dans l'obscurité qui régnait, Wenjie entendit une autre vibration. Elle vit une ombre noire de la forme d'une colonne émerger de la forêt sur le flanc du pic et monter en spirale jusqu'au ciel. Elle n'avait pas imaginé que, même au plus rude de l'hiver, il y ait autant d'oiseaux dans la forêt. Elle fut alors le témoin d'un spectacle atroce : une nuée d'oiseaux s'envola dans le périmètre où pointait l'antenne et, derrière le nuage diaphane, elle les vit distinctement retomber sur le sol, comme foudroyés en plein vol.

L'opération se prolongea environ quinze minutes, puis le voyant rouge de l'antenne s'éteignit et la sensation de picotement sur la peau de Wenjie disparut. Dans la console de contrôle, les murmures des techniciens reprirent tandis que la voix sonore de l'homme continuait à communiquer des informations.

— Opération de transmission n° 147 du projet Côte Rouge terminée. Fermeture du système de transmission. Côte Rouge entre en mode veille. Veuillez laisser l'équipe de veille prendre le contrôle du système et transférez les données sur les seuils de contrôle.

Merci de remplir scrupuleusement le journal de transmission. Les responsables des différents pôles sont attendus en salle de réunion pour un compte rendu général. Terminé.

Tout redevint alors silencieux. Seule l'antenne continuait à bourdonner dans le vent. Ye Wenjie observa dans le ciel nocturne les oiseaux qui regagnaient peu à peu la forêt. Elle leva une nouvelle fois les yeux vers l'antenne ; elle eut l'impression que c'était la gigantesque paume d'une main qui s'ouvrait vers la voûte céleste, une main dotée d'un mystérieux pouvoir surhumain. Mais alors qu'elle regardait le ciel, elle ne parvint pas à voir la cible n° BN20197F atteinte par cette main. Derrière la volute de nuages, elle ne voyait que le ciel étoilé d'un hiver glacial de l'an 1969.

4

LES FRONTIÈRES DE LA SCIENCE

Trente-huit ans plus tard.

Les quatre individus venus interroger Wang Miao formaient une bien curieuse équipe. Deux flics et deux militaires. Wang Miao aurait été moins surpris si les deux militaires avaient été de simples soldats, mais il se trouvait nez à nez avec deux officiers.

Les deux flics lui avaient fait mauvaise impression dès le premier regard. Si le jeune en uniforme avait fait montre d'une certaine politesse à son égard, celui en civil avait l'air désagréable. Le gaillard, grand et robuste, avait une mine patibulaire. Il était vêtu d'une veste en cuir sale, empestait le tabac et, pour couronner le tout, grognait plus qu'il ne parlait. Il était l'incarnation même du type imbuvable.

— Wang Miao ?

Cette façon de l'interpeller directement par son nom l'irrita au plus haut point, d'autant que l'homme ne daigna pas lever la tête, trop occupé à allumer sa cigarette. Sans même attendre une réponse, il fit un signe au plus jeune qui présenta à Wang Miao sa carte de police. Sa cigarette allumée, le policier s'engouffra aussitôt dans l'appartement.

— Merci de ne pas fumer à l'intérieur de mon appartement, l'arrêta Wang Miao.

— Je vous demande pardon, monsieur le professeur. Permettez que je vous présente notre commissaire de police, M. Shi Qiang, expliqua le jeune policier dans un sourire, avant de lancer un clin d'œil au commissaire.

— Bon. Eh bien, bavardons sur le palier, lâcha Shi Qiang.

Il inspira une profonde bouffée qui consuma la moitié de sa cigarette, mais à la surprise de Wang Miao, il n'expira pas la moindre fumée.

Il fit un nouveau geste de la tête à son jeune collègue :

— Demande-lui.

— Professeur Wang, nous souhaiterions vous interroger au sujet de la Société scientifique des frontières de la science. Certains de ses membres ont récemment pris contact avec vous, n'est-ce pas ?

— La Société des frontières de la science est une association de recherche tout à fait légale, très influente au niveau international. Elle est constituée d'éminents scientifiques. En quoi serait-il illégal d'être en contact avec une telle association ?

— Écoute-le ! beugla Shi Qiang. Vous nous avez entendus dire que c'était illégal ? Est-ce qu'il vous a été signifié à un seul instant de ne pas entrer en contact avec eux ? dit-il en recrachant enfin au visage de Wang Miao la fumée qu'il avait aspirée quelques instants plus tôt.

— C'est une question de vie privée et je n'ai aucune obligation de répondre à vos interrogations.

— De vie privée ? Un scientifique aussi réputé que vous devrait savoir qu'il a des responsabilités en termes de sûreté publique, vous ne croyez pas ? rétorqua Shi Qiang en jetant son mégot avant de tirer une nouvelle cigarette de son paquet écrasé.

— J'ai le droit de ne pas vous répondre. Au revoir, messieurs, se contenta de dire Wang Miao en tournant le dos pour rentrer dans son appartement.

— Minute ! mugit Shi Qiang tout en faisant un signe de la main au plus jeune des officiers. Donne-lui l'adresse et le numéro de téléphone. Cet après-midi, on va faire un tour.

— Mais que voulez-vous à la fin ? riposta Wang Miao, en colère.

Des voisins, alertés par la dispute, sortirent la tête de leurs appartements pour voir ce qui se passait sur le palier.

— Commissaire Shi, vous aviez dit que vous…

Le jeune policier tira avec rage le commissaire par la manche. Visiblement, Wang Miao n'était pas le seul à être indisposé par la trivialité du commissaire.

Le commandant militaire se précipita devant la porte :

— Professeur Wang, ne vous méprenez pas sur notre compte. Une réunion importante se tient cet après-midi où seront présentes plusieurs personnalités de la communauté scientifique nationale. Nous avons pour mission de vous y conduire.

— J'ai d'autres choses prévues pour cet après-midi.

— Nous sommes au courant. Notre supérieur a déjà contacté le directeur de votre Centre de recherches en nanotechnologie. Votre présence est indispensable. Nous n'aurions d'autre choix que de la reporter.

Shi Qiang et son collègue restèrent silencieux, ils tournèrent les talons et descendirent l'escalier. En les voyant s'éloigner, les deux militaires parurent pousser un long soupir de soulagement.

— C'est quoi, son problème ? demanda à voix basse le commandant à son collègue.

— Ses bavures sont de notoriété publique. Il y a quelques années, lors d'une prise d'otages, il a joué au loup solitaire, au mépris de la sécurité des otages. Résultat : trois morts de la même la famille, abattus par les ravisseurs. On raconte aussi qu'il fricote avec la pègre, il collaborerait avec des organisations mafieuses dans le but d'en faire tomber d'autres. Et cerise sur le gâteau, l'année dernière, il a tellement torturé un suspect qu'il s'est retrouvé handicapé moteur. Depuis, il a été mis à pied…

— Qu'est-ce qu'un mec comme lui fout au Centre d'opérations militaires ?

— Ordre du général. Il doit avoir quelque chose de plus que les autres. Mais les restrictions le concernant sont claires : mis à part les questions de sûreté publique, nous ne lui donnons aucune autre information.

Le Centre d'opérations militaires ? De quoi parlaient-ils ? Wang Miao observa les deux militaires avec perplexité.

La voiture qui vint le chercher le conduisit dans un grand complexe situé à la périphérie de la ville. Wang Miao remarqua qu'aucune indication ne figurait sous le numéro du bâtiment. Il en déduisit que le site appartenait à l'armée et non à la police.

La réunion avait lieu dans une grande salle de conférences. Wang Miao fut stupéfait du chaos qui régnait à l'intérieur. La salle était truffée de matériel informatique. Certains ordinateurs, n'ayant pu trouver place sur les tables, étaient posés à même le sol, tandis que des fils électriques et des câbles Ethernet emmêlés étaient éparpillés un peu partout. Les commutateurs réseau n'étaient pas rangés dans des racks – comme l'exigeaient pourtant les normes de sécurité habituelles – mais directement empilés sur les serveurs. Des écrans de vidéoprojecteur étaient installés aux quatre coins de la salle selon des angles différents. On aurait cru des tentes de gitans. La fumée des cigarettes flottait dans l'air comme une nappe de brume. Wang Miao ignorait s'il se trouvait dans le fameux Centre d'opérations militaires dont avaient parlé les deux officiers, mais il était au moins sûr d'une chose : ce qui se tramait ici ne souffrait aucune autre préoccupation.

La table de conférence de fortune était jonchée de documents et d'objets divers. La plupart des participants avaient l'air épuisés, leurs costumes étaient froissés et leurs cravates dénouées, comme s'ils venaient de passer une longue nuit blanche. Le président de séance était un général de l'armée de terre nommé Chang Weisi, et la moitié des participants étaient des militaires. Après un bref tour de table, Wang Miao apprit que l'assistance comptait aussi un certain nombre de membres de la police et d'autres experts scientifiques comme lui. Certains d'entre eux étaient d'ailleurs des chercheurs prestigieux travaillant dans le domaine des sciences fondamentales.

Ce qui l'étonnait davantage, c'était la présence de quatre étrangers, et plus encore, l'identité de ces derniers : un colonel de l'armée de l'air américaine et un colonel de l'armée de terre britannique, tous deux émissaires de l'Otan. Plus surprenant encore, deux agents de la CIA, présents en tant qu'observateurs. Wang Miao lisait une seule et même phrase sur leurs visages : "Nous avons fait l'effort de venir, alors ne traînons pas !"

Wang Miao aperçut le commissaire Shi Qiang. La rudesse du matin fit place à un salut poli. Pour autant, le sourire nigaud du commissaire ne parvint pas à le rendre plus sympathique à ses yeux. Il n'avait aucune envie de prendre place à côté de lui, mais il ne restait qu'un siège de libre et il dut s'y résoudre. L'odeur déjà pesante du tabac devint encore plus oppressante après l'arrivée de Shi Qiang.

Au moment où furent distribués les documents, Shi Qiang se pencha vers Wang Miao et lui glissa :

— Professeur Wang, je crois que vous faites des recherches sur euh… les nouveaux matériaux, c'est bien ça ?

— Les nanomatériaux, répondit simplement Wang Miao.

— J'ai entendu dire que c'était du costaud. Ça pourrait être utilisé à des fins criminelles ça, non ?

Une expression à moitié goguenarde se lisait sur son visage, sans que Wang Miao parvienne à savoir s'il était sérieux ou s'il se moquait de lui.

— Que voulez-vous dire ?

— On m'a raconté que des trucs pas plus épais que des cheveux suffisaient à soulever un camion et qu'un criminel qui arriverait à s'en procurer pourrait forger une machette capable de découper une voiture en deux.

— Mmh, pas besoin de s'en faire une machette. Un fil de l'épaisseur d'un centième de cheveu conçu avec certains nanomatériaux et qu'on tendrait sur une route pourrait trancher un véhicule aussi facilement que si c'était du fromage… Mais vous savez, n'importe quel objet peut servir à des fins criminelles : on peut tuer quelqu'un avec un écailleur à poisson…

Shi Qiang sortit la moitié d'un document de la sacoche et l'y replongea aussitôt, n'y voyant visiblement aucun intérêt.

— Pas faux. On peut même tuer avec un poisson ! Je me suis occupé d'une affaire où la nana avait tranché l'engin de son mari avec vous savez quoi ? Un tilapia sorti du congélateur ! L'épine dorsale congelée de la poiscaille était aussi coupante qu'un couteau.

— Ça ne m'intéresse pas. On ne m'a pas fait venir à cette réunion pour ça tout de même ?

— Les poissons ? Les nanomatériaux ? Non, non, aucun rapport.

Shi Qiang rapprocha sa bouche de l'oreille de Wang Miao :

— N'ayez aucune tendresse pour ces types, ils nous prennent pour des abrutis. Ils nous soutirent des infos, mais ils ne nous racontent rien. Regardez-moi, ça fait un mois que je fais partie du plan, et je n'en sais pas plus que vous.

— Chers camarades, la réunion va débuter, les interrompit Chang Weisi. L'endroit où vous vous trouvez aujourd'hui est le point de ralliement de différentes opérations militaires menées dans le monde entier. Je commencerai par préciser aux camarades ici présents la situation telle qu'elle est à l'heure actuelle.

Wang Miao fut déconcerté par l'utilisation du terme d'"opérations militaires". Il remarqua cependant qu'il n'était pas dans l'intention du général d'expliquer aux nouveaux arrivants comme lui les tenants et les aboutissants de l'affaire, ce qui allait dans le sens de ce que venait de dire Shi Qiang. Durant son court discours d'ouverture, le général Chang utilisa par deux fois l'expression "chers camarades". Wang Miao jeta un œil sur les militaires de l'Otan et les agents de la CIA et se demanda si le général n'avait pas oublié de leur donner à eux du "chers messieurs".

— Eux aussi, ce sont des camarades. De toute façon, tout le monde s'interpelle comme ça ici, chuchota Shi Qiang en désignant les quatre étrangers avec la cigarette qu'il tenait entre les doigts.

Wang Miao fut à la fois déconcerté et impressionné par le sens de l'observation du commissaire.

— Shi Qiang, éteins ta cigarette, l'odeur de fumée est déjà suffisamment forte comme ça, lança Chang Weisi avant de replonger la tête dans ses documents.

La cigarette qu'il venait d'allumer à la main, Shi Qiang jeta un regard circulaire autour de lui. Ne trouvant pas trace d'un cendrier, il écrasa dans un grésillement son mégot dans sa tasse de thé. Profitant de l'occasion, il leva la main pour prendre la parole et, sans même attendre la permission de Chang Weisi, il éructa :

— Général, j'ai une réclamation que j'avais déjà exprimée : nous voulons une transparence totale sur les informations !

Le général Chang leva la tête :

— Il n'existe pas d'information d'ordre militaire qui puisse être totalement transparente. Je demande aux chercheurs présents aujourd'hui de bien comprendre que nous ne sommes pas en mesure de vous divulguer davantage d'informations.

— Mais nous, ce n'est pas pareil, nous sommes flics, nom d'un chien ! Nous participons aux activités du Centre d'opérations militaires depuis sa fondation et, encore aujourd'hui, nous n'avons pas la moindre idée de ce à quoi il sert ! Sans compter que vous êtes joliment en train de nous mettre de côté : vous profitez de notre boulot et il faudrait qu'on s'écarte une fois qu'il est fini !

Plusieurs officiers de police présents dans la salle tentèrent à voix basse de faire taire Shi Qiang. Wang Miao était quelque peu estomaqué que celui-ci ose s'adresser ainsi à quelqu'un du grade du général Chang Weisi. La contre-attaque de ce dernier fut cinglante :

— Eh bien, Shi Qiang, il semblerait que tes déplorables manières n'aient pas changé. Tu penses t'exprimer au nom de toute la police ? Tu as déjà été mis à pied plusieurs mois pour ton comportement et tu risques de te retrouver tôt ou tard exclu du corps des forces de l'ordre. Si je t'ai demandé de venir, c'est parce que j'ai du respect pour ta carrière dans les forces de police urbaine. Tu devrais plutôt me remercier de te donner cette chance.

Shi Qiang éleva la voix :

— Une chance, en reconnaissance des services rendus ? Et moi qui croyais que j'avais des méthodes de truand…

— Elles pourraient bien s'avérer utiles, répondit Chang Weisi en hochant la tête, c'est la seule chose qui compte aujourd'hui. Nous sommes en guerre.

— Plus rien ne compte à présent, reprit un agent de la CIA dans un mandarin parfait. Il nous faut rompre avec les conventions du passé.

Le colonel britannique, qui semblait lui aussi comprendre le chinois, approuva de la tête et lâcha :

— *To be or not to be…*

— Qu'est-ce qu'il a dit ? demanda Shi Qiang à Wang Miao.

— Rien, répondit-il mécaniquement.

Ils avaient tous l'air de divaguer : en guerre ? Mais où voyaient-ils une guerre ? Il tourna la tête vers les baies vitrées de la salle. Au loin, derrière la cour, on pouvait apercevoir la ville, ses artères et ses cortèges de voitures. Sur les pelouses, on distinguait des maîtres promenant leurs chiens et des enfants en train de jouer… Lequel des deux était le plus réel, le monde de l'intérieur ou celui de l'extérieur ?

Le général Chang poursuivit :

— Récemment, l'ennemi a significativement intensifié ses attaques. Ses cibles sont maintenant les hautes sphères scientifiques. Veuillez à présent consulter la liste des noms distribuée dans vos documents.

Wang Miao se saisit de la première feuille. Les noms, retranscrits en chinois et en anglais et écrits en gros caractères, semblaient avoir été tapés à la hâte.

— Professeur Wang, quels sentiments vous inspire cette liste ? demanda le général.

— Je connais trois d'entre eux. Ce sont tous de remarquables physiciens, de vrais précurseurs, répondit-il, l'esprit distrait.

Son regard était en réalité resté rivé sur le dernier nom de la liste. Dans son esprit, les deux caractères apparaissaient sous une couleur différente de celle des caractères figurant au-dessus. Comment son nom à elle s'était-il retrouvé ici ? Que lui était-il arrivé ?

— Une connaissance ? demanda Shi Qiang en pointant le nom avec un doigt bouffi et jauni par la cigarette.

Wang Miao fit la moue.

— Ah, pas plus que ça ? Vous souhaiteriez la rencontrer ?

Wang Miao comprenait à présent pourquoi Chang Weisi avait eu du nez de faire appel à Shi Qiang. Sous ce regard un peu lourdaud se cachaient en réalité des yeux aussi acérés que des poignards. Ce n'était peut-être pas un flic intègre, mais il était loin d'être idiot.

C'était il y a un an de cela, Wang Miao était responsable de la section des nanocomposants du projet d'accélérateur de particules "China II". Un après-midi, lors d'une brève pause sur le site de Liangxiang, quelque chose avait attiré son regard. En tant que passionné de photographie de paysage, il lui arrivait souvent que des scènes de la réalité se matérialisent dans ses yeux en une composition artistique. Ce jour-là, le motif principal de la composition était formé par la bobine supraconductrice que l'équipe était en train d'installer. La moitié seulement de la bobine de trois étages avait été montée. En la regardant, on aurait cru voir une créature monstrueuse faite d'énormes blocs de métal et d'un écheveau de tuyaux réfrigérants cryogéniques. Comme le tas d'ordures d'une grande ère industrielle, la machine révélait à elle seule la brutalité et la froideur métallique d'une technologie inhumaine. En face de ce monstre d'acier avait émergé la silhouette mince d'une jeune femme. La luminosité de la composition était parfaite : le monstre était immergé dans l'ombre du plafond temporaire de la salle, ce qui intensifiait sa texture froide et rugueuse, tandis qu'un halo argenté, presque crépusculaire, transperçait les trous du plafond pour venir se projeter sur la silhouette. La douceur de la lumière éclairait ses cheveux satinés ainsi que la blancheur de son cou qui saillait du col de sa combinaison de travail. On aurait dit une fleur délicate qui venait de s'ouvrir sur de gigantesques ruines de métal après un violent orage…

— Qu'est-ce que tu regardes ? Au travail !

Wang Miao avait sursauté, avant de remarquer que le directeur du Centre de recherches en nanotechnologie ne s'était pas adressé à lui mais à un jeune ingénieur dont le regard semblait tout comme le sien happé par la silhouette. Wang Miao était redescendu de l'art à la réalité et il s'était aperçu que la jeune femme qui venait de pénétrer dans la pièce n'était pas un membre ordinaire du personnel, car elle était accompagnée de l'ingénieur en chef qui lui présentait les lieux d'un air affable.

— Qui est-ce ? avait demandé Wang Miao au directeur.

— Tu dois avoir entendu parler d'elle, avait-il répondu en faisant de grands gestes. C'est son modèle théorique des supercordes qui sera testé lors de la première mise en marche de l'accélérateur à deux milliards, lorsque sa construction sera achevée. La règle de l'ancienneté du monde scientifique fait qu'elle n'aurait sans doute pas dû être la première à visiter les lieux, mais aucun des vieux briscards n'ose montrer patte blanche, ils ont peur d'avoir l'air ridicule. Conséquence : ils lui laissent une chance de se faire un nom.

— Comment ? Alors, Yang Dong est… une femme ?

— En effet. Nous ne l'avons appris qu'il y a quelques jours lorsque nous l'avons rencontrée pour la première fois.

Le jeune ingénieur avait alors demandé :

— Elle doit souffrir de troubles psychologiques, sinon comment expliquer qu'elle ne se montre jamais dans les médias ? C'est comme l'écrivain Qian Zhongshu qui jusqu'à sa mort n'a jamais accepté de passer à la télé ?

— Oui mais, quand même, Qian Zhongshu, on connaissait au moins son sexe, non ? Elle a dû connaître des expériences traumatisantes dans son enfance pour développer un tel autisme, avait poursuivi Wang Miao, un peu par amertume.

Yang Dong et l'ingénieur en chef s'étaient approchés d'eux et, au moment de les dépasser, celle-ci les avait salués de la tête en souriant. Elle n'avait pas dit un mot, mais la pureté de son regard s'était ancrée dans les souvenirs de Wang Miao.

Le soir même, Wang Miao s'était assis dans sa bibliothèque pour admirer fièrement ses photos de paysages. Ses yeux étaient tombés sur une scène qu'il avait capturée au nord de la Grande Muraille : une vallée déserte derrière laquelle perçait la blancheur des montagnes enneigées. À l'extrémité de la vallée, des branches de bois mort qui semblaient avoir vécu mille histoires occupaient presque un tiers de l'espace. Dans son imagination, Wang Miao avait incrusté dans cette scène la silhouette féminine qui baignait encore dans son esprit. Il l'avait imaginée au plus profond de la vallée, où elle avait l'air minuscule. À cet instant, Wang Miao avait eu la surprise de constater que le tableau paraissait prendre vie, comme si le monde à l'intérieur de la photographie avait reconnu cette silhouette, comme si tout cela n'avait jamais existé que pour elle. Il avait encore superposé dans son esprit la silhouette sur quelques autres images. Les yeux de la fille devenaient parfois même la toile de fond de plusieurs scènes, et toutes celles-ci s'éveillaient, révélant une beauté que Wang Miao n'avait jamais soupçonnée auparavant. Wang Miao avait toujours trouvé qu'il manquait une âme à ses photos, il savait maintenant que ce qui manquait, c'était elle.

— En moins de deux mois, tous les physiciens dont les noms apparaissent sur la liste se sont donné la mort, expliqua Chang Weisi.

Ce fut comme un coup de tonnerre. Wang Miao eut un grand blanc, derrière lequel des images naquirent bientôt : les mêmes paysages bicolores de ses photographies, mais d'où la silhouette avait disparu. Le ciel avait effacé ses yeux, le monde n'était plus qu'une nature morte.

— C'était… quand ? demanda Wang Miao, ahuri.

— Il y a moins de deux mois, répéta le général.

— Vous voulez sans doute parler du dernier nom sur la liste, lança crânement Shi Qiang, qui était assis à ses côtés.

Puis il baissa la voix :

— C'est la dernière à s'être suicidée. Avant-hier soir, overdose de somnifères. Sa mort a été rapide, elle n'a pas souffert.

L'espace d'un instant, Wang Miao éprouva un soupçon de gratitude pour Shi Qiang.

— Pourquoi ? demanda-t-il.

Comme des diapositives, les images des paysages morts tournaient en boucle dans son esprit.

Chang Weisi répondit :

— Pour l'heure, nous ne sommes certains que d'une chose : c'est la même raison qui les a tous poussés à mettre fin à leurs jours. Mais il est difficile – peut-être même impossible pour des non-spécialistes comme nous – de déterminer précisément cette raison. Vous trouverez dans les documents distribués une partie du contenu de leurs lettres d'adieu, vous pourrez les lire plus en détail après la réunion.

Wang Miao feuilleta les photocopies de ces lettres, toutes très longues.

— Docteur Ding Yi, peut-être pourriez-vous transmettre au Pr Wang Miao celle de Yang Dong ? C'est la plus courte, mais aussi celle qui résume le mieux la situation.

L'homme resta silencieux et tête baissée pendant un long moment avant de réagir. Il sortit une enveloppe blanche et la fit passer à Wang Miao. Shi Qiang se pencha à son oreille :

— Le petit ami de Yang Dong.

Wang Miao se souvint seulement alors qu'il avait déjà rencontré le Dr Ding Yi sur le site de l'accélérateur de Liangxiang. Il était membre du comité théorique. Il s'était fait un nom en découvrant le macro-atome lors de ses recherches sur la foudre en boule. Wang Miao sortit de l'enveloppe un objet aux senteurs odorantes et à la forme irrégulière. Ce n'était pas une feuille de papier, mais un morceau d'écorce de bouleau de Mandchourie. Il y était écrit avec un trait gracieux :

Tout ça pour en arriver à cette conclusion : la physique n'a jamais existé et n'existera jamais. Je reconnais que c'est irresponsable, mais je n'ai pas d'autre choix.

Puis elle était partie, sans même une signature.

— La physique... n'existe pas ?

Étourdi, Wang Miao regarda autour de lui.

Le général Chang referma le dossier.

— Nous possédons des informations concrètes concernant les résultats des expériences obtenus à partir des trois accélérateurs de particules existant dans le monde. Celles-ci sont très techniques et nous n'en discuterons pas ici. La première chose sur laquelle nous devons concentrer notre enquête est la Société scientifique des frontières de la science. L'année 2005 a été déclarée "Année mondiale de la physique" par l'Unesco, la société est née au lendemain des nombreux colloques et échanges académiques internationaux ayant vu le jour cette année-là. Il s'agit d'une association scientifique à dimension internationale. Docteur Ding, vous êtes vous-même spécialiste de physique théorique, pouvez-vous nous donner plus de détails sur cette organisation ?

Ding Yi acquiesça :

— Je n'ai jamais eu de rapport direct avec la Société des frontières de la science, mais c'est une organisation réputée dans le monde scientifique. Elle part du constat suivant : depuis la seconde moitié du siècle dernier, l'abandon des concepts élémentaires de la physique classique a fait place à des théories de plus en plus complexes, de plus en plus vagues et de plus en plus incertaines. Les vérifications expérimentales, elles, deviennent de plus en plus difficiles, ce qui montre selon eux que l'exploration scientifique se retrouve aujourd'hui face à des obstacles importants. La Société des frontières de la science se consacre à la promotion de nouvelles perspectives de pensée.

Pour faire simple, leur objectif consiste à utiliser des méthodes scientifiques pour sonder les limites mêmes de la science, afin de déterminer si la connaissance scientifique de la nature ne se heurte pas – en surface ou en profondeur – à une ligne de fond au-dessous de laquelle la science ne pourrait accéder. Pour eux, le développement de la physique moderne semble plus ou moins avoir atteint cette ligne de fond.

— Merci, poursuivit Chang Weisi. Selon nos informations, la plupart des scientifiques suicidés ont été à un moment donné en contact avec la Société des frontières de la science. Certains en étaient même membres. Mais rien ne nous permet aujourd'hui de conclure à une manipulation spirituelle occulte ou à une consommation collective de drogues. Ce qui signifie en d'autres termes que même si les Frontières de la science ont exercé une quelconque influence sur ces scientifiques, cela s'est fait au moyen d'échanges universitaires parfaitement légaux. Professeur Wang, ils ont récemment pris contact avec vous, et nous aimerions avoir des informations à ce sujet.

Shi Qiang rajouta aussitôt d'un ton bourru :

— Y compris le nom de vos contacts, le lieu et l'heure des rencontres, le contenu des conversations, si vous avez échangé des documents ou des courriels…

— Shi Qiang! le coupa Chang Weisi, avec autorité.

Un policier se pencha vers Shi Qiang et lui murmura :

— Ce n'est pas parce que tu n'ouvres pas ta gueule une minute qu'on va croire que tu es muet!

Ce dernier souleva la tasse de thé posée devant lui et, après un regard sur le mégot qui baignait à l'intérieur, la reposa bruyamment sur la table.

Cette réaction fut aussi insupportable pour Wang Miao que s'il avait gobé une mouche. L'infime sentiment de gratitude qu'il avait ressenti plus tôt disparut aussitôt. Mais il se maîtrisa et répondit à la question :

— Mon premier contact avec la Société des frontières de la science remonte à ma rencontre avec Shen Yufei, une physicienne japonaise d'origine chinoise, qui travaille maintenant dans une entreprise à capital japonais. Elle habite Pékin. Elle menait autrefois des recherches dans un laboratoire de

Mitsubishi Electrics, et nous nous sommes rencontrés pour la première fois lors d'un séminaire technique au début de l'année. Grâce à elle, j'ai aussi fait la connaissance d'autres physiciens, tous membres de la Société des frontières de la science. Lors de nos discussions, nous abordions des questions… comment dire… extrêmes, essentiellement autour de la ligne de fond de la science que vient d'évoquer le Dr Ding. Au début, je ne me passionnais guère pour ces débats, je prenais plutôt cela comme un divertissement. Je fais de la recherche appliquée et mes connaissances sur ces sujets sont limitées. Je me contentais d'écouter leurs discussions et leurs controverses. Mais leurs réflexions étaient profondes, et leurs perspectives originales. J'avais l'impression que mon horizon de pensée s'élargissait à leur contact et, peu à peu, je me suis davantage impliqué. Toutefois leurs sujets de discussion se limitaient à ces débats passionnés purement théoriques. Ils m'ont invité une fois à rejoindre les Frontières de la science, mais assister aux débats serait devenu un devoir. Ne m'en sentant pas la force, j'ai préféré décliner.

— Professeur Wang, nous aimerions que vous acceptiez cette invitation d'intégrer la Société des frontières de la science. C'est aussi la raison principale pour laquelle nous vous avons fait venir aujourd'hui, annonça le général Chang. Nous espérons par votre intermédiaire obtenir des informations de l'intérieur.

— Vous voulez dire que je servirai de taupe ? demanda Wang Miao, anxieux.

Shi Qiang explosa de rire :

— Ha ha !, de taupe !

Le général lui jeta un coup d'œil réprobateur et s'adressa à Wang Miao :

— Il s'agit simplement de nous fournir quelques renseignements. Et puis, nous n'avons pas d'autre intermédiaire.

Wang Miao secoua la tête :

— Je suis navré, général. Je ne peux pas faire ça.

— Professeur Wang, la Société des frontières de la science est une organisation qui regroupe les meilleurs spécialistes du monde entier. Enquêter sur ses activités est une chose à la fois très complexe et très sensible. Avec eux, nous marchons sur des œufs. Sans appui dans le monde scientifique, nous n'avancerons pas, c'est pourquoi nous nous permettons de vous soumettre si brusquement cette requête. J'espère que vous pouvez nous comprendre. Toutefois nous respecterons votre décision si vous décidez de rejeter notre sollicitation.

— Je… suis très occupé, je n'ai pas le temps, prétexta Wang Miao.

Chang Weisi hocha la tête :

— Bien, professeur Wang, nous n'abuserons plus de votre temps. Merci d'être venu à cette réunion.

Wang Miao resta distrait quelques secondes avant de comprendre qu'il était temps pour lui de quitter les lieux. Chang Weisi le raccompagna poliment jusqu'à la porte de la salle de conférences. Derrière eux, Shi Qiang cria à voix haute :

— Et voilà, depuis le début, j'étais contre ce plan. Trop d'intellos se sont déjà foutus en l'air, infiltrer celui-là, ça aurait été jeter une boulette de viande à une meute de chiens !

Wang Miao fit demi-tour et se dirigea vers Shi Qiang. Il lui glissa en se mordant les lèvres :

— Vous n'êtes vraiment pas un modèle de policier, commissaire.

— Je ne l'ai jamais été.

— La raison du suicide de ces scientifiques n'a pas encore été élucidée, vous ne devriez pas parler d'eux sur un ton si méprisant. Leurs travaux ont beaucoup contribué au développement de l'espèce humaine, tout le monde ne peut pas en dire autant.

— Vous voulez dire qu'ils sont plus malins que moi ?

Shi Qiang se balança sur sa chaise et pencha la tête vers Wang Miao :

— Au moins, je n'ai jamais tenté de me faire sauter la cervelle après avoir entendu les délires d'un collègue.

— Et vous prétendez que ce sera mon cas ?

— Vous êtes responsable de votre propre sécurité, lui répondit-il en le dévisageant et en dévoilant le même sourire nigaud qui devait être sa marque de fabrique.

— Dans ce cas, je suis plus en sécurité que vous. Vous devriez savoir que le pouvoir de discernement d'un homme est proportionnel à son intelligence.

— Je n'en suis pas si sûr, voyez-vous…

— Shi Qiang, encore un mot et je te mets dehors! le réprimanda sévèrement Chang Weisi.

— Ça ne fait rien, laissez-le dire, j'ai changé d'avis, j'accepte votre proposition d'intégrer les Frontières de la science.

Shi Qiang hocha la tête :

— Très bien. Une fois intégré, soyez futé, il y a des choses qui peuvent être faites en douceur : jeter un coup d'œil à leurs ordinateurs, mémoriser une adresse mail ou un site Internet, etc.

— Ça suffit. Détrompez-vous, je ne suis pas une taupe, je veux seulement prouver à tous votre ignorance et votre stupidité.

— Si dans quelque temps vous êtes encore vivant, alors oui, vous l'aurez prouvé… Mais j'ai bien peur que… hé! hé!

Son sourire niais se changea en ricanement sardonique.

— Bien sûr que je serai encore en vie! J'espère simplement ne plus avoir à vous revoir!

Chang Weisi raccompagna Wang Miao jusqu'au rez-de-chaussée et appela une voiture pour le raccompagner chez lui. Au moment de le quitter, il lui glissa :

— Shi Qiang a mauvais caractère, mais il a une grande expérience dans la police judiciaire et la lutte antiterroriste. Il y a vingt ans, il a servi dans ma compagnie.

Arrivé à hauteur de la voiture, Chang Weisi ajouta :

— Professeur Wang, vous avez certainement beaucoup de questions.

— En quoi tout ce qui a été dit tout à l'heure concerne-t-il l'armée?

— La guerre concerne évidemment l'armée.

Wang Miao regarda autour de lui. Tout scintillait sous ce soleil printanier.

— Où voyez-vous une guerre? Il n'y a même pas un seul point chaud dans tout le globe. Nous devons être à l'époque la plus pacifique de toute l'histoire de l'humanité.

Chang Weisi se fendit d'un sourire impénétrable :

— Vous saurez bientôt, le monde entier saura bientôt. Professeur Wang, avez-vous déjà connu un grand chamboulement dans votre vie? Un chamboulement tel qu'il a complètement changé la face de celle-ci, comme si, l'espace d'une nuit, votre monde n'était soudain plus le même?

— Jamais.

— Vous êtes donc chanceux. Il existe tant de facteurs imprévisibles dans ce monde, et, pourtant, votre vie n'a jamais connu de chamboulement.

Wang Miao réfléchit un long moment, mais il ne comprenait pas.

— C'est le cas de la plupart des gens, non?

— Eh bien, disons que la plupart des gens sont chanceux.

— Mais… des générations entières de gens ont une vie aussi terne que la mienne.

— Tous des chanceux.

Wang Miao secoua la tête en souriant :

— Je dois avouer que je ne comprends pas grand-chose aujourd'hui, est-ce que vous voulez dire que…

— Oui, toute l'histoire humaine est une chance. Depuis l'âge de pierre jusqu'à nos jours, elle a eu le bonheur de ne jamais connaître de chamboulements majeurs. Mais ce bonheur devait prendre fin tôt ou tard. Ce jour-là est arrivé, je vous le dis, il faut vous préparer psychologiquement.

Wang Miao aurait souhaité encore l'interroger, mais le général lui serra la main et le salua, l'empêchant de poursuivre ses questions.

Dans la voiture, le chauffeur demanda l'adresse de Wang Miao. Ce dernier répondit puis s'excusa aussitôt :

— Oh pardon, ce n'est pas vous qui êtes venu me chercher à l'aller? C'est la même voiture.

— Ce n'était pas moi. Je suis allé chercher le Dr Ding.

Wang Miao changea soudain d'idée. Il demanda au chauffeur l'adresse de Ding Yi, qui la lui donna. Le soir même, il rendit visite à ce dernier.

5

LE BILLARD

En poussant la porte du trois-pièces tout neuf de Ding Yi, Wang Miao sentit une odeur d'alcool. Il aperçut Ding Yi allongé sur le canapé avec la télévision allumée, ses yeux rivés sur le plafond. Wang Miao balaya la pièce du regard. Elle n'était pour ainsi dire pas décorée et ne possédait presque aucun meuble ou accessoire, si bien que le vaste salon paraissait très vide. Un élément de la pièce sautait aux yeux : une table de billard disposée dans un coin.

Ding Yi ne parut pas s'offusquer de la visite impromptue de Wang Miao. Il était évident qu'il cherchait quelqu'un à qui parler.

— J'ai acheté cet appartement il y a trois mois, dit Ding Yi. Pourquoi ? Ai-je vraiment pu croire qu'elle était prête à fonder une famille ?

Il secoua la tête en partant d'un rire alcoolisé.

— Vous deux…

Wang Miao voulait apprendre le moindre détail de la vie de Yang Dong, mais il ne savait par où commencer.

— C'était une étoile, toujours si lointaine… Même la lumière qu'elle projetait sur moi était sans cesse froide.

Ding Yi s'approcha de la fenêtre pour regarder le ciel nocturne, comme s'il cherchait des yeux cette étoile disparue.

Wang Miao ne dit rien. C'était étrange, il avait maintenant envie d'entendre sa voix. Pourtant, lorsqu'il y a un an leurs regards s'étaient croisés un instant, alors que le soleil se couchait à l'ouest, ils n'avaient pas échangé une parole. Il n'avait jamais entendu le son de sa voix.

Ding Yi secoua sa main, comme s'il voulait chasser quelque chose. Il émergea de son humeur triste.

— Tu as raison. Ne fais pas alliance avec les militaires et les policiers, c'est une meute de corniauds prétentieux. Les suicides des physiciens n'ont aucun lien avec les activités des Frontières de la science, je le leur ai déjà dit, mais ils ne veulent rien comprendre.

— Ils semblent pourtant avoir enquêté…

— Oui, enquêté… Et sur un périmètre international qui plus est! Ils devraient savoir que deux personnes de la liste n'ont jamais été en contact avec les Frontières de la science, parmi lesquelles… Yang Dong.

Prononcer son nom semblait être un supplice pour Ding Yi.

— Ding Yi, comme tu le sais, je suis maintenant malgré moi impliqué dans cette affaire. Pourrais-tu me dire ce qui a poussé Yang Dong à… agir ainsi? Tu dois sûrement savoir quelque chose, lâcha maladroitement Wang Miao, en essayant de dissimuler sa véritable intention.

— Si tu le savais, tu te retrouverais encore plus gravement impliqué. Pour l'heure, tu es concerné par cette histoire parce qu'on t'a invité à t'y intéresser, mais lorsque tu sauras ce qui se trame réellement, ton esprit sera pris dans le tourbillon et c'est seulement alors que commenceront les vrais ennuis.

— Je travaille dans le domaine des sciences appliquées, je n'ai pas votre sensibilité de théoricien.

— Eh bien, soit. Tu as déjà joué au billard?

Ding Yi se dirigea vers la table de billard.

— Quelquefois, à l'époque où j'étais étudiant.

— Elle et moi nous aimions beaucoup jouer, cela nous faisait penser aux collisions des accélérateurs de particules, expliqua Ding Yi.

Puis il prit deux boules, la noire et la blanche. Il plaça la boule noire au bord d'un trou et la boule blanche à une distance d'environ dix centimètres de celle-ci, puis il demanda à Wang Miao :

— Tu es capable de rentrer la boule?

— N'importe qui en serait capable à cette distance.

— Montre-moi.

Wang Miao prit la queue et tamponna légèrement la boule blanche pour faire rentrer la noire.

— Bien. Viens, nous allons maintenant changer la position de la table, indiqua Ding Yi à un Wang Miao perplexe.

Ils déplacèrent ensemble la lourde table sous une fenêtre du salon. La table une fois stable, Ding Yi ramassa la boule noire dans le réceptacle et la déposa à nouveau à côté d'un trou, puis la boule blanche, qu'il approcha à une distance de dix centimètres.

— Tu peux toujours la rentrer dans le trou ?

— Bien sûr.

— Après toi.

Wang Miao fit encore rentrer la boule, sans aucune difficulté.

— Déplaçons encore la table.

Ils manipulèrent une nouvelle fois la table pour l'installer dans un troisième coin différent de la pièce. Encore une fois, Ding Yi disposa les boules aux deux mêmes endroits que les coups précédents.

— Joue.

— Je pense que nous…

— Joue.

Wang Miao sourit, impuissant. La troisième boule noire rentra une fois de plus dans le trou.

Ils déplacèrent encore la table de billard à deux reprises. La première fois, ils l'installèrent à côté de la porte du salon, et la seconde, à sa place originelle. Ding Yi plaça encore deux fois la boule à côté du trou et Wang Miao parvint chaque fois à la faire rentrer. Mais cette fois, tous deux commençaient à transpirer un peu.

— Bien, l'expérience est terminée, analysons les résultats, annonça Ding Yi en allumant une cigarette. Nous avons en tout effectué cinq essais, dont quatre dans des espaces et à des moments différents, et deux dans la même position, mais à un moment différent. N'es-tu pas surpris par les résultats ?

Il ouvrit exagérément les bras :

— Cinq essais ! Et les résultats de l'expérience de la boule sont les mêmes !

— Mais que veux-tu dire à la fin ? soupira Wang Miao.

— Commence par expliquer ces incroyables résultats. Avec le langage de la physique.

— Eh bien… durant ces cinq expériences, les deux boules n'ont pas changé ; pour ce qui est de leurs positions, si le cadre spatial de référence est bien la table de billard, celles-ci n'ont pas bougé non plus. Le vecteur de vitesse de la boule blanche heurtant la boule noire est à peu de chose près le même. Aussi, il n'y a eu aucune variation de l'impulsion des deux boules. C'est pourquoi, à chaque essai, la boule noire a été envoyée dans le trou.

Ding Yi ramassa une bouteille de cognac posée à côté du canapé et en offrit un verre à Wang Miao qui déclina poliment.

— Tu devrais célébrer ça, nous avons fait la découverte d'un grand principe : les lois de la physique restent invariables dans des cadres spatiotemporels différents. Toutes les théories physiques de l'histoire de l'humanité, du principe de la flottabilité à la théorie des cordes, de même que toutes les découvertes scientifiques et les réalisations de la pensée humaine sont à ce jour des sous-produits de cette grande loi. Comparés à nous, Einstein et Hawking n'étaient que de vulgaires techniciens.

— Je ne comprends toujours pas où tu veux en venir.

— Imaginons à présent une autre série de résultats : la première fois, la boule blanche pousse la boule noire dans le trou ; la deuxième, la boule noire dévie sur le côté ; la troisième fois, la boule noire grimpe au plafond ; la quatrième, la boule noire volette dans la pièce comme un moineau affolé, puis vient finalement se ficher dans ta poche ; la cinquième, la boule noire s'envole à la vitesse de la lumière, fait un trou dans le bord de la table, transperce le mur et dépasse la planète Terre, puis le système solaire, comme dans la nouvelle d'Asimov*. Qu'en déduirais-tu ?

Ding Yi fixa Wang Miao. Ce dernier garda le silence un long moment avant de répondre :

— C'est ce qui est arrivé, n'est-ce pas ?

Ding Yi vida dans son gosier les deux verres d'alcool, ses yeux toujours rivés sur la table de billard comme s'il s'agissait d'un engin démoniaque.

* "La boule de billard", in *Le Robot qui rêvait*, J'ai lu, 2002.

— Oui, c'est ce qui est arrivé. Ces dernières années, le financement des projets de recherche en sciences fondamentales est enfin progressivement arrivé à maturité. Trois coûteuses tables de billard ont été construites : une en Amérique du Nord, une en Europe et une, comme tu le sais, à Liangxiang en Chine. Votre Centre de recherches en nanotechnologie en a d'ailleurs tiré un certain profit. Ces accélérateurs de particules à haute énergie augmentent l'énergie de collision à un ordre de grandeur jusque-là jamais atteint par l'homme. Dans ce nouveau régime, en dépit des mêmes particules, des mêmes niveaux d'énergie, ainsi que des mêmes conditions d'expérience, les résultats se sont révélés très différents. Les variations ne sont pas seulement notables entre différents accélérateurs, mais aussi sur un même accélérateur à des moments différents de l'expérience. Ça a été la panique chez les physiciens. Ils ont réitéré encore et encore leurs expériences de collisions à haute énergie, mais les résultats obtenus ont été chaque fois différents, ils ne semblent régis par aucune loi.

— Qu'est-ce que cela signifie ? demanda Wang Miao.

En voyant Ding Yi l'observer sans rien dire, il renchérit :

— Oh, tu sais, je travaille sur les nanotechnologies, et il m'arrive d'avoir affaire à des microstructures, mais c'est autrement plus superficiel que vos recherches. Peux-tu éclairer ma lanterne ?

— Cela signifie que les lois de la physique varient dans le temps et dans l'espace.

— Et donc ?

— Et donc, ce qui suit, tu peux le déduire par toi-même, le général Chang – qui est un homme intelligent – l'a bien compris.

Wang Miao regardait à travers la fenêtre, perdu dans ses pensées. Dehors, la ville était illuminée par des flots de lampadaires qui dissimulaient les étoiles.

— Cela signifie que les lois de la physique que nous croyions applicables partout dans l'univers n'existent pas, que la physique… n'existe pas, dit Wang Miao en se retournant.

Ding Yi poursuivit :

— "Je reconnais que c'est irresponsable, mais je n'ai pas d'autre choix." C'est la dernière phrase de la lettre qu'elle a laissée. Sans le vouloir, tu viens de prononcer la première. Maintenant, tu peux sans doute davantage la comprendre.

Wang Miao prit dans la main la boule blanche qu'il avait frappée à cinq reprises, il la caressa un instant avant de la reposer délicatement.

— Pour les plus précurseurs des chercheurs en physique théorique, cela semble en effet être un désastre.

— Ceux qui réussissent dans ce domaine ont pour les lois de la physique une foi presque religieuse. Il est facile de sombrer dans l'abysse.

Au moment de se quitter, Ding Yi transmit une adresse à Wang Miao :

— Quand tu auras le temps, va rendre visite à la mère de Yang Dong. Yang Dong a toujours vécu avec elle. Sa fille, c'était toute sa vie. La pauvre femme est très seule à présent.

Wang Miao répondit :

— Tu en sais visiblement davantage que moi. Ne peux-tu pas m'en dire plus ? Crois-tu réellement que les lois de la physique sont variables dans le temps et l'espace ?

— Je n'en sais rien. Une puissance inimaginable est en train d'assassiner la science.

— Assassiner la science ? Qui ?

Ding Yi toisa Wang Miao un long moment, avant de lâcher :

— Telle est la question.

Wang Miao savait qu'il ne faisait que terminer la phrase prononcée par le colonel anglais : *être ou ne pas être...*

6

LE SNIPER ET LE FERMIER

Le lendemain était un jour de week-end, mais Wang Miao se leva tôt. Il prit son appareil photo et partit faire une promenade à vélo. Amateur de photographie, son thème favori était les espaces naturels où ne transparaissait pas l'empreinte humaine. Malheureusement, à son âge, il n'avait plus beaucoup de temps à consacrer à ce loisir de luxe. La plupart du temps, il devait se satisfaire de saisir des clichés de paysages urbains. Volontairement ou non, il sélectionnait les rares endroits de la ville où subsistaient quelques rémanences de nature, comme le fond du lac asséché d'un parc public, le sol fraîchement exhumé par les engins d'un chantier de construction, les mauvaises herbes poussant entre les fissures du béton… Pour éliminer des images les couleurs acidulées de la ville, il n'utilisait que des pellicules en noir et blanc. De manière inattendue, ce style caractéristique lui valait une petite réputation dans le milieu. Ses œuvres avaient été présentées lors de deux grandes expositions nationales et il avait intégré l'Association des photographes. Chaque fois qu'il sortait pour prendre des photos, il déambulait dans la ville à vélo, à la recherche de l'inspiration et de la composition souhaitée. Cela lui prenait parfois une journée entière.

Ce jour-là, Wang Miao se sentait un peu bizarre. Alors que d'ordinaire il se distinguait par des photographies élégantes, équilibrées – quoique assez classiques –, il peinait aujourd'hui à trouver la stabilité dont il avait besoin. Ce matin, la ville émergeant de son sommeil lui paraissait bâtie sur un sol fait de sables mouvants, son équilibre était illusoire. La nuit précédente, les deux boules de billard avaient pris possession de ses rêves, elles flottaient anarchiquement dans les ténèbres de l'espace. Dans cette totale obscurité, ce n'était que quand elle éclipsait la boule blanche que la boule noire révélait sa présence.

Était-il possible que la nature fondamentale de la matière soit réellement sans loi? Était-il possible que la stabilité et l'ordre du monde ne soient qu'un état d'équilibre éphémère dans un coin de l'univers, un tourbillon fugace dans un torrent de chaos?

La science allait-elle être assassinée?

Sans s'en rendre compte, il était arrivé au pied du nouveau bâtiment de la China Central Television. Il posa pied à terre et s'assit au bord de la route, puis leva les yeux vers la gigantesque tour en forme de A. Il essayait de retrouver un sentiment d'équilibre. Son regard suivit la direction de la cime pointue de la tour qui scintillait sous les rayons du soleil, puis ses yeux s'abîmèrent dans le bleu infini du ciel. C'est alors que deux mots émergèrent dans son esprit :

Sniper, fermier.

Dans leurs débats, les membres de la Société des frontières de la science utilisaient souvent l'abréviation SF, non pas pour science-fiction, mais parce qu'elle renvoyait aux initiales des mots "sniper" et "fermier". Ces mots faisaient référence à deux hypothèses en lien avec la nature des lois de l'univers.

L'hypothèse du sniper était la suivante : un tireur d'élite de génie s'amuse à mitrailler une cible dans laquelle chaque impact de balle se situe à une distance précise de dix centimètres l'un de l'autre. Imaginons que sur la surface même de la cible vivent des créatures intelligentes en deux dimensions. Les honorables scientifiques de cette étrange espèce mènent une étude qui les conduit à édicter une loi fondamentale : dans l'univers, il y a un trou tous les dix centimètres. Les créatures prennent la distraction du sniper pour un principe invariable de l'univers.

L'hypothèse du fermier, elle, tient du roman d'épouvante : il était une fois des dindes vivant dans la basse-cour d'une ferme. Chaque jour à 11 heures du matin précises, le fermier venait apporter le déjeuner des volailles. Un scientifique de la société des dindes étudia ce phénomène et remarqua qu'il avait lieu de façon régulière depuis près d'un an, sans avoir jamais connu d'exception. Il en déduisit donc qu'une loi fondamentale régissait l'univers : la nourriture arrive chaque matin à 11 heures. Il présenta cette loi le matin même du jour de Noël à ses compatriotes. Or ce jour-là, à 11 heures, aucun déjeuner n'arriva. Le fermier entra dans la basse-cour et égorgea les dindes.

Wang Miao sentit le sol bouger sous ses pieds, comme s'il se trouvait sur des sables mouvants ; la tour en forme de A sembla vaciller, il reporta son regard sur la chaussée pour échapper à ce sentiment de vertige et se força à terminer sa pellicule. Il rentra chez lui sous le coup de midi. Son épouse était sortie avec son fils et ils n'étaient pas revenus pour le déjeuner. En temps ordinaire, Wang Miao aurait brûlé d'impatience de développer la pellicule, mais aujourd'hui, il n'en avait pas le goût. Après un repas frugal, comme il n'avait pas bien dormi la veille, il s'endormit pour ne se réveiller qu'à presque 17 heures. Il se souvint à son réveil des photos qu'il avait prises le matin même, et il pénétra dans le placard mural qu'il avait transformé en chambre noire.

Le développement ne dura pas longtemps. Wang Miao commença à trier celles qui méritaient d'être agrandies. Cependant il découvrit quelque chose de curieux sur la première photo. C'était un cliché d'un morceau de pelouse à l'extérieur d'un grand centre commercial. Sur l'image, il remarqua une ligne blanche qui, observée de plus près, se révéla en fait être une suite de chiffres :
1200:00:00
Une autre suite apparaissait sur la deuxième photo.
1199:49:33
Des petites suites de chiffres du même genre se retrouvaient sur toutes les photos.
La troisième : 1199:40:18 ; la quatrième : 1199:32:07 ; la cinquième : 1199:28:51 ; la sixième : 1199:15:44 ; la septième : 1199:07:38 ; la huitième : 1198:53:09… la trente-quatrième : 1194:50:49 et la trente-cinquième – la dernière photo : 1194:16:37.
Wang Miao pensa d'abord à un problème de bobine. Il utilisait un Leica M2 fabriqué en 1988. Celui-ci était manuel et sans la moindre fonction automatique. Il était donc

impossible d'ajouter une date. La qualité hors pair de son objectif et de sa mécanique faisait du Leica M2 un appareil professionnel d'élite, même à l'ère du numérique.

Après avoir à nouveau étudié les images, Wang Miao s'aperçut d'un autre phénomène étrange concernant ces suites de chiffres : elles paraissaient s'adapter d'elles-mêmes au décor. Si le fond était noir, les numéros apparaissaient en blanc et vice versa. Ils semblaient prendre la couleur permettant le plus grand contraste possible, afin d'être bien visibles de l'observateur. À la seizième photographie, le cœur de Wang Miao bondit dans sa poitrine. Dans la chambre noire, il sentit un frisson glacial remonter sa moelle épinière : la photo prise était celle d'un arbre sec devant un vieux mur tout pommelé. La logique voulait que la suite de chiffres – qu'elle soit de couleur blanche ou noire – ne puisse apparaître clairement sur le fond de l'image. Mais à son grand étonnement, les chiffres, de couleur blanche, étaient placés verticalement et rampaient comme un serpent le long des ondulations sinueuses du tronc.

Wang Miao se mit à étudier la relation mathématique entre les chiffres. Il songea en premier lieu à des numéros de série, mais les intervalles entre les chiffres n'étaient pas les mêmes. Il comprit vite qu'ils représentaient des unités d'heures, de minutes et de secondes. Il sortit son carnet de photographie sur lequel il consignait l'heure et la minute précises à laquelle il prenait ses photos. Il eut la confirmation que l'intervalle de temps compris entre chaque prise était identique à celui affiché entre les nombres. Apparemment, la pellicule avait décompté à l'envers le temps écoulé dans la réalité. Wang Miao comprit aussitôt de quoi il s'agissait.

Un compte à rebours.

Le compte à rebours commençait à 1 200 heures. Il en restait maintenant 1 194. Maintenant ? Non, car la dernière photo avait été prise une heure avant. Le compte à rebours était-il toujours en marche ?

Wang Miao sortit de la chambre noire. Il inséra une nouvelle bobine dans son Leica, puis prit quelques photos au hasard dans la pièce et depuis le balcon. Une fois la pellicule terminée, il la sortit de l'appareil et alla la développer dans la chambre noire.

Les nombres réapparurent comme des spectres sur chaque photo. La première suite indiquait : 1187:27:39. Et de la suivante à la dernière, on retrouvait bien le même intervalle de temps. La durée qui séparait chaque suite était d'environ trois à quatre secondes : 1187:27:35, 1187:27:31, 1187:27:27, 1187:27:24, c'est-à-dire la même qu'entre les prises. Le compte à rebours ne s'était pas arrêté.

Wang Miao inséra une nouvelle pellicule dans l'appareil et s'empressa de prendre des photos au hasard, y compris certaines avec le cache volontairement laissé sur l'appareil. Lorsqu'il eut fini de mitrailler la pièce, son épouse et son fils rentrèrent à la maison. Avant de s'empresser d'aller développer les photos, Wang Miao mit une nouvelle pellicule dans son Leica, puis le tendit à sa femme.

— Tiens, finis la pellicule.

— Que veux-tu que je prenne ? lui demanda-t-elle, en le regardant avec étonnement.

En d'autres circonstances, il n'aurait jamais autorisé quiconque à utiliser son appareil, même si, de toute façon, ni elle ni leur fils n'en avaient vraiment envie. À leurs yeux, c'était une vieille antiquité achetée plus de vingt mille yuans.

— Peu importe, ce que tu veux.

Wang Miao fourra l'appareil dans la main de sa femme.

— Dou-dou, viens ici que je te prenne en photo, dit-elle en pointant l'objectif vers son fils.

Dans l'esprit de Wang Miao apparut l'image du compte à rebours fantôme traversant comme un nœud coulant le visage de son fils. Il ne put s'empêcher de frissonner à cette évocation.

— Non, pas lui, n'importe quoi, mais pas lui.

Clic. Son épouse prit la première photo, puis elle lui lança :

— Pourquoi ça ne marche plus quand j'appuie ?

Il aida sa femme à faire avancer la pellicule et dit :

— Tu vois, comme ça. Maintenant tu peux prendre la prochaine photo.

Puis il pénétra dans la chambre noire.

— Qu'est-ce que c'est compliqué !

Son épouse, médecin de son état, n'arrivait pas à comprendre qu'on puisse s'amuser avec un jouet aussi ancien qui ne prenait que des photos en noir et blanc à une époque où on trouvait partout des appareils numériques avec des dizaines de millions de mégapixels.

Une fois les pellicules développées, il les passa sous la lumière rouge. Wang Miao découvrit que le compte à rebours fantôme se prolongeait encore sur tous les négatifs. Sur toutes les photos qu'il avait prises, peu importe lesquelles et quand – y compris celles qu'il avait prises le cache fermé –, on pouvait apercevoir distinctement : 1187:19:06, 1187:19:03 ; 1187:18:59, 1187:18:56…

Sa femme toqua deux fois à la porte de la chambre noire et dit qu'elle avait terminé. Wang Miao ouvrit la porte et agrippa l'appareil. Ses mains tremblaient alors qu'il enlevait la pellicule. Il ne se préoccupa pas du regard ahuri de son épouse et retourna aussitôt dans la chambre noire, en fermant violemment la porte. Il agit avec précipitation, jetant le révélateur et le fixateur par terre. Il ne lui fallut pas longtemps pour terminer de développer les images. Wang Miao ferma les yeux en priant :

— Pitié, peu importe ce que c'est, pourvu que ça n'apparaisse pas. Pas maintenant, pas à moi…

Il regarda la pellicule encore humide à travers l'agrandisseur : le compte à rebours avait disparu. Il n'y avait sur les négatifs que les scènes d'intérieur photographiées par son épouse. Elle avait utilisé une faible vitesse d'obturation et l'opacité des images traduisait son amateurisme, mais Wang Miao trouva que c'étaient les photos les plus réjouissantes qui lui aient jamais été données de voir.

Wang Miao sortit de la chambre noire en poussant un profond soupir de soulagement. Il remarqua qu'il était trempé de sueur. Son épouse était allée dans la cuisine pour préparer le repas et son fils était parti jouer dans sa chambre. Wang Miao s'affala seul sur le canapé et commença à réfléchir de façon plus rationnelle. Tout d'abord, ces nombres qui enregistraient précisément l'écoulement du temps entre différentes prises indiquaient des signes certains d'intelligence, ils n'avaient donc pas pu être préimprimés sur la pellicule. La seule possibilité, c'était que quelque chose les avait projetés par photosensibilité. Mais quoi ? Était-ce un défaut de l'appareil ? Un mécanisme avait-il été installé à son insu ? Il dévissa l'objectif, démonta l'appareil et examina les différents composants avec l'agrandisseur. Ceux-ci n'étaient pas poussiéreux et ne semblaient rien présenter d'anormal. Soudain, il repensa aux scènes qu'il avait prises avec le cache sur l'objectif. La photosensibilité devait être provoquée par des rayons extérieurs suffisamment puissants pour pouvoir traverser le cache. Or, c'était impossible d'un point de vue technique. D'où venaient les rayons et comment avaient-ils été braqués sur l'appareil ?

Au vu des technologies existantes, cette force apparaissait surnaturelle. Pour s'assurer que le compte à rebours fantôme avait bien disparu, Wang Miao inséra une autre bobine dans son Leica et recommença à prendre des photos au hasard, bien que plus lentement cette fois car il réfléchissait en même temps. Au moment de développer les photos, lui qui avait eu toutes les peines du monde à retrouver son calme se sentit soudain une nouvelle fois poussé au bord du précipice de la folie : le compte à rebours était réapparu et, si l'on en croyait les images, le temps ne s'était pas du tout arrêté. C'était simplement qu'il n'était pas apparu sur les photos prises par son épouse.

1186:34:13, 1186:34:02, 1186:33:46, 1186:33:35…

Wang Miao sortit précipitamment de la chambre noire, puis de la maison, et frappa violemment à la porte de son voisin. Zhang, professeur à la retraite, lui ouvrit.

— Mon vieux Zhang, as-tu un appareil photo chez toi ? Oh, pas un numérique, un avec des pellicules !

— C'est un grand photographe comme toi qui vient m'emprunter un appareil photo ? Le tien à vingt mille yuans ne marche plus ? Je n'en ai qu'un numérique… Tu te sens bien ? Tu as mauvaise mine.

— Puis-je te l'emprunter ?

Le Pr Zhang revint rapidement avec un Kodak parfaitement quelconque :

— Tiens, il suffit d'effacer les photos…

— Merci !

Wang Miao récupéra l'appareil et retourna en trombe dans son appartement. Il possédait en réalité encore trois appareils photo à pellicules et un numérique, mais il s'était dit qu'un appareil emprunté à l'extérieur serait plus digne de confiance. Il observa les deux appareils et les quelques pellicules posés sur le canapé et réfléchit quelques instants, avant d'insérer une pellicule couleur dans son précieux Leica, et de tendre le numérique à son épouse en train de faire la cuisine :

— Vite! Prends encore quelques photos, comme tout à l'heure!

— Mais qu'est-ce que c'est que cette histoire? Regarde-toi… Qu'est-ce qui t'arrive? demanda sa femme, affolée.

— Ne t'inquiète pas, prends les photos!

Son épouse abandonna les assiettes qu'elle tenait dans les mains, puis elle s'approcha de son mari. À l'affolement de tout à l'heure s'ajoutait maintenant dans son regard une vive inquiétude. Wang Miao détourna la tête et, abandonnant son épouse, il plaça le Kodak entre les mains de son fils de six ans :

— Dou-dou, tu veux aider papa? Appuie là. Oui. Voilà. Encore une, très bien. Encore, entraîne-toi, prends ce qui te fait plaisir.

Il ne fallut pas longtemps au gamin pour apprendre à utiliser l'appareil, il trouva même le jeu amusant et se mit à prendre des photos à toute vitesse. Wang Miao se retourna et ramassa le Leica posé sur le canapé; lui aussi recommença à prendre des photos. Père et fils mitraillaient l'appartement. Des larmes montèrent aux yeux de son épouse. Prise dans le feu des flashs, elle semblait complètement désemparée.

— Je sais que tu as beaucoup de stress au travail en ce moment, mais ne…

Wang Miao termina la pellicule du Leica avant de prendre l'appareil numérique des mains de son fils. Il réfléchit un instant et, pour éviter d'être dérangé par sa femme, il décida d'aller dans la chambre et prit encore quelques photos avec le numérique. Il utilisa le mode viseur électronique et non l'écran à cristaux liquides. Il avait beau savoir qu'il finirait tôt ou tard par en prendre connaissance, il avait peur du résultat. Wang Miao emporta ensuite la bobine du Leica dans la chambre noire et s'empressa de bien refermer la porte. Après avoir fini de développer les photos, comme ses mains tremblaient, il dut tenir fermement l'agrandisseur. Le compte à rebours continuait à défiler sur les images.

Wang Miao bondit hors de la chambre noire. Il commença par vérifier les photos prises par l'appareil numérique. Sur l'écran à cristaux liquides, on pouvait remarquer que les nombres n'apparaissaient pas sur les photos prises par son fils, tandis que sur les siennes en revanche, ils étaient bien visibles. L'écoulement du temps correspondait bien à celui inscrit sur les négatifs du Leica. Wang Miao s'était servi d'appareils différents dans le but d'exclure l'hypothèse du dysfonctionnement de l'appareil ou des bobines. Sans trop y réfléchir, il avait aussi demandé à son épouse et à son fils de prendre des photos, mais les résultats obtenus étaient encore plus étranges : peu importe l'appareil, seules les photos prises par lui étaient marquées du compte à rebours fantôme !

Dans un élan de désespoir, Wang Miao ramassa la pile de pellicules, comme s'il s'agissait d'un nid de serpents ou d'un paquet de nœuds impossibles à démêler.

Il savait qu'il ne parviendrait pas à résoudre cette énigme en ne comptant que sur lui-même. Il ne pouvait en parler aux collègues de son université et de son laboratoire car, comme lui, ils raisonnaient en termes technologiques et son intuition lui disait que ce phénomène dépassait la technologie. Il pensa à Ding Yi, mais il se dit que ce dernier était suffisamment déstabilisé par sa propre crise existentielle. Il songea enfin à la Société des frontières de la science. C'était un groupe de personnes avenantes et à l'esprit ouvert. Il composa le numéro de téléphone de Shen Yufei.

— Docteur Shen, il m'est arrivé quelque chose. Je dois t'en parler, lâcha hâtivement Wang Miao.

— Viens, se contenta de dire Shen Yufei avant de raccrocher.

Wang Miao fut décontenancé. D'ordinaire, Shen Yufei était certes avare de paroles – si bien que les membres des Frontières de la science la taquinaient parfois en la surnommant "Mme Hemingway" – mais cette fois-ci, elle n'avait même pas pris la peine de demander de quoi il retournait. Wang Miao ignorait s'il devait s'en sentir rassuré ou encore plus inquiet.

Il fourra la bobine dans une sacoche, emporta l'appareil photo numérique et sortit de la maison sous les yeux médusés de sa femme. Il aurait pu choisir de s'y rendre avec sa voiture mais, bien que la ville soit abondamment éclairée, il ne voulait pas rouler seul et il appela un taxi.

Shen Yufei vivait dans un quartier huppé situé près des nouveaux rails de banlieue. Ici, les lumières étaient bien plus ténues qu'en centre-ville. Les villas étaient construites tout autour d'un lac artificiel où il était possible d'aller pêcher. Le soir, une ambiance de village de campagne régnait sur le quartier. Shen Yufei était visiblement fortunée, mais Wang Miao n'avait jamais vraiment su l'origine de sa richesse, car ni son ancien poste de chercheuse universitaire ni son emploi actuel au sein d'une compagnie privée ne lui auraient permis de gagner autant d'argent. Sa villa ne donnait toutefois pas l'impression d'un étalage de luxe. La maison servait d'espace de réunion aux Frontières de la science, dont les rencontres avaient lieu dans une petite bibliothèque qui faisait office de salle de conférences.

Dans le salon, Wang Miao croisa Wei Cheng, le mari de Shen Yufei. C'était un homme d'une quarantaine d'années qui avait l'apparence d'un intellectuel sage et sincère. Wang Miao ne connaissait de lui que son nom, car c'était la seule chose qu'avait mentionnée Shen Yufei quand elle le lui avait présenté. Il n'avait apparemment pas de travail, restait à la maison toute la journée et ne paraissait pas éprouver de véritable intérêt pour les activités des Frontières de la science. Les allées et venues de scientifiques à son domicile n'étaient pour lui qu'une banale routine. Mais il avait de quoi occuper ses journées : il semblait mener des recherches sur quelque chose et donnait l'impression d'être toute la journée plongé dans ses réflexions. Il saluait distraitement les hôtes, puis il montait dans sa chambre à l'étage où il passait le plus clair de ses journées. Un jour, Wang Miao avait discrètement jeté un œil dans la chambre dont la porte était entrouverte. Il y avait vu un décor surprenant : une station de travail HP trônait au milieu de la pièce. Il ne pouvait pas s'être trompé car c'était le même équipement que celui de son centre de recherches : un boîtier gris foncé et un serveur RX8620 sorti quatre ans plus tôt. Il était pour le moins étonnant qu'un particulier possède chez lui une machine d'une valeur d'un million de yuans. Que faisait Wei Cheng toute la journée avec cette machine ?

— Yufei est occupée à l'étage, merci d'attendre un moment ici, dit Wei Cheng avant de monter les escaliers.

Wang Miao essaya de contenir son impatience, mais il ne parvint pas à rester en place et suivit finalement Wei Cheng à l'étage. Il le vit entrer dans la chambre où se trouvait la précieuse station de travail. Wei Cheng ne parut pas contrarié que Wang Miao le suive. Il lui indiqua la porte d'en face :

— Elle est à l'intérieur.

Wang Miao frappa à la porte, qui n'était pas complètement fermée. À travers l'ouverture, il aperçut Shen Yufei en train de jouer sur son ordinateur. Ce qui l'étonna plus encore, c'était qu'elle portait une V-combinaison, la panoplie de réalité virtuelle la plus à la mode chez les joueurs de jeux vidéo. La panoplie se composait d'un casque à visée panoramique et d'une combinaison haptique équipée de capteurs capables de reproduire les sensations du jeu : bagarres, coups de couteau, incendies… en jouant sur la température. Le costume permettait même de simuler la sensation qu'on pouvait éprouver en plein milieu d'une tempête de pluie ou de neige. Wang Miao marcha jusqu'à se retrouver derrière elle mais, comme elle portait son casque, aucune image du jeu n'apparaissait sur l'ordinateur. À cet instant, il se rappela que le commissaire Shi Qiang lui avait demandé de noter les pages Web ou les adresses courriel des membres des Frontières de la science. Sans se faire remarquer, il jeta un coup d'œil sur la barre URL du navigateur et n'eut aucun mal à retenir l'adresse, à la fois simple et intrigante.

Shen Yufei ôta son casque virtuel, puis retira sa combinaison. Elle chaussa sur son nez des lunettes qui paraissaient énormes sur son visage émacié, puis, l'air indifférent, elle fit un signe de tête à Wang Miao. Elle ne disait rien, elle attendait qu'il parle. Wang Miao sortit ses bobines de pellicules et commença le récit de sa mystérieuse aventure. Shen Yufei l'écoutait avec attention. Quant aux pellicules, elle se contenta de les balayer du regard sans prendre la peine de les observer en détail, ce qui surprit Wang Miao et lui apporta la confirmation que Shen Yufei n'était pas totalement ignorante du phénomène auquel il faisait face. Il faillit couper son récit mais les signes de tête insistants de Shen Yufei le contraignirent à raconter son histoire jusqu'au bout. Ce n'est qu'après qu'il eut fini de parler que Shen Yufei prononça sa première phrase de la soirée :

— Où en est le projet sur les nanomatériaux dont tu es responsable?

La question déstabilisa Wang Miao.

— Notre projet sur les nanomatériaux? Mais quel est le rapport? demanda-t-il en désignant le tas de pellicules.

Shen Yufei ne répondit pas et continua à le regarder calmement, attendant sa réponse. C'était sa manière à elle de communiquer. Elle ne prononçait jamais un mot de trop.

— Cesse tes recherches, lâcha Shen Yufei.

— Comment? (Wang Miao croyait avoir mal entendu.) Qu'as-tu dit?

Shen Yufei garda le silence.

— Cesser les recherches? Mais c'est un projet national d'une importance capitale!

Shen Yufei demeura muette. Elle se bornait à le fixer, le regard tranquille.

— Essaie.

— Mais que sais-tu à la fin? Dis-le-moi!

— C'est tout ce que je peux te dire.

— Mais je ne peux pas stopper ce projet, c'est tout simplement impossible!

— Essaie.

La conversation sur le compte à rebours fantôme s'arrêta là. Malgré les efforts de Wang Miao, Shen Yufei ne daigna plus rien ajouter à ce sujet, hormis cette phrase :

— Ou sinon, tes ennuis risquent d'être encore plus graves.

— Je comprends maintenant que la Société des frontières de la science n'a rien d'un simple groupe de discussion autour de théories scientifiques fondamentales, comme vous le prétendez. Son rapport à la réalité est beaucoup plus complexe que ce que je croyais, dit Wang Miao.

— Au contraire. Tu dois t'ôter cette idée de l'esprit. Ce à quoi touche la Société des frontières de la science est quelque chose de bien plus fondamental que ce que tu imagines.

Dépité, Wang Miao se leva et partit sans même un au revoir. Shen Yufei le raccompagna jusqu'à la porte du jardin et l'observa monter dans son taxi. Au même instant, une autre voiture déboula à toute allure et vint piler juste devant la porte. Un homme en sortit. Malgré ses lunettes de soleil, Wang Miao le reconnut dès le premier coup d'œil grâce à la lueur filtrant à travers la villa.

C'était Pan Han, l'un des membres les plus célèbres de la Société des frontières de la science. Biologiste de formation, il avait prédit avec succès les malformations génétiques que causerait sur le long terme la consommation de produits agricoles génétiquement modifiés. De même, il avait anticipé les catastrophes écologiques que provoqueraient les cultures d'OGM. Les prédictions de Pan Han étaient autrement plus concrètes et détaillées que les prophéties abstraites dont les oracles de la science abreuvaient d'ordinaire les médias. Toutes ses prévisions s'étaient effectivement réalisées. Leur taux d'exactitude était d'ailleurs tel qu'une légende le disant venu du futur était née. Il devait aussi sa réputation au fait d'avoir fondé la première communauté expérimentale en Chine. Contrairement aux tentatives de ces groupes occidentaux utopistes qui ne juraient que par "le retour à la nature", la communauté appelée "Chine pastorale" n'était pas basée en pleine nature, mais au milieu de la plus grande ville du pays. La communauté ne possédait rien. Même les aliments qu'elle consommait provenaient des déchets de la ville. Contrairement à ce que les gens avaient pronostiqué, non seulement la "Chine pastorale" avait survécu, mais la communauté s'était rapidement élargie. Ses membres actifs dépassaient aujourd'hui les trois mille personnes, tandis que le nombre de ceux qui y restaient un temps plus court pour expérimenter ce nouveau mode de vie était incalculable. Forts de ces succès, les idéaux sociaux de Pan Han ne cessèrent de gagner du terrain. Il considérait que la révolution technologique était une maladie des sociétés humaines. Il comparait la prolifération des technologies à une propagation rapide de cellules cancéreuses causant l'extinction de tout nutriment organique, la destruction des organes, et en définitive la mort des organismes hôtes. Il plaidait pour l'élimination des énergies dites "agressives" comme l'exploitation des combustibles fossiles et l'énergie nucléaire, qui devaient selon lui être remplacées par des énergies "douces" comme le solaire ou la petite hydroélectricité. Il se prononçait en faveur de la dissolution progressive des villes et pour une répartition des populations dans des villages afin de favoriser l'autosuffisance, avec comme fondement l'utilisation de technologies douces, le tout dans le but d'établir un nouveau type de société agraire.

— Il est à l'intérieur? demanda Pan Han en pointant le premier étage de la villa.

Shen Yufei ne répondit rien, se contentant de lui barrer la route en silence.

— Je dois le prévenir, et toi aussi. Ne nous forcez pas la main! cria Pan Han en arrachant ses lunettes de soleil.

Shen Yufei ne lui répondit pas et se tourna vers Wang Miao qui venait de monter dans son taxi :

— Tu peux partir, tout va bien.

Elle fit signe au chauffeur de démarrer. Une fois le moteur mis en route, Wang Miao n'entendit plus rien de leur conversation. Après quelques dizaines de mètres, il tourna la tête et vit derrière lui que Shen Yufei n'avait toujours pas fait entrer Pan Han dans la villa.

Quand il rentra chez lui, il faisait déjà nuit noire. Le taxi déposa Wang Miao à l'entrée de son quartier résidentiel. Soudain, une Santana noire vint freiner juste à côté de lui. La fenêtre s'ouvrit et une bouffée de cigarette s'en échappa. C'était Shi Qiang. Sa carcasse massive était compressée sur le siège conducteur.

— Ça alors! Le Pr Wang! L'académicien Wang! Comment allez-vous depuis avant-hier?

— Vous me suiviez? Vous n'avez rien d'autre à faire?

— Ne le prenez pas comme ça. J'aurais très bien pu m'en aller sans vous saluer. Je fais preuve de politesse et vous sortez les grands mots!

Shi Qiang se fendit de son inimitable sourire nigaud, et lui dit d'un ton espiègle :

— Avez-vous pu obtenir des informations là-bas ? Avec qui êtes-vous entré en contact ?

— Je vous ai déjà dit que je ne voulais pas avoir affaire avec vous. Cessez de me suivre !

— Bien reçu…, lâcha Shi Qiang, avant de mettre le contact. Si vous croyez que ça me fait plaisir de faire des heures supplémentaires. Il y a un match de foot qui m'attend.

Quand Wang Miao rentra chez lui, sa femme et son fils dormaient déjà. Il pouvait entendre son épouse remuer anxieusement dans le lit. Qui sait quels cauchemars avait fait naître le comportement bizarre de son mari ? Wang Miao avala deux comprimés d'anxiolytiques et s'allongea sur le lit, mais il s'écoula un long moment avant qu'il parvienne à trouver le sommeil.

Ses rêves étaient très décousus mais, comme il l'avait prévu, un élément revenait sans cesse dans chacun d'entre eux : le compte à rebours. Il s'attaquait au compteur qui lui apparaissait suspendu dans le ciel, il le pinçait, le mordait, mais rien ne permettait d'en venir à bout. Le compte à rebours restait pendu au milieu du ciel et le temps continuait à s'égrener. Et ce fut lorsque l'agacement de Wang Miao fut à son comble qu'il se réveilla. Il écarquilla les yeux et fixa le plafond, le regard encore trouble. Dehors, les lumières de la ville projetaient des ombres obscures sur les rideaux. Mais quelque chose l'avait suivi depuis le monde des rêves : le compte à rebours fantôme. Celui-ci apparaissait maintenant devant ses yeux. Les nombres étaient fins mais très lumineux, d'un blanc brûlant.

1185:11:34, 1185:11:33, 1185:11:32, 1185:11:31…

Wang Miao regarda autour de lui. Tout lui apparaissait flou dans la chambre. Il s'assura qu'il était bien réveillé, mais le compte à rebours était toujours là. Il ferma les yeux, mais la suite de chiffres émergeait encore dans cette totale obscurité, comme du mercure coulant sur les plumes d'un cygne noir. Il ouvrit à nouveau les yeux, les massa un peu, mais le compte à rebours était toujours là. Quelle que soit la direction dans laquelle il pointait son regard, la rangée de nombres occupait imperturbablement le plein centre de son champ de vision.

Wang Miao s'assit brutalement. Il frissonnait de peur. Le compte à rebours le suivait, quoi qu'il fasse. Il sauta du lit, tira les rideaux et ouvrit la fenêtre. Dehors, la ville endormie brillait encore de mille feux. Le compte à rebours s'affichait sur cette vaste toile nocturne comme les sous-titres sur un écran de cinéma.

Pendant un certain temps, Wang Miao se sentit comme étouffé et il ne put s'empêcher de pousser un cri sourd. Devant les interrogations épouvantées de son épouse – que le cri avait réveillée –, il s'efforça de retrouver son calme et la rassura en lui disant que tout allait bien. Puis il retourna s'allonger sur le lit, ferma les yeux, et ce fut sous la phosphorescence spectrale du compte à rebours qu'il passa le restant de la nuit.

Le matin, une fois levé, Wang Miao lutta pour ne rien laisser paraître, mais son épouse sentait bien qu'il n'était pas dans son état normal. Elle lui demanda si ses yeux allaient bien et s'il voyait distinctement.

Son petit-déjeuner avalé, Wang Miao demanda congé à son centre de recherches et partit en voiture à l'hôpital. Le long de la route, la barre horizontale du compte à rebours fantôme le précédait inexorablement en s'adaptant d'elle-même à la luminosité et au décor. Wang Miao essaya même de regarder fixement le lever de soleil, pour forcer le compte à rebours à disparaître un moment, mais ses efforts furent vains, la suite diabolique s'afficha de façon effroyable sur l'astre solaire. Cette fois, elle n'eut pas besoin d'augmenter sa luminosité, mais devint noire, comme si elle était projetée sur l'orbe du soleil, ce qui la rendit encore plus menaçante.

Il était difficile d'obtenir un rendez-vous pour une consultation à l'hôpital Tongren de Pékin, mais Wang Miao était passé directement par une ancienne camarade de sa femme, une ophtalmologue réputée. Il ne lui expliqua pas tout de suite ses symptômes, souhaitant d'abord que le médecin examine ses yeux. Après un examen précis, celle-ci lui indiqua qu'il n'y avait aucune trace d'affection et que ses yeux fonctionnaient normalement.

— J'ai sans cesse quelque chose devant les yeux. Peu importe où je porte mon regard, c'est toujours là, dit Wang Miao tandis que le compte à rebours s'affichait horizontalement sur le visage du médecin.

1175:11:34, 1175:11:33, 1175:11:32…

— Le syndrome des mouches volantes, dit l'ophtalmologue, en sortant une ordonnance et en commençant à écrire. C'est une maladie oculaire commune à notre époque. Elle est provoquée par l'opacité du cristallin, elle n'est pas facile à traiter, mais il n'y a pas à s'affoler, je vais vous prescrire des solutions d'iode et de la vitamine D qui pourront peut-être les faire disparaître. Il y a peu d'espoir, mais ce n'est pas un problème très grave, il suffira de vous habituer à ces impuretés dans votre champ de vision. Elles n'ont pas d'impact sur la vue en tant que telle.

— Dans le syndrome des mouches volantes dont vous parlez… à quoi ressemblent ces impuretés au juste?

— Il n'y a pas de règle, cela dépend des personnes, souvent ce sont des petites taches noires, un peu comme des têtards.

— Et lorsqu'on voit des nombres?

Le bruit du stylo du médecin grattant sur le papier de l'ordonnance cessa :

— Vous voyez des nombres?

— Oui, une rangée horizontale de nombres que je n'arrive pas à faire disparaître.

Le médecin repoussa la feuille et le stylo et le regarda avec empathie :

— Je l'ai su en vous voyant entrer dans le cabinet. Lors de notre dernier repas entre anciens camarades, Li Yao m'a raconté que vous subissiez beaucoup de pression au travail. À notre âge, il faut faire attention à notre santé, nous n'avons plus vingt ans.

— Vous voulez dire que c'est un problème d'origine psychologique?

Le médecin hocha la tête :

— Dans ce type de situation, je conseille d'ordinaire à mes patients d'aller voir un psychologue, mais ce n'est pas indispensable, il n'y a rien de grave, c'est simplement un excès de fatigue. Reposez-vous quelques jours, prenez des vacances avec Li Yao et le petit – comment s'appelle-t-il déjà, Dou-dou c'est ça? Ne vous inquiétez pas, vous irez bientôt mieux.

1175:10:02, 1175:10:01, 1175:10:00, 1175:09:59…

— Je vais vous dire ce que j'ai devant les yeux : un compte à rebours! Un compte à rebours qui défile seconde après seconde, avec précision! Vous voulez dire que tout ça c'est dans ma tête?

Le médecin lui sourit avec bienveillance :

— Vous voulez savoir jusqu'à quel degré des facteurs psychologiques peuvent affecter la vision? Une jeune fille a été admise dans le service le mois dernier – quel âge avait-elle? Quinze, seize ans? Un jour, alors qu'elle était dans sa salle de classe, elle a soudain perdu la capacité de distinguer quoi que ce soit, elle a complètement perdu la vue! Après plusieurs examens, nous avons conclu que ses yeux étaient physiologiquement en bon état. Elle a suivi un traitement psychothérapeutique pendant un mois chez un psychiatre et, brusquement, ses yeux ont retrouvé leur acuité visuelle!

Wang Miao avait conscience qu'il perdait son temps ici. Il se leva et glissa avant de partir :

— D'accord, ne parlons plus de mes yeux. J'ai une dernière question à vous poser : savez-vous s'il peut exister une quelconque force externe qui serait capable de contrôler à distance notre vision?

Le médecin réfléchit un instant.

— Oui. Il y a quelque temps, j'ai eu l'occasion de faire partie de l'équipe médicale du vaisseau spatial *Shenzhou 19*. Un jour, des astronautes ont rapporté avoir vu des scintillements n'ayant aucune existence réelle. Dans le passé, des astronautes de la Station spatiale internationale ont aussi rédigé des rapports similaires alors qu'ils travaillaient à l'extérieur du cockpit. Ce sont des événements qui ont eu lieu lors d'activités intenses du soleil. Les particules énergétiques solaires attaquent la rétine et les astronautes ont cru voir briller quelque chose. Mais les nombres dont vous parlez – ou bien votre compte à rebours – ne sont certainement pas liés à ce phénomène.

Wang Miao sortit de l'hôpital, troublé, et le compte à rebours toujours suspendu devant les yeux. Ce dernier semblait le talonner partout où il allait, comme un fantôme le hantant sans relâche. Il acheta une paire de lunettes de soleil, afin d'éviter que quelqu'un ne remarque son regard perdu de somnambule.

Wang Miao entra dans le laboratoire principal du Centre de recherches en nanotechnologie. Il n'oublia pas d'enlever ses lunettes une fois à l'intérieur, mais cela n'empêcha pas les collègues qui le croisèrent de lui lancer des regards soucieux.

Au centre de la salle d'expériences du laboratoire, Wang Miao vit que la cabine noire de réaction était toujours en activité. Cet appareil imposant était constitué d'une sphère reliée à de nombreux câbles. Un nanomatériau ultrarésistant baptisé "poignard volant" avait déjà été produit. Mais cette nouvelle substance était tributaire d'une technique d'assemblage moléculaire, c'est-à-dire que sa production nécessitait l'utilisation d'une sonde permettant de faire s'agglomérer des nanostructures moléculaires et de les superposer brique par brique comme un mur. Ce processus de fabrication était très gourmand en ressources, ce qui faisait du nanomatériau produit à l'arrivée la pierre la plus précieuse au monde. Il était inenvisageable d'en produire à grande échelle.

Les chercheurs du laboratoire essayaient donc de provoquer une réaction catalysée qui permettrait de remplacer les techniques d'assemblage moléculaire, afin qu'une grande quantité de molécules s'assemblent d'elles-mêmes, comme un bloc de construction. Cette expérience avait lieu au cœur de la cabine noire de réaction. L'appareil pouvait simuler des expériences en utilisant un grand nombre de combinaisons moléculaires différentes. Si on s'était contenté d'avoir recours aux méthodes artificielles traditionnelles, il aurait fallu plus d'un siècle pour essayer ces différentes combinaisons, tandis que la cabine noire de réaction permettait justement de tester ces combinaisons automatiquement et à grande vitesse. Outre la capacité à éprouver des réactions réelles, l'appareil permettait aussi d'effectuer des simulations analogiques. Quand une réaction atteignait un certain niveau, l'ordinateur relié à la cabine utilisait les données récoltées pour mettre en place un modèle mathématique basé sur l'étape intermédiaire de cette réaction et terminait l'expérience avec une simulation numérique. Ce procédé augmentait considérablement l'efficacité des expériences.

Lorsque le responsable de la branche expérimentale du laboratoire aperçut Wang Miao, il accourut et commença à lui faire le rapport de toute une série de dysfonctionnements dans la cabine de réaction. Ces derniers temps, la scène se répétait quotidiennement, et ce dès que Wang Miao arrivait au travail. Cela faisait plus d'un an que la cabine était en marche et des erreurs de mesure avaient impacté la sensibilité des capteurs, si bien qu'il aurait fallu stopper la machine et mettre l'appareil en maintenance. Mais en tant que directeur scientifique du projet, Wang Miao insistait pour que la cabine ne soit pas arrêtée avant que la troisième série de combinaisons synthétiques soit terminée. Les ingénieurs n'avaient comme autre solution que de bricoler des appareils rectificatifs sur la machine. Mais à présent, ces appareils nécessitaient à leur tour d'autres appareils, ce qui avait le don d'exaspérer l'équipe. Toutefois le responsable prit des pincettes et n'évoqua pas l'hypothèse d'un arrêt des machines et d'une pause dans l'expérience, par peur que cela ne déclenche chez Wang Miao les mêmes sautes d'humeur que les dernières fois. Il exposa simplement les difficultés rencontrées, bien qu'on devine sans peine ce qu'il espérait au fond de lui.

Wang Miao leva la tête pour observer la cabine. Il lui trouvait l'apparence d'un utérus autour duquel les ingénieurs, tels des chirurgiens, luttaient pour le maintenir en état de marche. Toute la scène se déroulait auréolée du compte à rebours.

1174:21:11, 1174:21:10, 1174:21:09, 1174:21:08…

Cesse le projet. Essaie. Wang Miao repensa tout à coup aux paroles de Shen Yufei.

— Combien de temps serait nécessaire pour une mise à jour complète des capteurs ? demanda-t-il.

— Quatre à cinq jours, probablement.

Le responsable perçut soudain comme une pointe d'espoir et s'empressa de rectifier :

— Mais nous pouvons faire ça plus rapidement, trois jours ! Je m'y engage, professeur Wang !

Je n'ai pas cédé, se dit Wang Miao intérieurement. *La réparation du matériel est réellement nécessaire et pour cela, les expériences doivent être suspendues. C'est tout.*

Il se tourna vers le responsable, qu'il regarda à travers le compte à rebours, et déclara :

— Arrêtez l'expérience. Mettez la machine en maintenance, et suivez le calendrier que vous m'avez donné.

— Bien, professeur Wang. Je vous donnerai très rapidement le programme complet de la mise à jour. Nous pouvons arrêter la machine cet après-midi, répondit le responsable avec excitation.

— Vous pouvez l'arrêter dès maintenant.

Le responsable du laboratoire regarda Wang Miao d'un air incrédule, mais il retrouva très vite son enthousiasme, comme s'il craignait de laisser filer une occasion inespérée. Il se saisit de son téléphone et donna l'ordre de stopper la machine. Les ingénieurs et les chercheurs du groupe de travail, exténués, en furent naturellement ravis et commencèrent aussitôt à presser la centaine d'interrupteurs de l'appareil. Les écrans de contrôle s'éteignirent les uns après les autres jusqu'à ce qu'enfin le signal de l'arrêt de la machine apparaisse sur l'écran du moniteur principal.

Presque simultanément, les chiffres qui défilaient devant les yeux de Wang Miao se figèrent. Le compte à rebours affichait désormais le nombre 1174:10:07. Une poignée de secondes plus tard, le compte à rebours disparut après quelques derniers clignotements.

De retour dans une réalité débarrassée de nombres fantômes, Wang Miao inspira profondément, comme si on l'avait tiré de la noyade. Il s'assit, lessivé, mais il réalisa qu'on le regardait.

Il dit au responsable :

— La mise à jour du système est du ressort de l'unité d'équipement. Vous autres membres de la branche expérimentale, prenez quelques jours de repos. Vous les avez bien mérités.

— Professeur Wang, vous aussi, vous êtes fatigué. L'ingénieur en chef Zhang va s'occuper de la supervision de la mise à jour. Rentrez vous reposer.

— Oui, fatigué…, murmura faiblement Wang Miao.

Une fois le responsable parti, il prit son téléphone et composa le numéro de Shen Yufei. Celle-ci décrocha après une seule sonnerie :

— Qui est derrière tout ça ? demanda Wang Miao, en s'efforçant en vain de rester calme.

Silence.

— Qu'y a-t-il à la fin du compte à rebours ?

Silence.

— Tu m'écoutes ?

— Oui.

— Pourquoi les nanomatériaux ? Ce n'est pas un accélérateur de particules, ce n'est que de la recherche appliquée ! Cela vaut-il la peine de vous en préoccuper autant ?

— Il ne nous appartient pas d'en juger.

— La science moderne est une affaire collective. Pourquoi ne s'en prendre qu'à moi ?

— Les percées théoriques les plus radicales ont avant tout été accomplies par des individus. Nous attendons aussi de toi que tu uses de ton prestige et de ton influence pour induire cette étude en erreur, pour l'amener dans une impasse.

— Vous voulez rire ? Vous rêvez !

— Tu n'es pas en position de décider. Si tu crois à l'existence de ce pouvoir, tu ne pourras pas continuer à mener des réflexions scientifiques.

— Mais je n'y crois pas un seul instant ! beugla Wang Miao, dont la peur et le désespoir s'étaient soudain changés en rage folle. Vous croyez que votre petit tour de magie aura raison de moi ? Que vous pourrez stopper le progrès de la technologie ? J'admets être dans l'incapacité d'expliquer comment vous avez fait pour le moment, mais c'est parce que je n'ai pas encore trouvé qui était l'odieux magicien aux commandes.

— Comment pourrait-on te persuader ?

— Peut-"il" faire étalage de son pouvoir à une plus grande échelle ?

— Quelle échelle achèverait de te convaincre ?

Les paroles de Shen Yufei laissèrent Wang Miao abasourdi. Il ne s'était pas préparé à cette réplique. Il se força à garder son sang-froid pour ne pas tomber tête baissée dans le piège :

— Remballez votre malle à magie. Grande échelle ou non, cela reste des illusions. Vous pouvez tout à fait projeter un hologramme dans le ciel, comme l'a fait l'Otan il y a deux ans, lors de la dernière guerre. Il existe même des lasers suffisamment puissants pour projeter une image sur toute la surface de la lune. Le sniper et le fermier peuvent jouer à une échelle inatteignable par les humains. Par exemple, le compte à rebours peut-il apparaître sur la surface du soleil?

Il garda la bouche ouverte. À sa propre surprise, il avait inconsciemment évoqué les deux hypothèses qui auraient dû rester taboues dans cette situation. Heureusement pour lui, il n'avait pas poussé plus loin cette réflexion. Afin de reprendre l'initiative, il enchaîna :

— Je viens de penser à une option à laquelle je n'avais pas encore songé. Qui sait, votre fameux magicien serait peut-être capable d'atteindre l'échelle du soleil. Pour que votre démonstration soit vraiment convaincante, il faudrait pouvoir atteindre une échelle plus grande encore.

— La question est : en sortiras-tu indemne? Nous sommes amis, je veux t'aider. Ne suis pas le destin de Yang Dong.

En entendant ce nom, Wang Miao ne put s'empêcher de frissonner mais, très vite, sa colère reprit le dessus :

— Est-"il" prêt à relever ce défi?

— Oui.

— Que vas-tu faire?

La voix de Wang Miao s'était affaiblie.

— As-tu à côté de toi un ordinateur relié à Internet? Bien, entre l'adresse suivante : http://www.qsl.net/bg3tt/zl/mesdm. htm. C'est fait? Imprime la page et garde-la à portée de main.

Wang Miao vit qu'il n'y avait rien d'autre sur la page que l'alphabet morse.

— Je ne comprends pas, c'est...

— Dans les deux jours à venir, essaie de trouver un endroit où tu pourras observer le fond diffus cosmologique. Pour plus de détails, tu consulteras le mail que je vais t'envoyer.

— Ce... pourquoi?

— Je sais que ton projet de recherche en nanotechnologie a été temporairement arrêté. As-tu l'intention de le redémarrer?

— Bien sûr, dans trois jours.

— Dans ce cas, le compte à rebours va recommencer.

— À quelle échelle le verrai-je?

Sa question fut suivie d'un long silence. Cette femme qui agissait comme le porte-parole d'une force dépassant tout entendement humain venait de lui fermer froidement toute issue de secours.

— Dans trois jours, c'est-à-dire le 14, de 1 heure à 5 heures du matin, c'est l'univers entier qui clignotera pour toi.

7

LES TROIS CORPS :
LE ROI WEN ET LA LONGUE NUIT

Wang Miao composa le numéro de téléphone de Ding Yi. Ce ne fut que lorsque son interlocuteur décrocha le combiné qu'il réalisa qu'il était déjà plus de 1 heure du matin.

— C'est Wang Miao. Pardon de te déranger si tard.

— Ça ne fait rien, je n'arrivais pas à dormir.

— Je... il m'est arrivé quelque chose, j'ai besoin de ton aide. Sais-tu s'il y a des lieux en Chine où il est possible d'observer le fond diffus cosmologique ?

Le désir de raconter son histoire s'empara de Wang Miao, mais il le refréna aussitôt en se disant qu'il valait mieux que peu de gens soient au fait de sa mésaventure.

— Le fond diffus cosmologique ? D'où te vient cet intérêt soudain ? Effectivement, il a dû t'arriver quelque chose... Es-tu allé rendre visite à la mère de Yang Dong ?

— Ah... pardon, j'ai oublié.

— Ce n'est pas grave. De nos jours, dans le monde scientifique... il arrive des histoires à beaucoup de gens... Tout le monde a l'esprit ailleurs. Mais je crois que tu devrais tout de même aller la voir. Elle est âgée maintenant et refuse d'engager une auxiliaire de vie. Si tu vois qu'elle a besoin d'un coup de main, aide-la, s'il te plaît. Oh, et à propos du fond cosmologique, tu peux justement en parler à la mère de Yang Dong. Avant de prendre sa retraite, elle était professeur d'astrophysique. Elle connaît bien les observatoires astronomiques du pays.

— Bien, bien, j'irai aujourd'hui, après le travail.

— Je te remercie par avance, je n'ai vraiment pas le courage de me retrouver face à tout ce qui peut me rappeler Yang Dong.

Après avoir raccroché, Wang Miao s'assit devant son ordinateur et imprima le sobre alphabet morse. Il avait à présent repris son calme et réussi à écarter de ses pensées le maléfique compte à rebours. Il réfléchissait maintenant à la Société des frontières de la science, à Shen Yufei et au jeu en ligne auquel il l'avait surprise en train de s'adonner. La seule chose qu'il pouvait affirmer au sujet de Shen Yufei, c'est qu'elle n'était pas une fan de jeux vidéo. Ses paroles étaient aussi condensées et froides que des télégrammes, mais la froideur qu'elle dégageait était différente de celle de certaines femmes : ce n'était pas un masque, mais une rigidité qui recouvrait tout son être.

Wang Miao avait auparavant fait une étrange analogie entre elle et DOS, ce système d'exploitation informatique maintenant devenu obsolète : un écran noir, vide, avec une barre clignotante "C :\>" toute simple. Vous saisissiez une formule et vous obteniez le résultat voulu. Jamais un mot de trop, jamais de changement de fond d'écran. Mais désormais, il savait que derrière le signal "C :\>" se dissimulait un abysse sans fond. Se passionnait-elle vraiment pour les jeux en ligne au point d'acheter une combinaison virtuelle? Elle n'avait pas d'enfants, elle avait forcément acheté la V-combinaison pour son usage personnel. Wang Miao avait peine à le croire.

Il saisit l'adresse dans la barre de recherche : www.3body. net. Il n'avait eu aucun mal à la mémoriser. Le site indiquait que le jeu nécessitait l'utilisation d'une V-combinaison. Wang Miao se rappela qu'il y avait un accessoire de ce genre dans la salle de repos du centre de recherches. Il sortit du laboratoire désormais désert et se rendit dans le bureau du service de sécurité pour récupérer la clef de la salle.

Il longea les tables de billard et les appareils de fitness et trouva la V-combinaison à côté d'un ordinateur. Il parvint non sans mal à enfiler la combinaison haptique, plaça le casque à visée panoramique sur son crâne et alluma l'ordinateur.

Une fois le jeu lancé, Wang Miao se retrouva au beau milieu d'une plaine désolée baignée par la clarté de l'aube. Le sol de la plaine était d'un brun foncé, et on peinait à en distinguer les détails. Un petit éclat de lueur blanche pointait à l'horizon, tandis qu'un ciel encore étoilé composait le reste du paysage. Une explosion sourde retentit. Au loin, deux montagnes rutilantes s'effondrèrent sur le sol. Une lumière rougeâtre imprégna le paysage. Lorsque les nuages de poussière se dispersèrent enfin, Wang Miao vit éclore entre terre et ciel les mots : LES TROIS CORPS.

Une interface d'inscription apparut ensuite sur l'écran. Wang Miao se choisit comme identifiant "Hairen*" et se connecta au jeu.

Il se retrouva sur la même plaine déserte, mais il remarqua que les capteurs à l'intérieur de sa V-combinaison s'étaient mis en marche : il pouvait sentir un courant d'air glacial souffler sur son corps. Dans le paysage émergèrent deux personnages en train de marcher qui, sous l'éclat de l'aube, lui apparaissaient comme deux silhouettes noires. Wang Miao déplaça sa souris pour les suivre. Il découvrit que les deux personnages étaient des hommes, vêtus de longues robes en haillons, ellesmêmes enveloppées dans des fourrures sales. Tous deux possédaient une courte mais large épée de bronze. L'un d'eux portait sur le dos une longue malle en bois qui faisait la moitié de sa taille. Ce dernier se retourna et observa Wang Miao. Son visage paraissait aussi sale et ridé que la fourrure qu'il portait sur le dos, mais ses yeux étaient vifs et reflétaient la lueur de l'aurore.

— Il fait froid, dit-il.

— Oui, vraiment froid, fit Wang Miao, en écho.

— Nous sommes à l'époque des Royaumes combattants**,

* Littéralement "Homme-mer" ou "Homme de la mer" : jeu de mots basé sur le sens littéral des caractères "Wang" et "Miao", qui peuvent signifier une "vaste étendue d'eau". *(N.d.T.)*
** Période de l'histoire chinoise (481-221 av. J.-C.) durant laquelle le pays était morcelé en principautés dont les querelles se soldaient par des guerres incessantes. *(N.d.T.)*

je suis le roi Wen des Zhou*, dit l'homme qui portait la malle sur le dos.

— Il me semble pourtant que le roi Wen n'est pas un personnage de la période des Royaumes combattants, si?

— Il a survécu jusqu'à aujourd'hui. Le roi Zhou des Shang est encore en vie, lui aussi, précisa l'autre individu. Je suis le laquais du roi Wen. Mon identifiant est "Laquais du roi Wen". Le roi est un véritable génie.

— Je suis Hairen. Que portez-vous sur le dos? demanda Wang Miao.

Le roi Wen posa à terre sa longue malle rectangulaire et l'ouvrit verticalement, comme s'il s'agissait d'une porte, révélant une structure composée de cinq compartiments. Grâce à la lumière de l'aube, Wang Miao vit à l'intérieur que chaque étage était couvert d'un petit tas de sable. Un filet de sable s'écoulait sur chaque compartiment à travers un trou.

— C'est un sablier. Le sable met en tout huit heures pour descendre jusqu'à la base. Il faut le retourner trois fois pour faire une journée. Mais j'oublie souvent de le faire, et j'ai besoin de mon laquais pour me le rappeler, expliqua le roi Wen.

— Vous avez apparemment un long voyage à faire. Pourquoi vous encombrer d'une machine aussi lourde?

— Mais comment ferions-nous pour savoir l'heure?

— Un petit cadran solaire serait autrement plus commode. Ou alors il suffit de regarder la position du soleil pour avoir une idée approximative de l'heure qu'il est.

Le roi et son laquais s'interrogèrent du regard puis leurs visages se tournèrent simultanément vers Wang Miao, comme s'il était idiot :

— Le soleil? Comment le soleil pourrait-il nous donner l'heure? Nous sommes en pleine ère chaotique!

---

* Aussi connu sous son nom personnel de Ji Chang, Wen des Zhou (1152-1056 av. J.-C.) fut le père du fondateur de la dynastie Zhou, qui succéda à la dynastie Shang. La légende raconte que le roi Wen serait à l'origine du deuxième plus ancien arrangement d'hexagrammes (figures divinatoires constituées de combinaisons de traits yin et yang), à l'époque où il était dans les cachots du tyrannique roi Zhou des Shang. (N.d.T.)

Alors que Wang Miao s'apprêtait à les questionner sur ce curieux concept, le laquais se lamenta :

— Qu'il fait froid ! Je crois que je vais y passer !

Wang Miao aussi trouvait qu'il faisait froid, mais il ne pouvait ôter sa combinaison car, dans la majorité des jeux, cela avait pour effet de vous déconnecter immédiatement.

— Il fera plus doux quand le soleil sera sorti, leur dit-il.

— Vous vous prenez pour un prophète ? Même le roi Wen n'est pas en mesure de faire de telles prédictions ! lui lança le laquais, indigné.

— Pas besoin d'être prophète pour prédire que le soleil se lèvera dans une heure ou deux, dit Wang Miao en désignant l'horizon.

— C'est une ère chaotique ! reprit le laquais.

— Qu'est-ce qu'une ère chaotique ?

— Toutes les ères qui ne sont pas des ères régulières, répondit le roi Wen, comme s'il parlait à un enfant ignorant.

Et effectivement, la lumière de l'aube commença à s'obscurcir à l'horizon, jusqu'à bientôt disparaître totalement. La plaine fut à nouveau enveloppée par le voile de la nuit brodé d'étoiles scintillantes.

— Nous étions donc l'après-midi et non le matin ? demanda Wang Miao.

— C'était bien l'aube mais, le matin, le soleil ne se lève pas forcément. C'est l'ère chaotique.

Wang Miao trouvait le froid de plus en plus insupportable.

— Il semble bien que le soleil ne revienne pas de sitôt, dit-il en frissonnant et en pointant la ligne désormais floue de l'horizon.

— Voilà que ça vous reprend ! Rien n'est certain, c'est l'ère chaotique, reprit le laquais, puis il se tourna vers le roi Wen : Seigneur Ji Chang, puis-je manger du poisson séché ?

— Il n'en est pas question ! Je dois pouvoir manger à ma faim. Il faut veiller à ce que j'arrive sain et sauf à la capitale Zhaoge*, quitte à te sacrifier.

* Zhaoge fut la dernière capitale de la dynastie Shang, qui régna sur la Chine de 1570 av. J.-C. à 1045 av. J.-C. *(N.d.T.)*

Alors qu'ils parlaient, Wang Miao remarqua qu'un rayon de lumière avait point à un autre endroit de la ligne de l'horizon. Il n'arrivait pas à savoir quel était le point cardinal, mais il était sûr d'une chose : ce n'était pas celui par lequel l'aube venait de s'éclipser. Le ciel s'éclaircit rapidement et, bientôt, le soleil se leva sur le monde. C'était un petit astre bleuté qui ressemblait davantage à une lune particulièrement brillante, mais Wang Miao sentit tout de même une pointe de chaleur, et put avoir une vision plus détaillée de la vaste plaine qui s'étendait devant lui. Cependant cette vision fut fugace, car le soleil dessina un arc sur la ligne haute de l'horizon avant de disparaître à nouveau. La nuit et le froid drapèrent encore une fois la plaine.

Tous trois s'arrêtèrent un moment sous un arbre mort. Le roi Wen et son laquais sortirent leurs épées de bronze et firent du petit bois, tandis que Wang Miao rassemblait les fagots. Le laquais sortit son briquet *huolian** et après l'avoir frappé plusieurs fois, il parvint à faire partir un feu. Wang Miao sentit que le bas de sa combinaison commençait à se réchauffer, mais son dos était toujours aussi glacé.

— Nous devrions brûler quelques corps déshydratés, le feu prendrait mieux, dit le laquais.

— Tais-toi donc! C'est bon pour un tyran comme le roi Zhou, ces choses-là!

— De toute façon, les corps que nous avons vus éparpillés le long de la route sont en trop mauvais état pour avoir un jour la chance d'être réhydratés. Si votre théorie est juste, nous pourrions non seulement nous en servir pour faire du feu, mais également en manger quelques-uns. Que valent quelques vies en regard de l'importance de votre théorie?

— Cesse de dire des balivernes! Nous sommes des lettrés!

Une fois le bois entièrement consumé, les trois compagnons reprirent la route. Comme ils parlaient peu entre eux, le système accéléra automatiquement la vitesse de déroulement du jeu. Le roi Wen retourna à six reprises le sablier qu'il portait dans le dos, et ce furent donc deux journées entières qui s'écoulèrent en un clin d'œil. Pourtant, le soleil ne s'était pas levé

---

* Sorte de pierre à feu en forme de faucille, utilisée en Chine ancienne. *(N.d.T.)*

une seule fois, Wang Miao n'avait pas vu le moindre soupçon de lumière à l'horizon.

— On dirait que le soleil ne se lèvera plus jamais, fit remarquer Wang Miao, tout en faisant apparaître le menu du jeu pour vérifier où en était sa barre de vie. Celle-ci ne cessait de diminuer à cause du froid.

— Voilà que tu te prends encore pour un grand prophète…, dit le laquais, avant que Wang Miao et lui ne finissent en chœur : C'est l'ère chaotique!

Pourtant, peu de temps après avoir prononcé ces mots, l'aurore pointa réellement à l'horizon, le ciel s'éclaircit rapidement et, bientôt, le soleil se leva. Wang Miao remarqua que l'astre cette fois était gigantesque. Seule la moitié émergeait de derrière l'horizon, et déjà son diamètre occupait un cinquième du ciel. Wang Miao fut saisi par une vague de chaleur qui raviva et revigora son âme. Mais en tournant son regard vers le roi Wen et le laquais, il s'aperçut qu'une expression d'horreur s'était dessinée sur leurs visages, comme si le diable lui-même s'apprêtait à sortir de terre.

— Vite! Trouvons un endroit ombragé! hurla le laquais.

Wang Miao les suivit en courant jusqu'à un rocher derrière lequel ils s'accroupirent. L'ombre du rocher faiblissait petit à petit. Le sol autour d'eux paraissait incandescent. Sous leurs pieds, le pergélisol fondait à toute allure. Cette surface à l'origine aussi dure que le métal devenait maintenant un parterre de boue bouillonnant. Wang Miao transpirait à grosses gouttes. Lorsque le soleil atteignit le zénith, les trois hommes se couvrirent la tête avec leurs peaux de bêtes, mais les puissants rayons de lumière transperçaient comme des flèches les fentes et les trous des fourrures. Les trois compagnons se traînèrent jusque sous l'ombre qui venait de se former de l'autre côté du rocher…

Lorsque le soleil se coucha, l'air était toujours empreint d'une chaleur moite et étouffante. Les trois hommes, encore trempés de sueur, s'assirent sur le rocher. Le laquais lâcha avec consternation :

— C'est un véritable enfer de voyager pendant l'ère chaotique. Je ne peux plus le supporter! Sans compter que je n'ai rien à manger, car vous refusez de me donner du poisson séché et vous ne me laissez pas me nourrir de déshydratés, alors…

— Alors il ne te reste plus qu'à te déshydrater, l'interrompit le roi Wen en agitant sa peau de bête pour se faire un peu de vent.

— Vous ne m'abandonnerez pas derrière vous?

— Bien sûr que non, j'ai promis de t'emmener à Zhaoge.

Le laquais se défit de sa longue robe trempée de sueur, puis s'allongea nu sur le sable. Sous les dernières lueurs du crépuscule, Wang Miao vit soudain de la sueur suinter abondamment sur le corps du laquais. Il comprit vite que ce n'était pas de la transpiration mais toute l'eau de son corps qui s'échappait. L'eau convergea en rigoles sur le sable, puis le corps du laquais se ratatina, comme une bougie fondue. Au bout de dix minutes, le corps était complètement asséché, il ne restait plus qu'une peau flasque étendue sur le sol et sur laquelle il était désormais difficile de distinguer les traits de son visage.

— Est-il mort? demanda Wang Miao.

Il se rappela qu'il avait vu de nombreuses peaux à formes humaines sur la route, dont certaines déchiquetées et incomplètes. Il supposa que c'étaient les déshydratés que le laquais voulait utiliser pour alimenter le feu.

— Non, répondit le roi Wen.

Puis il ramassa la peau flasque du laquais, la tapota un peu pour faire tomber le sable et l'enroula sur le rocher, comme on aurait enroulé un ballon dégonflé.

— Nous le mettrons à tremper un moment dans l'eau et il retrouvera son aspect vivant initial. Un peu comme quand on fait tremper des champignons séchés.

— Ses os aussi ont ramolli?

— Oui. Ils sont devenus des fibres sèches. C'est nettement plus pratique pour le transport.

— Ici, tout le monde peut se déshydrater de cette façon?

— Bien entendu. Toi aussi. Autrement, personne ne survivrait aux ères chaotiques.

Le roi Wen tendit le rouleau de peau à Wang Miao.

— Prends-le. Si on l'abandonnait sur le bord du chemin, il serait brûlé ou bien mangé.

Wang Miao récupéra la peau du laquais, un petit rouleau très léger. Il l'attacha autour de son avant-bras sans éprouver aucune sensation d'étrangeté.

Wang Miao, le laquais déshydraté au bras, et le roi Wen avec son sablier sur le dos poursuivirent leur épineux périple. Comme les jours précédents, le soleil de ce monde continua à n'en faire qu'à sa tête : une journée torride pouvait soudain succéder à une longue nuit glaciale, ou bien le contraire. Le roi Wen et Wang Miao comptaient l'un sur l'autre pour survivre. Ils allumaient des feux pour se réchauffer et plongeaient dans des lacs pour échapper à la canicule. Fort heureusement, il était possible d'accélérer le temps du jeu. Un mois entier passa en une demi-heure, ce qui rendit supportable cette odyssée à travers l'ère chaotique.

Un jour, après une interminable nuit – qui, à en croire le sablier, dura une semaine entière –, le roi Wen pointa le doigt vers le ciel et s'écria gaiement :

— Des étoiles volantes ! Deux étoiles volantes !

Wang Miao avait eu l'occasion de remarquer ces étranges corps célestes, plus grands que des étoiles et se présentant sous la forme de disques de la taille d'une balle de ping-pong. Ils se déplaçaient dans la voûte à une vitesse telle qu'on pouvait détecter leur mouvement à l'œil nu. Mais c'était la première fois qu'il en voyait deux en même temps.

— L'apparition de deux étoiles volantes signifie le début d'une ère régulière ! expliqua le roi Wen.

— Nous en avons déjà vu ces derniers temps.

— Mais il n'y en avait qu'une chaque fois.

— Deux est-il le maximum ?

— Non, il peut parfois y en avoir trois, mais jamais plus.

— Est-ce que l'apparition de ces trois étoiles volantes présage une ère encore plus harmonieuse ?

Le roi Wen le fixa avec des yeux épouvantés :

— Que racontes-tu ? Trois étoiles volantes… Prie plutôt pour que ce jour n'arrive jamais.

Le roi Wen avait vu juste. L'ère régulière tant espérée commença bientôt. Levers et couchers du soleil devinrent ponctuels et la nuit tombait à heure fixe, vers 18 heures. Ce nouveau cycle jour/nuit rendit le climat plus agréable.

— Combien de temps dure une ère régulière? demanda Wang Miao.

— Un jour ou un siècle, personne ne peut le prédire avec exactitude.

Le roi Wen s'assit sur le sablier et leva les yeux vers le soleil de midi.

— Selon les chroniques historiques, la dynastie des Zhou de l'Ouest* a connu une ère régulière qui a duré deux siècles. Quelle chance ont eue ceux qui sont nés à cette époque!

— Et l'ère chaotique?

— Mais je te l'ai dit! Toutes les ères qui ne sont pas régulières sont chaotiques, l'une prend le relais de l'autre.

— Cela veut donc dire que ce monde ne connaît aucune règle?

— Oui. La civilisation ne peut se développer que sous les climats tempérés des ères régulières. La majorité du temps, les humains doivent être collectivement déshydratés et, lorsque arrive une ère régulière un peu plus longue, ils sont réhydratés et peuvent à nouveau produire et construire.

— Comment fait-on pour prédire la longueur d'une ère régulière?

— C'est impossible. Lorsque arrive une ère régulière, la décision de savoir si les sujets d'un royaume doivent être ou non réhydratés repose sur l'intuition de son souverain. La plupart du temps, voici ce qui se passe : les déshydratés reviennent à la vie, des cultures sont plantées, des villes commencent à être construites et alors même que la vie vient tout juste de reprendre ses droits, l'ère régulière prend fin, le froid et la chaleur réduisent tout à néant.

Le roi désigna alors Wang Miao du doigt et ses yeux s'illuminèrent :

— Tu connais maintenant le but du jeu : t'appuyer sur nos connaissances et ton bon sens pour analyser ce phénomène, jusqu'à ce que nous soyons capables de déterminer les cycles du soleil. La survie de la civilisation en dépend.

* La dynastie des Zhou de l'Ouest régna sur une vaste partie de la Chine d'environ 1046 à 771 av. J.-C. Lui succéda la période des Zhou de l'Est (771-256 av. J.-C.), qui voit un déplacement de la capitale des Zhou à l'est et un affaiblissement progressif du règne de la dynastie. *(N.d.T.)*

— D'après ce que j'ai pu voir, il semble que le mouvement du soleil ne soit soumis à aucune règle.

— C'est parce que tu n'as pas encore percé la nature fondamentale de ce monde.

— Et vous?

— Oui. C'est la raison pour laquelle je me rends à Zhaoge. Je vais faire cadeau au roi Zhou des Shang d'un calendrier précis des activités du soleil.

— Mais je ne vous ai pas vu l'utiliser durant notre périple.

— La prédiction des mouvements du soleil peut uniquement être effectuée à Zhaoge, car c'est le lieu de rencontre du yin et du yang. Il n'y a que là-bas que les oracles peuvent s'avérer exacts.

Ils durent encore affronter une terrible ère chaotique, entrecoupée d'une courte ère régulière, avant d'atteindre enfin Zhaoge.

Quand ils furent arrivés dans la cité, Wang Miao entendit un grondement continu qui ressemblait au tonnerre. Le bruit provenait d'objets curieux : d'énormes pendules, chacun de quelques dizaines de mètres de hauteur. Les balanciers des pendules étaient constitués de gros blocs de pierre attachés au bout d'une épaisse corde. Les pendules étaient reliés entre eux par de minces passerelles en pierre. Les balanciers étaient quant à eux secoués par des soldats en armure postés sous chaque pendule. Psalmodiant des chants étranges, ils tiraient en rythme sur les cordes des balanciers pour maintenir le mouvement de ceux-ci. Wang Miao remarqua que tous les balanciers oscillaient de la même manière. Vue de loin, la scène était fascinante ; c'était comme si de gigantesques horloges mouvantes avaient été érigées sur le sol ou bien comme si d'immenses symboles abstraits étaient tombés du ciel.

Au sein du périmètre délimité par les pendule se dressait fièrement une pyramide colossale qui, dans l'obscurité de la nuit, donnait l'impression d'être une montagne noire. C'était le palais du roi Zhou. Wang Miao suivit le roi Wen et y entra par une porte basse située à la base de la pyramide, devant laquelle des sentinelles patrouillaient en silence tels des fantômes dans la nuit. Ils longèrent un interminable corridor étroit et sombre, éclairé tout du long par des torches accrochées aux murs.

— Durant les ères chaotiques, tout le pays se retrouve en état de déshydratation, expliqua le roi Wen en marchant, mais le roi Zhou reste éveillé, régnant sur un royaume sans âmes. Pour survivre aux ères chaotiques, il faut vivre dans ce type d'architecture aux murs très épais, habiter sous terre, afin d'échapper au froid et à la chaleur.

Ils marchèrent encore longtemps dans le corridor avant de pénétrer enfin dans la grande salle d'audience du roi Zhou, située au centre de la pyramide. Celle-ci n'avait en réalité de grande que le nom et Wang Miao trouva qu'elle ressemblait davantage à une grotte. Sous la lueur vacillante des torches, on pouvait deviner sans peine la silhouette du roi Zhou, assis sur une estrade en pierre et emmitouflé dans une fourrure de bête multicolore. Mais un autre homme attira l'attention de Wang Miao : un individu vêtu d'une tunique noire qui se fondait dans l'obscurité de la caverne et dont le visage blanc pâle paraissait flotter dans l'air.

— Je vous présente Fu Xi*.

À peine étaient-ils entrés dans la salle que le roi Zhou présenta l'homme en noir à Wang Miao et au roi Wen, comme s'ils étaient là depuis le début et que c'était en réalité l'homme en noir qui venait juste d'arriver.

— Fu Xi croit que le soleil est un dieu au mauvais caractère. Lors de ses périodes d'éveil, le dieu est très énervé : ce sont les ères chaotiques ; mais durant son sommeil, sa respiration est harmonieuse : ce sont les ères régulières. Fu Xi a suggéré de construire les grands pendules que vous avez vus à l'extérieur de la pyramide et de les faire balancer de jour comme de nuit pour qu'ils bercent continuellement le dieu du Soleil et le maintiennent dans un long sommeil. Mais de ce que nous avons vu, cela n'empêche pas le soleil de se réveiller. Le balancement des pendules lui fait tout au plus faire de courtes siestes.

* Fu Xi est un personnage important de la mythologie chinoise, supposé être le fondateur de la médecine traditionnelle chinoise et le créateur des sinogrammes. On lui attribue les huit premiers hexagrammes de l'histoire. (N.d.T.)

Le roi Zhou fit un geste de la main et quelqu'un lui apporta une cruche en terre cuite qui fut déposée sur l'estrade en pierre devant Fu Xi. Wang Miao comprit plus tard qu'il s'agissait d'un bouillon d'assaisonnement. Fu Xi prit une profonde inspiration, puis il l'avala à grandes goulées. Le gargouillement du liquide dans sa gorge ressemblait aux battements d'un immense cœur tapi dans les ténèbres. Après en avoir bu la moitié, il versa le restant du bouillon sur son corps, puis jeta la cruche avant de se diriger vers un tripode en bronze suspendu au-dessus de charbons ardents, dans un coin de la salle. Il grimpa sur le tripode et alors même que le feu avait déjà enflammé sa tunique, il sauta à l'intérieur, provoquant un nuage de vapeur.

— Assieds-toi, Ji Chang, le repas sera bientôt prêt, dit le roi Zhou en désignant le tripode.

— Sorcelleries idiotes, lâcha dédaigneusement le roi Wen en secouant la tête et en regardant le tripode.

— As-tu appris quelque chose sur le soleil ? demanda le roi Zhou, dans les yeux duquel scintillaient les flammes des torches.

— Le soleil n'est pas un dieu. Le soleil est yang, la nuit est yin, et le monde entier est régi par l'équilibre du yin et du yang. Nous ne pouvons altérer cet équilibre, mais nous pouvons l'anticiper, dit le roi Wen en sortant son épée de bronze de son fourreau.

Sur le sol éclairé par la lumière faible des torches, il dessina les deux poissons yin et yang, puis à une vitesse étourdissante, il traça tout autour soixante-quatre hexagrammes semblables à des anneaux de croissance.

— Mon roi, voici le code de l'univers. Permettez-moi d'offrir à votre dynastie le calendrier le plus précis jamais conçu.

— Ji Chang, j'ai besoin de savoir aujourd'hui quand aura lieu la prochaine longue ère régulière.

— Je vais réaliser cette prédiction dès maintenant pour vous, dit le roi Wen.

Il s'accroupit au centre du symbole des deux poissons yin et yang puis il leva la tête et regarda le plafond de la salle d'audience, comme si ses yeux pouvaient traverser le sommet de la pyramide et voir les étoiles. Il répéta plusieurs fois les mêmes mouvements de doigts, semblant effectuer un calcul très rapide. Dans le silence, on n'entendait que le frémissement de la soupe dans le tripode, comme si le sorcier en train de mijoter était somniloque.

Le roi Wen se releva et proclama :

— La prochaine ère sera une ère chaotique qui durera quarante et un jours, puis lui succédera une ère régulière de cinq jours, puis une ère chaotique de vingt-trois jours et une ère régulière de dix-huit jours, et encore une ère chaotique de huit jours. Et quand cette ère prendra fin, mon roi, la longue ère régulière tant espérée arrivera. Elle se prolongera durant trois ans et neuf mois. Le climat sera tempéré et votre dynastie connaîtra son âge d'or.

— Nous devons d'abord avoir une preuve que tes prédictions sont exactes, affirma le roi Zhou sans se laisser impressionner.

Wang Miao entendit un tremblement au-dessus de sa tête. Une dalle de pierre s'ouvrit au niveau du plafond de la salle d'audience, révélant une ouverture de forme carrée. Wang Miao changea de position et vit qu'elle donnait sur une profonde cheminée de pierre qui menait jusqu'au sommet de la pyramide, au bout duquel il parvenait à discerner quelques étoiles scintillantes.

Le temps du jeu s'accéléra, deux gardes vinrent retourner le sablier du roi Wen et, en une poignée de secondes dans la réalité, ce furent huit heures qui s'écoulèrent dans le jeu. La fenêtre du plafond se mit à briller de façon irrégulière, laissant pénétrer à plusieurs reprises dans la salle d'audience les rayons de soleil d'une ère chaotique. Ceux-ci étaient parfois faibles, comme des rayons de lune, et d'autres fois d'un éclat si intense que les torches paraissaient bien pâles à côté de la zone carrée incandescente projetée sur le sol. Wang Miao compta le nombre de sabliers retournés par les soldats. Au bout de cent vingt sabliers, les rayons du soleil projetés par la cheminée se firent plus uniformes : la première ère régulière prédite par le roi Wen commença. Le sablier fut ensuite retourné vingt fois et les scintillements désordonnés qui perçaient à travers la cheminée reprirent : c'était de nouveau une ère chaotique.

Une autre ère régulière passa, puis à nouveau une ère chaotique. Si leur date de commencement et leur durée comportaient de légères erreurs, elles correspondaient globalement aux prédictions du roi Wen. Au bout de huit jours de la dernière ère chaotique débuta la longue ère régulière promise. Vingt jours passèrent et les rais de lumière à travers la cheminée gardaient un rythme constant. Ce fut au bout de ces vingt jours que le temps du jeu ralentit et se réadapta à celui de la réalité.

Le roi Zhou fit un signe de tête au roi Wen :

— Ji Chang! J'érigerai un monument en ton honneur plus grand encore que cette salle!

Le roi Wen s'inclina courtoisement :

— Mon roi, réveillez votre peuple et faites prospérer votre dynastie!

Le roi Zhou se leva sur l'estrade, ouvrit les deux bras comme s'il voulait embrasser le monde et, avec une étrange voix qui ressemblait à un chant, il clama :

— Réhydratez!

Dès l'annonce de cet ordre, tous les membres de la cour présents dans la grande salle jaillirent hors de la caverne. Wang Miao suivit le roi Wen et sortit de la pyramide par le long corridor. Une fois dehors, il remarqua que le soleil était à son zénith et que la terre était imprégnée de sa chaleur. Il était enveloppé d'une brise chaude et pouvait presque sentir le parfum du printemps. Le roi Wen et Wang Miao marchèrent ensemble jusqu'à un lac situé non loin de la pyramide. La couche de glace sur sa surface avait entièrement fondu et les rayons du soleil chatoyaient au gré des rides de l'eau.

La première troupe de soldats à être sortie de la pyramide criait :

— Réhydratez! Réhydratez!

Ils couraient tous dans la direction d'une grande bâtisse en pierre construite au bord du lac qui ressemblait à un grenier à céréales. Durant leur voyage jusqu'à Zhaoge, Wang Miao avait eu l'occasion de remarquer plusieurs de ces bâtiments. Le roi Wen lui avait expliqué que c'étaient des "silos de déshydratation", de grands hangars où étaient stockés tous les individus déshydratés. Les soldats ouvrirent la lourde porte en pierre du silo et en sortirent des rouleaux poussiéreux. Chaque soldat se dirigea vers le lac avec une série de rouleaux sous les bras qu'il lança à l'eau. Dès qu'ils entrèrent en contact avec l'eau, ils se déployèrent et, au bout d'un certain temps, la surface du lac fut recouverte d'une kyrielle d'humains aplatis semblant avoir été découpés dans du papier. Chaque "tranche d'humain" se mit à absorber de l'eau et, peu à peu, les déshydratés retrouvèrent la rondeur de leur chair et donnèrent bientôt signe de vie. Non sans peine, ils se mirent debout et sortirent du lac dont l'eau leur arrivait au nombril. Ils ouvrirent les paupières comme s'ils s'éveillaient d'un long rêve en regardant ce monde baigné de soleil et bercé par la brise.

— Réhydratez! trompeta l'un d'eux et une explosion de cris joyeux lui fit aussitôt écho.

— Réhydratez! Réhydratez!

Les hommes s'extirpèrent du lac et coururent nus sur la rive. Puis ils foncèrent vers les silos où ils aidèrent les soldats à transporter davantage de rouleaux et à les immerger dans le lac. Ce fut bientôt une foule de ressuscités qui jaillit du lac. La même scène avait lieu dans des lacs et des étangs plus lointains. Le monde entier revenait à la vie.

— Aïe, eh! Mon doigt…

Wang Miao regarda dans la direction d'où provenait le cri. Au milieu du lac, il vit un homme qui se tenait la main en gémissant. Il lui manquait un majeur et du sang gouttait dans l'eau du lac. Des vagues d'autres réhydratés passèrent à côté de l'estropié, si pressés de rejoindre la rive qu'ils ne lui prêtèrent aucune attention.

— Considère-toi comme chanceux! lui lança un réhydraté. Certains ont perdu leurs bras ou leurs jambes, d'autres se sont fait grignoter la tête! Si nous n'avions pas été réhydratés, nous aurions peut-être fini par être entièrement bouffés par les rats de l'ère chaotique.

— Combien de temps sommes-nous restés déshydratés? demanda un autre ressuscité.

— On peut le déduire à la couche de poussière accumulée sur le palais du roi. On raconte que le roi n'est pas le même que celui du temps où nous avons été déshydratés. J'ignore si c'est son fils ou son petit-fils.

La réhydratation ne se termina qu'au bout de huit jours. À ce moment-là, tous les déshydratés avaient été ressuscités et le monde s'était offert une nouvelle vie. Durant ces huit jours, les hommes purent profiter de cycles réguliers du soleil de vingt heures chaque fois. Se délectant de ce climat printanier, tous les sujets du royaume, reconnaissants, chantaient les louanges du soleil et celles des dieux qui régissaient l'univers. La nuit du huitième jour, les feux de camp sur la plaine furent plus denses que les étoiles, tandis que les villes et les cités abandonnées lors des longues ères chaotiques retrouvaient leurs lumières et leur vacarme. Et comme lors des innombrables réhydratations de masse de l'histoire, les hommes s'apprêtaient à célébrer durant toute la nuit la nouvelle vie qui naîtrait après le prochain lever du soleil.

Mais le soleil ne se leva plus.

Tous les instruments de mesure du temps indiquaient que l'heure du lever du soleil était passée mais, partout à l'horizon, tout était d'un noir de jais. Douze heures plus tard, on ne voyait toujours pas l'ombre du soleil, pas même le présage d'un rayon levant. Un jour entier passa, et l'interminable nuit se poursuivit ; deux jours et le froid nocturne écrasa la terre comme une main géante et terrifiante.

— Mon grand roi, continuez à m'accorder votre confiance. Cette période est passagère. J'ai vu toutes les énergies yang se rassembler dans l'univers, le soleil va bientôt se lever. L'ère régulière et le printemps reviendront ! implora à genoux le roi Wen devant le roi Zhou, assis sur son trône de pierre.

— Allumez un feu sous le tripode, soupira le roi Zhou.

— Majesté ! Majesté !

Un ministre accourut et trébucha dans la salle d'audience, en criant d'une voix larmoyante :

— Majesté ! Dans le ciel… trois étoiles volantes !

Tous dans la salle furent saisis de stupeur. L'air semblait s'être pétrifié. Seul le roi Zhou parut ne pas perdre son calme. Il se tourna vers Wang Miao, à qui il n'avait jusque-là pas daigné adresser la parole :

— Tu ignores ce que signifie l'apparition de trois étoiles volantes, n'est-ce pas ? Ji Chang, dis-lui.

— Cela présage une longue et terrible période de froid, un froid si terrible qu'il est capable de changer les pierres en poussière, soupira le roi Wen.

— Déshydratez…, ordonna le roi Zhou avec la même étrange intonation chantante que lors de son précédent ordre.

En réalité, à l'extérieur, tous avaient déjà commencé à se déshydrater, à retrouver une texture sèche afin d'affronter la nuit interminable qui les attendait. Les plus chanceux eurent le temps d'être portés jusqu'aux silos de déshydratation, mais la plupart des sujets furent laissés à l'abandon sur la plaine.

Le roi Wen se leva lentement et marcha vers le tripode. Il grimpa et s'arrêta quelques instants au-dessus avant de plonger à l'intérieur. Peut-être avait-il vu le visage bouilli de Fu Xi en train de lui sourire.

— Faites mijoter à feu doux, ordonna le roi Zhou sans conviction.

Puis il s'adressa aux autres personnes présentes dans la salle d'audience :

— Vous pouvez cliquer sur *"Exit"* si vous voulez quitter le jeu car, à ce stade, il n'est plus très intéressant.

L'indication *"Exit"* apparut en lettres rouges sur la porte d'entrée de la caverne. Une vague de joueurs se dirigea pêle-mêle dans cette direction, suivie par Wang Miao. Une fois qu'il eut passé la porte et traversé le long corridor jusqu'à l'extérieur de la pyramide, il vit la neige tomber à gros flocons dans le ciel nocturne. Il fut saisi d'un froid à lui glacer les os. Dans un coin de l'écran, la barre du temps du jeu augmenta rapidement.

La neige continua dix jours durant. Les flocons étaient lourds et épais, ils tombaient sur la terre comme des glaçons d'obscurité. Quelqu'un murmura à l'oreille de Wang Miao :

— De la neige carbonique.

Wang Miao tourna la tête, c'était le laquais du roi Wen.

Dix jours encore s'écoulèrent. La neige tombait encore mais, cette fois, les flocons étaient plus fins et translucides. Sous la lueur faiblissante des torches qui filtrait depuis la caverne, les flocons chatoyaient d'une artificielle phosphorescence bleu pâle, comme des micas voltigeant dans le ciel.

— Les flocons sont à présent composés d'oxyde d'azote. La température du ciel est proche du zéro absolu, l'atmosphère disparaît.

Peu à peu, la neige engloutit la pyramide. À son pied se trouvait une couche de neige fondue, en son centre de la glace carbonique, et à son sommet de la neige sous forme d'oxyde d'azote. La nuit devint anormalement claire et les étoiles rutilèrent comme des bougies aux flammes argentées. Un texte s'afficha en plein milieu du ciel étoilé :

Cette longue nuit a duré quarante-huit ans. La civilisation n° 137 a été complètement décimée par le froid. Avant sa chute, cette civilisation avait atteint la période des Royaumes combattants.

Mais les graines de la civilisation ont survécu et une nouvelle civilisation germera des ruines du monde si imprévisible des *Trois Corps*. Nous vous invitons à vous reconnecter dans le futur.

Avant de quitter le jeu, Wang Miao observa une dernière fois les trois étoiles volantes. Elles paraissaient s'entortiller les unes autour des autres, comme si elles entamaient dans les profondeurs de l'univers une danse aux secrets connus d'elles seules.

8

YE WENJIE

Wang Miao ôta sa combinaison et son casque de réalité virtuelle. Alors même que la fonction de refroidissement des capteurs avait tourné à plein régime, il était trempé de sueur, comme s'il se réveillait d'un cauchemar glacial. Il quitta le laboratoire, descendit chercher sa voiture et se rendit à l'adresse de la mère de Yang Dong que lui avait indiquée Ding Yi.

Ère chaotique, ère chaotique, ère chaotique...

Ce concept ne cessait de revenir en boucle dans sa tête. *Pourquoi les trajectoires du soleil de ce monde sont-elles si irrégulières ? L'orbite d'une planète peut être plus ou moins circulaire ou elliptique, mais sa révolution autour du soleil est nécessairement périodique. Il est tout simplement impossible qu'une planète tourne autour d'un astre de façon complètement fantaisiste...* Wang Miao s'agaça. Il secoua la tête pour la débarrasser de ces questions lancinantes. Ce n'était qu'un jeu après tout. Mais il échoua à les chasser de son esprit.

Ère chaotique, ère chaotique, ère chaotique...

N'importe quoi ! Pourquoi suis-je en train de penser à cela ? Pourquoi sans cesse ? Pourquoi ?

Très vite, Wang Miao trouva la réponse. Il n'avait pas joué à un jeu vidéo depuis fort longtemps : les logiciels et le matériel avaient manifestement énormément évolué ces dernières années. Les scènes de réalité virtuelle de même que tous les effets sensoriels permis par les jeux d'aujourd'hui étaient sans commune mesure avec ceux des jeux auxquels il jouait quand il était étudiant. Toutefois Wang Miao comprit que ce n'était pas à son niveau de technologie que le jeu des *Trois Corps* devait son réalisme.

Il se souvint qu'en troisième année de licence, lors d'un cours de théorie de l'information, le professeur avait apporté en classe deux images : la première était la célèbre peinture datant de la dynastie Song intitulée *Le Jour de Qingming au bord de la rivière*, célèbre pour ses détails saisissants ; l'autre, une photographie monochrome d'un ciel bleu, dans lequel n'apparaissait qu'un mince nuage blanc à peine perceptible. Le professeur avait demandé aux étudiants laquelle des deux images contenait le plus d'informations. La réponse correcte donnée par le professeur était la seconde image, dont l'ordre de grandeur des informations était un à deux fois plus important.

Le jeu des *Trois Corps* partageait le même paradoxe. Les données et les informations les plus importantes étaient celles qu'il dissimulait le mieux. Wang Miao pouvait le sentir, mais il ne pouvait clairement l'exprimer. Il comprit soudain que l'originalité des *Trois Corps* résidait dans le fait que son créateur avait pris le parfait contrepied des jeux traditionnels. Alors que la plupart des éditeurs des jeux s'efforçaient d'introduire autant que possible un grand nombre de détails afin de produire un sentiment de réalisme, ceux du jeu des *Trois Corps* avaient comprimé au maximum la taille des informations, pour dissimuler une réalité encore plus complexe, exactement comme la photo du ciel qui pouvait paraître pauvre au premier coup d'œil.

Wang Miao relâcha la bride de ses pensées qui retournèrent donc vagabonder dans le monde des *Trois Corps*.

Des étoiles volantes ! La clef doit se trouver dans le secret de ces étoiles volantes en apparence insignifiantes. Une étoile volante, deux étoiles volantes, trois étoiles volantes… Que signifient ces combinaisons ?

Et alors qu'il réfléchissait à cette question, sa voiture arriva à l'entrée du quartier où habitait la mère de Yang Dong.

Devant la porte d'entrée de l'immeuble, Wang Miao vit une femme maigre, la soixantaine, les cheveux grisonnants et des lunettes sur le nez. Un gros panier de légumes dans les mains, elle semblait peiner à monter les escaliers. Il devina qu'elle devait être la personne à qui il venait rendre visite.

Des présentations cordiales lui apprirent qu'elle était bien Ye Wenjie, la mère de Yang Dong. Après avoir compris la raison de la visite de Wang Miao, elle exprima sa profonde gratitude. Elle appartenait à cette catégorie de vieux intellectuels que Wang Miao avait parfois l'occasion de rencontrer dans son travail. Les vicissitudes du temps avaient effacé chez eux toute trace de rage et de rudesse. Il ne leur restait plus que la douceur de l'eau.

Wang Miao l'aida à monter son panier jusqu'à son appartement. À peine la porte franchie, il découvrit qu'elle n'était pas aussi seule qu'il l'avait imaginé. Trois enfants étaient en train de jouer dans le salon. Le plus grand ne devait pas avoir plus de cinq ans, et le plus jeune semblait tout juste commencer à marcher. Ye Wenjie expliqua que c'étaient les enfants des voisins.

— Ils aiment venir jouer à la maison. Le dimanche, leurs parents font des heures supplémentaires et ils me les laissent… Nan-nan, tu as fini ton dessin? Oh, comme c'est joli! Tu veux lui donner un titre? "Les petits canards sous le soleil". Bravo! Mamie va écrire le titre et la date : le 9 juin, par Nan-nan… Qu'est-ce que vous voulez manger à midi? Yang-yang? Des aubergines frites? D'accord, d'accord; Nan-nan? Des pois gourmands, comme hier? D'accord, d'accord, et toi Mi-mi? De la viande? Non, maman a dit pas trop de viande, ce n'est pas facile à digérer. On va manger du poisson, d'accord? Regarde le gros poisson que mamie a acheté…

En voyant la mère de Yang Dong absorbée dans sa discussion avec les enfants, Wang Miao se dit qu'elle aurait certainement aimé avoir des petits-enfants. Mais quand bien même Yang Dong aurait encore été en vie, aurait-elle voulu des enfants?

Ye Wenjie apporta les courses dans la cuisine, puis elle ressortit en disant à Wang Miao :

— Miao, je vais d'abord faire tremper les légumes. On utilise trop de pesticides de nos jours, je dois les faire tremper au moins deux heures avant de les donner à manger aux enfants… En attendant, tu peux aller faire un tour dans la chambre de Yang Dong.

La proposition de Ye Wenjie, qui paraissait en apparence être une suggestion innocente et naturelle, rendit Wang Miao nerveux. Elle avait vu clair en lui et deviné les raisons réelles de sa visite. Elle repartit dans la cuisine sans même un regard pour Wang Miao, comme pour ne pas être témoin de son embarras. Il éprouva un sentiment de gratitude pour cette réaction sciemment pensée.

Il passa devant les enfants qui jouaient gaiement dans le salon avant de se diriger vers la chambre que lui avait indiquée Ye Wenjie. Il s'arrêta un moment devant la porte, brusquement envahi d'une sensation étrange, comme s'il était revenu au temps de son adolescence pleine de rêves. Une fragilité et une pureté pareilles aux premières gouttes de la rosée surgirent des tréfonds de sa mémoire. Ses premiers chagrins et ses premières blessures, mais avec une teinte de rose.

Wang Miao poussa délicatement la porte, il fut accueilli par un parfum léger auquel il ne s'attendait pas, l'odeur de la forêt. C'était comme s'il avait pénétré dans la hutte d'un garde forestier au fond des bois. Les murs étaient tapissés d'une bande d'écorce brune. Trois tabourets pittoresques fabriqués à partir de troncs d'arbres trônaient dans la pièce, le bureau était conçu de trois branches épaisses et il y avait enfin ce lit, une simple natte qui semblait faite en carex des régions du Nord-Est. Le mobilier, sobre et grossier, ne semblait répondre à aucun impératif esthétique. Au vu de sa position, Yang Dong devait avoir un salaire très confortable. Elle aurait pu choisir d'acheter une maison dans une résidence de luxe à la périphérie de la ville, mais elle habitait encore ici avec sa mère.

Wang Miao s'avança jusque devant le bureau. Celui-ci lui apparut très austère. Rien ne rappelait son travail académique, et il n'y vit pas la moindre touche de féminité. Il était possible que tous les objets qui se trouvaient autrefois sur le bureau aient été déplacés, mais peut-être aussi que rien n'y avait jamais été posé. Il remarqua une photo en noir et blanc enchâssée dans un cadre en bois, un portrait de la fille avec sa mère. Yang Dong était encore une enfant, sa mère était accroupie et faisait tout juste sa taille. Leurs cheveux s'entremêlaient, soufflés par une bourrasque. Le fond de l'image était très étrange, le ciel paraissait grillagé. Wang Miao examina en détail la structure métallique qui soutenait le grillage et il devina qu'il s'agissait d'une sorte d'antenne parabolique, si grande que ses extrémités dépassaient le cadre de la photo.

Les grands yeux de la petite Yang Dong laissaient filtrer une peur qui fit frissonner Wang Miao. C'était comme si l'enfant était terrorisée par le monde à l'extérieur de l'image. Wang Miao remarqua également un carnet épais posé sur un coin du bureau. La matière dans laquelle il était fait attira son attention. Sur la couverture, une main d'enfant avait écrit : "Carnet en écorce de bouleau de Yang Dong". Le mot "bouleau" n'avait pas été écrit en caractères, mais en transcription phonétique. Le temps avait changé le blanc argenté de l'écorce en jaune sombre. Il tendit la main pour toucher le carnet puis, après un moment d'hésitation, il se ravisa.

— Tu peux y aller, c'est le carnet de dessins de Dong-dong quand elle était petite, lui glissa la mère de Yang Dong qui se tenait à la porte.

Wang Miao saisit le carnet et le feuilleta avec délicatesse. Ye Wenjie avait écrit la date pour chaque dessin de sa fille, comme elle l'avait fait pour Nan-nan dans le salon. Wang Miao découvrit autre chose qui le laissa perplexe. Si on en croyait la date indiquée sur les dessins, Yang Dong devait avoir plus de trois ans, or les enfants de cet âge parviennent normalement plus ou moins à dessiner des traits de personnages ou d'objets. Pourtant les dessins de Yang Dong étaient des lignes désordonnées et confuses. Wang Miao y voyait la colère et le désespoir intenses d'une petite fille incapable d'exprimer quelque chose, un sentiment rare chez les enfants de cet âge.

Ye Wenjie s'assit soigneusement au bord du lit, le regard rivé sur le carnet en écorce de bouleau que Wang Miao tenait entre les mains. C'était ici même que sa fille avait mis fin à ses jours, pendant qu'elle dormait. Wang Miao s'assit à ses côtés. Jamais il n'avait ressenti aussi intensément le désir de partager la douleur de quelqu'un d'autre.

La mère de Yang Dong prit le carnet des mains de Wang Miao et le serra contre sa poitrine en murmurant :

— Je n'ai pas éduqué Dong-dong comme j'aurais dû. Je l'ai exposée trop tôt à des choses trop abstraites et trop extrêmes. La première fois qu'elle m'a fait part de son intérêt pour les théories abstraites, je lui ai répondu que ce n'était pas un monde pour les jeunes filles. Elle m'a rétorqué : "Et Mme Curie ?" Je lui ai répondu que Marie Curie n'avait jamais vraiment été acceptée dans ce monde, que sa réussite venait de son dévouement et de son travail acharné mais que, sans elle, quelqu'un d'autre aurait tout de même terminé le travail. Une scientifique comme Wu Chien-shiung était d'ailleurs allée beaucoup plus loin. Non, ce n'était vraiment pas un monde fait pour les femmes. Je lui ai dit que les femmes ne pensaient pas comme les hommes, que ce n'était pas une différence de valeur, que le monde avait besoin des deux.

Dong-dong ne m'a pas contredite. Plus tard, je me suis rendu compte qu'elle était vraiment différente des autres. Par exemple, lorsque je lui enseignais une formule mathématique. D'autres enfants auraient peut-être dit de la formule qu'elle était astucieuse ou autre chose, mais Dong-dong prétendait que la formule était belle, magnifique, elle en parlait comme si elle louait la beauté d'une fleur sauvage. Son père nous avait laissé une collection de disques : elle les a tous écoutés, puis elle a fini par choisir un disque de Bach, qu'elle écoutait en boucle. Ce n'est pas le genre de musique qu'on fait d'habitude écouter aux enfants, encore moins aux petites filles. Au début, je me suis dit qu'elle avait choisi le disque au hasard, mais quand je lui ai demandé ce qu'elle ressentait, Dong-dong m'a répondu qu'en entendant la mélodie elle voyait un être géant en train de fabriquer une immense et complexe maison. Une fois le morceau terminé, la maison était finie d'être construite…

— Vous avez très bien éduqué votre fille, dit Wang Miao, sous le coup de l'émotion.

— Non, ç'a été un échec. Le monde dans lequel elle vivait était trop pur, il n'y avait rien d'autre que ces théories éthérées. Mais une fois ces fondations effondrées, il ne lui est plus rien resté qui lui permette de se raccrocher à la vie.

— Professeur Ye, vous avez tort. Ce qui se passe en ce moment est quelque chose que personne n'avait jamais imaginé, un défi sans précédent lancé à nos théories. Yang Dong n'est pas la seule scientifique à avoir fait ce choix.

— Mais c'est la seule femme. Les femmes devraient être comme l'eau, couler encore et encore quelles que soient les tribulations de la vie!

Au moment de partir, Wang Miao se rappela l'autre raison de sa visite. Il demanda à Ye Wenjie si elle savait où il était possible d'observer le fond diffus cosmologique.

— Ah, ça. Il y a deux endroits où on peut le voir en Chine. À l'observatoire d'Urumqi – je crois que c'est un projet mené par le Centre d'observations astronomiques spatial de l'Académie des sciences – et dans un autre endroit, plus proche d'ici : un observatoire radioastronomique situé dans la banlieue de Pékin, sous la responsabilité conjointe de l'Académie des sciences et du Centre de recherches en astrophysique de l'université de Pékin. L'observatoire d'Urumqi permet une observation directe depuis le sol tandis que, dans celui de Pékin, ce ne sont que des données envoyées par des satellites. Les informations y sont néanmoins plus précises et plus complètes. J'ai un ancien étudiant qui y travaille, je vais le contacter pour toi, dit Ye Wenjie, qui trouva le numéro de téléphone et lui passa un coup de fil.

Leur conversation parut très bien se passer.

— Pas de problème, je vais te donner l'adresse. Tu peux y aller dès que tu le souhaites, mon étudiant s'appelle Sha Ruishan, il est de service de nuit ce soir… Mais il me semble que ce n'est pas ton domaine de recherche, n'est-ce pas? demanda Ye Wenjie en reposant le téléphone.

— Non, je travaille dans les nanomatériaux, mais cette fois je… il y a autre chose.

Wang Miao avait peur qu'elle ne continue à l'interroger, mais elle n'en fit rien.

— Miao! Tu es bien pâle, est-ce que tu vas bien? Tu n'as pas bonne mine, demanda Ye Wenjie avec sollicitude.

— Ce n'est rien, tout va bien, mentit Wang Miao sans aucune autre précision.

— Attends un instant.

Ye Wenjie sortit un petit coffret en bois de l'armoire sur lequel Wang Miao vit qu'il était écrit "Ginseng".

— Un vieil ami de la base est venu me voir avant-hier et il m'a donné ça. Prends-le. Non, non, prends-le. C'est du ginseng cultivé à la main, rien de très précieux. De toute façon, j'ai de l'hypertension et je n'ai pas le droit d'en prendre. Coupe quelques tranches fines et fais-les infuser pour te préparer une tisane. À voir comme tu es pâle, tu dois manquer de globules rouges. Tu es encore jeune, mais tu dois prendre soin de toi.

Une bouffée de chaleur enveloppa Wang Miao. Ses yeux étaient humides. C'était comme si son cœur, rudement mis à l'épreuve ces deux derniers jours, venait d'être déposé dans un petit duvet douillet.

— Professeur Ye, je viendrai vous voir souvent, dit-il en acceptant le coffret de ginseng.

9

L'UNIVERS CLIGNOTE

La voiture de Wang Miao suivit la rue Jingmi jusqu'à hauteur du district de Miyun, puis il prit la direction de Heilongtan et emprunta une petite route de montagne avant d'arriver à l'observatoire radioastronomique du Centre d'observations astronomiques de l'Académie nationale des sciences. Il remarqua une rangée de vingt-huit antennes paraboliques, chacune de neuf mètres de diamètre, qui faisait penser à une haie de majestueuses plantes en métal. Au bout de cette rangée se dressaient deux hauts radiotélescopes de cinquante mètres de diamètre construits en 2006. À mesure qu'il se rapprochait, Wang Miao ne pouvait s'empêcher de repenser au fond de la photographie de Yang Dong et de sa mère qu'il avait vue dans sa chambre.

Mais le travail de l'étudiant de Ye Wenjie ne nécessitait pas l'utilisation des antennes et des radiotélescopes. Le laboratoire du Dr Sha Ruishan était principalement dédié à la réception des données d'observation de trois satellites : le Cobe (Cosmic Background Explorer), lancé en novembre 1989 et qui n'allait pas tarder à être démantelé, le WMAP (Wilkinson Microwave Anisotropy Probe) lancé en 2001 et enfin le satellite Planck, un observatoire spatial développé par l'Agence spatiale européenne dont la mission était de cartographier les variations de température du fond diffus cosmologique.

Le fond diffus cosmologique est un rayonnement électromagnétique correspondant au rayonnement émis par un corps noir stable à une température de 2,726 K. Celui-ci est hautement isotrope, c'est-à-dire qu'il présente les mêmes propriétés physiques dans toutes les directions. La fluctuation de température n'existe qu'à l'ordre du cent millième de degré. Le travail de Sha Ruishan consistait principalement à cartographier de façon plus précise le fond diffus cosmologique en s'appuyant sur les données d'observation fournies par les satellites. Le laboratoire n'était pas très grand. La salle principale regorgeait d'appareils dont la fonction était de récolter les données et trois terminaux informatiques y affichaient les informations respectives envoyées par les trois satellites.

En apercevant Wang Miao, Sha Ruishan le traita avec une grande hospitalité, propre à ceux qui croisent un visiteur après de longues périodes de travail solitaire. Il lui demanda quel type de données il souhaitait pouvoir consulter.

— Je souhaiterais pouvoir observer les variations de l'ensemble du fond diffus cosmologique.

— Pouvez-vous… être plus explicite ? demanda Sha Ruishan en regardant Wang Miao, intrigué.

— Eh bien, je souhaiterais observer les variations isotropes de l'ensemble du fond cosmologique, de un à cinq pour cent.

Sha Ruishan lui sourit. Depuis le début du XXIᵉ siècle, l'observatoire astronomique de Miyun avait ouvert ses portes aux touristes et, pour arrondir ses fins de mois, Sha Ruishan servait souvent de guide ou de conférencier. Ce sourire, c'était sa manière de répondre aux questions fréquentes des touristes – il avait fini par s'habituer à leur effarant illettrisme scientifique.

— Monsieur Wang, vous… n'êtes pas spécialiste de ce domaine, n'est-ce pas ?

— Je travaille dans les nanotechnologies.

— Ah, je comprends mieux. Mais vous avez probablement des connaissances de base concernant le fond diffus cosmologique ?

— Pas beaucoup. Je sais que la théorie actuelle de l'origine de l'univers estime sa naissance à environ quatorze milliards d'années avant notre ère. Aux premiers temps, la température de l'univers était très élevée, puis elle a commencé à refroidir et on appelle aujourd'hui fond diffus cosmologique les "braises" datant de cette époque. Ce rayonnement fossile, disséminé dans l'univers tout entier, est observable dans sa longueur d'onde, exprimée en centimètres. Si je me souviens bien, je crois que c'est dans les années 1960 que deux Américains ont découvert par accident son existence alors qu'ils testaient l'antenne de réception d'un satellite de communication…

— Vous en savez largement assez, l'interrompit Sha Ruishan d'un geste de la main. Vous devez donc également savoir que, contrairement aux petites variations locales que l'on peut parfois observer dans différentes parties de l'univers, l'amplitude globale du rayonnement fossile est liée à l'expansion de l'univers. C'est une variation très lente, mesurable à l'échelle de l'âge de l'univers. Avec la précision du satellite Planck, il est possible que, même après un million d'années d'observation constante, cette variation n'ait toujours pas été détectée. Et vous voudriez constater dès ce soir une fluctuation de l'ordre de cinq pour cent? Savez-vous ce que cela signifierait? Cela signifierait que l'univers se mettrait à clignoter, comme un néon sur le point de griller!

Et de plus, qu'il se mettrait à clignoter *pour moi*, pensa Wang Miao.

— Le Pr Ye doit me faire une blague, soupira Sha Ruishan en secouant la tête.

— J'aimerais tant que ce ne soit qu'une blague, dit Wang Miao.

Il était sur le point de lui révéler ce qu'il n'avait pas osé dire à Ye Wenjie, mais il avait peur que Sha Ruishan ne refuse de l'aider. Il venait au moins de lâcher ce qu'il avait sur le cœur.

— Bien, comme c'est le Pr Ye qui vous envoie, je vais vous laisser observer. Ce n'est pas bien compliqué; pour une précision de un pour cent, les données envoyées par l'antiquité qu'est Cobe seront suffisantes.

En même temps qu'il parlait, Sha Ruishan s'activait sur le terminal. Très vite, une ligne de couleur verte apparut sur l'écran.

— Cette courbe représente l'évolution en temps réel du fond diffus cosmologique. Oh, davantage qu'une courbe, il faudrait parler de ligne droite. La température est de 2,726 ± 0,010 K. La marge d'erreur est la conséquence, par effet Doppler, du mouvement de la Voie lactée, qui a déjà été décompté du résultat. Si la fluctuation de un pour cent dont vous parliez devait avoir lieu, la ligne deviendrait rouge et se courberait sur l'écran. Mais je suis prêt à parier que la ligne restera verte jusqu'à la fin des temps. Pour que cette variation soit visible à l'œil nu, il faudra attendre encore bien longtemps après l'explosion du soleil.

— Je ne vous dérange pas dans votre travail?

— Non, pas du tout. La précision que vous demandez est très faible. Vous pourrez consulter les données de ce vieux tas de ferraille de Cobe. Bien, tout est prêt. Si, à partir de maintenant, une fluctuation importante venait à se produire, les données la concernant seraient automatiquement sauvegardées.

— Il faudra peut-être attendre 1 heure du matin.

— Dites-moi, c'est très précis! Pas de problème, je suis du service de nuit. Vous avez déjà dîné? Bien, je vais vous faire visiter un peu.

La nuit était sans lune. Ils déambulaient le long de la rangée d'antennes. Sha Ruishan les pointa du doigt en disant :

— Impressionnant, n'est-ce pas? Dommage que ce ne soient que des oreilles de sourd.

— Pourquoi cela?

— Depuis leur construction, elles n'ont cessé de subir des perturbations. Tout d'abord, la radiomessagerie à la fin des années 1980 et, aujourd'hui, l'explosion des communications mobiles. Ces radiotélescopes ont plusieurs tâches : faire des relevés sur les objets célestes, détecter des sources radio variables, étudier les rémanents de supernova… mais pour la majorité d'entre eux, ils sont inutilisables. Nous nous sommes plaints à plusieurs reprises auprès de la Commission nationale de régulation de la radio, mais cela n'a servi à rien. Comment lutter contre les compagnies China Mobile, China Unicom ou China Netcom? Sans fric, les mystères de l'univers, c'est du pipi de chat. Heureusement que mon projet dépend des données des satellites et que je n'ai aucun rapport avec ces "attractions pour touristes".

— Ces dernières années, beaucoup de projets en recherche fondamentale ont réussi à trouver des exploitations commerciales, comme pour le domaine de la physique des particules. Peut-être aurait-il été préférable de construire l'observatoire loin d'une grande ville.

— Encore un problème d'argent. Aujourd'hui, notre seule voie de secours est de trouver des moyens techniques pour supprimer les perturbations. Dommage que le Pr Ye ne soit pas là. Elle a obtenu des résultats remarquables dans ce domaine.

Leur conversation s'attarda sur Ye Wenjie. Wang Miao apprit de la bouche de son étudiant toutes les tragédies qui avaient jalonné sa vie. Il écouta Sha Ruishan lui raconter comment elle avait assisté à la mort violente de son père pendant la Révolution culturelle, comment elle avait été incriminée à tort durant la période où elle servait dans le Corps de production et de construction de Mongolie-Intérieure et comment on avait perdu sa trace jusqu'à sa réapparition dans cette ville au début des années 1990 pour enseigner l'astrophysique jusqu'à sa retraite dans l'université même où avait travaillé son père.

— Je n'ai appris que tout récemment qu'elle avait passé plus de vingt ans dans la base de Côte Rouge.

— Côte Rouge? (Wang Miao, surpris, arrêta de marcher.) Se pourrait-il que les rumeurs…

— La plupart sont avérées. Un ancien chercheur qui a contribué au développement du système de décryptage de Côte Rouge a émigré en Europe où il a écrit un livre qui a été publié l'année dernière. La plupart des rumeurs dont vous parlez sont nées avec ce livre. Pour ce que j'en sais, tout est crédible. Beaucoup de personnes ayant pris part au projet Côte Rouge sont encore en vie.

— C'est vraiment… une légende fantastique!

— Et encore plus pour cette époque. C'est une légende dans la légende.

Ils discutèrent encore un moment, puis Sha Ruishan l'interrogea au sujet de son étrange requête, mais Wang Miao éluda les questions et Sha Ruishan n'insista pas. Sa dignité de spécialiste ne lui permettait pas de poser trop de questions au sujet d'une requête que ses connaissances professionnelles lui faisaient trouver non pertinente.

Ils se rendirent dans un bar pour touristes ouvert toute la nuit et y restèrent durant deux heures. À mesure qu'il enfilait les pintes de bière, Sha Ruishan devenait plus bavard. Mais Wang Miao était distrait depuis un long moment : la ligne verte du terminal occupait tout son esprit. Ce n'est qu'à minuit cinquante que Sha Ruishan céda enfin aux sollicitations insistantes de Wang Miao et accepta de retourner au laboratoire. Les projecteurs qui éclairaient les antennes avaient été éteints et la rangée d'antennes était devenue comme un dessin en deux dimensions avec le ciel nocturne pour décor, un chapelet de symboles abstraits tournés vers l'univers, dans l'attente d'une réponse. Cette scène fit frissonner Wang Miao, qui se rappela les pendules du jeu des *Trois Corps*.

Il était 1 heure pile lorsqu'ils revinrent dans le laboratoire. Alors qu'ils portaient leur regard sur l'écran du terminal, une variation venait tout juste d'apparaître : la ligne droite était devenue une courbe, entrecoupée à intervalles irréguliers de petits pics aigus. De verte elle était passée au rouge. On aurait dit un serpent se réveillant après une longue hibernation et rampant pour faire circuler son sang à nouveau.

— C'est certainement un défaut de fonctionnement de Cobe, bredouilla Sha Ruishan en considérant la courbe avec épouvante.

— Ce n'est pas un dysfonctionnement, répondit calmement Wang Miao.

Arrivé à ce stade, il avait appris à contrôler ses émotions.

— Nous allons tout de suite le savoir, dit Sha Ruishan.

Il mit rapidement les deux autres terminaux en marche et il obtint bientôt les données en temps réel sur le fond diffus cosmologique fournies par WMAP et Planck. Il changea l'affichage en mode courbe. Les trois lignes affichaient les mêmes variations, absolument synchrones.

Sha Ruishan sortit son ordinateur portable qu'il démarra les mains tremblantes. Il brancha un câble Ethernet et passa un coup de téléphone. Wang Miao comprit qu'il cherchait à joindre l'observatoire d'Urumqi. Il attendit. Sha Ruishan ne lui donna aucune explication. Ses yeux étaient rivés sur son appareil, comme si sa vie en dépendait. Wang Miao pouvait entendre sa respiration haletante. Quelques minutes plus tard, une fenêtre de navigation s'afficha sur l'écran, puis une courbe rouge apparut. Elle suivait au détail près les mêmes fluctuations que les trois autres.

Les trois satellites et l'observatoire au sol confirmaient la même réalité : l'univers clignotait.

— Peut-on imprimer ces courbes ? demanda Wang Miao.

Sha Ruishan essuya la sueur froide qui perlait à son visage et hocha la tête. Il déplaça le curseur de la souris et cliqua sur la fonction impression. Wang Miao attendait avec impatience de saisir la première feuille que recracherait l'imprimante laser et de tracer les courbes avec un crayon pour comparer les distances entre les pics de variation et l'alphabet morse.

Court-long-long-long-long, court-long-long-long-long, court-court-court-court-court, long-long-long-court-court, long-long-long-court-court-long-long, court-court-court-court-long, long-long-court-court-long-long, court-court-court-long-long, long-long-court-court-court, c'est-à-dire 1108:21:37.

Court-long-long-long-long, court-long-long-long-long, court-court-court-court-court, long-long-long-court-court, long-long-long-court-court-long-long, court-court-court-court-long, long-long-court-court-long-long, court-court-court-long-long, long-court-court-court-court, c'est-à-dire 1108:21:36.

Court-long-long-long-long, court-long-long-long-long, court-court-court-court-court, long-long-long-court-court, long-long-long-court-court-long-long, court-court-court-court-long, long-long-court-court-long-long, court-court-court-long-long, court-court-court-court-court, c'est-à-dire 1108:21:35.

Le compte à rebours continuait mais, cette fois, à l'échelle de l'univers. Quatre-vingt-douze heures s'étaient déjà écoulées, il n'en restait plus que mille cent huit.

Debout à côté de lui, Sha Ruishan ne tenait plus en place. Il s'arrêtait de temps en temps pour regarder derrière l'épaule de Wang Miao qui traçait ses lignes de chiffres. N'y tenant plus, il hurla enfin :

— Ne pouvez-vous pas me dire ce qui se passe ?

— Docteur Sha, croyez-moi, je ne peux pas vous l'expliquer.

Wang Miao repoussa la feuille sur laquelle avaient été imprimées les courbes de variation du fond diffus cosmologique, puis il fixa les suites de chiffres du compte à rebours en disant :

— Peut-être que les trois satellites et le télescope d'Urumqi ont tous eu une défaillance au même moment.

— Vous savez bien que c'est impossible !

— Et si quelqu'un avait saboté les systèmes ?

— Encore impossible ! Saboter en même temps les données de trois satellites et d'un observatoire au sol ? Ce serait l'œuvre d'une force surnaturelle !

Wang Miao hocha la tête. Il préférait croire à un acte surnaturel plutôt qu'à un clignotement de l'univers. Mais Sha Ruishan lui ôta aussitôt ce dernier espoir.

— Pour s'en assurer définitivement, c'est simple. La variation est telle qu'il est possible de la voir à l'œil nu.

— Qu'est-ce que vous racontez ? Maintenant, c'est vous qui divaguez ! La longueur d'onde du rayonnement fossile est de sept centimètres, c'est de sept ou huit ordres de grandeur supérieur à la longueur d'onde de la lumière visible, comment pourrions-nous la voir à l'œil nu ?

— Avec des lunettes 3K.

— Des lunettes 3K ?

— C'est un petit accessoire créé par le planétarium de Pékin, dans un but de vulgarisation scientifique. Grâce aux technologies d'aujourd'hui, ils ont pu reproduire à la taille des lunettes l'antenne cornet de Penzias et Wilson qui a permis la découverte du fond diffus cosmologique, il y a plus de quarante ans. Un convertisseur a été installé dans les verres pour compresser les longueurs d'onde de sept ordres de grandeur, de telle sorte que les longueurs d'onde de sept centimètres sont visibles sous la forme de lumière rouge. Par conséquent, la nuit, quand le public enfile les lunettes, il peut voir le rayonnement à 3K de ses propres yeux. Si les fluctuations sont telles qu'elles apparaissent sur le terminal, nous devrions voir l'univers clignoter à travers les lunettes.

— Où se trouvent ces lunettes ?

— Au planétarium, il y en a une vingtaine de paires.

— J'ai besoin de pouvoir les utiliser avant 5 heures du matin.

Sha Ruishan passa un coup de téléphone. Son interlocuteur mit longtemps à décrocher et Sha Ruishan dut ensuite batailler ferme pour convaincre l'homme qu'il avait réveillé en pleine nuit d'attendre Wang Miao au planétarium dans une heure.

Au moment de partir, Sha Ruishan dit à Wang Miao :

— Je ne viens pas avec vous. Ce soir, j'en ai déjà trop vu, je n'ai pas besoin de cette dernière preuve. J'espère que vous pourrez me dire la vérité le moment venu. Si ce phénomène produit des résultats de recherche particuliers, je ne vous oublierai pas.

— Le clignotement cessera à 5 heures du matin. Ne perdez pas de temps à essayer de chercher une raison à ce phénomène, croyez-moi, vous ne trouverez rien d'intéressant, lui confia Wang Miao en ouvrant la portière de la voiture.

Sha Ruishan fixa Wang Miao un long moment, puis il acquiesça :

— Je comprends, il se passe des choses étranges dans le monde de la science en ce moment…

— Oui, répondit simplement Wang Miao en s'engouffrant dans la voiture.

Il n'avait pas envie de prolonger cette discussion.

— C'est notre tour ?

— C'est au moins le mien, dit Wang Miao en mettant le moteur en marche.

Une heure plus tard, Wang Miao arriva en centre-ville et se gara devant le planétarium. Les lumières de la ville filtraient à travers les parois transparentes de cette énorme bâtisse en verre et laissaient vaguement deviner l'architecture intérieure. Wang Miao se fit à cet instant la réflexion que si l'architecte avait voulu exprimer l'impression que lui inspirait l'univers, c'était réussi. Plus les choses sont transparentes, plus elles sont mystérieuses. L'univers lui-même est transparent : votre regard peut porter aussi loin que le permet votre instrument de vision. Mais plus vous regardez l'univers, plus il vous semble mystérieux.

L'employé du planétarium l'attendait devant l'entrée, les yeux bouffis de sommeil. Il tendit une valise à Wang Miao :

— Il y a cinq paires de lunettes 3K à l'intérieur, elles sont toutes rechargées. Le bouton de gauche, c'est pour allumer ou éteindre, le droit, pour régler la luminosité. Il y a encore une dizaine de paires là-haut, regardez ce que vous voulez, je retourne dormir, je suis dans la chambre à côté de l'entrée. Quelque chose ne tourne pas rond chez ce Dr Sha.

Une fois sa phrase achevée, il rentra dans le bâtiment obscur. Wang Miao posa la valise sur le fauteuil de sa voiture, l'ouvrit et prit une paire de lunettes. L'accessoire ressemblait au casque à visée panoramique de la V-combinaison. Il sortit du véhicule et alla les essayer à l'extérieur. Le paysage nocturne de la ville derrière les verres n'avait pas changé, il était seulement un peu plus sombre. Il se souvint soudain qu'il ne les avait pas allumées. Aussitôt, la ville lui apparut comme un amas de faisceaux brumeux. Il régla la luminosité, mais certaines lumières continuaient à clignoter ou à scintiller. Il savait que ces sources d'émission possédaient des longueurs d'onde mesurables en centimètres et qu'elles étaient converties en lumières visibles. À chaque halo correspondait une source d'émission mais, en raison de la taille de leur longueur d'onde, il était impossible d'en distinguer clairement la forme.

Il leva la tête et vit un ciel miroitant de lumières rouge sombre. Voilà, il voyait à présent le fond diffus cosmologique, ce rayonnement vieux de plus de dix milliards d'années, le vestige du Big Bang, les seules braises restantes du grand feu de la Genèse. Il ne distinguait aucune étoile. Les lumières normalement visibles à l'œil nu ayant été compressées pour devenir invisibles, les étoiles auraient dû lui apparaître derrière les lunettes sous la forme de taches noires, mais la diffraction des rayonnements aux longueurs d'onde d'ordre centimétrique submergeait toutes les formes et tous les détails.

Lorsque les yeux de Wang Miao se furent habitués, il vit la lumière rouge en arrière-plan du ciel se mettre à clignoter. C'était tout l'espace qui se mettait à ciller de façon synchrone, comme si l'univers tout entier n'était qu'une lanterne solitaire dans le vent.

Debout sous les lueurs vacillantes du ciel, Wang Miao eut soudain l'impression que l'univers était petit, si minuscule même qu'il avait l'impression d'être retenu à l'intérieur comme dans une prison. L'univers était un cœur ratatiné, un utérus étroit, parcouru de vaisseaux sanguins à moitié translucides. En suspension dans le sang, il s'aperçut que les lumières rouges clignotaient de façon erratique, comme si les pulsations de ce cœur, les contractions de cet utérus étaient irrégulières. Wang Miao sentit alors une présence si démesurée et si étrange qu'elle était destinée à ne jamais être comprise par l'entendement humain.

Wang Miao ôta les lunettes 3K. Il s'assit fébrilement sur le sol, le dos appuyé contre sa voiture. Dans ses yeux, la ville avait retrouvé l'aspect réaliste que les lumières visibles lui permettaient de décrire, mais son regard vagabondait, comme s'il souhaitait capturer autre chose. En face, l'un des néons indiquant l'entrée du zoo était presque grillé et papillotait de façon irrégulière. Non loin, les feuilles d'un arbuste frémissaient dans la brise nocturne en reflétant la lumière des lampadaires qui, elle aussi, semblait scintiller de manière instable ; au loin, l'étoile à cinq branches au sommet du bâtiment d'architecture soviétique du Centre des expositions de Pékin reflétait également les lumières des phares des voitures et clignotait par intermittence… Wang Miao s'évertuait à essayer de déchiffrer le code en morse de ces clignotements. Il avait même l'impression que les rides sur les drapeaux publicitaires volant au vent ou les ondulations à la surface des flaques d'eau lui envoyaient des messages en morse. Tandis qu'il essayait de décrypter ces signaux, le compte à rebours fantôme continuait à s'écouler devant ses yeux.

Au bout d'un certain temps – il ignorait combien –, l'employé du planétarium vint trouver Wang Miao pour lui demander s'il avait terminé. Quand il le vit dans cet état, son regard ensommeillé s'évanouit, il ramassa la valise contenant les lunettes, observa encore Wang Miao quelques secondes et retourna à l'intérieur en pressant le pas.

Wang Miao prit son téléphone et appela Shen Yufei. Elle décrocha presque aussitôt. Peut-être qu'elle non plus n'arrivait pas à trouver le sommeil.

— Que se passe-t-il à la fin du compte à rebours ? demanda Wang Miao, à bout de forces.

— Je ne sais pas, répondit-elle laconiquement avant de raccrocher.

Qu'est-ce que cela pouvait être ? Peut-être que c'était sa propre mort qui l'attendait, comme pour Yang Dong ? Peut-être qu'une catastrophe allait avoir lieu, comme le grand tsunami de l'océan Indien quelques années plus tôt ? Qui pouvait faire le lien avec son projet de recherche sur les nanotechnologies ? (Et ainsi, le fil de sa pensée l'amena à se demander si les grandes catastrophes du passé, y compris les deux grandes guerres mondiales, n'avaient pas elles aussi été les issues d'un compte à rebours fantôme dont un être insignifiant et insoupçonné comme lui devait assumer l'ultime responsabilité.)

Peut-être que le monde allait imploser ? Dans cet univers monstrueux, ce serait peut-être une délivrance...

Une chose était certaine. Quel que soit le terme du compte à rebours, durant le millier d'heures qui lui restaient, ces spéculations le tortureraient aussi cruellement que des démons et finiraient par l'anéantir mentalement.

Wang Miao retourna dans sa voiture et quitta le planétarium. Il roulait au hasard. À cette heure, la chaussée était déserte, mais il n'osait pas conduire trop vite, comme si la vitesse de son véhicule risquait d'accélérer celle du compte à rebours. Lorsque les premiers rayons du soleil pointèrent à l'est, il s'arrêta au bord de la route et descendit pour marcher, toujours aveuglément. Dans son esprit vide ne demeurait que l'image du compte à rebours suspendu devant le fond diffus cosmologique rouge sombre et rapetissant jusqu'à prendre la taille d'un simple petit minuteur, un glas dont on ignorait pour qui il sonnait. Le jour se leva. Il était fatigué de marcher et s'assit sur un banc. Quand il leva la tête pour voir où l'avait mené son subconscient, il ne put retenir un frisson.

Il était assis devant l'église Saint-Joseph de Wangfujing. Sous la lueur encore pâle du matin, les trois clochers de style roman apparaissaient comme trois gigantesques doigts noirs désignant quelque chose d'invisible dans le ciel.

Wang Miao se leva pour s'en aller, mais un chant sacré émanant de l'église le retint. Ce n'était pourtant pas dimanche. La chorale répétait peut-être en prévision de Pâques, car le refrain en question était celui d'un chant souvent utilisé durant cette fête : "Tenir une lampe allumée". Alors qu'il entendait ce chant solennel et lointain, Wang Miao sentit à nouveau l'univers se rétrécir. Il était désormais devenu une église déserte dont le dôme s'éclipsait derrière la lumière rouge et clignotante du fond cosmologique, tandis que lui, fourmi insignifiante, rampait entre les fissures du plancher. Il sentait une colossale main invisible caresser son cœur trépidant. Tout à coup, il redevenait un enfant faible et vulnérable. Dans les profondeurs de sa conscience, quelque chose de dur s'était ramolli, comme de la cire brûlée. Il prit son visage entre les mains et se mit à pleurer.

— Ha ha ha ha, encore un qui craque !

Un éclat de rire interrompit les lamentations de Wang Miao.

Il tourna la tête. Shi Qiang était debout derrière lui, crachant la fumée blanche de sa cigarette.

10

SHI QIANG

Shi Qiang s'assit à côté de Wang Miao. Il lui tendit ses clefs de voiture :

— Elle était garée au carrefour de Dongdan. Un peu plus et c'était la fourrière.

Ah, Shi Qiang, vous savoir derrière moi me réconforte au moins un peu, pensa Wang Miao. Mais par dignité, il ne prononça pas cette phrase à haute voix. Il accepta la cigarette que lui proposait Shi Qiang. Sa première bouffée après des années de sevrage.

— Que vous arrive-t-il, mon vieux ? Vous flanchez, hein ? Je vous avais prévenu, mais vous n'avez voulu en faire qu'à votre tête.

— Vous ne comprendriez pas, dit Wang Miao en tirant furieusement sur la cigarette.

— Votre problème à vous, c'est que vous comprenez trop bien... Bon, allons casser une graine.

— Je n'ai pas faim.

— Bon, alors, allons boire un coup, c'est moi qui invite.

Wang Miao monta dans la voiture de Shi Qiang, qui le conduisit dans un petit restaurant en bord de mer, vide à cette heure si matinale.

— Deux portions de tripes de porc frites ! Deux bouteilles d'*erguotou** ! cria Shi Qiang sans lever la tête, il paraissait manifestement familier des lieux.

En voyant arriver deux assiettes remplies d'une pitance noirâtre, Wang Miao eut l'estomac retourné, il manqua presque

---

* Alcool de sorgho généralement produit à Pékin. *(N.d.T.)*

de vomir. Shi Qiang lui commanda un verre de lait de soja chaud et une portion de beignets frits dont Wang Miao avala à contrecœur quelques bouchées, puis ils commencèrent à boire verre sur verre. Il se sentait devenir plus léger et l'alcool aidant, il raconta au commissaire tout ce qui s'était passé ces trois derniers jours, bien qu'il soit conscient que celui-ci était probablement déjà au fait de tout – peut-être même en savait-il davantage que lui.

— Vous voulez dire que l'univers vous faisait des clins d'œil ? demanda Shi Qiang en levant la tête de son assiette et en aspirant les tripes comme des nouilles.

— C'est une métaphore appropriée.

— Conneries !

— Votre sang-froid provient de votre ignorance.

— Encore des conneries, allez, cul sec !

Wang Miao finit son verre. Désormais, le monde tournait autour de lui comme un manège. Le seul à garder un semblant d'équilibre était Shi Qiang en train de dévorer ses tripes en face de lui.

— Shi Qiang ! Avez-vous déjà… réfléchi à des questions philosophiques ultimes ? Par exemple, d'où vient l'humanité, où va-t-elle ? D'où vient l'univers, où va-t-il ? Ce genre de questions ?

— Non.

— Jamais ?

— Jamais.

— Vous regardez quand même les étoiles, n'est-ce pas ? Elles ne vous ont jamais inspiré de l'admiration ou de la curiosité ?

— La nuit, je ne regarde pas le ciel.

— Comment est-ce possible ? Je croyais que vous travailliez souvent la nuit ?

— Mon vieux, si je levais la tête vers le ciel quand je bosse, qui attraperait les suspects ?

— On ne peut vraiment pas avoir de discussion avec vous. Allez, cul sec !

— En fait, même si je regardais les étoiles, je ne me torturerais pas l'esprit avec ces questions philosophiques, j'ai déjà suffisamment de soucis comme ça : le remboursement de mon prêt immobilier, le gamin qui va entrer à l'université, sans parler des enquêtes qui n'en finissent pas... Je suis un homme simple et direct, on voit mon cul au fond de ma gorge. Naturellement, je me fous bien de savoir si mes chefs m'apprécient. Ça fait des années que je suis comme ça, depuis que j'ai été démobilisé de l'armée... Si je n'étais pas bon dans mon boulot, ça fait longtemps qu'on m'aurait foutu dehors... J'ai bien d'autres préoccupations. Vous croyez que j'ai encore le temps de m'intéresser à la philosophie?

— Vous avez raison. Trinquons.

— Mais ça ne m'a pas empêché d'inventer une théorie ultime.

— Dites-moi.

— Quand il y a une embrouille, c'est forcément qu'il y a un loup.

— Qu'est-ce que... c'est que cette théorie à la con?

— Quand je dis qu'il y a "un loup", je veux dire par là qu'il y a forcément quelqu'un derrière qui tire les ficelles.

— Si vous aviez un minimum de connaissances scientifiques, vous sauriez qu'aucune force n'est capable de réaliser ces deux exploits. Surtout le dernier. Contrôler les choses à l'échelle de l'univers! Non seulement l'état des sciences actuel ne permet pas de l'expliquer, mais je n'arrive pas à concevoir une autre explication, même surnaturelle. Ça va au-delà de tout ce que je peux imaginer.

— Même chose : conneries! Des phénomènes bizarres, j'en ai vu des tonnes!

— Alors, dites-moi, quelle est ma prochaine étape?

— Continuer à boire et, quand vous aurez fini, dormir.

— Bien.

Wang Miao ne savait pas comment il avait fait pour revenir dans sa voiture. Il s'allongea sur la banquette arrière et sombra dans un sommeil profond et sans rêve. Il avait l'impression qu'il n'avait pas dormi longtemps, mais quand il entrouvrit les yeux, il vit que le soleil allait bientôt se coucher à l'ouest de la ville.

Il descendit de voiture. Il était encore un peu faible à cause de l'alcool ingurgité le matin même, mais il se sentait bien mieux.

Il remarqua qu'il se trouvait non loin d'un angle extérieur de la Cité interdite. Les rayons du crépuscule formaient des rides dorées à la surface des douves de l'ancien palais. Dans ses yeux, le monde retrouva son antique équilibre. Alors que le ciel commençait à s'assombrir et qu'il profitait de ce moment de paix dont il n'avait pas joui depuis longtemps, une Santana noire familière émergea soudain de la file de voitures et vint freiner juste à côté de lui. Shi Qiang en sortit.

— Bien dormi ? ronchonna Shi Qiang.

— Oui. Et maintenant, que dois-je faire ?

— Qui ? Vous ? Aller manger, boire encore un peu, et dormir.

— Et après ?

— Après ? Il faudra bien retourner travailler, non ?

— Le compte à rebours en est déjà maintenant à... 1 091 heures.

— Au diable le compte à rebours ! Assurez-vous d'abord que vous êtes capable de garder l'équilibre et de ne pas sombrer, nous parlerons du reste après !

— Shi Qiang, ne pourriez-vous pas me dire une partie de la vérité ? Je vous en supplie.

Shi Qiang le fixa puis leva les yeux au ciel en riant :

— Cette question, je ne sais pas combien de fois je l'ai posée à Chang Weisi. Nous sommes dans la même galère, je vous le dis en toute franchise : je n'ai pas la moindre foutue idée de ce que si se passe. Je suis au bas de la hiérarchie, ils ne me lâchent rien. Un vrai cauchemar !

— Mais vous en savez certainement plus que moi.

— Bon. Je vais vous raconter ce que je sais de plus que vous.

Shi Qiang indiqua la berge des douves, où ils allèrent s'asseoir ensemble. La nuit était tombée. Derrière eux s'écoulait une rivière de phares de voitures. Ils pouvaient voir leurs silhouettes s'allonger et raccourcir à la surface de l'eau.

— Mon job, c'est de relier des choses qui n'ont à première vue pas grand-chose en commun. Une fois le puzzle reconstitué, la vérité apparaît sous un nouveau jour. Il se passe beaucoup de choses bizarres ces derniers temps. Parmi les plus importantes, cette recrudescence sans précédent des attaques contre les institutions de recherche scientifique et le monde académique. Bien sûr, vous avez entendu parler de l'affaire du bombardement de Liangxiang et du meurtre du lauréat du prix Nobel… Les motivations des criminels sont étranges : ils ne tuent pas pour l'argent, ni par vengeance, ni même pour des raisons politiques, mais pour semer la panique.

Il y a aussi d'autres affaires qui ne sont pas des crimes. La vague de suicides des membres de la Société des frontières de la science, par exemple. Les activités des militants écologistes connaissent également depuis quelque temps un rebond étonnant. Quand ils ne vont pas manifester sur le chantier d'un barrage hydroélectrique ou d'une centrale nucléaire, ils créent je ne sais quelles sociétés expérimentales pour soi-disant "retourner à la nature"… Et puis il y a des phénomènes en apparence insignifiants : vous êtes allé au cinéma dernièrement?

— J'y vais rarement.

— Beaucoup de superproductions récentes ont des thèmes très rustiques. Les histoires se déroulent dans des montagnes verdoyantes ou au bord de ruisseaux d'eau claire où de beaux jeunes gens travaillent la terre, à une époque indéterminée où l'humanité vivait en harmonie avec la nature… Pour reprendre les termes des réalisateurs, ces mondes "représentent la beauté de la vie telle qu'elle était avant son viol par la technologie". Prenez par exemple *Le Jardin aux fleurs de pêcher*, c'est un film dont on savait d'avance que personne n'irait le voir, mais cela n'a pas empêché d'investir des centaines de millions dedans. Et puis la création récente du grand prix du roman de science-fiction, dont le vainqueur peut gagner cinq millions de yuans! Celui qui écrit l'avenir le plus pessimiste remporte le prix! Et puis vous allez voir qu'ils vont encore claquer des millions pour l'adapter au cinéma… Des sectes bizarroïdes commencent à pousser comme des champignons, leurs gourous s'en mettent plein les poches…

— Et tout cela est lié aux événements dont vous avez parlé au début?

— Il faut relier les phénomènes et les observer ensemble. Bien entendu, je n'avais pas à me préoccuper de tout ça avant mais, depuis que j'ai été transféré de la brigade criminelle à l'unité antiterroriste du Centre d'opérations militaires, ça fait partie de mon job. Je dois connecter les événements, je suis doué pour ça, même le général Chang Weisi est forcé de le reconnaître.

— Et votre conclusion ?

— Tout est coordonné en coulisses par une seule et même personne qui a un but précis : détruire complètement la recherche scientifique.

— Qui ?

— Je l'ignore, je l'ignore absolument, mais je peux sentir son plan. Un plan impressionnant, un plan global : anéantir les équipements scientifiques, vous assassiner, vous, les chercheurs, ou bien vous contraindre au suicide, vous faire devenir fous, mais avant tout vous détourner de vos recherches, jusqu'à ce que vous deveniez encore plus stupides que les gens ordinaires.

— Merci pour la lucidité de ce jugement…

— Et dans le même temps, l'ennemi veut aussi jeter l'opprobre sur la science dans la société. Bien sûr, il y a toujours plus ou moins eu des gens pour le faire mais, cette fois-ci, je suis persuadé que c'est organisé.

— Je vous crois.

— Ah, vous me croyez maintenant ! Ça veut dire que moi qui ai arrêté mes études après le lycée, j'ai réussi à découvrir ce que vous autres grands scientifiques n'êtes pas parvenus à voir ? Quand j'ai proposé ma théorie, ils étaient nombreux, les officiers et les scientifiques, à se foutre de moi !

— Si vous m'en aviez parlé avant, je ne vous aurais pas ri au nez. Vous avez sans doute déjà entendu parler des pseudosciences. Vous savez qui sont ceux que les pseudoscientifiques craignent le plus ?

— Les vrais scientifiques, non ?

— Faux. Il y a dans le monde beaucoup de scientifiques de premier ordre qui se sont laissé berner par des pseudoscientifiques et qui leur ont même servi de porte-drapeaux. Les adeptes de la pseudoscience craignent une catégorie de personnes qu'ils ont beaucoup de mal à duper : les magiciens. La plupart des mensonges des pseudosciences ont d'ailleurs été révélés par des magiciens. Par rapport à nous autres rats de bibliothèque du monde académique, vos nombreuses années passées à maintenir l'ordre dans la société vous ont largement permis de mettre au jour ce genre de grand projet criminel.

— Bah, des gens plus futés que moi, il y en a des tas. Ça fait un moment que mes supérieurs ont compris ce qui se passait. S'ils se sont moqués de moi, c'est parce que je ne présentais pas ma théorie aux bons interlocuteurs, voilà tout. Je les ai trouvés plus tard, mais le général m'a transféré dans cette unité où je dois me contenter de faire des rondes… Bien, voilà le peu de choses que je sais sur cette affaire.

— Une question : pourquoi l'armée est-elle impliquée ?

— Figurez-vous que je me suis aussi posé la question. Je leur ai demandé. Ils m'ont répondu que la guerre était déclarée et que, naturellement, la guerre relevait des compétences de l'armée. Comme vous, je me suis dit au début qu'ils déliraient, mais je peux vous assurer qu'ils ne plaisantent vraiment pas. À l'heure qu'il est, toutes les unités militaires sont mobilisées. Il existe dans le monde plus d'une vingtaine de centres d'opérations militaires comme celui dont je fais partie et il y a au-dessus d'eux une autre structure. Mais personne ne connaît les détails.

— Qui est l'ennemi ?

— Aucune idée. Des officiers de l'Otan stationnent dans la salle de l'état-major de l'Armée populaire de libération, et une unité chinoise a été envoyée au Pentagone. Qui peut avoir la foutue idée de qui est l'ennemi ?

— Si tout ce que vous dites est vrai, c'est parfaitement invraisemblable !

— J'ai de vieilles connaissances du temps de la brigade qui sont maintenant devenues généraux, je suis bien informé.

— Pourquoi les médias du monde entier n'ont-ils pas encore réagi à cette affaire ?

— Voilà encore quelque chose d'extraordinaire ! Tous les pays, sans exception, ont verrouillé l'information, et avec quelle efficacité ! Je suis maintenant sûr d'une chose : l'ennemi est impitoyable. Ils ont peur en haut, je connais trop bien le général Chang Weisi. C'est un homme qui d'habitude ne craint rien, pas même que le ciel lui tombe sur la tête, mais maintenant j'ai comme l'impression que ce n'est peut-être pas que le ciel qui s'apprête à lui tomber dessus. Ils ont les pétoches, je vous dis, et ils ne sont absolument pas sûrs de pouvoir vaincre cet ennemi par la force.

— Si c'est le cas, c'est très angoissant.

— Mais nous avons tous peur de quelque chose! L'ennemi n'échappe pas à la règle. Et plus il est puissant, plus ce dont il a peur peut lui être fatal.

— De quoi a-t-il peur?

— Mais de vous, des scientifiques! Et le plus bizarre, c'est que plus vos recherches sont théoriques, plus elles sont abstraites ou débridées comme celles de Yang Dong, plus il a peur! Il a davantage peur des sciences théoriques que vous quand vous voyez l'univers clignoter. C'est pour ça qu'il se montre si impitoyable. S'il avait jugé utile de vous tuer, cela fait longtemps qu'il vous aurait massacrés, mais la méthode la plus efficace, c'est d'ébranler vos certitudes. Quand quelqu'un meurt, un autre vient pour prendre sa place, mais quand la pensée elle-même part en vrille, c'est la fin de la science.

— Vous voulez dire qu'il a peur des sciences fondamentales?

— Oui, des sciences fondamentales.

— Mais les recherches que menait Yang Dong sont si éloignées des miennes! Et puis les nanotechnologies ne sont pas des sciences fondamentales, ce sont des projets de développement de matériaux à haute résistance. En quoi cela constituerait-il une menace pour cette puissance?

— Votre cas est à part. Jusqu'à maintenant, il ne s'en était pas encore pris aux sciences appliquées, mais peut-être que quelque chose l'effraie dans vos matériaux à haute résistance.

— Alors, que dois-je faire?

— Retourner bosser et continuer vos recherches, c'est le plus grand coup que vous puissiez lui porter. Ne vous préoccupez pas de cette saloperie de compte à rebours. Si vous voulez vous changer les idées après le travail, vous pouvez jouer à ce jeu, là. L'idéal serait de le terminer.

— Le jeu? *Les Trois Corps?* Il y aurait donc un lien?

— Il semblerait. Plusieurs spécialistes du Centre d'opérations militaires y jouent aussi; ce n'est pas un jeu comme les autres. Un analphabète comme moi est incapable d'y jouer, il faut quelqu'un avec vos connaissances pour ça.

— Ah… autre chose?

— Non, s'il y a du neuf, je vous appellerai. Laissez toujours votre portable allumé. Allez, mon vieux, gardez la tête froide! Et si vous avez peur, rappelez-vous ma théorie ultime!

Wang Miao n'eut même pas le temps de le remercier que Shi Qiang était monté dans sa voiture et avait démarré au quart de tour.

11

LES TROIS CORPS :
MOZI ET LE FEU ARDENT

Avant de rentrer chez lui, Wang Miao s'arrêta en chemin dans un marché de produits électroniques pour faire l'achat d'une V-combinaison. Son épouse l'informa que des collègues avaient tenté de le joindre toute la journée. Wang Miao alluma son téléphone resté éteint et constata qu'il avait reçu plusieurs appels de son centre de recherches. Il rappela en promettant qu'il serait vite sur pied et qu'il retournerait travailler le lendemain. Au repas, il suivit les conseils de Shi Qiang et but beaucoup de vin rouge, mais il ne trouva pas plus le sommeil. Une fois son épouse et son fils endormis, il s'assit devant son ordinateur, enfila sa V-combinaison neuve et se connecta au jeu des *Trois Corps.*

Il se retrouva sur la même plaine désertique baignée par les lueurs de l'aube. Il était devant la pyramide du roi Zhou, mais l'immense couche de neige dont elle avait été recouverte avait disparu et les pierres soutenant l'édifice portaient les marques de l'érosion du vent. Le sol avait changé de couleur. Au loin se dressaient de grands bâtiments qu'il imagina être des silos de déshydratation. Cependant leur architecture n'était pas la même que lors de sa dernière connexion. Tout semblait indiquer qu'une longue période de temps s'était écoulée.

Profitant de la lumière de l'aurore, Wang Miao chercha l'entrée de la pyramide. À l'emplacement où celle-ci se trouvait auparavant, il vit que le passage était condamné par un grand bloc de pierre. Mais à côté avait été sculpté un long escalier qui menait jusqu'au point culminant de la pyramide. Il leva les yeux et remarqua que l'apex d'origine avait été aplani pour faire place à une plateforme. De pyramide égyptienne le palais s'était transformé en pyramide aztèque.

Wang Miao gravit l'escalier de pierre et atteignit le sommet. Il y vit comme une sorte d'ancien observatoire astronomique. Dans un coin de la plateforme se dressaient un télescope de plusieurs mètres de hauteur et, à côté de lui, plusieurs autres modèles, plus petits. De l'autre côté de la plateforme, il remarqua des instruments étranges qui lui rappelèrent les sphères armillaires de la Chine ancienne. Mais ce qui capta le plus son attention était une grande boule en cuivre située au centre de la plateforme. D'un diamètre de deux mètres environ, elle était installée sur un ensemble sophistiqué de rouages de différentes tailles qui la faisaient tourner lentement. Wang Miao s'aperçut que son sens et sa vitesse de rotation étaient sans cesse changeants. Sous la machine se trouvait une fosse carrée, dans laquelle Wang Miao aperçut à la lueur blafarde des torches des hommes – certainement des esclaves – en train de pousser une grande roue fournissant de l'énergie au mécanisme du dessus.

Un homme approcha. Comme lors de sa première rencontre avec le roi Wen, celui-ci tournait le dos à la lumière du soleil, et Wang Miao eut l'impression de voir deux yeux scintillants flotter au milieu de l'obscurité. Il était grand, maigre et portait une large robe noire ; ses longs cheveux étaient négligemment noués au sommet de son crâne et de nombreuses mèches volaient au vent.

— Bonjour, dit l'homme. Je me présente : Mozi*.

— Bonjour, je suis Hairen.

— Ah, mais je te connais ! dit Mozi en pointant Wang Miao du doigt. Tu as été le compagnon du roi Wen des Zhou durant la civilisation n° 137 !

* Mozi (479-392 av. J.-C.) est un philosophe chinois qui vécut pendant les périodes des Printemps et Automnes et des Royaumes combattants. Il a créé sa propre école philosophique : le moïsme, courant parfois présenté comme le premier en Chine à donner naissance à une véritable pensée scientifique en privilégiant la logique et la relation de causalité. (N.d.T.)

— C'est effectivement avec lui que je suis arrivé jusqu'ici, mais je n'avais pas foi dans sa théorie.

— Et tu avais raison, reprit Mozi en opinant gravement de la tête.

Puis il s'approcha et lui dit à voix basse :

— Durant les trois cent soixante-deux mille années qui se sont écoulées après ton départ, nous avons ressuscité à quatre reprises. Les civilisations ont essayé de prospérer tant bien que mal, au gré des alternances erratiques entre ères chaotiques et ères régulières. La plus courte a disparu à mi-chemin de l'âge de pierre, mais la civilisation n° 139 a battu un record, elle a atteint l'âge de la machine à vapeur!

— Vous voulez dire que, dans cette civilisation, quelqu'un est parvenu à comprendre les lois qui régissent les mouvements du soleil?

Mozi partit d'un grand rire en secouant la tête :

— Non, non! C'était juste un coup de chance!

— Mais les gens ont continué de chercher, n'est-ce pas?

— Bien sûr. Approchez, je vais vous montrer les efforts menés durant la dernière civilisation.

Mozi conduisit Wang Miao dans un coin de l'observatoire astronomique. La terre s'étendait sous leurs pieds comme un vieux morceau de cuir usé. Mozi se saisit d'un petit télescope et le braqua sur le sol, puis il le tendit à Wang Miao. Ce dernier plaqua son œil sur l'oculaire du télescope et vit une scène très étrange : un squelette blanc comme la neige, dont l'élégance était perceptible, faiblement éclairé par la clarté de l'aube. Le plus étonnant était que ce squelette se tenait debout. Sa posture semblait noble et distinguée, une de ses mains soutenait sa mâchoire, comme s'il caressait une barbe qui n'existait plus. Sa tête était inclinée vers le haut, comme s'il voulait interroger le ciel.

— Confucius, expliqua Mozi. Il était persuadé que tout était lié aux rites et que rien dans l'univers n'échappait à cette règle. Il a donc créé un système de rites pour l'univers en espérant pouvoir prédire le fonctionnement du soleil.

— Je peux deviner le résultat.

— En effet… Il avait la certitude que le soleil s'accorderait aux rites et a prédit une ère régulière qui durerait cinq ans sans interruption. Nul besoin de le dire : cette prédiction s'est avérée inexacte… L'ère régulière n'a réellement duré qu'un mois.

— Puis le soleil ne s'est plus levé ?

— Oh si, le soleil s'est levé, puis il est monté au milieu du ciel et il s'est soudain éteint.

— Comment ? Éteint ?

— Oui. Il a commencé par s'obscurcir peu à peu, par diminuer de volume, puis tout d'un coup, il s'est éteint! La nuit est tombée et le froid… un froid terrible qui a congelé Confucius sur place. Il est ici depuis ce jour.

— Et puis plus rien ? Je veux dire, après l'extinction du soleil ?

— Une étoile volante est apparue à son emplacement, comme l'âme du soleil mort.

— Êtes-vous sûr que le soleil s'est éteint et qu'une étoile volante a soudain pris sa place ?

— Oui, certain, il s'est éteint puis l'étoile volante est apparue. Vous pouvez vérifier dans les annales, c'est ce qui est écrit, pas de doute.

— Oh…

Wang Miao médita longuement.

Il avait échafaudé quelques hypothèses un peu vagues sur le mystère du monde des *Trois Corps*, mais les révélations de Mozi venaient de les faire s'écrouler.

— Pourquoi "soudain" ? grommela-t-il, contrarié.

— Nous sommes maintenant dans la dynastie des Han – mais je ne sais pas vraiment si c'est celle des Han de l'Est ou de l'Ouest*.

— Et vous avez pu survivre jusqu'à aujourd'hui ?

— J'ai une mission : prédire avec exactitude le mécanisme du soleil. Les sorciers, les métaphysiciens et autres prêtres taoïstes qui se sont succédé avant moi étaient des bons à rien. Des incapables tout juste bons à imaginer des fantaisies mystiques, mais sans aucune connaissance pratique et sans volonté de mener des expériences. Mais c'est désormais mon tour et

---

* Fondée par Liu Bang, la dynastie Han régna sur la Chine de 202 av. J.-C. à 220 apr. J.-C. Elle est séparée en deux périodes : les Han de l'Ouest (dont la capitale était à Chang'an) et les Han de l'Est (capitale à Luoyang), entrecoupées par l'éphémère dynastie Xin (9-23 apr. J.-C.). *(N.d.T.)*

j'agis différemment. Je suis capable de mener de véritables expériences, dit-il fièrement en désignant les instruments sur la plateforme.

— Ces objets vous aideront-ils à réussir votre mission ? demanda Wang Miao en désignant non seulement les instruments, mais surtout la mystérieuse boule en cuivre.

— J'ai moi aussi ma théorie, mais elle n'est pas d'inspiration mystique. Elle est le produit d'un grand nombre d'observations. Tout d'abord, savez-vous ce qu'est l'univers ? C'est une machine.

— Ça ne m'en dit pas plus.

— Laissez-moi vous l'expliquer en termes plus concrets. L'univers est une grande sphère creuse suspendue au-dessus d'un océan de flammes. La surface de cette sphère est recouverte de petits trous et d'un trou de plus grande taille. La lumière émise par l'océan de flammes passe par ces trous. Les petits trous sont les étoiles et le grand, c'est le soleil.

— C'est un modèle très intéressant, déclara Wang Miao en regardant la grosse boule en cuivre.

Il pensait à présent avoir compris ce qu'elle représentait.

— Mais votre théorie comporte une lacune : quand le soleil se lève ou se couche, nous pouvons voir que le mouvement du soleil n'est pas synchrone avec celui des étoiles. Or dans votre modèle, les trous sur la sphère restent fixes dans leur position respective.

— Excellente remarque ! C'est pourquoi j'ai revu mon modèle. La sphère de l'univers est en réalité composée de deux sphères, l'une enchâssée dans l'autre. Le ciel que nous pouvons voir est la sphère intérieure, elle est recouverte de petits trous, tandis que le grand trou se trouve sur la sphère extérieure. La lumière qui filtre par le grand trou de la sphère extérieure est reflétée et disséminée dans l'espace intermédiaire entre les deux sphères. Puis à son tour, cette lumière perce à travers les petits trous de la sphère intérieure et c'est pourquoi nous voyons des étoiles.

— Et le soleil ?

— Le soleil est cette immense tache lumineuse projetée depuis le trou de la sphère extérieure sur la sphère intérieure. Cette projection est si lumineuse qu'elle parvient à pénétrer à travers la sphère intérieure comme à travers une coquille d'œuf. Voilà pourquoi nous voyons le soleil. Les rayons disséminés dans l'espace intermédiaire autour de cette tache de lumière sont eux aussi très lumineux et traversent la coquille, voilà comment nous pouvons y voir clair le jour.

— Mais selon vous, quelle force contraint les deux sphères à effectuer des mouvements irréguliers ?

— Celle de l'océan de flammes situé hors de l'univers.

— Pourtant, la taille du soleil et sa luminosité varient selon les périodes. Dans votre modèle à double sphère, celles-ci doivent être constantes. Quand bien même les flammes seraient-elles irrégulières, la taille du trou, elle, ne change pas.

— Ce modèle est loin d'être aussi simpliste que vous le pensez. La taille des sphères augmente ou diminue au gré des variations de l'océan de flammes, d'où les changements de taille et de luminosité du soleil.

— Et les étoiles volantes ?

— Les étoiles volantes ? Mais qu'avez-vous donc avec ces étoiles volantes ? Ce sont juste des poussières soulevées par hasard quelque part entre les deux sphères de l'univers, rien de plus.

— Non, il me semble que les étoiles volantes sont au contraire très importantes. Par ailleurs, comment votre modèle explique-t-il la soudaine extinction du soleil en plein ciel à l'époque de Confucius ?

— C'est une exception, rare. C'est certainement une tache noire ou un nuage sombre issu de l'océan de flammes qui est passé juste derrière la sphère extérieure.

Wang Miao pointa la grosse boule en cuivre :

— C'est certainement votre modèle ?

— Oui, j'ai créé cette machine qui reproduit le mécanisme de l'univers. Admirez plutôt cet ensemble complexe de rouages qui fait tourner la boule, il simule les forces provenant de l'océan de flammes. Ces forces sont déterminées par la répartition des flammes dans l'océan extérieur et des courants qui le traversent. C'est une conclusion à laquelle je suis arrivé après plusieurs siècles d'observation.

— Cette boule peut-elle aussi s'agrandir et rétrécir ?

— Bien sûr. Actuellement, elle est précisément en train de rétrécir.

Wang Miao prit la balustrade de la plateforme comme point de repère fixe et sonda attentivement la boule. Mozi disait vrai.

— Il y a donc aussi une sphère à l'intérieur?

— Évidemment! Les mouvements des deux sphères sont engendrés par des mécanismes sophistiqués.

— C'est une machine très ingénieuse! admira Wang Miao avec sincérité. Mais je ne vois pas de grand trou sur la surface de la sphère extérieure pour projeter la lumière à l'intérieur.

— Il n'y a pas de trou. Sur la paroi intérieure de la sphère extérieure, j'ai installé une source de lumière pour simuler le grand trou. C'est une texture fluorescente fabriquée à partir d'extraits de centaines de milliers de lucioles. Elle produit une lumière froide, car le plâtre translucide utilisé pour faire la coque intérieure n'a pas une très bonne conductivité thermique. J'évite ainsi le risque d'une accumulation de chaleur dans la sphère qu'impliquerait l'utilisation d'une source de lumière chaude. De cette manière, le scribe peut demeurer à l'intérieur une longue période de temps.

— Il y a donc quelqu'un dans la boule?

— Bien sûr. Le scribe est installé debout sur le rayon d'une roue située dans la partie inférieure du mécanisme. Cette position lui permet de se maintenir au centre de la sphère. Lorsque nous serons parvenus à faire correspondre notre modèle d'univers avec l'univers réel, les mouvements de la boule que j'ai conçue nous permettront de prédire le futur de l'univers et donc, bien entendu, les mouvements à venir du soleil. Le scribe notera tous les mouvements solaires et nous permettra de réaliser un calendrier extrêmement précis. Vous avez devant vous le rêve de centaines de civilisations passées!

Vous arrivez au bon moment. Mon modèle d'univers vient tout juste d'indiquer qu'une ère régulière de quatre ans est sur le point de commencer. Suivant ma prédiction, l'empereur Wu des Han vient de donner l'ordre de réhydrater l'empire*. Attendons ensemble que le soleil se lève!

---

* Han Wudi, l'empereur Wu des Han (156-87 av. J.-C.), est le septième empereur de la dynastie Han. Son règne, l'un des plus longs de l'histoire impériale chinoise, dura cinquante-quatre ans. *(N.d.T.)*

Mozi fit apparaître l'interface sur l'écran et accéléra quelque peu le temps du jeu. Un soleil rouge apparut à l'horizon, les lacs et les étangs glacés constellant la plaine se mirent à fondre. La surface des lacs était jusqu'alors recouverte d'une épaisse couche de poussière qui les faisait se confondre avec la terre mais, à présent, ils devenaient peu à peu des miroirs cristallins, comme si la terre avait ouvert une myriade d'yeux. De la hauteur où il se trouvait, Wang Miao ne distinguait pas les détails du processus de réhydratation, mais il pouvait voir un nombre croissant d'individus au bord des lacs, comme des colonnes de fourmis sortant de leur fourmilière aux premières chaleurs du printemps. Le monde ressuscitait une nouvelle fois.

— Ne voudriez-vous pas descendre et participer à cette fabuleuse renaissance ? Les femmes qui viennent de ressusciter sont celles qui désirent le plus ardemment l'amour, dit Mozi en désignant à Wang Miao cette terre en train de reprendre vie. Il ne vous sert à rien de rester ici. Le jeu est terminé, je suis le vainqueur.

— Votre machine de simulation de l'univers est ingénieuse, c'est indéniable. Mais quant à ses prédictions… Oh, j'y pense, pourrais-je utiliser votre télescope un instant ?

— Je vous en prie, dit Mozi en faisant un geste vers le grand télescope.

Wang Miao s'en approcha, mais il s'arrêta aussitôt :

— Comment l'utiliser pour observer le soleil ?

Mozi sortit un disque de verre noir d'un étui en bois :

— Utilisez ce filtre en verre fumé, dit-il en insérant l'objet devant l'oculaire du télescope.

Wang Miao pointa le télescope vers le soleil, qui était déjà plus haut que la moitié du ciel. Il ne put s'empêcher d'éprouver un sentiment d'admiration devant l'imagination de Mozi. Le soleil avait effectivement l'air d'un trou immense où venaient rouler les innombrables vagues d'un océan de feu, une infime partie d'une entité bien plus grande.

Mais après un examen plus détaillé, il remarqua que ce soleil était différent du soleil de la réalité. Celui-ci semblait posséder un petit noyau en son centre. Si on imaginait ce soleil comme un œil, le noyau correspondait à sa pupille. Le noyau n'était pas large, mais il était si lumineux et si dense que les couches qui l'entouraient paraissaient presque immatérielles, erratiques et gazeuses. Le fait qu'il puisse voir le noyau à travers les couches externes du soleil semblait indiquer que les couches étaient transparentes ou translucides, et que la lumière qu'elles diffusaient n'était peut-être finalement que la lumière disséminée du noyau.

Wang Miao fut stupéfait du réalisme frappant de l'image du soleil. Une nouvelle fois, il eut la confirmation que les concepteurs du jeu avaient intentionnellement dissimulé derrière des images en apparence simplistes une énorme quantité de détails qui n'attendaient que d'être découverts par les joueurs.

Wang Miao se redressa puis réfléchit au sens de cette structure cachée du soleil. Cela excitait son imagination. La vitesse du soleil avait augmenté. Il avait déjà atteint l'ouest du ciel. Wang Miao ajusta le télescope pour l'observer et le suivit jusqu'à ce qu'il passe sous la ligne d'horizon.

La nuit venue, les flammes des feux de camp reflétèrent le ciel rempli d'étoiles. Wang Miao ôta le filtre du télescope et continua à observer les cieux. Il se concentra sur les étoiles volantes et, très vite, il parvint à en trouver deux. Mais il n'eut le temps d'examiner que l'une d'entre elles, car le soleil se leva à nouveau. Wang Miao replaça le filtre sur l'oculaire... Il prolongea cette observation astronomique pendant plus de dix jours, jouissant du plaisir de la découverte. En réalité, la vitesse accélérée du jeu était propice à ce type d'observation, les mouvements des corps célestes apparaissant ainsi de façon plus manifeste.

Le dix-septième jour après le début de l'ère régulière, l'heure du lever du soleil avait déjà été dépassée de cinq heures, or la terre était toujours enveloppée par le voile de la nuit. Une marée de sujets s'était rassemblée au pied de la pyramide, brandissant d'innombrables torches vacillant dans le vent glacial.

— Le soleil ne se lèvera peut-être pas, comme lors de la chute de la civilisation n° 137, dit Wang Miao à un Mozi en train de consulter son calendrier astronomique.

Mozi caressa sa barbe et arbora un sourire confiant :

— Ne craignez rien, le soleil va bientôt se lever et l'ère régulière va continuer. Je connais les principes de fonctionnement de mon modèle d'univers. Mes prédictions ne peuvent être fausses.

Et c'est alors que, comme si elle avait voulu donner raison à Mozi, la lueur du jour apparut à l'horizon. Elle fut accueillie par une explosion de cris de joie de la foule qui s'était amassée au pied de la pyramide.

À une vitesse inouïe, la lumière argentée du levant laissa place à un éclat intense, comme si le soleil voulait rattraper le temps perdu. Bientôt, la clarté de l'aube emplit la moitié du ciel et, bien que le soleil ne soit toujours pas sorti, il faisait sur la terre aussi clair qu'en plein jour.

Wang Miao regarda dans la direction de la source lumineuse et il remarqua qu'une clarté éblouissante émergeait de l'horizon. La ligne de l'horizon se courba comme un arc parfait allant d'un point à l'autre du champ de vision. Wang Miao comprit bientôt que ce n'était pas l'horizon, mais les confins du soleil ! Un soleil gigantesque en train de se lever. Une fois que ses yeux se furent habitués à la luminosité, la ligne d'horizon réapparut là où elle n'avait jamais cessé de se trouver. Wang Miao vit s'élever des colonnes de fumée noire qui contrastaient de façon saisissante avec la lumière propagée par le disque solaire. Ces nuages avaient été occasionnés par des feux ayant pris dans le lointain. Un cheval galopa jusqu'au pied de la pyramide depuis la direction où se levait le soleil, en soulevant une poussière telle qu'il laissa une traînée blanche derrière lui. La foule lui ouvrit la route et Wang Miao entendit le cavalier s'époumoner :

— Déshydratez ! Déshydratez !

Le cavalier était suivi d'un troupeau de vaches et de chevaux, ainsi que d'autres animaux dont les corps en feu firent penser à un gigantesque tapis brodé de flammes glissant sur le sol. La moitié seulement de l'immense soleil avait émergé de la ligne de l'horizon, mais il occupait déjà la plus grande partie du ciel. La terre paraissait s'affaisser lentement le long d'une énorme et éblouissante muraille. Wang Miao pouvait maintenant voir en détail la surface du soleil : des vagues et des tourbillons se déchaînaient au milieu d'un océan de flammes, des taches solaires planaient comme des fantômes errants le long de routes incertaines et des couronnes solaires retroussaient paresseusement leurs longues manches d'or.

Sur terre, les hommes déjà déshydratés comme ceux qui ne l'étaient pas encore s'embrasèrent comme des allumettes jetées dans une fournaise. Ils furent consumés par des flammes d'une intensité plus grande encore que celle du charbon brûlant, mais ils s'éteignirent rapidement.

Le gigantesque soleil continua sa rapide progression et le ciel fut presque entièrement recouvert lorsqu'il atteignit son zénith. Wang Miao leva la tête. Un bouleversement extraordinaire s'était produit : ce qu'il voyait jusqu'alors au-dessous de lui était passé au-dessus. La surface du soleil était devenue une terre incandescente. Il eut la sensation de chuter dans cet enfer flamboyant.

Sur la terre, les lacs commencèrent à s'évaporer, des nuages de vapeur blanche de la forme de champignons nucléaires s'élevèrent, avant de se disperser en recouvrant les amas de cendres humaines bordant les lacs.

— L'ère régulière va continuer, l'univers est une machine, j'ai créé cette machine. L'ère régulière va continuer, l'univers est…

Wang Miao tourna la tête. La voix était celle de Mozi, qui était en train de prendre feu. Son corps se retrouva prisonnier d'une longue colonne de feu orangé. Sa peau était déjà ridée et carbonisée, mais ses yeux émettaient encore une lueur différente de celle des flammes en train de l'engloutir. Ses mains, déjà changées en tiges de carbone brûlantes, serraient encore un fragment de soie grise dont les cendres papillonnaient au vent : les restes du premier calendrier astronomique. Wang Miao brûlait lui aussi. Il leva ses mains et vit deux torches enflammées.

Le gigantesque soleil se déplaça rapidement vers l'ouest, laissant à nouveau voir le ciel qu'il avait jusque-là dissimulé. Bientôt, il s'immergea derrière l'horizon et la terre parut remonter le long de la muraille de feu. Les rayons étincelants du crépuscule disparurent alors et la nuit, telle une toile noire tirée par des mains de géant, enveloppa le monde devenu cendres. La terre émit un halo rouge sombre, comme une braise de charbon tout juste sortie d'un four. Pendant un bref instant, Wang

Miao put voir quelques étoiles mais, très vite, la vapeur d'eau et la brume envahirent le ciel et recouvrirent la terre rutilante. Le monde fut englouti par les ténèbres du chaos. Un texte en caractères rouges s'afficha sur l'écran :

La civilisation n° 141 a été détruite par les flammes, elle avait atteint la période des Han de l'Est.
Mais les graines de la civilisation ont survécu et une nouvelle civilisation germera des ruines du monde si imprévisible des *Trois Corps*. Nous vous invitons à vous reconnecter dans le futur.

Wang Miao ôta sa V-combinaison. Après avoir peu à peu repris ses esprits, il eut une nouvelle fois le sentiment que, sous ses prétentions de fiction, le jeu des *Trois Corps* faisait preuve d'un profond réalisme et que, l'inverse, c'était le monde réel devant ses yeux qui lui apparaissait comme la peinture *Le Jour de Qingming au bord de la rivière* : complexe en surface mais si simple en vérité.

Le lendemain, Wang Miao retourna travailler au Centre de recherches en nanotechnologie. En dehors de quelques problèmes mineurs dus à son absence de la veille, tout était en parfait état de marche. Il se rendit compte qu'une fois qu'il était absorbé par le travail, celui-ci lui faisait l'effet d'un anesthésique et ses cauchemars le laissaient provisoirement tranquille. Il s'efforça de s'occuper la journée entière et ne quitta le laboratoire qu'une fois la nuit tombée.

Dès qu'il eut passé le hall d'entrée du centre, Wang Miao se retrouva avec la sensation d'être à nouveau pourchassé par ses démons. Il avait l'impression que le ciel étoilé était surmonté d'une loupe et qu'il était un insecte nu sous la lentille de cette loupe, dans l'incapacité de lui échapper. Il devait absolument trouver quelque chose à faire et il se dit qu'il pourrait aller rendre visite à la mère de Yang Dong. Il conduisit donc jusqu'à son domicile.

Ye Wenjie était seule. Lorsque Wang Miao entra chez elle, elle était en train de lire sur son canapé. Il s'aperçut qu'elle était à la fois myope et presbyte et qu'elle avait dû changer de lunettes pour lire. Elle fut ravie de voir Wang Miao, et fit remarquer qu'il avait bien meilleure mine que la dernière fois.

— Grâce à votre ginseng! sourit Wang Miao.

La mère de Yang Dong secoua la tête :

— Celui que je t'ai donné n'était pas de très bonne qualité. À l'époque je ramassais de l'excellent ginseng de montagne aux alentours de la base. Un jour j'ai trouvé une racine grande comme ça... Je ne sais pas comment c'est maintenant là-bas. J'ai entendu dire que c'était désert. Ah, je vieillis... Ces derniers temps, je n'arrête pas de penser au passé.

— On m'a raconté que vous aviez subi beaucoup d'épreuves durant la Révolution culturelle.

— C'est Ruishan qui t'en a parlé? (Ye Wenjie secoua les mains, comme si elle voulait chasser une toile d'araignée devant ses yeux.) C'est du passé, tout est du passé... Hier soir, Ruishan m'a appelé. Il avait l'air paniqué, je n'ai pas compris ce qu'il me racontait. J'ai seulement entendu qu'il t'était arrivé quelque chose. Ah, quand tu auras mon âge, tu comprendras que toutes ces choses que tu croyais importantes n'étaient en fait pas si extraordinaires.

— Merci, dit Wang Miao.

Il y avait bien longtemps qu'il n'avait pas été parcouru par une telle vague de chaleur. À présent, cette vieille femme qui avait enfin trouvé la paix après tant d'épreuves et l'ignorant, le téméraire commissaire Shi Qiang étaient devenus les deux piliers qui empêchaient encore son esprit de tomber en ruine.

Ye Wenjie reprit :

— En parlant de Révolution culturelle, j'ai quand même eu beaucoup de chance. Au moment où je pensais que j'allais mourir, j'ai trouvé un refuge où j'ai pu continuer à vivre.

— Vous voulez parler de la base de Côte Rouge?

Ye Wenjie acquiesça.

— C'était un projet extraordinaire, je croyais que ce n'était qu'une pure légende.

— Ce n'est pas une légende. Si tu le souhaites, je peux te raconter ce que j'ai vécu.

Wang Miao se sentit un peu nerveux :

— Professeur Ye, je suis simplement curieux. Ne vous sentez pas forcée de m'en parler.

— Oh, ce n'est rien. C'est une bonne occasion de papoter, cela fait bien longtemps que je n'ai pas vraiment parlé à quelqu'un.

— Vous devriez participer aux activités d'un cercle du troisième âge. On se sent moins seul quand on est actif.

— J'y retrouverais peut-être de nombreux anciens collègues de l'université, mais je ne suis jamais arrivée à me fondre dans leur communauté. Tout le monde aime ressasser ses souvenirs, mais seulement dans l'espoir qu'on les écoutera. Les souvenirs des autres les agacent. Il n'y a que toi que cette histoire de Côte Rouge peut bien intéresser.

— Mais n'est-ce pas dangereux pour vous de parler de cela maintenant ?

— C'est vrai, après tout, le projet était confidentiel. Mais les langues se sont déliées après la publication de ce livre. C'est devenu un secret de Polichinelle. L'auteur a vraiment été irresponsable. Sans parler de ses intentions, beaucoup d'informations et de faits rapportés dans l'ouvrage sont faux. Je me dois au moins d'y apporter des corrections.

Et ainsi, Ye Wenjie commença à raconter cette histoire encore vivace dans sa mémoire.

12

CÔTE ROUGE II

À son entrée dans la base de Côte Rouge, Ye Wenjie ne fut pas assignée à un poste fixe. Elle n'effectuait que quelques tâches d'ordre purement technique et toujours sous la surveillance d'un gardien.

Des années plus tôt, alors qu'elle était en deuxième année à l'université, Ye Wenjie s'entendait bien avec le professeur qui était par la suite devenu son directeur de recherches en troisième cycle. Il lui avait signifié que, pour mener des recherches dans le domaine de l'astrophysique, être excellent en théorie était inutile sans connaissance des méthodes expérimentales ni capacité d'observation – du moins, c'était le cas pour la Chine. C'était une vision qu'était loin de partager son père, mais Wenjie avait plutôt tendance à donner raison à son professeur : elle avait toujours trouvé que son père était un homme trop théorique.

Son professeur avait été l'un des pionniers de la radioastronomie en Chine, c'était sous son influence que Wenjie avait développé un profond intérêt pour cette branche de l'astronomie, et qu'elle avait appris en autodidacte le génie électrique et les sciences de l'informatique – deux disciplines souvent regroupées ensemble dans les universités de l'époque et qui constituaient les fondements techniques des expériences et des observations scientifiques. Durant ses deux années de troisième cycle, elle et son professeur avaient eu l'occasion de tester le premier petit radiotélescope chinois. Elle avait ainsi accumulé beaucoup d'expérience dans ce domaine.

Elle ne s'était pas imaginé que ces connaissances trouveraient un jour leur utilité dans la base de Côte Rouge. Wenjie commença par être affectée aux tâches d'entretien et de réparation au sein de l'unité de transmission, mais très vite, elle devint un élément essentiel de toutes les opérations menées par l'unité.

Cela la rendit tout d'abord quelque peu perplexe. Elle était la seule personne de la base à ne pas porter d'uniforme militaire et, en raison de son identité, les gens gardaient avec elle une certaine distance. Sa seule manière d'échapper à la solitude était de s'immerger corps et âme dans le travail. Mais cela ne suffisait pas à expliquer pourquoi elle s'était rendue aussi vite indispensable. Après tout, Côte Rouge était un projet clef de défense nationale. Comment se faisait-il que les ingénieurs de la base soient médiocres au point qu'une personne comme elle, non formée en ingénierie et sans expérience, arrive à les remplacer si facilement?

Elle en découvrit bientôt la raison. Contrairement à ce qu'ils laissaient croire, les employés de la base étaient bien les meilleurs ingénieurs du 2ᵉ corps d'artillerie. Une vie entière n'aurait pas suffi à Wenjie pour emmagasiner toutes leurs connaissances en électrique et en informatique. Mais la base était loin de tout et les conditions de travail y étaient déplorables. Les principales recherches sur le projet étant achevées, il ne restait plus que des travaux de maintenance et de réparation, si bien que les opportunités d'accomplir une avancée technologique majeure étaient très rares. Par conséquent, la plupart des ingénieurs s'efforçaient de ne pas paraître indispensables car, dans une base aussi secrète, dès que vous rejoigniez le cœur de la partie technique, il était quasiment impossible d'en sortir. Ils essayaient donc délibérément de dissimuler leurs techniques, en se gardant toutefois de donner l'impression d'être trop incompétents. Ainsi, lorsqu'un technicien supérieur leur disait d'aller à l'est, ils s'obstinaient bêtement à aller à l'ouest, de sorte que les responsables se disent : *Ce garçon est persévérant, mais il n'a pas les compétences requises, le garder serait contre-productif.*

Grâce à cette stratégie, beaucoup avaient réussi à être mutés ailleurs. Dans ces conditions, Ye Wenjie était, malgré elle, devenue une des techniciennes les plus importantes de la base. Mais une autre raison expliquait la rapidité avec laquelle elle avait acquis ce statut : de ce qu'elle pouvait en voir, la base de Côte Rouge ne possédait en fait aucune réelle technologie de pointe.

Comme lors de son entrée dans la base, Ye Wenjie continuait à être principalement affectée à l'unité de transmission, mais au fil du temps, les restrictions la concernant se relâchèrent progressivement, et le gardien qui veillait sur elle fut rappelé. Elle était à présent autorisée à avoir un accès direct à la plupart des structures du système d'armement de la base de Côte Rouge et à lire les documents techniques connexes.

Naturellement, il y avait encore des domaines qui lui étaient interdits, comme toute la plateforme de contrôle informatique. Mais Wenjie découvrit plus tard que cette branche n'avait pas l'importance qu'elle avait imaginée. Elle en voulait pour preuve le fait que les ordinateurs de l'unité de transmission étaient encore plus anciens que les DJS 130 et possédaient une mémoire à tores magnétiques et des rubans perforés. Le record du nombre d'heures passées sans dysfonctionnement des appareils ne dépassait pas quinze heures. Elle avait aussi découvert que la précision du système de ciblage des transmissions était très limitée, peut-être même pas celle d'un viseur de canon d'artillerie.

Ce jour-là, le commissaire politique Lei Zhicheng vint trouver Wenjie pour discuter. Elle avait l'impression que Yang Weining et Lei Zhicheng avaient changé de rôle. Yang Weining n'était que l'ingénieur en chef du projet, il n'avait pas de position politique très élevée et, en dehors des domaines purement techniques, il n'avait aucune autorité. Il devait se méfier des techniciens et se montrer poli avec les soldats placés en sentinelle, car on l'aurait accusé de trahir la Triple Alliance ou de freiner le progrès de la pensée. C'est ainsi que, dès qu'il rencontrait des difficultés, il se servait de Wenjie comme d'un punching-ball. À l'inverse, l'importance croissante que celle-ci prenait dans les opérations techniques avait modifié le regard que portait sur elle le commissaire Lei. Jadis froid et agressif, il faisait maintenant preuve de sollicitude à son égard.

— Wenjie, depuis le temps que tu es ici, tu as pu te familiariser avec le système de transmission. Il s'agit de la structure offensive de Côte Rouge, son unité principale. Pourrais-tu me donner ton avis sur le système dans son ensemble? demanda le commissaire politique Lei.

Ils étaient alors assis au bord de la falaise abrupte du pic du Radar. C'était l'endroit le plus paisible de toute la base, la falaise droite semblait donner sur un abysse sans fond. Ce panorama faisait peur au début à Wenjie, mais elle s'y était habituée et, maintenant, elle aimait venir seule ici.

Wenjie ne savait pas vraiment comment répondre à la question de Lei Zhicheng. Elle ne s'occupait que d'entretien et de réparation et ignorait tout du système global de la base militaire de Côte Rouge, y compris quelles étaient ses cibles et ses opérations. Il ne lui était d'ailleurs même pas permis d'assister aux transmissions ordinaires. Elle réfléchit, voulut dire quelque chose mais finit par s'abstenir.

— Ne crains rien, dis ce que tu as sur le cœur, dit le commissaire en ramassant un brin d'herbe et en jouant avec distraitement.

— Ce... ce n'est ni plus ni moins qu'un transmetteur radio.

— Exactement, c'est un transmetteur radio, dit le commissaire en opinant de la tête d'un air satisfait. As-tu déjà entendu parler des fours micro-ondes?

Wenjie fit non de la tête.

— C'est un nouveau jouet de luxe des classes bourgeoises occidentales. Il cuit les aliments en utilisant l'effet chauffant généré par l'action des micro-ondes sur les molécules d'eau. Dans mon ancien institut de recherches, nous en avions importé un de l'étranger pour calculer avec précision l'usure à haute température de certains composants. Après le travail, nous l'utilisions pour réchauffer nos pains à la vapeur et pour faire cuire des pommes de terre. C'est très intéressant, les aliments sont chauds à l'intérieur alors qu'ils sont encore froids à l'extérieur.

Le commissaire politique Lei s'était levé. Il continuait à parler en marchant si près du bord de la falaise qu'il rendait Wenjie anxieuse.

— Côte Rouge est un four à micro-ondes. Les cibles que nous voulons cuire, ce sont les engins spatiaux ennemis. Un simple rayonnement micro-onde de 0,1 à 1 watt par centimètre carré suffirait à mettre hors d'usage ou à brûler les composants électroniques des satellites de communication, des radars ou des systèmes de navigation.

Tout s'éclairait soudain dans l'esprit de Ye Wenjie. Le système de Côte Rouge n'était certes qu'un transmetteur radio, mais cela ne voulait pas dire que c'était un transmetteur ordinaire. Ce qui la surprenait le plus, c'était sa puissance de transmission : elle pouvait atteindre 25 mégawatts ! C'était non seulement beaucoup plus que tous les transmetteurs de communication existants, mais aussi que tous les transmetteurs radars. L'énergie de transmission de Côte Rouge lui était fournie par un ensemble de gigantesques condensateurs. Du fait de sa puissance, ses circuits de transmission étaient bien différents des circuits traditionnels. Wenjie comprenait maintenant l'utilisation de ces transmetteurs à haute puissance. Cependant une autre question lui vint à l'esprit :

— Mais j'ai l'impression que les signaux sont d'abord modulés avant d'être transmis.

— Effectivement, mais cette modulation est très différente de celle habituellement effectuée pour des communications radio. Il ne s'agit pas de transmettre des informations, mais d'utiliser des fréquences et des amplitudes variables destinées à percer les éventuels systèmes de protection prévus par l'ennemi. Bien entendu, tout cela en est encore au stade expérimental.

Wenjie hocha la tête. Beaucoup des questions qu'elle se posait venaient de trouver une réponse.

— Nous avons récemment lancé à Jiuquan deux satellites cibles que nous avons fait attaquer par le système d'armement de Côte Rouge. L'opération a été un succès, les cibles ont été détruites. L'intérieur des satellites a été chauffé à une température approchant 1 000 °C. Tous les instruments électroniques et les équipements photographiques à bord ont été dissous. Dans les prochaines guerres, Côte Rouge sera capable d'attaquer avec une grande efficacité les satellites de communication et de reconnaissance ennemis, comme la série de satellites espions américains KH-8 et la future série KH-9. Et c'est sans parler des satellites espions soviétiques, encore plus vulnérables. Quand il le faudra, nous pourrons anéantir la station spatiale soviétique Saliout ou la station Skylab que les États-Unis vont lancer prochainement.

— Commissaire Lei, de quoi parlez-vous ? dit quelqu'un dans le dos de Wenjie.

Elle se retourna. C'était Yang Weining, il fixait le commissaire politique avec un regard sévère.

— C'est pour le travail, lâcha le commissaire avant de s'en aller.

Yang Weining regarda Wenjie sans rien dire et s'en alla à son tour, laissant Wenjie seule.

C'est lui qui m'a fait venir ici mais, encore aujourd'hui, il ne me fait toujours pas confiance, se dit tristement Wenjie, tout en s'inquiétant pour Lei Zhicheng. Dans la base, le pouvoir politique de Lei Zhicheng était certes plus important que celui de Yang Weining et c'était lui qui prenait toutes les décisions finales. Toutefois son départ précipité de tout à l'heure signifiait clairement aux yeux de Wenjie qu'il avait commis une erreur devant l'ingénieur en chef. Cela la confortait dans l'idée qu'il lui avait révélé le véritable but de Côte Rouge.

Subirait-il les conséquences de cette confiance ? Alors qu'elle regardait s'éloigner la robuste silhouette du commissaire politique, une vague de gratitude lui emplit le cœur. Ici, la confiance était à n'en pas douter un luxe auquel elle n'aspirait déjà plus. Comparé à Yang Weining, Lei Zhicheng était plus proche de l'image qu'elle se faisait d'un militaire ; il en avait la franchise et la droiture, tandis que Yang Weining n'était rien d'autre que ce genre d'intellectuel quelconque comme il y en avait tant à cette époque : lâche et prudent, seulement à la recherche de protection et de sécurité. Wenjie pouvait le comprendre, mais la distance qui la séparait de lui s'accrut.

Le lendemain, Wenjie fut transférée de l'unité de transmission à l'unité de surveillance. Elle avait d'abord cru que cette décision était en lien avec ce qui s'était passé la veille, qu'on l'éloignait du secteur principal de Côte Rouge. Cependant, une fois arrivée dans l'unité de surveillance, elle comprit que le centre de la base était bien là. Les appareils des deux unités étaient certes les mêmes — on utilisait la même antenne —, mais le niveau de technologie de l'unité de surveillance était bien plus avancé que celui de l'unité de transmission.

L'unité de surveillance possédait un système de réception des ondes radio très sensible et très performant. Les signaux reçus par l'antenne étaient amplifiés à l'aide de masers à ondes progressives en rubis et le noyau du système de réception était immergé dans une cuve d'hélium liquide à − 269 °C, de manière à minimiser les fluctuations thermiques. Un hélicoptère venait remplir la cuve à intervalles réguliers. Toute l'installation procurait au système une très haute sensibilité et il était capable de recevoir des signaux très faibles. Wenjie ne pouvait s'empêcher de penser que si cet équipement avait été mis au service de ses recherches en radioastronomie, elle aurait obtenu des résultats fantastiques.

Le système informatique de l'unité de surveillance était lui aussi infiniment plus sophistiqué que celui de l'unité de transmission. La première fois qu'elle était entrée dans la salle informatique, elle avait vu une rangée d'écrans à tubes cathodiques. Elle avait découvert avec surprise que des lignes de codes de programmation défilaient sur les écrans, c'est-à-dire que les programmes informatiques étaient susceptibles d'être édités et modulés facilement grâce au clavier. Lorsqu'elle utilisait des ordinateurs du temps où elle était à l'université, les codes étaient d'abord écrits à la main sur des feuilles de programmation avant d'être tapés sur des rubans perforés via une machine à écrire. Elle avait entendu dire qu'on pouvait maintenant faire de la programmation directement avec un clavier et un écran, mais c'était la première fois qu'elle voyait cela.

Ce qui la surprenait encore davantage, c'étaient les logiciels disponibles. Elle prit connaissance d'un logiciel nommé Fortran* qui permettait d'utiliser un langage de programmation proche du langage naturel et même d'entrer des équations mathématiques! La programmation avec le logiciel Fortran s'avérait bien plus efficace que la programmation en langage machine. Il existait également une chose appelée "base de données" qui permettait d'emmagasiner et de manipuler à son aise une grande quantité de données.

* Un langage de programmation de haut niveau pour la première génération d'ordinateurs. *(N.d.A.)*

Deux jours plus tard, le commissaire politique Lei retourna voir Wenjie, mais la discussion eut cette fois-ci lieu dans la salle informatique de l'unité de surveillance, devant la rangée d'écrans verts clignotants. Yang Weining s'assit non loin. Il ne participait pas à leur conversation, mais ne semblait pas non plus disposé à partir. Wenjie se sentait mal à l'aise.

— Wenjie, dit le commissaire politique Lei, je vais t'expliquer en quoi consiste principalement le travail de l'unité de surveillance. Pour le dire simplement, son rôle est de surveiller les mouvements ennemis dans l'espace, y compris les communications entre différents engins spatiaux et la Terre et entre les engins eux-mêmes. L'unité de surveillance travaille en collaboration avec nos centres de contrôle aérospatial pour observer la position des vaisseaux spatiaux étrangers en orbite dans l'espace. Elle fournit des données au système d'armement de la base. Pour le dire autrement, ce sont les yeux de Côte Rouge.

Yang Weining l'interrompit :

— Commissaire Lei, je trouve que ce n'est pas une bonne idée. Il n'y a aucune nécessité à lui raconter tout cela.

Wenjie observa Yang Weining assis un peu plus loin et murmura d'une voix inquiète :

— Commissaire, si ce n'est pas approprié, je peux le comprendre et…

— Non, non, Wenjie.

Le commissaire Lei leva la main comme pour la faire taire, puis il se tourna vers Yang Weining et déclara :

— Toujours la même phrase, ingénieur en chef Yang : "C'est pour le travail." Pour que Wenjie progresse, il faut lui dire ce qu'elle doit savoir.

Yang Weining se leva :

— Je ferai un rapport.

— C'est bien sûr ton droit, mais sois certain, ingénieur en chef Yang, que j'en assumerai toute la responsabilité, dit sereinement le commissaire Lei.

Furieux, Yang Weining tourna les talons.

— Ne t'en fais pas, Wenjie, l'ingénieur en chef Yang est ainsi. Il est toujours trop prudent. Son travail l'étouffe parfois, sourit le commissaire politique en secouant la tête.

Puis il regarda Wenjie dans les yeux et déclara sur un ton solennel :

— Wenjie, si nous t'avons fait venir à la base, c'était au début pour une raison précise : le système de surveillance de Côte Rouge rencontre fréquemment des perturbations dues à des rayonnements électromagnétiques provoqués par des éruptions ou des taches solaires. Nous sommes par hasard tombés sur ton article et avons découvert que tu avais mené des recherches approfondies sur les activités du soleil. Tu as établi ce qui est aujourd'hui en Chine le modèle de prévision le plus précis. Nous avons donc voulu faire appel à tes compétences pour nous aider à résoudre ce problème.

Mais dès ton arrivée, tu as fait preuve de grandes compétences techniques et nous avons décidé de te confier davantage de responsabilités. Voilà quelle était mon idée : t'affecter tout d'abord à l'unité de transmission, puis à celle de surveillance, pour que tu aies une compréhension exhaustive du système de Côte Rouge. Quel sera ton prochain poste ? Nous y réfléchirons en temps voulu. Bien entendu, comme tu l'as remarqué, certains n'y étaient pas favorables, mais j'ai personnellement choisi de te faire confiance. Wenjie, je vais être clair. Je suis aujourd'hui le seul à t'accorder ma confiance. J'espère qu'en travaillant dur tu pourras gagner celle de toute l'organisation.

Le commissaire politique Lei posa sa main robuste sur l'épaule de Wenjie. Elle sentit la force et la chaleur que celle-ci lui insufflait.

— Wenjie, je vais te dire ce que je souhaite réellement : j'aimerais un jour pouvoir t'appeler "camarade".

Après avoir prononcé ces mots, le commissaire politique se leva et s'éloigna de son pas assuré de militaire. Les yeux de Wenjie étaient gorgés de larmes à travers lesquelles elle voyait s'afficher sur les écrans une ronde de flammes dansantes. C'était la première fois qu'elle pleurait depuis la mort de son père.

Une fois rompue au travail dans l'unité de surveillance, elle s'aperçut vite que son efficacité était loin de celle dont elle avait fait preuve au sein de l'unité de transmission. Ses connaissances en informatique étaient dépassées et elle devait souvent apprendre le fonctionnement des logiciels à partir de zéro.

Même si le commissaire politique Lei lui faisait confiance, elle était toujours très strictement encadrée. Elle était autorisée à voir les codes sources des logiciels, mais ne pouvait avoir accès à la base de données.

Durant la plupart de ses journées de travail, Wenjie était sous la tutelle de Yang Weining. Celui-ci était devenu encore plus irritable et se fâchait facilement, malgré les remontrances du commissaire Lei. C'était comme si, dès qu'il voyait Wenjie, son cœur s'emplissait d'une indicible anxiété.

Peu à peu, elle découvrait au cours de son travail de plus en plus de choses qu'elle ne pouvait expliquer. Elle avait l'impression que les projets de la base de Côte Rouge étaient autrement plus complexes qu'elle ne se l'était imaginé.

L'unité de surveillance intercepta un jour une transmission particulièrement intéressante qui, après avoir été décryptée informatiquement, se révéla être une série de photographies prises par un satellite. Les images floues furent envoyées au Bureau général de la cartographie pour être interprétées.

On découvrit qu'il s'agissait de cibles militaires sensibles situées sur le territoire chinois, dont notamment le port militaire de Qingdao et quelques usines militaires importantes du projet Troisième Front*. Après analyse, il fut établi que les photographies avaient été prises par un satellite espion américain KH-9.

Le premier KH-9 venait tout juste d'être envoyé dans l'espace et son activité principale consistait principalement à éjecter des capsules de films récupérables. Mais il avait également pour objectif d'expérimenter une technologie plus avancée : le transfert de photographies numériques. Cette technologie était toutefois encore loin d'être aboutie à l'époque, et la fréquence de transmission utilisée plus basse. Les données envoyées numériquement présentaient donc davantage de risques d'être interceptées par le système de Côte Rouge. Comme il s'agissait simplement d'envois expérimentaux, le cryptage des données n'était pas très élevé et elles pouvaient être aisément déchiffrées.

---

* Le projet Troisième Front était un vaste ensemble secret d'investissements militaro-industriels, lancé en 1964. *(N.d.T.)*

Ces transmissions étaient sans aucun doute les plus importantes à surveiller, car il était rare d'avoir une telle opportunité d'obtenir des renseignements sur l'espionnage spatial américain. Cependant, le surlendemain, l'ingénieur en chef Yang ordonna inexplicablement de changer la fréquence et la direction des appareils de surveillance. L'abandon de cette cible paraissait incompréhensible pour Wenjie.

Elle fut témoin d'un autre événement qui l'intrigua. Bien qu'elle soit désormais affectée à l'unité de surveillance, on lui demandait parfois d'aller effectuer quelques tâches dans l'unité de transmission. Une fois, elle assista par hasard au réglage des fréquences pour les futurs plans de transmission. Elle obtint la certitude que les fréquences des transmissions 304, 318 et 325 qui avaient été sélectionnées étaient plus basses que la gamme de fréquences des micro-ondes et ne permettaient pas de provoquer d'effets thermiques sur les cibles.

Un jour, Ye Wenjie fut soudain convoquée au quartier général de la base. Au regard et à la voix de l'officier, elle eut comme un mauvais pressentiment.

Dans le bureau l'attendait une scène qu'elle ne connaissait que trop bien : les principaux responsables politiques de la base étaient là, accompagnés de deux officiers qu'elle n'avait jamais vus. Dès le premier coup d'œil, on pouvait deviner qu'ils venaient de l'extérieur. Leurs regards se posèrent froidement sur elle. Mais la sensibilité qu'elle avait développée durant ces dernières années lui faisait dire qu'elle ne serait peut-être pas la plus malchanceuse du jour. Elle n'était tout au plus qu'un objet funéraire qu'on enterrerait avec le défunt dans la tombe. Elle vit le commissaire politique Lei Zhicheng assis dans un coin de la pièce, l'air abattu.

Il va finalement payer le prix de la confiance qu'il m'a accordée, pensa aussitôt Wenjie. D'emblée, elle décida de prendre sur elle toute la responsabilité, pour ne pas impliquer le commissaire politique. Elle ne s'empêcherait d'ailleurs pas de mentir. Mais ce fut le commissaire politique Lei qui prit le premier la parole, et ce qu'il expliqua fut pour le moins inattendu.

— Ye Wenjie, avant tout, je tiens à préciser que je suis contre la raison qui te vaut d'être aujourd'hui dans ce bureau. La décision qui va t'être communiquée a été prise par l'ingénieur en chef Yang, après qu'il l'a soumise à l'approbation de la hiérarchie. Il assumera l'entière responsabilité des conséquences de cette décision.

Puis il se tourna vers Yang Weining, qui opina solennellement de la tête.

— Dans le but de mieux mettre à profit tes compétences au sein de la base de Côte Rouge, l'ingénieur en chef Yang a adressé à plusieurs reprises à nos supérieurs une requête te concernant. Nos camarades envoyés par le département politique général de l'Armée populaire de libération ont aussi pris connaissance de ta situation, poursuivit-il en désignant les deux officiers qu'elle ne connaissait pas. Avec l'accord de nos supérieurs, nous allons te révéler le contenu réel du projet Côte Rouge.

Ce ne fut qu'au bout d'un certain temps que Wenjie comprit ce que signifiaient les paroles du commissaire politique : durant tout ce temps, il n'avait cessé de lui mentir !

— J'ose espérer que tu saisiras l'opportunité qui t'est offerte pour travailler dur et expier tes crimes. Désormais, nous exigerons de toi que tu te comportes avec la plus grande probité. Le moindre faux pas, le moindre soupçon d'une attitude réactionnaire et la punition sera exemplaire !

La manière qu'avait le commissaire Lei de lui parler et de la dévisager donna la sensation à Wenjie que ce n'était pas le même individu qu'elle avait connu autrefois.

— Me suis-je bien fait comprendre ? Bien, je vais donc demander à l'ingénieur en chef Yang de te donner les explications.

Les autres quittèrent la pièce. Ne restèrent plus dans le bureau que Yang Weining et Ye Wenjie.

— Si tu ne veux pas, il est encore temps de faire machine arrière.

Wenjie connaissait le poids de ces mots et elle comprenait maintenant la nervosité de Yang Weining ces derniers jours à son égard. Pour pouvoir exploiter toutes ses compétences, elle devait être mise au courant du but réel de Côte Rouge, mais cela signifiait dans le même temps que le dernier espoir de quitter un jour le pic du Radar disparaîtrait à jamais. Côte Rouge serait son tombeau.

— J'accepte, dit Wenjie, lentement, mais avec détermination.

Et c'est ainsi que cet après-midi du début de l'été, dans le mugissement de l'antenne parabolique et le bruissement des pins des montagnes du Grand Khingan, Yang Weining révéla à Ye Wenjie le projet réel de Côte Rouge.

Une légende de cette époque, bien plus incroyable que tous les mensonges de Lei Zhicheng.

13

CÔTE ROUGE III

Sélection de documents du projet Côte Rouge, déclassifiés trois ans après le récit de Ye Wenjie à Wang Miao :

I. Une question capitale négligée par la majorité des recherches en sciences fondamentales du monde entier

(article originellement publié dans la revue confidentielle *Références internes*, XX/XX/196X)

[Résumé de l'article]

Au regard de l'histoire moderne et contemporaine, les résultats de recherche en sciences fondamentales peuvent être divisés en deux modes : le mode progressif et le mode radical.

Mode progressif : les résultats sont théoriques et fondamentaux avant de devenir graduellement des technologies appliquées. L'accumulation de ces technologies finit par provoquer une avancée capitale dans le domaine en question. Parmi les exemples récents : l'évolution des technologies spatiales.

Mode radical : les résultats théoriques et fondamentaux deviennent rapidement des technologies appliquées et provoquent dès leur mise en œuvre des avancées capitales. On peut citer l'exemple récent des armes nucléaires. Jusque dans les années 1940, certains des physiciens les plus talentueux du monde estimaient encore qu'il ne serait jamais possible de libérer l'énergie de l'atome. Pourtant l'arme atomique est apparue dans un laps de temps très court. La transformation de la science fondamentale en technologie appliquée a fait un grand bond, et ce dans une durée extrêmement brève. Ce mode opératoire est qualifié de mode radical.

Les pays membres de l'Otan et ceux du pacte de Varsovie sont actuellement plus actifs que jamais dans la recherche en science fondamentale et n'hésitent pas à engager de lourds investissements. Des innovations technologiques peuvent donc survenir à tout moment et cela représente une menace majeure pour la planification stratégique de notre pays.

Cet article défend l'idée qu'au niveau national l'accent est aujourd'hui trop mis sur le mode progressif de la recherche scientifique et pas assez sur le mode radical qui permettrait pourtant des innovations technologiques capitales. En prenant du recul et en se plaçant d'un point de vue stratégique, il conviendrait d'élaborer une stratégie globale et de mettre en place une série de principes sur lesquels s'appuyer en cas d'innovation technologique.

Liste des domaines dans lesquels une innovation radicale est la plus envisageable :

1. Physique : **[Sans objet]**

2. Biologie : **[Sans objet]**

3. Sciences informatiques : **[Sans objet]**

4. Recherche de civilisations extraterrestres : Il s'agit du domaine dans lequel la probabilité d'une découverte technologique majeure est la plus grande. En cas d'innovation, son impact serait bien plus important que celui des innovations dans les trois autres domaines réunis.

[Texte intégral] **[Sans objet]**

[Instructions] : Imprimer l'article et le distribuer aux personnes autorisées pour des débats lors de groupes de discussion. Le point de vue de l'auteur n'est peut-être pas du goût de tous, mais il ne faut pas l'incriminer pour ses conclusions. L'important

est d'apprécier la réflexion à long terme proposée par l'auteur. *Certains camarades semblent maintenant porter des œillères, peut-être en raison de l'environnement politique, mais aussi à cause de l'arrogance de certains. Je le désapprouve. Une absence de vision stratégique globale est dangereuse. J'estime que dans les quatre domaines d'innovation technologique possibles proposés par l'auteur, le dernier cité est celui auquel nous pensons le moins, mais qui mérite le plus notre attention. Nous devrions analyser cette question de façon plus systématique.*
[Signature] XXX [Date] XX/XX/196X

II. Rapport d'étude sur les possibilités d'innovations techniques dans le domaine de la recherche de civilisations extraterrestres

1. Les tendances de la recherche scientifique internationale **[Version résumée]**

(1) États-Unis et autres pays de l'Otan : les nécessités stratégiques et scientifiques de la recherche d'intelligences extraterrestres sont déjà largement reconnues. C'est un domaine qui bénéficie du soutien du monde académique.

Projet Ozma : en 1960, à l'Observatoire national de radioastronomie de Green Bank, en Virginie-Occidentale, une tentative de détection de signaux a été réalisée au moyen d'un radiotélescope de 26 mètres de diamètre équipé d'un récepteur monocanal. Le radiotélescope a été pointé dans la direction des étoiles Tau Ceti et Epsilon Eridani pendant environ 200 heures à une fréquence proche de 1 420 MHz. Un projet Ozma II est prévu pour 1972, avec un nombre élargi de cibles et des gammes de fréquences plus hautes. Un autre projet est envisagé pour la même année : celui du lancement des sondes spatiales Pionneer 10 et Pionneer 11. Toutes deux emporteront avec elle une plaque métallique contenant des informations sur la civilisation terrestre. En 1977, il est prévu de lancer les sondes spatiales Voyager 1 et 2, chacune porteuse d'un enregistrement sur un disque métallique.

Radiotélescope d'Arecibo à Porto Rico : construit en 1963, c'est un instrument important pour la recherche de civilisations extraterrestres. Son antenne parabolique permet de couvrir une superficie de 20 acres, soit plus que la superficie totale couverte par tous les autres radiotélescopes du monde additionnés. Doté d'un système informatique, le radiotélescope est capable de surveiller simultanément 65 000 canaux, et possède également une fonction de transmission à ultra-haute énergie.

(2) Union soviétique : les services de renseignement possèdent moins d'informations, mais certains indices laissent penser que les Soviétiques ont eux aussi investi massivement dans ce domaine. En outre, en comparaison avec les pays de l'Otan, leurs projets de recherche semblent être plus systématiques et davantage planifiés sur le long terme.

Des informations provenant de différentes sources indiquent qu'un projet de construction est actuellement en cours : un système à portée mondiale de radiotélescopes basé sur les principes de la synthèse d'ouverture et de l'interférométrie à très longue base. Une fois achevé, il deviendra le système d'exploration de l'espace lointain le plus puissant au monde.

2. Analyse préliminaire des sociétés extraterrestres à la lumière de la conception matérialiste de l'histoire **[Sans objet]**

3. Analyse préliminaire de l'influence des civilisations extraterrestres sur les tendances sociales et politiques des sociétés humaines **[Sans objet]**

4. Analyse préliminaire des impacts sur le monde actuel générés par un contact avec des civilisations extraterrestres

(1) Contact unidirectionnel (simple réception de messages transmis par une civilisation extraterrestre) **[Sans objet]**

(2) Contact bidirectionnel (échanges et contacts directs avec une civilisation extraterrestre) [**Sans objet**]

5. Risques et conséquences d'une situation de monopole d'une superpuissance étrangère à la suite d'un premier contact établi avec une civilisation extraterrestre

(1) Risques et conséquences d'une situation de monopole des États-Unis ou d'un autre pays de l'Otan à la suite d'un premier contact établi avec une civilisation extraterrestre [**Non encore déclassifié**]

(2) Risques et conséquences d'une situation de monopole de l'URSS ou d'un autre membre du pacte de Varsovie à la suite d'un premier contact établi avec une civilisation extraterrestre [**Non encore déclassifié**]

[Instructions] : J'ai pris connaissance du document. Des humains ont déjà envoyé leurs messages dans l'espace. Il serait dangereux que les sociétés extraterrestres n'entendent qu'une seule voix. Nous devons faire entendre la nôtre. Elles pourront ainsi avoir un panorama plus complet des sociétés humaines. Il serait fâcheux qu'elles n'entendent qu'un seul son de cloche. Il faut le faire et il faut le faire vite.

[Signature] XXX [Date] XX/XX/196X

III. Rapport de recherche sur la phase initiale du lancement du projet Côte Rouge

XX/XX/196X

Top secret

Nombre de copies : 2.

[**Résumé du document**] Document central n° XXXXXX envoyé à l'Administration d'État pour la science, la technologie et l'industrie de la Défense nationale et à l'Académie chinoise des sciences, puis transféré à l'Administration d'État pour la planification centrale de la Défense nationale, avant d'être distribué lors des réunions XXXXXX, XXXXXX et XXXXXX. Numéro de code du projet : 3760.

Identifiant du projet : Côte Rouge.

1. Principes généraux [Version résumée]

Chercher l'existence possible de civilisations extraterrestres et essayer d'établir des contacts et des échanges.

2. Recherches théoriques sur le projet Côte Rouge [Résumé]

(1) Exploration et surveillance

Gammes de fréquences de la surveillance : 1000 à 4 000 MHz.

Nombre de canaux de surveillance : 15 000.

Fréquences importantes à surveiller : fréquence de résonance de l'atome d'hydrogène : 1 420 MHz; fréquence du groupe hydroxyle (un atome d'oxygène et un atome d'hydrogène) : 1 667 MHz; fréquence de la molécule d'eau : 22 000 MHz.

Fourchette ciblée pour la surveillance : un rayon de 1 000 années-lumière, soit environ 20 millions d'étoiles. Détails complets sur les cibles en annexe n° 1.

(2) Transmission de messages

Fréquences de transmission : 2 800 MHz, 12 000 MHz, 22 000 MHz.

Puissance de transmission : 10–25 MW.

Cibles de transmission : rayon de 200 années-lumière autour de la Terre, soit environ cent mille étoiles. Détails complets sur les cibles en annexe n° 2.

(3) Développement du système de code auto-interprétatif de Côte Rouge

Principe directeur : utiliser les lois fondamentales et universelles des mathématiques et de la physique pour créer un code linguistique basique capable d'être compris par n'importe quelle civilisation maîtrisant les bases de l'algèbre, de la géométrie euclidienne et des lois de la mécanique newtonienne.

Adjoindre au code linguistique des graphiques de basse résolution, pour mettre progressivement sur pied un système linguistique à part entière. Langues supportées : chinois mandarin, espéranto.

Le poids total du fichier contenant les informations est de 680 KB. Le temps de transmission pour des bandes de fréquences de 2 800 MHz, 12 000 MHz et 22 000 MHz est respectivement de 1183 minutes, 224 minutes et 132 minutes.

3. Plan de mise en route du projet Côte Rouge

(1) Plan de conception préliminaire des systèmes d'exploration et de surveillance [Non encore déclassifié]

(2) Plan de conception préliminaire du système de transmission [Non encore déclassifié]

(3) Plan préliminaire de sélection du lieu pour la création de la base de surveillance et de transmission de Côte Rouge [Sans objet]

(4) Réflexions préliminaires sur la constitution d'un corps militaire spécial pour Côte Rouge au sein du 2ᵉ corps d'artillerie de l'Armée populaire de libération [Non encore déclassifié]

4. Contenu des informations transmises par Côte Rouge [Résumé]

Aperçu général de la planète Terre (3,1 KB), aperçu général de la vie sur Terre (4,4 KB), aperçu général sur les sociétés humaines (4,6 KB), informations de base sur l'histoire du monde (5,4 KB). Poids total de ces informations : 17,5 KB.

Après auto-interprétation, les temps de transmission de ce message de 17,5 KB pour une fréquence de 2 800 MHz, 12 000 et 22 000 MHz sont respectivement de 31 minutes, 7,5 minutes et 3,5 minutes. Avant d'être envoyée, l'information sera soumise à un strict examen multidisciplinaire de façon à s'assurer qu'elle ne comporte aucune indication sur les coordonnées du système solaire dans la Voie lactée. La transmission pour les deux hautes fréquences de 12 000 MHz et de 22 000 MHz devra être minimisée, afin de limiter le danger de dévoiler la localisation précise de la source de transmission.

IV. Message de salutation adressé aux extraterrestres

Première version [**Texte intégral**]

À toutes les civilisations recevant ce message, attention! Ce message a été émis par le pays terrien qui défend l'idéologie de la révolution! Avant réception de ce message, vous avez peut-être déjà reçu des informations provenant d'une autre source terrestre. Ces messages ont été envoyés par une puissance impérialiste, luttant avec une autre superpuissance pour le contrôle de la Terre, en essayant de replonger l'histoire de l'humanité dans ses heures les plus sombres. Nous espérons que vous n'écouterez pas leurs mensonges et que vous choisirez le camp de la justice, le camp de la révolution!

[Instructions] : *J'ai lu le document. C'est n'importe quoi! Qu'on colle des* dazibao* *sur la surface de la Terre, passe encore, mais les envoyer dans l'espace… Les meneurs de la Révolution culturelle ne devraient pas être impliqués dans le projet Côte Rouge. Le contenu d'un message aussi important doit faire l'objet d'une rédaction sérieuse. Je recommande de créer un comité spécifique et de faire valider le contenu lors d'une réunion du Bureau politique.*

[Signature] XXX [Date] XX/XX/196X

Deuxième version [**Sans objet**]

Troisième version [**Sans objet**]

Quatrième version [**Texte intégral**]

Salutations amicales aux habitants du monde qui reçoit ce message.

---

* Les *dazibao* (litt. "journaux à grands caractères") étaient des affiches non officielles rédigées par de simples citoyens qui pouvaient être placardées dans des lieux publics. Apparus dans l'époque moderne au début de la Révolution culturelle en 1966, ils étaient souvent utilisés dans des buts de propagande et de dénonciation, mais certains de leurs auteurs s'en servaient pour attaquer les politiques menées par les autorités. *(N.d.T.)*

Grâce aux informations ci-dessous, vous obtiendrez des connaissances de base sur la civilisation terrienne. Après une longue histoire de labeur et de créativité, les humains ont bâti une civilisation splendide et vu naître une riche variété de cultures. Nous avons aussi commencé à comprendre les lois de la nature et celles du développement de nos sociétés. Nous sommes très fiers de ce que nous avons accompli jusqu'ici. Mais notre monde est encore très imparfait, il existe de la haine, des préjugés et des guerres. En raison de la contradiction entre forces productives et rapports de production, il subsiste une grave inégalité de répartition des richesses. Une partie importante des humains vit dans la misère et la pauvreté.

Les sociétés humaines s'efforcent de résoudre les difficultés et les problèmes qu'elles rencontrent et tentent de créer un avenir plus radieux pour la civilisation terrienne. Le pays à l'origine de ce message est engagé dans cet effort. Nous essayons de construire une société idéale dans laquelle le travail et la valeur de chaque être humain seraient pleinement respectés. Les besoins matériels et spirituels de chacun doivent être pleinement satisfaits pour que la civilisation de la Terre soit encore plus parfaite.

C'est avec la meilleure des intentions que nous espérons pouvoir créer un contact avec d'autres civilisations. Nous espérons que nous pourrons travailler ensemble à bâtir une vie meilleure dans l'immensité de l'univers.

V. Politiques et stratégies

1. Politiques et stratégies à adopter après réception d'un message par une civilisation extraterrestre [Sans objet]

2. Politiques et stratégies à adopter après établissement d'un contact avec une civilisation extraterrestre [Sans objet]

[Instructions] : Il est nécessaire de prendre le temps d'investir dans d'autres projets malgré les problèmes immédiats auxquels la nation est confrontée. Ce projet nous a permis de réfléchir à beaucoup de choses auxquelles nous n'avions jamais songé avant. Nous ne pouvons trouver des solutions à ces problèmes qu'en prenant du recul et, sur ce point, Côte Rouge est déjà un grand succès. Ce serait merveilleux si d'autres créatures et sociétés existaient réellement dans l'univers! Les spectateurs ont toujours une meilleure vue que les acteurs. La postérité jugera si nous avons agi en bien ou en mal.

[Signature] XXX [Date] XX/XX/196X

14

CÔTE ROUGE IV

— Professeur Ye, puis-je vous poser une question ? À l'époque, la recherche de civilisations extraterrestres était un domaine somme toute relativement marginal. Pourquoi le projet Côte Rouge bénéficiait-il d'un niveau de confidentialité si élevé ? demanda Wang Miao une fois que Ye Wenjie eut terminé son récit.

— Pour tout te dire, cette question n'a cessé de se poser, depuis la phase initiale du projet jusqu'à sa fin. Mais tu dois maintenant connaître la réponse. Nous ne pouvons aujourd'hui qu'être impressionnés par la prévoyance des décideurs de l'époque.

— Oui, ils ont vu les choses avant tout le monde, dit Wang Miao en hochant gravement la tête.

Comment et à quel degré d'influence l'établissement d'un contact avec une civilisation extraterrestre allait-il impacter les sociétés humaines ? C'était une question très sérieuse, mais qui n'avait été considérée systématiquement que depuis quelques années seulement. C'était désormais un sujet en vogue qui suscitait beaucoup d'études, dont les conclusions pouvaient parfois être déroutantes.

Les projections idéalistes du passé avaient volé en éclats. Les spécialistes en étaient arrivés à la conclusion que, contrairement aux espoirs romantiques de la plupart des gens, il n'était pas souhaitable que la race humaine dans son ensemble entre en contact avec une civilisation extraterrestre. Au lieu d'unifier l'espèce humaine, ce contact aurait pour effet de la diviser et aggraverait plutôt qu'il ne réduirait les conflits internes entre les différentes civilisations de la Terre. En somme, les experts prévoyaient que, dès qu'un contact serait établi, les différences culturelles entre les peuples seraient exacerbées et que cette division au sein de l'espèce humaine mènerait à la catastrophe. La conclusion la plus effrayante était que ces impacts resteraient invariables, peu importe le degré ou la manière d'entrer en contact – unidirectionnel ou bidirectionnel – avec la civilisation extraterrestre, ou bien avec la forme ou le niveau d'évolution de cette civilisation.

C'était l'idée défendue par le sociologue Bill Matthews, du think tank de la RAND Corporation, dans son ouvrage intitulé *Un rideau de fer de cent mille années-lumière : une étude sociologique de la recherche d'intelligence extraterrestre*. Il y proposait sa théorie du "contact comme symbole". Selon lui, un contact avec une civilisation extraterrestre n'avait en fait qu'une fonction symbolique, ce n'était qu'un élément déclencheur : peu importe la nature du contact, l'effet serait identique. Même si, par exemple, ce contact ne faisait rien d'autre que prouver l'existence d'une intelligence extraterrestre dans l'univers, sans aucune autre information tangible – ce que Matthews appelait "contact élémentaire" –, ses effets seraient amplifiés par la psyché collective et la culture de masse. Et par conséquent, l'influence de ce contact élémentaire sur l'évolution de la civilisation humaine resterait immense. Si un pays ou une puissance politique venait à monopoliser ce contact, il serait synonyme d'avantage décisif d'un point de vue tant économique que militaire.

— Qu'ont donné les résultats de Côte Rouge? demanda Wang Miao.

— Tu peux sûrement l'imaginer.

Wang Miao hocha une nouvelle fois la tête. Il savait bien sûr que si le projet Côte Rouge avait été couronné de succès, le monde ne serait pas celui qu'il était aujourd'hui. Mais il lâcha tout de même une phrase qui se voulait réconfortante :

— Nous ignorons encore aujourd'hui si le projet Côte Rouge est un échec, car les ondes radio envoyées par la base ne sont pas encore arrivées très loin dans l'univers.

Ye Wenjie secoua la tête :

— Plus le signal s'éloigne, plus il s'affaiblit. Il existe de nombreuses perturbations dans l'espace. La probabilité pour qu'il soit reçu par une civilisation extraterrestre est très mince. Des chercheurs ont montré que si nous souhaitions réussir une transmission radio dans l'espace, la puissance devait être équivalente au flux énergétique d'une étoile de taille moyenne. L'astrophysicien soviétique Nikolaï Kardachev a jadis proposé de classer les civilisations extraterrestres en trois types, en fonction de l'énergie qu'elles sont capables de mobiliser pour une communication à l'échelle interstellaire. Les civilisations de type I peuvent rassembler une énergie équivalente à l'ensemble de l'énergie reçue par leur planète, provenant de l'étoile mère : cette production était à l'époque évaluée par Kardachev à une fourchette entre 10^{15} et 10^{16} watts. Les civilisations de type II utiliseraient l'équivalent de la production énergétique d'une étoile classique, soit environ 10^{26} watts. Enfin, les civilisations de type III seraient capables d'utiliser une énergie équivalente à 10^{36} watts, correspondant à la production énergétique d'une galaxie. La planète Terre se trouverait actuellement à 0,7 sur l'échelle de Kardachev, soit même pas une civilisation de type I. À titre de comparaison, l'énergie mobilisée pour les transmissions de Côte Rouge ne correspondait qu'à un dixième de millionième de la production énergique terrestre. Nos messages étaient des bourdonnements de moustique dans l'immensité du ciel. Personne n'a pu les entendre.

— Si les civilisations de types II et III imaginées par Kardachev existaient, nous pourrions entendre leurs voix.

— En plus de vingt ans passés à Côte Rouge, nous n'avons jamais rien entendu.

— Dans ce cas, est-ce que Côte Rouge et tous les programmes occidentaux de recherche d'une intelligence extraterrestre ne prouvent pas que la Terre est en fin de compte la seule planète de l'univers à abriter une forme de vie intelligente?

Ye Wenjie poussa un léger soupir :

— En théorie, c'est une conclusion que nous ne pourrons jamais tirer avec certitude. Mais pour moi, ainsi que pour l'ensemble de ceux qui ont jadis travaillé à Côte Rouge, il n'y a aucun doute.

— Quel dommage que la base ait été démantelée. Puisqu'elle était déjà construite, on aurait dû continuer à la faire fonctionner. C'était une grande cause!

— La fermeture de Côte Rouge s'est faite progressivement. Un grand projet de rénovation a été entrepris dans les années 1980, principalement pour moderniser les systèmes informatiques des unités de transmission et de surveillance : le système de transmission a été automatisé et l'unité de surveillance a été équipée de deux mini-ordinateurs IBM. Cette rénovation a considérablement amélioré la capacité du traitement des données. Nous pouvions désormais surveiller simultanément 40 000 canaux différents.

Mais plus tard, les dirigeants ont pris conscience de l'extrême difficulté des programmes de recherche de civilisations extraterrestres et ils ont progressivement perdu leur enthousiasme pour le projet. Le premier changement notable a été la réduction du degré de confidentialité de la base. La raison invoquée était que le niveau de sécurité de Côte Rouge était surestimé; l'équipe de sécurité sur place a donc été réduite : d'une compagnie, elle est passée à une escouade, puis plus tard, il n'est finalement resté qu'un petit groupe de cinq soldats en sentinelle. Après la modernisation, même si les employés de la base appartenaient toujours au 2ᵉ corps d'artillerie, la gestion des recherches scientifiques de Côte Rouge a été confiée à l'Institut d'astronomie de l'Académie des sciences. La base s'est vu confier des projets scientifiques n'étant pas liés à la recherche de civilisations extraterrestres.

— J'imagine que beaucoup de vos travaux scientifiques ont été réalisés à cette époque-là.

— Au début, le système de Côte Rouge a pris en charge des projets d'études radioastronomiques, car la base possédait à l'époque le plus grand radiotélescope de Chine. Mais par la suite, avec la construction d'autres bases d'observation radioastronomique, les recherches académiques de Côte Rouge se sont concentrées sur l'observation et l'analyse de l'activité électromagnétique du soleil. On y a même installé un télescope solaire. Les modèles mathématiques de l'activité électromagnétique solaire que nous avons contribué à établir étaient pionniers à l'époque et ils ont trouvé de nombreuses applications pratiques. Ces résultats postérieurs compensaient enfin l'énorme budget investi dans Côte Rouge.

Le mérite en revenait beaucoup au commissaire politique Lei, bien qu'il y trouvât naturellement son compte. Il avait pris conscience qu'être un cadre politique au sein d'une unité technique n'était plus un statut aussi privilégié. Il avait fait des études d'astrophysique avant de s'engager dans l'armée et il s'imaginait retourner dans le monde scientifique. Tous les projets ultérieurs de Côte Rouge ne concernant pas la recherche de civilisations extraterrestres sont à mettre à son crédit.

— Était-il si facile pour lui de retourner à la recherche scientifique après tant d'années ? Vous n'étiez pas encore réhabilitée politiquement à l'époque, n'est-ce pas ? Je suis plutôt porté à croire qu'il a signé de son nom la plupart de vos résultats de recherche. Je me trompe ?

Ye Wenjie eut un sourire bienveillant :

— Sans le vieux Lei, Côte Rouge aurait été fermée beaucoup plus tôt. Quand les activités scientifiques de la base sont passées sous la tutelle d'une institution civile, l'armée a abandonné le projet. L'Académie des sciences n'est pas arrivée à maintenir le budget nécessaire pour les frais de fonctionnement de la base et elle a été fermée.

C'est sur cette phrase que Ye Wenjie acheva son récit sur son expérience au sein de Côte Rouge. Wang Miao ne lui en demanda pas plus. Le reste, Sha Ruishan le lui avait raconté dans l'observatoire astronomique de Miyun. La quatrième année après son entrée à Côte Rouge, elle avait fondé une famille avec Yang Weining. Tout s'était fait de façon naturelle, banale. Plus tard, Yang Weining et Lei Zhicheng avaient perdu la vie dans un accident. Yang Dong était née après la mort de son père. Mère et fille étaient restées sur le pic du Radar jusqu'au début des années 1980 avant la fermeture définitive de Côte Rouge. Ye Wenjie avait par la suite enseigné l'astrophysique dans son université d'origine jusqu'à sa retraite.

— La recherche de civilisations extraterrestres n'est pas une discipline ordinaire. Elle exerce une influence considérable sur la vie des chercheurs, dit Ye Wenjie en faisant traîner ses dernières syllabes, comme si elle s'apprêtait à lire un conte pour enfants. La nuit, lorsque tout était calme, on pouvait entendre dans nos casques les bruits sans vie de l'univers. Ils étaient faibles, mais paraissaient plus immuables et plus éternels que les étoiles. Parfois, j'avais au contraire l'impression qu'ils ressemblaient à celui du vent glacial qui soufflait sans faiblir sur les montagnes du Grand Khingan. J'avais si froid, et cette solitude... Je ne saurais la décrire. Quelquefois, après le travail, je levais les yeux au ciel en m'imaginant que le tapis d'étoiles était un désert scintillant et que j'étais une orpheline abandonnée en plein milieu de ce désert... Comme je te l'ai déjà dit, j'avais le sentiment que la présence de la vie sur Terre était le plus grand de tous les hasards de l'univers, que l'univers était un palais vide, habité par une seule petite fourmi : l'espèce humaine. Cette idée m'a accompagnée toute ma vie : je me dis parfois que la vie est précieuse, qu'elle est ce qu'il y a de plus important au monde ; mais d'autres fois, je me dis que l'humain est si minuscule qu'il ne vaut finalement pas grand-chose. Toujours est-il que j'ai vieilli, jour après jour et sans y prendre garde, toujours emplie de cette sensation étrange...

Wang Miao voulut glisser quelques mots de réconfort à cette vieille femme qui avait consacré sa vie à cette formidable cause solitaire, mais rien ne sortit de sa bouche, hormis une phrase qui le plongea lui-même dans la solitude :

— Professeur Ye, peut-être qu'un jour je pourrais vous emmener faire un tour sur l'ancien site de Côte Rouge.

Ye Wenjie secoua lentement la tête :

— Miao, nous sommes différents, toi et moi. J'ai maintenant un certain âge et je ne suis plus en très bonne santé. Il m'est difficile de prévoir l'avenir, je vis au jour le jour.

En voyant ses cheveux blancs onduler sur son visage, Wang Miao sut qu'elle pensait de nouveau à sa fille.

15

LES TROIS CORPS :
COPERNIC, LE RUGBY SPATIAL
ET LE CIEL À TROIS SOLEILS

Après avoir quitté le domicile de Ye Wenjie, Wang Miao n'arriva pas à reprendre son calme. Ce qu'il avait vécu ces deux derniers jours et l'histoire de Côte Rouge, ces deux choses *a priori* sans rapport, s'enchevêtraient dans son esprit et rendaient le monde étrangement nouveau à ses yeux.

Une fois rentré chez lui, pour chasser ces pensées oppressantes, il alluma son ordinateur, enfila sa V-combinaison et se connecta pour la troisième fois au jeu des *Trois Corps*. Cette façon de se changer les idées se révéla efficace, car l'interface de connexion à peine apparue sur l'écran, Wang Miao se sentit comme un homme nouveau ; il débordait d'une inexplicable excitation. Contrairement aux deux précédentes parties, il était cette fois investi d'une mission : percer les secrets de ce monde virtuel. Il créa donc un identifiant pour sa nouvelle identité : Copernic.

Wang Miao se retrouva une nouvelle fois sur la vaste plaine déserte, face à l'aube mystérieuse du monde des *Trois Corps*. La gigantesque pyramide se dressait à l'est, mais Wang Miao remarqua aussitôt qu'il ne s'agissait pas de la même pyramide que celle du roi Zhou des Shang ou de Mozi. Son sommet était constitué d'une tour gothique qui pointait vers le ciel du matin. Elle lui fit penser à l'église Saint-Joseph de Wangfujing devant laquelle il avait atterri la veille. Mais à côté de la pyramide, l'église Saint-Joseph aurait paru être un simple vestibule. Il vit d'autres bâtiments au loin, sans doute des silos de déshydratation, mais construits cette fois dans un style gothique, avec de longs clochers effilés, comme des épines ayant poussé sur la plaine.

Sur une des faces de la pyramide, Wang Miao aperçut une porte qui laissait s'échapper une lueur vacillante. Il marcha vers la porte et, une fois entré, il vit tout le long du corridor des sculptures noircies de dieux grecs armés de torches. Il pénétra dans la grande salle d'audience et découvrit qu'il y faisait encore plus sombre qu'à l'entrée de la pyramide. Elle n'était éclairée que par le halo de deux chandeliers en argent posés sur une longue table en pierre.

Quelques hommes étaient assis autour de la table. Malgré la lumière tamisée, Wang Miao put distinguer qu'il s'agissait d'Occidentaux. Leurs yeux se terraient dans la pénombre de leurs orbites, mais Wang Miao put sentir les regards se tourner vers lui. Ils semblaient porter des robes médiévales, mais en observant mieux, il remarqua que deux d'entre eux étaient vêtus de robes plus simples, comme des toges grecques. Au bout de la table trônait un homme grand et maigre qui portait une tiare d'or sur la tête, unique autre objet brillant dans la pièce en dehors des bougies sur les chandeliers. Wang Miao parvint tant bien que mal à voir qu'il portait une robe de couleur différente, une robe rouge.

Wang Miao eut la confirmation d'une chose : le jeu évoluait différemment pour chaque joueur. Il avait l'impression d'être dans un monde inspiré du Moyen Âge européen, que le logiciel avait déterminé en fonction de son identifiant.

— Vous êtes en retard. La réunion a commencé depuis longtemps, dit l'homme à la tiare d'or et à la robe rouge. Je suis le pape Grégoire.

Wang Miao essaya de se rappeler l'histoire du Moyen Âge occidental – dont il n'était guère familier – pour en déduire le niveau d'avancement de la civilisation. Mais il se fit la réflexion que le monde des *Trois Corps* ne se préoccupait guère de cohérence historique et estima que cet effort de pensée était superflu.

— Vous avez changé d'identifiant, mais nous vous avons reconnu. Lors des deux dernières civilisations, vous avez voyagé en Orient. Oh, je me présente : Aristote, dit un homme aux cheveux blancs bouclés, vêtu d'une toge grecque.

— Oui, approuva Wang Miao de la tête, j'ai été témoin de l'anéantissement de deux civilisations : la première à cause d'un froid mortel et la deuxième à cause d'un soleil torride. J'ai aussi assisté aux efforts des savants orientaux pour comprendre les lois qui régissent les mouvements du soleil.

— Ha!

La voix était celle d'un homme caché dans l'obscurité, plus maigre que le pape, avec une barbichette.

— Ces savants d'Orient tentent de comprendre les secrets du soleil par la méditation, la révélation divine et même les rêves. C'est d'un ridicule!

— Je vous présente Galilée, dit Aristote. Il prône une connaissance du monde à travers l'expérience et l'observation. C'est une pensée encore artisanale, mais les résultats qu'il a obtenus plaident pour lui.

— Mozi aussi croyait dans l'expérience et l'observation, répliqua Wang Miao.

Galilée pouffa une nouvelle fois :

— Mais la pensée de Mozi reste orientale! Il ne s'agit ni plus ni moins que de mysticisme maquillé en science, il n'a jamais réellement prêté attention aux résultats de ses observations. Il s'est seulement appuyé sur ses hypothèses subjectives pour établir un modèle analogique complet de l'univers, c'est risible! Dommage pour ses appareils, plutôt ingénieux, je dois l'avouer. Mais je suis différent. Je me base sur un grand nombre d'observations et d'expériences pour proposer des théories solides et établir un modèle de l'univers. Et je retourne ensuite à l'expérience et à l'observation pour prouver leur validité.

— C'est la bonne démarche, approuva Wang Miao. C'est aussi ma manière de fonctionner.

— Vous nous avez donc apporté un calendrier? ironisa le pape.

— Je n'ai pas de calendrier, seulement des données d'observation qui m'ont permis de constituer un modèle d'univers. Cependant je dois préciser que même si ce modèle s'avère exact, je ne pourrai peut-être pas maîtriser avec certitude les règles de fonctionnement du soleil, ni même établir un calendrier. Cependant c'est une première étape nécessaire.

Il entendit l'écho de quelques applaudissements solitaires, ceux de Galilée :

— Excellent, Copernic, excellent. Votre approche pragmatique et basée sur l'expérience scientifique est un exemple pour beaucoup de chercheurs. Rien que pour cela, votre théorie mérite d'être entendue.

Le pape fit un signe de tête à Wang Miao :

— Nous vous écoutons, Copernic.

Wang Miao s'avança jusqu'à l'extrémité de la table et commença son explication :

— C'est assez simple en réalité. Si les mouvements du soleil semblent si irréguliers, c'est que notre monde possède en fait trois soleils. Sous l'influence de leurs interactions gravitationnelles, ils donnent naissance à ce mouvement imprévisible que nous appelons le problème à trois corps. Lorsque notre planète tourne autour d'un des soleils sur une orbite stable, nous nous trouvons dans une ère régulière. Mais lorsqu'un ou deux autres soleils s'approchent à une certaine distance, leur attraction gravitationnelle dévie la planète de son orbite originelle et celle-ci se retrouve à errer de façon instable dans les champs gravitationnels des trois soleils. Nous sommes alors dans une ère chaotique. Après une durée de temps incertaine, quand notre planète est à nouveau capturée par un des trois soleils, une orbite stable peut être temporairement rétablie et c'est une nouvelle ère régulière qui commence. C'est un match de rugby à l'échelle de l'univers. Les joueurs sont les trois soleils, et le ballon, c'est notre planète.

Des rires fusèrent dans l'obscurité de la salle d'audience.

— Brûlez-le, lâcha le pape, sans autre forme de procès.

Aussitôt, les deux sentinelles aux lourdes armures rouillées s'approchèrent de Wang Miao avec une démarche de robots maladroits.

— Oui, brûlez-le, soupira Galilée en secouant la main. Vous m'aviez donné un peu d'espoir, mais vous n'êtes finalement qu'un mystique ou un sorcier, comme les autres.

— Ce genre de savants est devenu une nuisance publique de nos jours, renchérit Aristote.

— Laissez-moi au moins finir, dit Wang Miao en repoussant les gants de fer des deux gardes.

— Avez-vous déjà vu les trois soleils ? Quelqu'un les a-t-il déjà vus ? demanda Galilée en inclinant la tête.

— Tout le monde les a vus.

— Eh bien, en dehors de celui qui apparaît aussi bien durant les ères chaotiques que régulières, où sont les deux autres ?

— Il faut d'abord expliquer une chose : le soleil que nous voyons à des moments différents n'est peut-être pas le même. Lorsque nous ne voyons qu'un seul soleil, les deux autres nous apparaissent sous la forme d'étoiles volantes.

— Votre ignorance de la science est consternante, dit Galilée en secouant la tête d'un air désapprobateur. Afin de s'éloigner, le soleil doit suivre un mouvement continu. Il ne peut pas faire des bonds dans l'espace. Ainsi, selon votre hypothèse, il devrait y avoir un cas intermédiaire où il apparaît certes plus petit que la normale mais est tout de même plus grand qu'une étoile volante, jusqu'à devenir de la taille d'une étoile volante à mesure qu'il s'éloigne. Mais nous n'avons jamais vu de tel soleil.

— Vous qui avez reçu une éducation scientifique, vous devriez avoir quelques connaissances de base sur la structure du soleil.

— C'est la découverte dont je suis le plus fier : le soleil est constitué d'une couche externe gazeuse épaisse mais clairsemée et d'un noyau dense et brûlant.

— C'est exact, reprit Wang Miao, mais il semble que vous n'ayez pas encore découvert les effets optiques singuliers existant entre cette couche de gaz et l'atmosphère de notre planète. C'est un phénomène similaire au filtrage de polarisation qui fait qu'au-delà d'une certaine distance avec le soleil, la couche gazeuse du soleil ne nous apparaît pas visible depuis l'atmosphère. Nous ne voyons plus que son noyau brillant. C'est pourquoi le soleil se réduit d'un coup dans notre champ de vision à la taille de son noyau et devient ce que nous appelons une étoile volante.

C'est ce phénomène qui a trompé les chercheurs de toutes les dernières civilisations et qui les a empêchés de prendre conscience de l'existence des trois soleils. Vous comprenez à présent pourquoi l'apparition dans le ciel de trois étoiles volantes est présage d'un hiver sans fin, car à cet instant les trois soleils se trouvent à une distance extrêmement éloignée de la planète.

Un bref silence s'empara de la salle. Tous semblaient méditer les paroles de Wang Miao. Ce fut Aristote qui parla en premier :

— Votre raisonnement n'est pas logique. Il est certes possible de voir apparaître trois étoiles volantes et cette apparition s'accompagne en effet d'un hiver destructeur. Mais selon votre théorie, nous devrions aussi pouvoir voir trois soleils de taille normale, ce qui n'est jamais arrivé. Dans toutes les annales de l'histoire, personne n'en a jamais fait mention !

— Attendez !

Un homme barbu et chaussé d'une étrange coiffe se leva pour prendre la parole :

— Je crois que l'histoire en fait mention. Une civilisation a jadis eu l'occasion de voir deux soleils dans le ciel, mais elle a été anéantie par leur chaleur. Les chroniques qui nous sont parvenues sont presque indéchiffrables. Je me présente, Léonard de Vinci.

— Nous parlons de trois soleils, pas de deux ! éructa Galilée. Selon la théorie de Copernic, nous devrions pouvoir voir apparaître trois soleils proches de la planète, le même nombre que les étoiles volantes !

— Les trois soleils sont jadis apparus à une distance proche de la planète, répondit calmement Wang Miao. Des êtres vivants ont assisté à ce phénomène, mais aucun d'entre eux n'a pu survivre suffisamment longtemps à ce spectacle apocalyptique pour transmettre cette information. Un ciel à trois soleils est la catastrophe la plus effroyable qui puisse arriver à notre monde. À cet instant précis, la surface de la planète se change aussitôt en four en fusion, à une température si élevée qu'elle peut faire fondre la roche. Dans un monde où tout a été détruit par un ciel à trois soleils, il faut attendre longtemps avant que la vie et la civilisation ne renaissent. C'est pourquoi il n'y a jamais eu aucun récit de l'apparition simultanée de trois soleils.

Silence. Tout le monde observait le pape.

— Brûlez-le, répéta doucement le pape, avec un sourire qui parut familier à Wang Miao.

C'était celui du roi Zhou.

À l'intérieur de la grande salle, tous s'agitèrent soudain, comme s'ils s'apprêtaient à célébrer un joyeux événement. Galilée et d'autres sortirent avec enthousiasme d'un coin de la pièce une grande croix et se préparèrent à y mettre le feu. Ils détachèrent le corps carbonisé encore accroché et le jetèrent dans un coin puis ils redressèrent la croix. Un autre petit groupe rassemblait frénétiquement des bûches. Seul de Vinci semblait rester complètement indifférent à ce spectacle. Il s'assit au bord de la table pour réfléchir et griffonner des calculs sur un bout de papier.

— Giordano Bruno, dit Aristote en désignant le corps calciné. Comme vous, il a été brûlé pour avoir raconté des mensonges.

— À petit feu, précisa le pape à l'endroit des bourreaux.

Les deux gardes commencèrent à ligoter Wang Miao à la croix avec des cordes en amiante résistantes au feu. Wang Miao pointa sa main encore libre en direction du pape en criant :

— Vous n'êtes qu'un programme ! Et vous autres, si vous n'êtes pas des programmes, vous êtes des imbéciles. Je me reconnecterai !

— Vous ne reviendrez pas, vous disparaîtrez à jamais du monde des *Trois Corps*, dit Galilée en partant d'un rire étrange.

— Vous aussi vous devez être un programme, un vrai joueur saurait parfaitement que même si mon adresse IP est enregistrée, il me suffit de changer d'ordinateur et d'identifiant pour revenir et annoncer mon retour.

— Le système a fait un scan de votre rétine, par le biais du casque de réalité virtuelle, dit de Vinci en jetant un regard sur Wang Miao, avant de replonger dans ses calculs.

Wang Miao fut saisi de frayeur. Il se mit à hurler :

— Vous ne pouvez pas faire ça ! Lâchez-moi ! Je dis la vérité !

— Si vous dites la vérité, vous ne mourrez pas sur le bûcher. Le jeu récompense ceux qui font route dans la bonne direction, dit Aristote en arborant un sourire cruel.

Il sortit un briquet Zippo, le fit tourner entre ses doigts avec un mouvement complexe avant de l'allumer. Au moment où il tendit la main pour enflammer les bûches sous la croix, un faisceau de lumière rouge jaillit à travers la porte du corridor. Il fut aussitôt suivi d'un courant d'air chaud chargé de fumée. Un cheval surgit à travers la lumière. Le corps de l'animal était déjà en feu. Tandis qu'il galopait, il se transforma dans un sifflement en boule de feu. L'armure et le heaume du cavalier, d'où s'échappait un nuage de fumée blanche, étaient rougis par les flammes.

— La fin du monde!! La fin du monde!! Déshydratez! Déshydratez!

Alors que le cavalier hurlait, le cheval s'écroula sur le sol et s'enflamma comme un véritable feu de joie. Éjecté de sa monture, le cavalier alla rouler jusque sous la croix. Son heaume ne bougeait plus, mais l'épaisse fumée blanche continuait à s'échapper des fentes de son armure. La graisse suintante de l'homme se propageait sur le sol, parant son armure d'une paire d'ailes en feu.

Tous ceux qui se trouvaient dans la salle d'audience se ruèrent vers la sortie, avant de disparaître rapidement dans la lumière rouge qui perçait à travers la porte. Wang Miao se débattit pour essayer de se défaire de ses liens, mais ce fut la croix qui le retenait qui finit par tomber sur le sol, faute de socle pour la maintenir droite. En se tortillant, il parvint tant bien que mal à se libérer. Il contourna le cavalier et son cheval brûlés, traversa la salle désormais déserte, courut en suffoquant le long du corridor et arriva à l'extérieur.

La terre était aussi rouge que du métal dans le four d'un forgeron. Des rivières de lave éblouissantes s'écoulaient sur le sol, comme les mailles d'un terrifiant filet de feu s'étirant vers l'horizon. De minces geysers paraissaient jaillir de terre, c'étaient les silos de déshydratation qui flambaient. À l'intérieur, les corps embrasés des déshydratés donnaient aux geysers d'étranges teintes bleutées.

Non loin, Wang Miao aperçut une dizaine de colonnes de feu de la même couleur. C'étaient les hommes qui venaient tout juste de s'échapper en courant de la pyramide : le pape Grégoire, Galilée, Aristote, de Vinci… Les flammes qui les retenaient prisonniers étaient d'un bleu translucide et laissaient voir leurs visages et leurs corps désarticulés par le feu. Leurs regards convergèrent vers Wang Miao qui venait de sortir. Tous étaient comme pétrifiés dans la même position, les deux bras enflammés pointés vers le ciel, criant comme s'ils chantaient à l'unisson :

— Un ciel à trois soleils!

Wang Miao leva les yeux et vit trois énormes soleils qui tournaient lentement autour d'un axe visible, comme les pales d'un gigantesque ventilateur faisant souffler sur la terre une bourrasque mortelle. À eux trois, les soleils occupaient presque la totalité du firmament et, alors qu'ils se décalaient vers l'ouest, la moitié disparut sous la ligne de l'horizon. Cependant le "ventilateur" tournait encore. Une de ses lames irradiantes émergeait parfois au-dessus de l'horizon, comme s'il voulait offrir à ce monde ravagé une alternance de levers et de couchers de soleil. Quand les soleils s'évanouissaient derrière l'horizon, la terre brûlée continuait à scintiller d'une couleur rouge sombre. Mais le lever soudain des soleils l'arrosait à nouveau de ses rayons aveuglants. Une fois que l'ensemble des trois soleils eut totalement disparu sous l'horizon, des nuages de vapeur se formèrent en surface et disséminèrent la lumière rouge du ciel qui brûlait avec la beauté folle de l'enfer.

La civilisation n° 183 a été anéantie par un ciel à trois soleils. La civilisation avait atteint le Moyen Âge. Dans bien longtemps, une nouvelle civilisation germera des ruines du monde si imprévisible des *Trois Corps*.

Mais dans cette civilisation, Copernic a révélé avec succès la structure basique de l'univers. La civilisation des *Trois Corps* a connu son premier grand bond. Vous passez maintenant au deuxième niveau du jeu. Nous vous invitons à vous reconnecter dans le futur.

16

LE PROBLÈME À TROIS CORPS

Wang Miao venait tout juste de quitter le jeu lorsque le téléphone sonna.

C'était Shi Qiang. Il avait quelque chose d'urgent à lui dire et lui intima de venir immédiatement le rejoindre au commissariat. Wang Miao regarda sa montre. Il était plus de 3 heures du matin.

Le bureau de Shi Qiang était un vrai capharnaüm engorgé de fumée de cigarette, ce qui obligeait la jeune officière de police qui partageait l'espace à se ventiler sans cesse le nez avec son registre. Shi Qiang la présenta : Xu Bingbing, experte en informatique du département de sécurité de l'information.

Wang Miao ne put contenir sa surprise lorsqu'il découvrit quelle était l'identité de la troisième personne à se trouver dans le bureau : Wei Cheng, le mari de Shen Yufei. Les cheveux en bataille, il leva les yeux pour regarder Wang Miao. Il paraissait avoir oublié qu'ils s'étaient déjà rencontrés par le passé.

— Navré de vous avoir dérangé mais, apparemment, vous ne dormiez pas. Quelque chose est arrivé, mais je n'en ai pas encore informé le Centre d'opérations militaires. J'avais besoin de vos conseils.

Puis il se tourna vers Wei Cheng :

— Racontez-lui.

— Je vous l'ai déjà dit, je suis en danger de mort, dit Wei Cheng, avec une mine abasourdie.

— Commencez depuis le début.

— D'accord, depuis le début. Mais ne vous plaignez pas si ça traîne en longueur. Ça fait quelque temps que j'avais besoin de raconter cette histoire à quelqu'un.

Il se tourna vers Xu Bingbing :

— Vous n'avez pas besoin de prendre des notes ?

— Ce n'est pas utile maintenant. Vous n'aviez personne à qui parler ? demanda Shi Qiang, qui ne voulait laisser passer aucune occasion d'obtenir des informations.

— Non, ce n'est pas ça. Mais j'étais trop paresseux pour en parler. J'ai toujours été très paresseux.

RÉCIT DE WEI CHENG

Je suis un feignant. Depuis tout petit. Quand je vivais dans le dortoir de l'école, je ne lavais jamais mon bol, je ne pliais jamais mes draps, je ne m'intéressais à rien. J'avais la paresse d'étudier, la paresse de jouer et les jours passaient sans que j'aie vraiment de but dans la vie. Pourtant, je savais que j'avais certains dons que les autres enfants n'avaient pas. Par exemple, si vous traciez une ligne droite, j'étais capable de tracer une autre ligne partant de celle-ci, dont vous pouviez être sûr que le rapport était égal au nombre d'or : 1,618. Mes camarades disaient que je ferais un bon charpentier, mais je savais que mon talent ne s'arrêtait pas là, j'avais une sorte de don pour les chiffres et les figures. Toutefois, mes notes en mathématiques étaient aussi catastrophiques que dans les autres matières. Durant mes examens de maths, j'étais si feignant que je ne prenais pas la peine de rédiger la démonstration qui m'avait permis de donner le bon résultat. Je devinais les réponses, qui s'avéraient justes dans quatre-vingt-dix-neuf pour cent des cas, mais j'avais quand même de mauvaises notes.

En deuxième année de lycée, un professeur de mathématiques m'a repéré. À l'époque, un certain nombre d'enseignants du secondaire étaient des génies de la science : lors de la Révolution culturelle, beaucoup de grands scientifiques avaient été chargés d'enseigner dans les collèges et les lycées. Mon professeur était l'un d'entre eux.

Un jour, après les cours, il m'a demandé de rester dans la classe et a écrit une dizaine de suites arithmétiques sur le tableau noir.

Puis il m'a demandé de donner directement leurs sommes. J'en ai rapidement donné un certain nombre et j'ai pu dire au premier coup d'œil lesquelles étaient divergentes. Le professeur a sorti un livre : une anthologie des enquêtes de Sherlock Holmes. Il l'a feuilleté et s'est arrêté à une page — je crois bien que c'était dans Une étude en rouge. *La scène de l'histoire était à peu près celle-ci : Watson remarque un individu lambda qui tient une enveloppe à la main ; il le désigne à Holmes qui lui dit : "Vous parlez de ce sergent d'infanterie de marine à la retraite ?" Watson est très intrigué et demande à savoir comment Holmes s'y est pris pour deviner l'identité de l'individu. Holmes lui-même n'est pas très sûr, il réfléchit un bon moment avant d'énumérer les détails qui lui ont permis d'en arriver à cette déduction : la main de l'homme, sa démarche… Holmes ajoute que sa difficulté à se justifier n'est pas si étrange, on est bien embarrassé quand il s'agit de prouver que deux et deux font quatre.*

Le professeur a refermé le livre et m'a dit : "Tu es comme Sherlock Holmes. Tes déductions sont si rapides et si instinctives que tu as du mal à expliquer comment tu t'y es pris." Puis il m'a demandé : "Que ressens-tu quand tu vois une suite arithmétique ? Je parle bien de tes sentiments." Je lui ai répondu que n'importe quelle combinaison de chiffres m'apparaissait comme une figure en trois dimensions. Bien sûr, je n'arrivais pas à dire quelle était la forme de la figure en question, mais j'étais sûr qu'elle en avait une. "Et quand tu vois des figures géométriques ?" J'ai répondu que c'était le contraire : je me les représentais mentalement sous la forme non pas de figures, mais de nombres. Un peu comme quand vous regardez les photos d'un journal de très près et que vous voyez comme des petits points (bien sûr, de nos jours, les photos des journaux ne font plus cet effet-là).

"Tu as vraiment un don pour les mathématiques, m'a dit le professeur, mais, mais…" Il a encore ajouté beaucoup de "mais" et a tourné en rond au milieu de la salle de classe, comme si mon cas était très difficile à traiter et qu'il ne savait pas quoi faire de moi. "Mais les gens comme toi ne mettent pas assez leur don en valeur." Il a réfléchi pendant longtemps et a eu l'air de vouloir laisser tomber, mais il a fini par lâcher : "Et si tu allais participer au concours de mathématiques du district le mois prochain ? Je

ne t'enseignerai plus rien à partir d'aujourd'hui. Pour quelqu'un comme toi, c'est une perte de temps. Souviens-toi simplement de bien écrire les démonstrations par lesquelles tu es arrivé à résoudre les problèmes."

J'ai donc participé au concours, celui du district d'abord, puis tous les suivants jusqu'aux Olympiades internationales de mathématiques de Budapest où j'ai remporté toutes les épreuves. À mon retour, j'ai intégré directement le département de mathématiques d'une prestigieuse université en étant dispensé d'examen d'entrée...

Ça ne vous ennuie pas, ce que je raconte ? Ah, tant mieux, il était nécessaire de dire tout cela avant de raconter la suite. Mon professeur de lycée avait vu juste, je ne mettais pas suffisamment mes talents en valeur. Licence, maîtrise, doctorat, j'ai tout réussi, mais en dilettante. Ce n'est qu'une fois confronté au monde du travail que j'ai découvert que je n'étais qu'un bon à rien et que je ne savais rien faire d'autre que des mathématiques. Je me mettais en état de semi-hibernation dès que des rapports avec d'autres personnes devenaient plus complexes. Plus j'essayais de faire des efforts et plus je m'enfonçais. J'ai fini par devenir professeur à l'université, mais sans grand succès. Je ne préparais pas sérieusement mes cours et me contentais d'écrire "Facile à démontrer" sur le tableau. Mes étudiants devaient se débrouiller avec ça pendant des heures. Plus tard, quand a été mis en place le système d'évaluation des professeurs par les élèves, on ne m'a plus jamais confié aucun cours.

À partir de ce moment-là, j'ai commencé à être dégoûté de tout. Je suis parti avec un seul bagage dans le Sud, dans un temple enfoui dans la montagne. Oh, non, je ne suis pas devenu moine, j'étais bien trop feignant pour ça, j'avais juste envie de vivre un moment dans un endroit vraiment pur. Le vieil abbé qui dirigeait le monastère était un ami de mon père. C'était un homme d'une grande érudition qui, arrivé à un certain âge, avait choisi de tout abandonner pour entrer dans les ordres. Comme le disait mon père, à son niveau, c'était le seul chemin possible. L'abbé a accepté que je reste. Je lui ai dit que je cherchais un endroit paisible pour passer le restant de mes jours. Toutefois l'abbé m'a répondu que le temple n'était pas particulièrement tranquille, qu'il était truffé de touristes et de pèlerins. La vraie paix pouvait être trouvée dans les villes les plus tumultueuses, mais pour y parvenir, il fallait

avant tout faire le vide en soi. J'ai répondu que j'étais suffisam-
ment vide, que je me sentais aussi léger qu'un nuage et que tous
les moines du temple étaient plus matérialistes que moi. L'abbé a
secoué la tête en disant : "Le vide n'est pas le néant, le vide est une
forme d'existence. Tu dois te remplir de cette existence du vide."
Ces paroles m'ont inspiré. Plus tard en y repensant, je me suis fait
la réflexion que ce n'était pas du tout un précepte bouddhiste, mais
plutôt une théorie physique moderne. L'abbé a ajouté que nous
ne parlerions pas de bouddhisme ensemble, pour la même raison
que celle invoquée par mon professeur de lycée : pour quelqu'un
comme moi, c'était une perte de temps.

Le premier soir, je n'ai pas réussi à trouver le sommeil dans
ma petite chambre du dortoir de la cour du temple. Je n'avais
pas imaginé que ce refuge hors du monde pouvait être si incon-
fortable : ma couverture et mon matelas étaient humides à cause
de la brume et mon lit était dur comme de la pierre. Aussi, pour
m'endormir, j'ai essayé de faire comme me l'avait dit l'abbé : me
remplir de "vide".

Le premier vide que j'ai créé dans ma conscience a été l'infinité
de l'espace. Un espace sans rien dedans, pas même de la lumière,
un ciel entièrement vide. Mais bientôt, j'ai découvert que cet uni-
vers sans fin ne parvenait pas à m'apaiser. Me retrouver au milieu
de cet univers me mettait au contraire mal à l'aise, comme un
noyé n'arrivant pas à trouver une prise pour remonter à la surface.

J'ai donc créé une sphère au cœur de cet univers, pas trop grande,
une sphère possédant une masse. Mais je ne me suis pas senti beau-
coup mieux. La sphère flottait en plein milieu du vide – bien qu'en
fin de compte, dans un espace infini, le "milieu" soit partout. Au
sein de cet univers, rien ne pouvait agir sur cette sphère et elle-
même ne pouvait agir sur rien. Elle était seulement là, suspendue,
sans jamais faire le moindre mouvement, sans jamais connaître le
moindre changement. La métaphore parfaite de la mort.

Alors, j'ai créé une deuxième sphère, à peu près avec la même
masse que la première. Leurs surfaces étaient composées d'une
matière miroitante et elles se renvoyaient leurs reflets, seules enti-
tés existantes dans tout l'univers. Mais la situation ne s'est pas
améliorée, car si chacune des deux sphères n'avait pas de mouve-
ment initial – c'est-à-dire sans poussée de ma part –, elles seraient

certainement attirées l'une contre l'autre par leur champ gravitationnel. Puis les deux sphères resteraient suspendues ensemble, immobiles, comme un symbole de mort. Si elles avaient un mouvement initial et n'entraient pas en collision, elles finiraient par faire leur révolution chacune autour de l'autre sous l'influence de leur gravité. Peu importe le mouvement d'impulsion initial, leurs cycles de révolution finiraient par se stabiliser et devenir à jamais inchangés, comme une danse de mort.

Alors, j'ai introduit une troisième sphère, et il s'est produit un changement étonnant. Comme je vous l'ai dit, toutes les figures géométriques apparaissent dans mon esprit sous la forme de chiffres. Les univers précédents, ceux sans sphère, avec une ou deux sphères, s'étaient manifestés sous la forme d'une ou plusieurs équations, telles les feuilles d'arbre solitaires d'un automne tardif. Mais l'ajout de la troisième sphère a fait s'incarner quelque chose de nouveau : le "vide". Dès les mouvements initiaux donnés aux sphères, celles-ci ont commencé à se mouvoir de façon complexe dans l'espace, comme une chorégraphie chaque fois inédite. Les équations descriptives se sont cette fois mises à pleuvoir comme une averse sans fin.

C'est ainsi que j'ai réussi à m'endormir. Les trois sphères continuaient à danser dans mes rêves, c'était une valse déréglée, éternellement changeante. Pourtant, au fond de moi, cette valse avait trouvé un rythme, c'était simplement que sa cadence était infiniment longue. J'étais fasciné, je voulais chercher à décrire l'intégralité ou du moins une partie de cette cadence.

Le lendemain, je ne pouvais m'ôter de l'esprit ces trois sphères dansant dans le "vide". Jamais mon cerveau n'avait autant carburé, si bien que des moines ont demandé à l'abbé si je n'avais pas des problèmes mentaux. L'abbé a répondu en riant que j'allais bien, que j'avais trouvé le vide. Oui, j'avais trouvé le vide. Désormais, même au beau milieu de la foule grouillante d'une ville surpeuplée, mon cœur serait paisible. Pour la première fois, les mathématiques m'amusaient. Les principes physiques du problème à trois corps étaient en réalité très simples, c'était un banal problème mathématique*. Je me suis senti comme un homme qui

---

* La description des mouvements de trois astres aux conditions semblables ou proches s'attirant les uns les autres sous l'effet de la gravitation est un

*aurait couru les jupons la moitié de sa vie et qui tomberait sou-
dain amoureux pour la première fois.*

— N'aviez-vous jamais entendu parler de Poincaré*? l'interrompit Wang Miao.

*Non, pas à l'époque. Je sais bien qu'un étudiant en mathéma-
tiques se doit d'être familier des théories de Poincaré, mais je ne
révérais aucun grand maître et je ne voulais pas non plus en devenir un moi-même. Mais je crois qu'en ce temps-là, même si j'avais
connu les conclusions de Poincaré, j'aurais continué à travailler
sur le problème à trois corps. Tout le monde croit que Poincaré
a prouvé que le problème à trois corps est insoluble mais, à mon
avis, c'est un malentendu. Il n'a fait que montrer la sensibilité aux
conditions initiales et prouver qu'un système à trois corps n'était
pas un système intégrable. Mais "sensibilité" ne veut pas dire pour
autant incertitude totale, c'est simplement que cette incertitude
implique un plus grand nombre de solutions admissibles. Ce qu'il
fallait, c'était un nouvel algorithme.*

*J'ai tout de suite pensé à quelque chose. Avez-vous déjà entendu
parler de la méthode de Monte-Carlo? Non? Il s'agit d'un algorithme informatique souvent utilisé pour calculer l'aire d'une
forme géométrique irrégulière. Le principe est le suivant : le logiciel
insère la forme géométrique dont on veut connaître l'aire à l'intérieur d'une autre forme dont l'aire est connue, puis il mitraille l'ensemble de petites billes, en veillant à ce que chaque bille n'atteigne
jamais la même cible. Ces tirs aléatoires se poursuivent durant
un certain temps, jusqu'à ce que chaque espace ait été touché au
moins une fois. Arrivé à ce stade, le logiciel propose un graphique*

indiquant combien de billes ont atteint l'aire de la forme géométrique connue et combien ont touché celle recherchée. À partir de là, il est possible d'estimer l'aire de la surface irrégulière. Bien entendu, plus les billes sont petites, plus le résultat est précis. Cette méthode est certes simple, mais elle montre comment, en mathématiques, la rudesse de l'aléatoire peut triompher de la logique et de la précision. Autrement dit, c'est une approche de calcul qui utilise la quantité pour arriver à la qualité. C'était la stratégie que j'avais choisie pour résoudre le problème à trois corps. J'ai donc étudié le mouvement des trois sphères section de temps après section de temps. À chaque section de temps, il existait des combinaisons infinies de vecteurs de mouvement. Je traitais chacune de ces combinaisons comme des entités vivantes. L'important était d'établir un ensemble de règles : quelles combinaisons de vecteurs de mouvement étaient "saines" et "bénéfiques" et lesquelles étaient "nuisibles" et "néfastes"? La première catégorie avait plus de chances de survivre, tandis que la seconde était désavantagée. Ce type de calcul m'amenait à procéder par élimination : je conservais les combinaisons saines et bénéfiques et j'éliminais celles que j'estimais nuisibles et néfastes. Les combinaisons restantes étaient les prédictions exactes de la prochaine configuration du système des trois corps.

— Un algorithme évolutionnaire, en somme, dit Wang Miao.

— Je crois que j'ai bien fait de vous faire venir, dit Shi Qiang en hochant la tête.

Oui, mais ce n'est que bien plus tard que j'ai eu connaissance de ce terme. Mon algorithme se caractérise par la masse immense de calculs à effectuer. Pour résoudre de cette manière le problème à trois corps, les ordinateurs existant de nos jours ne suffisent pas. Imaginez qu'à l'époque, dans le temple, je ne disposais même pas d'une calculatrice, je n'avais qu'un cahier blanc et un stylo récupérés auprès du bureau de comptabilité du temple. J'ai commencé à construire mon modèle mathématique sur le cahier, mais cela demandait beaucoup de travail et, très vite, j'ai fini plus d'une dizaine de cahiers, ce qui faisait enrager les moines trésoriers. Mais sur injonction de l'abbé, ils acceptaient à contrecœur de me donner d'autres cahiers et d'autres crayons pour poursuivre mes calculs.

Je mettais les résultats sous mon oreiller et je jetais les brouillons dans le brûloir à encens de la cour du temple.

Un soir, une jeune femme a soudain fait irruption dans ma chambre. C'était la première fois qu'une femme entrait chez moi ; elle tenait dans la main des morceaux de papier aux extrémités brûlées : les brouillons que j'avais jetés dans le brûloir.

— Ils disent que c'est à toi. Tu étudies le problème à trois corps ? demanda-t-elle avec précipitation.

Derrière ses grosses lunettes, ses yeux semblaient en feu. J'étais très surpris par la question de cette femme. Mes calculs mathématiques étaient très peu conventionnels et je ne prenais pas la peine de donner le détail de mes déductions. Pourtant, chose inouïe, elle avait pu deviner rien qu'à mes brouillons quel était l'objet de ma recherche. Elle devait avoir un don rare pour les mathématiques et je pouvais presque être sûr que, comme moi, elle était plongée dans l'étude du problème à trois corps.

Les touristes et les pèlerins qui venaient ici ne me faisaient pas une bonne impression. Les touristes ignoraient totalement ce qu'ils étaient venus chercher ; ils se contentaient de courir à droite et à gauche pour prendre des photos. Quant aux pèlerins, ils étaient visiblement plus pauvres que les touristes et paraissaient tous être dans un état de torpeur et d'inhibition intellectuelle. Mais cette jeune femme était différente. Elle avait l'apparence d'une scientifique. J'ai su par la suite qu'elle était venue ici avec un groupe de touristes japonais.

Sans même attendre ma réponse, elle a poursuivi :

— Votre approche est brillante. Cela faisait longtemps que nous cherchions une méthode capable de changer l'épineux problème à trois corps en une question capable d'être traitée par une masse, même considérable, de calculs. Mais il est nécessaire d'avoir un ordinateur suffisamment puissant.

Je lui ai répondu sincèrement :

— Tous les ordinateurs du monde réunis n'y parviendraient pas.

— Mais vous avez tout de même besoin d'un environnement de recherche approprié, ce dont vous ne disposez pas ici. Je peux vous offrir la chance d'utiliser un ordinateur très puissant et je vous donnerai aussi un mini-ordinateur. Nous partons demain matin.

C'était Shen Yufei. Déjà à l'époque elle était tranchante et auto-
ritaire, mais elle était plus séduisante qu'aujourd'hui. J'étais d'une
nature froide et j'avais encore moins d'intérêt pour les femmes que
pour les moines qui gravitaient autour de moi. Mais Shen Yufei
avait quelque chose de spécial. C'était précisément son absence
de féminité qui m'attirait le plus chez elle. Quoi qu'il en soit, je
n'avais rien d'autre à faire, alors j'ai accepté sa proposition.

La nuit, je ne suis pas arrivé à trouver le sommeil, j'ai enfilé un
maillot et je suis sorti dans la cour. Au loin, dans l'obscurité de la
salle principale du temple, j'ai aperçu la silhouette de Shen Yufei.
Elle brûlait un bâton d'encens devant une statue du Bouddha et
ses gestes paraissaient empreints de dévotion. Je me suis approché
sans bruit de la porte d'entrée du temple, et je l'ai entendue psal-
modier cette prière :

— Bouddha, bénis mes dieux, sauve-les de leur mer de souf-
france éternelle.

Je pensais avoir mal entendu, mais elle a murmuré une nou-
velle fois :

— Bouddha, bénis mes dieux, sauve-les de leur mer de souf-
france éternelle.

Je ne m'y entendais pas en religion et je n'y portais de toute façon
aucun intérêt. Mais je n'aurais jamais imaginé qu'il puisse exister
des prières aussi étranges. Je n'ai pu m'empêcher de lui demander :

— Que dites-vous ?

Shen Yufei n'a pas semblé se préoccuper de ma présence. Elle a
gardé les yeux fermés et les mains jointes, comme si elle attendait
que sa prière monte vers le Bouddha en même temps que la fumée
de l'encens. Elle n'a ouvert les yeux qu'après un bon moment et
s'est tournée vers moi.

— Allez dormir, nous partons tôt demain matin, a-t-elle dit,
sans me regarder.

— Les dieux dont vous avez parlé, est-ce que ce sont des divi-
nités bouddhistes ? ai-je demandé.

— Non.

— Mais alors…

Shen Yufei est partie sans un mot et a accéléré le pas. Je n'ai pas
eu le temps de l'interroger davantage. J'ai répété la prière au fond
de moi, je la trouvais de plus en plus mystérieuse. Puis, une peur

insensée s'est insinuée en moi, alors je me suis hâté d'aller frapper à la porte de la chambre de l'abbé.

— Qu'est-ce que cela signifie lorsque quelqu'un prie un dieu de protéger d'autres dieux ? ai-je demandé, en lui rapportant en détail la scène à laquelle j'avais assisté.

L'abbé regardait le livre qu'il tenait entre les mains, mais il était évident qu'il ne lisait pas. Il écoutait mon récit. Il a fini par me dire :

— Sors d'abord un moment, laisse-moi réfléchir.

J'ai quitté la chambre, conscient qu'il était inhabituel pour l'abbé d'agir ainsi. C'était un homme d'une grande sagesse qui pouvait répondre à des questions sur la religion, l'histoire ou la culture sans même avoir besoin de réfléchir. J'ai attendu derrière la porte le temps d'une cigarette et l'abbé m'a rappelé.

— Je ne vois qu'une seule possibilité, dit-il avec une mine sinistre.

— Laquelle ? Quelle possibilité ? Cette religion existe-t-elle ? Une religion dont les dieux ont besoin que leurs fidèles prient un autre dieu de les sauver ?

— Ses dieux, ils existent réellement.

Cette phrase m'a rendu perplexe :

— Mais… le Bouddha n'existe pas réellement ?

Aussitôt après avoir prononcé cette phrase, je me suis rendu compte de mon blasphème et je me suis platement excusé.

L'abbé a doucement secoué les mains :

— Je te l'ai déjà dit, rien ne sert de parler de bouddhisme entre nous. Le Bouddha existe d'une manière qu'il te serait impossible d'appréhender. Les dieux dont parle cette femme, eux, existent d'une manière qu'il t'est possible de comprendre. Je ne peux pas t'en dire plus, mais si je peux te donner un conseil, ne pars pas avec elle…

— Pourquoi ?

— Ce n'est qu'une intuition, j'ai l'impression que derrière elle se cachent des choses que ni toi ni moi ne sommes en mesure d'imaginer.

Je suis sorti de la chambre de l'abbé, et j'ai traversé la cour du temple jusqu'à ma chambre. C'était la pleine lune. J'ai levé la tête et je me suis senti observé par un étrange œil argenté. La lueur de la lune était froide et angoissante.

Le lendemain, je suis parti avec Shen Yufei. Je ne pouvais de toute façon pas rester indéfiniment dans le temple. Mais je ne m'étais pas attendu à vivre les années qui ont suivi comme dans un rêve. Shen Yufei avait tenu sa promesse, j'avais désormais en ma possession un mini-ordinateur et pouvais bénéficier d'un environnement agréable pour faire mes calculs. Nous nous sommes même rendus plusieurs fois à l'étranger pour utiliser un ordinateur très performant. Je n'avais pas besoin de partager son temps d'utilisation, et toutes les capacités de l'unité centrale de traitement étaient consacrées à mes seuls calculs. Elle avait énormément d'argent dont j'ignorais la provenance.

Plus tard, nous nous sommes mariés, moins par amour ou par passion que par commodité. Nous avions chacun une mission à accomplir. Je peux dire que les années qui ont suivi m'ont semblé passer aussi vite qu'une simple journée. Je vivais paisiblement. Dans cette villa, je n'avais qu'à tendre la main pour obtenir à manger. Je pouvais me consacrer entièrement à la recherche du problème à trois corps. Yufei n'interférait jamais dans ma vie, j'avais une voiture dans le garage que je pouvais prendre pour aller où je voulais. J'ose même affirmer que si j'avais ramené une fille à la maison, elle ne m'en aurait pas tenu rigueur. Elle ne se préoccupait que de ma recherche et les seules discussions que nous avions quotidiennement avaient pour sujet le problème à trois corps. Elle voulait savoir chaque jour l'état d'avancement de mes calculs.

— Connaissez-vous les autres activités de Shen Yufei ? demanda Shi Qiang.

— Vous voulez parler des Frontières de la science ? Elle y passe ses journées. Des gens viennent tous les jours à la maison.

— Elle ne vous a jamais proposé d'en devenir membre ?

— Jamais. Pour tout dire, elle est très discrète à ce sujet et ça me va très bien. Je suis comme ça, je me fiche de pas mal de choses. Elle connaît parfaitement cet aspect de ma personnalité, elle dit que je suis un feignant sans aucun sens de la mission, que la Société n'est pas faite pour moi et qu'au contraire cela perturberait mes recherches.

— Avez-vous avancé dans vos recherches sur le problème à trois corps ? demanda Wang Miao.

Au regard de l'état actuel des recherches, je peux dire que mes progrès constituent une grande avancée. Il y a quelques années, Richard Montgomery, de l'université de Californie à Santa Cruz, et Alain Chenciner, de l'université Paris-Diderot, avec l'aide de chercheurs de l'Institut français de mécanique céleste, ont découvert grâce à une méthode variationnelle la possibilité d'une stabilité du mouvement des trois corps. Dans des conditions initiales particulières, les trois corps se déplacent sur une même orbite en forme de 8. Après cette découverte, beaucoup d'autres scientifiques se sont acharnés à chercher des configurations stables, dans le cas de conditions initiales spécifiques. Chaque nouvelle découverte a été célébrée en grande pompe. À l'heure actuelle, seules trois ou quatre configurations de ce type ont été découvertes.

Mais grâce à mon algorithme évolutionnaire, j'en ai pour ma part déjà trouvé une centaine. Avec les dessins de ces orbites, je crois bien que je pourrais ouvrir une galerie d'art postmoderne. Mais ce n'est pas mon but. Pour arriver à résoudre réellement le problème à trois corps, il faut créer un modèle mathématique qui, du moment que l'on connaît les vecteurs de mouvement initiaux, puisse nous permettre de prédire avec certitude les prochains mouvements des trois corps. C'est aussi le but recherché par Shen Yufei.

Mais cette vie paisible s'est achevée hier. Mes ennuis ont commencé.

— Est-ce la plainte que vous êtes venue déposer ? demanda Shi Qiang.
— Oui. Hier, un homme a téléphoné. Il m'a dit que si je ne cessais pas immédiatement mes recherches, je serais assassinée.
— Qui était cet homme ?
— Je ne sais pas.
— Son numéro de téléphone ?
— Je ne sais pas, l'appel était masqué.
— D'autres informations en lien avec cette menace ?
— Je ne sais pas.
Shi Qiang ricana et jeta son mégot de cigarette :

— Vous nous avez raconté votre vie et votre plainte tient à la fin en une phrase et en une série de "je ne sais pas"?

— Si je ne vous avais pas raconté ma vie, comme vous dites, auriez-vous compris? Et puis, s'il n'y avait eu que ça, je ne serais pas venu. Rappelez-vous bien que je suis paresseux par nature. Hier soir – enfin, au milieu de la nuit, je ne sais pas si c'était hier ou aujourd'hui – bref, pendant que je dormais, j'ai senti vaguement comme quelque chose de froid qui bougeait sur mon visage. J'ai ouvert les yeux et j'ai vu Yufei. J'ai eu une de ces frousses!

— Qu'y a-t-il d'effrayant à voir sa femme dans son lit au milieu de la nuit?

— Son regard… Un regard qu'elle n'avait jamais eu auparavant. La lumière bleutée des lampadaires du jardin se reflétait sur son visage. On aurait dit un fantôme. Elle tenait quelque chose dans sa main : un pistolet! Elle frôlait mon visage avec le canon du pistolet en me disant que je devais continuer mes recherches sur le problème à trois corps, que sinon elle me tuerait.

— Mmh, voilà qui devient un peu plus intéressant, dit Shi Qiang en hochant la tête avec satisfaction et en s'allumant une nouvelle cigarette.

— "Intéressant"? Écoutez, je n'avais nulle part où aller, c'est pour ça que je suis venu ici!

— Répétez au mot près ce qu'elle vous a dit.

— Elle a dit: "Si tu réussis à résoudre le problème à trois corps, tu deviendras le sauveur du monde. Mais si tu t'arrêtes maintenant, tu seras considéré comme un profanateur. Si quelqu'un pouvait choisir entre sauver l'humanité ou la détruire, ton choix à toi vaudrait le double."

Shi Qiang cracha une épaisse fumée, il fixa Wei Cheng pendant un moment, jusqu'à ce que ce dernier se sente troublé. Puis il saisit un cahier dans le fourbi de sa table et prit un stylo.

— Vous vouliez qu'on prenne des notes, n'est-ce pas? Répétez-moi ce que vous venez de dire.

Wei Cheng répéta une nouvelle fois les paroles de Shen Yufei. Wang Miao intervint:

— Cette phrase est très étrange. Pourquoi "le double"?

Wei Cheng cligna des yeux et dit à Shi Qiang:

— C'est sérieux, n'est-ce pas ? Dès que je suis arrivé ici, le policier de garde m'a envoyé vers vous. On dirait que vous nous aviez déjà à l'œil.

Shi Qiang hocha la tête :

— Encore une question : pensez-vous que le pistolet de votre femme était un vrai ?

Voyant que Wei Cheng ne savait comment répondre, il ajouta :

— Le pistolet avait-il une odeur d'huile ?

— Oui. J'en ai la certitude, il sentait l'huile !

— Bien, dit Shi Qiang qui sauta de la table où il était assis. On a au moins ça : susception de port illégal d'arme à feu. Ça suffira pour une perquisition, nous remplirons les papiers demain, nous devons agir immédiatement.

Il se tourna vers Wang Miao :

— Mon vieux, je vais avoir besoin de vous.

Puis il lança à Xu Bingbing qui n'avait pas encore parlé :

— Bingbing, je n'ai que deux gars avec moi en service cette nuit, ça ne suffit pas. Je sais bien que les membres du département de sécurité de l'information préfèrent leur bureau douillet au terrain mais, aujourd'hui, je vais avoir besoin d'une pro comme toi avec nous.

Xu Bingbing fit rapidement oui de la tête, trop heureuse d'avoir enfin l'opportunité de quitter cet espace enfumé.

Outre Shi Qiang et Xu Bingbing, l'équipe chargée de l'investigation était aussi composée de deux autres officiers de la brigade criminelle. Avec Wang Miao et Wei Cheng, ce fut donc un groupe de six personnes qui se répartit dans deux voitures de police et, dans l'obscurité précédant l'aube, partit en direction des quartiers résidentiels à la périphérie de la ville.

Xu Bingbing et Wang Miao étaient assis à l'arrière. La voiture avait à peine démarré que la jeune femme glissa à voix basse à Wang Miao :

— Professeur Wang, vous êtes célèbre dans le monde des *Trois Corps*.

Wang Miao se trouva désorienté d'entendre quelqu'un mentionner les *Trois Corps* dans le monde réel. Il eut l'impression que la distance entre lui et cette jeune femme en uniforme s'était estompée.

— Vous y jouez ?

— J'ai pour mission de surveiller ce qui se passe dans le jeu, ce n'est pas une tâche amusante.

Wang Miao s'empressa de l'interroger :

— Pouvez-vous me dire ce qui se cache derrière ce jeu ? Je meurs d'envie de savoir.

Grâce à la faible lueur des réverbères filtrant à travers la fenêtre des véhicules, Wang Miao vit se dessiner sur les lèvres de Xu Bingbing un mystérieux sourire :

— Nous aimerions le savoir nous-mêmes. Mais tous leurs serveurs sont basés à l'étranger. Le système et le pare-feu sont très sécurisés et c'est dur d'y entrer. Nous savons peu de choses, mais nous sommes sûrs que le jeu n'a pas été créé dans un but lucratif. Le niveau du logiciel est élevé, je dirais même anormalement élevé. La somme des informations contenues elle aussi est, comme vous le savez, peu commune pour un jeu en ligne.

— Avez-vous... (Wang Miao s'attacha à choisir ses mots.) Avez-vous trouvé des traces de phénomènes surnaturels ?

— Ce n'est pas l'hypothèse que nous retenons pour l'instant. Beaucoup de gens participent au développement du jeu, partout dans le monde. Ces méthodes de collaboration ressemblent un peu à celles utilisées pour le développement du système Linux. Mais cette fois, ils utilisent sans aucun doute des outils de développement de pointe. Quant aux informations stockées, nous n'avons pas la moindre idée de leur provenance. Il y a quelque chose d'un peu... "surnaturel", comme vous dites. Mais nous croyons le célèbre précepte du commissaire Shi : il y a forcément des humains derrière tout ça. Nos filatures sont efficaces, nous obtiendrons bientôt des résultats.

La jeune fille ne savait pas mentir, sa dernière phrase trahissait le fait qu'elle lui cachait encore beaucoup d'informations.

— C'est un précepte devenu célèbre, alors, dit Wang Miao en regardant Shi Qiang qui était au volant.

Il ne faisait pas encore jour lorsqu'ils arrivèrent à la villa. Une chambre était allumée à l'étage, mais le reste de la bâtisse était plongé dans le noir.

Dès que Wang Miao fut descendu de voiture, il entendit une série de bruits venant de l'étage, comme si quelque chose heurtait le mur. Shi Qiang, qui venait de descendre du véhicule, fut aussitôt sur le qui-vive. Il ouvrit la porte de la cour d'un coup de pied et, précédant ses trois collègues, il se rua dans la villa avec une agilité surprenante pour son corps massif.

Wang Miao et Wei Cheng les suivirent dans la maison. Ils montèrent à l'étage par l'escalier du salon et entrèrent dans la chambre dont la lumière était allumée. Leurs pieds pataugeaient dans une mare de sang. C'était la même heure que lorsque Wang Miao avait découvert l'autre nuit Shen Yufei en train de jouer aux *Trois Corps*. À présent, celle-ci était étendue au milieu de la pièce et du sang coulait des impacts de balles qui avaient percé sa poitrine. Une troisième balle avait transpercé son sourcil gauche et son visage était maculé de sang. Non loin d'elle, un pistolet baignait dans une flaque de sang.

Au moment même où Wang Miao entra, Shi Qiang et un de ses collègues s'engouffrèrent dans la chambre sombre d'en face. Sa fenêtre était grande ouverte. Wang Miao entendit un bruit de voiture en train de démarrer. L'officier qui se trouvait dans la chambre de Shen Yufei passa un coup de téléphone, tandis que Xu Bingbing observait avec anxiété la scène d'un peu plus loin. Comme Wang Miao et Wei Cheng, c'était sans doute la première fois qu'elle assistait à un pareil tableau. Shi Qiang revint rapidement et, tout en rangeant son pistolet dans le holster de sa poitrine, il dit au policier qui téléphonait :

— Une Santana, noire. Un seul suspect, plaque indéterminée, faites fermer toutes les entrées du cinquième périphérique. Putain. On l'a peut-être laissé filer.

Shi Qiang sonda la pièce et remarqua des impacts de balles sur le mur. Il étudia les cartouches tombées au sol :

— Le tueur a tiré cinq balles, il l'a touchée par trois fois ; elle a tiré deux fois mais n'a pas atteint sa cible.

Puis lui et un de ses collègues se baissèrent pour examiner le corps. Xu Bingbing était toujours debout un peu plus loin, regardant discrètement Wei Cheng. Shi Qiang leva lui aussi la tête pour voir sa réaction.

Sur son visage, on lisait un reste de choc et de tristesse, mais pas davantage. Il ne s'était pas départi de son côté empoté et semblait très serein en comparaison de Wang Miao.

— Vous n'avez pas l'air pas très perturbé. L'assassin était peut-être venu pour vous, dit Shi Qiang à Wei Cheng.

Wei Cheng eut un rire désespéré :

— Que voulez-vous que je fasse ? Jusqu'à aujourd'hui, je ne connaissais rien d'elle. Plus d'une fois, je lui ai conseillé de mener une vie plus simple, mais… Ah, ça me fait penser à ce que m'avait dit l'abbé cette nuit-là.

Shi Qiang se leva, il marcha jusqu'à se retrouver en face de Wei Cheng et sortit une cigarette.

— Je crois que vous avez encore des choses à nous dire.

— Oui, quelques-unes. Mais j'étais trop feignant pour vous les raconter.

— Je vous conseille de parler, et vite.

Wei Cheng réfléchit, puis dit :

— Cet après-midi – oh non, hier après-midi –, Yufei s'est disputée avec quelqu'un dans le salon. C'était ce Pan Han, le célèbre écologiste. Ils s'étaient déjà disputés plusieurs fois dans le passé, mais ils le faisaient d'habitude en japonais, peut-être par crainte que je les comprenne. Mais hier, ils ne se sont pas donné cette peine, ils ont parlé en chinois et j'ai entendu quelques bribes de leur dispute.

— Essayez de nous rapporter le plus précisément possible le contenu de leur conversation.

— Bien. Pan Han a dit : "En apparence, nous marchons ensemble mais, en réalité, nous sommes des ennemis irréconciliables !" Yufei a répondu : "Oui, vous utilisez le pouvoir divin contre l'espèce humaine." Pan Han : "Ton jugement n'est pas tout à fait faux. Nous avons besoin de la venue des dieux sur Terre pour nous punir de nos péchés. Mais vous autres vous voulez empêcher cette venue. Nous ne pouvons le tolérer. Si vous n'arrêtez pas de vous-mêmes, nous n'aurons d'autre choix que de vous forcer la main !" Shen Yufei : "Le Guide s'est laissé aveugler lorsqu'il a autorisé une bande de démons tels que vous à rejoindre l'Organisation !" Pan Han : "En parlant du Guide, à ton avis, dans quel camp est-il ? Celui des adventistes ou celui

des rédemptoristes ? Es-tu capable de le dire avec certitude ?"
Ces paroles ont plongé Shen Yufei dans un long silence. Puis leurs voix ont baissé de volume, et je n'ai pas entendu la suite.

— Et la voix qui vous a menacé par téléphone ? À quoi ressemblait-elle ?

— Vous voulez savoir si c'était celle de Pan Han ? Je l'ignore, la voix était faible, je n'ai pas bien entendu.

Quelques voitures de police, gyrophares allumés, s'arrêtèrent à l'extérieur de la villa. Des policiers munis de gants blancs et d'appareils photo montèrent à l'étage et passèrent la maison au crible. Shi Qiang dit à Wang Miao de rentrer chez lui se reposer. Mais avant de partir, celui-ci alla trouver Wei Cheng dans la chambre où se trouvait le mini-ordinateur.

— Pourriez-vous me donner un résumé de votre algorithme évolutionnaire des trois corps ? Je souhaiterais… le montrer à quelques personnes. C'est une demande un peu soudaine, je comprendrais bien entendu que vous refusiez.

Wei Cheng sortit un CD et le tendit à Wang Miao :

— Tout est là-dedans, tous les modèles et toutes les annexes. Soyez gentil, publiez tout sous votre propre nom. Ça m'aiderait beaucoup.

— Non, non, je ne peux pas faire ça !

— Professeur Wang, je me souviens que vous êtes déjà venu ici. Vous êtes un gars bien. Responsable. Si je peux vous donner un conseil, éloignez-vous de tout ça. Le monde est à la veille d'un grand bouleversement. Chacun devrait s'efforcer de passer le restant de sa vie en sécurité, ce serait déjà une chance. Ne réfléchissez pas trop. De toute façon, ça ne sert à rien.

— Vous avez l'air d'en savoir plus que ce que vous dites ?

— Je vivais avec elle au quotidien. J'ai forcément une petite idée…

— Pourquoi n'avez-vous pas prévenu la police ?

Wei Cheng sourit avec dédain :

— Les policiers sont des bons à rien. Dieu lui-même est impuissant. L'humanité est aujourd'hui arrivée à un stade où plus personne n'entend ses prières.

Wei Cheng se tenait près de la fenêtre donnant sur le versant est. Au loin, derrière les gratte-ciel de la ville, on voyait percer les premières lueurs de l'aube. Curieusement, ce spectacle rappela à Wang Miao l'aube mystérieuse qui l'accueillait à chaque entrée dans le monde des *Trois Corps*.

— Je ne suis pas aussi indifférent que vous le pensez. Ces derniers temps, je n'arrive pas à m'endormir la nuit. Le matin, quand je vois le lever de soleil, j'ai toujours cette impression étrange qu'il est en fait en train de se coucher.

Il se tourna vers Wang Miao et, après un long silence, il lâcha :

— Et tout ça parce que ses bienfaiteurs, ou ses "dieux", comme elle les appelle, sont incapables de se protéger eux-mêmes.

17

LES TROIS CORPS :
NEWTON, VON NEUMANN, QIN SHI HUANG
ET LA SYZYGIE DES TROIS SOLEILS

Le premier paysage du deuxième niveau des *Trois Corps* n'était pas très différent de celui du premier. C'était toujours la même plaine baignée par la même aube mystérieuse et sur laquelle se dressait la même pyramide. Mais cette fois, le monument avait retrouvé une architecture plus orientale.

Wang Miao entendit le son de métaux s'entrechoquant, mais cette dissonance faisait paradoxalement ressortir le silence qui planait au-dessus de la plaine glaciale. Il tenta de remonter à la source du bruit et aperçut deux silhouettes noires scintiller au pied de la pyramide. Dans la pénombre du matin, il vit des reflets froids d'objets en acier fendant l'air : deux hommes se livraient à un duel à l'épée.

Une fois ses yeux habitués à l'obscurité, Wang Miao put distinguer plus clairement les deux individus qui croisaient le fer. En se basant uniquement sur la forme architecturale de la pyramide, on se serait facilement imaginé dans un pays d'Asie. Cependant les duellistes étaient deux Européens vêtus de costumes d'époque XVIe ou XVIIe siècle. Le plus petit des deux baissa la tête pour esquiver un coup d'épée, mais sa perruque grise tomba sur le sol. Ils échangèrent encore quelques estocades puis un autre homme surgit de derrière la pyramide, en les conjurant de cesser le combat. Mais les lames continuaient à siffler dans l'air et il n'eut pas le courage de s'interposer. Il cria :

— Messieurs, cessez donc! N'avez-vous rien de mieux à faire que de vous donner en spectacle? Où est donc votre sens de la mesure? Si notre civilisation n'a aucun futur, quelle gloire pourrait bien vous apporter une victoire éphémère?

Les deux combattants l'ignoraient, trop absorbés par le duel. Le plus grand des deux poussa soudain un cri de douleur et son épée tomba sur le sol dans un bruit métallique. Se tenant le bras, il se mit à s'enfuir en courant. Son adversaire le pourchassa sur quelques mètres, avant de s'arrêter et de cracher avec mépris dans sa direction.

— Ah, le lâche!

Il se baissa pour ramasser sa perruque et remarqua la présence de Wang Miao. Il pointa son épée vers l'homme en fuite et dit :

— Ce faquin a eu l'outrecuidance d'affirmer qu'il avait inventé le calcul infinitésimal!

Puis, tout en réajustant sa perruque, il se frappa la poitrine et fit une révérence :

— Isaac Newton, pour vous servir.

— Votre adversaire en fuite serait donc Leibniz? demanda Wang Miao.

— Lui-même, monsieur! Ah, le misérable! Je n'aurais pas dû lui faire l'honneur de me battre pour une petite renommée supplémentaire. Avoir inventé les trois lois de la mécanique a suffi à faire de moi le plus grand après Dieu. Du mouvement des planètes à la division cellulaire, tous les phénomènes de l'existence sont soumis à ces trois grandes lois. Et à présent, grâce à ce puissant outil mathématique qu'est le calcul infinitésimal, ce n'est qu'une question de temps avant que nous puissions être capables de déterminer les mouvements des trois soleils.

— Ce n'est pas aussi simple, dit l'homme qui avait essayé d'arrêter le combat. Avez-vous réfléchi au nombre de calculs que cela demanderait? J'ai vu la liste d'équations différentielles que vous avez dressée, il me semble tout bonnement impossible de trouver une solution analytique, vous ne pourrez en tirer tout au plus qu'une solution numérique. Pour mener à bien tous ces calculs, il faudrait réunir tous les mathématiciens du monde et les faire travailler sans relâche. Et encore, il est très probable qu'ils n'aient toujours pas fini quand viendra le jour du Jugement dernier. D'autant que si nous ne trouvons pas rapidement un moyen de contrôler la mécanique des soleils, ce jour est pour bientôt.

L'homme inclina ensuite la tête, dans un style plus moderne :

— John von Neumann. Enchanté.

— N'est-ce pas précisément la raison pour laquelle nous avons parcouru des milliers de kilomètres à l'est? Pour résoudre le problème du calcul de ces équations? demanda Newton, avant de se tourner vers Wang Miao. Nous ne sommes pas partis seuls, Norbert Wiener et le maraud que vous avez vu fuir tout à l'heure ont été du voyage. Nous avons rencontré des pirates au large de Madagascar. Wiener s'est sacrifié pour que nous puissions nous enfuir. Il est mort en héros.

— Pourquoi était-il nécessaire de venir en Orient pour construire un ordinateur?

Von Neumann et Newton échangèrent un regard surpris :

— Un *ordinateur*? Vous voulez dire une machine à calculer? Est-ce qu'un tel outil existe?

— Vous ne connaissez pas les ordinateurs? Mais comment comptez-vous vous y prendre pour effectuer ce nombre incroyable de calculs?

Von Neumann regarda Wang Miao les yeux écarquillés, comme s'il ne comprenait pas du tout sa question :

— Comment? Mais avec des hommes bien sûr! Dans ce monde, qui d'autre pourrait bien faire des calculs?

— Mais vous avez dit à l'instant que même si vous arriviez à réunir tous les mathématiciens du monde, ils n'y parviendraient pas.

— C'est pourquoi nous ne ferons pas appel à des mathématiciens, mais à des gens du peuple! À des travailleurs ordinaires! Mais il nous en faut beaucoup, au moins trente millions! Nous ferons des mathématiques en nous fondant sur la tactique militaire de la marée humaine!

— Des gens du peuple? Trente millions? demanda Wang Miao au comble de l'étonnement. Si je comprends bien, à une époque où neuf hommes sur dix sont analphabètes, vous pensez pouvoir trouver trente millions de personnes qui comprennent le calcul infinitésimal?

— Connaissez-vous cette blague au sujet de l'armée du Sichuan? demanda von Neumann en sortant un épais cigare. (Il en mordit l'extrémité et l'alluma.) Les soldats de l'armée du Sichuan devaient s'entraîner à la marche militaire, mais leur niveau d'éducation était si faible qu'ils ne comprenaient pas l'officier quand il disait : "une-deux une-deux". L'officier eut une idée : il fit enfiler aux pieds de chaque soldat une botte en paille à gauche et une botte en toile à droite. Et lors de l'exercice, il criait en sichuanais : "pied d'paille-pied d'toile pied d'paille-pied d'toile". C'est ce genre de soldats dont nous avons besoin, mais il nous en faut trente millions.

En entendant cette plaisanterie moderne, Wang Miao comprit immédiatement que le personnage auquel il faisait face n'était pas un programme informatique, mais un homme, et très certainement chinois.

— Une si grande armée est difficile à imaginer, dit Wang Miao en secouant la tête.

— C'est pourquoi nous sommes venus demander l'aide de l'empereur Qin Shi Huang*, dit Newton en désignant la pyramide.

— C'est encore lui qui gouverne ici ? demanda Wang Miao en regardant les alentours.

Et en effet, les soldats gardant l'entrée de la pyramide étaient vêtus de simples cottes de mailles et armés de hallebardes de l'époque des Qin. Ces anachronismes n'étonnaient plus Wang Miao tant le monde des *Trois Corps* en était parsemé.

— Il est le maître du monde. Il commande une armée de trente millions d'hommes, prêts à conquérir l'Europe. Bien, allons le voir, dit von Neumann en montrant l'entrée de la pyramide, puis il se tourna vers Newton : Lâche cette épée!

Newton laissa tomber son épée par terre et tous trois pénétrèrent dans la pyramide. Au bout du corridor, au moment d'entrer dans la salle d'audience, un garde insista pour qu'ils enlèvent leurs vêtements. Newton protesta de façon virulente en disant qu'ils étaient des savants et qu'ils ne dissimulaient

* À la tête d'une puissante armée, le roi de Qin (259-210 av. J.-C.) conquit un à un l'ensemble des Royaumes combattants et fonda la dynastie Qin (221-207 av. J.-C.), dont il devint l'empereur en prenant le nom de Shi Huangdi ("Premier Auguste Souverain"). Souvent considéré comme le premier grand unificateur de la Chine impériale, il entreprit une standardisation de l'écriture, de la langue, des mesures ou encore de la monnaie, mais resta dans l'histoire comme un souverain sanguinaire. *(N.d.T.)*

aucune arme ! Tandis que les deux parties se querellaient, une voix grave retentit de l'intérieur de la salle :

— C'est cet Européen qui a découvert les trois lois de la mécanique ? Laisse-les entrer, lui et ses compagnons.

Ils entrèrent dans la salle d'audience. L'empereur trépignait au milieu de la salle. Les pans de sa robe, ainsi que sa célèbre épée de cérémonie, traînaient sur le sol. Il se retourna et dévisagea les trois savants ; Wang Miao remarqua aussitôt que ses yeux étaient les mêmes que ceux du roi Zhou et du pape Grégoire.

— Je connais la raison de votre visite. Vous êtes européens, pourquoi ne pas avoir simplement adressé votre requête à César ? Son empire est immense, il aurait sûrement pu réunir une armée de trente millions d'hommes.

— Mais Votre Majesté impériale, connaissez-vous cette armée ? Savez-vous dans quel état est aujourd'hui l'empire de César ? Entre les murs de l'éternelle cité de Rome, les cours d'eau sont gravement pollués. Savez-vous pourquoi ?

— Les industries militaires ?

— Non, non, Votre Grandeur, le vomi des Romains après leurs orgies ! Ces noblaillons vont même jusqu'à aménager des civières sous les tables de leurs banquets, de telle sorte que lorsqu'ils ne peuvent plus marcher à force d'avoir trop ripaillé, leurs serviteurs les emportent sur les civières. L'empire tout entier est empêtré dans un bourbier de débauche duquel il ne peut se sortir. Même si nous parvenions à réunir une armée de trente millions de soldats, ceux-ci n'auraient ni les qualités mentales ni la force physique de mener à bien un si immense calcul.

— Cela je le sais, dit Qin Shi Huang, mais César est en train de se réveiller, il refonde ses armées. Je crains la sagesse des Européens. Vous n'êtes pas plus intelligents que nous autres Orientaux, mais vous savez trouver le bon chemin. Copernic a su prédire l'existence des trois soleils et vous avez compris les trois lois de la mécanique. Ce sont des découvertes extraordinaires que nous n'avons pas été capables de faire ici. Je n'ai pas encore la force de frappe qui me permettra de conquérir l'Europe, mes navires sont en nombre insuffisant et nous ne pouvons pas passer par les routes terrestres : nous n'aurons jamais assez de ravitaillement pour toute la traversée.

— Voilà pourquoi, Votre Majesté impériale, votre glorieux empire doit continuer à se développer! dit von Neumann, sautant sur l'occasion. Si vous parvenez à déterminer les mouvements des soleils, vous pourrez utiliser chaque ère régulière à votre profit et échapper aux désastres causés par les ères chaotiques. Vous progresserez à une vitesse beaucoup plus grande que l'Europe. Faites-nous confiance, nous sommes des savants, nous mettrons à votre service les trois lois de la mécanique et le calcul infinitésimal pour prédire avec exactitude la mécanique des soleils. Nous ne nous préoccupons guère de savoir qui gouverne le monde.

— Bien sûr, j'ai besoin de prédire les mouvements des soleils. Mais avant que je rassemble une armée de trente millions d'hommes, vous devez au moins me faire une démonstration de vos calculs.

— Votre Majesté, donnez-moi trois hommes et je vous ferai cette démonstration, répondit von Neumann, enthousiaste.

— Trois hommes? Trois seulement? Il ne me serait pas bien difficile de vous en fournir trois mille.

L'empereur dévisageait von Neumann avec un regard incrédule.

— Votre Majesté, vous venez d'évoquer les défaillances de la pensée scientifique orientale. En voilà un parfait exemple. Vous n'avez pas encore pris conscience que la structure complexe de l'univers repose en réalité sur des éléments simples. Je n'aurai besoin que de trois hommes, Votre Altesse.

Qin Shi Huang fit venir trois soldats, tous très jeunes. Comme tous les autres soldats de l'armée des Qin, ils étaient aussi disciplinés que des machines.

— Je ne connais pas vos noms, dit von Neumann en tapant sur l'épaule des deux premiers soldats. Vous serez tous deux responsables d'entrer les signaux : je vous appellerai donc "Entrée 1" et "Entrée 2".

Il désigna le troisième soldat :

— Toi, tu t'occuperas de la sortie des signaux. Je t'appellerai donc "Sortie".

De la main, il fit signe aux soldats de se placer selon un ordre précis.

— Voilà, vous formez maintenant un triangle. Sortie se situe au niveau du sommet et Entrée 1 et Entrée 2 à la base.

— Vous auriez simplement pu leur demander de se mettre en formation de triangle! cracha Qin Shi Huang en regardant von Neumann avec mépris.

Newton sortit six petits drapeaux : trois blancs et trois noirs. Il les donna à von Neumann qui les distribua à son tour aux soldats, un blanc et un noir à chacun.

— Le drapeau blanc représente 0; le noir représente 1. Bien. Maintenant, écoutez-moi attentivement. Sortie, tourne-toi et observe bien Entrée 1 et Entrée 2. Si tous deux lèvent leurs drapeaux noirs, tu lèveras aussi ton drapeau noir. Dans toutes les autres situations, tu lèveras ton drapeau blanc, c'est-à-dire : blanc-noir, noir-blanc, blanc-blanc.

— Je pense que vous devriez choisir une autre couleur, dit Qin Shi Huang, le drapeau blanc, c'est pour déposer les armes.

Emporté par l'enthousiasme, von Neumann ne prit pas la peine de répondre. Il ordonna en criant aux trois soldats :

— Commencez l'opération! Entrée 1 et Entrée 2, levez le drapeau que vous voulez. Bien! Levez! Bien! Levez encore! Levez!

Entrée 1 et Entrée 2 avaient renouvelé l'opération trois fois de suite. La première avait donné : noir-noir, la deuxième blanc-noir, et la troisième noir-blanc. Sortie eut chaque fois la bonne réaction en levant respectivement une fois son drapeau noir et deux fois son drapeau blanc.

— Parfait! Tout a été parfait. Votre Altesse, vos soldats sont très intelligents!

— C'est une chose dont même de parfaits idiots seraient capables! Pouvez-vous m'expliquer ce que vous êtes en train de faire?

— Ces trois hommes forment l'une des composantes d'un immense système de calcul. Une sorte de porte, une porte "ET".

Von Neumann fit une pause afin de bien laisser à l'empereur le temps de comprendre ces paroles.

— Je ne suis pas convaincu. Mais soit, poursuivez, dit Qin Shi Huang, sans laisser filtrer la moindre émotion.

Von Neumann se retourna vers le triangle de soldats :

— Nous allons maintenant créer la prochaine porte : toi, Sortie, il suffit qu'Entrée 1 ou Entrée 2 lèvent au moins un drapeau noir pour que tu lèves aussi le tien. C'est-à-dire trois situations : noir-noir, blanc-noir ou noir-blanc ; il en reste une : blanc-blanc pour laquelle tu lèveras le drapeau blanc. As-tu compris ? Brave garçon, tu es intelligent. Tu es l'élément essentiel du fonctionnement de cette porte. Agis bien et ton empereur te récompensera ! Commençons : levez ! Bien, levez encore ! Très bien ! Tout se passe à merveille, Votre Altesse. Cette porte est appelée porte "OU".

Par la suite, von Neumann fit encore former aux trois soldats les portes "NON-ET", "OU exclusif", "NON-OU exclusif" et une "porte à trois états". Puis, pour finir, il se servit de seulement deux hommes pour mettre en place la porte la plus simple, la porte "NON", en demandant à Sortie de lever le drapeau de la couleur contraire à celle d'Entrée 1.

Von Neumann s'inclina devant l'empereur et lui dit :

— Votre Altesse, nous avons maintenant terminé de faire la démonstration de toutes les portes logiques existantes. C'est simple, n'est-ce pas ? N'importe quel groupe de trois soldats pourra être en mesure de comprendre leur fonctionnement en moins d'une heure.

— Ils n'auront rien besoin d'apprendre de plus ? demanda Qin Shi Huang.

— Non. Nous allons constituer dix millions de portes de ce type, puis les assembler en système. Ce système sera capable de mener tous les calculs nécessaires à la résolution des équations différentielles qui nous permettront de prédire les mouvements des trois soleils. Nous appelons ce système un… euh, un…

— Un ordinateur, souffla Wang Miao.

— Voilà, un ordinateur, fit von Neumann en levant son pouce vers Wang Miao. Un "ordinateur", ce nom est très bien. Tout ce système formera une gigantesque machine, la plus sophistiquée ayant jamais existé dans l'histoire du monde.

Le temps du jeu s'accéléra. Trois mois s'écoulèrent.

Qin Shi Huang, Newton, von Neumann et Wang Miao étaient debout sur la plateforme au sommet de la pyramide.

C'était la même plateforme que lors de sa rencontre avec Mozi. Elle était jonchée d'un grand nombre d'instruments astronomiques, dont certains dataient de l'époque moderne. Au pied de la pyramide, les trente millions d'unités d'infanterie de la grande armée des Qin avaient été réparties dans un carré d'un périmètre de trente-six kilomètres. Lorsque le soleil se leva, les soldats se figèrent, comme un tapis géant composé de trente millions de soldats en terre cuite. Mais lorsqu'une nuée d'oiseaux ayant pris l'armée pour un véritable tapis vint voler à sa hauteur, les volatiles sentirent aussitôt la puissante odeur de mort qui se dégageait de sous leurs ailes. Saisis d'effroi, ils reprirent de la hauteur et tournoyèrent autour.

Wang Miao fit quelques calculs mentaux. Si toute la population de la Terre devait un jour être ainsi réunie, elle n'occuperait pas une surface plus grande que le district de Pudong à Shanghai. Au-delà de cette démonstration de puissance, cette armée révélait aussi toute la fragilité de la civilisation.

— Votre Impériale Grandeur, votre armée est sans rivale! Dans un temps aussi court, nous avons pu achever de tels exercices, dit von Neumann au souverain sur un ton flatteur.

— Même si le système semble complexe, la mission de chaque soldat est très simple, surtout en comparaison des exercices qu'ils ont dû effectuer avant notre bataille contre les phalanges macédoniennes, répliqua Qin Shi Huang en empoignant le manche de sa longue épée.

— Dieu soit loué, nous avons connu deux périodes consécutives de longues ères régulières, dit Newton.

— Mon armée peut s'entraîner même en période d'ère chaotique. Ère régulière ou non, ils mèneront à bien vos calculs, dit Qin Shi Huang en embrassant fièrement son armée du regard.

— Dans ce cas, que Votre Altesse impériale donne le grand ordre! dit von Neumann d'une voix tremblante d'excitation.

Qin Shi Huang hocha la tête. Un garde accourut à sa hauteur, tira le manche de l'épée de son empereur et recula de quelques pas. L'épée de bronze de Qin Shi Huang était en effet si longue qu'il ne pouvait la retirer seul de son fourreau. Le garde s'agenouilla et tendit l'épée à son empereur qui la saisit et la brandit en l'air en clamant d'une voix puissante :

— En formation d'ordinateur!

Aux quatre coins de la pyramide, des tripodes en bronze s'enflammèrent simultanément. Une troupe de soldats postée devant la pyramide et faisant face à l'armée reporta l'ordre du souverain en chantant en chœur :

— En formation d'ordinateur!

Au sol, les couleurs des unités d'infanterie commencèrent à s'agiter. On vit émerger des motifs sophistiqués. Dix minutes plus tard, l'armée avait créé une carte mère de trente-six kilomètres carrés.

En pointant ce gigantesque circuit humain du doigt, von Neumann commença son explication :

— Votre Majesté, nous avons donné à cette machine à calculer le nom de "Qin I". Voyez, au centre, se trouve l'unité centrale de traitement, la composante clef de tout le système, constituée par vos cinq meilleurs régiments. En suivant ce schéma de référence, vous pouvez distinguer les additionneurs, les registres, la pile, et ainsi de suite. Toute la partie autour, qui paraît régulière, constitue la mémoire. Au moment de composer cet élément, nous nous sommes rendu compte qu'il ne restait plus assez d'hommes. Mais heureusement, les actions effectuées au sein de ce module sont les plus faciles et nous avons entraîné les soldats à utiliser d'autres drapeaux de couleur. Chaque homme est maintenant capable d'effectuer une action qui en aurait initialement demandé vingt. Cela nous a permis d'augmenter la capacité de mémoire minimale pour faire fonctionner le système d'exploitation "Qin 1.0". Voyez aussi cette allée qui passe à travers toutes les unités et cette cavalerie légère qui y attend nos ordres. C'est le canal de communication du système, la cavalerie est chargée de transmettre les informations à toutes les composantes du système.

Ce canal de communication est une grande invention. Chaque nouveau module d'extension – qui peut être créé pour un maximum de dix régiments – sera rapidement ajouté par le biais du canal. Cette composante permettra une expansion et une mise à jour facile de "Qin 1.0". Un peu plus loin, de ce côté – peut-être vous faut-il utiliser les jumelles –, c'est la mémoire externe, que nous avons appelée "disque dur", sur la suggestion de Copernic. Cette composante est constituée des trois millions de soldats les plus cultivés de votre armée. Il faut croire que vous avez eu raison d'épargner ceux-ci lors de l'épisode de l'enterrement des lettrés*. Ils sont équipés d'un crayon et d'un carnet sur lequel ils sont chargés de consigner les résultats des calculs. Bien entendu, l'essentiel de leur travail consiste à agir comme une mémoire virtuelle en stockant des résultats intermédiaires. C'est dans ces composantes que s'exprime toute la difficulté de la vitesse du calcul. Plus près de nous, ici, c'est le module d'affichage. Il a pour rôle de nous montrer en temps réel les principaux paramètres de l'ordinateur.

Von Neumann et Newton offrirent à Qin Shi Huang un immense rouleau de parchemin, de la taille d'un homme. Quand le parchemin fut entièrement déroulé, Wang Miao poussa un soupir de soulagement car, contrairement à la légende de l'empereur et de l'assassin, aucun poignard n'y avait été dissimulé. Devant leurs yeux s'étendait seulement un parchemin immensément long recouvert de symboles de la taille d'une mouche et si denses qu'ils semblaient aussi étourdissants que les formations au pied de la pyramide.

— Votre Majesté, je vous présente le système d'exploitation "Qin 1.0", que nous avons mis au point. Que Sa Majesté veuille bien regarder. (Von Neumann lui montra les formations de l'ordinateur humain.) Vos troupes constituent le matériel de ce système, tandis que ce parchemin en est le logiciel. La relation qui unit logiciel et matériel est la même que celle entre une cithare *qin* et ses partitions.

Tandis qu'il parlait, Newton et lui étalèrent sur le sol un nouveau rouleau de parchemin, aussi grand que le premier.

— Votre Majesté, ce logiciel utilise des méthodes numériques pour résoudre les équations différentielles. Une fois entré les vecteurs de mouvement des trois soleils à un moment particulier tels qu'ils ont été obtenus par des observations astronomiques, le logiciel va nous permettre de prédire les prochains

---

* Référence faite ici au grand autodafé et à l'enterrement vivant de quatre cent soixante lettrés confucéens qu'aurait ordonnés Qin Shi Huang durant son règne, afin de mater toute contestation politique. *(N.d.T.)*

mouvements des soleils à n'importe quel moment futur. Nos premiers calculs nous permettront de prophétiser les mouvements du soleil durant les deux prochaines années. L'intervalle de temps entre chaque prédiction sera de cent vingt heures.

L'empereur hocha la tête :

— Bien. Commencez.

Von Neumann leva les deux mains au-dessus de sa tête et cria cérémonieusement :

— Sur ordre de Son Altesse impériale, allumez l'ordinateur ! Autotest du système !

Perchés à mi-hauteur de la pyramide, des soldats agitèrent des drapeaux pour transmettre l'ordre qui venait d'être donné. Après un moment, l'immense carte mère formée par les trente millions de soldats de l'empire des Qin parut se liquéfier et pétiller de lumières vacillantes, des millions de drapeaux s'étaient mis à frétiller. Au sein du module d'affichage, situé non loin de la pyramide, une barre de progrès constituée d'innombrables drapeaux verts se remplit progressivement pour indiquer l'état d'avancement de l'autotest. Dix minutes plus tard, la barre de progrès était pleine.

— Autotest terminé ! Amorçage ! Chargement du système d'exploitation !

Sur le sol, la cavalerie légère traversa les groupes en formation comme un cours d'eau tumultueux qui se ramifia en minces et innombrables affluents pour s'insinuer au cœur de chaque module. Rapidement, les faibles ondulations des drapeaux noirs et blancs se changèrent en vagues furieuses qui déferlèrent à la surface de la carte mère. La zone occupée par l'unité centrale paraissait la plus houleuse, comme si on avait mis le feu à une traînée de poudre.

Mais soudain, le tourbillon de flammes tempétueuses de l'unité centrale sembla s'apaiser et finit même par être totalement étouffé. Partant de l'unité centrale, ce calme soudain se répandit sur l'ensemble comme la surface d'une mer gelant à toute vitesse. Bientôt ce fut toute la carte mère qui s'immobilisa, hormis quelques rémanences sans vie de composantes continuant à clignoter en boucle. Le module d'affichage clignotait en rouge.

— Verrouillage du système! cria l'officier en charge des signaux.

On détermina vite la raison du dysfonctionnement : le registre de l'unité centrale indiquait qu'une erreur avait été commise lors de l'opération d'une des portes.

— Redémarrage du système! ordonna von Neumann avec assurance.

— Attendez! s'écria Newton, en faisant signe à l'officier en charge des signaux.

Puis il se tourna avec un air perfide vers l'empereur :

— Votre Altesse, je crois que pour améliorer la stabilité du système, vous devriez procéder à une mesure de remplacement des composantes défectueuses.

Qin Shi Huang empoigna son épée :

— Remplacez la porte ayant présenté des signes de dysfonctionnement et tranchez la tête à ses soldats! Dorénavant, qu'on se le dise, toutes les portes à l'origine d'une erreur connaîtront le même sort!

Von Neumann toisa Newton avec un regard de dégoût. Ils virent des cavaliers armés se faufiler au cœur de la carte mère et "réparer" la composante défectueuse d'un coup d'épée. On donna l'ordre de redémarrer le système. Cette fois, tout se passa sans obstacle. Vingt minutes plus tard, le système "Qin 1.0", cet ordinateur humain imaginé par von Neumann dans le monde des *Trois Corps*, était opérationnel.

— Lancement du logiciel de calcul de l'orbite solaire "Trois Corps 1.0"! cria von Neumann d'une voix vibrante. Préparation des commandes de calcul! Chargement du module de calcul différentiel! Chargement du module d'analyse des éléments finis! Chargement du module d'analyse spectrale! Définition des paramètres de conditions initiales! Démarrage du calcul!

La carte mère se remit à onduler, tandis que les signaux de couleur du module d'affichage commencèrent à clignoter. L'ordinateur humain entra dans une période de calcul qui durerait longtemps.

— Tout cela est très intéressant, dit Qin Shi Huang en pointant du doigt cette machine spectaculaire. Chaque unité a une action très simple à réaliser, mais l'ensemble est d'une très grande complexité! Les Européens aiment me critiquer en disant que mon règne est tyrannique, que je brise tout élan de créativité. Mais je vous le dis, une foule d'individus sous le joug d'un régime strict peut faire preuve, une fois réunie, d'une grande sagesse !

— Votre Impériale Grandeur, ce n'est pas de la sagesse, vos soldats agissent comme des machines. Individuellement, ce sont tous des 0, ce n'est que lorsqu'ils sont guidés par un 1 comme Votre Majesté que la totalité prend son sens, susurra Newton avec un sourire flagorneur.

— Une philosophie ignoble, lâcha von Neumann en jetant un regard sur Newton. Si, à la fin, les prédictions obtenues grâce à votre théorie et à votre modèle mathématique ne s'accordent pas avec la réalité, vous et moi nous serons moins que des 0.

— En effet. Si tel était le cas, vous seriez des bons à rien, dit Qin Shi Huang qui s'éloigna dans un geste de manche.

Le temps passa à toute vitesse, l'ordinateur humain fonctionna durant un an et quatre mois. En faisant la soustraction du temps qui avait été nécessaire pour paramétrer le programme, le temps de calcul réel fut d'un an et deux mois. Pendant cette période, l'opération fut interrompue à seulement deux reprises par le dérèglement du climat lors d'une ère chaotique, mais le registre avait pu sauvegarder les données recueillies avant chaque interruption et le calcul put reprendre sans encombre lors du retour à une ère régulière. Quand Qin Shi Huang et les savants européens se retrouvèrent à nouveau sur la plateforme de la pyramide, la première étape du calcul était achevée. Les données récoltées allaient permettre de prédire avec précision les orbites solaires pour les deux prochaines années.

L'aube était glaciale. Les myriades de torches qui avaient éclairé la gigantesque carte mère durant des mois étaient maintenant éteintes. Son calcul terminé, "Qin 1.0" se mit en veille. Les vagues déferlant à sa surface n'étaient plus désormais que de légers clapotis.

Von Neumann et Newton offrirent au souverain le rouleau de parchemin consignant les résultats des calculs. Newton prit la parole :

— Votre Altesse impériale, les calculs se sont terminés il y a trois jours. Nous avons attendu jusqu'à maintenant pour vous présenter les résultats car ils ont révélé que cette interminable nuit froide allait bientôt prendre fin. Nous accueillerons d'ici peu le premier lever de soleil d'une longue ère régulière. Cette ère durera toute une année et, à en juger par les paramètres orbitaux des soleils, le climat sera doux et agréable. Que Votre Majesté donne l'ordre de réhydrater les sujets de votre empire !

— Depuis le début de ce calcul, aucun sujet de mon empire n'a été déshydraté, grogna Qin Shi Huang en se saisissant du parchemin. Toute la population de l'empire a été employée à maintenir le bon fonctionnement de l'ordinateur humain. Les caisses sont vides. Un grand nombre de mes sujets sont morts de faim, de fatigue et de froid pour cet ordinateur, rajouta l'empereur en pointant le lointain avec le rouleau de parchemin.

Dans la pâle lumière de l'aube, on pouvait distinguer aux marges de la carte mère des dizaines de lignes blanches rayonnantes qui partaient dans toutes les directions et disparaissaient à l'horizon : les routes d'approvisionnement de la carte mère qui reliaient chaque région de l'empire.

— Votre Altesse, vous constaterez bientôt que ces sacrifices n'auront pas été vains, dit von Neumann. Lorsque vous aurez maîtrisé les orbites des soleils, l'empire des Qin connaîtra un développement rapide et florissant et prospérera bien plus rapidement qu'avant le calcul.

— Si l'on en croit les calculs, le soleil ne devrait pas tarder à se lever à présent. Votre Grandeur, préparez-vous à rayonner de gloire !

Comme en réponse aux paroles de Newton, l'éclat d'un soleil rouge surgit à l'horizon et baigna la pyramide et l'ordinateur humain d'une lumière d'or. Des vivats montèrent de la carte mère.

C'est alors qu'un homme accourut à leur rencontre. Il devait être totalement épuisé car, au moment de s'agenouiller devant son souverain, il s'affala sur le sol et peina à reprendre sa respiration. C'était le ministre de l'Astronomie de l'empire des Qin.

— Sire, c'est une catastrophe, les calculs sont faux ! Nous allons au-devant d'un désastre ! gémit-il.

— Que racontes-tu donc, ministre?

Sans même attendre la réponse de l'empereur, Newton faucha le ministre d'un coup de pied :

— Eh bien, maraud, n'as-tu donc pas vu que le soleil se levait, exactement comme l'ont prédit les résultats de nos calculs?

— Mais… (Le ministre se releva à moitié, sa main pointée vers le soleil.) Combien de soleils voyez-vous?

Tous levèrent aussitôt les yeux, désorientés.

— Allons, monsieur le ministre, vous avez reçu une éducation occidentale et vous êtes même titulaire d'un doctorat de l'université de Cambridge, vous n'êtes pas idiot au point de ne pas savoir compter! Vous voyez bien qu'il n'y a qu'un seul soleil. Et la température est très agréable, tempéra von Neumann.

— Non, il y en a trois! sanglota le ministre. Les deux autres sont derrière le premier!

Tous regardèrent une nouvelle fois le soleil, encore dubitatifs.

— La conclusion de l'Observatoire impérial est sans équivoque. Nous assistons en ce moment même à un phénomène rarissime : une syzygie trisolaire. Cela signifie que les trois soleils sont parfaitement alignés et se meuvent autour de la Terre avec la même vitesse angulaire! Notre planète et les trois soleils se retrouvent ainsi sur une même ligne droite! Et notre planète est au bout de cette ligne!

— Es-tu certain de n'avoir fait aucune erreur? demanda Newton en empoignant le ministre par le col.

— Absolument certain! L'observation a été menée par des astronomes occidentaux de l'Observatoire impérial, dont Johannes Kepler et William Herschel. Ils ont utilisé le plus grand télescope du monde, directement importé d'Europe.

Newton relâcha son étreinte sur le ministre qui put se relever. Wang Miao remarqua que le visage du savant avait blêmi, mais il avait l'air de ne pas avoir perdu son entrain. Il croisa les bras sur son torse et s'adressa à Qin Shi Huang :

— Grande et Honorable Majesté, c'est le plus favorable de tous les présages! Voici que les trois soleils sont en orbite autour de notre planète! Votre empire est devenu le centre de l'univers! C'est Dieu qui nous récompense de nos efforts! Donnez-moi encore un peu de temps pour revoir les résultats de nos calculs et j'en donnerai la preuve!

Newton profita de la sidération générale pour filer en douce. Plus tard, on annonça à l'empereur que Sir Isaac avait volé un cheval et s'était enfui sans demander son reste.

Wang Miao laissa passer un silence empreint de nervosité, puis il prit la parole :

— Majesté, dégainez votre épée.

— Pourquoi donc? demanda Qin Shi Huang, perplexe.

Mais il fit tout de même signe à son serviteur de l'aider à sortir son arme et celui-ci s'exécuta aussitôt.

— Faites-la tournoyer en l'air, dit Wang Miao.

Qin Shi Huang prit l'épée et fit quelques moulinets. Une expression de surprise envahit ses traits.

— Ça alors, pourquoi est-elle si légère?

— Les capteurs de nos V-combinaison ne permettent pas de ressentir l'apesanteur, sinon nous nous sentirions beaucoup plus légers.

— Regardez! En bas! Regardez ces chevaux, regardez ces hommes! cria quelqu'un.

Ils se précipitèrent au bord de la plateforme pour voir ce qui se passait. Au pied de la pyramide, ils virent un régiment de cavalerie au galop dont les montures paraissaient flotter dans les airs. Les chevaux parcoururent une longue distance en apesanteur avant de retomber les fers sur le sol. Des hommes en train de courir firent des bonds de plus de dix mètres, avant de retomber lentement sur leurs pieds. Sur la pyramide, un garde essaya de sauter et put atteindre sans peine une hauteur de trois mètres.

— Quel est ce maléfice? dit l'empereur en observant avec frayeur le garde retomber après un bond vertigineux.

— Sire, les trois soleils forment maintenant une ligne droite avec notre planète. Par conséquent, leurs attractions gravitationnelles s'ajoutent les unes aux autres dans la même direction…, expliqua le ministre de l'Astronomie, en s'apercevant que ses deux pieds avaient déjà quitté le sol.

Il se trouvait maintenant à l'horizontale dans l'air. Les autres flottaient aussi dans l'atmosphère, inclinés selon des angles différents. Plus personne n'avait les pieds sur la terre ferme, on aurait cru voir un groupe de noyés ne sachant pas nager. Ils agitaient maladroitement leurs quatre membres pour trouver un équilibre mais se cognaient les uns aux autres. À cet instant précis, le sol qu'ils venaient tout juste de quitter se fissura comme une toile d'araignée. Les fissures s'élargirent rapidement et, accompagnée d'un brouillard de mortier et du terrible fracas d'un effondrement, la pyramide se disloqua en d'innombrables blocs de pierre qui avaient jadis servi à la bâtir. Au travers de ces amas pierreux qui s'étaient mis à flotter dans les airs, Wang Miao put voir la salle d'audience en train de se désagréger. Le tripode qui avait naguère servi à cuire Fu Xi et la croix sur laquelle il avait été ligoté flottaient en plein milieu de la salle.

Le soleil atteignit son zénith. Tout ce qui flottait : les hommes, les énormes blocs de pierre, les instruments astronomiques, les tripodes en bronze, commença à s'élever lentement dans les airs puis leur allure accéléra rapidement. Par hasard, Wang Miao jeta un œil à l'ordinateur humain et vit une scène de cauchemar : les trente millions d'hommes qui composaient la carte mère lévitaient dans les airs, comme une colonie de fourmis aspirée par un tuyau d'aspirateur. Sur la surface apparaissaient clairement les empreintes des circuits de la carte mère. Cette série de motifs fins et complexes ne pouvait être intégralement observée qu'à une certaine hauteur et deviendrait pour la prochaine civilisation des *Trois Corps* qui naîtrait bien plus tard un énigmatique site archéologique.

Wang Miao leva les yeux. Le ciel était couvert d'une étrange couche de nuages marbrés, des nuages composés de poussière, de pierres ou encore de corps humains, derrière lesquels resplendissait le soleil.

Au loin, Wang Miao vit encore une longue chaîne de montagnes transparentes en train de s'élever dans les cieux ; elles étaient aussi claires que du cristal, et elles changeaient de forme, baignées d'une lumière chatoyante. C'était en réalité l'océan qui se faisait aspirer par l'espace !

Tout ce qui se trouvait à la surface du monde des *Trois Corps* était aspiré par le soleil.

Wang Miao regarda autour de lui. Il vit von Neumann et Qin Shi Huang. Von Neumann, qui flottait dans les airs, cria quelque chose à l'empereur, mais aucun son ne sortait de sa bouche. Des sous-titres apparurent à l'écran :

J'ai une idée ! Des composants électroniques ! Nous devrions utiliser des composants électroniques pour faire nos portes logiques et les combiner en ordinateur ! De tels ordinateurs seraient infiniment plus rapides et prendraient bien moins d'espace, j'estime qu'un petit bâtiment devrait suffire à les entreposer… Votre Altesse, m'écoutez-vous ?

Qin Shi Huang fit tournoyer son épée en direction de von Neumann. Ce dernier donna un coup de pied dans un bloc de pierre qui passa à côté de lui et para le coup. L'arme heurta la pierre, qui se brisa en deux et fit des étincelles. Après quoi, la pierre entra en collision avec une autre et l'empereur se retrouva pris en sandwich entre eux deux. Ils assistèrent au monstrueux spectacle de gravats et de sang se répandant à l'horizontale.

Curieusement, Wang n'entendit pas le bruit de l'impact. Autour de lui, tout était d'un silence de mort. L'atmosphère ayant disparu, il n'entendait plus aucun son. Sous l'effet de la pression nulle, le sang des hommes se mit à bouillir et ils crachèrent leurs viscères. Bientôt, ils ne furent plus que d'étranges masses indistinctes surplombées de nuages cristallins formés par le liquide qui s'était échappé de leurs corps. La disparition de l'atmosphère avait obscurci le ciel. Tout ce qui flottait maintenant dans l'espace reflétait la lumière du soleil et composait une sorte de nébuleuse brillante. Cette nébuleuse se transforma en un énorme tourbillon qui s'éleva en spirale jusqu'à son ultime demeure : le soleil.

Wang Miao s'aperçut que ce dernier changeait à présent de forme. Il comprit aussitôt qu'il voyait en réalité les deux autres soleils, qui révélaient derrière le premier une partie de leur silhouette. D'où il se trouvait, les trois soleils alignés figuraient l'œil flamboyant de l'univers.

Un texte apparut devant le décor de la syzygie des trois soleils :

La civilisation n° 184 a été détruite sous l'accumulation des attractions gravitationnelles d'une syzygie trisolaire. Cette civilisation avait atteint l'ère de la révolution scientifique et de la révolution industrielle. Dans cette civilisation, Newton a formulé les principes de la mécanique classique décrivant les mouvements des corps se déplaçant à des vitesses faibles. Dans le même temps, grâce à l'invention du calcul infinitésimal et celle de l'architecture informatique par von Neumann, ont été posées les bases d'une analyse mathématique quantitative du mouvement des trois corps.

Après une longue période, les graines de la civilisation seront replantées et, une fois encore, le monde si imprévisible des *Trois Corps* verra se poursuivre son étrange destinée. Nous vous invitons à vous reconnecter dans le futur.

Wang Miao venait tout juste de quitter le jeu lorsqu'il reçut un appel inconnu. Il entendit une voix masculine, envoûtante :

— Bonsoir. Tout d'abord je vous remercie d'avoir indiqué votre numéro de téléphone réel. Je suis l'administrateur système du jeu *Les Trois Corps*.

Le cœur de Wang Miao se mit à battre d'excitation et de nervosité.

— Puis-je vous demander votre âge, votre formation scolaire, votre employeur et votre métier ? Ces informations n'apparaissent pas dans le formulaire d'inscription que vous avez rempli.

— Qu'est-ce que cela a à faire avec le jeu ?

— Arrivé à ce niveau, vous devez fournir ces informations. En cas de refus, nous clôturerons définitivement votre compte.

Wang Miao répondit avec sincérité aux questions de l'administrateur.

— Parfait, professeur Wang. Vous remplissez les conditions pour continuer votre exploration du monde des *Trois Corps*.

— Merci, puis-je vous poser quelques questions? demanda Wang Miao à la hâte.

— Non. Mais demain soir a lieu une réunion de joueurs des *Trois Corps*, vous êtes le bienvenu.

Wang Miao nota l'adresse.

18

LA RÉUNION DES JOUEURS

La réunion des joueurs des *Trois Corps* avait lieu dans un petit café isolé, loin du centre-ville. Wang Miao s'imaginait que les assemblées de joueurs de jeux vidéo étaient des repas animés et pleins de monde mais, ici, ils n'étaient que sept, lui compris. Comme lui, les six autres joueurs n'avaient absolument pas l'air d'être des fans de jeux vidéo. Seuls deux d'entre eux paraissaient relativement jeunes. Trois autres – dont une femme – étaient d'âge moyen. Le dernier, un homme, semblait avoir soixante ou soixante-dix ans.

Wang Miao s'était figuré que, dès qu'ils se verraient, ils se lanceraient aussitôt dans une discussion passionnée autour des *Trois Corps*, mais il dut se rendre à l'évidence : il s'était trompé. La complexité, tout comme l'étrangeté des *Trois Corps*, exerçait un tel impact psychologique sur les joueurs que tous – et Wang Miao ne faisait pas exception – étaient incapables d'amener facilement le sujet sur la table. Ils se contentèrent donc dans un premier temps de brèves présentations. Le vieil homme sortit une pipe exquisément ouvragée qu'il remplit avec des feuilles de tabac. Il parcourut la pièce en fumant et en admirant les peintures accrochées au mur. Les autres joueurs s'assirent silencieusement en attendant la venue de l'organisateur. Ils étaient tous arrivés en avance.

Wang Miao connaissait en fait deux personnes sur les six. Le vieil homme aux cheveux blancs était un intellectuel célèbre qui s'était fait connaître en croisant la philosophie orientale avec des réflexions issues de la science moderne. La femme à l'accoutrement saugrenu était un écrivain célèbre, l'une des rares romancières expérimentales contemporaines bénéficiant d'un nombre élevé de lecteurs. L'une des particularités de ses livres était qu'on pouvait les lire à partir de n'importe quelle page. Les deux hommes d'âge moyen étaient respectivement vice-président de la plus grande entreprise de logiciels informatiques du pays – même si ses vêtements négligés ne le laissaient pas deviner – et cadre supérieur dans la Compagnie nationale d'électricité. Quant aux deux jeunes, l'un était journaliste dans une grande gazette nationale, et l'autre doctorant en sciences naturelles. Wang se fit la remarque qu'une part importante des joueurs des *Trois Corps* devait comme eux appartenir à l'élite intellectuelle du pays.

L'organisateur de la réunion arriva peu après. Quand Wang Miao le vit, son cœur se mit à battre à tout rompre. Il le connaissait. C'était Pan Han, le principal suspect du meurtre de Shen Yufei. Wang Miao sortit son téléphone, le posa sur la table et envoya discrètement un message à Shi Qiang.

— Ah ah, très bien, je vois que tout le monde est arrivé en avance! les salua Pan Han de manière parfaitement détendue, comme si aucun bouleversement n'était récemment intervenu dans sa vie.

Il avait délaissé les vêtements sales de vagabond qu'il arborait dans les médias pour un élégant costume deux pièces et des chaussures en cuir.

— Vous êtes exactement comme je vous avais imaginés : d'une intelligence supérieure. Le jeu des *Trois Corps* a en effet été conçu pour des personnes de votre calibre, capables d'apprécier pleinement son contenu et son sens profond. Y jouer exige des connaissances pointues qui ne sont pas à la portée du premier venu.

Wang Miao envoya son message : *"Ai localisé Pan Han. Café Rivière des Nuages / district de Xicheng."*

Pan Han poursuivit :

— Vous êtes tous des joueurs de premier plan. Vous avez obtenu des scores impressionnants, et vous êtes très impliqués dans le jeu. Si je ne me trompe pas, le jeu des *Trois Corps* est devenu pour chacun d'entre vous une partie de votre vie.

— Absolument, il fait partie intégrante de ma vie, confirma le jeune doctorant.

— Je l'ai découvert par hasard sur l'ordinateur de mon petit-fils, ajouta le vieux philosophe en caressant le manche de sa pipe. Le gamin a abandonné au bout de quelques parties en disant que c'était trop abstrait. Mais moi je m'y suis laissé prendre. Ce monde imaginaire complexe, mystérieux, effrayant et à la fois plein de poésie… Sa logique, son sérieux, cette masse d'informations et de détails cachés derrière son apparence toute simple… Tout ça m'a fasciné.

Tout le monde, y compris Wang Miao, approuva d'un signe de tête.

Wang Miao reçut la réponse de Shi Qiang : *"Nous sommes au courant. Pas de panique. Faites ce qu'on vous demande. Jouez au fanatique, mais n'en faites pas trop pour ne pas vous faire pincer."*

— Oui, dit l'écrivain. D'un point de vue littéraire aussi, *Les Trois Corps* est remarquable. L'histoire de l'expansion et du déclin de ces deux cent trois civilisations est digne des plus belles épopées.

Elle avait évoqué deux cent trois civilisations, mais Wang Miao n'en était qu'à cent quatre-vingt-quatre. Cela lui apporta la confirmation que la progression dans le jeu des *Trois Corps* différait selon le profil du joueur.

— Je suis fatigué du monde réel. Le monde des *Trois Corps* est devenu ma deuxième réalité, dit le jeune journaliste.

— Vraiment ? l'interrompit Pan Han, intéressé.

— Pour moi aussi. Comparée aux *Trois Corps*, je trouve la réalité banale et fade, ajouta le vice-président des logiciels IT.

— Quel dommage que ce ne soit qu'un jeu, renchérit le cadre supérieur.

— Très intéressant…, dit Pan Han, en hochant la tête.

Wang Miao remarqua que ses yeux pétillaient d'excitation.

— J'ai une question, dont je suis sûr que tout le monde ici se la pose, dit Wang Miao.

— Je la connais. Mais posez-la tout de même.

— *Les Trois Corps* n'est-il qu'un jeu ?

Les autres joueurs acquiescèrent tous. Manifestement, cette question leur brûlait aussi les lèvres.

Pan Han se leva et annonça avec gravité :

— Le monde des *Trois Corps* – Trisolaris – existe réellement.

— Où est-il ? demandèrent d'une même voix ébahie plusieurs joueurs.

Pan Han s'assit et laissa passer un long silence avant de reprendre la parole :

— Je peux répondre à certaines de vos questions, mais pas à toutes. Si votre destin est lié à celui de Trisolaris, un jour viendra forcément où vous obtiendrez les réponses à toutes vos interrogations.

— Mais alors, le jeu est-il une représentation réaliste de ce monde de Trisolaris ? demanda le journaliste.

— Premièrement, la capacité des Trisolariens à se déshydrater, comme vous avez pu l'observer dans beaucoup de civilisations, est réelle. C'est grâce à cette technique qu'ils peuvent s'adapter à un environnement naturel imprévisible. Ils sont à tout moment capables de se vider de l'eau de leurs corps et de devenir des entités sèches et fibreuses pour échapper à un climat hostile.

— À quoi ressemblent les Trisolariens ?

Pan Han secoua la tête :

— Je l'ignore. Je l'ignore réellement. L'apparence des Trisolariens change à chaque nouveau cycle de civilisation. Par ailleurs, le jeu reflète aussi un autre élément réel de Trisolaris : le fameux ordinateur à grande échelle.

— Ha ! ha ! Je trouvais au contraire que c'était ce qu'il y avait de moins réaliste ! s'exclama le vice-président d'IT. J'ai effectué un petit test dans mon entreprise en faisant participer plus d'une centaine de mes employés. Même si l'idée paraît réalisable, la vitesse de calcul d'un ordinateur humain est encore plus lente qu'un banal calcul mental !

Pan Han répondit par un sourire énigmatique :

— Vous avez raison. Mais imaginez à présent que les trente millions de soldats formant cet ordinateur soient capables d'agiter leurs drapeaux noirs et blancs cent mille fois par seconde. Supposez encore que la cavalerie qui sert de canal de communication puisse galoper à une vitesse bien plus grande que la vitesse du son, voire plus rapidement encore. Les résultats ne seraient pas les mêmes.

Vous venez de m'interroger sur l'apparence des Trisolariens. Des indices portent à croire que le corps des Trisolariens qui composent l'ordinateur est couvert d'une surface purement réflexive, comme un miroir. Cette particularité est peut-être une évolution naturelle leur permettant de survivre à des conditions solaires extrêmes. Cette surface en miroir peut prendre des formes différentes et les Trisolariens parviennent à communiquer entre eux grâce à la focalisation de la lumière sur leurs corps. Ce langage basé sur la lumière leur permet de transmettre des informations à une vitesse exceptionnelle et c'est cette singularité qui garantit la grande efficacité de l'ordinateur. Bien entendu, ce dispositif reste très imparfait, mais il a effectivement été capable de mener à bien des calculs qui auraient été impossibles à réaliser manuellement. Dans le monde trisolarien, les ordinateurs sont d'abord apparus sous la forme de formations collectives avant de devenir mécaniques, puis électroniques.

Pan Han se leva. Il arpenta la pièce et passa derrière les joueurs :

— Voici ce que je peux vous dire : en tant que jeu, *Les Trois Corps* utilise le cadre de l'histoire humaine pour simuler le développement du monde de Trisolaris. Si le jeu a été ainsi imaginé, c'est pour que les joueurs puissent appréhender son environnement de façon plus familière. Les différences entre Trisolaris et le monde des *Trois Corps* que vous avez découvert dans le jeu sont en réalité immenses. Mais comme son nom l'indique, Trisolaris est bien doté de trois soleils. C'est la nature fondamentale de ce monde.

— Le développement du jeu a dû demander beaucoup d'efforts. Mais son objectif n'est clairement pas celui de la rentabilité, fit remarquer le vice-président.

— Le but du jeu des *Trois Corps* est simple : réunir ceux qui, comme nous, nourrissent des idéaux communs, répondit Pan Han.

— Quels idéaux ? Qu'avons-nous en commun ? demanda Wang Miao avant de regretter aussitôt sa question.

Il se demanda si le ton de sa voix avait trahi une quelconque animosité.

Comme il l'avait prévu, sa question plongea Pan Han dans le silence. Ce dernier examina du regard tous les joueurs, puis il s'adressa à eux d'une voix douce :

— Quelle serait votre réaction si la civilisation trisolarienne devait un jour pénétrer dans notre monde ?

— J'en serais ravi, répondit le jeune journaliste. Les événements de ces dernières années m'ont fait perdre tout espoir dans l'espèce humaine. Les sociétés humaines sont dans l'incapacité de progresser d'elles-mêmes, elles ont besoin de l'intervention d'une force extérieure.

— Je suis d'accord ! cria l'écrivain à haute voix et avec une émotion manifeste, comme si elle trouvait enfin une occasion d'épancher librement ses sentiments. Qu'est-ce que l'humanité ? Une race abjecte ! J'ai passé la moitié de ma vie à utiliser la littérature comme scalpel pour disséquer cette abjection. Je suis fatiguée à présent. Je place tous mes espoirs dans la civilisation trisolarienne pour apporter la vraie beauté à ce monde.

Pan Han n'avait encore rien dit, mais le pétillement de ses yeux traduisait la même excitation.

Le vieux philosophe agita sa pipe déjà éteinte et déclara d'un ton grave :

— Essayons de réfléchir plus profondément à la question : vous avez sans doute déjà entendu parler de la civilisation aztèque. Quelles impressions avez-vous de celle-ci ?

— Obscure et violente. Des pyramides dégoulinant de sang éclairées à la lueur de torches dans une forêt sinistre, répondit l'écrivain.

Le philosophe hocha la tête :

— Très bien. Imaginons maintenant que cette civilisation n'ait jamais été envahie par les Conquistadors espagnols. Quelle aurait été son influence sur le cours de l'humanité ?

— Vous refaites l'histoire ! dit le vice-président au philosophe. À cette époque, les Espagnols ayant envahi l'Amérique étaient des pilleurs et des assassins !

— Quand bien même, ils ont au moins eu le mérite de mettre un terme à l'expansion de la civilisation aztèque, qui aurait fini par transformer l'Amérique en un titanesque empire sanglant et ténébreux. La civilisation et la démocratie telles que nous les connaissons aujourd'hui en Amérique ne seraient certainement jamais apparues. Ce que je veux dire, c'est que, selon moi, peu importe la nature de ces Trisolariens, leur arrivée sur

Terre serait un signe de bonne nouvelle pour éradiquer le fléau contagieux qu'est l'humanité.

— Mais avez-vous oublié que les Aztèques et leur civilisation ont été massacrés par les envahisseurs occidentaux ? demanda le cadre supérieur. (Il fit suivre sa remarque d'un regard circulaire, comme s'il voyait les autres joueurs pour la première fois.) Les pensées qui sont exprimées ici sont dangereuses !

— Profondes, vous voulez dire ! rétorqua le jeune étudiant en levant le doigt et en hochant vigoureusement la tête en direction du philosophe. Je pense comme vous, mais je ne savais pas comment l'exprimer. Vous l'avez si bien dit !

Après un moment de silence, Pan Han se tourna vers Wang Miao :

— Les six autres joueurs ont exprimé leurs sentiments dans l'hypothèse d'une arrivée sur Terre des Trisolariens. Qu'en pensez-vous ?

— Je me range de leur côté, dit Wang Miao en désignant le philosophe et les autres.

Il se contenta de cette phrase simple, sachant qu'en dire plus pouvait lui en coûter.

— Parfait, dit Pan Han ; puis il pivota vers le vice-président d'IT et le cadre supérieur : Vous n'êtes désormais plus les bienvenus dans cette réunion ni dans le jeu des *Trois Corps*. Vos identifiants seront supprimés. Veuillez sortir à présent. Merci.

Les deux hommes se levèrent et échangèrent un regard. Déconcertés, ils jetèrent un dernier coup d'œil autour d'eux puis sortirent du café.

Pan Han tendit la main aux cinq joueurs restants et la leur serra énergiquement, puis il leur annonça sur un ton solennel :

— À présent, nous sommes camarades.

19

LES TROIS CORPS : EINSTEIN, LE PENDULE ET LA GRANDE DÉCHIRURE

C'était la cinquième fois que Wang Miao se connectait au jeu des *Trois Corps*. Le monde baigné par l'aube auquel il s'était habitué n'avait plus du tout le même aspect. La pyramide qui était apparue lors de ses quatre dernières parties avait été détruite lors de la syzygie des trois soleils. À sa place se dressait maintenant une grande tour moderne gris foncé, qui rappela à Wang Miao l'architecture du siège des Nations unies. Au loin, d'autres tours parsemaient la plaine, probablement des silos de déshydratation. Les silos étaient revêtus d'une surface miroitante qui, sous la lueur du matin, leur donnait l'apparence de gigantesques plantes de cristal qui auraient jailli du sol.

Wang Miao entendit le son d'un violon qui jouait un morceau de Mozart. Le violoniste ne donnait pas l'air d'être un musicien professionnel, mais il dégageait un charme singulier donnant l'impression qu'il jouait pour lui-même et que cela suffisait à son bonheur. La musique provenait du perron situé devant la grande porte de la tour. Le joueur était un vieux clochard dont l'épaisse chevelure argentée volait au vent. À ses pieds, un haut-de-forme défraîchi contenait quelques pièces.

Wang Miao remarqua soudain que le soleil s'était levé, mais dans la direction opposée de l'horizon d'où pointait la lumière de l'aube. Au même endroit, quelques minutes plus tôt, le ciel était complètement noir. Le soleil était immense. La moitié seulement de sa circonférence occupait déjà un tiers de l'horizon visible. Le cœur de Wang Miao se mit à battre plus vite. Un si grand soleil était forcément le présage d'une nouvelle catastrophe. Mais lorsqu'il tourna la tête, il vit que le vieux clochard continuait à jouer sereinement de son instrument comme si rien ne s'était passé. Ses cheveux d'argent parurent s'embraser sous l'effet des rayons du soleil. Le soleil était argenté, de la même couleur que les cheveux du violoniste. Il irradia le sol de rais cristallins, mais Wang Miao n'éprouva étrangement aucune sensation de chaleur. Il observa l'astre qui était maintenant entièrement sorti au-dessus de la ligne de l'horizon. À la surface de ce gigantesque disque d'argent, il put apercevoir avec clarté des motifs marbrés : des chaînes de montagnes, à l'état solide.

Wang Miao remarqua que le disque n'émettait aucune lumière et ne faisait que refléter les rayons provenant du vrai soleil qui se levait de l'autre côté. Ce n'était pas un soleil, mais une lune géante ! Elle se déplaçait à une vitesse ahurissante, si rapidement qu'on pouvait détecter son trajet dans le ciel à l'œil nu. Durant son parcours, elle diminua peu à peu de volume jusqu'à prendre la forme d'une demi-lune, puis d'un croissant. L'air froid du matin paraissait bercé par le son agréable du violon du clochard. C'était comme si toute la splendeur de l'univers s'incarnait dans sa musique. Wang Miao éprouva une merveilleuse sensation de bien-être.

Le croissant de lune fut bientôt éclipsé par l'intensité grandissante du lever du jour. Lorsque ne restèrent plus que deux pointes de rayons argentés au-dessus de la ligne d'horizon, Wang Miao fut soudain habité par l'image de deux cornes appartenant à un taureau géant en train de charger le soleil.

— Honorable Copernic, faites donc halte quelques instants. Profitez d'un morceau de Mozart, et peut-être m'offrirez-vous de quoi me payer un déjeuner, fit le clochard, une fois que la lune eut totalement disparu derrière l'horizon.

— Si je ne m'abuse, vous êtes…, commença Wang Miao en contemplant ce visage dont les rides harmonieuses n'affectaient en rien la grâce

— Vous ne vous trompez pas. Je suis Einstein. Pauvre enfant de Dieu abandonné par Lui.

— Quelle est cette énorme lune ? Je ne l'ai jamais vue lors de mes précédentes venues.

— Elle est refroidie maintenant.

— Quoi donc?

— La lune bien sûr! Lorsque j'étais enfant, elle était encore chaude. Quand elle s'élevait au milieu du ciel, on pouvait voir son cœur rougeoyant sur ses plaines centrales, mais elle est refroidie à présent… Vous n'avez jamais entendu parler de la grande déchirure?

— Non, qu'est-ce que c'est?

Einstein poussa un soupir et secoua la tête :

— N'en parlons pas. Le passé est trop douloureux. Mon passé, le passé de la civilisation, le passé de l'univers… tout est trop douloureux.

— Comment en êtes-vous arrivé là?

Wang Miao fouilla dans sa poche et y découvrit quelques pièces de monnaie. Il se baissa et jeta les pièces dans le chapeau.

— Merci Copernic. Prions pour que Dieu ne vous abandonne pas non plus. Mais j'en doute fort. J'avais le sentiment que le modèle d'ordinateur que vous, Newton et les autres aviez créé en Orient était très proche de l'exactitude. Mais voilà, une seule petite erreur et ce fut un infranchissable gouffre pour Newton et sa clique. J'ai toujours considéré que même si je n'avais pas été là, quelqu'un d'autre aurait fini par découvrir la relativité restreinte. L'erreur de Newton, c'est d'avoir négligé la courbure de l'espace-temps provoquée par les orbites planétaires, telle que la décrit la théorie de la relativité générale. C'est un oubli certes minime, mais qui s'est avéré fatal pour les résultats de ses calculs. Il aurait fallu ajouter la courbure de l'espace-temps dans l'équation classique pour obtenir un modèle mathématique correct. La somme des calculs à effectuer était en réalité beaucoup plus importante que ce que vous aviez tenté de faire en Orient. Mais, à l'aide des ordinateurs modernes, cela ne pose pas un grand problème.

— Les résultats des calculs ont-ils été confirmés par des observations astronomiques?

— Si tel avait été le cas, pensez-vous que je serais ici? Mais d'un point de vue esthétique, ce n'est pas moi qui suis en tort, c'est l'univers. Dieu m'a abandonné, puis les autres hommes m'ont abandonné à leur tour. Je suis devenu un paria. L'université de Princeton m'a démis de mes fonctions de professeur, l'Unesco ne m'a plus proposé de poste de consultant scientifique alors qu'ils m'imploraient à genoux quelques mois plus tôt. J'ai même pensé à finalement accepter de devenir président d'Israël, mais ils m'ont dit avoir changé d'idée, que je n'étais qu'un imposteur...

Einstein se remit à jouer du violon, reprenant le morceau précisément là où il s'était arrêté quelques minutes plus tôt. Wang Miao l'écouta encore un instant et se dirigea vers la porte du siège des Nations unies.

— Il n'y a plus personne à l'intérieur, lui dit Einstein en continuant à jouer. Tous les participants à la session de l'Assemblée générale sont derrière la tour. Ils assistent à la cérémonie d'inauguration du mémorial du Pendule.

Wang Miao fit le tour et arriva derrière le bâtiment. Il se retrouva face à un tableau incroyable : devant lui se dressait un pendule gigantesque qui semblait relier la terre au ciel. Il avait aperçu plus tôt une partie du pendule derrière la tour, mais il ignorait alors ce que c'était.

C'était le même genre de pendule que ceux créés par Fu Xi pour bercer le dieu du Soleil lors de sa première connexion au monde des *Trois Corps*, à l'époque des Royaumes combattants. Mais le pendule qu'il avait à présent devant les yeux était de facture moderne. Les deux piliers soutenant l'instrument étaient en métal et chacun était aussi haut que la tour Eiffel. Le poids du pendule était en métal fuselé et sa surface miroitante électroplaquée était lisse. La tige, faite dans un matériel ultrarésistant, était si fine qu'on ne la voyait presque pas, ce qui donnait l'impression que le poids du pendule flottait dans l'air entre deux immenses tours.

Un attroupement d'individus en costume s'était formé sous le pendule, sans doute les dirigeants des différents pays participant à la session de l'Assemblée générale. Ils étaient divisés en petits groupes et bavardaient tranquillement, comme s'ils attendaient quelque chose.

— Ah, Copernic! L'homme qui a traversé quatre époques! cria quelqu'un à haute voix, et tous lui firent un signe de bienvenue.

— Vous êtes donc celui qui a vu de ses propres yeux les pendules de l'époque des Royaumes combattants! lui dit un homme affable à la peau noire en lui serrant la main.

On le lui présenta comme le secrétaire général des Nations unies.

— Oui, en effet, mais pourquoi en avoir reconstruit un aujourd'hui? demanda Wang Miao.

— C'est un monument commémoratif pour Trisolaris, ainsi qu'une stèle funéraire, expliqua le secrétaire général en montrant le pendule. D'ici, il a l'air aussi grand qu'un sous-marin.

— Une stèle funéraire? Pour qui?

— Pour un effort. Un effort poursuivi durant près de deux cents civilisations. Celui de résoudre le problème à trois corps, celui de comprendre le mouvement des trois soleils.

— Cet effort a donc pris fin?

— Aujourd'hui, oui. Maintenant, il n'a plus de raison d'être.

Wang Miao hésita un instant puis sortit une pile de documents : le modèle mathématique des trois corps qu'avait réalisé Wei Cheng.

— Je… je suis revenu pour cela. Je suis venu vous apporter un modèle mathématique capable de résoudre le problème à trois corps. J'ai toutes les raisons de croire qu'il peut marcher.

Mais à peine Wang Miao eut-il prononcé ces mots qu'il s'aperçut que tous ceux qui l'entouraient s'étaient désintéressés de lui et étaient repartis dans les petits cercles de discussion qu'ils avaient quittés quelques instants plus tôt pour le saluer. Wang Miao remarqua même que certains s'étaient éloignés en gloussant et en secouant la tête. Le secrétaire prit ses documents et, sans même y jeter un œil, il les transmit à un grand homme maigre à lunettes qui se tenait à côté de lui.

— Par respect pour votre immense réputation, je demanderai à mon consultant scientifique d'examiner ce document. Ici, tout le monde a un grand respect pour vous. Si n'importe qui d'autre avait dit ce que vous venez de dire, on se serait aussitôt moqué de lui.

Le consultant scientifique feuilleta le document :

— Un algorithme évolutionnaire? Copernic, vous êtes un génie. Tous ceux qui sont en mesure de réaliser ce type d'algorithme sont des génies. Cela nécessite non seulement un don indéniable pour les mathématiques, mais aussi beaucoup d'imagination.

— À vous entendre, il semblerait que quelqu'un ait déjà créé ici un tel modèle mathématique ?

— Oui. Il en existe en réalité plus d'une dizaine, dont plus de la moitié sont encore plus avancés que le vôtre. Ils ont été créés et mis en application par des ordinateurs. Durant ces deux derniers siècles, ces immenses calculs ont constitué l'activité principale de notre monde. Nous attendions les résultats comme si c'était le jour du Jugement dernier.

— Et ?

— Nous avons définitivement prouvé que le problème à trois corps ne pouvait être résolu.

Wang Miao leva les yeux vers le gigantesque pendule. Dans la lueur de l'aube, il brillait comme du cristal. Sa surface miroitante déformée reflétait les alentours comme s'il était l'œil du monde. Sur cette même plaine, bien des civilisations plus tôt, lui et le roi Wen étaient passés devant une rangée de pendules géants avant d'atteindre le palais du roi Zhou. Et ainsi, l'histoire avait tracé une grande boucle et était retournée à son point de départ.

— Comme nous l'avions prédit il y a longtemps, le système des trois corps est un système chaotique. D'infimes perturbations peuvent l'amplifier sans fin. Son modèle de mouvements ne peut par définition pas être prédit, expliqua le consultant scientifique.

L'espace d'un instant, toutes les connaissances scientifiques de Wang Miao lui parurent floues. À leur place émergeait une confusion qu'il n'avait jamais éprouvée :

— Mais alors, si même un système aussi simple que celui des trois corps n'est qu'un imprévisible chaos, comment garder foi dans la découverte un jour futur des lois qui régissent la complexité de notre univers ?

— Dieu est sans pitié. Il joue aux dés. Il nous a abandonnés ! dit soudain Einstein, qu'il n'avait pas vu arriver.

Le secrétaire général opina lentement de la tête :

— Oui. Dieu est un joueur de dés. Et notre seul espoir est de lancer le dé à notre tour.

C'est alors que la lune géante réapparut du côté obscur de l'horizon. Son image argentée se refléta sur la surface du poids du pendule. Sa lumière se mit à vaciller étrangement, comme si un mystérieux contact télépathique s'était établi entre elle et le pendule.

— En parlant de civilisation, la vôtre semble déjà avoir atteint un niveau très avancé, dit Wang Miao.

— Oui. Nous maîtrisons désormais l'énergie nucléaire et nous avons atteint l'âge de l'information, répondit le secrétaire général, sans pour autant faire montre de fierté.

— Il existe peut-être un espoir : la civilisation peut continuer à progresser jusqu'à atteindre un niveau où, même sans connaître la mécanique des soleils, elle pourra survivre aux ères chaotiques et résister aux ravages causés par les mouvements irréguliers des soleils.

— C'est ce que croyaient les gens autrefois. C'était l'une des raisons qui ont jadis poussé les civilisations de Trisolaris à renaître encore et toujours. Mais nous avons pris conscience de la naïveté de cette croyance, dit le secrétaire général en pointant du doigt la lune géante. Vous voyez peut-être cette lune gigantesque pour la première fois. Elle fait environ un quart de la taille de notre planète. Ce n'est déjà plus une lune, mais plutôt une autre planète dans un système binaire, le produit de la grande déchirure.

— La grande déchirure ?

— La catastrophe qui a anéanti la dernière civilisation. Par comparaison avec les cataclysmes ayant détruit les civilisations plus anciennes, nous avons été avertis bien plus tôt de l'imminence de cette catastrophe. Les chroniques datant de cette époque indiquent que les astronomes de la civilisation n° 191 avaient observé depuis longtemps une étoile volante figée.

En entendant cette dernière phrase, Wang Miao sentit son cœur se nouer. Une étoile volante figée représentait le plus terrible des présages. Quand une étoile volante – ou plutôt un soleil éloigné – paraissait, vue de la surface, s'être figée sur la toile de l'univers, cela ne pouvait signifier qu'une chose : le soleil et la planète étaient alignés. Cette situation pouvait donner lieu à trois interprétations possibles : le soleil et la planète se déplaçaient à la même vitesse et dans la même direction ; le soleil s'éloignait de la planète et, enfin, le soleil se rapprochait de la planète. Avant la civilisation n° 191, cette dernière interprétation n'était qu'une catastrophe théorique, car elle n'avait jamais eu lieu. Cependant la peur et l'appréhension éprouvées face à ce phénomène tant redouté étaient omniprésentes dans la population. La simple évocation d'"étoile volante figée" portait malheur à Trisolaris. Une seule étoile volante figée suffisait à faire frissonner chacun de peur.

— Mais ce jour-là, ce furent trois étoiles volantes qui se figèrent simultanément. Le peuple de la civilisation n° 191 était debout sur la terre, le regard impuissant tourné vers les trois étoiles volantes suspendues dans la voûte céleste, observant les trois soleils s'avancer dans la direction de leur planète. Au bout de quelques jours, l'un des soleils s'est trouvé à une distance si proche qu'on a pu voir sa couche externe gazeuse. Dans la tranquillité de la nuit, l'étoile volante s'est métamorphosée en soleil ardent et, à des intervalles d'un peu plus de trente heures, les deux autres soleils lui ont succédé. Ce n'était pas un ciel normal à trois soleils car, lorsque la dernière étoile volante a eu pris l'apparence d'un soleil, le premier avait déjà dépassé la planète à une distance extrêmement proche. Puis ç'a été au tour des deux autres soleils de frôler la planète d'encore plus près. Les trois soleils ont franchi la limite de Roche*, si bien que la force des marées provoquée par les trois astres a dépassé l'autoattraction de la planète. En rasant la planète, le premier soleil a déplacé ses couches géologiques les plus profondes. Le deuxième a provoqué une fissure qui s'est prolongée jusqu'à son noyau. Et le troisième a déchiré la planète en deux.

Le secrétaire général montra du doigt la lune géante dans le ciel :

— Vous voyez ici la moitié la plus petite. Là-bas se trouvent les ruines de la civilisation n° 191. Mais plus aucune créature vivante ne peuple ce monde. C'est le plus terrible désastre de

---

* L'astronome français Édouard Roche prouva que n'importe quel corps céleste solide, lorsqu'il s'approche d'un corps céleste bien plus gros que lui, perçoit les effets des forces des marées du gros corps céleste, ce qui mène à sa désintégration. La limite à laquelle le petit corps céleste se fait désintégrer est ainsi appelée "limite de Roche", elle est généralement estimée pour deux corps de même densité à 2,44 fois le rayon du grand corps. *(N.d.A.)*

toute l'histoire de Trisolaris. Après la fissure de la planète, les deux morceaux, de forme irrégulière, ont retrouvé leur apparence sphérique sous l'influence de leur propre gravité. La matière en fusion du noyau de la planète a jailli à la surface et les océans se sont mis à bouillir ; les continents ont dérivé comme des icebergs sur ce magma. Après leur collision, le sol est devenu aussi liquide que les océans, des chaînes de montagnes immenses de plusieurs dizaines de milliers de mètres se sont formées en moins d'une heure et ont disparu aussitôt.

Durant un certain temps, les deux fragments fissurés de la planète ont pu être reliés entre eux par une sorte de pont dans l'espace, formé par une rivière de lave en fusion. La lave a ensuite refroidi dans l'espace et des anneaux se sont formés autour de la planète, mais les anneaux étaient instables à cause de la perturbation gravitationnelle des deux planètes. Les rochers de lave sont donc retombés confusément sur le sol des planètes. Cette pluie de météorites a duré pendant des siècles… Pouvez-vous imaginer cet enfer ? Ce fut la catastrophe écologique la plus terrible de l'histoire. La vie a totalement disparu de notre planète double, et notre planète mère, celle sur laquelle nous nous trouvons, a bien failli connaître le même sort. Mais les graines de la vie ont repoussé ici et, lorsque la planète est parvenue à trouver un état géologique stable, l'évolution a repris à un rythme effréné sur des continents et des océans nouveaux, jusqu'à ce que la civilisation renaisse pour la cent quatre-vingt-douzième fois. Ce processus a pris quatre-vingt-douze millions d'années.

L'univers dans lequel se trouve le monde de Trisolaris est encore plus impitoyable que nous l'imaginions. Quand verrons-nous la prochaine étoile volante figée ? Il y a de grands risques que notre planète ne fasse pas que frôler les soleils, mais se retrouve happée par leurs océans de flammes. Plus le temps passe, plus ce danger se rapproche.

Ce n'était autrefois qu'une supposition effrayante, mais des observations astronomiques récentes nous ont fait perdre tout espoir dans la destinée de notre monde. En étudiant des résidus datant de la formation de notre système solaire, les scientifiques avaient pour objectif de comprendre l'histoire de la formation des soleils et des planètes. Au lieu de cela, ils ont fait une terrible découverte : il y a bien longtemps, notre système trisolarien comptait douze planètes! Il n'en reste maintenant qu'une, la nôtre.

Une seule explication est possible : à l'échelle du temps démesuré de l'astronomie, les onze autres planètes ont été consumées par les trois soleils! Notre monde n'est ni plus ni moins que le dernier survivant d'une grande chasse à l'échelle de l'univers. C'est uniquement par chance que la civilisation a pu renaître à cent quatre-vingt-douze reprises. Après des recherches encore plus poussées, nous avons découvert le phénomène de "respiration" des trois étoiles.

— La "respiration" des étoiles?

— Ce n'est qu'une image. Vous avez découvert la couche gazeuse externe entourant les soleils, mais vous ignorez que cette couche gazeuse connaît de longs cycles de dilatation et de contraction, comme si elle respirait. Lorsque la couche gazeuse se dilate, elle peut devenir dix fois plus épaisse, ce qui augmente bien sûr considérablement le diamètre de l'étoile. Elle devient alors comme une main géante capable d'empoigner les planètes à son aise. Quand une planète et un soleil se trouvent à une certaine distance, la planète pénètre dans la couche gazeuse, et le frottement intense entre les deux corps lui fait perdre de la vitesse. Pour finir, comme la longue queue de feu d'une comète, elle s'abîme dans l'océan de flammes du soleil.

Les résultats de ces travaux ont montré que, durant la longue histoire du système trisolarien, chaque fois que la couche gazeuse d'un soleil est entrée en période de dilatation, celui-ci a englouti une à deux planètes. Les onze planètes ont en effet sombré dans la mer de flammes d'un soleil durant la période où la dilatation de sa couche gazeuse était la plus grande. Aujourd'hui, les couches gazeuses des soleils sont dans un cycle de contraction. Autrement, les soleils n'auraient pas fait que frôler notre planète il y a quatre-vingt-douze millions d'années. Mais selon les prédictions des chercheurs, la prochaine période de dilatation aura lieu dans cent cinquante à deux cent mille ans.

— Nous ne pouvons plus rester dans cet endroit maudit, conclut Einstein, qui s'était allongé en travers du sol, le violon entre les bras, comme un vieux mendiant.

Le secrétaire général opina de la tête et reprit :

— Oui, nous devons partir, et vite. Notre dernière porte de sortie, c'est de faire un pari avec l'univers.

— Quel genre de pari ? demanda Wang Miao.

— Sortir de ce système stellaire, voguer dans le vaste océan d'étoiles et chercher dans la galaxie un nouveau monde où émigrer !

À cet instant, Wang Miao entendit un grincement sourd. Il vit le poids géant du pendule être hissé par un mince câble attaché à un treuil placé en hauteur. Quand il fut hissé jusqu'en haut, un énorme fragment de lune descendant dans la lumière de l'aube émergea derrière lui, dans le fond du ciel.

Le secrétaire général annonça solennellement :

— Lancez le pendule !

Le treuil relâcha le câble et le poids du pendule tomba silencieusement le long d'une trajectoire lisse et arquée. Son mouvement commença tout d'abord par être lent, puis il prit de la vitesse et atteignit sa vitesse maximale en bas de l'arc. Quand il déchira l'air, on entendit le bruit lourd et sifflant du vent, puis le pendule remonta le long de l'arc jusqu'à son point culminant. Il se figea quelques instants, puis redémarra son mouvement de balancier.

Wang Miao pouvait sentir l'immense force générée par le mouvement du pendule. Le sol semblait comme secoué par son balancement. Contrairement aux pendules du monde réel, le temps de balancement du pendule n'était pas régulier, il ne cessait de changer, une particularité due à l'attraction gravitationnelle variable de la lune géante. Lorsque la lune géante se trouvait de ce côté de la planète, sa gravité et celle de la planète s'annulaient mutuellement et le pendule perdait du poids. À l'inverse, lorsque la lune passait de l'autre côté, sa gravité s'ajoutait à celle de la planète et le poids du pendule augmentait jusqu'à revenir quasiment à celui qui était le sien avant la grande déchirure.

En levant les yeux pour observer le mouvement impressionnant de ce monument en l'honneur de Trisolaris, Wang Miao se demanda si le pendule commémorait l'espoir d'un ordre ou bien la soumission au chaos. Il s'imagina le pendule comme un gigantesque poing de fer éternellement brandi contre l'univers, comme si Trisolaris clamait en silence qu'elle resterait à jamais insoumise... Tandis que les yeux de Wang Miao se brouillaient de larmes, il vit un texte s'afficher devant le pendule :

Quatre cent cinquante et un ans plus tard, la civilisation n° 192 a été détruite par les flammes d'un ciel à deux soleils. La civilisation avait atteint l'âge de l'atome et l'âge de l'information.

La civilisation n° 192 a posé un jalon important dans l'histoire de la civilisation trisolarienne. Elle a enfin prouvé que le problème à trois corps ne possédait aucune solution. C'est elle qui a choisi d'abandonner les efforts vains des cent quatre-vingt-onze civilisations l'ayant précédée. Elle a déterminé une nouvelle trajectoire pour les civilisations futures. Désormais, le nouveau but ultime du jeu des *Trois Corps* est le suivant :

Partir dans l'univers, chercher une nouvelle demeure.

Nous vous invitons à vous reconnecter dans le futur.

Après avoir quitté le jeu des *Trois Corps*, Wang Miao se sentit lessivé. Mais malgré sa fatigue, il ne se reposa cette fois-ci qu'une petite demi-heure avant de se reconnecter. Sur le fond noir s'afficha une information inattendue :

Urgent! Les serveurs des *Trois Corps* vont bientôt fermer. Connectez-vous librement pendant le temps restant. Le jeu des *Trois Corps* va maintenant passer directement à la scène finale.

20

LES TROIS CORPS : L'EXPÉDITION

La plaine baignée par les lueurs glaciales de l'aube était à présent totalement déserte. Ni pyramide ni siège des Nations unies. Le mémorial du Pendule avait disparu. Il ne restait plus que ce désert de Gobi à perte de vue, comme la première fois qu'il avait mis le pied dans ce monde.

Wang Miao s'aperçut cependant très vite que c'était une illusion. Ce qu'il avait pris pour des cailloux jonchant le sol du désert étaient en réalité des têtes humaines! Une foule immense recouvrait la terre. En les regardant, perché au sommet d'une petite colline, Wang Miao essaya de calculer le nombre de cette improbable marée humaine. Jusqu'où pouvait porter son regard, il les estima à plusieurs centaines de millions! Il comprit que tous les Trisolariens s'étaient donné rendez-vous ici.

Le silence de ces centaines de millions de personnes provoquait une étrangeté suffocante. Cette foule massée ici attendait quelque chose. Wang Miao sonda les alentours et remarqua que tous levaient la tête au ciel.

Wang Miao les imita et découvrit dans le ciel étoilé un incroyable spectacle : les étoiles s'étaient déployées en formation carrée! Bientôt, il réalisa que les étoiles qu'il avait imaginées en formation se trouvaient simplement sur une orbite synchrone au-dessus de la planète. Derrière cet étrange cortège, le vaste océan d'étoiles de la Voie lactée paraissait par contraste tout à fait immobile.

Parmi les étoiles en formation, les plus proches du côté où l'aube se levait étaient aussi les plus lumineuses. Elles brillaient d'une lumière argentée qui projetait sur le sol les ombres de la foule. Plus on s'éloignait de l'aube, plus la luminosité déclinait. Wang Miao compta plus de trente étoiles de chaque côté de la formation ; il devait donc y en avoir plus de mille en tout. Le mouvement lent et simultané de cette formation, manifestement d'origine artificielle, sur le fond étoilé du ciel dégageait une puissance solennelle.

C'est alors qu'un homme qui se tenait à ses côtés lui donna un petit coup de coude et lui susurra à voix basse :

— Ah, vénérable Copernic, pourquoi arrivez-vous si tard ? Trois civilisations ont passé. Vous avez manqué beaucoup de grands accomplissements !

— Qu'est-ce que c'est ? demanda Wang Miao en pointant du doigt la formation d'étoiles.

— La glorieuse flotte trisolarienne, prête à commencer son expédition !

— Vous voulez dire que la civilisation a atteint l'âge des voyages interstellaires ?

— Oui. Ces magnifiques vaisseaux peuvent atteindre une vitesse équivalant à un dixième de la vitesse de la lumière.

— Un dixième de la vitesse de la lumière ? C'est une avancée énorme, du moins pour ce que j'en sais. Mais cela semble quand même assez lent pour un vaisseau interstellaire.

— C'est la première étape d'un très long voyage, répondit l'homme. La clef est de trouver la bonne cible.

— Quelle est la destination de la flotte ?

— Un système stellaire situé à environ quatre années-lumière d'ici – l'étoile la plus proche du système de Trisolaris.

Wang Miao fut surpris :

— L'étoile la plus proche de notre système est aussi située à cette distance de quatre années-lumière.

— Votre étoile ?

— Celle de la planète Terre.

— Oh, il n'y a rien d'étonnant. Dans cette grande région qu'est la Voie lactée, la densité des étoiles est relativement homogène. C'est le résultat du lent conditionnement de la gravité des étoiles. La distance entre la majorité des étoiles de la galaxie est d'environ trois à six années-lumière.

Une gigantesque clameur de joie retentit soudain. Wang Miao leva la tête et vit que la luminosité de chaque étoile de la formation s'intensifiait. C'était la lumière émise par les vaisseaux eux-mêmes. Rapidement, l'aube fut inondée de cette clarté et les mille étoiles se transformèrent en mille petits soleils. Un jour glorieux se levait sur Trisolaris. Sur terre, la foule leva les mains au ciel, esquissant une prairie infinie de bras levés.

La flotte trisolarienne commença à accélérer et se déplaça en grande pompe à travers le dôme céleste. Elle rasa le sommet de la lune géante qui venait tout juste de se lever, projetant un halo bleuté sur les montagnes et les vallées de sa surface.

La clameur se tut. Désormais muet, le peuple de Trisolaris regarda son espoir traverser l'ouest du ciel. Ils ne connaîtraient jamais de leur vivant l'aboutissement de cette odyssée, mais dans quatre ou cinq siècles, leurs descendants recevraient des nouvelles du succès de la flotte depuis un autre monde, le début d'une nouvelle vie pour la civilisation trisolarienne. Wang Miao se tenait avec eux, observant silencieusement la flotte s'éloigner jusqu'à ce que les mille étoiles soient enfin réduites à la taille d'une seule et que celle-ci disparaisse à l'ouest, dans le ciel nocturne. Puis un texte s'afficha :

L'expédition de la civilisation trisolarienne vers le nouveau monde a commencé. La flotte est en route…

Le jeu des *Trois Corps* est maintenant terminé. Lorsque vous retournerez dans le monde de la réalité, si vous êtes fidèle à votre promesse, veuillez vous connecter à la page Web dont le lien vous sera envoyé par courriel et rendez-vous à l'assemblée de l'Organisation Terre-Trisolaris.

II

LE CRÉPUSCULE DES HOMMES

21

LES REBELLES DE TERRE-TRISOLARIS

Il y avait bien plus de monde à cette assemblée que lors de la dernière réunion de joueurs des *Trois Corps*. Elle avait lieu dans la cafétéria d'une usine chimique. L'entreprise avait été délocalisée et le bâtiment, vétuste, allait bientôt être détruit. Trois cents personnes étaient réunies dans la vaste salle. Wang Miao aperçut beaucoup de visages familiers. Des célébrités et des experts de toutes sortes : scientifiques, écrivains, hommes politiques…

La première chose qui attira son attention était une installation insolite, placée au centre de la cafétéria : trois sphères argentées, chacune un peu plus petite qu'une boule de bowling, lévitaient en tourbillonnant au-dessus d'un socle en métal. Wang supposa que l'ensemble fonctionnait grâce au principe de la sustentation électromagnétique. L'orbite suivie par les sphères paraissant absolument aléatoire, Wang Miao y vit une reproduction réelle du mouvement des trois corps.

Les autres convives ne semblaient pas prêter une grande attention à cette œuvre d'art. Leur attention était rivée sur un individu qui se trouvait debout sur une table cassée au centre de la salle. Pan Han.

— As-tu assassiné la camarade Shen Yufei ? l'interrogea quelqu'un.

— Oui, répondit Pan Han avec sang-froid. L'Organisation fait aujourd'hui face à une crise provoquée par des traîtres qui, comme elle, ont infiltré les rangs adventistes.

— De quel droit as-tu osé ?

— C'était mon devoir, pour le bien de l'Organisation !

— Ton devoir ? Je crois plutôt que tes intentions étaient mauvaises dès le début !

— Qu'insinues-tu ?

— Qu'a accompli la section environnementale de l'Organisation depuis que tu en as pris la responsabilité ? Votre mission était de vous servir des problèmes environnementaux existants ou d'en créer de nouveaux pour susciter au sein de la société la haine de la science et de l'industrie modernes. Et tout ce que tu as fait, c'est utiliser les technologies et les prédictions divines pour servir tes propres intérêts, pour accroître ta réputation et t'enrichir !

— Crois-tu vraiment que ma réputation m'importe ? À mes yeux, l'humanité tout entière n'est qu'un tas d'immondices, pourquoi voudrais-je sa reconnaissance ? Mais si je n'étais pas célèbre, penses-tu que je pourrais influencer les esprits ?

— Tu as toujours choisi la voie de la facilité ! Tout ce que tu as fait aurait très bien pu être accompli par des militants écologistes issus de la société civile. Au moins, ils étaient bien plus sincères et passionnés que tu ne l'es. Il aurait suffi de les orienter un peu et nous aurions pu utiliser leurs combats à notre profit ! La tâche principale de la section environnementale, c'est de provoquer des catastrophes écologiques que nous pourrons ensuite exploiter : empoisonner des réservoirs d'eau, provoquer des fuites dans des usines chimiques… Mais qu'avez-vous fait ? Rien de tout ça !

— Nous avions réfléchi à de nombreux programmes et plans d'action, mais tous ont été refusés par le Guide. De toute façon, ces actions auraient été stupides, du moins jusqu'à aujourd'hui. Il y a quelque temps, la section biologique et médicale a tenté de créer une catastrophe en provoquant une overdose d'antibiotiques mais, comme vous le savez, leur plan a été rapidement découvert ! Sans parler de la filiale européenne qui a bien failli nous faire repérer !

— C'est toi qui parles de nous faire repérer, mais tu as commis un meurtre !

— Camarades, écoutez-moi ! Tôt ou tard, c'était inévitable. Comme vous le savez déjà, même si nous n'avons pas encore été clairement identifiés, nombreux sont les gouvernements qui ont décrété l'état de guerre. En Europe et en Amérique du Nord, ils ont déjà procédé à la capture de certains membres de l'Organisation. Dès que les arrestations commenceront ici, je ne doute pas un instant que les rédemptoristes se rangeront du côté des autorités. Nous devons agir avant que cela n'arrive et purger l'Organisation de tous les traîtres rédemptoristes !

— Tu n'as pas cette autorité.

— Bien sûr, ce sera au Guide d'en décider. Mais, camarades, il est de mon devoir de vous informer que le Guide est adventiste !

— Tu affabules ! Tout le monde ici connaît l'autorité du Guide. Si la situation était telle que tu le prétends, cela fait bien longtemps que les rédemptoristes auraient été exclus de l'Organisation.

— Le Guide a sans doute ses raisons. Peut-être même que c'est le but de l'assemblée d'aujourd'hui.

Ces paroles prononcées, l'attention de la foule se détourna de Pan Han et tous commencèrent à discuter bruyamment de la crise à laquelle faisait face l'Organisation. Un scientifique célèbre ayant jadis remporté le prix Turing sauta sur la table, brandit le poing et lança :

— Camarades, que croyez-vous qu'il est le moment de faire ?

— La rébellion mondiale !

— C'est du suicide !

— Longue vie à l'esprit de Trisolaris ! Nous renaîtrons, comme des graines tenaces qui repoussent après un incendie de forêt !

— Grâce à notre rébellion, le monde connaîtra enfin notre visage ! Ce sera la première fois que l'Organisation entrera sur la scène de l'histoire. Si notre programme est cohérent, il trouvera un vaste soutien de par le monde !

Cette dernière phrase, prononcée par Pan Han, souleva des applaudissements.

Quelqu'un cria :

— Le Guide !

La foule s'écarta pour lui frayer un passage. Wang Miao se sentit pris de vertige. Le monde apparut devant ses yeux comme un film en noir et blanc, avec un seul personnage en couleurs :

celle qui venait juste de faire son apparition. Escorté par des gardes du corps s'avançait à pas décidés le Guide des rebelles de l'Organisation Terre-Trisolaris : Ye Wenjie.

Elle vint se placer au milieu d'un cercle qu'on avait libéré pour elle. Elle leva un poing maigre et, avec une voix puissante et déterminée que Wang Miao ne lui soupçonnait pas, elle clama :

— Mettons fin à la tyrannie humaine !

La foule de rebelles lui répondit par un slogan qui semblait avoir été maintes fois répété :

— Le monde appartient à Trisolaris !

— Chers camarades, commença Ye Wenjie.

Sa voix avait retrouvé la douceur et la légèreté que lui connaissait Wang Miao, si bien que ce ne fut en fin de compte qu'à cet instant qu'il put avoir l'assurance que cette femme était bien le Pr Ye.

— J'ai été quelque peu malade ces derniers temps et je n'ai pas pu être aussi présente à vos côtés que je l'aurais souhaité. La situation est grave. Je sais que chacun de vous est soumis à une pression insupportable, c'est pourquoi j'ai décidé de venir vous voir.

— Guide, prenez soin de vous…, lancèrent quelques personnes dans la foule.

Wang Miao reconnut à leur voix que leurs paroles venaient du fond du cœur.

— Avant de passer aux choses importantes, nous devons régler un point de détail : Pan Han ! dit Ye Wenjie, les yeux toujours rivés sur la table bien qu'elle l'ait appelé par son nom.

— Me voici, Guide.

Pan Han sortit de la foule au sein de laquelle il avait, plus tôt, tenté de se fondre. Il se voulait serein, mais la peur qui l'habitait était flagrante. Le Guide ne l'avait pas appelé "camarade", c'était un mauvais présage.

— Tu as gravement transgressé le code de l'Organisation, continua Ye Wenjie, toujours sans le regarder, avec la voix douce d'une mère devant un enfant ayant fait une bêtise.

— Guide, l'Organisation fait face à une crise qui pourrait la mener à l'extinction. Si nous ne prenons pas des mesures radicales pour éliminer les dissidents et les ennemis qui sont parmi nous, nous risquons de tout perdre!

Ye Wenjie leva la tête pour observer Pan Han. Son regard était tendre, mais il coupa la respiration de l'activiste pendant une poignée de secondes.

— L'idéal et l'objectif ultimes de l'organisation sont précisément de tout perdre. Perdre tout ce qui appartient à l'espèce humaine, nous y compris.

— Vous êtes donc adventiste! Guide, pourriez-vous le déclarer publiquement? C'est important pour nous autres, n'est-ce pas, camarades? Très important! cria-t-il en levant le bras.

Il regarda tout autour de lui, mais la foule était toujours plongée dans le silence. Personne ne lui avait fait écho.

— Ce n'est pas à toi qu'il revient d'adresser cette requête. Tu as enfreint le code. Si tu souhaites faire appel, tu peux le faire maintenant ou bien assumer la responsabilité de ton acte.

Ye Wenjie avait parlé lentement, en détachant bien chaque syllabe, comme si elle craignait de ne pas être comprise de l'enfant qu'elle était en train de sermonner.

— Mon but était de nous débarrasser du mathématicien surdoué. La décision a été prise par le camarade Evans et adoptée à l'unanimité lors de la séance plénière du comité. Si le mathématicien arrivait vraiment à créer un modèle mathématique exact du problème à trois corps, les dieux ne viendraient jamais sur Terre, et le grand projet de l'Organisation serait réduit à néant. J'ai agi en état de légitime défense, c'est Shen Yufei qui a tiré la première.

Ye Wenjie hocha la tête :

— Disons que pour cette fois nous te croyons. De toute façon, ce n'est pas le sujet qui nous préoccupe le plus aujourd'hui. J'espère que nous pourrons continuer à te faire confiance. Maintenant, répète une nouvelle fois la requête que tu viens d'adresser.

Pan Han resta un moment abasourdi. Il ne paraissait pas avoir retrouvé son calme :

— Je… Pourriez-vous déclarer publiquement que vous êtes adventiste? Après tout, le plan d'action des adventistes est conforme à votre idéal.

— Eh bien, répète donc ce fameux plan d'action.

— L'humanité ne peut plus compter sur elle-même pour résoudre ses problèmes. Elle ne peut plus compter sur ses propres forces pour mettre un terme à sa folie. C'est pourquoi nous demandons aux dieux de venir dans notre monde afin que, grâce à leur pouvoir, nous puissions surveiller et transformer par la force les sociétés humaines, et bâtir une nouvelle civilisation, parfaite et éclairée.

— Les adventistes sont-ils loyaux à ce plan?

— Bien sûr! Guide, ne croyez pas les fausses rumeurs qui circulent.

— Ce ne sont pas des rumeurs! cria un homme en se frayant un chemin dans la foule. Je m'appelle Rafael, je suis israélien. Il y a trois ans, mon fils de quatorze ans est mort dans un accident de voiture. J'ai fait don de son rein à une petite Palestinienne qui souffrait d'urémie. Par cet acte, je voulais exprimer mon vœu que les deux peuples puissent coexister en paix. J'étais prêt à donner ma vie pour ce rêve. Beaucoup d'Israéliens et de Palestiniens font le même genre d'effort, avec toute la sincérité du monde. Mais tout cela est inutile. Nos territoires s'enlisent plus profondément chaque jour dans le bourbier de la haine et de la vengeance. J'ai perdu toute foi dans l'humanité, et c'est ainsi que j'ai intégré l'Organisation Terre-Trisolaris. D'un artisan de la paix, le désespoir a fait de moi un extrémiste. Grâce à mes dons financiers importants à l'Organisation, j'ai pu intégrer le noyau du courant adventiste.

Je vous le dis aujourd'hui : les adventistes possèdent leurs propres principes. Pour eux, l'humanité est une espèce mauvaise par nature. La civilisation humaine a commis trop de crimes odieux sur Terre et elle doit être punie à la hauteur de ses méfaits. L'objectif ultime des adventistes est de demander aux dieux d'infliger à l'humanité le châtiment qu'elle mérite : sa destruction totale!

— Le programme réel des adventistes n'est un secret pour personne, cria quelqu'un.

— Mais ce que vous ignorez, c'est que ce programme n'a pas évolué avec le temps, il a été déterminé dès le début! Ça a toujours été le rêve d'Evans, le cerveau du mouvement adventiste! Il a trompé l'Organisation et a berné tout le monde, y compris le Guide! Evans n'a cessé de travailler à atteindre cet objectif. C'est lui qui a transformé le mouvement adventiste en royaume de la terreur, peuplé d'écologistes extrémistes et de fous qui n'ont que de la haine pour l'humanité!

— Je n'ai découvert les intentions réelles d'Evans que tardivement, admit Ye Wenjie. Cependant, j'ai essayé de recoller les morceaux pour que l'Organisation reste soudée, mais certains actes commis par les adventistes ont réduit ces efforts à néant.

Pan Han reprit la parole :

— Guide, le mouvement adventiste est le cœur même de l'OTT. Sans nous, il n'y aurait jamais eu de mouvement!

— Ce n'est pas une raison suffisante pour monopoliser toutes les communications entre les dieux et l'Organisation.

— Nous avons construit Côte Rouge 2! C'est naturellement à nous qu'il revient de la faire fonctionner!

— Les adventistes ont profité de cet avantage pour se rendre coupables d'un acte de trahison impardonnable : vous avez intercepté les messages que les dieux ont envoyés à l'Organisation et n'en avez révélé qu'une infime partie. Pire, vous en avez même falsifié le contenu. Par l'intermédiaire de Côte Rouge 2, vous avez transmis une grande quantité d'informations aux dieux, sans avoir consulté l'Organisation.

Le silence descendit sur la salle comme une chape de plomb, provoquant des picotements sur le crâne de Wang Miao. Pan Han ne répondit rien. Son regard était devenu froid, comme s'il voulait dire : *Enfin, nous y sommes.*

— Nous avons déjà accumulé beaucoup de preuves de la trahison des adventistes. La camarade Shen Yufei nous en a fourni un certain nombre. Elle appartenait autrefois au noyau dur du mouvement adventiste mais, au plus profond d'elle-même, c'était une fervente rédemptoriste. Vous l'avez découvert trop tard, elle en savait déjà trop. Evans ne t'a pas envoyé tuer une seule personne mais bien deux.

Pan Han jeta un œil tout autour de lui, il semblait vouloir évaluer la situation. Ye Wenjie remarqua son attitude.

— Tu peux voir que la plupart des camarades ici présents sont des rédemptoristes. Je suis persuadée que la minorité adventiste ici présente respectera les décisions de l'Organisation.

Mais des gens comme Evans et toi sont irrécupérables. Pour protéger notre plan et notre idéal, il nous faut résoudre en profondeur le problème des adventistes.

Le silence tomba une nouvelle fois sur la salle. Deux ou trois minutes plus tard, l'une des gardes du corps de Wenjie, une svelte et jolie jeune femme, eut un rictus. Tous portèrent leurs regards vers elle. D'un pas félin, elle s'approcha de Pan Han.

Le visage de ce dernier changea de couleur, il inséra sa main dans la poche intérieure de sa veste, mais en un éclair, la jeune femme bondit sur lui. Si vite que personne ne la vit faire, elle passa un bras délicat mais aussi souple que du lierre de printemps autour du cou de Pan Han. Elle plaça son autre main sur le sommet de son crâne et, en pressant à un angle précis avec une force inouïe et une expertise certaine, elle fit pivoter sa tête de cent quatre-vingts degrés. Dans le silence de la salle, on entendit le craquement de sa vertèbre cervicale. La jeune femme ôta alors rapidement ses mains, comme si le crâne était brûlant. Pan Han s'écroula sur le sol. Le pistolet qui avait servi à tuer Shen Yufei roula sous la table. Son corps était encore pris de convulsions, mais ses yeux exorbités et sa langue pendante étaient immobiles, comme s'ils n'avaient jamais appartenu au reste de son corps. Quelqu'un approcha pour emporter la carcasse de Pan Han. Un filet de sang se répandit tout le long du chemin où il fut traîné.

— Ah, Miao, tu es venu aussi, bonjour.

Ye Wenjie lui fit un signe de tête et lui sourit affectueusement.

Puis, se tournant vers les autres, elle expliqua :

— Je vous présente mon ami le Pr Wang Miao, de l'Académie nationale des sciences. Il travaille sur les nanomatériaux, la première technologie terrestre que les dieux souhaitent anéantir.

Personne ne regarda Wang Miao, et ce dernier n'eut pas la force de s'exprimer. Il dut attraper la manche d'une personne qui se trouvait à côté de lui pour ne pas perdre l'équilibre, mais celle-ci le repoussa délicatement.

— Miao, je vais à présent poursuivre l'histoire de Côte Rouge que j'ai commencé à te raconter lors de notre dernière rencontre. Camarades, écoutez attentivement. Ce n'est pas une perte de temps. En ces heures extraordinaires, il nous faut revenir à la genèse de l'Organisation.

— La base de Côte Rouge ? Vous n'aviez donc pas terminé votre histoire ? demanda maladroitement Wang Miao.

Ye Wenjie s'approcha à pas lents de la sculpture des trois corps, comme envoûtée par les sphères en lévitation. À travers la fenêtre brisée de la cafétéria, les rayons du crépuscule éclairaient l'œuvre d'art et les sphères dansantes reflétaient de façon irrégulière la lumière du soleil sur le Guide des rebelles, comme si des flammes chatoyantes dansaient sur son corps.

— Non. Ce n'était que le début, dit Ye Wenjie à voix basse.

22

CÔTE ROUGE V

À son entrée dans la base, Ye Wenjie ne s'était jamais imaginé qu'elle pourrait en sortir un jour. Après avoir pris connaissance de l'objectif réel du projet Côte Rouge – une information si secrète que de nombreux cadres intermédiaires de la base l'ignoraient eux-mêmes –, elle avait mentalement coupé tout contact avec le monde extérieur et s'était totalement abandonnée à son travail. Dès lors, elle avait eu l'occasion de pénétrer plus profondément encore au cœur de la technologie de Côte Rouge et avait commencé à assumer de plus grandes responsabilités en termes de recherche.

Lei Zhicheng en voulait à Yang Weining d'avoir fait confiance à Ye Wenjie, mais il acceptait tout de même volontiers de confier à celle-ci des projets de recherche plus importants. Étant donné son statut, Ye Wenjie ne possédait de toute façon aucun droit sur les résultats de ses recherches. Seul autre diplômé d'astrophysique de toute la base, Lei Zhicheng était à l'époque l'un des rares cadres politiques à être issus du monde intellectuel. Aussi, il signait de son nom les résultats et les articles scientifiques de Wenjie, ce qui faisait de lui un cadre politique modèle, à la fois fervent révolutionnaire et savant technicien.

La raison première qui avait permis à Ye Wenjie de rejoindre la base, c'était une étude mathématique autour du soleil qu'elle avait publiée dans *The Journal of Astrophysics*, lorsqu'elle était encore étudiante de deuxième cycle. Par comparaison avec la Terre, le soleil était un système physique autrement plus simple : il était presque entièrement composé de deux éléments, l'hydrogène et l'hélium. Même si les processus physiques y étaient complexes, il ne s'agissait que de variations de la fusion de l'hydrogène en hélium. Il était donc possible de construire un modèle mathématique susceptible de décrire plus précisément la nature du soleil. Son article était assez basique, mais Yang Weining et Lei Zhicheng y avaient vu un espoir de résoudre les problèmes techniques auxquels faisait face le système de surveillance de Côte Rouge.

Les pannes solaires constituaient par exemple des obstacles réguliers au bon fonctionnement du système. Cette expression de "panne solaire" était née en même temps que la technologie des satellites de communication, toute récente. Lorsque la Terre, le satellite et le soleil étaient alignés, les antennes de réception au sol avaient le soleil pour fond. Celui-ci étant une immense source de rayonnement électromagnétique, les transmissions par ondes des satellites étaient soumises à de fortes perturbations. Vingt ans plus tard, au XXIe siècle, ce problème n'avait toujours pas été résolu.

Côte Rouge faisait face à des perturbations de ce type, à la différence près que la source des perturbations (le soleil) se situait entre la source des transmissions (l'espace) et l'antenne de réception au sol. En comparaison avec des satellites de communication, les pannes solaires dont était victime Côte Rouge étaient plus fréquentes et plus graves. Les infrastructures de la base étaient en réalité bien plus modestes que ce qui avait été imaginé lors de sa conception. Les unités de surveillance et de transmission partageaient par exemple une seule et même antenne. Le temps consacré aux activités de surveillance était donc d'autant plus précieux, et les pannes solaires d'autant plus dommageables.

L'idée de Yang Weining et de Lei Zhicheng était simple : tout d'abord, déterminer la fréquence et les particularités des rayonnements électromagnétiques solaires qui perturbaient le système de réception et, ensuite, les filtrer numériquement. Ils étaient tous deux techniciens, ce qui était certes très appréciable pour l'époque. Cependant, Yang Weining n'était pas spécialiste d'astrophysique et Lei Zhicheng s'étant destiné à une carrière politique, ses connaissances dans ce domaine n'étaient pas aussi expertes. En réalité, le spectre électromagnétique du soleil était stable uniquement entre le domaine de rayonnement ultraviolet proche et le domaine de rayonnement infrarouge moyen – ce qui incluait ainsi le domaine de la lumière visible. Pour tous les autres domaines, le rayonnement du soleil s'avérait instable.

Ye Wenjie avait brillamment montré dans son premier rapport de recherche que, durant les intenses périodes d'activité solaire – taches solaires, éruptions solaires, éjections de masse coronale, etc. –, il était impossible de supprimer les perturbations solaires. L'objet de ses recherches se limitait donc aux rayonnements électromagnétiques situés dans les gammes de fréquences surveillées par Côte Rouge et durant les phases normales de l'activité solaire.

La base bénéficiait de conditions de recherche satisfaisantes. La bibliothèque disposait d'une collection assez complète d'ouvrages de référence en langue étrangère qu'il lui était possible de consulter et elle recevait les derniers numéros des revues universitaires américaines et européennes – une chose rare à l'époque. Ye Wenjie pouvait également utiliser la ligne téléphonique militaire pour contacter deux équipes de l'Académie chinoise des sciences qui menaient des recherches sur les phénomènes solaires. Elle recevait régulièrement par fax leurs données et leurs observations.

La recherche de Ye Wenjie se poursuivit durant six mois, mais elle n'entrevoyait aucun espoir de réussite. Elle avait rapidement découvert que, dans les gammes de fréquences surveillées par Côte Rouge, les rayonnements solaires étaient imprévisibles. Après une analyse d'une grande somme de données d'observation, elle découvrit un mystère déconcertant. Parfois, alors qu'avait lieu une soudaine variation du rayonnement solaire, l'activité à la surface du soleil apparaissait paradoxalement calme. Ce n'était pas un cas isolé, car un bon millier de données d'observations documentaient le même phénomène. Les rayonnements micro-ondes et d'ondes courtes issus du noyau du soleil ne pouvant traverser les centaines de milliers de kilomètres constituant la couche du soleil, ces rayonnements devaient par conséquent provenir de sa surface. Une activité solaire particulière aurait dû être observée lors du déclenchement de ces perturbations. Or, aucune activité correspondante n'apparaissait à la surface du soleil. Quel phénomène provoquait donc les variations soudaines de ces étroites gammes de fréquences ? Plus elle y pensait, plus ce mystère l'intriguait.

Après avoir épuisé toutes les hypothèses, Ye Wenjie décida d'abandonner. Dans le dernier rapport qu'elle avait rédigé, elle avouait son incompétence à résoudre le problème. L'échec ne serait pas mal perçu, car les deux équipes universitaires jadis consultées par les militaires s'étaient retrouvées dans la même impasse. Yang Weining avait simplement voulu essayer une nouvelle fois, en faisant appel à l'expertise de Ye Wenjie. Le but de Lei Zhicheng était encore plus simple : il voulait l'article de Wenjie. Ce sujet de recherche était très théorique et lui permettrait de faire valoir son niveau scientifique. La terrible fièvre de la Révolution culturelle commençait désormais à retomber et les exigences envers les cadres du Parti étaient en train de changer. Sa maturité politique et ses insignes succès académiques lui conféraient un profil rare et le destinaient à une carrière prometteuse. Il se préoccupait donc peu de savoir si le problème des pannes solaires pouvait ou non être résolu.

Mais finalement, Ye Wenjie ne rendit aucun rapport. Elle s'était dit que si elle déclarait avoir terminé ses recherches, la bibliothèque cesserait ses commandes d'ouvrages et de revues sur ce thème. Elle n'aurait plus jamais accès à ces riches collections relatives à l'astrophysique. Aussi – du moins officiellement – poursuivait-elle ses recherches, tandis qu'elle concentrait désormais ses efforts sur la conception de son modèle mathématique solaire.

Ce soir-là, Ye Wenjie était, comme d'ordinaire, la seule personne à se trouver dans la glaciale salle de lecture de la bibliothèque. Sur la longue table devant laquelle elle était assise était posée une pile de livres et de revues. Après avoir achevé les calculs d'une matrice complexe, elle se frotta les mains pour les réchauffer et saisit le dernier numéro de la revue *Journal of Astrophysics*, pour prendre une pause. Alors qu'elle le feuilletait, une note portant sur Jupiter attira son attention :

Dans l'article "Une nouvelle et puissante source de rayonnement dans le système solaire" paru dans notre dernier numéro, notre confrère, le Dr Harry Petterson de l'observatoire du mont Wilson, a publié une liste de données obtenues lors de l'observation de la précession de Jupiter, entre le 12 juin et le 2 juillet. Durant cette observation, le Dr Petterson a fait la découverte fortuite de deux intenses rayonnements électromagnétiques provenant de Jupiter elle-même. La durée de chaque rayonnement a respectivement été de 81 et 76 secondes. Les données publiées par Petterson comprennent aussi les gammes de fréquences, ainsi que d'autres paramètres. Au cours de ces sursauts radio, Petterson a noté des variations de la Grande Tache rouge de Jupiter. Les sursauts radio jupitériens ont suscité depuis un grand intérêt dans la communauté des planétologues. Dans ce numéro, G. Mackenzie revient dans son article sur cette découverte en proposant l'hypothèse qu'il pourrait s'agir d'un signe avant-coureur du déclenchement d'une fusion nucléaire sur Jupiter. Dans notre prochain numéro, nous publierons un article de Kumoishi Inoue qui attribue pour sa part les sursauts radio jupitériens à un mécanisme plus complexe : les mouvements internes de plaques d'hydrogène métallique. Il en donnera une description mathématique complète.

Ye Wenjie se rappelait avec netteté les deux dates dont il était question. Ces jours-là, le système de surveillance de Côte Rouge avait été soumis à de fortes perturbations provoquées par des pannes solaires. Elle consulta le journal des opérations de l'unité, qui ne fit que confirmer ses souvenirs. Les dates étaient proches, à la différence près que les pannes solaires avaient eu lieu sur Terre six minutes et quarante-deux secondes après les sursauts radio de Jupiter. Ces six minutes et quarante-deux secondes étaient la clef! Wenjie essaya de calmer les palpitations furieuses de son cœur. Elle demanda au bibliothécaire de contacter l'Observatoire national pour obtenir les éphémérides de Jupiter et de la Terre correspondant à ces deux périodes.

Elle traça sur le tableau noir un grand triangle aux sommets duquel elle plaça le soleil, la Terre et Jupiter. Elle inscrivit les distances le long des trois côtés, et écrivit à côté du sommet

"Terre" les heures auxquelles elle avait observé les perturbations. Il était facile de calculer le temps du trajet mis par les rayonnements électromagnétiques entre Jupiter et la Terre. Elle calcula ensuite le temps qu'il avait fallu aux rayonnements pour relier Jupiter au soleil et le soleil à la Terre. La différence entre les deux était d'exactement six minutes et quarante-deux secondes.

Ye Wenjie se reporta à son modèle mathématique de la structure solaire et essaya de chercher le moindre indice d'une théorie pouvant expliquer le phénomène. Ses yeux se rivèrent sur ce qu'elle avait jadis appelé dans son travail les "miroirs d'énergie" de la zone radiative du soleil.

L'énergie libérée lors des réactions de fusion apparaît en premier lieu sous la forme de rayons gamma de haute énergie. La zone radiative absorbe ces photons de haute énergie et les émet à nouveau mais, cette fois, à une énergie plus basse. Après un long processus répété d'absorption et de réémission (un photon peut parfois mettre mille ans avant de quitter le soleil), les rayons gamma deviennent des rayons X, des rayons ultraviolets extrêmes, puis des rayons ultraviolets, avant de se transformer petit à petit en lumière visible et en d'autres formes de rayonnement.

Ce phénomène était déjà bien connu des chercheurs travaillant sur les activités du soleil. Le nouveau résultat produit par le modèle mathématique de Ye Wenjie était le suivant : pendant le parcours du rayonnement solaire dans la zone radiative, celui-ci passe entre des couches à fréquences différentes. Entre deux couches adjacentes existent des interfaces et, chaque fois qu'une de ces interfaces est franchie, la fréquence de rayonnement diminue d'un niveau.

Cette élaboration allait à l'encontre de la conception traditionnelle considérant que la fréquence dans la zone de radiation diminue graduellement. Ses calculs montraient que ces fameuses interfaces reflétaient les rayonnements de fréquence faible. C'est ce qui lui avait inspiré l'appellation de "miroirs d'énergie".

Wenjie avait examiné de près ces fines membranes instables en suspension au-dessus de l'océan de plasma du soleil. Elle avait découvert que ces substances possédaient des caractéristiques exceptionnelles. L'une des plus incroyables était leur "sur-réflexivité". Mais cette dernière singularité paraissait si extraordinaire qu'elle était difficile à prouver. Ye Wenjie elle-même avait peine à croire qu'elle soit réelle. Il lui semblait plus probable d'avoir commis des erreurs durant ses complexes et vertigineux calculs.

Mais à présent, Ye Wenjie avait fait un premier pas corroborant l'hypothèse de la sur-réflexivité des miroirs d'énergie solaires : ces miroirs ne se contentaient pas simplement de refléter les rayonnements de fréquence faible, ils les amplifiaient ! Toutes les mystérieuses et soudaines variations à l'intérieur de gammes de fréquences étroites qu'elle avait pu observer par le passé étaient donc le résultat de l'amplification par ces miroirs de rayonnements provenant de l'espace. Voilà pourquoi aucune perturbation liée à ces rayonnements n'était visible à la surface du soleil.

Ces deux fois-là, il était possible que les sursauts radio reçus par le soleil en provenance de Jupiter aient été émis à nouveau, après avoir été amplifiés près d'une centaine de millions de fois. Quant à la Terre, elle avait reçu les deux rayonnements, avant et après leur amplification, séparés par un intervalle de six minutes et quarante-deux secondes.

Le soleil était un amplificateur d'ondes radio !

Mais une question se posait. Le soleil devait certainement recevoir chaque seconde des rayonnements électromagnétiques provenant de l'espace, y compris les ondes radio émises par la Terre. Pourquoi dès lors n'en amplifiait-il qu'une seule partie ? La réponse était simple. Non seulement toutes les fréquences n'étaient pas forcément reflétées par les miroirs d'énergie mais, surtout, la zone convective du soleil jouait le rôle de bouclier protecteur. Sans cesse bouillonnante et visible sous la forme de granulations solaires, elle se situait au-dessus de la zone radiative. C'était la couche la plus externe du soleil. Les ondes radio venues de l'espace devaient donc d'abord pénétrer cette zone de convection avant d'atteindre les miroirs d'énergie de la zone de radiation, et être ensuite amplifiées avant d'être émises à nouveau. Cela nécessitait des ondes radio entrantes qu'elles dépassent un certain seuil, que la plupart des ondes radio émises par la Terre étaient incapables d'atteindre, au contraire des sursauts radio de Jupiter.

La puissance maximale de Côte Rouge permettait néanmoins de dépasser ce seuil.

Si le problème des pannes solaires n'avait pas été résolu, une perspective excitante en découlait : les humains étaient capables d'utiliser le soleil comme une super-antenne pour transmettre des ondes radio dans l'univers. Ces ondes seraient envoyées grâce à l'énergie fournie par le soleil et leur puissance d'émission serait des centaines de millions de fois supérieure à la totalité de l'énergie terrestre.

La civilisation terrienne avait la capacité de transmission de communication d'une civilisation de type II sur l'échelle de Kardachev !

La prochaine étape consistait à comparer les formes d'ondes des deux sursauts radio de Jupiter avec celles des pannes solaires dont Côte Rouge était victime. Si celles-ci correspondaient, un pas énorme serait fait dans la vérification de cette hypothèse.

Ye Wenjie demanda aux responsables de la base de pouvoir contacter le Dr Harry Petterson pour obtenir ses données sur les formes d'ondes des sursauts radio jupitériens. Ce n'était pas chose facile, car il était difficile de trouver les bons réseaux et il fallait faire un nombre considérable de démarches administratives auprès de différents bureaux. La moindre erreur, et elle pouvait être suspectée d'espionnage. Wenjie fit ce qu'elle avait de mieux à faire : attendre.

Cependant il existait un moyen bien plus direct d'éprouver son hypothèse : envoyer, depuis Côte Rouge, une transmission dépassant le fameux seuil vers le soleil.

Ye Wenjie alla trouva les responsables et exprima sa requête. Elle n'osa pas donner le véritable motif de cette demande – c'était bien trop extraordinaire – et se contenta d'indiquer que l'expérience s'inscrivait dans le cadre de ses recherches sur le soleil : le système de transmission de Côte Rouge servirait de radar d'exploration et les échos que recevrait la base seraient utilisés comme données pour analyser les rayonnements électromagnétiques solaires. Lei Zhicheng et Yang Weining avaient tous deux un passé de techniciens et il n'était pas facile de les berner. Néanmoins, l'expérience décrite par Ye Wenjie avait des antécédents en Occident. De plus, son projet de radar d'exploration solaire était techniquement plus simple que les radars utilisés pour explorer d'autres planètes telluriques.

— Wenjie, tes demandes sont de plus en plus démesurées. Tu devais limiter tes recherches à des questions théoriques. Est-il vraiment si nécessaire de provoquer tout ce remue-ménage ? dit Lei Zhicheng en secouant la tête.

— Commissaire Lei, j'ai peut-être fait une grande découverte, je dois absolument mener cette expérience. Juste une fois, je vous en prie, l'implora Wenjie.

Yang Weining lui apporta son soutien :

— Commissaire, peut-être pourrions-nous lui accorder cette expérience ? Après tout, ce n'est techniquement pas si difficile, le temps de réception des échos après transmission est tout au plus de...

— Dix minutes, compléta Lei Zhicheng.

— C'est tout juste le temps dont a besoin le système de Côte Rouge pour passer du mode de transmission au mode de surveillance.

Lei Zhicheng secoua une nouvelle fois la tête :

— Je sais bien que cela ne pose pas de problème ni en termes techniques ni en termes de charge de travail, mais... ah, ingénieur Yang ! Où as-tu la tête ? Émettre des ondes radio surpuissantes vers le soleil, tu n'as donc pas réfléchi au symbole politique que cela représente* ?

Yang Weining et Ye Wenjie échangèrent un regard. Ils étaient abasourdis, non parce qu'ils trouvaient cet argument ridicule, mais parce qu'ils étaient effrayés à l'idée de ne pas y avoir pensé. À l'époque, l'obsession absurde qui consistait à trouver partout des métaphores politiques touchait à son paroxysme. Certains gardes rouges avaient par exemple décrété qu'il serait désormais interdit de tourner à droite, il fallait uniquement tourner à gauche. Les feux piétons avaient été modifiés : on devait dorénavant s'arrêter au vert et passer au rouge (une règle à laquelle

---

* Mao Zedong était souvent désigné le "Soleil rouge" dans les discours de propagande. *(N.d.T.)*

le Premier ministre Zhou Enlai mit plus tard un terme). Une pièce de monnaie avait jadis été frappée à l'effigie d'une foule de paysans, parmi lesquels deux portaient une pelle et une houe, or les syllabes signifiant "pelle" et "houe" étaient en chinois homophones du mot "éliminer" : des gardes rouges trop zélés y avaient vu un message contre-révolutionnaire prônant l'élimination de la classe paysanne. L'individu à l'origine de la conception de la pièce avait même été sévèrement châtié. On racontait qu'un autre individu avait accroché dans sa maison un portrait de Mao Zedong, qu'il avait lui-même encadré : cet outrage lui avait valu près de dix ans de prison...

Au début, lorsque Ye Wenjie transmettait ses rapports, ceux-ci devaient être minutieusement relus par Lei Zhicheng, et des termes techniques liés au soleil devaient être fréquemment modifiés, comme par exemple celui de "taches solaires*". Elle pouvait bien avoir mille raisons valables d'effectuer une expérience de transmission d'ondes radio vers le soleil, aussi longtemps qu'une interprétation politique était possible, le danger existait. La raison invoquée par Lei Zhicheng pour rejeter l'expérience ne pouvait pas être discutée.

Ye Wenjie ne lâcha pas l'affaire pour autant. En fait, tant qu'elle ne prenait pas de risque inconsidéré, l'expérience ne s'avérait pas si difficile à réaliser. L'appareil de transmission de Côte Rouge était très puissant, mais tous ses composants étaient produits sur le territoire national, à l'époque de la Révolution culturelle. Comme ils étaient de qualité bien inférieure à la moyenne, leur taux de dysfonctionnement était élevé. Les techniciens étaient donc contraints de procéder à une révision intégrale des appareils toutes les quinze transmissions, puis, après chaque révision, d'effectuer un essai de transmission. Peu de gens participaient à cet essai, et les cibles ainsi que les paramètres de transmission étaient déterminés arbitrairement.

Ce jour-là, Wenjie avait été désignée pour procéder à l'essai après la révision du système. L'essai de transmission étant exempté de toutes les étapes habituelles, il n'y avait en dehors

---

* Littéralement : "points noirs du soleil", le noir pouvant être interprété comme une référence à la couleur des contre-révolutionnaires. *(N.d.T.)*

283

de Wenjie que cinq employés dans la pièce. Trois d'entre eux n'étaient que des opérateurs qui, ne comprenant pas réellement les principes de fonctionnement de l'appareil, se cantonnaient d'ordinaire à l'exécution des ordres de transmission. Les deux autres étaient respectivement technicien et ingénieur. Éreintés après deux jours passés à s'occuper de la révision du matériel, ils n'avaient pas la tête à ça. Wenjie commença par régler la puissance de transmission juste au-dessus du seuil défini par sa théorie sur la sur-réflexivité du soleil – ce qui était déjà la puissance maximale de la base de Côte Rouge. Elle régla ensuite la fréquence de manière qu'elle ait la plus grande probabilité d'être amplifiée par les miroirs d'énergie. Au prétexte de vouloir tester les propriétés mécaniques de l'antenne, elle sélectionna comme cible de transmission le soleil, qui se trouvait alors à l'ouest du ciel. Elle démarra ensuite la transmission, avec le même contenu que lors des envois habituels.

C'était un après-midi clair de l'automne 1971. Plus tard, Ye Wenjie y repenserait souvent mais, à cet instant, elle n'avait aucune sensation particulière, hormis un peu d'anxiété, et l'envie que tout soit rapidement terminé. Tout d'abord, elle avait peur de se faire remarquer par ses collègues de la base. Bien qu'elle ait déjà songé à des excuses, l'utilisation de la puissance maximale de transmission, qui détériorait les composants, était anormale lors d'un test. Deuxièmement, le système de transmission de Côte Rouge n'était pas prévu pour cibler le soleil. Ye Wenjie pouvait sentir rien qu'en le touchant que le système optique était en train de chauffer ; si le tout prenait feu, elle aurait de graves problèmes.

À l'ouest, le soleil était peu à peu en train de se coucher. Le système de suivi automatique des cibles de transmission étant hors service, Wenjie dut suivre le signal manuellement. L'antenne de Côte Rouge se tourna et pivota lentement dans la direction du coucher du soleil, comme un immense tournesol. Lorsque le signal de la lumière rouge indiquant la fin de la transmission s'éclaira, elle était trempée de sueur.

Elle jeta un coup d'œil autour d'elle. Les trois opérateurs étaient en train d'éteindre les appareils les uns après les autres, en suivant les instructions d'un manuel technique qu'ils tenaient entre les mains. L'ingénieur buvait un verre d'eau dans la console de contrôle. Le technicien, lui, s'était assoupi sur sa chaise. Les historiens et les écrivains gratifièrent plus tard cette scène de descriptions épiques mais, ce jour-là, tout avait été d'une parfaite banalité.

La transmission terminée, Wenjie sortit en hâte de la console de contrôle et courut jusqu'au bureau de Yang Weining.

— Vite! Donnez à la station radio de la base l'ordre de se régler sur la bande de fréquences 12 000 MHz! lui dit-elle, le souffle court.

— Que recevons-nous?

L'ingénieur en chef Yang regarda avec étonnement Ye Wenjie, dont les cheveux collaient au visage à cause de la transpiration. Par comparaison avec le système de réception ultrasensible de Côte Rouge, utiliser la radio militaire ordinaire – cantonnée habituellement aux communications avec l'extérieur de la base – relevait du jeu d'enfant.

— Nous allons peut-être recevoir quelque chose. Nous n'avons pas le temps de passer les systèmes de Côte Rouge sur le mode surveillance! dit Wenjie.

En temps normal, la mise en chauffe du système de surveillance n'aurait pris qu'une dizaine de minutes, mais celui-ci était aussi en révision et de nombreux composants n'avaient pas encore été réassemblés.

Yang Weining observa Wenjie quelques secondes, puis il prit son téléphone et donna au bureau des communications les instructions souhaitées par Wenjie.

— Avec le degré de sensibilité de cette radio, nous arriverons tout au plus à capter des signaux d'extraterrestres vivant sur la Lune.

— Le signal viendra du soleil, dit Wenjie.

Derrière la fenêtre, les lisières du soleil avaient déjà atteint les sommets rouge sang des montagnes de l'horizon.

— Tu as utilisé le système de transmission de Côte Rouge pour envoyer un signal vers le soleil? demanda Yang Weining, inquiet.

Wenjie hocha la tête.

— Personne ne doit être mis au courant. Cela ne doit plus jamais arriver, tu m'entends? Jamais! souffla Yang Weining en regardant la porte avec prudence.

Wenjie hocha à nouveau la tête.

— Mais que cherches-tu? Les échos sont extrêmement faibles, une radio conventionnelle n'a pas la sensibilité suffisante pour les entendre.

— Non. Si mes prévisions sont exactes, nous recevrons un écho puissant comme… un écho inimaginable. Si la puissance de transmission dépasse un certain seuil, le soleil… le soleil peut amplifier les ondes radio une centaine de millions de fois!

Yang Weining regarda une nouvelle fois Wenjie avec surprise. Elle demeura silencieuse. Ils attendirent ensemble sans rien se dire. Yang Weining pouvait entendre la respiration et les battements saccadés du cœur de Wenjie. Il n'avait pas vraiment fait attention à ce qu'elle avait dit, mais les sentiments qu'il avait dissimulés en lui depuis tant d'années refaisaient maintenant surface. Il ne pouvait que les refréner et attendre. Vingt minutes plus tard, il prit le téléphone, appela le bureau des communications, et posa quelques questions simples.

— Ils n'ont rien reçu, dit Yang Weining, en raccrochant le combiné.

Wenjie poussa un grand soupir. Ce ne fut qu'après un long moment qu'elle hocha finalement la tête.

— L'astronome américain, lui, a répondu, dit Yang Weining en sortant une épaisse enveloppe qu'il tendit à Wenjie.

L'enveloppe était couverte de tampons de douane. Impatiente, Wenjie la décacheta aussitôt et balaya son contenu des yeux. Dans sa lettre, Harry Petterson expliquait qu'il n'avait pas imaginé que des collègues chinois étudiaient aussi les rayonnements électromagnétiques des planètes. Il se disait tout disposé à échanger et à collaborer. Petterson avait également envoyé deux piles de papiers : les rapports complets des formes d'ondes observées lors des deux sursauts de Jupiter. Les formes d'ondes avaient apparemment été photocopiées à partir d'un seul long document et il fallait à présent les assembler. Peu de Chinois de l'époque avaient eu l'occasion de voir un photocopieur à l'œuvre. Wenjie se saisit de la dizaine de photocopies et les disposa à même le sol en commençant à les aligner en deux rangées. Mais à peine avait-elle reconstitué la moitié du signal qu'elle avait déjà perdu tout espoir. Elle connaissait trop bien les formes d'onde constatées lors des deux pannes solaires dont Côte Rouge avait été victime. Elles ne correspondaient pas à celles de Petterson.

Wenjie ramassa délicatement les feuilles qu'elle avait étalées sur le sol. Yang Weining s'accroupit pour l'aider. Quand il tendit un paquet de feuilles à cette fille qu'il avait jadis profondément aimée, il la vit sourire en secouant la tête. Un sourire si triste qu'il le fit frissonner.

— Que se passe-t-il ? demanda-t-il, sans se rendre compte qu'il ne s'était jamais adressé à elle avec une voix aussi douce.

— Rien. Rien d'autre qu'un rêve dont je viens de me réveiller.

Elle lui sourit et sortit du bureau avec le paquet de photocopies et l'enveloppe sous le bras. Sur le chemin de sa chambre, elle récupéra au passage son panier-repas. Elle découvrit qu'il ne restait plus qu'un pain à la vapeur et quelques légumes marinés dans le vinaigre. L'employé de la cafétéria lui dit d'un air peu aimable qu'il allait fermer. Elle sortit et alla s'asseoir sur l'herbe, au bord de la falaise, pour manger son pain à la vapeur froid.

Le soleil venait de se coucher. Les monts du Grand Khingan étaient brumeux, comme la vie de Ye Wenjie. Un rêve était apparu dans cette grisaille, coloré et étincelant, mais, comme toujours, elle avait fini par se réveiller, comme le soleil qui finit toujours par se lever, sans aucun nouvel espoir. Wenjie s'imagina soudain le reste de sa vie, d'un gris sans fin. Les larmes aux yeux, elle sourit encore, puis croqua dans son pain à la vapeur.

Elle ignorait alors qu'au même moment le premier pleur humain qui ait jamais été entendu dans l'espace avait atteint le soleil, d'où il était reparti vers l'univers entier à la vitesse de la lumière. Une onde radio d'une puissance stellaire, telle une somptueuse vague, était déjà au large de l'orbite de Jupiter.

À cet instant précis, à une fréquence de 12 000 MHz, le soleil était l'étoile la plus brillante de toute la Voie lactée.

23

CÔTE ROUGE VI

Les huit années qui suivirent furent les plus paisibles de la vie de Ye Wenjie. La terreur née de son expérience de la Révolution culturelle s'était peu à peu estompée et elle pouvait enfin reposer son esprit. Le projet Côte Rouge avait achevé ses phases d'expérimentation et de rodage, et les opérations étaient devenues un travail de routine. Les dysfonctionnements s'étaient faits de moins en moins nombreux, et son travail comme sa vie avaient trouvé une certaine stabilité.

Désormais en paix, la mémoire qui avait jusque-là été comprimée par l'angoisse et la peur commença à se réveiller. Wenjie découvrit que ses souffrances venaient en réalité tout juste de commencer. Des souvenirs cauchemardesques refaisaient surface avec de plus en plus de vigueur comme un feu né d'un parterre de cendres brûlant enflammant son âme. Chez une personne ordinaire, le temps aurait peut-être peu à peu pansé ces blessures – après tout, nombreuses étaient les jeunes femmes à avoir connu de tels drames durant la Révolution culturelle et, par comparaison avec beaucoup d'autres, elle s'en était finalement bien tirée. Mais Ye Wenjie avait un esprit scientifique, elle refusait d'oublier. Elle observait la folie et la haine qui l'avaient tant blessée avec le regard de la raison.

En réalité, cet examen rationnel du mal de l'humanité avait débuté dès l'époque de sa lecture de *Printemps silencieux*. Grâce à l'intimité de plus en plus grande qu'elle entretenait avec Yang Weining, elle avait fait acheter par la base – grâce au concours de Yang et sous prétexte de collecter des données techniques indispensables – de nombreux ouvrages étrangers de philosophie et d'histoire. Elle frémissait en découvrant l'histoire sanglante de l'humanité, et les remarquables réflexions des philosophes l'aidaient à comprendre l'essence et le mystère de la nature humaine.

Même dans un endroit comme le pic du Radar, semblable à une source aux fleurs de pêcher*, elle était chaque jour témoin de l'irrationalité et de la folie humaines. Au pied du pic, elle voyait toujours ses anciens compagnons raser furieusement la forêt ; les surfaces nues s'élargissaient de jour en jour. C'était comme s'ils écorchaient la peau des montagnes du Grand Khingan. Lorsque ces espaces vierges devenaient de vraies plaines, les quelques arbres ayant survécu au carnage avaient l'air d'étranges intrus. Ils faisaient partir des feux pour finir de déboiser ces montagnes déjà presque chauves, et le pic du Radar était devenu le dernier repaire d'oiseaux fuyant une mer de flammes. Tandis que les incendies faisaient rage, les oiseaux de la base aux plumes noircies chantaient d'incessantes complaintes de désespoir.

Plus loin d'ici, la folie humaine atteignait son sommum dans toute l'histoire de la civilisation. La guerre froide était à son comble. Dans les innombrables silos à missiles disséminés sur les deux continents ou sur les sous-marins nucléaires qui se terraient comme des fantômes dans les profondeurs de l'eau, des armes capables de détruire dix fois la Terre pouvaient être activées à tout moment. Un seul sous-marin nucléaire de classe Typhoon ou Ethan Allen était en mesure d'anéantir des centaines de villes, et de tuer des millions de personnes. Mais la plupart des gens continuaient à vivre le sourire aux lèvres, comme si tout cela ne les atteignait pas.

En tant qu'astrophysicienne, Ye Wenjie était particulièrement sensible au potentiel de destruction des armes nucléaires : elle savait que c'était un pouvoir que seules les étoiles devaient posséder. Elle était consciente qu'il existait des forces encore plus terrifiantes dans l'univers : les trous noirs, la matière noire... En comparaison avec ces forces, une bombe atomique n'était

* Référence à un célèbre poème en prose chinois, composé au début du ve siècle par Tao Yuanming, dans lequel un pêcheur découvre un lieu utopique, comme hors du monde : la source aux fleurs de pêcher. *(N.d.T.)*

qu'une petite chandelle. Si les humains parvenaient un jour à contrôler ces forces, le monde pourrait se retrouver pulvérisé à tout instant. La raison était impuissante face à la folie.

Quatre ans après son arrivée dans la base, Ye Wenjie et Yang Weining se marièrent. Yang Weining l'aimait d'un amour sincère : pour elle, il avait compromis son avenir. La période la plus brûlante de la Révolution culturelle était derrière eux et le climat politique s'était un peu assoupli. Yang Weining ne fut pas particulièrement persécuté après son mariage, mais épouser une femme cataloguée comme contre-révolutionnaire était considéré comme un manque de maturité politique et on lui retira son poste d'ingénieur en chef. Si son épouse et lui purent rester à la base avec le statut de techniciens ordinaires, c'était parce qu'on aurait difficilement pu se passer de leurs compétences. Quant à Ye Wenjie, son mariage avec Yang Weining était davantage une manière de lui exprimer sa gratitude. Au plein cœur de la tempête, il l'avait secourue et abritée dans ce port, lui permettant de couper avec le monde, sans quoi elle ne serait sans doute plus en vie. Yang Weining était un homme talentueux, cultivé et avec du savoir-vivre. Elle avait pour lui de l'affection, mais son cœur n'était plus qu'un tas de cendres froides sur lequel le feu de l'amour ne pouvait être ravivé.

Ses réflexions sur la nature et la condition de l'homme plongèrent Ye Wenjie dans une profonde crise spirituelle. Ce qu'elle dut d'abord affronter, c'était l'absence d'un but dans lequel s'investir corps et âme. Elle avait été idéaliste autrefois, elle avait voulu mettre son talent au service d'une grande cause, mais elle avait compris que tout ce qu'elle avait réalisé jusque-là n'avait eu aucun sens et que l'avenir, lui non plus, ne lui offrait pas d'objectif à poursuivre. Cet état psychologique perdura et, peu à peu, elle éprouva à l'égard du monde un sentiment d'étrangeté : elle n'avait pas l'impression de lui appartenir. Cette sensation d'errance spirituelle la tourmentait cruellement et, après son mariage avec Yang Weining, son âme devint en réalité plus solitaire que jamais.

Ye Wenjie était de service de nuit ce soir-là. C'était un de ces moments durant lesquels elle se sentait le plus seule. Dans le silence de minuit, l'univers apparaissait à ceux qui tendaient l'oreille vers lui comme une vaste plaine désertique. Wenjie détestait voir ces courbes oscillant légèrement sur l'écran de surveillance. C'étaient les ondes radio de l'univers que recevait Côte Rouge : un bruit de fond sans aucune signification. Wenjie voyait dans ces lignes sans fin comme une représentation abstraite de l'univers : une extrémité reliée à un passé infini, et l'autre à un futur infini. Et, au milieu, une courbe aléatoire sans règle et sans vie traversée de pics et de vallées, comme un désert unidimensionnel tapissé de grains de sable de différentes tailles. Des rangées de grains de sable solitaires, désolées, si longues qu'elles en étaient insupportables. On pouvait longer ce désert d'un bout à l'autre, sans jamais en trouver la fin.

Cette nuit-là cependant, en laissant traîner son regard sur l'écran, Wenjie aperçut quelque chose d'anormal. Même des experts auraient eu du mal à dire, à l'œil nu, si la forme d'onde qui venait d'apparaître était porteuse d'une information quelconque. Mais Wenjie connaissait trop bien le bruit de fond de l'univers. La forme d'onde qui s'était dessinée devant ses yeux avait quelque chose de plus, quelque chose d'inexprimable. Cette courbe montante et descendante paraissait avoir une âme. Elle était certaine que cette onde radio avait été créée par une forme d'intelligence.

Wenjie se précipita devant un autre terminal et vérifia le niveau de confiance du contenu du signal estimé par l'ordinateur : AAAAA! Aucune des ondes radio reçues jusqu'à ce jour n'avait dépassé un niveau de confiance de C. Si un signal atteignait A, cela signifiait que la probabilité que la transmission contienne une information intelligente était supérieure à quatre-vingt-dix pour cent. Cinq A d'affilée était une situation rarissime : ils indiquaient que l'information reçue utilisait le même code de langage que celui des transmissions de Côte Rouge!

Wenjie démarra le système de déchiffrage de Côte Rouge. Le logiciel pouvait tenter de décrypter n'importe quelle information dont le niveau de confiance était supérieur à B. Depuis le lancement du projet Côte Rouge, celui-ci n'avait jamais réellement fonctionné. Sur la base des essais effectués par le logiciel, le déchiffrage d'un message intelligent pouvait prendre plusieurs jours, voire plusieurs mois. Sans compter que la majorité du temps, le logiciel échouait à décrypter l'information. Mais cette fois-ci, à peine le signal avait-il été transmis qu'un message indiquant le succès du déchiffrage s'afficha sur l'écran.

Wenjie ouvrit le fichier et, pour la première fois, un être humain lut un message provenant d'un autre monde dans l'univers. Son contenu dépassait tout ce que l'on aurait pu imaginer. C'était un avertissement, répété trois fois :

Ne répondez pas!
Ne répondez pas!!
Ne répondez pas!!!

Saisie d'une excitation étourdissante, Wenjie déchiffra un second message :

Ce monde a bien reçu votre message.
Ici, je suis un pacifiste. Vous avez eu de la chance que je sois le premier à intercepter votre message. Je vous avertis : Ne répondez pas! Ne répondez pas!! Ne répondez pas!!!
Il existe des dizaines de millions d'étoiles dans votre direction. Tant que vous ne répondrez pas, notre monde n'aura aucun moyen de localiser la source de votre transmission.
Mais si vous répondez, vous dévoilerez votre position. Votre système stellaire sera envahi, et votre monde occupé!
Ne répondez pas! Ne répondez pas!! Ne répondez pas!!!

À mesure qu'elle lisait les lignes vertes du texte affiché sur l'écran, Wenjie se trouvait dans l'incapacité de réfléchir calmement. Son esprit, paralysé par l'ivresse et le choc, ne voyait plus qu'une seule chose : moins de neuf années s'étaient écoulées depuis qu'elle avait envoyé le message vers le soleil. Cela signifiait donc que la source de transmission se situait à environ quatre années-lumière. Elle ne pouvait provenir que d'un seul système, le plus proche de la Terre, Alpha du Centaure!

L'univers n'était pas désert. L'univers n'était pas vide. L'univers était plein de vie ! L'homme dirigeait son regard aux confins de l'univers, sans jamais avoir soupçonné que des formes de vie intelligentes peuplaient le système stellaire le plus proche du sien ! Wenjie observa les formes d'ondes sur l'écran : le signal continuait à pénétrer par l'antenne de Côte Rouge. Elle ouvrit une autre interface et mit en route le déchiffrage instantané. Le contenu des messages s'afficha aussitôt. Durant les quatre heures qui suivirent, Wenjie apprit l'existence de Trisolaris, de cette civilisation sans cesse en train de renaître et de sa tentative de migration vers les étoiles.

À 4 heures du matin, la transmission depuis Alpha du Centaure se termina. Le système de déchiffrage se mit à tourner dans le vide et à afficher des messages d'échec. Le système de surveillance de Côte Rouge entendait à nouveau le bruit de fond d'un univers désolé.

Mais Ye Wenjie était certaine de ne pas avoir rêvé.

Si le soleil était réellement une antenne géante, pourquoi donc n'avait-elle jamais reçu les échos de l'expérience menée huit ans plus tôt ? Pourquoi les formes d'ondes des sursauts radio de Jupiter et des rayonnements solaires n'avaient-elles pas correspondu ? Wenjie réussirait plus tard à trouver des explications. Peut-être que la station radio de la base ne pouvait tout simplement pas recevoir des ondes radio à cette fréquence, ou peut-être que le bureau des communications avait bien reçu un écho, mais sous la forme de bruit de fond, et avait considéré n'avoir rien reçu. Quant aux formes d'ondes, il était très probable que, lors de l'amplification des ondes radio par le soleil, celui-ci ait aussi ajouté une nouvelle forme. Il n'avait pas été très compliqué pour le système de décryptage de la civilisation extraterrestre de la filtrer, tandis que les formes d'ondes de Jupiter et du soleil étaient apparues très différentes à ses yeux. Elle obtiendrait plus tard confirmation de ce point : le soleil avait ajouté une onde sinusoïdale.

Prudente, elle regarda tout autour d'elle dans la console de contrôle. Trois autres employés étaient de service de nuit. Deux d'entre eux discutaient dans un coin et un dernier somnolait devant un terminal. Dans la section d'analyse de données de l'unité de surveillance, seuls les deux terminaux devant lesquels elle se trouvait permettaient de vérifier le niveau de confiance d'un signal et d'accéder au logiciel de décryptage. Elle agit rapidement, sans bruit et sans bouger : elle enregistra tout d'abord l'ensemble des signaux reçus dans un répertoire caché et plusieurs fois encrypté, puis remplaça leur contenu par un enregistrement de bruit de fond datant d'un an plus tôt.

Enfin, elle entra un court signal dans la mémoire du système de transmission de Côte Rouge.

Ye Wenjie se leva et sortit par la porte principale de la console de contrôle de l'unité de surveillance. Une brise glaciale souffla sur son visage bouillant. Éclairée par les faibles lueurs de l'aube qui se levait à l'est, elle marcha sur le sentier pavé, dans la direction de la console de contrôle de l'unité de transmission. Au-dessus de sa tête, l'immense main de l'antenne s'ouvrait silencieusement vers l'univers. La lumière du matin illumina les silhouettes découpées des soldats en faction devant la porte. Comme à l'accoutumée, Wenjie ne fit pas attention à eux et entra directement.

La console de contrôle de l'unité de transmission était beaucoup plus sombre que celle de l'unité de surveillance. Wenjie longea des rangées de placards et se dirigea droit vers la plateforme de contrôle. Avec aisance, elle alluma une dizaine d'interrupteurs et démarra la mise en chauffe du système. Les deux opérateurs assis à côté de la plateforme l'observèrent avec un regard fatigué. L'un d'eux tourna la tête pour regarder l'horloge sur le mur, puis se remit à somnoler. L'autre feuilletait un journal qu'il devait avoir lu plusieurs fois. Au sein de la base, Ye Wenjie n'avait naturellement aucune position politique, mais elle bénéficiait d'une certaine liberté sur le plan technique, et était souvent chargée de vérifier le matériel avant l'opération de transmission. Bien qu'il soit peut-être un peu tôt – les premières transmissions ne commençaient que trois heures plus tard –, il n'était pas si étrange de voir Ye Wenjie mettre le système en chauffe.

Une demi-heure interminable s'écoula. Durant ce temps, Wenjie paramétra la fréquence de transmission afin qu'elle soit le plus optimale pour être amplifiée par les miroirs d'énergie solaire, puis elle régla la puissance de transmission à son maximum. Elle approcha son œil de l'oculaire du système de visée optique et regarda l'astre du jour se lever à l'horizon. Elle démarra le système de visée de l'antenne et l'aligna lentement pour la faire se retrouver face au soleil. Alors que la gigantesque antenne était en train de pivoter, un bourdonnement se fit entendre dans la console de contrôle. Un des opérateurs jeta un œil sur Wenjie, mais sans rien dire.

Le soleil avait maintenant complètement dépassé les montagnes. L'extrémité haute de l'astre était au centre du réticule de visée de l'antenne, de manière que soit pris en compte le temps que les ondes radio mettent à rejoindre le soleil. Le système de transmission était prêt. Le bouton de transmission était un long rectangle, de la forme d'une barre d'espace sur un clavier d'ordinateur, mais de couleur rouge. Les doigts de Ye Wenjie étaient suspendus deux centimètres au-dessus.

Le destin de l'humanité tout entière tenait à présent à ces doigts fins.

Sans la moindre hésitation, Ye Wenjie pressa le bouton.

— Que fais-tu ? demanda l'homme en service, encore endormi.

Ye Wenjie lui sourit, mais sans lui répondre. Elle pressa le bouton jaune pour cesser la transmission et manipula le levier de commande pour changer la direction dans laquelle pointait l'antenne, avant de quitter la console de contrôle, pour aller marcher à l'extérieur.

L'opérateur jeta un œil sur sa montre. Il avait terminé son travail. Il prit le journal de transmissions et pensa consigner l'opération de démarrage du système de transmission que venait d'effectuer Ye Wenjie. Après tout, ce n'était pas la procédure habituelle. Mais il examina la bande de papier où étaient enregistrées les données et vit que la transmission avait duré à peine trois secondes. Il reposa le journal à sa place, bâilla, enfila sa casquette et sortit.

Le message qui était en chemin vers le soleil était celui-ci :

Venez ! Je vous aiderai à conquérir ce monde. Notre civilisation est incapable de résoudre ses propres problèmes. Nous avons besoin de votre intervention.

Le soleil qui venait de se lever éblouit les yeux de Ye Wenjie. Elle ne marcha pas longtemps et s'évanouit soudain sur l'herbe.

Quand elle se réveilla, elle découvrit qu'elle était dans l'infirmerie de la base. Yang Weining était assis à ses côtés et la regardait avec sollicitude. C'était le même regard qu'il avait porté sur elle dans l'hélicoptère, bien des années plus tôt. Le docteur dit à Ye Wenjie de faire attention et de bien se reposer.

Elle était enceinte.

24

LA RÉBELLION

Lorsque Ye Wenjie termina son récit, l'assemblée plongea dans le silence. Manifestement, beaucoup ici l'entendaient pour la toute première fois. Wang Miao était si absorbé qu'il en oublia le danger et la peur. Il ne put s'empêcher de demander :

— Comment l'Organisation s'est-elle développée pour prendre une telle ampleur ?

Ye Wenjie répondit :

— Je devrais commencer par te raconter ma première rencontre avec Evans… Mais les camarades ici présents connaissent bien cette partie de l'histoire. Ne perdons pas de temps, j'aurai l'occasion de te la raconter plus tard, quand nous serons seuls. Mais aurons-nous cette chance ? C'est à toi qu'il revient d'en décider… Miao, parlons plutôt de tes nanomatériaux.

— Ces… dieux dont vous parlez, pourquoi craignent-ils tant les nanomatériaux ?

— Parce qu'ils permettraient aux humains de se libérer de la gravité terrestre et d'investir l'espace.

— L'ascenseur spatial ? songea aussitôt Wang Miao.

— Oui. Dès que des nanomatériaux ultrarésistants pourront être créés en masse, il sera possible d'envisager la construction d'un ascenseur spatial reliant directement la surface de la Terre à une orbite géostationnaire. Pour nos dieux, cela n'est qu'une avancée minime, mais sa portée serait capitale à l'échelle humaine. Grâce à cette technologie, les humains pourraient entrer facilement dans l'orbite terrestre basse et construire des systèmes de défense de grande envergure. C'est pourquoi nos dieux ordonnent que cette technologie soit annihilée.

— Qu'y a-t-il à la fin du compte à rebours ? demanda Wang Miao que cette question effrayait depuis le début.

Ye Wenjie sourit :

— Je ne sais pas.

— Il est inutile de vouloir m'arrêter ! Je ne fais pas de recherche fondamentale ! À l'heure actuelle, n'importe qui est capable de créer des nanomatériaux ! cria Wang Miao, nerveux.

— Oui, c'est assez inutile. Il est beaucoup plus efficace de perturber les systèmes de pensée des chercheurs ; nous n'avons pas toujours été aussi performants que nous l'aurions voulu. Comme tu l'as dit toi-même, tu fais des recherches appliquées, contre lesquelles nous sommes loin d'avoir la même efficacité que contre les recherches fondamentales…

— En parlant de recherches fondamentales, comment est vraiment morte votre fille ?

Cette question plongea Ye Wenjie dans un silence qui dura plusieurs secondes. Wang Miao remarqua que son regard s'était assombri, quoique de manière presque imperceptible. Elle reprit aussitôt le fil de la conversation :

— Pour tout dire, rien de ce que nous faisons n'a de sens en comparaison de la toute-puissance des dieux. Nous faisons simplement ce que nous sommes en mesure de faire.

Alors que Ye Wenjie venait de prononcer ces mots, on entendit des détonations. Les deux portes de la cafétéria volèrent en éclats. Une troupe de soldats entra dans la cafétéria, mitraillettes à la main. Wang Miao nota qu'il ne s'agissait pas de forces de police mais bien de militaires. Les soldats se déployèrent sans bruit dans la salle en longeant les murs. Bien vite, les rebelles de l'OTT furent encerclés. Shi Qiang fut le dernier à entrer. Sa veste en cuir était ouverte sur sa poitrine, et il tenait dans la main le canon de son arme, dont le manche pendait comme celui d'un marteau. Il inspecta nonchalamment la pièce puis, soudain, il fonça droit devant lui, fit pivoter le pistolet qu'il tenait dans la main et on entendit l'impact d'une balle sur un crâne. Un rebelle de l'OTT tomba à terre et le pistolet qu'il n'avait pas eu le temps de sortir alla rouler plus loin. Quelques soldats tirèrent en l'air, et de la poussière tomba du plafond. Quelqu'un attrapa Wang Miao et l'exfiltra à toute vitesse hors du groupe des rebelles pour le mettre en sécurité derrière une rangée de militaires.

— Jetez vos armes sur la table ! Le premier qui bouge, je le crève ! cria Shi Qiang, puis il désigna la rangée de militaires armés dans son dos. Je sais bien que vous n'avez pas peur de mourir, mais nous non plus. Je vais être franc : les procédures légales habituelles ne s'appliquent pas à vous. D'ailleurs, même les règles humaines fondamentales de la guerre ne s'appliquent pas non plus ! Comme vous avez décidé de faire de l'ensemble de l'espèce humaine votre ennemi, plus rien ne nous retient.

Une agitation parcourut les rangs des rebelles de l'Organisation, mais aucune vague de panique. Ye Wenjie, elle, demeurait de marbre. Trois individus sortirent soudain du groupe, dont la jeune femme qui avait brisé le cou de Pan Han. Ils coururent en direction de l'œuvre artistique des trois corps toujours en lévitation au-dessus de son socle. Chacun d'entre eux se saisit d'une des trois sphères en métal et la serra contre sa poitrine.

La jeune femme brandit la sphère étincelante comme si elle s'apprêtait à faire une démonstration de gymnastique, puis se fendit d'un étrange sourire et déclara d'une voix doucereuse :

— Messieurs les officiers, nous avons en notre possession trois bombes nucléaires, chacune possédant un équivalent en TNT de 1,5 kilotonne. Ce n'est pas très gros, nous aimons les petits jouets. Voici le détonateur.

L'atmosphère de la salle se figea. Le seul qui osa bouger fut Shi Qiang. Il replaça son arme dans l'étui sous son aisselle gauche, puis il applaudit pour détendre l'atmosphère.

— Notre revendication est simple : laissez partir le Guide. Ensuite nous nous amuserons ensemble, dit la fille sur un ton facétieux.

— Je reste ici avec les camarades, dit Ye Wenjie avec sang-froid.

— Pouvez-vous confirmer que ce sont des bombes ? demanda Shi Qiang à voix basse à un officier, probablement un expert en explosifs.

L'expert lança un sac plastique aux trois membres de l'OTT qui tenaient une sphère dans les mains. Le sac contenait un dynamomètre. L'un des trois individus se baissa pour le ramasser, il plaça la sphère dans le sac et accrocha celui-ci au crochet du dynamomètre. Puis il le leva et le secoua en l'air, avant de sortir la sphère du sac et de la jeter au sol. La jeune femme partit d'un éclat de rire. L'expert, lui, eut un ricanement de mépris. Le deuxième rebelle fit de même et relâcha la sphère. La fille rit encore une fois, et finit par placer la sienne dans le sac qu'elle accrocha au dynamomètre. Mais cette fois-ci, la jauge de l'appareil atteignit son maximum.

Le sourire sur le visage de l'expert se figea, il murmura à Shi Qiang :

— C'en est une.

Shi Qiang resta impassible.

— Nous pouvons au moins être sûrs d'une chose : la sphère contient des éléments lourds pouvant subir une fission nucléaire. Mais nous ignorons si le mécanisme de détonation fonctionne, reprit l'expert.

Les lampes torches des mitraillettes mirent la jeune femme en joue. Entre les mains de cette belle fleur de la mort se trouvait une bombe de 1,5 kilotonne. Elle sourit, comme si elle attendait les applaudissements et les louanges de la foule sous les projecteurs d'une scène de théâtre.

— Il y a une chance : il faut tirer sur la sphère, dit l'expert à l'oreille de Shi Qiang.

— Cela ne risque pas de déclencher la bombe ?

— Il y aura quelques déflagrations, mais elles seront dispersées et, surtout, cela n'entraînera pas la compression précise du matériel de fission au centre de la sphère, réaction indispensable pour que se produise l'explosion nucléaire.

Shi Qiang fixa la fille à la bombe sans rien dire.

— Un tireur d'élite ? suggéra l'expert.

Shi Qiang secoua presque imperceptiblement la tête :

— Il n'y a pas de position adéquate. Elle est futée, cette diablesse. Elle saura dès qu'un sniper l'aura au bout de son viseur.

Shi Qiang s'avança alors. Il écarta la foule et vint se placer dans l'espace vide au centre de la cafétéria.

— Stop ! l'avertit la fille en lui jetant un regard espiègle.

Elle maintenait son pouce sur le bouton du détonateur et son vernis à ongles scintillait sous la lumière des lampes torches des armes.

— Du calme, petite, du calme. J'ai ici une information qui va t'intéresser.

Shi Qiang se tenait maintenant à une distance de sept ou huit mètres de la fille. Il sortit une enveloppe de sa veste en cuir.

— On a retrouvé ta mère.

Les yeux fanatiques de la fille pâlirent tout à coup et, un court instant, devinrent une fenêtre sur son âme.

Shi Qiang profita de ce moment de flottement pour avancer de deux pas. La distance qui les séparait n'était plus désormais que de cinq mètres environ. La fille, alerte, brandit la bombe et lui intima d'un regard de s'arrêter, mais elle avait déjà l'esprit ailleurs. Un des deux rebelles à avoir relâché une fausse bombe marcha vers Shi Qiang et tendit la main pour prendre l'enveloppe. En un éclair, le commissaire dégaina son arme. Son mouvement ayant été dissimulé par le déplacement de l'homme, la fille ne vit rien d'autre qu'un flash passer à côté de l'oreille de son comparse et la bombe qu'elle tenait dans sa main explosa.

Il y eut un souffle sourd et Wang Miao ne vit tout à coup plus rien qu'une chape d'obscurité. Quelqu'un le tira hors de la cafétéria. Une épaisse fumée jaune s'échappait par la porte. À l'intérieur de la salle, on entendait une cacophonie de tirs et de cris. Des individus fonçaient à travers la fumée pour sortir de la cafétéria… Wang Miao voulut s'élancer pour retourner dans la salle, mais l'expert en explosifs lui bloqua la route en l'attrapant par la taille :

— Attention ! C'est bourré de radiations !

Le chaos s'apaisa rapidement. Une bonne dizaine de combattants de l'OTT avaient été abattus dans les échanges de tirs. Plus de deux cents personnes, dont Ye Wenjie elle-même, furent arrêtées. Le corps de la jeune fille avait été déchiqueté par la bombe, mais elle avait été la seule victime de l'explosion. L'homme venu saisir la lettre de Shi Qiang était grièvement blessé : il avait servi de bouclier humain au commissaire et les blessures de ce dernier n'étaient que légères. Toutefois, comme tous ceux qui étaient restés dans la cafétéria après l'explosion, il avait été gravement exposé à la contamination radioactive.

Wang Miao aperçut Shi Qiang à travers la fenêtre de l'ambulance. Une profonde entaille sur son crâne continuait à saigner.

L'infirmière qui lui faisait son bandage portait une combinaison antiradiation. Ils durent se parler par téléphone.

— Qui était la fille? demanda Wang Miao.

— Je n'en ai pas la foutue moindre idée, ricana Shi Qiang. J'ai tapé au hasard. Une fille comme ça, ça fait longtemps qu'elle n'avait pas dû voir sa mère. Il y a vingt ans que je fais ce job, j'ai appris à comprendre les gens.

— Vous aviez vu juste. Il y avait bien un loup, dit Wang Miao en se forçant à sourire, espérant que Shi Qiang pourrait le voir à travers la vitre du véhicule.

— C'est vous qui aviez vu juste, mon vieux, sourit Shi Qiang en secouant la tête. Putain, je n'aurais jamais parié que les extra-terrestres aussi étaient dans le coup!

25

LA MORT DE LEI ZHICHENG
ET DE YANG WEINING

L'ENQUÊTEUR
Nom et prénom?

YE WENJIE
Ye, Wenjie.

L'ENQUÊTEUR
Date de naissance?

YE WENJIE
Juin 1947.

L'ENQUÊTEUR
Profession?

YE WENJIE
Ancienne professeur d'astrophysique dans le département de
physique de l'université XX, à la retraite depuis 2004.

L'ENQUÊTEUR
En considération de votre état de santé,
vous avez l'autorisation de demander des pauses
durant cet interrogatoire.

YE WENJIE
Merci, ce ne sera pas utile.

L'ENQUÊTEUR
Cet interrogatoire est effectué dans le cadre d'une procédure pénale ordinaire. Nous n'entrerons pas aujourd'hui en détail dans les affaires graves vous concernant. Ce n'est pas l'élément principal de notre enquête et nous espérons pouvoir terminer rapidement. Nous comptons sur votre collaboration.

YE WENJIE
Je sais à quoi vous faites référence. Je collaborerai.

L'ENQUÊTEUR
Notre investigation a révélé que vous avez été suspectée de meurtre, durant la période où vous travailliez à la base de Côte Rouge.

YE WENJIE
J'ai tué deux personnes.

L'ENQUÊTEUR
Date ?

YE WENJIE
Le 21 octobre 1979.

L'ENQUÊTEUR
Noms et prénoms des victimes ?

YE WENJIE
Le commissaire politique Lei Zhicheng et mon époux, l'ingénieur Yang Weining.

L'ENQUÊTEUR
Veuillez nous exposer le mobile de ces meurtres.

YE WENJIE
Je… Je suppose que vous avez été informé du contexte ?

L'ENQUÊTEUR

Oui. Si j'ai des questions, je vous interromprai.

YE WENJIE

Bien. Le jour même où j'ai reçu le message extraterrestre, puis y ai répondu, j'ai appris que je n'avais pas été la seule à lire ce message. Le commissaire politique Lei Zhicheng l'avait lui aussi intercepté. Le commissaire Lei était un cadre typique. Il avait un sens aigu de la politique et, pour utiliser une expression de l'époque, il envisageait tout à la lumière de l'idéologie de la lutte des classes. À l'insu de la plupart des techniciens de Côte Rouge, il avait installé un programme dans l'ordinateur principal de la plateforme de contrôle. Ce programme lisait la mémoire tampon des signaux transmis et reçus et stockait le contenu de ces informations dans un dossier caché et crypté. Il existait par conséquent une copie de tout ce que Côte Rouge transmettait et recevait, que lui seul était en mesure de consulter. C'est grâce à cette copie qu'il a été informé du message provenant de la civilisation extraterrestre. L'après-midi du jour où j'ai envoyé mon message vers le soleil, ce jour même où je venais d'apprendre que j'étais enceinte, Lei Zhicheng m'a convoquée dans son bureau. J'ai eu l'horreur de découvrir sur son écran le message de Trisolaris que j'avais reçu la veille au soir.

— Il s'est écoulé huit heures depuis la réception du premier message. Au lieu de faire un rapport, tu as supprimé ce message et tu en as gardé une copie, n'est-ce pas ? m'a dit Lei Zhicheng.

J'ai baissé la tête, sans rien répondre.

— Je sais très bien quelle est la prochaine étape de ton plan : tu as l'intention de répondre. Si je ne t'avais pas découverte à temps, tu aurais signé de tes propres mains la fin de la civilisation humaine ! Bien entendu, nous ne craignons pas une invasion extraterrestre. Même si cela devait arriver, les troupes ennemies seraient submergées par l'océan armé du peuple !

J'ai compris qu'il ignorait que j'avais répondu à ce message. Lorsque j'avais enregistré ma réponse dans la mémoire du système de transmission, je n'avais pas utilisé l'interface ordinaire. Sans le vouloir, j'avais échappé à sa surveillance.

— Ye Wenjie, je savais que tu serais capable d'un acte aussi malveillant. La haine de la révolution et du prolétariat est profondément gravée dans tes os. Tu ne laisseras jamais passer une occasion de te venger. Connais-tu les conséquences de ton acte ?

Bien entendu, je les connaissais. J'ai donc hoché la tête. Lei Zhicheng est resté un moment silencieux, mais ce qu'il a dit ensuite a été totalement inattendu :

— Ye Wenjie, je ne t'ai jamais portée dans mon cœur. Je t'ai toujours considérée comme une ennemie du peuple. Mais Yang et moi nous avons servi ensemble pendant des années. Je refuse de le voir anéanti en même temps que toi. Je ne peux laisser votre futur enfant être détruit. Tu es enceinte, n'est-ce pas ?

Il ne disait pas cela au hasard. À l'époque, la gravité de mes actes aurait également condamné mon époux, quand bien même il n'avait aucune responsabilité dans cette affaire. Et bien entendu, notre enfant aussi aurait été touché.

Lei Zhicheng a baissé le ton de sa voix et m'a dit :

— À présent, nous sommes les deux seules personnes à savoir ce qui s'est passé. Nous devons tout faire pour minimiser les conséquences de tes actes. Dorénavant, tu ne t'occuperas de rien, tu prétendras que rien n'est jamais arrivé, tu n'en parleras jamais à personne, pas même à Yang Weining. Je me chargerai du reste. Wenjie, tant que tu coopéreras, je pourrai vous éviter le pire.

J'avais tout de suite compris ce que recherchait Lei Zhicheng : il voulait devenir le premier homme à avoir découvert une intelligence extraterrestre. C'était pour lui une occasion unique de voir son nom écrit dans les manuels d'histoire.

J'ai promis, puis j'ai quitté le bureau. Mais je savais déjà ce que j'allais faire.

J'ai pris une petite clef à molette et je suis entrée dans le local où se trouvait le processeur frontal du système de réception de la base. J'ai ouvert l'armoire et j'ai desserré les boulons qui maintenaient le fil de terre. Comme je venais fréquemment vérifier le matériel, personne n'a remarqué ce que je faisais. La valeur de la résistance de terre est alors aussitôt passée de 0,6 ohm à 5 ohms, ce qui a provoqué des perturbations dans le système.

Le technicien en service a tout de suite compris que le problème venait d'un dysfonctionnement du fil de terre, car ce genre d'incident était arrivé plusieurs fois dans le passé. C'était un problème facile à diagnostiquer, mais jamais il n'aurait pu imaginer qu'il provenait de l'extrémité du fil. Celui-ci était maintenu fermement et personne ne le touchait jamais, d'autant que je venais de lui annoncer que j'avais tout vérifié.

Le sol du pic du Radar était recouvert d'une couche d'argile de quelques dizaines de mètres d'épaisseur dont la conductivité était très faible. Après avoir enterré les fils, on s'était rendu compte que les résistances de terre ne parvenaient pas à fonctionner correctement. Les fils de terre ne pouvaient pas être enterrés trop profondément, car la couche d'argile avait un effet très corrosif sur les fils qui finirait, au bout d'un certain temps, par corroder la section centrale du fil de terre. On s'était finalement résigné à tendre le fil depuis le sommet de la falaise et à le faire longer la paroi jusqu'à passer en dessous de la couche d'argile. On avait donc enterré le pôle électrique à cette hauteur de la falaise. Mais même ainsi, le fil n'était pas toujours très stable et la valeur de la résistance dépassait souvent la valeur autorisée. Les problèmes venaient principalement de la partie du fil suspendu le long de falaise. Par conséquent, les techniciens de réparation devaient descendre en rappel pour régler le dysfonctionnement.

Le technicien a appelé l'équipe de maintenance et un soldat volontaire a accroché une corde à un pilier de fer avant de descendre en rappel le long de la paroi. Il est resté en bas environ une demi-heure avant de remonter le visage plein de sueur en disant qu'il n'avait pas trouvé l'origine du problème. La prochaine opération de surveillance allait être impactée et le technicien a dû prévenir le centre de commandes de la base. De mon côté, j'attendais près de la falaise, à côté du pilier où avait été accrochée la corde. Lei Zhicheng est revenu avec le soldat : tout se passait comme je l'avais prévu.

Je dois préciser que Lei Zhicheng était quelqu'un de très dévoué aux instructions politiques. Il suivait pieusement ce qui était exigé par l'idéologie de l'époque : il n'hésitait pas à se mêler à la masse et à se placer en première ligne. C'était peut-être hypocrite, mais il le faisait très bien. Dès qu'une tâche s'avérait difficile ou périlleuse, il acceptait de se porter volontaire. Bien souvent, il effectuait des actions dangereuses et fatigantes, comme, entre autres, l'entretien des fils de terre de la falaise. Ce travail ne requérait pas de connaissances techniques particulières mais nécessitait une certaine expérience, car le dysfonctionnement pouvait provenir d'un faux contact difficile à détecter, provoqué par l'exposition du fil à l'air libre, ou peut-être encore que l'endroit où était enterré le pôle électrique était trop sec. Les soldats volontaires qui formaient l'équipe de réparation étaient nouveaux à la base et n'avaient pas une grande expérience. Je savais que Lei Zhicheng aurait de grandes chances de prendre les choses en mains.

Il a attaché son harnais avant de descendre le long de la paroi, faisant comme si je n'existais pas. J'ai trouvé un prétexte pour faire partir le soldat et pouvoir rester seule au bord de la falaise. J'ai sorti une petite scie de la poche de ma veste. C'était en fait une longue scie, mais constituée de trois lames rétractables aux dents si grossières que leurs entailles sur une corde ne laisseraient jamais penser à un sabotage volontaire.

C'est à ce moment-là qu'est arrivé Yang Weining, mon époux.

Après que je lui ai expliqué la situation, il a regardé en bas de la falaise, et a dit qu'il fallait creuser la roche pour vérifier l'état du pôle électrique. Le vieux Lei n'y arriverait pas tout seul. Il a décidé de descendre lui prêter main-forte. Il a alors enfilé le harnais laissé par le soldat. Je lui ai recommandé de prendre une autre corde, mais il m'a dit que ce n'était pas nécessaire, celle-ci était suffisamment épaisse et résistante pour supporter sans problème le poids de deux hommes. J'ai insisté et il m'a envoyé chercher une autre corde. Mais alors que je revenais en toute hâte vers la falaise avec une nouvelle corde, il était déjà descendu le long de celle utilisée par Lei Zhicheng. En baissant la tête, je les ai vus tous les deux : ils venaient de terminer la vérification et étaient en train de remonter. Lei Zhicheng était devant.

Je n'aurais jamais eu d'autre occasion. J'ai sorti mon outil et j'ai scié la corde.

L'ENQUÊTEUR
Je souhaiterais vous poser une question, mais votre réponse ne figurera pas dans le procès-verbal. Quel sentiment avez-vous eu à ce moment-là ?

YE WENJIE
Aucun. J'ai agi avec sang-froid. J'avais enfin trouvé une mission à laquelle je pouvais me dévouer entièrement, peu importe le tribut à payer. Je savais de toute façon que c'était l'humanité tout entière qui en paierait le prix. Ce premier sacrifice n'était qu'une bagatelle.

L'ENQUÊTEUR
Bien. Poursuivez.

YE WENJIE
J'ai entendu deux ou trois cris de surprise, puis le bruit de corps se fracassant contre les rochers. J'ai attendu encore un moment et j'ai vu que le ruisseau qui coulait au pied de la falaise s'était empourpré…
Voilà ce que j'avais à dire sur cette affaire.

L'ENQUÊTEUR
Entendu. Voici le procès-verbal, relisez-le attentivement. S'il ne comporte aucune erreur, merci d'y apposer votre signature.

26

AUCUNE REPENTANCE

La disparition de Lei Zhicheng et de Yang Weining fut classée comme accident de travail par les responsables de Côte Rouge. Tout le monde savait que Ye Wenjie et Yang Weining formaient un couple heureux et personne ne songea jamais à la suspecter. Un nouveau commissaire politique fut nommé et la vie reprit son cours. Le petit être vivant dans le ventre de Wenjie grandissait jour après jour. Elle sentait que le monde changeait autour d'elle.

Un jour, le chef de la sécurité demanda à Ye Wenjie de se rendre dans la guérite située à l'entrée de la base. En entrant, quelle ne fut pas sa surprise quand elle se retrouva nez à nez avec deux garçons et une fille, d'environ quinze ou seize ans. Ils étaient vêtus de vieux manteaux troués et portaient sur le crâne des bonnets de fourrure. Ils semblaient être de la région. Le garde lui indiqua qu'ils venaient du village de Qijia. Les adolescents avaient entendu dire que des savants se trouvaient sur le pic du Radar et voulaient leur poser des questions relatives à leurs études.

Ye Wenjie se demandait comment ils avaient osé venir ici. Le pic du Radar était une zone militaire interdite aux civils et les soldats avaient ordre de tirer après un seul avertissement. Le garde en faction dans la guérite, qui avait remarqué la surprise de Wenjie, lui précisa qu'il avait récemment reçu l'ordre de relâcher d'un niveau la vigilance sur Côte Rouge. Tant que les habitants de la région ne pénétraient pas dans la base, ils pouvaient se rendre à leur aise sur le pic du Radar. Des paysans du village étaient d'ailleurs venus la veille leur offrir des légumes.

Un des adolescents sortit un livre de physique en piteux état. Ses mains étaient noires et pleines de gerçures, comme l'écorce d'un arbre. Avec un fort accent du Nord-Est, il posa à Wenjie une question de physique, de niveau collège : le manuel disait qu'un corps en chute libre commence par accélérer, puis finit par atteindre une vitesse constante. Ils y avaient réfléchi pendant plusieurs nuits, mais n'étaient pas arrivés à comprendre pourquoi.

— Vous êtes venus de si loin juste pour me poser cette question ? demanda Wenjie.

— Professeur Ye, vous n'êtes pas au courant ? Les examens de fin de lycée ont repris, dit la jeune fille, pleine d'entrain.

— Les examens de fin de lycée ?

— Oui, pour entrer à l'université ! Seuls les étudiants avec les meilleures notes peuvent y aller !

— Plus besoin d'être recommandé ?

— Non, tout le monde peut passer les examens ! Même les enfants des cinq catégories noires* !

Wenjie resta un moment abasourdie. Elle était profondément touchée par ce bouleversement. De longues minutes passèrent avant qu'elle ne se souvienne que les enfants l'attendaient, le livre ouvert. Elle s'empressa de leur répondre en expliquant que ce phénomène était dû à l'équilibre établi entre la résistance de l'air et la gravité. Elle leur fit promettre que s'ils avaient à l'avenir d'autres questions concernant leurs études, ils ne devraient pas hésiter à revenir la voir.

Trois jours plus tard, ce furent sept enfants qui vinrent cette fois poser leurs questions à Ye Wenjie. En plus des trois de la dernière fois, quatre autres venaient de villages et de bourgades encore plus éloignés. La troisième fois, ce furent quinze élèves et leur professeur de collège qui montèrent jusqu'au pic. Les écoles manquant de personnel, le professeur enseignait à la fois la physique, les mathématiques et la chimie. Il était venu

* Les éléments appartenant aux catégories noires – les propriétaires fonciers, les paysans riches, les mauvais éléments, les contre-révolutionnaires et les droitiers – et leurs familles étaient traités comme des parias lors de la Révolution culturelle. *(N.d.T.)*

demander des conseils pédagogiques à Wenjie. L'homme avait déjà plus de la cinquantaine et son visage était marqué par les tragédies de l'histoire. Devant Wenjie, il ne savait plus où donner de la tête, et avait recouvert le sol de livres. Plus tard, en sortant de la guérite, Wenjie l'entendit glisser aux élèves :

— Les enfants, vous venez de voir une scientifique. Une vraie scientifique !

Désormais, des élèves venaient la trouver presque tous les jours. Ceux-ci étaient parfois si nombreux qu'ils ne tenaient pas tous dans la guérite. Avec l'accord du chef de la sécurité, les gardes les escortaient jusque dans la cantine de la base, où Wenjie leur faisait cours sur un tableau noir.

La veille du Nouvel An chinois de 1978, il faisait nuit lorsque Ye Wenjie termina son travail. La plupart des employés de la base avaient pris trois jours de vacances et étaient descendus de la montagne. La base était silencieuse et déserte. Wenjie retourna dans sa chambre, ce lieu qu'elle partageait autrefois avec Yang Weining. Tout était vide à présent, elle était seulement accompagnée de l'enfant qu'elle portait dans son ventre. Dehors, il faisait un froid glacial, on entendait dans les rugissements du vent soufflant sur les montagnes du Grand Khingan les bruits indistincts des pétards qui montaient du village de Qijia. Wenjie était oppressée par la solitude, elle sentait sur elle comme une main énorme qui l'écrasait jusqu'à la faire disparaître dans un minuscule coin de l'univers…

Elle entendit soudain frapper à la porte. Quand elle ouvrit, elle vit tout d'abord le garde de la guérite et, derrière lui, des torches de pin vaciller dans le vent glacial. Les torches étaient tenues par un groupe d'enfants aux visages rougis par le froid et aux bonnets de fourrure couverts de givre. En entrant dans la chambre, ils apportèrent avec eux une vague de froid. Deux des garçons paraissaient particulièrement frigorifiés. Ils étaient légèrement vêtus car ils tenaient entre les mains une chose qu'ils avaient enveloppée dans leurs épais manteaux. Ils ouvrirent les manteaux et révélèrent une grande marmite en porcelaine dans laquelle se trouvaient des raviolis au chou et au porc encore fumants.

Cette année-là, huit mois après avoir envoyé un signal au soleil, Ye Wenjie commença à avoir des contractions mais, le fœtus étant mal positionné et son corps très faible, la clinique de la base n'était pas en mesure de la prendre en charge et dut la transférer dans l'hôpital de bourgade le plus proche. L'accouchement de Wenjie fut un enfer. En proie à de grandes douleurs et perdant beaucoup de sang, elle eut même une syncope. Dans son coma, elle crut voir indistinctement trois soleils aveuglants tourner lentement en orbite autour d'elle, consumant son corps. Cette vision se poursuivit longtemps, et dans le flou de la conscience, elle se dit que c'était peut-être ici que tout allait se terminer, son enfer à elle, fait de trois soleils à jamais en train de la rôtir. C'était le châtiment infligé pour sa terrible trahison. Elle sombra dans une peur intense, pas pour elle, mais pour son enfant. Était-il encore dans son ventre ? Le suivrait-il dans cet enfer, serait-il lui aussi condamné à souffrir pour l'éternité ? Elle ne sut combien de temps s'était écoulé lorsque les trois soleils s'écartèrent. Ils s'éloignèrent jusqu'à une certaine distance avant de rapetisser brusquement et de se transformer en trois étincelantes étoiles volantes. L'air autour d'elle s'était rafraîchi, sa douleur était moins vive. Elle se réveilla enfin.

Ye Wenjie entendit des pleurs près de son oreille. Elle eut toutes les peines du monde à tourner la tête, mais put voir un petit visage d'enfant rose, mouillé et chiffonné.

Le médecin lui expliqua qu'elle avait perdu plus de 2 000 millilitres de sang. Des villageois de Qijia étaient venus pour donner le leur. Certains d'entre eux avaient des enfants qui suivaient les cours de Wenjie, mais beaucoup étaient de simples villageois et avaient simplement entendu parler d'elle par les adolescents et leurs parents. Sans eux, elle serait certainement morte.

Les jours qui suivirent l'accouchement furent difficiles pour Ye Wenjie. Elle n'avait ni famille ni amis. Un vieux couple de villageois vint un jour au sommet du pic. Ils expliquèrent aux responsables de la base qu'ils pouvaient ramener Wenjie et sa fille dans leur village et s'occuper d'elles. L'homme était à l'origine chasseur et cueilleur d'herbes médicinales, mais les forêts de la région étant maintenant réduites à peau de chagrin, il avait commencé à cultiver son propre champ. Les gens continuaient par habitude à l'appeler "Qi le chasseur". Wenjie n'avait jamais donné de cours à leurs enfants. Ils avaient deux fils et deux filles. Les filles s'étaient mariées et étaient parties vivre ailleurs. Un de leurs fils était à l'armée. L'autre, déjà marié, vivait avec eux et son épouse, qui venait tout juste d'avoir un enfant.

Wenjie n'avait pas encore été réhabilitée et les responsables de la base se trouvaient dans une situation délicate. Mais ils finirent par accepter que le couple ramène Wenjie et sa fille en traîneau depuis l'hôpital jusqu'à leur domicile.

Ye Wenjie vécut plus de six mois dans cette famille de paysans des montages du Grand Khingan. Elle avait été si faible après son accouchement qu'elle n'avait pas eu de montée de lait. Pendant ce temps, la petite Yang Dong fut allaitée par les femmes du village. Celle qui lui donnait le plus souvent le sein était la belle-fille de la famille de Qi le chasseur, Dafeng. C'était une jeune femme robuste du Nord-Est qui se nourrissait chaque jour de bouillie de sorgho. Ses seins restaient toujours gorgés de lait, même si elle faisait téter deux nourrissons. D'autres jeunes mères du village venaient elles aussi pour allaiter Yang Dong. Elles l'aimaient beaucoup et disaient que la petite semblait avoir hérité de la vivacité d'esprit de sa mère. Peu à peu, la maison de Qi le chasseur devint un lieu de rendez-vous des femmes du village, les plus jeunes comme les plus âgées, les épouses comme les jeunes célibataires. Elles venaient ici quand elles n'avaient rien à faire, pleines d'admiration et de curiosité pour Ye Wenjie. Cette dernière se rendit compte qu'elle avait de son côté beaucoup de choses à leur raconter. Durant les nombreuses journées ensoleillées, Wenjie prenait Yang Dong dans ses bras et allait s'asseoir avec les autres femmes dans la cour bordée par des bouleaux de Mandchourie. Les enfants jouaient à côté d'elles, tandis qu'un grand chien noir paresseux était allongé sur le sol de la cour, baignée par la douce chaleur de l'astre du jour. Elle aimait particulièrement observer les femmes qui fumaient du tabac dans des pipes en cuivre et recrachaient nonchalamment des volutes de fumée emplies de rayons de soleil doux et argentés, comme les poils qui couraient le long de leurs membres dodus. Un jour, l'une d'entre elles lui tendit sa longue pipe blanche en cuivre, pour lui faire – disait-elle – "oublier ses soucis". Après seulement deux bouffées, Wenjie se sentit prise de vertige, ce qui fit bien rire tout le monde durant plusieurs jours.

Quant aux hommes, Wenjie n'avait pas grand-chose à leur dire. Elle avait du mal comprendre ce qui les occupait chaque jour. Elle avait plus ou moins compris qu'ils projetaient de profiter de la détente politique pour gagner de l'argent en cultivant du ginseng, mais ils n'avaient pas le courage de se lancer. Ils traitaient Wenjie avec beaucoup de respect et étaient avec elle d'une grande courtoisie. Elle n'y avait pas vraiment accordé d'importance au début mais, les jours passant, en voyant les mêmes gaillards battre leurs épouses et faire des avances aux veuves du village, en les entendant raconter des histoires graveleuses dont la moitié seulement suffisait à la faire rougir, elle comprit tout ce que leurs égards avaient de rare et de précieux. Tous les deux ou trois jours, quelqu'un apportait un lièvre ou un faisan à la maison de Qi le chasseur et offrait à la petite Yang Dong des jouets curieux et désuets qu'ils avaient fabriqués eux-mêmes.

Dans la mémoire de Wenjie, ces jours ne semblaient pas lui avoir appartenu. C'était comme s'ils avaient été les lambeaux épars de la vie d'une inconnue tombés sur elle comme des plumes soufflées par le vent. Les souvenirs de cette période se condensaient dans son esprit sous la forme de peintures classiques. Étrangement, elle ne voyait pas des peintures chinoises traditionnelles, mais bien des peintures à l'huile occidentales. Il y avait trop de vide dans la peinture chinoise, alors que ces heures passées au village de Qijia n'en comportaient pas, elles avaient la richesse et la densité des couleurs des peintures à l'huile. Tout n'était que chaleur : les lits chauffants sous lesquels on faisait brûler d'épaisses couches de carex, le tabac *guandong* et *mohe* dans les pipes en cuivre, les nourrissants repas au sorgho, l'alcool de sorgho à 65 degrés… toute cette vie s'écoulait silencieusement et paisiblement, comme le ruisseau bordant le village.

Ye Wenjie gardait un souvenir inoubliable des veillées. Le fils du chef de Qi le chasseur était parti en ville pour vendre des champignons. Il avait été le premier villageois à quitter Qijia pour gagner sa vie. Wenjie partageait donc la chambre avec son épouse Dafeng. Il n'y avait pas d'électricité au village et, tous les soirs, elles s'éclairaient à la lumière d'une lampe à huile ; Wenjie lisait, tandis que Dafeng faisait de la broderie. Il arrivait parfois que, sans le vouloir, Wenjie approche son livre et ses yeux trop près de la lampe, si bien qu'elle faisait roussir sa frange et poussait un petit cri. Toutes deux levaient la tête et échangeaient un sourire. Cette mésaventure n'arrivait bien sûr jamais à Dafeng, qui avait de très bons yeux et arrivait à réaliser des ouvrages délicats rien qu'à la faible lueur des braises. Leurs deux enfants, âgés d'à peine six mois, dormaient côte à côte dans un lit chauffant. Wenjie aimait les regarder dormir. Dans toute la maison, on n'entendait que le bruit régulier de leur respiration.

Au début, Wenjie avait du mal à dormir sur le lit chauffant, elle avait fréquemment des coups de chaud, mais elle finit peu à peu par s'y habituer. Dans ses rêves, elle devenait quelquefois son propre enfant et se blottissait entre de grands bras chauds. Cette sensation était si réaliste qu'elle se réveillait souvent en larmes. Celui qui la tenait dans ses bras n'était ni son père ni sa mère, ni non plus son mari décédé, mais quelqu'un dont elle ignorait l'identité.

Un soir, elle posa son livre et vit Dafeng, les semelles qu'elle était en train de rapiécer posées sur ses genoux. Elle fixait la lampe, immobile. Quand elle s'aperçut que Wenjie la regardait, elle lui demanda soudain :

— Grande sœur Wenjie, est-ce que les étoiles ne vont pas tomber du ciel ?

Wenjie examina Dafeng. La lampe à huile était une artiste formidable, elle esquissait dans la chambre une fresque aux lignes et aux couleurs chatoyantes : son manteau en laine posé sur ses épaules, Dafeng exhibait, sous sa nuisette rouge, un bras robuste mais gracieux. La lumière de la lampe à huile mettait en valeur la plus belle partie de son corps en la teintant de la couleur la plus chaude et en plongeant le reste de la pièce dans une sombre volupté. Le décor paraissait s'être fondu dans la douceur de l'obscurité mais, en regardant bien, on pouvait voir un halo rouge sombre qui ne provenait pas de la lampe à huile mais des braises de charbon sur le sol. Dehors, le froid de l'hiver sculptait de magnifiques motifs sur les carreaux des fenêtres grâce à l'air chaud et humide de la maisonnée.

— Tu as peur que les étoiles tombent ? demanda calmement Wenjie.

— Pourquoi avoir peur ? rit Dafeng en secouant la tête. Elles sont si petites !

Wenjie ne lui donna pas la réponse d'une astrophysicienne. Elle lui dit simplement :

— Elles sont très, très loin, elles ne risquent pas de tomber.

Dafeng se satisfit de cette explication et replongea dans son ouvrage. Mais Wenjie ne parvint pas à rester tranquille, elle abandonna son livre et s'allongea sur la surface chaude du lit. Elle ferma les yeux et, dans son imagination, elle fit disparaître tout l'univers autour de la chaumière, comme la lampe à huile faisait se fondre la plus grande partie de la chambre dans l'obscurité. Puis elle remplaça l'univers réel par celui de Dafeng. À cet instant, le ciel nocturne devint un gigantesque dôme noir dont la taille permettait tout juste d'envelopper le monde. Sur le dôme étaient incrustées une infinité d'étoiles d'une phosphorescence argentée. Chaque étoile n'était pas plus grosse que le miroir rond posé sur la vieille table de chevet en bois de la chambre. Le monde était plat et s'étendait loin dans chaque direction, mais finissait par s'arrêter aux extrémités du dôme. Cette surface plane était couverte de chaînes de montagnes comme celles du Grand Khingan et de forêts auxquelles étaient adossés de petits villages comme Qijia... Cet univers en forme de coffre à jouets réconforta Wenjie et, peu à peu, cette image mentale se changea en rêve.

Dans ce minuscule hameau caché au plus profond des montagnes du Grand Khingan, quelque chose dans le cœur de Ye Wenjie fondait peu à peu. Sur le champ de glace qu'était son âme était apparu un lac d'eau claire.

Après la naissance de sa fille, Wenjie passa encore deux ans dans la base de Côte Rouge, partagée entre paix et anxiété. Elle fut informée que son père et elle avaient été politiquement réhabilités. Elle reçut bientôt une lettre de son ancienne université lui indiquant qu'elle pouvait reprendre son poste dès qu'elle le souhaitait. La lettre était accompagnée d'un mandat postal : le salaire dû à son père après sa réhabilitation. Lors d'une réunion générale de la base, les responsables de Wenjie l'appelèrent enfin "camarade".

Wenjie accueillit ces bouleversements avec beaucoup de calme ; elle n'était ni émue ni euphorique. Le monde extérieur ne lui inspirait aucun intérêt. Elle préférait rester à Côte Rouge, loin de tout. Mais pour l'éducation de sa fille, elle finit par partir de cette base où elle avait jadis cru qu'elle terminerait sa vie, et retourna dans son université d'origine.

Après avoir quitté la montagne, Ye Wenjie sentit le printemps tout autour d'elle. Le terrible hiver de la Révolution culturelle était fini, tout était en train de bourgeonner de nouveau. Même si la catastrophe venait tout juste de se terminer et que, partout où portait le regard, tout n'était que ruines et cicatrices que d'innombrables personnes pansaient en silence, l'aube d'une nouvelle vie était bel et bien apparue dans les yeux des gens. Des étudiants et leurs enfants réinvestissaient les universités ; dans les librairies, on s'arrachait des ouvrages de littérature ; les innovations technologiques et industrielles connaissaient des avancées incroyables et la recherche scientifique se retrouvait à nouveau auréolée d'un prestige sacré. La science et la technologie étaient les seules clefs qui permettaient d'ouvrir le verrou de l'avenir, si bien que la population accueillait maintenant la science avec la même candeur que de jeunes élèves de primaire. Et quoique leur enthousiasme soit naïf, ils gardaient les pieds sur terre. Lors de la première Conférence nationale sur les sciences, Guo Moruo, écrivain et président de l'Académie chinoise des sciences, proclama le début du "printemps de la science".

Était-ce la fin de la folie ? Le retour du règne de la science et de la raison ? Ye Wenjie se posait sans cesse cette question.

Jusqu'à son départ de Côte Rouge, Ye Wenjie ne reçut plus aucun message provenant de Trisolaris. Elle savait qu'elle devait attendre au moins huit ans avant d'avoir une réponse mais, après son départ de la base, elle ne bénéficiait plus du matériel nécessaire.

Ce secret était lourd à porter et elle avait agi seule. Cela lui donnait un sentiment d'irréalité, et plus le temps passait, plus ce sentiment était fort. De plus en plus, elle avait la sensation que tout n'avait été qu'une illusion, un rêve. Le soleil avait-il vraiment le pouvoir d'amplifier des ondes radio ? L'avait-elle vraiment utilisé comme une antenne pour envoyer un message dans l'univers ? Avait-elle vraiment reçu la réponse d'une civilisation extraterrestre ? Ce matin sanglant où elle avait trahi l'humanité tout entière avait-il existé ? Et ce double meurtre...

Wenjie essaya de s'abîmer dans son travail pour mieux tout oublier. Et elle faillit presque réussir : un étrange instinct protecteur inhibait ses souvenirs, notamment ceux de ce premier contact avec une civilisation extraterrestre. Sa vie s'écoulait paisiblement, jour après jour.

Un certain temps après être retournée dans son université, Wenjie emmena Dong-dong rendre visite à sa grand-mère, Shao Lin. Après la mort tragique de son époux, Shao Lin était parvenue à sortir de sa démence et avait continué à survivre entre les fissures de la politique. À force de suivre le vent tournant et de hurler avec les loups, elle avait enfin obtenu une modeste récompense : à l'occasion du mouvement "Retourner en classe pour faire la révolution", on lui avait proposé un poste de professeur*.

Cependant elle avait ensuite pris un chemin inattendu : elle s'était remariée avec un ancien haut cadre du ministère de l'Éducation, persécuté durant la Révolution culturelle. Quand elle l'avait épousé, le cadre se trouvait encore emprisonné dans une "étable**". Cet acte pouvait paraître déconcertant, venant

---

* Au début de la Révolution culturelle en 1966, les écoles furent fermées pour permettre aux élèves et aux étudiants de "faire la révolution". L'école des gardes rouges devenait la société tout entière. Mais en 1967, les autorités, débordées par la situation, revinrent sur leur décision en demandant aux élèves de retourner dans les écoles. *(N.d.T.)*
** Durant la Révolution culturelle, les "ennemis du peuple" étaient représentés par des démons à tête de bœuf. Pour filer la métaphore, les cachots ou les

d'une femme qui pesait, au détail près, chacune de ses décisions. Mais son esprit était très clair, elle avait tout prévu. Elle savait que le chaos de la Révolution culturelle ne durerait pas longtemps et que les jeunes rebelles qui tentaient de prendre le pouvoir n'avaient pas l'expérience nécessaire pour gouverner le pays. Tôt ou tard, les vieux cadres ayant été persécutés ou marginalisés reviendraient aux affaires. La suite montra que son pari était le bon. Alors que la Révolution culturelle n'était même pas encore terminée, son mari avait récupéré son ancien poste, et au lendemain de la troisième session plénière du XIᵉ Congrès du Parti communiste chinois en 1978*, il accéda même à un poste de vice-ministre. Dans ce contexte où les intellectuels retrouvaient les faveurs des dirigeants, la carrière de Shao Lin monta en flèche. Après être devenue membre de l'Académie chinoise des sciences, elle quitta habilement son ancienne école et fut promue vice-présidente d'une université prestigieuse.

Quand Ye Wenjie rencontra sa mère, elle vit une femme éduquée, prenant grand soin de son apparence. Elle ne semblait pas porter le moindre stigmate de ses persécutions passées. Elle accueillit chaleureusement Wenjie et sa petite-fille et leur demanda avec empathie comment elles avaient passé ces dernières années. Elle s'extasia devant la petite Dong-dong – si maligne et si mignonne – et détailla à sa cuisinière les plats préférés de Wenjie… Tout était fait avec finesse, habileté et justesse. Mais Ye Wenjie pouvait sentir le fossé qui s'était creusé entre elles. Toutes deux évitèrent de parler de sujets sensibles et n'évoquèrent jamais son père.

Après le déjeuner, Shao Lin et son époux raccompagnèrent Wenjie et sa fille dans la rue pour leur dire au revoir. Le vice-ministre demanda à parler à Wenjie et Shao Lin rentra la

---

"camps de rééducation par le travail" dans lesquels ils étaient retenus étaient appelés "étables". *(N.d.T.)*
* Cet événement marque un tournant important dans l'histoire de la Chine contemporaine. Sous l'impulsion de Deng Xiaoping, le Parti communiste chinois décide de mettre en place des réformes d'ouverture politiques – qui s'avéreront néanmoins vite restreintes – et économiques. *(N.d.T.)*

première. Aussitôt, le sourire chaleureux du vice-ministre se fit de glace, comme s'il avait enfin l'occasion d'ôter son masque :

— Toi et ta fille êtes les bienvenues ici, mais à une condition : n'essaie jamais de remuer de vieilles histoires. Ta mère n'a aucune responsabilité dans la mort de ton père, elle aussi est une victime. C'est plutôt ton père qui est pathologiquement resté buté dans ses convictions. Il a lui-même choisi le chemin obscur. Il a abandonné sa responsabilité de père de famille et vous a laissées, mère et filles, endurer de grandes souffrances.

— De quel droit me parlez-vous de mon père ? riposta Wenjie, furieuse. C'est une histoire entre ma mère et moi, cela n'a rien à voir avec vous.

— En effet, dit froidement l'époux de Shao Lin en opinant de la tête, je ne fais que transmettre le message de ta mère.

Wenjie leva les yeux vers la résidence avec jardin réservée aux hauts cadres du Parti. Shao Lin avait tiré les rideaux et les épiait depuis un coin de la maison. Sans un mot, Wenjie partit avec Dong-dong dans les bras. Elle ne revint plus jamais.

Ye Wenjie partit à la recherche des quatre jeunes filles gardes rouges qui avaient tué son père cette année-là. Après avoir retourné ciel et terre, elle parvint à retrouver trois d'entre elles. Jadis envoyées à la campagne comme jeunes instruites, elles étaient maintenant de retour en ville et se trouvaient actuellement sans emploi. Ayant localisé leurs adresses, Ye Wenjie écrivit une lettre toute simple à chacune en leur donnant rendez-vous à l'endroit même où son père était mort, simplement pour parler.

Ye Wenjie n'avait pas l'intention de se venger. Ce matin-là, à Côte Rouge, elle avait déjà pris sa revanche sur l'humanité tout entière, y compris les jeunes gardes rouges. Elle voulait seulement les entendre se repentir du meurtre de leur père et voir si elles avaient retrouvé un semblant d'humanité.

Cet après-midi, après ses cours, Ye Wenjie les attendit près du terrain de sport. Elle n'entretenait pas beaucoup d'espoir de les voir, elle était même presque sûre qu'elles ne viendraient pas. Mais à l'heure du rendez-vous, les trois anciennes gardes rouges arrivèrent.

Ye Wenjie les reconnut de loin. Elles étaient encore vêtues d'uniformes verts de gardes rouges que l'on ne voyait plus que rarement ces jours-ci. Quand elles furent plus proches, Wenjie réalisa qu'il y avait de fortes chances que ces uniformes soient d'ailleurs ceux qu'elles avaient portés ce jour-là, lors de la séance de critique publique. Leur couleur avait terni à force de lavages, et ils avaient visiblement été rapiécés. En dehors de ces uniformes, les trois femmes, qui avaient maintenant la trentaine, n'avaient plus rien de commun avec les trois jeunes et vaillantes gardes rouges de l'époque. Elles ne semblaient pas seulement avoir perdu leur jeunesse, mais aussi beaucoup d'autres choses.

La première impression de Ye Wenjie était que, bien qu'elles aient été formatées dans le même moule, il existait aujourd'hui de grandes différences entre elles. L'une d'elles était devenue petite et osseuse, son vieil uniforme paraissait même presque trop grand sur elle, son dos était voûté, ses cheveux avaient jauni et elle avait l'apparence d'une vieillarde. La deuxième, elle, était devenue beaucoup plus robuste et n'était pas parvenue à boutonner la veste de son uniforme. Elle avait une grosse tignasse sur la tête et son visage était sombre, comme si les vicissitudes de la vie lui avaient dérobé toute élégance féminine en ne lui laissant que torpeur et rudesse. La troisième avait gardé une silhouette jeune, mais l'une des manches de son uniforme était vide, et elle marchait en boitillant.

Les trois anciennes gardes rouges marchèrent à la rencontre de Ye Wenjie et s'alignèrent devant elle, comme elles l'avaient fait cette année-là devant Ye Zhetai. Mais quand bien même il se serait agi d'une tentative de leur part pour retrouver une dignité longtemps perdue, l'ardeur diabolique qui avait été la leur cette année-là n'existait plus. Le visage de la plus maigre arborait une expression de souris, celui de la femme robuste ne montrait que de la torpeur, tandis que les deux yeux de l'estropiée regardaient le ciel.

— Vous pensiez que nous n'aurions pas le cran de venir ? demanda la femme robuste sur un ton de défi.

— Je pensais simplement que nous devions nous voir. Tôt ou tard, il fallait tourner la page du passé, dit Ye Wenjie.

— Oui, c'est du passé, vous devriez le savoir, dit à son tour la plus maigre, avec une voix perçante, comme si elle était effrayée par quelque chose d'inconnu.

— Je veux dire, tourner la page, spirituellement.

— Vous voulez nous entendre nous repentir ? demanda la femme robuste.

— Ne croyez-vous pas que vous devriez ?

— Et qui se repentira auprès de nous ? rétorqua l'estropiée, qui était jusqu'ici restée silencieuse.

La femme robuste prit la suite :

— De nous quatre, trois ont à l'époque signé le *dazibao* du lycée affilié à l'université Qinghua*. Nous avons été de tous les combats : les campagnes de ralliement sur la place Tian'anmen, les cent jours de combat armé de Qinghua, le premier bataillon des gardes rouges, le deuxième bataillon, le troisième, le Comité d'action unie, les palissades de l'Ouest, les palissades de l'Est, la Grande Commune de la Nouvelle Université de Pékin, l'Équipe de combat du drapeau rouge, le Groupe de l'Orient rouge – nous avons participé à toute l'épopée des gardes rouges, de leur naissance jusqu'à leur mort.

L'estropiée continua :

— Sur le campus de Qinghua, pendant les cent jours de combat armé, deux d'entre nous appartenaient à la faction du mont Jinggang et les deux autres à la faction du 14 Avril. J'ai attaqué un tank artisanal du mont Jinggang avec une grenade, mais j'ai eu le bras écrasé par les chenilles du tank. Ma chair et mes os n'ont fait qu'un avec la boue et le sol… J'avais à peine quinze ans !

— On nous a ensuite envoyées en pleine campagne ! dit la femme robuste en levant les mains. Deux d'entre nous sont parties dans la province du Shaanxi et les deux autres dans le Henan, les endroits les plus pauvres et les plus perdus de tous ! À notre départ, nous étions encore pleines d'ardeur idéaliste,

* Le 29 mai 1966, des lycéens collèrent un *dazibao* ayant pour titre "Gardes rouges" sur un des murs de l'université Qinghua. Il fut signé par plus de cent étudiants. Cet événement marqua la première apparition de l'expression "gardes rouges". Les spécialistes de la Révolution culturelle considèrent que c'est ce jour-là que naquirent les brigades des gardes rouges. *(N.d.A.)*

mais ça n'a pas duré. À la fin d'une journée de labeur dans les champs, nous étions si fatiguées que nous n'avions même pas la force de laver nos habits. Nous nous étendions dans nos chaumières aux toits fuyants et entendions au loin les hurlements des loups, qui nous arrachaient peu à peu à nos rêves. Nous étions coincées dans des villages oubliés et personne ne pouvait répondre à nos suppliques.

Les yeux vides, baissés sur le sol, l'estropiée poursuivit :

— Parfois, sur des sentiers perdus de montagnes arides, nous rencontrions d'anciens camarades ou ennemis gardes rouges. Nous échangions un regard : les mêmes uniformes en lambeaux, les mêmes corps couverts de poussière et de bouse de vache. Nous ne savions pas quoi nous dire.

— Tang Hongjing, dit la femme robuste à Ye Wenjie. C'est elle qui a donné le coup fatal à ton père avec la boucle de sa ceinture. Elle est morte noyée dans le fleuve Jaune. Ce jour-là, un torrent avait emporté des moutons appartenant au régiment. Le cadre local du Parti a lancé aux jeunes instruits : "Petits généraux de la révolution ! C'est le moment de vous mettre à l'épreuve !" Tang Hongjing et trois autres jeunes ont alors sauté dans l'eau pour récupérer les moutons, mais il faisait terriblement froid, l'eau était même couverte d'une couche de glace ! Les quatre sont morts, nous n'avons jamais su si c'était de froid ou de noyade. Quand j'ai vu leurs cadavres… Je… Oh, merde, je n'y arrive pas…

Elle se prit le visage entre les mains et se mit à pleurer. L'estropiée continua :

— Les cadavres de Hongjing et des autres ont été stockés dans le grenier du régiment, comme si c'étaient de vulgaires bûches pour le feu, à côté des choux et des patates, avec… avec les moutons morts qu'ils avaient réussi à repêcher.

La femme maigre poussa un soupir, elle avait les larmes aux yeux :

— Nous sommes maintenant de retour en ville, mais à quoi bon ? Nous n'avons rien, les conditions de vie des jeunes instruits de retour de la campagne ne sont pas faciles. Même pour les travaux les plus dégradants, on ne veut pas de nous ! Nous sommes sans travail, sans argent, sans avenir. Nous n'avons rien.

Ye Wenjie était interloquée.

— Il y a un film sorti récemment, dont le titre est *Érable*, je ne sais pas si tu l'as vu. À la fin, un adulte et un enfant se tiennent devant la tombe d'un garde rouge mort durant les combats civils entre différentes factions. L'enfant demande à l'adulte : "Sont-ils des héros ?" L'adulte répond que non ; alors l'enfant demande : "Sont-ils des ennemis ?" L'adulte répond encore une fois que non. L'enfant demande : "Alors que sont-ils ?" Et l'adulte répond : "De l'histoire ancienne."

— Tu as entendu ? De l'histoire ancienne ! De l'histoire ? cria frénétiquement la femme robuste en agitant une main devant Ye Wenjie. C'est maintenant le début d'une nouvelle ère ! Qui se souviendra de nous ? Qui croira que tu as existé, que nous avons existé ? Tout le monde aura bientôt oublié !

Les trois vieilles gardes rouges partirent, laissant Wenjie seule sur le terrain de sport. Plus de dix ans auparavant, lors d'un après-midi pluvieux, elle s'était aussi trouvée là, seule et droite, en regardant le cadavre de son père. Les paroles de la garde rouge résonnaient en elle : "Tout le monde aura bientôt oublié…"

Les rayons du crépuscule allongèrent la silhouette frêle de Ye Wenjie. Le petit sursaut d'espoir pour la société qui avait émergé dans son esprit s'était évaporé comme une goutte d'eau sous un soleil brûlant. Le doute qui s'était emparé d'elle après son acte de trahison avait disparu sans laisser de trace. Désormais, son nouvel idéal serait inébranlable : permettre à une civilisation supérieure de s'infiltrer dans le monde des humains.

27

EVANS

Six mois après son retour à l'université, on confia à Ye Wenjie une tâche importante : la conception d'un observatoire radioastronomique de grande envergure. Elle et son équipe de conception parcoururent le pays en quête d'un site approprié où établir la base. Au début, leurs préoccupations étaient purement techniques. Contrairement à la discipline astronomique traditionnelle, les exigences de la radioastronomie au sujet de la qualité de l'air et de la lumière visible n'étaient pas si élevées, mais il fallait à tout prix éviter les perturbations électromagnétiques agissant au niveau des spectres non visibles. Ils sillonnèrent de nombreuses régions avant de choisir un lieu où l'environnement électromagnétique s'avérait le plus favorable : une région vallonnée et isolée du Nord-Ouest.

Aucune végétation ou presque ne poussait sur ces collines de lœss. Les vallées nées de l'érosion des sols donnaient aux collines l'apparence de vieux visages couverts de rides. Une fois établi une première sélection de sites susceptibles d'accueillir l'observatoire, les véhicules de l'équipe de conception s'arrêtèrent un moment dans un village où les gens vivaient presque tous dans des habitations troglodytes. Quand le responsable de l'unité de production du village apprit que Ye Wenjie avait un certain niveau d'éducation, il lui demanda si elle parlait les langues étrangères. Elle lui demanda de préciser quelle langue, mais le responsable ne sut pas lui répondre. Si elle était capable de parler une langue étrangère, il enverrait un villageois sur la colline pour aller chercher Bethune, car l'unité de production devait s'entretenir avec lui.

— Bethune*? demanda-t-elle, surprise.

— Nous ne connaissons pas son vrai nom, c'est comme ça que nous l'appelons.

— Il est médecin?

— Non. Il plante des arbres derrière la colline, il est ici depuis trente ans.

— Il plante des arbres? Pourquoi?

— Il dit que c'est pour les oiseaux. Une espèce d'oiseau dont il dit qu'elle va bientôt disparaître.

Wenjie et ses collègues furent très surpris et ils demandèrent au responsable de l'unité de production de les conduire jusqu'à ce Bethune. Ils suivirent un sentier et arrivèrent au sommet d'un tertre. Le responsable leur montra quelque chose de la main. Les yeux de Ye Wenjie s'illuminèrent : sur le flanc d'une colline de lœss aride s'étendait une forêt verdoyante, comme une éclaboussure de peinture verte sur une vieille toile jaunie.

Ye Wenjie et ses compagnons aperçurent l'étranger. En dehors de ses cheveux blonds et de ses yeux verts, de son pantalon et de sa veste en jean abîmés, il n'avait pas l'air si différent d'un paysan du coin ayant passé sa vie à travailler la terre. Sa peau était aussi noircie par le soleil que celle des habitants de la région. Il ne se montra pas très intéressé par la présence de ces nouveaux visiteurs. Il se présenta : Mike Evans. Il ne déclina pas sa nationalité, mais son anglais était empreint d'un fort accent américain. Il habitait dans une simple cabane en adobe, à la lisière de la forêt. Celle-ci était jonchée d'outils qu'il utilisait pour planter des arbres : houes, pelles, petites scies pour élaguer les branches... tous rudimentaires et fabriqués dans la région. Le sable du Nord-Ouest s'était invité dans sa cabane à deux pièces et recouvrait son lit grossier et ses simples ustensiles de cuisine. Une pile de livres était étalée sur le lit. C'était pour la plupart des ouvrages de biologie, mais Ye Wenjie remarqua aussi *La Libération animale*, de Peter Singer. Le seul signe apparent

* Norman Bethune (1890-1939) était un médecin canadien ayant travaillé en Chine durant la guerre sino-japonaise (1937-1945). Mao Zedong a rendu hommage à ce compagnon de route du Parti communiste chinois dans un essai intitulé *À la mémoire de Norman Bethune*. *(N.d.T.)*

de modernité était un petit poste radio à piles AA, qu'il avait épuisées et remplacées par des piles D. Il y avait également de vieilles jumelles. Evans s'excusa en disant qu'il n'avait rien à leur offrir à boire. Il n'avait pas bu de café depuis longtemps. Il avait bien de l'eau, mais n'avait qu'un seul verre.

— Que faites-vous ici ? demanda un des collègues de Wenjie.

— Je sauve le monde.

— Vous sauvez… Vous sauvez les habitants de la région ? C'est vrai que l'environnement ici est vraiment…

— Vous êtes donc tous les mêmes ! explosa soudain Evans de colère. Quand on vous parle de sauver le monde, vous ne pensez qu'aux humains ! Et sauver les autres espèces, c'est dérisoire ? Qui a donné aux humains une telle place d'honneur sur la planète ? Non, les humains n'ont pas besoin d'être sauvés. Ils vivent déjà bien mieux qu'ils ne le méritent.

— On nous a dit que vous tentiez de sauver une espèce d'oiseau ?

— Oui, un pétrel, de la sous-espèce des pétrels bruns du Nord-Ouest. Je vous épargne son nom latin, il est trop long. Tous les printemps, ils reviennent du sud par les mêmes routes migratoires depuis la nuit des temps. Ils ne nichent que dans cette région. Mais, ici, les forêts disparaissent, année après année. Les oiseaux ne trouvent déjà plus d'arbres où vivre et faire leurs nids. Quand je les ai découverts, ils n'étaient plus que dix mille individus. Si rien ne change, dans cinq ans, l'espèce se sera totalement éteinte. Les arbres que je plante servent d'habitat pour une partie d'entre eux. Leur population a commencé à augmenter à nouveau. Bien entendu, je dois planter encore plus d'arbres et étendre la surface de ce jardin d'Éden.

Evans permit à Wenjie et à ses collègues d'utiliser ses jumelles. Sur ses indications, ils observèrent le paysage un long moment avant d'apercevoir quelques oiseaux à la couleur grisâtre émerger des arbustes.

— Ils n'ont rien de resplendissant, n'est-ce pas ? C'est certain, ils n'attirent pas la même sympathie que les pandas. Chaque jour dans le monde, des espèces dont personne ne se soucie disparaissent.

— Avez-vous planté ces arbres seul ?

— La majorité, oui. À l'origine, j'ai employé quelques paysans de la région, mais je suis vite tombé à court de ressources. Acheter des jeunes plants et irriguer coûte cher… Cependant, vous ne le devinerez jamais. Mon père est milliardaire, il dirige une compagnie multinationale spécialisée dans le pétrole. Mais il m'a coupé les fonds et, de toute façon, je ne veux plus utiliser son argent.

La boîte à paroles d'Evans avait été ouverte et il semblait ne plus pouvoir s'arrêter :

— À l'âge de mes douze ans, un pétrolier de trente mille tonnes appartenant à mon père a heurté un récif sur la côte atlantique. Plus de vingt mille tonnes de pétrole brut se sont déversées dans l'océan. À ce moment-là, ma famille et moi nous passions des vacances dans une villa au bord de la mer, située pas très loin de l'accident. Quand mon père a appris la nouvelle, sa première pensée a été de savoir comment il allait se décharger de cette responsabilité et diminuer les pertes de son entreprise.

L'après-midi même, je suis allé voir les ravages sur la côte. La mer avait viré au noir. Emprisonnées dans des membranes huileuses, les vagues paraissaient lisses et sans force. La plage aussi était recouverte d'une couche de mazout. Avec quelques bénévoles, nous avons tenté de sauver les oiseaux aquatiques encore vivants qui s'étaient retrouvés prisonniers de cette marée noire. Ils se débattaient dans le pétrole, on aurait dit des sculptures de bitume. Seuls leurs yeux prouvaient encore qu'ils appartenaient au rang des créatures vivantes. Ces regards, prisonniers d'une nappe de mazout, ont continué à hanter mes rêves durant des années. Nous avons immergé les oiseaux de mer dans du détergent pour laver leur plumage, mais c'était très dur, le pétrole brut était profondément incrusté à leur duvet, et si nous forcions trop, les plumes risquaient de partir avec le pétrole… Le soir venu, la plupart des oiseaux étaient morts.

Le corps couvert de mazout, épuisé, je me suis assis sur la plage noire en regardant le soleil se coucher derrière une mer obscure. J'avais l'impression que c'était la fin du monde. Mon père se tenait derrière moi, j'ignorais depuis combien de temps il était là. Il m'a demandé si je me souvenais du petit squelette de dinosaure. Bien sûr que je m'en souvenais, il avait été découvert lors d'une opération de prospection pétrolière, il était en très bon état, mon père avait payé très cher pour l'acquérir, puis il l'avait installé dans le jardin de mon grand-père.

Mon père m'a alors dit : "Mike, je vais te raconter comment les dinosaures se sont éteints. Un astéroïde a percuté la Terre, le monde est devenu un océan de flammes, puis a sombré dans une très longue obscurité glaciale… Une nuit, tu t'es réveillé d'un cauchemar, tu m'as raconté que tu avais rêvé que tu vivais à cette époque terrifiante. Je vais te dire maintenant ce que j'aurais voulu te dire à l'époque : tu aurais été chanceux de vivre à la fin du crétacé, car notre époque actuelle est encore plus effrayante, les espèces vivantes terrestres disparaissent bien plus vite que pendant le crétacé tardif. La vraie extinction de masse, elle a lieu maintenant! Fiston, ce que tu as vu aujourd'hui n'est rien, ce n'est qu'un épisode minime dans une gigantesque tragédie, nous pouvons nous passer d'oiseaux de mer, mais nous ne pouvons pas nous passer du pétrole. Peux-tu seulement imaginer un monde sans pétrole? Tu vois cette belle Ferrari que je t'ai offerte en cadeau d'anniversaire l'an dernier et que je t'ai promis que tu pourrais conduire après tes quinze ans? Sans pétrole, ce n'est qu'un vulgaire tas de ferraille, tu ne pourrais jamais la conduire. Si tu veux rendre visite à ton grand-père, il te suffit de prendre mon jet privé et tu traverseras l'océan en une petite dizaine d'heures seulement. Sans pétrole, tu devrais prendre un voilier et tanguer sur les flots pendant un mois… Ce sont les règles du jeu de la civilisation : s'assurer tout d'abord de la survie de l'espèce humaine et lui garantir une vie confortable. Tout le reste est secondaire."

Mon père avait placé de grands espoirs en moi, mais il n'est finalement pas parvenu à me façonner comme il l'espérait. Les jours qui ont suivi, les regards de ces oiseaux mourants n'ont cessé de me poursuivre et ils ont fini par déterminer mon destin. L'anniversaire de mes treize ans, mon père m'a demandé ce que je comptais faire plus tard. Je n'ai rien répondu, je voulais seulement sauver le monde. Ce n'était pas un grand rêve, ce que je voulais, c'était sauver une espèce en voie de disparition, cela pouvait être un oiseau pas très beau, un papillon tout gris ou un modeste scarabée. J'ai fait des études de biologie et je suis devenu spécialiste des oiseaux et des insectes. À mes yeux, mon idéal est le plus digne qui soit : sauver une espèce d'oiseau ou d'insecte n'est pas différent de sauver l'humanité. Toutes les vies se valent, c'est le principe de base du communisme antispéciste.

— Le quoi ?

Ye Wenjie n'était pas sûre d'avoir bien entendu le mot.

— Le communisme antispéciste. C'est un courant que j'ai créé. On pourrait aussi dire que c'est une profession de foi, dont le credo est que toutes les créatures vivantes de la planète naissent égales.

— C'est idéaliste, ce n'est pas pragmatique. Notre agriculture aussi fait pousser des espèces vivantes. C'est une égalité qui ne pourra jamais être atteinte.

— Dans une époque lointaine, les seigneurs avaient la même conception de leurs esclaves. N'oubliez pas que la technologie avance. Un jour viendra où l'humanité pourra synthétiser sa nourriture. Mais, avant cela, nous devons préparer le terrain, théoriquement et idéologiquement. En fait, le communisme antispéciste n'est ni plus ni moins que le prolongement naturel de la Déclaration universelle des droits de l'homme. La Révolution française date d'il y a deux siècles, et nous en sommes toujours au même point. On reconnaît bien là l'égoïsme et l'hypocrisie de l'espèce humaine.

— Combien de temps pensez-vous rester ici ?

— Je l'ignore. Sauver le monde demande bien une vie entière. C'est un sentiment magnifique, vous savez. Mais, bien sûr, je ne m'attends pas à ce que vous me compreniez.

Quand il eut fini de parler, Evans retrouva sa mine terne. Il dit qu'il allait travailler. Il prit une pelle, une scie et quitta la cabane. Au moment de leur dire adieu, il fixa son regard un peu plus longuement sur Ye Wenjie ; il avait cru voir quelque chose de différent chez cette femme.

— "C'est un homme aux sentiments nobles, intègre, un homme d'une haute moralité, détaché des intérêts mesquins."

Sur le chemin du retour, un collègue de Ye Wenjie répéta cette phrase extraite d'*À la mémoire de Norman Bethune*. Puis il s'exclama :

— Je ne savais pas qu'on pouvait encore vivre comme ça !
Tous les autres approuvèrent avec émotion.

— Si seulement il y avait plus d'hommes comme lui, même quelques-uns seulement, les choses se seraient peut-être passées très différemment, lâcha Ye Wenjie, comme si elle se parlait à elle-même.

Naturellement, personne ne comprit le sens véritable de ces paroles.

Le chef de l'équipe de conception ramena la conversation sur la raison de leur venue dans la région :

— Je crois que nous ne pourrons pas construire l'observatoire ici. Ce ne sera pas approuvé par les autorités.

— Pourquoi pas ? Des quatre sites possibles, c'est celui dont l'environnement électromagnétique est le plus pur !

— Oui, mais l'environnement humain ? Camarades, oublions un moment la technologie. Regardez comme cet endroit est pauvre. Vous le savez, plus les régions sont pauvres, plus leurs habitants sont prêts à tout. Je crains que nous n'ayons beaucoup de problèmes avec les gens d'ici. Pour eux, un observatoire radioastronomique, ce ne sera ni plus ni moins qu'un morceau de viande qu'ils n'hésiteront pas à dévorer sans vergogne.

Sans surprise, le choix de ce site ne fut pas approuvé par les autorités, précisément à cause de la raison invoquée par le chef de l'équipe de conception.

Trois années passèrent, durant lesquelles Ye Wenjie n'entendit plus parler d'Evans.

Mais un jour de printemps, elle reçut une carte postale envoyée par Evans sur laquelle il était écrit une simple phrase : "Venez et dites-moi comment continuer à vivre."

Ye Wenjie prit le train pendant un jour et une nuit, puis elle loua une voiture et roula encore quelques heures avant d'arriver dans le village reculé de cette région du Nord-Ouest.

Quand elle parvint au sommet de la petite colline, elle vit la forêt verdoyante. Sa superficie ne semblait guère avoir changé en trois ans, mais les arbres avaient grandi et elle avait l'air beaucoup plus dense. Elle découvrit toutefois rapidement que l'étendue de la forêt était en réalité plus petite que la dernière fois. Un grand nombre d'arbres avaient été coupés. La déforestation était d'ailleurs en cours : partout des arbres étaient en train de tomber, comme des feuilles vertes dévorées par des pucerons. À ce rythme-là, la forêt n'allait pas tarder à disparaître. Les bûcherons étaient originaires de deux villages situés non loin de là. Ils tranchaient les jeunes arbustes à coups de hache et de scie puis, avec des tracteurs et des chars à bœufs, ils les transportaient jusqu'au pied de la colline. Les bûcherons étaient nombreux et de féroces disputes éclataient entre eux.

Même si les arbustes ne faisaient pas grand bruit en tombant sur le sol et même si elle n'entendait pas non plus le ronflement des tronçonneuses, cette scène parut tristement familière à Ye Wenjie. Son cœur se glaça.

Quelqu'un la salua. C'était le responsable de l'unité de production, maintenant devenu maire du village. Il avait reconnu Ye Wenjie. Cette dernière lui demanda pourquoi ils rasaient ainsi la forêt.

— Cette forêt n'est pas protégée par la loi, répondit-il.

— Comment pouvez-vous dire cela alors que la loi sur les forêts vient tout juste d'être promulguée ?

— Qui a autorisé Bethune à planter des arbres ici ? Un étranger qui vient faire pousser sans autorisation des arbres sur le flanc d'une colline chinoise n'est pas protégé par la loi !

— Mais enfin, il les a plantés sur des collines arides ! D'ailleurs, quand il a commencé il y a quelques années, vous ne l'en avez pas empêché !

— C'est vrai. Le comté lui avait même octroyé une subvention pour son projet de reboisement. Nous voulions d'abord attendre encore quelques années avant de couper le bois de la forêt – il vaut mieux attendre que le porc soit gras avant de le tuer, n'est-ce pas ? Mais des gars du village de Nange n'ont pas eu cette patience et ont attaqué avant nous ! Si nous ne nous y mettons pas à notre tour, il ne nous restera rien !

— Cessez immédiatement ! Je ferai un rapport aux autorités !

— C'est inutile, dit le maire en allumant une cigarette, puis il désigna plus loin le camion dans lequel on chargeait des arbres coupés. Vous voyez ce véhicule ? C'est celui du directeur adjoint du Bureau des forêts du comté. Il y a aussi des membres de la police municipale. Ceux-là ont même emporté plus d'arbres que n'importe qui d'autre! Comme je vous l'ai dit, cette forêt n'a aucun statut, elle n'est à personne et n'est pas protégée par la loi. Vous pouvez bien aller voir qui vous voulez, ce sera inutile. Et puis, camarade Ye, vous êtes professeur à l'université, n'est-ce pas? Qu'est-ce que tout cela peut bien vous faire?

La cabane en adobe était indemne, mais Evans n'était pas à l'intérieur. Wenjie le trouva dans la forêt, il mettait tout son cœur à élaguer des branches avec sa hache. Cela faisait manifestement longtemps qu'il travaillait, son visage était fatigué.

— Peu importe que cela n'ait plus aucun sens. Je ne peux pas arrêter, si j'arrête, je vais exploser, grommela Evans en élaguant une branche tordue d'une main experte.

— Allons voir ensemble le gouvernement du comté et, si ça ne suffit pas, allons à la capitale provinciale, il y aura forcément quelqu'un pour les arrêter, dit Wenjie en le regardant avec sollicitude.

Evans s'arrêta et fixa Wenjie avec un regard surpris. Les rayons du crépuscule perçaient à travers les arbres. Une lueur passa dans ses yeux :

— Croyez-vous vraiment que je fais ça pour ce morceau de forêt?

Il rit et secoua la tête, puis il jeta la hache qu'il tenait dans les mains et s'assit contre un arbre.

— Les arrêter maintenant serait un jeu d'enfant.

Il posa sa sacoche à outils vide sur le sol et invita Wenjie à s'asseoir, puis il continua :

— Je viens tout juste de revenir des États-Unis, mon père est mort il y a deux mois, j'ai hérité de la majeure partie de son patrimoine. Mon frère et ma sœur n'ont eu que cinq millions de dollars chacun. Je ne m'y attendais pas. Peut-être qu'au fond de lui il avait du respect pour moi, ou pour mes idéaux. Sans compter les actifs immobilisés, savez-vous combien je possède maintenant? Près de 4,5 milliards de dollars. Je pourrais facilement les empêcher de couper les arbres de cette forêt, et les leur faire replanter jusqu'à ce que ces collines de lœss soient recouvertes à perte de vue de forêts luxuriantes.

Mais à quoi bon? Tout ce que vous voyez ici est le résultat de la pauvreté. Mais est-ce beaucoup mieux dans les pays riches? Ils prennent bien soin de leurs beaux environnements, mais délocalisent leurs industries polluantes dans les pays pauvres. Vous êtes peut-être au courant que le gouvernement américain vient de refuser de ratifier le protocole de Kyoto… C'est dans la nature de l'humain. Si la civilisation continue à se développer, les pétrels que je voulais sauver et tous les autres oiseaux disparaîtront. Ce n'est qu'une question de temps.

Wenjie était assise, silencieuse. Elle regardait les rayons de lumière projetés sur les arbres par le soleil couchant et entendait le raffut lointain des bûcherons. Ses pensées la ramenèrent vingt ans en arrière, dans les forêts des montagnes du Grand Khingan, à la conversation similaire qu'elle avait eue avec un autre homme.

— Savez-vous pourquoi je suis venu ici? reprit Evans. Mon communisme antispéciste prend racine dans l'Orient ancien.

— Vous voulez parler du bouddhisme?

— Oui. Le christianisme ne s'est jamais intéressé qu'à l'homme et, malgré l'arche de Noé, la religion n'a jamais donné aux autres espèces vivantes la même valeur qu'à l'espèce humaine. Au contraire, le bouddhisme a pour idée de délivrer toutes les créatures vivantes. C'est ce qui avait motivé mon départ pour l'Asie, mais… je crois que c'est maintenant partout pareil.

— Oui, c'est partout pareil. Partout, l'humanité est la même.

— Que puis-je faire maintenant? Quel est le sens de ma vie? Je possède 4,5 milliards de dollars et une entreprise multinationale de pétrole. Et après? Les hommes ont dû investir dans le passé plus de 45 milliards pour sauver des animaux en voie d'extinction et plus de 450 milliards pour essayer de sauver l'environnement, mais à quoi cela a-t-il servi? La civilisation marche toujours sur le même sentier, celui de la destruction de toute vie sur Terre en dehors de la sienne. 4,5 milliards de dollars suffiraient à construire un porte-avions mais, même si on en construisait mille, il serait impossible d'arrêter la folie de l'humanité.

— L'humanité ne peut plus compter sur elle-même pour résoudre ses problèmes.

— Mais y a-t-il une autre force en dehors de la sienne ? Si Dieu existe, il y a bien longtemps qu'il est mort.

— Oui. Il existe une autre force.

Le soleil s'était couché et les bûcherons étaient partis. Le silence enveloppait les collines de lœss qui enclavaient la forêt.

Ye Wenjie raconta à Evans l'histoire de la base de Côte Rouge et du monde de Trisolaris. Il l'écouta calmement. C'était comme s'il n'était pas son seul auditeur et que la forêt et les plaines de lœss alentour, baignées par la lumière du crépuscule, tendaient aussi l'oreille pour entendre le récit de Wenjie. Lorsqu'elle eut fini, la pleine lune se leva à l'est du ciel, projetant des ombres mouchetées sur le sol.

Evans prit la parole :

— J'ai encore du mal à croire ce que vous racontez. C'est trop fantastique. Mais, par chance, je possède les ressources nécessaires pour prouver vos dires. Si tout est vrai, alors… (il lui tendit la main et prononça les mots qui devinrent plus tard ceux adressés à tous les nouveaux membres de l'Organisation Terre-Trisolaris) *nous sommes camarades.*

28

LA DEUXIÈME BASE DE CÔTE ROUGE

Trois ans de plus s'écoulèrent. Evans avait semblé disparaître, Ye Wenjie était sans nouvelles de lui. Elle ignorait s'il vivait encore quelque part dans un coin du monde, en train de vérifier si elle avait dit vrai, ne sachant d'ailleurs pas comment il allait s'y prendre. Même à l'échelle de l'univers, une distance de quatre années-lumière reste incroyablement lointaine pour une petite vie fragile. Les deux mondes étaient comme la source et l'embouchure d'une rivière spatiale. Tout contact entre les deux était aussi subtil qu'un cheveu d'ange.

Mais un hiver, Ye Wenjie reçut soudain de la part d'une obscure université d'Europe de l'Ouest une invitation à devenir professeur invitée pendant un semestre. Elle accepta. À son atterrissage à l'aéroport de Londres-Heathrow, elle fut accueillie par un jeune homme. Alors même qu'ils n'avaient pas encore quitté le hall de l'aéroport, celui-ci l'emmena sur la piste de décollage. Le jeune homme la fit monter dans un hélicoptère. Lorsque l'appareil décolla en vrombissant au-dessus du ciel brumeux de Londres, Wenjie crut remonter le temps. Elle avait l'impression d'avoir déjà vécu cette scène. Bien des années plus tôt, son premier voyage en hélicoptère avait bouleversé son destin. Que lui réservait cette fois-ci la providence?

— Nous allons à la deuxième base de Côte Rouge, dit le jeune homme.

L'hélicoptère passa la côte et continua vers l'Atlantique. Ils survolèrent environ une demi-heure l'océan avant que l'appareil se pose sur un immense bateau. Dès le premier coup d'œil, Wenjie pensa au pic du Radar; elle ne réalisa qu'à cet instant que le pic avait la forme de la proue d'un gigantesque navire. L'Atlantique, lui, était comme les forêts des montagnes du Grand Khingan. Mais ce qui lui fit surtout penser à Côte Rouge, c'était la grande antenne radar qui se dressait au centre du pont, comme un colossal mât cylindrique. Le navire avait été conçu sur les fondations d'un pétrolier de soixante mille tonnes, c'était comme une île flottante en acier. Evans avait construit sa base sur le navire sans doute parce qu'il voulait bénéficier du meilleur site pour ses activités de transmission et de réception, mais peut-être aussi pour rester caché. Elle apprit plus tard que le bateau avait été baptisé *Jugement Dernier*.

En descendant de l'hélicoptère, Wenjie entendit un bourdonnement familier, celui de la gigantesque antenne qui vibrait dans le vent marin. Ce bruit la ramena plus profondément encore dans le passé. Sur le pont se pressait une foule de deux mille hommes.

Evans vint à sa rencontre et lui dit avec gravité :

— Grâce à la fréquence et aux coordonnées que vous m'avez indiquées, nous avons reçu un message de Trisolaris. Tout ce que vous avez dit est vrai.

Ye Wenjie hocha la tête calmement.

— La grande flotte trisolarienne est en route. Sa destination est le système solaire, elle arrivera dans quatre cent cinquante ans.

Wenjie resta de marbre. Plus rien ne pouvait la surprendre maintenant.

Evans lui montra la foule amassée sous l'antenne :

— Ceux que vous voyez ici sont les premiers membres de l'Organisation Terre-Trisolaris. Notre idéal est d'inviter la civilisation trisolarienne à réformer l'humanité, à mettre un terme à sa folie, pour que la planète Terre revienne à ses heures glorieuses durant lesquelles elle vivait sans péché, en harmonie avec son environnement. De plus en plus de gens se reconnaissent dans notre idéal, notre organisation est en augmentation constante. Nous avons maintenant des membres dans le monde entier.

— Que puis-je faire ? demanda Ye Wenjie à voix basse.

— Devenir le Guide de l'Organisation. Les guerriers de l'OTT reconnaissent tous votre légitimité !

Ye Wenjie resta silencieuse quelques secondes, puis elle hocha lentement la tête :

— Je ferai de mon mieux.

Evans leva le poing en l'air et cria à la foule :

— Mettons fin à la tyrannie humaine !

Accompagnés du bruit des vagues se fracassant contre la coque du navire et du bourdonnement de l'antenne dans le vent, les guerriers de l'OTT reprirent en chœur :

— Le monde appartient à Trisolaris !

Ce jour marqua la naissance officielle du mouvement Terre-Trisolaris.

29

LE MOUVEMENT TERRE-TRISOLARIS

L'aspect le plus étonnant du mouvement Terre-Trisolaris était que tant de gens aient perdu tout espoir dans la civilisation humaine et que, le cœur plein de haine, ils soient prêts à trahir leur propre espèce. Tant de gens dont le plus grand rêve était d'éliminer l'humanité entière, y compris eux-mêmes et leurs descendants.

L'OTT était une organisation de bourgeois intellectuels. La majorité de ses membres était issue de l'intelligentsia, et comptait un nombre non négligeable des représentants des élites politiques et économiques. L'Organisation avait tenté de s'élargir à un plus grand public, mais ces efforts s'étaient révélés vains. Peut-être les gens ordinaires n'avaient-ils pas une compréhension aussi fine que l'intelligentsia du mal profond de l'humanité. Plus important encore, leur pensée étant moins influencée par la science et la philosophie modernes, ils éprouvaient un écrasant sentiment d'identification à l'égard de leur espèce. Trahir la race humaine dans son ensemble leur était inconcevable. Au contraire, beaucoup de membres de l'élite intellectuelle tentaient de dépasser les simples perspectives anthropocentrées. La civilisation humaine avait enfin donné naissance en son propre sein à une puissante force aliénée.

Si une masse incroyablement croissante de membres rejoignait chaque jour les rangs de l'OTT, ce n'était pas vraiment à leur nombre qu'il fallait juger la puissance de l'Organisation, car beaucoup d'entre eux tenaient des postes clefs au sein de la société, et leur pouvoir comme leur influence étaient énormes.

En tant que Guide des rebelles de Terre-Trisolaris, Ye Wenjie se contentait d'un rôle de leader spirituel. Elle ne participait jamais aux actions concrètes de l'Organisation et ignorait comment celle-ci avait pu atteindre une telle envergure. Elle ne savait même pas le nombre exact de ses membres. Les gouvernements des différents pays n'avaient pas suffisamment prêté attention à la montée en puissance des rebelles de Terre-Trisolaris. Afin de gagner davantage de partisans, les activités de l'Organisation étaient en partie publiques. Ils savaient qu'ils seraient naturellement protégés par le conservatisme et le manque d'imagination des gouvernants. Et de fait, dans les organes du pouvoir, personne ne croyait à leurs histoires, qu'on prenait pour du charabia de gourous sectaires, quoique, en raison du statut social de plusieurs membres de l'Organisation, on gardât tout de même un œil sur leurs activités. Mais ce ne fut véritablement que lorsque l'OTT commença à développer son propre système d'armement que les organes de sécurité gouvernementaux commencèrent à la prendre au sérieux et s'aperçurent peu à peu du caractère très inhabituel du mouvement. Quant aux attaques concrètes contre l'OTT, elles n'avaient débuté que depuis deux ans à peine.

L'OTT n'était pas une organisation homogène. Elle se divisait en plusieurs chapelles idéologiques, dont les deux principales étaient celles des adventistes et des rédemptoristes.

Les adventistes étaient les premiers et les membres les plus fondamentalistes de Terre-Trisolaris. Cette faction était principalement composée des disciples du communisme antispéciste d'Evans. Leur idéal était simple : anéantir la civilisation humaine. Les adventistes avaient perdu tout espoir dans la nature de l'homme, et ce désespoir prenait sa source dans la destruction de masse de toutes les autres espèces vivantes par la civilisation moderne. Evans en était la figure majeure. Plus tard, la haine des adventistes pour l'humanité s'étendit à d'autres sphères. Elle ne se limitait plus aux questions d'écologie ou de guerre, mais s'élevait à un niveau plus abstrait et plus philosophique. Contrairement à ce qui fut imaginé bien plus tard, les adventistes étaient des pragmatiques. Ils ne plaçaient pas d'espoir immense dans la venue de la civilisation extraterrestre qu'ils avaient décidé de servir. Leur trahison se fondait uniquement sur leur désespoir et leur aversion pour l'humanité. Une phrase d'Evans était devenue leur devise :

Nous ne connaissons pas la civilisation extraterrestre, mais nous connaissons la civilisation humaine.

Le rédemptorisme, pour sa part, était un courant né bien après la fondation de l'OTT. C'était une faction de nature religieuse, formée par les disciples du trisolarisme.

Les classes intellectuelles éprouvaient naturellement un grand attrait pour cette civilisation extrahumaine et il était facile de développer toute une mythologie autour de celle-ci. Pour prendre une métaphore quelque peu inappropriée : l'humanité était un être ignorant marchant seul dans le désert de l'univers et qui venait tout juste de découvrir une personne d'un autre sexe. Bien qu'il (ou elle) ne vît ni son visage ni sa silhouette, il (elle) savait qu'il (elle) était là, quelque part dans le lointain, et le fantasme entourant cette présence faisait sur lui (elle) l'effet d'un feu ardent. Peu à peu, cette civilisation éloignée fit germer dans les esprits des rédemptoristes des idées foisonnantes. Ils se mirent à éprouver pour la civilisation trisolarienne des sentiments religieux. Alpha du Centaure devint un mont Olympe cosmique, une demeure divine, et c'est ainsi que la religion trisolariste vit le jour. Elle différait des autres religions humaines en cela que les trisolaristes priaient quelque chose de tangible ; et au contraire des autres formes de spiritualité, c'étaient leurs dieux qui se trouvaient dans une situation de détresse et c'étaient leurs disciples qui étaient responsables de leur salut.

Les informations sur la culture trisolarienne étaient propagées par le biais du jeu des *Trois Corps*. Cet ambitieux logiciel avait été développé grâce aux efforts importants des rebelles de Terre-Trisolaris. Les objectifs initiaux étaient tout d'abord de convertir un grand nombre de mécréants au trisolarisme puis d'étendre les tentacules de l'Organisation pour ne pas la restreindre aux hautes sphères intellectuelles de la société en recrutant des membres plus jeunes, issus de classes moins favorisées.

Le jeu utilisait comme carapace des éléments empruntés à l'histoire et à la société humaines pour narrer celles de Trisolaris et éviter que les joueurs débutants ne soient trop déstabilisés par leur étrangeté. Lorsque le joueur avait atteint un certain niveau du jeu et qu'il avait commencé à apprécier le charme de la civilisation trisolarienne, l'OTT le contactait directement, testait son degré de sympathie envers Trisolaris et, s'il était retenu, le joueur devenait finalement membre de l'Organisation. Cependant, le jeu des *Trois Corps* peinait à renforcer la visibilité de l'Organisation, car il nécessitait d'avoir des pré-acquis importants en matière de science et une capacité de réflexion poussée. Les jeunes joueurs n'avaient ni les compétences ni la patience nécessaires pour découvrir la vérité troublante se dissimulant derrière le voile en apparence simpliste de ce monde virtuel. Ainsi, la plupart des joueurs des *Trois Corps* étaient-ils eux aussi des intellectuels.

Une grande partie des rédemptoristes avaient découvert la civilisation de Trisolaris par l'intermédiaire des *Trois Corps*. On pouvait dire que le jeu était le berceau de ce courant.

Alors que les rédemptoristes avaient développé pour la civilisation trisolarienne des sentiments religieux, leur attitude envers l'humanité n'était pas aussi radicale que celle des adventistes. Leur idéal ultime était de sauver les dieux et, pour atteindre ce but, une portion du monde humain pouvait éventuellement être sacrifiée. Mais beaucoup d'entre eux se disaient que si les Trisolariens arrivaient à survivre dans leur propre système d'Alpha du Centaure, ils n'auraient plus besoin d'envahir le système solaire, et l'issue serait idéale pour les deux mondes. Ils avaient la naïveté de croire que la résolution de l'énigme physique du problème à trois corps permettrait d'atteindre ce but, en sauvant les deux mondes. Cette idée n'était en réalité pas aussi candide qu'elle en avait l'air car, bien longtemps, cette issue avait été celle envisagée par la civilisation trisolarienne. Les efforts pour résoudre le problème à trois corps les avaient occupés durant plusieurs centaines de cycles de civilisation. Les adeptes rédemptoristes comptaient dans leurs rangs beaucoup de physiciens et de mathématiciens qui s'étaient donné pour mission de trouver une solution à cette énigme. Même après avoir appris que le problème à trois corps était par essence impossible à résoudre mathématiquement, ils n'avaient pas cessé leurs efforts. Les tentatives de résolution du problème à trois corps étaient devenues une sorte de rituel de la religion trisolariste. Mais malgré l'investissement de physiciens et de mathématiciens de haut rang, aucune avancée majeure n'avait été accomplie et, à l'inverse, c'était le génial mathématicien Wei Cheng, qui n'avait rien à faire avec l'OTT et le trisolarisme, qui était parvenu à effectuer – sans vraiment en être conscient – le bond le plus marquant dans ce champ de recherche où les rédemptoristes plaçaient tous leurs espoirs.

Les deux groupes étaient dans une situation de conflit permanent. Les adventistes estimaient que les rédemptoristes constituaient une menace pour le mouvement Terre-Trisolaris. Ce n'était d'ailleurs pas une considération dénuée de fondement : en effet, c'était par le biais de personnalités ayant de grandes responsabilités au sein de la frange rédemptoriste que les gouvernements nationaux découvraient peu à peu la terrifiante vérité que tentait de cacher l'Organisation. Chaque faction possédait une force sensiblement égale au sein de l'Organisation ; chacune d'entre elles en était d'ailleurs arrivée à développer ses propres milices et la guerre interne couvait. Ye Wenjie faisait tout ce qu'elle pouvait pour combler le fossé existant entre les deux camps, en usant de son prestige et de son autorité, mais avec peu d'effet.

Au fur et à mesure de l'évolution du mouvement, une troisième force apparut au sein des rebelles de l'OTT : les survivalistes. Lorsque la preuve fut apportée qu'une flotte extraterrestre s'apprêtait bel et bien à envahir le système solaire, survivre à cette guerre qui s'annonçait était devenu le désir humain le plus naturel. Bien entendu, la guerre aurait lieu dans quatre cent cinquante ans et le monde n'aurait rien de commun avec celui d'aujourd'hui, mais beaucoup espéraient que, si l'humanité devait perdre la guerre dans quatre siècles, leurs descendants pourraient implorer leur survie s'ils se mettaient dès maintenant au service des envahisseurs. Par comparaison avec les deux autres factions majoritaires, les survivalistes étaient composés en grande partie d'éléments issus de classes plus basses, et les

Asiatiques – en particulier des Chinois – y étaient nombreux. Ils ne représentaient pour l'instant qu'une portion minime dans l'Organisation, mais leur nombre ne cessait de croître. À mesure que la culture trisolarienne se répandrait de par le monde, ils constitueraient peu à peu une faction incontournable.

Une force aliénée née des carences de l'humanité, le fantasme et l'adoration d'une civilisation supérieure et enfin le désir suprême de voir ses descendants survivre à une guerre ultime : ces trois puissantes forces motrices donnaient au mouvement Terre-Trisolaris un élan fantastique, si bien que, quand les autorités commencèrent à mettre le nez dans leurs affaires, le feu avait déjà pris sur la plaine.

Au même moment, la civilisation extraterrestre se trouvait encore dans les profondeurs de l'espace, à quatre années-lumière de là, séparée du monde humain par un long périple qui durerait quatre siècles et demi. Et la seule chose qui avait été envoyée sur la Terre, c'était une série d'ondes radio.

La théorie du "contact comme symbole" de Bill Matthews recevait là une parfaite mais terrifiante démonstration.

30

DEUX PROTONS

L'enquêteur
Nous allons commencer l'interrogatoire du jour. J'espère
que vous vous montrerez aussi collaborative que la dernière
fois.

Ye Wenjie
Je vous ai déjà dit tout ce que je savais. En réalité, c'est moi
qui ai besoin d'en apprendre de votre bouche.

L'enquêteur
Je ne crois pas que vous nous ayez tout dit. Tout d'abord,
ce que nous avons besoin de connaître, c'est le contenu des
informations transmises par Trisolaris à la Terre et qui ont
été interceptées par les adventistes.

Ye Wenjie
Je l'ignore. Leur organisation est très secrète, je sais
uniquement qu'ils ont dissimulé certaines transmissions.

L'enquêteur
Bien, passons à un autre sujet. Après que les échanges avec
Trisolaris sont tombés sous le monopole des adventistes,
avez-vous construit une troisième Côte Rouge?

Ye Wenjie
Nous en avons eu l'idée, mais nous n'avons finalement

conçu qu'un appareil de réception et la construction a été stoppée. L'équipement et la base ont été démantelés.

L'ENQUÊTEUR
Pour quelle raison ?

YE WENJIE
Parce que aucun message ne provenait plus d'Alpha du Centaure. Il n'y avait plus rien à cette fréquence. Je pense que vous avez déjà eu l'occasion de le vérifier.

L'ENQUÊTEUR
C'est exact. Vous voulez donc dire que, au moins durant ces quatre dernières années, Trisolaris aurait cessé de communiquer avec la Terre ? Cela rend d'autant plus important le contenu des messages détournés par les adventistes.

YE WENJIE
En effet. Mais je ne peux vraiment rien vous dire de plus à ce sujet.

L'ENQUÊTEUR *(marquant une pause de quelques secondes)*
Dans ce cas, discutons d'autre chose. Mike Evans vous a menti, n'est-ce pas ?

YE WENJIE
On peut le dire comme ça. Il ne m'a jamais véritablement révélé le fond de sa pensée, il m'a seulement parlé du sens du devoir qu'il ressentait vis-à-vis des autres créatures vivantes de la Terre. Je n'ai jamais pensé que ce sentiment avait fait naître chez lui un dégoût de l'humanité si extrême qu'il était prêt à faire de la destruction de l'homme son idéal ultime.

L'ENQUÊTEUR
Observons la situation actuelle de l'Organisation Terre-Trisolaris. Les adventistes veulent se servir d'une force extraterrestre pour détruire l'humanité ; le camp

rédemptoriste vénère cette civilisation, qu'il considère comme divine, et l'objectif des survivalistes est de trahir l'humanité en échange du salut de leurs descendants. Aucune de ces tendances n'est en fait conforme à votre idéal premier de réformer l'humanité grâce à la civilisation extraterrestre.

YE WENJIE
J'ai allumé un feu, mais je n'ai pas été en mesure de contrôler l'incendie.

L'ENQUÊTEUR
Vous avez projeté d'éliminer les adventistes de l'Organisation, et vous avez même commencé à mettre ce plan en exécution. Le quartier général et le centre de commandement adventistes sont basés à bord du *Jugement Dernier*. Mike Evans et les autres leaders de son camp s'y trouvent la plupart du temps. Pourquoi ne pas avoir tout simplement attaqué le navire? Les forces armées rédemptoristes vous sont presque entièrement acquises. Vous auriez pu couler le bateau, ou le capturer.

YE WENJIE
À cause des messages des dieux que les adventistes ont interceptés. Ces informations sont toutes sauvegardées dans le système de la seconde base de Côte Rouge, c'est-à-dire sur un ordinateur à bord du *Jugement Dernier*. Si nous avions attaqué le bateau, les adventistes auraient pu sentir que leur fin était proche et supprimer ces informations. Ces messages sont trop importants pour que nous prenions le risque de les perdre. Pour les rédemptoristes, perdre ces messages, c'est comme perdre la Bible pour les chrétiens ou le Coran pour les musulmans. J'imagine que vous faites face au même problème. Les adventistes gardent ces messages divins en otages et c'est la raison pour laquelle le *Jugement Dernier* est encore intact.

L'ENQUÊTEUR
Avez-vous des conseils à nous donner à ce sujet?

YE WENJIE
Non.

L'ENQUÊTEUR
Vous aussi, vous parlez de Trisolaris en termes divins. Cela veut-il dire que, comme les rédemptoristes, vous avez développé une foi religieuse pour le monde trisolarien? Ou que vous vous êtes convertie au trisolarisme?

YE WENJIE
Non, ce n'est qu'une question d'habitude… Je ne veux plus parler de ça.

L'ENQUÊTEUR
Dans ce cas, revenons aux informations interceptées. Vous en ignorez peut-être le contenu précis, mais vous avez certainement une idée générale de leur teneur?

YE WENJIE
Ce ne sont peut-être que des rumeurs.

L'ENQUÊTEUR
Par exemple?

YE WENJIE
(Silence.)

L'ENQUÊTEUR
Trisolaris a-t-elle transféré aux adventistes des technologies plus avancées que les technologies humaines actuelles?

YE WENJIE
Ça m'étonnerait beaucoup. Car ce serait courir le risque que ces technologies tombent entre vos mains.

L'ENQUÊTEUR
Une dernière question, et la plus importante : jusqu'à aujourd'hui, Trisolaris a-t-elle seulement envoyé sur Terre des transmissions radio?

YE WENJIE
Presque.

L'ENQUÊTEUR
Presque?

YE WENJIE
La civilisation trisolarienne actuelle est capable de voyages interstellaires à une vitesse équivalente à un dixième de la vitesse de la lumière. Cette avancée technologique date d'il y a quelques dizaines d'années terrestres. Auparavant, la vitesse maximale de leurs vaisseaux stagnait aux alentours d'un millième de la vitesse de la lumière. Leurs minuscules sondes spatiales n'ont même pas encore parcouru un centième du voyage qui les mènera de leur planète jusqu'à la nôtre.

L'ENQUÊTEUR
Une question : si la flotte trisolarienne est déjà en route et qu'elle voyage à une vitesse correspondant à un dixième de la vitesse de la lumière, elle devrait mettre seulement quarante années avant d'arriver dans le système solaire! Pourquoi parlez-vous de quatre cents ans?

YE WENJIE
En théorie, vous avez raison. Mais la flotte trisolarienne est composée de vaisseaux spatiaux de très grande taille, dont le processus d'accélération est très lent. Un dixième de la vitesse de la lumière est la vitesse maximale qu'ils peuvent atteindre, mais ils ne peuvent rester à cette vitesse de croisière qu'un très court laps de temps, car ils doivent commencer à décélérer à l'approche de la Terre. Par ailleurs, un champ magnétique puissant se trouve en permanence devant le vaisseau. Celui-ci forme une sorte d'entonnoir

magnétique destiné à collecter des particules d'antimatière dans l'espace. Leur annihilation par des particules de matière ordinaire fournit en effet la propulsion de leurs vaisseaux. Or, ce processus de collecte est très lent, ce n'est qu'après une assez longue période de temps qu'il est possible d'amasser une quantité suffisante d'antimatière pour permettre au vaisseau d'accélérer, de sorte que l'accélération de la flotte est intermittente. C'est pourquoi le temps que mettra réellement la flotte trisolarienne avant d'atteindre le système solaire est dix fois plus long que celui d'une petite sonde.

L'ENQUÊTEUR
Que signifie le "presque" que vous venez d'utiliser?

YE WENJIE
Lorsqu'on parle de la vitesse d'un voyage spatial, il faut avant tout se mettre d'accord sur l'échelle. Il existe une échelle où même la civilisation arriérée des humains est capable de faire accélérer des entités de matière à une vitesse proche de celle de la lumière.

L'ENQUÊTEUR *(marquant une pause)*
Vous voulez parler des échelles macroscopique et microscopique, n'est-ce pas? À une échelle microscopique, les hommes sont déjà capables d'utiliser des accélérateurs à haute énergie pour permettre à des particules subatomiques d'atteindre une vitesse proche de celle de la lumière. Ces particules, ce sont les "entités de matière" dont vous parlez?

YE WENJIE
Vous êtes très intelligent.

L'ENQUÊTEUR *(pointant son casque)*
J'ai les plus grands spécialistes au monde derrière moi.

YE WENJIE
Oui, je veux bien parler de particules subatomiques. Il y a six ans, dans le lointain système stellaire d'Alpha du

Centaure, le monde de Trisolaris a utilisé un accélérateur de particules pour envoyer vers notre système deux noyaux d'atomes d'hydrogène, à une vitesse proche de celle de la lumière. Ces deux noyaux d'hydrogène – ou protons – ont atteint le système solaire il y a deux ans, avant d'arriver sur Terre.

L'ENQUÊTEUR
Deux protons? Ils n'ont envoyé que deux protons? Autant dire qu'ils n'ont presque rien envoyé!

YE WENJIE *(dans un sourire)*
À votre tour d'utiliser le mot "presque". C'est le maximum que puisse faire Trisolaris : envoyer un objet de la taille d'un proton à une vitesse proche de la lumière. C'est pourquoi, à une distance de quatre années-lumière, ils ne peuvent envoyer que deux protons.

L'ENQUÊTEUR
À une échelle macroscopique, ces deux protons ne sont rien. Un seul cheveu de bactérie contient à lui seul des milliards de protons. À quoi servirait un proton?

YE WENJIE
C'est un verrou.

L'ENQUÊTEUR
Un verrou? Que veulent-ils verrouiller?

YE WENJIE
Les progrès de la science. À cause de l'existence de ces deux protons, l'humanité sera incapable de faire la moindre avancée scientifique durant les quatre siècles et demi que mettra la flotte trisolarienne à arriver sur Terre. Si on en croit Evans, le jour où ces protons sont arrivés sur Terre, a été signée la mort de la science.

C'est… un peu surréaliste. Comment cela est-il possible ?

YE WENJIE

Je l'ignore. Vraiment. À côté des Trisolariens, nous ne sommes peut-être même pas des barbares primitifs. Nous ne sommes que des vermines grouillantes.

Il était déjà près de minuit lorsque Wang Miao et Ding Yi sortirent du Centre d'opérations militaires. Ils avaient écouté en direct l'interrogatoire de Ye Wenjie.

— Crois-tu ce qu'a raconté Ye Wenjie ? demanda Wang Miao.

— Et toi ?

— Il s'est passé tellement de choses incroyables ces derniers temps… Mais deux protons capables de verrouiller tous les progrès scientifiques humains ? C'est un peu…

— Concentrons-nous d'abord sur une chose : Trisolaris a envoyé depuis le système d'Alpha du Centaure deux protons vers la Terre, à quatre années-lumière d'ici, et ils ont atteint leur cible ! Ce degré d'exactitude est extraordinaire ! Le chemin jusqu'à la Terre est semé d'embûches, la poussière interstellaire, par exemple. Sans compter que le système solaire et la Terre sont sans cesse en mouvement. Cela demande une précision plus grande encore que d'abattre un moustique depuis Pluton. Les talents du sniper qui a réussi ce coup doivent être inouïs.

En entendant "sniper", le cœur de Wang Miao s'emballa.

— Qu'est-ce que cela explique ?

— Je ne sais pas. D'après toi, à quoi ressemble une particule subatomique comme un proton ou un neutron ?

— Je dirais à un point. Mais un point avec une structure interne, bien sûr.

— Par chance, la représentation que je m'en fais est plus réaliste que la tienne, dit Ding Yi, avant de jeter le mégot de sa cigarette. Qu'est-ce que c'est ? demanda-t-il à Wang Miao en pointant le mégot.

— Un filtre de cigarette.

— Bien. En le regardant d'ici, comment le décrirais-tu ?

— Un simple petit point.

— Précisément.

Ding Yi marcha pour ramasser le mégot, puis il l'ouvrit devant les yeux de Wang Miao, révélant ses minuscules filaments spongieux jaunis.

Wang Miao sentit une odeur de goudron brûlé. Ding Yi poursuivit :

— Comme tu le vois, un si petit machin, une fois ouvert, possède une surface d'adsorption aussi grande que celle d'un salon.

Il jeta à nouveau le mégot.

— Tu fumes la pipe ? demanda Ding Yi.

— Je ne fume plus rien.

— Les pipes utilisent un autre type de filtre, plus avancé, à trois yuans le filtre. Leur diamètre est à peu près le même que celui des filtres de cigarette, mais un peu plus long. C'est un tout petit tube en papier rempli de charbon actif. Si tu enlèves le charbon actif, il te reste des petites particules de noir de carbone, comme des crottes de souris. Mais à l'intérieur, la surface d'adsorption formée par les minuscules petits trous est aussi vaste qu'un terrain de tennis. C'est la raison pour laquelle le charbon actif a un remarquable pouvoir adsorbant.

— Où veux-tu en venir ? demanda Wang Miao, qui l'écoutait très attentivement.

— L'éponge ou le charbon actif à l'intérieur des filtres sont en trois dimensions, mais leur surface d'adsorption, elle, est en deux dimensions. Ce qu'on peut en déduire, c'est qu'une minuscule structure de haute dimension peut contenir une immense structure de plus faible dimension. À l'échelle macroscopique, la capacité d'un espace de haute dimension à contenir un espace de plus faible dimension s'arrête à cette limite. Car Dieu est radin : lors du Big Bang, il n'a donné que trois dimensions à notre monde macroscopique. Mais cela ne veut pas dire pour autant que d'autres dimensions, plus grandes, n'existent pas. Huit autres dimensions supplémentaires sont emprisonnées dans l'échelle microscopique. Si on les ajoute aux trois dimensions du monde macroscopique, il existe donc en réalité onze dimensions de particules élémentaires.

— Et alors ?

— Je voulais simplement expliquer un fait : dans l'univers, un marqueur important pour jauger le niveau de technologie d'une civilisation est sa capacité à contrôler et à utiliser ces dimensions microscopiques. Pour ce qui est des particules élémentaires, nos ancêtres nus et poilus ont commencé à les utiliser lorsqu'ils allumaient des feux dans leurs grottes. Contrôler une réaction chimique revient ni plus ni moins à manipuler des particules microscopiques. Bien entendu, ce genre de contrôle a évolué depuis l'époque primitive, nous sommes passés des feux de camp aux machines à vapeur, et des machines à vapeur aux générateurs électriques ; à présent, le niveau de contrôle des particules microscopiques à une dimension macroscopique a atteint son apogée. Nous avons des ordinateurs, et aussi vos nanomatériaux. Mais tout cela est encore limité à un contrôle des particules à une échelle macroscopique. Aux yeux de civilisations plus avancées dans l'univers, le feu, les ordinateurs et les nanomatériaux sont de même nature : ils appartiennent tous au même ordre. C'est la raison pour laquelle les Trisolariens considèrent les humains comme de la vermine. Et hélas pour nous, ils ont raison.

— Peux-tu être plus précis ? Qu'est-ce que tout cela a à voir avec les deux protons ? Que sont-ils capables de faire, une fois sur Terre ? Comme vient de le dire l'enquêteur, un minuscule cheveu d'une bactérie peut contenir à lui seul des milliards de protons. Même si ces deux protons se transformaient entièrement en énergie sur le bout d'un de mes doigts, je ne sentirais peut-être rien d'autre que la sensation d'une piqûre d'épingle.

— Tu ne sentirais rien du tout. Même s'ils se convertissaient en énergie dans une bactérie, la bactérie ne sentirait rien.

— Mais alors, que veux-tu dire ?

— Rien. Je ne sais rien. Que peut savoir une vermine ?

— Mais tu es une vermine physicienne, tu en sais forcément plus que moi. Disons qu'au moins tu n'es pas aussi perdu que moi face à ces événements. Explique-moi, fais comme si je te suppliais, sinon, je crois que je n'arriverai pas à dormir cette nuit.

— Si je t'en dis davantage, tu auras encore plus de mal à t'endormir. Laisse tomber. Pourquoi se faire du souci pour tout ça ? Nous devrions suivre la philosophie de Wei Cheng et Shi Qiang : nous attacher à faire du mieux que nous pouvons. Viens, allons boire un verre, puis retournons à notre sommeil de vermines !

31

OPÉRATION CITHARE

— Ne vous inquiétez pas, mon vieux, je ne suis plus radioactif, dit Shi Qiang à Wang Miao, qui était assis à côté de lui. Ces derniers jours, ils m'ont lavé à l'intérieur et à l'extérieur, comme un sac de farine. Votre présence à la réunion n'était pas prévue, mais j'ai insisté. Quelque chose me dit qu'aujourd'hui nous allons voler la vedette.

Tandis qu'il parlait, Shi Qiang ramassa un bout de cigare dans un des cendriers posés sur la table de la réunion, l'alluma, tira une bouffée, hocha la tête d'un air satisfait puis, visiblement détendu, il cracha la fumée vers les visages des participants situés à l'autre bout de la table. L'un d'entre eux était le propriétaire originel du cigare : le colonel Stanton, du corps des marines des États-Unis. Il jeta à Shi Qiang un regard méprisant.

Il y avait à cette réunion beaucoup plus d'officiers militaires en uniforme que lors de la dernière. C'était la première fois dans l'histoire de l'humanité que les forces armées du monde entier devaient faire face à un ennemi commun.

Le général Chang Weisi prit la parole :

— Camarades, tout le monde ici a maintenant la même compréhension de base de la situation. Pour reprendre une expression de notre cher commissaire Shi Qiang, nos informations sont maintenant sur un pied d'égalité. La guerre entre les envahisseurs extraterrestres et l'humanité a commencé. Ce sont toutefois nos descendants qui affronteront dans quatre siècles et demi les forces venues de Trisolaris. Nos ennemis sont pour l'heure humains et, par définition, ils doivent être traités comme des traîtres à l'espèce humaine et considérés comme hors de la civilisation. C'est la première fois qu'il nous faut faire face à ce type d'adversaires. La suite des opérations est claire : nous devons capturer les messages trisolariens interceptés à bord du *Jugement Dernier*. Ces messages peuvent être d'une importance capitale pour la survie de notre civilisation.

Nous n'avons jusqu'à maintenant jamais contrarié la bonne marche du *Jugement Dernier*. Le navire jouit d'un statut qui lui permet de naviguer légalement dans l'Atlantique. Nous avons été informés qu'il a déposé une demande auprès de l'Autorité du canal de Panamá pour pouvoir traverser le canal dans quatre jours. C'est une occasion unique pour nous de passer à l'action. Au regard de l'évolution de la situation, c'est une chance qui ne se représentera peut-être plus. Les différents centres d'opérations militaires du globe sont en ce moment même en train d'élaborer des plans d'action. L'état-major central étudiera ces plans et sélectionnera d'ici moins de dix heures celui qu'il estimera le plus efficace. Le but de cette réunion est de réfléchir ensemble à des plans possibles et d'en soumettre un à trois à l'état-major. Camarades, le temps nous est compté, nous devons faire preuve d'efficacité.

Veuillez noter que ces plans doivent ne pas perdre de vue une chose : il faut s'emparer de façon sécurisée des informations contenues dans le système de *Jugement Dernier*. Le navire a été construit sur les bases d'un ancien pétrolier, la structure des coques extérieure et intérieure a été renforcée et complexifiée. Même les membres de l'équipage doivent s'aider d'un plan pour retrouver leur chemin lorsqu'ils pénètrent dans des zones dont ils ne sont pas familiers. Alors imaginez la compréhension que nous pouvons avoir de l'architecture du bateau. À l'heure actuelle, nous n'avons même pas réussi à localiser l'emplacement exact du centre informatique, et nous ne savons pas si les messages de Trisolaris sont stockés sur le serveur central, ni combien il existe de sauvegardes. La seule façon d'atteindre notre objectif est de prendre le contrôle du *Jugement Dernier*. Toute la difficulté est d'éviter que l'ennemi ne supprime les données lors de cette opération. Il serait très facile pour eux de les effacer. En cas d'assaut, il est peu probable que nos ennemis suppriment les messages en utilisant des méthodes conventionnelles car, avec les technologies à notre disposition aujourd'hui, nous aurions tôt fait de les récupérer. Cependant, s'ils vident un chargeur de balles sur le disque dur du serveur ou tout autre périphérique de stockage, c'est foutu. Et ça ne leur aura même pas pris dix secondes. C'est-à-dire que dix secondes avant que notre plan d'action soit découvert, il faut être suffisamment proche du dispositif de stockage pour empêcher l'ennemi d'agir. Comme nous ignorons son emplacement précis et le nombre de sauvegardes, nous devons éliminer la totalité des ennemis du *Jugement Dernier* dans un temps extrêmement court avant que la cible ne soit alertée. Et dans le même temps, nous ne pouvons pas causer de dommages trop lourds à leurs installations, en particulier à leur système informatique. Cette mission est donc extrêmement délicate. Certains camarades prétendent même qu'elle est impossible.

Un officier des forces japonaises d'autodéfense dit :

— À notre avis, la seule chance de succès de cette mission est d'utiliser nos espions sur le *Jugement Dernier*. S'ils peuvent se familiariser avec le système de stockage des messages de Trisolaris, ils seront à même de prendre le contrôle du centre informatique ou bien de déplacer le matériel de stockage avant que nous passions à l'action.

Quelqu'un demanda :

— La surveillance du *Jugement Dernier* est sous la responsabilité des services de renseignement de l'Otan et de la CIA. A-t-on seulement des espions infiltrés ?

— Aucun, répondit un coordinateur de l'Otan.

— Alors votre idée, c'est du pipi de chat! glissa Shi Qiang, qui reçut aussitôt une salve de regards dédaigneux.

— Éliminer tout le personnel d'une structure fermée, sans en même temps abîmer le matériel, je pense tout de suite à utiliser la foudre en boule, lança le colonel Stanton.

Ding Yi secoua la tête :

— Impossible. Cette arme est désormais connue de tous. Nous ignorons si le bateau a été équipé de parois magnétiques de protection contre la foudre en boule. Et même s'il n'y en a pas, si la foudre en boule peut en effet tuer tout l'équipage, elle ne peut pas le faire simultanément. De plus, une fois que la foudre en boule sera entrée dans le bateau, elle planera peut-être un moment dans l'air au-dessus du pont avant de libérer son énergie. Cela peut prendre quelques dizaines de secondes, parfois même jusqu'à une minute! L'ennemi aurait tout à fait le temps de découvrir qu'il est attaqué et de détruire les données.

Le colonel Stanton reprit :

— Et une bombe à neutrons?

— Colonel, vous savez bien que c'est impossible, répliqua un officier russe. Les radiations d'une bombe à neutrons ne tuent pas immédiatement les victimes. Une fois qu'elle sera amorcée, les ennemis auront le temps de tenir une réunion comme la nôtre.

Ce fut au tour d'un officier de l'Otan de prendre la parole :

— Nous pourrions utiliser du gaz innervant, mais le temps qu'il se propage sur le bateau, nous ne serons pas parvenus à atteindre l'objectif évoqué par le général Chang Weisi.

— Il ne nous reste qu'une seule solution : utiliser des grenades incapacitantes et des infrasons, dit le colonel Stanton.

Tout le monde attendit la suite, mais le colonel s'arrêta là. Ce fut Shi Qiang qui répondit :

— Les grenades incapacitantes sont des jouets que nous utilisons souvent dans la police. Si elles peuvent effectivement étourdir des personnes à l'intérieur d'un bâtiment, elles sont tout justes bonnes à être utilisées pour une chambre ou deux. Avez-vous des grenades incapacitantes utilisables à l'échelle d'un pétrolier?

Le colonel Stanton secoua la tête :

— Non, et si de tels explosifs existaient, je crois bien que nous détruirions aussi les infrastructures internes.

— Et des armes infrasoniques? demanda quelqu'un.

— Nous sommes encore au stade expérimental. Nous ne pensons pas pouvoir les utiliser en combat réel, d'autant que le bateau est immense. Étant donné l'efficacité actuelle des armes infrasoniques à l'essai, si nous menions un assaut majeur contre le *Jugement Dernier*, elles n'auraient peut-être comme seul effet que de leur donner des maux de tête et la nausée.

— Ha! (Shi Qiang éteignit son mégot de cigare, maintenant de la taille d'une cacahuète.) C'est ce que j'ai dit tout à l'heure : nous perdons du temps à discuter de pipi de chat.

Souvenez-vous de ce que le général a dit : le temps nous est compté !

Puis il se tourna vers l'interprète, une jolie lieutenante qui n'avait pas l'air très à l'aise.

— Pas facile à traduire, hein, camarade ? Donnez-leur juste le sens général, ça suffira !

Le colonel Stanton sembla avoir compris ce qu'il disait. Il pointa le nouveau cigare qu'il venait de sortir de sa boîte sur Shi Qiang et lui lança :

— Pour qui se prend-il, ce policier, pour nous parler comme ça ?

— Et vous êtes ? riposta Shi Qiang.

— Le colonel Stanton est un expert en opérations spéciales, déclara un officier de l'Otan, il a participé à toutes les grandes opérations militaires depuis le Vietnam.

— Je vais vous dire qui je suis. Il y a plus de trente ans, j'ai fait partie d'un peloton de reconnaissance qui a creusé des dizaines de kilomètres en dessous des lignes vietnamiennes ; nous avons pris d'assaut une station hydrologique sous haute protection et nous avons déjoué le projet des Vietnamiens de faire exploser le barrage pour bloquer la route à notre armée. Voilà mes qualifications : j'ai vaincu l'ennemi qui vous a vaincu.

— Shi Qiang, ça suffit ! lança le général Chang Weisi en tapant sur la table. Ne nous écartons pas de nos préoccupations. Dis-nous plutôt quel est ton plan.

— Je crois que nous ne devrions pas perdre de temps avec ce policier, lâcha avec mépris le colonel Stanton en allumant son cigare.

Sans même attendre la traduction de l'interprète, Shi Qiang bondit de sa chaise :

— *Pao-li-si, pao-li-si*, ça fait la deuxième fois que j'entends ce mot ! Quoi ? Vous snobez la police ? S'il s'agissait de balancer un tas de bombes pour faire péter le bateau en mille morceaux, ce serait un job pour vous, mais pour ce qui est de récupérer quelque chose sans causer aucun dommage, m'est avis que vos petites étoiles sur les épaules ne vous serviront pas à grand-chose, un cambrioleur ferait ça bien mieux que vous.

Pour ce genre de mission, il faut être roublard. Et quand je dis roublard, je parle de vraie roublardise ! Et pour ça, vous ne serez jamais aussi bons que les criminels, ce sont eux les grands maîtres de la roublardise !

Vous savez jusqu'à quel point ils peuvent être roublards ? J'ai enquêté sur un vol une fois, les mecs avaient réussi à voler une bagnole sur un train en marche. Les voitures de devant et de derrière n'avaient pas bougé, mais le train est arrivé à destination avec une voiture manquante. Leurs outils ? Des câbles et quelques crochets en fer. Ça, c'est ce que j'appelle des experts en opérations spéciales ! Et un policier de la brigade criminelle comme moi, qui ai pourchassé pendant plus de dix ans des roublards dans ce genre, est formé à la meilleure école.

— Expose ton plan ou tais-toi ! tonna Chang Weisi à l'encontre de Shi Qiang.

— Il y a tellement de grosses pointures ici que j'aie eu peur que ce ne soit jamais mon tour et que, mon général, vous alliez encore me dire que j'étais malpoli.

— Tu as déjà atteint le comble de l'impolitesse ! Maintenant, dépêche-toi, parle-nous de ta "roublardise" !

Shi Qiang prit un stylo et se mit à dessiner deux courbes sur la table : "le canal". Puis il prit un cendrier et le posa entre les deux courbes. "le *Jugement Dernier*". Il se rendit ensuite au bout de la table et arracha des mains du colonel Stanton le cigare qu'il venait d'allumer.

— Cet abruti dépasse les bornes ! cria le colonel en se redressant.

— Shi Qiang, dehors, dit Chang Weisi avec une voix sévère.

— Attendez que j'aie fini. Donnez-moi encore une minute.

Il tendit la main vers le colonel Stanton.

— Quoi encore ? demanda le colonel, médusé.

— Donnez-m'en un autre !

Le colonel hésita un instant, et finit par sortir de sa jolie boîte un autre cigare qu'il tendit à Shi Qiang. Ce dernier planta le premier cigare, bout allumé vers le haut, sur la table, de manière qu'il se dresse à la verticale sur la rive du canal qu'il venait de tracer. Il plaça ensuite le second cigare de la même manière, mais sur l'autre rive.

— Nous dressons deux piliers sur les rives du canal. Entre les deux piliers, nous tirons de nombreux filaments minces et parallèles que nous espaçons d'un demi-mètre environ. Ces filaments seront faits avec des "poignards volants", les nano-matériaux créés par le Pr Wang.

Une fois que Shi Qiang eut fini de parler, il attendit debout quelques secondes, haussa les bras en direction des participants qui n'avaient pas encore eu le temps de réagir, avant de lâcher :

— Voilà, c'est tout.

Puis il tourna les talons et quitta la pièce.

L'air semblait s'être figé dans la salle, comme si tous les participants s'étaient transformés en pierre; même le bourdonnement des ordinateurs autour paraissait s'être tu. Ce ne fut qu'au bout d'un certain temps que quelqu'un rompit timidement le silence :

— Professeur Wang, ces "poignards volants" se présentent vraiment sous la forme de filaments?

Wang Miao acquiesça de la tête :

— Avec les techniques actuelles d'architecture moléculaire, nous ne pouvons en effet produire qu'un matériau filiforme, à peu près équivalent à un dixième de l'épaisseur d'un cheveu humain... Le commissaire Shi Qiang m'avait demandé ces informations avant le début de la réunion.

— En avez-vous une quantité suffisante?

— Quelle est la largeur du canal? Et la hauteur du bateau?

— Le point le plus étroit du canal est de cent cinquante mètres. Le *Jugement Dernier* fait trente et un mètres de hauteur, avec un tirant d'eau d'environ huit mètres.

Wang Miao regarda les cigares sur la table et fit un calcul rapide :

— Ça devrait le faire.

Suivit un autre long silence. Tous essayaient de se remettre de leur choc.

— Et si jamais le matériel de stockage des messages trisolariens : disques durs, disques de sauvegarde ou autres... était lui aussi découpé? demanda quelqu'un.

— Les risques sont faibles.

— Même si c'était le cas, ça ne poserait pas un gros problème, expliqua un expert en informatique. Je suppose que ce genre de filaments doit être suffisamment aiguisé pour faire des coupes homogènes. Que ce soit un disque dur, un CD-Rom ou même une mémoire sous forme de circuit intégré, la plupart des informations pourront être récupérées.

— Quelqu'un a-t-il une meilleure idée? demanda Chang Weisi en regardant les participants.

Comme personne ne répondait, il poursuivit :

— Bien. Nous allons désormais nous concentrer sur ce plan et en étudier les détails.

Le colonel Stanton, qui était resté muet jusque-là, se leva :

— Je vais chercher le policier.

Chang Weisi lui fit signe de rester, puis il cria d'une voix sonore :

— Shi Qiang!

Ce dernier rentra dans la salle et dévisagea les participants avec une mine goguenarde, puis il s'assit en ramassant les deux cigares plantés à côté du canal. Il enfourna le cigare allumé dans son bec et fourra l'autre dans sa poche.

Quelqu'un demanda :

— Quand le *Jugement Dernier* passera entre les piliers, ceux-ci pourront-ils soutenir la force exercée par les "poignards volants"? Et si c'étaient les piliers qui venaient à céder en premier?

— C'est facile à résoudre. Nous avons produit une petite quantité de "poignards volants" se présentant sous forme plate, nous pourrons les utiliser pour renforcer les endroits où sont fixés les nanofilaments.

Une discussion débuta ensuite entre les officiers de marine et les spécialistes de la navigation navale.

— Le *Jugement Dernier* sera peut-être le bateau au plus grand tonnage à jamais passer par le canal de Panamá. Son tirant d'eau est très profond, il faudra aussi songer à installer des nanofilaments sous l'eau.

— Ce sera une tâche autrement plus délicate. Si le temps nous manque, je suggère de laisser tomber l'idée d'installer des "poignards volants" sous l'eau. La partie immergée d'un bateau, c'est généralement l'endroit où se trouvent les moteurs, le carburant et le ballast. Le bruit, les vibrations et les interférences y sont importants, l'air y est mauvais, ce n'est vraiment pas l'endroit idéal pour installer un centre informatique ou ce genre d'appareils. En revanche, en surface, si on pouvait diminuer quelque peu la distance entre les nanofilaments, le résultat serait encore plus efficace.

— L'idéal serait donc d'agir à la hauteur de l'une des trois écluses du canal. Le *Jugement Dernier* est classé comme Panamax, il a été construit pour pouvoir passer tout juste l'écluse*. Nous aurons simplement besoin de filaments de trente-deux mètres de long. Il sera aussi plus facile d'ériger des piliers et de relier les nanofilaments entre eux, spécialement pour la partie sous-marine.

— Non. Le passage des écluses est une situation complexe, les navires sont tirés par quatre locomotives électriques à une vitesse très lente. Ce sera certainement le moment où l'équipage du *Jugement Dernier* sera le plus vigilant. Nous avons de grandes chances d'être découverts au moment de la découpe.

— Que pensez-vous du pont des Amériques, juste après les écluses de Miraflores ? Les piliers du pont pourraient être utilisés pour tendre les filaments.

— Non. La distance entre les piliers est trop importante. Nous n'aurons jamais assez de "poignards volants".

— Alors c'est décidé, l'opération aura lieu au niveau le plus étroit de la coupe Gaillard : cent cinquante mètres de large. Disons cent soixante-dix, en comptant un peu de marge pour les piliers**.

— Si c'est comme ça, la distance minimale entre les filaments devra être de cinquante centimètres, car nous n'en avons pas en quantité suffisante, dit Wang.

— Ce qui veut dire…, dit Shi Qiang en crachant une bouffée de fumée, qu'il faut agir en plein jour.

— Pourquoi ?

— Mais parce que l'équipage dort la nuit ! Ils seront couchés, et un espace de cinquante centimètres sera insuffisant. La journée, même s'ils sont assis ou accroupis, ça ira largement.

* Pour passer les écluses du canal de Panamá qui font trente-deux mètres de large, la plupart des bateaux classés comme Panamax sont conçus avec une largeur de trente et un mètres au maximum. *(N.d.A.)*
** La coupe Gaillard est une vallée artificielle qui fait partie du canal de Panamá. *(N.d.A.)*

Quelques éclats de rire fusèrent. Cette précision macabre apporta un peu de détente dans l'atmosphère pesante de la salle.

— Vous êtes vraiment diabolique ! dit une représentante de l'ONU à ses côtés.

— Des innocents risquent-ils d'être blessés ? demanda Wang Miao d'une voix tremblante.

Ce fut un officier de marine qui lui répondit :

— Au moment de passer les écluses, il y aura à bord une dizaine d'employés de câblage, mais ils seront descendus avant la coupe Gaillard. En revanche, le pilote du canal qui doit les accompagner durant les quatre-vingt-deux kilomètres de leur traversée sera, lui, sacrifié !

Un agent de la CIA ajouta :

— De même qu'une partie de l'équipage du *Jugement Dernier* qui ignore probablement tout du rôle réel du bateau sur lequel ils ont embarqué.

— Professeur, ne pensons pas à tout cela. Ce ne sont pas des choses dont il faut se soucier. Nous avons besoin de récupérer ces informations, la survie de l'humanité est en jeu. Quelqu'un d'autre aura la responsabilité de prendre la décision finale, dit Chang Weisi.

À la fin de la réunion, le colonel Stanton poussa sa magnifique boîte en bois remplie de cigares vers Shi Qiang :

— Commissaire, des havanes de première qualité. Je vous les offre.

Quatre jours plus tard, à la coupe Gaillard.

Wang Miao n'avait pas la sensation de se trouver en pays étranger. Il savait pourtant que pas très loin à l'ouest s'étendaient le magnifique lac Gatún et, à l'est, le splendide pont des Amériques et la ville de Panamá. Mais il n'aurait aucune chance de les voir. Deux jours plus tôt, ils avaient pris un vol direct depuis la Chine jusqu'à l'aéroport international de Tocumen, pas loin de la ville de Panamá, avant de monter dans un hélicoptère qui les avait amenés jusqu'ici.

Le paysage devant ses yeux n'avait rien d'extraordinaire. Des ouvriers travaillant à élargir le canal étiraient et rasaient la forêt tropicale sur chaque rive, révélant des étendues de terre jaunâtre, une couleur dont Wang Miao était familier. De là où il était, le canal n'apparaissait pas si grandiose, peut-être parce qu'il se situait dans une portion très étroite. Ce passage avait pourtant été creusé par cent mille personnes au début du siècle précédent.

Wang Miao et le colonel Stanton étaient assis sur des chaises longues, sous un kiosque, à mi-flanc d'une colline avoisinante. Tous deux portaient d'amples chemises à fleurs, et de grands chapeaux de paille folkloriques étaient posés à côté d'eux. Ils avaient l'air de deux touristes ordinaires. De cette position, ils avaient une vue panoramique sur le canal.

Sous leurs pieds, sur chacune des rives du canal, étaient couchés à plat deux piliers d'acier, longs de vingt-quatre mètres, ainsi que cinquante câbles de cent soixante mètres de nanofilaments ultrarésistants, reliés aux deux piliers et espacés par des intervalles de cinquante centimètres. Au bout de la rive, les nanofilaments étaient reliés à du fil d'acier ordinaire, ce qui permettait aux nanomatériaux d'être immergés sous l'eau grâce à des poids. Tout avait été prévu pour laisser passer les autres navires. Fort heureusement, le trafic n'était pas aussi intense que l'avait craint Wang Miao. Chaque jour, une moyenne de quarante navires passaient par le canal. La position des deux piliers en acier devait prendre en compte les activités à la surface : il fallait attendre que le dernier bateau précédant le *Jugement Dernier* soit passé avant de les redresser. Le code de l'opération était *guzheng*, du nom d'une cithare sur table chinoise. La comparaison de la structure avec cet instrument à cordes avait été naturelle, tandis que le filet coupant de nanomatériaux avait, lui, été surnommé le *qin*, un autre genre de cithare.

Le *Jugement Dernier* était entré dans la coupe Gaillard une heure plus tôt par le lac Gatún.

Le colonel Stanton demanda à Wang Miao s'il était déjà venu au Panamá. Ce dernier répondit par la négative.

— Je suis venu en 1990, dit le colonel.

— Lors de la guerre ?

— Oui. Mais ce n'est pas une guerre dont je garde beaucoup de souvenirs. Je me souviens seulement d'avoir été là, en face de l'ambassade du Vatican où s'était réfugié l'ancien président Noriega, quand nous avons diffusé le morceau de rock *Nowhere to Run* de Martha and the Vandellas. C'était mon idée.

En bas, sur le canal, un navire de croisière français avançait lentement. Son pont était revêtu d'une moquette verte sur laquelle se promenaient des touristes aux tenues bariolées.

— Second poste d'observation au rapport. Aucun autre bateau en vue droit devant, résonna le talkie-walkie.

— Levez la cithare, ordonna Stanton.

Des hommes coiffés de casques d'ouvriers apparurent sur les deux rives, Wang Miao se leva mais le colonel le tira pour qu'il se rasseye.

— Ne vous inquiétez pas, professeur, ils savent ce qu'ils ont à faire.

Wang Miao aperçut sur la rive droite les hommes en train de remonter soigneusement les "poignards volants" et de les fixer, une fois tendus, aux piliers, sécurisés par des plaques elles-mêmes faites en nanofilaments. Sur les deux rives, les hommes tirèrent ensuite sur un long câble, faisant délicatement se dresser les deux colonnes en acier. En guise de camouflage, on avait accroché sur les deux piliers des panneaux d'aide à la navigation et des indications sur la profondeur de l'eau. Les ouvriers agissaient avec une grande sérénité. Certains avaient même l'air de se comporter en dilettantes, comme s'ils n'effectuaient là qu'un insipide travail de routine. Wang Miao observa l'espace entre les deux piliers. Rien ne semblait s'y trouver, mais la cithare de mort était bien en place.

— Cible à quatre kilomètres de la cithare ! dit la voix dans le talkie-walkie.

Stanton posa son talkie et continua la discussion :

— La deuxième fois que je suis venu au Panamá, c'était en 1999, pour la cérémonie de restitution du canal à l'État du Panamá. Étrangement, quand nous sommes arrivés devant l'édifice de contrôle du canal, j'ai vu que le drapeau étoilé avait déjà été enlevé. On a prétendu que c'était le gouvernement des États-Unis qui avait demandé à ôter le drapeau un jour plus tôt, pour éviter que son abaissement ne se fasse devant une foule nombreuse… Je croyais à l'époque que j'assistais à un moment historique, mais maintenant que j'y pense, toutes ces choses-là paraissent bien insignifiantes.

— Cible à trois kilomètres !

— Oui, insignifiantes, reprit Wang Miao en écho.

Il n'avait en réalité pas écouté ce que racontait Stanton. En cet instant précis, le reste du monde avait déjà cessé d'exister. Toutes ses pensées étaient tournées vers ce *Jugement Dernier* qui n'était pas encore apparu dans leur champ de vision. Le soleil qui s'était levé sur le Pacifique s'apprêtait à se coucher sur l'Atlantique et les eaux du canal miroitaient d'or. Plus près, sous leurs pieds, la cithare de mort attendait en silence. Les deux piliers d'acier étaient sombres et ne reflétaient aucun rayon du soleil. Ils avaient l'air encore plus anciens que le canal s'écoulant au milieu.

— Cible à deux kilomètres !

Stanton ne semblait pas avoir étendu la voix dans son talkie-walkie. Il continuait à parler pour lui-même :

— Depuis que je sais qu'une flotte extraterrestre se dirige vers la Terre, je deviens amnésique. C'est très étrange. Je ne me souviens pas des détails des guerres que j'ai vécues. Comme je viens de le dire, elles me paraissent à présent insignifiantes. Quand j'ai appris cette nouvelle, chaque individu est devenu dans mon esprit comme une nouvelle personne, et le monde comme un nouveau monde. Je me pose sans cesse cette question : si deux mille ans plus tôt – ou il y a encore plus longtemps – les hommes avaient su qu'une flotte d'extraterrestres allait envahir le monde des milliers d'années plus tard, à quoi ressemblerait la civilisation humaine aujourd'hui ? Vous pouvez l'imaginer, professeur ?

— Oh, non, je ne peux pas…, répondit superficiellement Wang Miao, l'esprit ailleurs.

— Cible à un kilomètre et demi !

— Professeur, je crois que vous êtes le Gaillard de ce nouveau siècle. Nous attendons la construction de votre canal de

Panamá. Quand on y pense, un ascenseur spatial, c'est une sorte de canal. Le canal de Panamá peut relier deux océans, et l'ascenseur peut connecter la Terre à l'espace…

Wang Miao comprit à présent que les bavardages du colonel étaient en fait destinés à l'aider à traverser cette épreuve difficile. Il lui en était reconnaissant, mais ils n'avaient pas vraiment fait leur effet.

— Cible à un kilomètre!

Au coude ouest du canal apparut le *Jugement Dernier*, dos au soleil. Une silhouette noire fusant sur les ondes dorées de l'eau.

Ce bâtiment de soixante mille tonnes était beaucoup plus massif que ne l'avait imaginé Wang Miao. Quand il fit son apparition, ce fut comme si une montagne s'était soudain levée à l'ouest et, bien que Wang Miao sache que le canal pouvait laisser passer des navires allant jusqu'à soixante-dix mille tonnes, il trouva que le passage d'un tel navire dans un bras d'eau si étroit avait quelque chose de stupéfiant. Étant donné sa taille immense, le canal sur lequel il voguait paraissait presque ne pas exister, comme une montagne glissant sur la terre. Après s'être habitué aux rayons éblouissants du couchant, il vit que la coque du *Jugement Dernier* était de couleur noire, et les infrastructures sur le pont de couleur blanche. La gigantesque antenne avait été détruite. Il pouvait entendre le bourdon des moteurs, accompagné par le grondement des vagues rejetées sur la rive par la proue fendant les eaux.

À mesure que la distance entre le *Jugement Dernier* et la cithare de mort s'amenuisait, le rythme cardiaque de Wang Miao augmentait, sa respiration devenait saccadée. Il eut envie de fuir, mais un excès de faiblesse l'empêcha d'être maître de son propre corps. Une soudaine vague de haine envers Shi Qiang le submergea. Comment ce salaud avait-il pu avoir une telle idée? Comme l'avait dit la représentante de l'ONU, c'était le diable! Mais ce sentiment s'évanouit aussitôt. Il se dit que s'il se trouvait à présent à côté de Shi Qiang, il se sentirait bien plus rassuré. Le colonel Stanton avait invité le commissaire à participer à l'opération, mais Chang Weisi s'y était opposé. On avait besoin de lui là où il était. Wang Miao sentit dans son dos une tape amicale du colonel.

— Professeur, ça va passer.

Le *Jugement Dernier* était en train d'avancer, il traversait la cithare de mort. L'air semblait vide quand la proue pénétra dans l'espace situé entre les deux piliers. Wang Miao eut un frisson. Mais rien ne se passa, l'énorme coque du navire glissa lentement entre les piliers. Alors que la moitié du bateau était sortie, Wang Miao se prit même à douter de l'existence des nanofilaments.

Mais un petit indice mit fin à ses soupçons ; il remarqua tout en haut d'un édifice bâti sur le pont qu'une antenne avait été sectionnée et que son sommet avait roulé sur le sol. Très vite, un deuxième signe révéla la présence des nanofilaments et manqua de provoquer l'effondrement total de Wang Miao. Le vaste pont du *Jugement Dernier* était désert, un seul matelot se trouvait sur le pont arrière en train de nettoyer au jet d'eau les bollards d'amarrage. De sa hauteur, Wang Miao vit le corps de l'homme se raidir subitement lorsque cette partie du bateau passa entre les piliers. Le tuyau glissa de ses mains, le raccord en caoutchouc se fendit en deux et de l'eau se mit à jaillir. L'homme resta debout encore quelques secondes, puis tomba. Au contact du sol du pont, son corps se scinda en deux et l'eau qui sortait du robinet se teinta de rouge. La moitié supérieure du corps rampa un instant dans une mare sanguinolente, mais l'homme ne put s'aider que de deux moignons, car ses bras avaient été tranchés.

Lorsque ce fut au tour de la poupe de passer entre les deux piliers, le *Jugement Dernier* avançait encore à une vitesse régulière. Tout paraissait calme à bord. Mais Wang Miao entendit brusquement une disharmonie dans la symphonie des moteurs, suivie par un bruit de chaos. C'était comme si une clef de serrage avait été jetée dans les hélices du moteur – ou plutôt non, beaucoup de clefs. Wang Miao devina que la partie permettant la rotation du moteur avait été tranchée. Après un assourdissant fracas, un trou apparut à la poupe du navire, provoqué par la fissure de la coque par un énorme élément métallique. L'élément tomba dans le canal et souleva une gigantesque colonne d'eau. Au moment où il s'éleva dans les airs, Wang Miao put voir qu'il s'agissait d'un vilebrequin du moteur. Une épaisse fumée monta du trou ; le *Jugement Dernier*, qui naviguait jusqu'alors en longeant la rive droite, changea de direction, la poupe en feu, avant de jaillir hors de l'eau et de tamponner la rive gauche.

Wang Miao vit la colossale proue se déformer et fendre une colline comme si c'était de l'eau, provoquant des vagues de terre déchaînées. C'est alors que le *Jugement Dernier* se scinda en une quarantaine de plaques d'une épaisseur de cinquante centimètres. De cette distance, on vit le navire s'ouvrir comme un château de cartes, celles du haut tombant plus vite que celles du bas. Ces quarante et quelques plaques glissèrent sur le sol et se télescopèrent dans un crissement, comme si d'innombrables doigts géants raclaient un tableau noir.

Ce son insupportable disparut enfin. Le *Jugement Dernier* n'était déjà plus qu'un amas de plaques sur la rive, comme une pile d'assiettes renversée par un serveur maladroit. Les assiettes les plus en hauteur étaient celles qui avaient volé le plus loin. Les plaques avaient l'air aussi souples que des fragments de tissu, elles se disloquèrent bientôt pour prendre des formes complexes, et il était devenu impossible d'imaginer qu'elles avaient un jour été les morceaux d'un bateau.

Des troupes de militaires jaillirent de derrière la colline et se précipitèrent vers la rive. Wang Miao fut surpris de constater que tant d'hommes se cachaient si près depuis il ne savait combien de temps. Une flotte d'hélicoptères vrombissants vint planer au-dessus du canal, elle survola la surface de l'eau, maintenant couverte d'une couche d'huile iridescente. Les hélicoptères s'arrêtèrent à hauteur de l'épave du *Jugement Dernier* et l'aspergèrent d'une grande quantité de mousse extinctrice. Ils furent bientôt en mesure de contrôler l'incendie qui couvait sur l'épave, tandis que trois autres hélicoptères sortirent des câbles pour faire descendre en rappel des enquêteurs. Surmontant ses frissons, Wang Miao regarda le *Jugement Dernier* découpé en plus de quarante morceaux. Il était déjà à moitié recouvert de mousse. Mais sur les parties qui restaient encore visibles, Wang Miao put voir leurs surfaces, dont la découpe était aussi lisse que celle d'un miroir et qui reflétaient sans le déformer le soleil rouge feu du crépuscule. Il vit également un grand cercle écarlate sur les miroirs, dont il ignorait si c'était du sang.

Trois jours plus tard.

L'ENQUÊTEUR
Êtes-vous familière de la civilisation trisolarienne ?

YE WENJIE
Non. Nous n'avons eu accès qu'à des informations très limitées. En fait, hormis Mike Evans et les autres leaders adventistes qui ont intercepté les messages trisolariens, personne ne possède de détails réels et précis sur leur civilisation.

L'ENQUÊTEUR
Alors d'où vous vient votre espoir ? Comment pouvez-vous savoir qu'ils seront en mesure de réformer et d'améliorer la société humaine ?

YE WENJIE
S'ils sont capables de traverser les étoiles pour venir jusque dans notre monde, cela indique que leur science a déjà atteint un niveau très avancé. Une société avec un tel niveau scientifique doit avoir de hauts standards moraux.

L'ENQUÊTEUR
Pensez-vous que cette conclusion est elle-même scientifique ?

YE WENJIE
(Silence.)

L'ENQUÊTEUR
Permettez-moi de deviner : votre grand-père était persuadé que la science pouvait sauver la Chine, il a très profondément influencé votre père, qui vous a influencée à son tour.

YE WENJIE *(poussant un soupir silencieux)*
Je ne sais pas.

L'ENQUÊTEUR
Je vous informe que nous avons récupéré l'intégralité des
messages trisolariens interceptés par la frange adventiste.

YE WENJIE
Oh… Qu'est-il arrivé à Evans?

L'ENQUÊTEUR
Il est mort durant l'opération de capture du
Jugement Dernier.
(Evans avait été découpé en trois morceaux par les "poignards
volants". Il se trouvait alors dans le centre de commandement
du navire. Son tronc avait rampé sur près d'un mètre. Lorsqu'il
fut découvert, ses deux yeux étaient pointés dans la direction
d'un ordinateur, celui dans lequel on avait trouvé
les messages trisolariens.)

YE WENJIE
Y a-t-il beaucoup de messages?

L'ENQUÊTEUR
Beaucoup. Environ 28 gigaoctets.

YE WENJIE
C'est impossible. Les bandes de fréquences des
communications interstellaires rendent leur vitesse de
transmission très faible. Comment auraient-ils pu envoyer
une somme si importante de données?

L'ENQUÊTEUR
Cela nous a aussi intrigués au début. Mais la réalité est bien
plus extraordinaire que ce que nous pensions – même dans
notre imagination la plus fantaisiste ou la plus débridée. Je
vous propose de lire une partie de ces informations. Vous
verrez que la réalité de la civilisation trisolarienne est bien
différente de celle dont vous avez rêvé.

32

LE GUETTEUR

(Les données capturées ne comprenaient aucune description de l'apparence biologique des Trisolariens. Les humains devraient attendre plus de quatre siècles avant de les découvrir de leurs propres yeux. À la lecture de ces documents, Ye Wenjie se résigna donc à les imaginer comme des créatures humanoïdes.)

Le poste de guet 1379 existait depuis déjà plus d'un millénaire. Il y en avait plusieurs milliers du même genre sur Trisolaris, tous entièrement dédiés à l'écoute de possibles signes d'une civilisation intelligente ailleurs dans l'univers.

À l'origine, chaque poste comptait plus de cent guetteurs mais, avec le développement de la technologie, la tâche pouvait maintenant être effectuée par un seul individu. Guetteur était un métier modeste : même si le système de thermostat à température constante des postes de guet leur permettait de survivre aux ères chaotiques sans avoir besoin de se déshydrater, les guetteurs devaient toutefois passer leur vie entière dans un minuscule espace et ne goûtaient que très peu à la joie éprouvée par leurs semblables lors du retour des ères régulières.

Le guetteur du poste 1379 regarda à travers sa petite fenêtre le monde de Trisolaris. C'était la nuit sombre d'une ère chaotique. La lune géante ne s'était pas encore levée et la plupart de ses congénères étaient en état d'hibernation déshydratée. Même les végétaux de Trisolaris avaient développé avec le temps un instinct de déshydratation : lors des ères chaotiques, ils devenaient des bouquets sans vie de fibres séchées.

Sous les rayons des étoiles, la terre paraissait être un bloc de métal froid.

C'était un de ces moments durant lesquels il se sentait le plus seul. Dans le silence de minuit, l'univers apparaissait à ceux qui tendaient l'oreille vers lui comme une vaste plaine désertique. Le guetteur du poste 1379 détestait voir ces courbes oscillant légèrement sur l'écran de surveillance. C'étaient les ondes radio de l'univers que recevait le poste de guet : un bruit de fond sans aucune signification.

Le guetteur voyait dans ces lignes sans fin comme une représentation abstraite de l'univers : une extrémité reliée à un passé infini, et l'autre à un futur infini. Et, au milieu, une courbe aléatoire sans règle et sans vie traversée de pics et de vallées, comme un désert unidimensionnel tapissé de grains de sable de différentes tailles. Des rangées de grains de sable solitaires, désolées, si longues qu'elles en étaient insupportables. On pouvait longer ce désert d'un bout à l'autre, sans jamais en trouver la fin.

Cette nuit-là cependant, en laissant traîner son regard sur l'écran, le guetteur aperçut quelque chose d'anormal. Même des experts auraient eu du mal à dire, à l'œil nu, si la forme d'onde qui venait d'apparaître était porteuse d'une information quelconque. Mais le guetteur connaissait trop bien le bruit de fond de l'univers ; la forme d'onde qui s'était dessinée devant ses yeux avait quelque chose en plus, quelque chose d'inexprimable. Cette courbe montante et descendante paraissait avoir une âme. Il était certain que cette onde radio avait été créée par une forme d'intelligence.

Le guetteur se précipita devant un autre terminal et vérifia le niveau de confiance du contenu du signal estimé par l'ordinateur : Rouge 10 ! Aucune des ondes radio reçues jusqu'à ce jour n'avait dépassé un niveau de confiance de Bleu 2. Si un signal atteignait le niveau rouge, cela signifiait que la probabilité que la transmission contienne une information intelligente était supérieure à quatre-vingt-dix pour cent. Un Rouge 10 indiquait que le message reçu utilisait un système de code auto-interprétatif. Son ordinateur de déchiffrage se mit en marche et tourna à plein régime. La machine décrypta le code et un message indiquant le succès de l'opération s'afficha sur l'écran. Le guetteur ouvrit le fichier et, pour la première fois, un être trisolarien lut une information en provenance d'un autre monde de l'univers :

Salutations amicales aux habitants du monde qui reçoit ce message.

Grâce aux informations ci-dessous, vous obtiendrez des connaissances de base sur la civilisation terrienne. Après une longue histoire de labeur et de créativité, les humains ont bâti une civilisation splendide et vu naître une riche variété de cultures. Nous avons aussi commencé à comprendre les lois de la nature et celles du développement de nos sociétés. Nous sommes très fiers de ce que nous avons accompli jusqu'ici.

Mais notre monde est encore très imparfait, il existe de la haine, des préjugés et des guerres. En raison de la contradiction entre forces productives et rapports de production, il subsiste une grave inégalité de répartition des richesses. Une partie importante des humains vit dans la misère et la pauvreté.

Les sociétés humaines s'efforcent de résoudre les difficultés et les problèmes qu'elles rencontrent et tentent de créer un avenir plus radieux pour la civilisation terrienne. Le pays à l'origine de ce message est engagé dans cet effort. Nous essayons de construire une société idéale dans laquelle le travail et la valeur de chaque être humain seraient pleinement respectés. Les besoins matériels et spirituels de chacun doivent être pleinement satisfaits pour que la civilisation de la Terre soit encore plus parfaite.

C'est avec la meilleure des intentions que nous espérons pouvoir créer un contact avec d'autres civilisations. Nous espérons que nous pourrons travailler ensemble à bâtir une vie meilleure dans l'immensité de l'univers.

Saisi d'une excitation étourdissante, le guetteur observa les formes d'ondes radio s'afficher sur l'écran. L'information continuait à abonder sans cesse de l'espace en pénétrant par l'antenne. Grâce à l'existence du code auto-interprétatif, l'ordinateur était capable de traduire et d'afficher en simultané le contenu des informations reçues. Durant les deux heures trisolariennes qui suivirent, le guetteur apprit l'existence du monde terrien et de son soleil unique. Il apprit que la Terre vivait dans une ère régulière éternelle et que ce paradis au climat toujours stable avait donné naissance à la civilisation humaine.

La transmission depuis le système solaire se termina. L'ordinateur de déchiffrage se mit à tourner dans le vide. Le système de surveillance du poste 1379 entendait à nouveau le bruit de fond d'un univers désolé.

Mais le guetteur était certain de ne pas avoir rêvé.

Il savait que les milliers de postes de guet disséminés dans le monde avaient eux aussi reçu ce message que tous attendaient depuis des millions d'années. Les deux cents civilisations ayant jadis rampé dans un tunnel obscur voyaient enfin un filet de lumière au bout de ce tunnel.

Le guetteur relut une nouvelle fois le message venu de la Terre. Ses pensées s'égarèrent dans ces océans bleus qui ne gelaient jamais, dans ces champs et ces forêts vert émeraude où l'on sentait la chaleur des rayons du soleil et la caresse fraîche de la brise. Quel monde merveilleux! Le paradis dont avaient rêvé deux cents civilisations existait réellement!

Son excitation et son enthousiasme furent toutefois vite refroidis. Tout ce qui lui restait, c'était une sensation de perte et d'amertume. Durant ses longues heures de solitude, le guetteur s'était demandé plus d'une fois : s'il recevait vraiment un jour une information provenant d'un monde extratrisolarien, sa vie serait-elle bouleversée pour autant? Ce paradis ne lui appartiendrait pas, et sa modeste existence de guetteur solitaire ne connaîtrait pas le moindre changement.

Mais le paradis pouvait au moins lui appartenir en rêve! Et alors qu'il était perdu dans ses pensées, le guetteur se mit en état de sommeil. Dans l'environnement inhospitalier de leur planète, les Trisolariens avaient évolué de manière à pouvoir contrôler leur entrée dans le sommeil et leur sortie du sommeil : ils pouvaient s'endormir en quelques secondes seulement.

Mais il n'obtint pas du tout le rêve souhaité. La Terre bleue lui apparut bien en songe, mais sous les feux nourris d'une immense flotte interstellaire. Les si beaux continents terriens commençaient à s'embraser, l'eau bleu marine des océans se mettait à bouillir et à s'évaporer à cause de la chaleur...

Lorsqu'il s'éveilla de son rêve, le guetteur vit passer à travers sa fenêtre un rayon froid appartenant à la lune géante. Il regarda dehors la terre glacée et repensa à sa vie de solitude. Il avait déjà vécu six cent mille heures trisolariennes ; l'espérance de vie moyenne des Trisolariens était de sept à huit cent mille heures. Cependant, la plupart perdaient toute productivité dans leur travail bien plus tôt. Ils étaient alors forcés de se déshydrater et les fibres sèches de leurs corps étaient brûlées. La société de Trisolaris n'avait que faire des oisifs.

Soudain, le guetteur songea à une autre possibilité. Il n'était pas tout à fait exact de dire que la réception du message extra-trisolarien n'aurait aucune conséquence sur sa vie. Après confirmation de la cible, le monde de Trisolaris réduirait certainement le nombre de ses postes de guet. Un poste comme le sien ferait sans doute partie des premiers fermés. Il se retrouverait alors sans emploi, et les talents d'un guetteur étant limités – ils consistaient en de simples opérations et protections routinières –, il lui serait difficile de trouver un autre emploi. S'il était incapable de trouver un nouveau travail dans les cinq mille heures trisolariennes à venir, il serait à son tour contraint de se déshydrater, puis jeté au feu.

La seule voie pour échapper à ce destin était de s'unir avec un membre du sexe opposé. Quand ce genre d'événement avait lieu, la substance organique des deux corps fusionnait en une seule entité. Intervenait alors un processus complexe : les deux tiers de cette entité étaient utilisés pour déclencher une réaction biochimique entraînant le renouvellement intégral des cellules du tiers restant, ce qui faisait naître un être nouveau. Cet être donnait à son tour naissance à de nouvelles vies, de trois à cinq, selon les cas : ses enfants. Ceux-ci héritaient d'une partie de la mémoire de leurs parents, dont ils devenaient en quelque sorte une prolongation, en commençant un nouveau cycle de vie. Mais au vu du statut social du guetteur, vivant seul et confiné dans son espace de travail, et, qui plus est, à son âge, où pourrait-il trouver un membre de sexe opposé intéressé pour fusionner ?

Dans ses vieilles années, le guetteur s'était posé des millions de fois la même question : est-ce ainsi qu'est ma vie ? Et des millions de fois, il se répondait à lui-même : oui, c'est ainsi qu'est ta vie. Tout ce que tu possèdes, c'est cette solitude infinie dans l'espace étroit de ton poste de guet.

Il ne pouvait pas perdre ce paradis lointain, même s'il n'existait que dans ses rêves.

Le guetteur savait qu'à l'échelle de l'univers il n'existait pas de mesure de référence suffisamment longue pour localiser la source d'ondes radio de basse fréquence provenant de l'espace. On ne pouvait déterminer que la direction depuis laquelle avait été transmis le message, mais pas sa distance. La source pouvait avoir transmis un message à haute fréquence, mais se situer très loin ou, au contraire, avoir transmis à faible fréquence, mais se trouver très proche. Dans la direction d'où provenait le signal existaient des milliards d'étoiles scintillant devant un fond constitué d'un océan d'autres étoiles. Sans connaître la distance de la source de transmission, il était impossible de connaître ses coordonnées exactes.

La distance. La clef, c'était la distance.

En réalité, il y avait un moyen simple de connaître cette distance. Il fallait tout simplement renvoyer un message et que l'interlocuteur y réponde rapidement, afin qu'on puisse déterminer sa distance grâce au temps mis pour faire l'aller-retour entre transmission et réception, et ce à la vitesse de la lumière. Toute la question était de savoir si l'autre répondrait. Ou alors peut-être mettrait-il un certain temps à répondre, ne permettant pas aux Trisolariens de déterminer le temps mis par le trajet des ondes radio.

La source de cette transmission avait cependant volontairement envoyé cet appel vers l'univers, il y avait donc de grandes chances qu'ils répondent après réception d'un message de Trisolaris. Le guetteur était sûr que le gouvernement trisolarien avait déjà donné l'ordre d'envoyer un message à ce monde éloigné pour les appâter et leur donner envie de répondre. Peut-être le message avait-il été transmis, peut-être que non. Dans le second cas, il avait enfin la chance d'allumer une flammèche qui illuminerait le quotidien de sa vie.

Comme pour la base de Côte Rouge sur Terre, une partie des postes de guet du monde de Trisolaris envoyaient également des messages dans l'univers, dans l'espoir que des civilisations extratrisolariennes leur répondent. Les scientifiques trisolariens s'étaient très tôt rendu compte que les étoiles pouvaient amplifier les ondes radio. Mais à leur grand regret, la structure des trois soleils d'Alpha du Centaure était très différente du soleil terrien et il existait autour de la planète de Trisolaris une grande plasmasphère – cette couche de plasma responsable de la transformation soudaine d'un soleil en étoile volante à une certaine distance de la planète ou de l'apparition des soleils sous forme d'étoiles volantes. Cette plasmasphère faisait l'effet d'un bouclier anti-ondes électromagnétiques, de sorte que le seuil à partir duquel les ondes radio pouvaient atteindre les miroirs solaires était bien plus élevé que celui du système solaire. Cela rendait impossible l'utilisation du soleil comme antenne amplificatrice. Il leur était simplement possible de transmettre des signaux directement, depuis une antenne au sol. Dans le cas contraire, les humains auraient déjà eu depuis longtemps connaissance de l'existence de la civilisation de Trisolaris.

Le guetteur se précipita devant l'écran de l'ordinateur d'exécution, il composa un court et simple message, puis ordonna à la machine de traduire le message dans le même langage que celui qu'elle avait reçu de la Terre. Il pointa ensuite l'antenne du poste de guet vers la direction de la source de transmission. Le bouton de transmission avait la forme d'un rectangle rouge. Les doigts du guetteur étaient suspendus deux centimètres au-dessus.

Le destin de Trisolaris tenait à présent à ces doigts fins.

Sans la moindre hésitation, le guetteur pressa le bouton. Ces ondes radio transmises à haute fréquence, porteuses d'un message très court mais capable de sauver une autre civilisation, s'envolèrent dans l'obscurité de l'univers :

Ce monde a bien reçu votre message.
Ici, je suis un pacifiste. Vous avez de la chance que je sois le premier à intercepter votre message. Je vous avertis : Ne répondez pas ! Ne répondez pas !! Ne répondez pas !!!
Il existe des dizaines de millions d'étoiles dans votre direction. Tant que vous ne répondrez pas, ce monde n'aura aucun moyen de localiser la source de votre transmission.

Mais si vous répondez, vous dévoilerez votre position. Votre système stellaire sera envahi, et votre monde occupé!
Ne répondez pas! Ne répondez pas!! Ne répondez pas!!!

(Nous ignorons à quoi ressemble le palais du chancelier de Trisolaris, mais nous avons la certitude qu'il est séparé du monde extérieur par des parois très épaisses qui le protègent du climat rigoureux de la planète. La pyramide du jeu des *Trois Corps* est une hypothèse parmi d'autres. Il existe une théorie disant que l'édifice est souterrain.)

Cinq heures trisolariennes plus tôt, le chancelier avait reçu un rapport sur le message extratrisolarien. Deux heures trisolariennes plus tôt, il avait reçu un rapport lui indiquant cette fois qu'un message d'avertissement était parti du poste de guet 1379.

Le premier rapport ne l'avait pas rendu fou de joie ni le second empli de désespoir. Il n'éprouvait pas non plus de haine envers le guetteur du poste 1379. Ces émotions – tout comme d'ailleurs toutes les autres : peur, tristesse, bonheur, goût pour la beauté, etc. – étaient des sentiments que la civilisation trisolarienne s'efforçait de bannir et de proscrire. Car ils affaiblissaient spirituellement les individus et la société, et n'étaient d'aucune utilité pour survivre dans leur terrible environnement. Les sentiments nécessaires dans le monde de Trisolaris étaient le sang-froid et l'insensibilité. L'histoire des deux cents cycles passés leur avait appris que les civilisations ayant mis ces deux inclinations au centre de leur spiritualité avaient été celles dont le pouvoir de survie avait été le plus puissant.

— Pourquoi as-tu agi ainsi? demanda le chancelier au guetteur du poste 1379 qu'il avait convoqué devant lui.

— Pour ne pas avoir vécu pour rien, répondit calmement le guetteur.

— Tu as envoyé un signal d'avertissement. Tu as peut-être fait perdre à la civilisation trisolarienne sa seule chance de survie.

— Mais j'ai accordé une chance à la civilisation terrienne. Chancelier, permettez que je vous raconte une histoire : durant une ère chaotique d'il y a environ dix mille heures trisolariennes, le fourgon de ravitaillement a oublié d'approvisionner le poste de guet 1379 lors de sa tournée. Pendant les cent heures trisolariennes qui ont suivi, j'ai donc été privé de nourriture. J'ai mangé tout ce qu'il était possible d'avaler dans mon poste de guet, y compris mes propres vêtements. Malgré tout, lorsque le fourgon est revenu, j'étais déjà presque mort de faim. Mes supérieurs m'ont accordé la plus grande période de repos de toute ma carrière. Je suis retourné en ville à bord du fourgon de ravitaillement et, durant le chemin, j'ai été pris d'un puissant désir de posséder toute la nourriture du véhicule.

Dès que j'apercevais quelqu'un manger quelque chose à bord, mon cœur s'emplissait de fureur, j'avais envie de le tuer! Je ne cessais de voler des aliments, je les cachais dans les plis de mes vêtements et sous mon siège. Les employés du fourgon ont trouvé mon attitude fascinante et m'ont offert de la nourriture en cadeau. Lorsque je suis arrivé en ville et que je suis descendu du fourgon, je portais sur le dos une quantité de nourriture bien supérieure à mon propre poids.

Bien sûr, j'ai fini par retrouver mes esprits, mais cet intense désir de possession est resté gravé en moi. La civilisation de Trisolaris se trouve elle aussi face à une situation de crise pour sa survie. Son désir de posséder un nouvel espace de vie est au moins aussi intense et insatiable que l'a été mon désir de posséder la nourriture. Elle ne pourra jamais partager ce monde avec les Terriens. Nous détruirons sans hésiter la civilisation terrienne et entrerons en possession de tout le système solaire... J'ai raison, n'est-ce pas?

— Oui. Mais il existe une autre raison de détruire la civilisation terrienne : c'est une race belliqueuse qui peut se montrer très dangereuse. Si nous essayions de coexister, ils apprendraient rapidement notre technologie et les deux civilisations finiraient par s'affronter. La politique que nous avons décidée est celle-ci : après la prise de contrôle du système solaire et de la Terre par la flotte trisolarienne, nous n'interviendrons pas dans le cours de la vie des Terriens. Ils pourront continuer à vivre comme avant, comme si les occupants trisolariens n'existaient pas. Mais il leur sera interdit de se reproduire. Maintenant, laisse-moi te poser une question : tu voudrais être le sauveur de la Terre, mais ne te sens-tu pas responsable de ta propre civilisation ?

— Je suis fatigué du monde de Trisolaris. Nous n'avons rien dans nos vies et nos esprits que la lutte pour la survie.

— Où est le mal ?

— Il n'y a pas de mal. La survie est la prémisse de tout le reste mais, chancelier, regardez nos vies : tout est dédié à la survie de la civilisation. Afin de permettre à la civilisation de subsister, le respect de l'individu est presque inexistant. Ceux qui ne peuvent plus travailler doivent mourir. La société trisolarienne est extrêmement totalitaire. La loi fonctionne selon deux principes uniques : coupable et non-coupable. Les coupables doivent périr et les non-coupables sont relâchés. Mais le plus intolérable à mes yeux, c'est l'uniformité et l'assèchement de notre vie spirituelle. Tout ce qui peut conduire à une faiblesse de l'esprit est décrété pernicieux. Nous n'avons ni littérature ni arts, nous ne cherchons ni la beauté ni l'extase. Nous n'avons même pas de mots pour parler d'amour… Chancelier, cette vie-là a-t-elle un sens ?

— Le genre de civilisation à laquelle tu aspires a naguère existé sur Trisolaris. C'étaient des sociétés libres, démocratiques et elles ont laissé derrière elles de riches héritages culturels. Seule une infime partie de cet héritage est autorisée au public, la plupart de leurs accomplissements sont scellés et interdits d'accès. Mais de tous les cycles de civilisations trisolariennes, ce sont ces civilisations qui ont été les plus faibles et les plus éphémères. Elles ont disparu dès la première petite catastrophe d'une ère chaotique. Observe une nouvelle fois cette civilisation terrienne que tu veux sauver, cette société née et élevée sous une sphère au printemps éternel. Si on la transplantait sur Trisolaris, elle ne survivrait certainement pas plus d'un million d'heures trisolariennes.

— C'est une fleur fragile, mais elle est d'une splendeur sans égale. Dans la tranquillité de son paradis, elle sent le parfum de la liberté et de la beauté.

— Si la civilisation trisolarienne entrait en possession de ce monde, nous pourrions nous aussi avoir une telle vie.

— Chancelier, j'en doute. L'esprit des Trisolariens est aussi dur que du métal, il s'est solidifié dans chacune de nos cellules.

Croyez-vous que cet esprit fondra un jour ? Je ne suis qu'un être insignifiant, j'appartiens aux couches les plus basses de la société. Personne ne prête attention à moi, je vis seul, sans richesses, sans position, sans amour et sans espoir. En sauvant ce merveilleux monde lointain dont je suis tombé amoureux, je n'aurais au moins pas vécu tout ce temps pour rien. Bien entendu, chancelier, cela m'a également donné la chance de vous rencontrer. Sans cet acte, un homme comme moi n'aurait jamais pu vous admirer autrement que par l'intermédiaire d'un écran. Permettez-moi de vous dire que je suis honoré.

— Tu es coupable, sans aucun doute. Tu es le plus grand criminel de toute l'histoire des cycles de civilisation de Trisolaris. Mais nous ferons une exception dans la loi : tu es libre.

— Chancelier, comment cela est-il possible ?

— La déshydratation et le bûcher ne seraient pour toi qu'une médiocre punition. Tu es âgé et tu ne verras jamais la destruction finale de la civilisation terrestre. Mais je veux au moins être sûr que tu saches que tu ne la sauveras pas. Je veux que tu vives jusqu'au jour où elle aura perdu tout espoir. Bien, tu peux te retirer à présent.

Une fois le guetteur du poste 1379 parti, le chancelier appela le consul en charge des postes de guet. Le chancelier évita aussi de s'énerver contre lui, ce n'était qu'une affaire de routine.

— Comment as-tu pu laisser un être si faible et si démoniaque devenir guetteur ?

— Chancelier, nous employons plus de cent mille guetteurs. Il est difficile de dépister ce genre d'individus, d'autant que 1379 n'avait jusqu'alors jamais commis la moindre effraction. Naturellement, c'est une faute grave, dont j'assume l'entière responsabilité.

— Combien d'autres individus partagent cette responsabilité dans le système de surveillance ?

— J'ai mené une première investigation. À tous les niveaux, je dirais six mille personnes.

— Ils sont tous coupables.

— Oui.

— Que l'on déshydrate ces six mille personnes, puis qu'on les brûle sur la place de la capitale. Quant à toi, tu serviras à faire démarrer le feu.

— Merci chancelier, cela apaisera notre conscience.

— Mais avant cela, j'ai encore une question : quelle est la distance maximale que peut atteindre ce message d'avertissement ?

— Le poste 1379 est un poste de guet de petite envergure, sa capacité de transmission n'est pas très grande. Je dirais que la distance maximale est d'environ douze millions d'heures trisolariennes, soit mille deux cents années-lumière.

— C'est déjà suffisamment loin. As-tu un conseil à nous donner sur la prochaine étape à mener ?

— Et si nous envoyions à ce monde un autre message, pour les séduire et leur donner envie de répondre ?

— Non, cela ne ferait qu'empirer les choses. Par chance, le contenu du message d'avertissement est très court, espérons que les Terriens n'y feront pas attention ou qu'ils l'interpréteront de travers. Bien… Tu peux te retirer à présent.

Une fois le consul parti, le chancelier appela cette fois l'amiral de la flotte trisolarienne.

— Combien de temps est-il nécessaire pour préparer le départ de la première flotte ?

— Chancelier, la flotte en est encore à sa dernière phase de construction. Nous avons besoin d'au moins soixante mille heures trisolariennes avant qu'elle soit pleinement opérationnelle.

— Je présenterai bientôt mon plan à l'Assemblée des consuls : dès que la flotte sera prête, elle s'envolera dans cette direction.

— Chancelier, étant donné la fréquence de la transmission, nous ne pouvons pas même être sûrs avec exactitude de la direction de la source. Vous devez savoir que notre flotte sera incapable d'effectuer une exploration large dans cette direction. Si nous ignorons la distance de la cible, la flotte finira par chuter dans les abysses de l'espace.

— Mais regarde nos trois soleils. La couche externe de l'un d'entre eux peut à tout moment entrer dans un cycle de dilatation et avaler la dernière planète du système, la nôtre. Nous n'avons pas d'autre choix. Nous devons prendre ce risque.

33

LES INTELLECTRONS

*Quatre-vingt-cinq mille heures trisolariennes
(environ 8,6 années terrestres) plus tard.*

Le chancelier convoqua une réunion de crise de tous les consuls de Trisolaris. C'était très inhabituel, il devait s'être passé quelque chose de grave. Vingt mille heures trisolariennes plus tôt, la flotte trisolarienne avait mis les voiles. Les vaisseaux avaient une idée approximative de la direction dans laquelle se trouvait leur destination, mais ils ignoraient sa distance. Il se pouvait que cette cible soit à des millions d'années-lumière de là, peut-être même à l'autre extrémité de la galaxie. Face à cette mer infinie d'étoiles, les chances de succès de l'expédition étaient très faibles.

La réunion des consuls se tenait sous le mémorial du Pendule. (À la lecture de ce passage du rapport, Wang Miao ne put s'empêcher de s'imaginer mentalement le siège des Nations unies dans *Les Trois Corps*. Le mémorial du Pendule était l'un des rares éléments du jeu à exister réellement sur Trisolaris.)

Le choix du lieu pour cette réunion avait plongé la plupart des consuls dans la perplexité. L'ère chaotique n'était pas encore terminée, un petit soleil venait tout juste de se lever à l'horizon, mais il pouvait se recoucher à tout moment. Il faisait monstrueusement froid, si bien que tous les participants étaient contraints de porter des combinaisons électrothermiques imperméables. L'énorme balancier métallique du pendule oscillait majestueusement, fendant l'air glacial, tandis que le petit soleil projetait de longues ombres sur le sol, comme si un géant à la silhouette imposante était en train de le fouler à grandes enjambées. Sous les yeux de la foule, le chancelier marcha jusqu'au socle du pendule, pressa un interrupteur rouge, puis il se tourna vers les consuls :

— Je viens d'éteindre l'alimentation qui permettait le mouvement du pendule. Il s'arrêtera lentement sous l'effet de la résistance de l'air.

— Chancelier, pourquoi ? demanda un consul.

— Nous connaissons tous le rôle historique du pendule. Il était utilisé pour endormir Dieu. Mais nous savons désormais qu'il est préférable pour la civilisation trisolarienne que Dieu soit éveillé, car Il est maintenant avec nous.

Tout le monde garda le silence, méditant sur le sens des paroles du chancelier. Après encore trois mouvements de balancier du pendule, quelqu'un demanda :

— La Terre a-t-elle répondu ?

Le chancelier hocha la tête :

— Oui. J'ai reçu le rapport il y a une demi-heure. Une réponse au message d'avertissement.

— Si vite ? Cela fait à peine plus de quatre-vingt mille heures que l'avertissement a été envoyé. Ce qui veut dire… ce qui veut dire…

— Ce qui veut dire que la Terre se trouve à une distance de quarante mille heures-lumière de Trisolaris.

— Mais n'est-ce pas la distance qui nous sépare de l'étoile la plus proche ?

— Oui. C'est ce que je disais : Dieu est avec Trisolaris.

Une euphorie s'empara de la foule, mais aucun ne pouvait l'exprimer et tous durent refouler cette éruption de joie. Le chancelier savait qu'il était dangereux de laisser déborder ces émotions, c'est pourquoi il s'empressa d'asperger ce volcan avec un seau d'eau glacée :

— J'ai donné l'ordre à la flotte de faire route vers cette étoile. Mais je ne suis pas aussi optimiste que vous le croyez. D'après les informations dont nous disposons, notre flotte vogue en réalité vers sa propre tombe.

Les paroles du chancelier tempérèrent aussitôt l'enthousiasme des consuls.

— L'un d'entre vous comprend-il la raison de cette réserve ?

— Je comprends, dit le consul de la science. Nous avons étudié en détail les premiers messages envoyés par la Terre. Une section a particulièrement retenu notre attention : son histoire. Voilà quels sont les faits : les humains ont mis quelques dizaines de milliers d'années terrestres pour passer de l'âge des chasseurs-cueilleurs à l'âge de l'agriculture ; quelques milliers d'années, de l'âge de l'agriculture à celui de l'industrie ; et seulement deux cents années terrestres pour passer de l'âge industriel à l'âge de l'atome. Enfin, ils ont atteint l'âge de l'information en seulement quelques dizaines d'années terrestres. Cette civilisation possède le terrifiant pouvoir d'accélérer son évolution ! Sur Trisolaris, aucune de nos deux cents civilisations – y compris la nôtre – n'a jamais connu un développement aussi rapide. Tous les progrès scientifiques et économiques de la civilisation trisolarienne se sont faits à un rythme constant, voire en ralentissant peu à peu. Dans notre monde, chaque nouvel âge technologique nécessite de s'inscrire sur un temps d'évolution long.

Le chancelier acquiesça :

— La réalité est que, dans quatre millions et cinq cent mille heures, lorsque la flotte trisolarienne atteindra le système solaire, le niveau de technologie de la civilisation terrienne aura largement surpassé le nôtre ! Durant son long périple, notre flotte devra traverser deux ceintures de poussière interstellaire. Nous aurons sûrement de grandes pertes à déplorer et nous craignons que seule la moitié de la flotte ne parvienne à rejoindre le système solaire saine et sauve. Le reste aura sombré durant la traversée. La flotte sera alors à la merci des ripostes terriennes. Nous ne partons pas en conquête, nous naviguons vers notre propre mort !

— Si cela est vrai, chancelier, il y a encore plus effrayant…, commença le consul de la guerre.

— Oui. C'est simple à imaginer. Nous avons révélé notre position. Pour parer à des menaces futures, la flotte terrienne contre-attaquera. Et peut-être qu'avant même que notre planète soit engloutie par un soleil dilaté, les Terriens auront déjà réduit la civilisation trisolarienne en cendres.

L'avenir si brillant qui s'était ouvert quelques instants plus tôt s'était tout à coup assombri, plongeant l'assemblée dans un long silence.

— Voici ce que nous devons faire : freiner le progrès de la science sur Terre. Dès la réception de la première série de messages terriens, nous avons immédiatement commencé à élaborer des plans allant dans ce sens. Les conditions sont maintenant favorables à la mise en œuvre de ces plans. La réponse que nous venons de recevoir a été envoyée par un traître terrien. Nous avons des raisons de croire qu'il existe dans la civilisation terrienne des forces aliénées qu'il nous faut exploiter.

— Chancelier, c'est plus facile à dire qu'à faire. Nos communications avec la Terre ne tiennent qu'à un fil. Il est nécessaire d'attendre quatre-vingt mille heures avant que l'un réponde à la question de l'autre.

— Voyons plus loin. Lorsque le monde terrien apprendra l'existence d'une autre civilisation dans l'univers, l'impact sur la société dans son ensemble sera énorme et laissera des marques profondes. Nous pensons que les forces aliénées de la Terre s'uniront et croîtront au fil du temps.

— Que seront-elles en mesure de faire ? Des actes de sabotage ?

— Étant donné les quarante mille heures qui nous séparent, les stratégies de guerre ou les actes terroristes traditionnels n'auraient que des conséquences limitées, car les humains pourraient facilement s'en remettre. Sur un temps long comme celui-ci, il est nécessaire d'enrayer efficacement le progrès de la civilisation humaine, et de les désarmer pour de bon. Pour cela, il n'existe qu'une seule solution : tuer leur science. J'invite le consul de la science à vous présenter dans les grandes lignes les trois plans que nous avons choisi d'adopter.

— Le premier de ces trois plans a pour nom de code "Feuillage", expliqua le consul de la science. Nous exploiterons les contre-effets néfastes de la technologie pour susciter au sein de la population humaine une peur et une haine de la science. En effet, sur Terre aussi, l'évolution technologique s'accompagne de graves problèmes environnementaux. Le deuxième plan, "Miracle", consiste à créer sur Terre des miracles qui apparaîtront surnaturels aux Terriens. À travers cette série de prodiges, l'objectif est de fabriquer de toutes pièces un univers dont la science humaine sera incapable d'expliquer la logique. Lorsque ces illusions se seront bien enracinées, la civilisation trisolarienne y deviendra peut-être l'objet d'un dévouement religieux. Et alors, les méthodes de pensée non scientifiques prendront le pas sur les réflexions de la science, entraînant l'implosion de tout le système de pensée scientifique établi.

— Comment créerons-nous des miracles ?

— La clef de la réussite de ces miracles est que les Terriens ne soient pas en mesure de les comprendre rationnellement. Il nous sera peut-être nécessaire de transférer certaines de nos technologies avancées aux forces humaines aliénées.

— C'est bien trop dangereux. Et si ces technologies tombaient entre de mauvaises mains ? C'est jouer avec le feu !

— Naturellement, une étude préliminaire sera menée pour évaluer le niveau de technologie qu'il sera possible de transférer…

— Que le consul de la science s'arrête un instant ! dit le consul de la guerre, en se levant devant ses pairs. Chancelier, à mon humble avis, ces deux plans ne seront d'une efficacité que très limitée si nous souhaitons causer la mort de la science humaine.

— Certes, mais c'est toujours mieux que rien, approuva le consul de la science, avant même que le chancelier ait pu répondre.

— Si peu…, laissa tomber le consul de la guerre sur un ton dédaigneux.

— Je suis d'accord avec vous, dit le chancelier. Les plans "Feuillage" et "Miracle" ne provoqueront que quelques interférences minimes dans le développement de la science terrienne.

Puis il se tourna vers ses autres collègues :

— Ce dont nous avons besoin en priorité, c'est d'une action forte qui étouffera toute la science sur la planète Terre et la verrouillera à son niveau actuel. Concentrons-nous maintenant sur l'élément clef de cette action : le développement global de la technologie repose sur le progrès des sciences fondamentales, et la base des sciences fondamentales est l'exploration de la structure profonde de la matière. Sans avancée dans ce domaine, ni la science ni la technologie ne connaîtront de bond décisif. Ce n'est d'ailleurs pas seulement vrai pour la civilisation sur Terre, cela s'applique à toutes les autres cibles que la civilisation trisolarienne souhaiterait un jour conquérir. Avant même d'avoir reçu le premier message terrien, nos scientifiques avaient déjà travaillé sur cette question. Nous nous sommes récemment contentés d'accélérer ces efforts. À présent, levez les yeux. Que voyez-vous ?

Le chancelier pointa le ciel. Les consuls virent dans l'espace un anneau sur lequel le soleil faisait briller des reflets métalliques.

— N'est-ce pas l'atelier dans lequel est en train d'être fabriquée la deuxième flotte spatiale ?

— Non. C'est un accélérateur de particules géant en construction. Nous avons annulé le projet de construction d'une deuxième flotte et alloué son budget au projet Intellectron.

— Le projet Intellectron ?

— Oui. Ce plan a été tenu secret, c'est pourquoi la plupart d'entre vous n'ont pas été mis au courant. Le consul de la science va vous en présenter la teneur.

— J'ai eu vent de ce projet, mais je n'imaginais pas qu'il était aussi avancé, dit le consul de l'industrie.

— J'en avais vaguement entendu parler, mais je pensais que c'était une légende, ajouta le consul de la culture et de l'éducation.

— Pour le résumer en quelques mots, le projet Intellectron consiste à transformer un proton en un ordinateur super-intelligent, commença le consul de la science.

— C'est un fantasme bien connu de la science, fit remarquer le consul de l'agriculture. Je suis étonné d'apprendre si brusquement qu'il est sur le point de se réaliser. Je sais que nos physiciens sont maintenant en mesure de manipuler neuf des onze dimensions du monde microscopique, mais il est difficile d'imaginer qu'ils puissent insérer une pincette dans un proton pour y graver des circuits intégrés !

— C'est bien entendu impossible. Graver des microcircuits intégrés ne peut se faire qu'à une macro-échelle, et uniquement sur un plan macroscopique à deux dimensions. Pour cela, nous devons déployer le proton en deux dimensions.

— Déployer une structure de neuf dimensions en deux dimensions ? Mais de quelle taille serait sa surface ?

— Une surface gigantesque, comme vous allez le voir, dit le consul de la science dans un sourire.

Le temps fila. Six cent mille heures trisolariennes s'écoulèrent. Deux cent mille heures après que le grand accélérateur spatial de particules fut achevé, le proton allait être déployé sur une orbite synchrone autour de Trisolaris.

C'était une journée ensoleillée d'une ère régulière, le ciel était particulièrement clair. Comme quatre-vingt-trois mille heures plus tôt, lors du départ de la première flotte, toute la population de Trisolaris se trouvait sur la plaine. Elle regardait, les yeux en l'air, l'immense anneau spatial. Le chancelier et les consuls se réunirent une nouvelle fois sous le mémorial du Pendule. Celui-ci avait cessé de se balancer depuis longtemps, et son poids ressemblait à un grand bloc de roche fermement maintenu entre deux supports de fixation, comme un symbole de stabilité. Il était difficile de croire qu'il avait un jour été en mouvement.

Le consul de la science donna l'ordre de commencer le déploiement en deux dimensions. Dans l'espace, trois cubes planaient autour de l'anneau : les trois générateurs électriques fournissant l'énergie à l'accélérateur. Leurs dissipateurs thermiques en forme d'ailes se mirent peu à peu à briller d'une lueur rougeâtre. Le consul de la science informa le chancelier que le processus de déploiement avait débuté. La foule scrutait avec anxiété l'accélérateur spatial, mais rien ne semblait se passer.

Un dixième d'heure trisolarienne plus tard, le consul de la science mit un casque sur ses oreilles, puis il dit :

— Chancelier, veuillez m'excuser, je crains que le déploiement n'ait échoué. Le proton a été réduit à une dimension de trop. Il est maintenant unidimensionnel.

— Unidimensionnel ? C'est une ligne ?

— Oui. Une ligne filiforme et infinie. Théoriquement, sa longueur doit être de 1,5 année-lumière.

— Quelle gabegie…, grommela le consul de la guerre. Nous avons dépensé le budget d'une flotte spatiale pour… ça ?

— Dans une expérience scientifique, un processus d'adaptation est toujours nécessaire. Après tout, ce n'est que notre première tentative de déploiement.

La foule se dispersa, déçue. Cependant, l'expérience n'était pas terminée. On imaginait au début que le proton unidimensionnel tournerait à jamais en orbite synchrone autour de la planète, or la résistance générée par une éruption solaire avait ralenti son mouvement et des morceaux de la ligne chutèrent dans l'atmosphère. Six heures trisolariennes plus tard, les Trisolariens qui se trouvaient à l'extérieur remarquèrent d'étranges bandeaux de lumière autour de l'anneau, des éclairs filamenteux et fugaces qui disparaissaient aussi vite qu'ils étaient apparus.

Ils apprirent rapidement dans les journaux que c'était le proton unidimensionnel qui, sous l'effet de la gravité, était tombé sur la surface. La ligne avait beau être infiniment fine, elle produisait un champ d'énergie capable de réfléchir la lumière visible, et pouvait donc être perçue. C'était la première fois qu'il était possible de voir à l'œil nu une entité de matière n'étant pas constituée d'atomes – les minuscules parties d'un seul et même proton.

— Ces petites choses m'agacent, dit le chancelier en agitant sa main devant son visage.

Le consul de la science et lui se tenaient debout sur les larges marches du palais gouvernemental.

— J'ai sans cesse une impression de picotements sur le visage.

— Chancelier, c'est l'effet de votre imagination car la somme de toutes ces cordes a la masse d'un seul proton. Celles-ci n'ont absolument aucun effet sur le monde macroscopique. Elles sont tout à fait inoffensives, c'est comme si elles n'existaient pas.

Cependant, les morceaux de proton qui tombaient du ciel se faisaient de plus en plus denses. Non loin de la surface, l'air était gorgé de minuscules cordelettes lumineuses, si bien que le soleil et les étoiles paraissaient entourés de cercles en velours argenté. Les morceaux de proton unidimensionnel recouvraient le corps des Trisolariens qui se trouvaient à l'extérieur, et ceux-ci traînaient en marchant de petites lumières derrière eux. Quand ils retournaient chez eux, les cordes se mettaient à scintiller sous les sources de lumière artificielle. À peine bougeaient-ils que le reflet des cordes révélait autour d'eux les courants d'air perturbés par leurs mouvements. Bien que ces cordes soient sans danger et ne puissent être détectées qu'à la lumière visible, elles suscitèrent rapidement l'agacement de la population.

La pluie de cordes unidimensionnelles dura plus de vingt heures trisolariennes avant de s'arrêter, mais pas parce qu'elles étaient toutes tombées sur le sol. Bien que leur masse soit incroyablement faible, elles en avaient tout de même une et leur accélération sous la force de gravité était la même que pour des objets normaux. Cependant, en entrant dans l'atmosphère, elles se retrouvaient à la merci des courants d'air et ne tombaient plus sur le sol. Après avoir été déployées en une dimension, les interactions fortes à l'intérieur du proton s'étaient grandement affaiblies, fragilisant les cordes et les brisant progressivement en petits fragments, si bien que la lumière qu'elles reflétaient n'était plus visible. La population avait l'impression qu'elles avaient disparu, mais la poussière de cordes unidimensionnelles flotterait dans l'air de Trisolaris pour l'éternité.

Cinquante heures trisolariennes plus tard eut lieu une deuxième tentative de déploiement du proton en deux dimensions. Cette fois, la foule rassemblée sur la plaine distingua quelque chose. Lorsque les dissipateurs thermiques commencèrent à rougir, surgirent soudain près de l'accélérateur des objets gigantesques à l'apparence de formes géométriques très régulières : sphères, tétraèdres, cubes, cônes, etc. Leurs surfaces possédaient une palette complexe de couleurs. Toutefois, en les observant bien, on pouvait remarquer que celles-ci étaient en fait incolores, mais qu'elles étaient en revanche totalement réflexives. Ce que l'on y voyait étaient les images déformées du monde de Trisolaris telles que les reflétaient les formes géométriques.

— Avez-vous réussi cette fois ? demanda le chancelier. Le proton a-t-il été déployé en deux dimensions ?

— Malheureusement, chancelier, c'est encore un échec. Nous venons de recevoir un rapport du centre de contrôle de l'accélérateur. Il y a cette fois une dimension en moins. Le proton a été déployé en trois dimensions.

Les gigantesques formes géométriques réflexives continuaient à jaillir de l'accélérateur à un rythme rapide et s'en éloignaient en planant. Les formes étaient de plus en plus variées, on voyait maintenait des tores et des croix en trois dimensions, et même un objet qui ressemblait à un ruban de Möbius. Environ une heure et demie plus tard, les formes avaient complètement envahi le ciel, comme si un enfant de géant avait renversé des blocs de construction sur la voûte céleste. Les reflets du soleil sur les formes géométriques doublèrent l'intensité lumineuse de la surface et elles se mirent à scintiller. L'ombre colossale du pendule apparaissait et disparaissait sans cesse, clignotant un coup à gauche, un coup à droite.

Puis, tous les objets commencèrent à changer de formes, celles-ci perdirent de leur régularité, on aurait dit qu'elles avaient fondu au soleil. Ces mutations devinrent de plus en plus soudaines, et les formes de plus en plus sophistiquées. Ces objets célestes ne faisaient désormais plus penser à des blocs de construction, mais plutôt aux membres dépecés et aux viscères éventrés d'un géant. En raison de l'irrégularité des formes, la lumière qu'elles projetaient maintenant sur le sol s'était adoucie, mais les couleurs à leur surface étaient devenues encore plus étranges et imprévisibles.

Dans ce ciel chaotique gorgé de formes géométriques tridimensionnelles, les observateurs au sol firent particulièrement attention à certaines d'entre elles : tout d'abord parce qu'elles étaient très similaires puis, après un examen plus minutieux, on comprit ce qu'elles représentaient. Un frisson d'horreur parcourut le monde de Trisolaris.

C'étaient des yeux.

(Nous ignorons à quoi ressemblent les yeux des Trisolariens, mais nous pouvons être sûrs d'une chose : n'importe quelle entité intelligente est sensible à la représentation des yeux.)

Le chancelier était l'un des seuls à garder véritablement son calme. Il demanda au consul de la science :

— Quel degré de complexité peut atteindre la structure interne d'une particule subatomique ?

— Tout dépend le nombre de dimensions de notre perspective. Si on observe une particule subatomique avec une perspective unidimensionnelle – ce qui est le cas de la plupart des gens –, ce n'est qu'un point ; à une perspective bidimensionnelle ou tridimensionnelle, la particule commence à dévoiler sa structure interne ; à une perspective quadridimensionnelle, la particule subatomique est déjà un monde immense.

— Immense ? Incroyable qu'on puisse utiliser un tel mot pour qualifier une particule aussi petite que le proton, dit le chancelier.

Le consul de la science ignora le chancelier et continua à parler, comme pour lui-même :

— Si nous passons à une dimension plus haute, le degré de complexité et le nombre de structures internes dans la particule augmenteront considérablement. Cette comparaison est très imprécise, mais voici une idée de ces différences d'échelles : une particule observée à une perspective en sept dimensions possède la complexité du système stellaire trisolarien en trois dimensions ; à une perspective en huit dimensions, la particule est aussi vaste que la Voie lactée ; à neuf dimensions, la complexité et le nombre de structures internes sont presque équivalents à l'univers tout entier. Et pour ce qui est des dimensions supérieures, nos sciences physiques ne sont pas encore en mesure de les appréhender, et nous ne pouvons pas encore mettre de mots sur leur complexité.

Le chancelier pointa les yeux immenses qui flottaient dans le ciel :

— Ce spectacle ne prouve-t-il pas, une fois déployé, que l'univers microscopique d'un proton abrite une vie intelligente ?

— Notre conception de la vie dans le monde macroscopique n'est peut-être pas applicable au monde microscopique. Pour être plus exact, nous pouvons simplement dire qu'il existe de l'intelligence ou de la sagesse dans cet univers. C'est peut-être ce que les scientifiques avaient prédit depuis longtemps : il serait étonnant qu'aucune forme d'intelligence n'ait émergé dans un univers aussi vaste et complexe.

— Pourquoi des yeux qui nous regardent?

Le chancelier leva la tête, les yeux étaient de superbes sculptures, belles et réalistes à la fois. Ils observaient la planète d'en dessous avec un regard mystérieux.

— Peut-être simplement pour nous indiquer leur existence.

— Ces choses vont-elles nous tomber dessus?

— Non, rassurez-vous, chancelier. Et même si elles venaient à tomber, tout comme les cordes unidimensionnelles, la masse globale de ces énormes objets est la même que celle d'un proton. Leur chute n'aurait aucun impact sur nous. Il faudra simplement que la population s'habitue à cet étrange paysage.

Mais cette fois-ci, le consul de la science se trompait.

La foule avait remarqué que, parmi tous les objets en trois dimensions qui emplissaient le ciel, ceux sous forme d'yeux bougeaient à une vitesse nettement plus rapide que les autres, et ils convergeaient de plus vers un même point. Très vite, deux yeux se télescopèrent et ne firent plus qu'un. La fusion des deux formes avait toujours celle d'un œil, mais son volume avait augmenté. D'autres yeux fusionnèrent de la même manière avec cet œil, augmentant sans cesse son volume. Enfin, tous les yeux s'agglutinèrent pour n'en former qu'un seul, si énorme qu'il semblait représenter l'univers lui-même en train d'observer Trisolaris. Sa pupille était claire et lumineuse, et reflétait en son centre un soleil, tandis que sur sa vaste cornée tombait un déluge de couleurs différentes. Bientôt, les contours de la pupille commencèrent à s'effacer, puis finirent par disparaître. L'immense œil devint alors un œil aveugle et sans pupille. Il se mit à changer d'aspect jusqu'à perdre l'apparence d'un œil et devenir un cercle parfait. Quand ce cercle commença à bouger, la foule découvrit que celui-ci n'était pas plat, mais parabolique, comme un morceau coupé dans une énorme sphère.

Le consul de la guerre regarda l'objet se déplacer lentement. Puis une lumière traversa son esprit et il s'écria :

— Chancelier, et vous tous, vite, rentrez dans vos abris souterrains!

Il pointa le ciel en disant :

— C'est...

— ... un miroir, conclut calmement le chancelier. Donnez l'ordre à l'unité de défense aérienne de le détruire. Nous resterons ici pour l'observer.

Le miroir parabolique avait commencé à refléter l'éclat des rayons solaires sur la surface de Trisolaris. Au début, la surface sur laquelle était projetée la lumière était très large et la chaleur qu'elle générait n'était pas encore mortelle. Mais cette tache lumineuse se déplaça, à la recherche de sa proie. Le miroir parabolique avait visiblement choisi la capitale, la plus grande ville de Trisolaris, car la tache de lumière s'en approcha et, bientôt, l'engloutit sous ses rayons. Sous le mémorial du Pendule, la foule ne vit dans le ciel qu'une effusion de lumière, si intense qu'elle semblait tout avaler dans l'atmosphère. Ils furent submergés par une vague d'une extrême chaleur. La tache de lumière qui enveloppait la ville diminua de volume : le miroir parabolique concentrait encore davantage les rayons du soleil ; dans l'espace, la luminosité se renforçait et empêchait la foule de lever la tête. Ceux qui se tenaient sous cette tache sentirent la température s'élever. Au moment même où la chaleur devenait insupportable, l'extrémité de la tache de lumière passa au-dessus du mémorial du Pendule, et tout s'obscurcit brusquement. Les gens mirent un certain temps avant de réadapter leurs yeux à la luminosité normale. En levant la tête, ils virent un pilier irradiant qui partait du sol et montait jusqu'au ciel, comme un cône inversé dont la base était constituée par le miroir parabolique, tandis que son sommet pointait vers le centre de la capitale, qui se retrouva baignée dans une blancheur incandescente. Des volutes de fumée tourbillonnantes s'élevaient dans les airs ; des tornades, provoquées par la chaleur inégale du cône de lumière, firent se dresser des colonnes de poussière qui rallièrent le ciel en s'enroulant et en dansant autour du cône...

Des boules de feu éblouissantes apparurent en différents endroits du miroir. Leur couleur bleue différait de celles reflétées par le miroir. C'étaient les ogives nucléaires envoyées par les forces de défense aérienne trisolariennes qui atteignaient leur cible. Les explosions ayant lieu au-delà de l'atmosphère, on n'entendait pas leur bruit. Quand les boules de feu s'éteignirent, de larges trous apparurent sur le miroir, puis sa surface commença à se fissurer, jusqu'à ce qu'il éclate en une dizaine de morceaux. Au même moment, le mortel cône de lumière disparut et le monde retrouva sa luminosité d'origine. L'espace d'un instant, on se crut au clair de lune. Les fragments brisés du miroir, désormais amputés de toute intelligence, continuaient à se distordre. Très vite, ils fusionnèrent avec les autres objets spatiaux en trois dimensions et on ne les distingua plus.

— À quoi aurons-nous droit lors de votre prochaine expérience ? demanda d'un air ironique le chancelier au consul de la science. Un proton déployé en quatre dimensions ?

— Chancelier, même si cela devait arriver, ce ne serait pas un grand problème. Car s'il se déploie en quatre dimensions, le volume du proton sera bien plus petit. Si l'unité de défense aérienne est prête à passer à l'attaque, elle pourra détruire de la même manière sa projection dans le monde en trois dimensions.

— Vous osez duper le chancelier ! lança avec colère le consul de la guerre au consul de la science. Vous lui cachez le véritable danger ! Que se passera-t-il si le proton se déploie en zéro dimension ?

— En zéro dimension ? demanda le chancelier avec curiosité. Un point, mais sans taille ?

— Oui, une singularité ! Même un proton paraîtrait infiniment grand en comparaison. Toute la masse du proton serait dès lors contenue dans cette singularité, et sa densité serait prodigieusement grande. Chancelier, vous pouvez certainement imaginer ce qu'il deviendrait.

— Un trou noir ?

— Oui.

— Chancelier, expliqua le consul de la science, si nous avons choisi de déployer un proton et non un neutron, c'est précisément pour éviter ce genre de risque. Si un déploiement en zéro dimension venait vraiment à se produire, la charge électrique du proton serait transférée au trou noir que le déploiement aurait créé, et nous serions en mesure de le capturer et de le contrôler grâce à la force électromagnétique.

— Et si vous ne parvenez pas à le trouver ou à le contrôler ? rétorqua le consul de la guerre. Il tomberait à la surface et augmenterait sa masse à mesure qu'il absorberait de la matière, puis il sombrerait jusqu'au noyau de la planète et avalerait pour finir la totalité de notre monde.

— Cela n'arrivera pas, je vous en donne ma parole ! Pourquoi êtes-vous sans cesse en train de me provoquer ? Je vous l'ai dit, c'est une expérience scientifique…

— Il suffit, dit le chancelier. Quelles sont les chances de succès de la prochaine expérience ?

— Près de cent pour cent, chancelier, veuillez me croire. Grâce à ces deux échecs, nous avons maintenant compris comment maîtriser les principes de déploiement d'une particule subatomique à une dimension plus faible dans le monde macroscopique.

— Soit. Pour la survie de Trisolaris, nous devons prendre ce risque.

— Merci, chancelier !

— Cependant, sache que si tu échoues la prochaine fois, toi et tous les scientifiques du projet Intellectron, vous serez coupables.

— Oui, bien sûr, nous serons coupables.

Si les Trisolariens avaient transpiré, le consul de la science aurait certainement passé sa main sur le front.

Il fut nettement plus facile de déblayer les restes du proton tridimensionnel qui se trouvaient maintenant en orbite synchrone autour de Trisolaris que ça n'avait été le cas pour le proton unidimensionnel. Des petits vaisseaux les tractèrent jusqu'à une distance suffisamment éloignée de la planète pour éviter que les formes ne pénètrent dans l'atmosphère. Ces substances, aussi grandes que des chaînes de montagnes, n'avaient presque aucune masse, comme d'énormes ombres argentées que même un nouveau-né n'aurait eu aucune peine à déplacer.

Le chancelier demanda plus tard au consul de la science :

— Lors de cette expérience, n'avons-nous pas détruit la civilisation d'un univers microscopique ?

— Sans doute au moins une entité intelligente, oui. De plus, chancelier, nous avons anéanti un univers entier. Un univers immense à l'échelle des dimensions les plus hautes, où il n'existait probablement pas qu'une seule forme d'intelligence ou de civilisation, mais celles-ci n'ont simplement pas eu l'occasion de se révéler dans le monde macroscopique. Bien entendu, à des dimensions aussi importantes et à des échelles si minuscules, il nous est absolument impossible d'imaginer la forme que prennent ces intelligences et ces civilisations. Elles n'ont rien en commun avec ce que nous connaissons. Et ce genre de destruction ne s'est pas produit pour la première fois.

— Ah ?

— Dans la longue histoire de la science, combien de protons sont déjà entrés en collision dans les accélérateurs des physiciens ? Combien de neutrons et d'électrons ? Peut-être au moins une centaine de millions. Chaque collision s'est avérée être le génocide d'une intelligence ou d'une civilisation dans l'univers qui les contenait. En réalité, même dans la nature, est orchestré à chaque instant ce genre de mises à mort – la désintégration des protons et des neutrons, par exemple, ou bien l'entrée dans l'atmosphère de rayons cosmiques de haute énergie qui peuvent détruire des milliers de micro-univers… Seriez-vous donc tristes pour elles ?

— Ce que tu dis est amusant. Je vais de ce pas rapporter cette information au consul de la propagande, en demandant qu'il répande cette vérité scientifique dans la population, afin de bien faire comprendre au peuple que des destructions de civilisations sont des événements somme toute ordinaires ayant lieu à chaque instant de la vie.

— Pourquoi donc, chancelier ? Serait-ce pour que le peuple affronte avec courage la destruction prochaine de la civilisation trisolarienne ?

— Non, pour qu'ils affrontent celle des humains. Comme tu le sais, lorsque nous avons annoncé ce que nous comptions faire de la civilisation terrienne, cela a suscité des sentiments pacifistes extrêmement dangereux. Ce n'est qu'alors que nous avons découvert qu'il existait en notre sein de nombreux individus comme le guetteur 1379. Nous devons contrôler et éliminer ces émotions vulnérables.

— Chancelier, ce genre de sentiment a surtout été inspiré par la révélation du contenu des récents messages reçus. Votre prédiction s'est réalisée : les forces aliénées terriennes gagnent du terrain. Elles ont maintenant construit leur propre site de transmission, entièrement autonome, et ont commencé à nous envoyer une grande quantité d'informations sur la civilisation terrienne. Je dois admettre que cette culture possède un pouvoir de séduction dangereux. Notre peuple croit entendre un chant sacré venu du paradis. Les idées humanistes des Terriens risquent d'égarer les esprits de beaucoup d'entre nous. Sur Terre, notre civilisation a donné naissance à une sorte de religion. Mais le risque existe aussi que cela se produise dans le sens inverse sur Trisolaris.

— Tu pointes là un grand danger. Nous devons désormais veiller à ce que les informations concernant la Terre ne se propagent plus, et en particulier celles concernant sa culture.

La troisième tentative de déploiement en deux dimensions d'un proton eut lieu trente-trois heures trisolariennes plus tard, durant la nuit. En observant l'accélérateur de particules spatial depuis la surface, on ne distinguait que le halo rouge des dissipateurs thermiques des générateurs électriques, qui permettaient de révéler sa position. Peu de temps après la mise en route de l'accélérateur, le consul de la science annonça la réussite de l'opération.

La foule leva les yeux au ciel. Elle ne vit tout d'abord rien mais, très vite, elle eut une vision prodigieuse : le ciel s'était scindé en deux. Entre les deux morceaux, les motifs des étoiles ne correspondaient pas, on aurait dit deux photographies du ciel placées l'une sur l'autre, la plus petite sur la plus grande. La Voie lactée était coupée au niveau de leur frontière commune. Un des morceaux du ciel était circulaire et s'étendait rapidement sur le fond étoilé du firmament ordinaire.

— Cette constellation est celle que l'on peut observer dans l'hémisphère Sud! s'exclama le consul de la culture et de l'éducation en pointant du doigt le morceau circulaire du ciel en train de s'agrandir.

Alors que la foule tentait de faire marcher son imagination en essayant de comprendre comment les étoiles de l'hémisphère Sud pouvaient maintenant se superposer à celles de l'hémisphère Nord, elle assista à un spectacle encore plus étonnant : aux extrémités du morceau de ciel de l'hémisphère Sud apparut le fragment d'un énorme globe. De couleur brune, le globe se dévoilait à une vitesse très lente, comme une image numérisée sur un écran. Tous connaissaient ce globe, car ils avaient reconnu à sa surface des motifs familiers. Lorsque l'image du globe fut entièrement révélée, celui-ci occupait déjà un tiers du ciel et les détails de sa surface étaient maintenant limpides : on voyait des continents bruns traversés de chaînes de montagnes, elles-mêmes surmontées de nuages blancs, comme une couche de neige éternelle... C'est alors que quelqu'un lâcha enfin :

— C'est notre planète!

Oui, un autre monde de Trisolaris était apparu dans l'espace. Puis le ciel s'éclaircit. Près du second Trisolaris, dans l'espace, émergea sur la constellation d'étoiles de l'hémisphère Sud l'image d'un soleil, manifestement le même astre qui éclairait en ce moment l'hémisphère Sud, bien que celui-ci ne fasse qu'environ la moitié de sa taille.

Quelqu'un perça enfin le mystère de ce phénomène :

— C'est un miroir!

L'immense miroir qui était apparu au-dessus de Trisolaris était le proton en train de se déployer en deux dimensions, c'était maintenant une surface géométrique parfaitement plane, sans aucune épaisseur.

Lorsque le déploiement en deux dimensions fut achevé, le firmament était entièrement enrobé par le reflet du ciel de l'hémisphère Sud. Au zénith de celui-ci se trouvaient les reflets de la planète Trisolaris et d'un soleil. Puis, le ciel autour de l'horizon se déforma et le reflet des étoiles s'étira et se distordit, comme si elles fondaient goutte par goutte. Cette déformation se prolongea petit à petit depuis les extrémités de la voûte jusqu'à son centre.

— Chancelier, la surface du proton se déforme sous l'influence de la gravité de notre planète, expliqua le consul de la science, puis il désigna les nombreuses lumières qui venaient d'apparaître dans le ciel, comme si des individus agitaient des torches pour éclairer le sommet de la voûte. Ce sont des rayons électromagnétiques artificiels émis à partir du sol dont l'objectif est d'ajuster la courbure de la surface déformée par la gravité. Ainsi, la surface plane du proton pourra complètement envelopper notre planète. Après quoi, l'émission des rayons électromagnétiques se prolongera pour continuer à maintenir et à stabiliser cette sphère, comme les rayons d'une roue. La planète Trisolaris devient un établi permettant de préserver l'équilibre de ce proton bidimensionnel. La gravure de circuits intégrés sur sa surface pourra alors commencer.

Une longue période s'écoula avant que le proton bidimensionnel finisse par envelopper la planète. Lorsque la déformation du reflet de la planète Trisolaris atteignit le zénith du ciel, les étoiles avaient complètement disparu, car la surface plane du proton – qui s'était maintenant courbée jusqu'à l'autre côté de la planète – avait tout recouvert. Des rayons solaires pénétrèrent encore un certain temps à l'intérieur de la courbe plane du proton et on ne reconnaissait déjà plus le monde de Trisolaris sur le miroir déformant de l'espace. Mais lorsque le dernier rayon disparut, tout se retrouva plongé dans une obscurité infinie. Ce fut la nuit la plus noire de toute l'histoire de Trisolaris. Sous l'équilibre de la gravité de la planète et grâce au maintien des rayons électromagnétiques, la surface plane du proton bidimensionnel forma une gigantesque coquille sphérique autour de Trisolaris, avec laquelle elle était en orbite synchrone.

Un froid glacial s'abattit sur le monde. La surface parfaitement réflexive du proton dévia plus loin dans l'espace les rayons chauds des soleils qui descendaient vers la planète. La température sur Trisolaris chuta à un degré comparable à celui correspondant à l'apparition de trois étoiles volantes – phénomène qui avait détruit nombre de civilisations par le passé. La population trisolarienne fut déshydratée et entreposée dans les silos de déshydratation. Un silence de mort enveloppa les ténèbres. Dans l'espace ne restaient plus que les faibles lueurs vacillantes des rayons électromagnétiques, dont la tâche était de maintenir stable la gigantesque membrane. On pouvait voir de temps à autre quelques lumières en orbite : celles des vaisseaux en train de graver des circuits intégrés à la surface du proton.

Les principes régissant les circuits intégrés microscopiques n'étaient pas les mêmes que ceux des circuits traditionnels car, la surface sur laquelle ils étaient gravés étant celle d'un proton, le matériel utilisé ne pouvait pas être constitué d'atomes. Les jonctions "p-n" des circuits étaient créées grâce à une déformation des interactions fortes de sa surface, et les fils conducteurs étaient obtenus grâce aux mésons transportant la force nucléaire. La surface sur laquelle devait être gravé le circuit intégré étant immense, sa taille à l'échelle macroscopique était elle aussi démesurée. Les lignes des circuits avaient l'épaisseur de cheveux et il était possible de les voir à l'œil nu en s'en approchant. En survolant de près la surface du proton, on pouvait découvrir une vaste plaine sillonnée de gracieux et complexes circuits intégrés. La surface totale occupée par les circuits était des dizaines de fois plus grande que la surface totale des continents de Trisolaris qu'elle enveloppait.

La gravure des circuits intégrés sur le proton était un projet titanesque. Plus de mille vaisseaux travaillèrent d'arrache-pied durant quinze mille heures trisolariennes avant d'achever leur tâche. La mise au point des logiciels dura, elle, encore cinq mille heures trisolariennes supplémentaires. Et enfin vint le moment de tester pour la première fois l'intellectron.

Dans la salle de contrôle souterraine de l'intellectron, l'écran afficha la fin de la séquence d'autotest, puis la barre de progrès du processus du chargement. Enfin, sur le terminal bleu vide, apparut cette phrase :

Micro-intelligence 2.10 chargée. Intellectron 1 en attente des instructions.

Le consul de la science claironna :

— Un intellectron est né. Un proton que nous avons doté d'intelligence. C'est l'entité d'intelligence artificielle la plus petite que nous puissions créer.

— Mais de ce que nous en voyons maintenant, c'est plutôt la plus grande que nous ayons créée, dit le chancelier.

— Chancelier, nous allons bientôt augmenter la dimension de ce proton, il deviendra rapidement microscopique.

Le consul de la science s'installa devant le terminal et saisit une question :

— *Intellectron 1, le programme d'ajustement dimensionnel est-il opérationnel ?*

— *Parfaitement opérationnel. Intellectron 1 peut démarrer à tout moment le programme.*

— *Ajustez en trois dimensions.*

Une fois l'instruction donnée, la membrane du proton bidimensionnel se contracta, comme si une main géante déchirait le voile du monde, et, presque en un instant, les rayons de soleil arrosèrent la terre. Le proton se déploya en trois dimensions et devint une gigantesque sphère en orbite synchrone autour de Trisolaris. Elle paraissait de la taille de la lune géante. Le proton se situait sur la face nocturne de la planète, mais les reflets des rayons du soleil sur sa surface miroitante changèrent la nuit en jour. Il faisait encore extrêmement froid, et les Trisolariens éveillés ne pouvaient contempler la scène que depuis un écran de la salle de contrôle.

— *Ajustement en quatre dimensions terminé. Intellectron 1 en attente des instructions.*

— *Ajustez en quatre dimensions.*

Dans l'espace, la sphère géante se mit à rétrécir jusqu'à prendre la taille d'une étoile volante. La nuit tomba une nouvelle fois sur la planète.

— Chancelier, la sphère que nous voyons à présent n'est pas le vrai intellectron, il s'agit simplement de sa projection dans le monde tridimensionnel. Dans la quatrième dimension, c'est un géant, tandis que notre monde est une feuille de papier fin en trois dimensions. Le géant se tient debout sur cette feuille et nous ne sommes en mesure de voir que l'endroit où son pied touche le papier.

— *Ajustement en quatre dimensions terminé. Intellectron 1 en attente des instructions.*

— *Continuez l'ajustement jusqu'en six dimensions.*

La sphère s'évanouit dans le ciel.

— Quelle est la taille de l'intellectron à six dimensions ? demanda le chancelier.

— Il a un rayon d'environ cinq centimètres, répondit le consul de la science.

— *Ajustement terminé. Intellectron 1 en attente des instructions.*

— *Intellectron 1, pouvez-vous nous voir?*

— *Oui, je peux voir la salle de contrôle et chaque personne à l'intérieur. Je peux aussi voir les organes de chacun d'entre vous, et même les organes à l'intérieur de vos organes.*

— Que dit-il? demanda le chancelier, intrigué.

— Quand nous observons un espace tridimensionnel depuis la sixième dimension, c'est comme si nous contemplions une peinture en deux dimensions. Il peut naturellement voir à l'intérieur de nous. Intellectron 1, entrez dans la salle de contrôle.

— Il peut passer à travers le sol?

— Pas "à travers", chancelier, c'est plutôt comme s'il entrait dans notre dimension depuis une dimension plus élevée. Il est capable de pénétrer dans n'importe quel espace clos de notre monde. C'est encore une fois la même relation qu'entre notre monde tridimensionnel et une surface en deux dimensions : nous pouvons tout à fait entrer dans un cercle tracé sur une feuille de papier, tandis qu'un objet bidimensionnel ne le pourra jamais, sauf en trouant ce cercle.

Quand le consul de la science eut terminé, une petite sphère à la surface réflexive apparut au milieu de la salle de contrôle, flottant dans l'air. Le chancelier s'approcha et vit à sa surface son reflet déformé.

— Ceci est donc un intellectron? demanda-t-il, impressionné.

— Chancelier, ce n'est que la projection dans un espace tridimensionnel d'un proton à six dimensions.

Le chancelier tendit la main et, comme il vit que le consul de la science ne l'en empêchait pas, il toucha l'intellectron. À peine l'eut-il effleuré que l'intellectron fut repoussé à une certaine distance.

Le chancelier était déconcerté :

— Ça a l'air très lisse. Il n'a que la masse d'un proton, mais bizarrement, j'ai pu sentir une résistance sur ma main.

— Cette impression est due à l'effet de la résistance de l'air sur la sphère.

— S'il passait à la onzième dimension, retrouverait-il sa taille de proton?

Le chancelier n'eut même pas le temps de finir sa phrase que le consul de la science cria avec angoisse à l'encontre de l'intellectron :

— *Attention, ceci n'est pas un ordre !*

— *Intellectron 1 a compris.*

— Chancelier, si nous le faisions passer en onzième dimension, nous le perdrions à jamais. Si l'intellectron passe à la taille d'une particule subatomique ordinaire, ses senseurs internes et ses périphériques d'entrée et de sortie deviendront plus petits que la longueur d'onde du spectre électromagnétique, ce qui voudrait dire qu'il ne serait plus capable de percevoir le monde macroscopique et donc de recevoir nos ordres.

— Mais il faudra bien, en fin de compte, lui redonner son apparence de particule subatomique !

— Certes, cependant, il nous faudra attendre la fabrication d'Intellectron 2, 3 et 4. Plusieurs intellectrons peuvent, ensemble, grâce au principe de l'intrication quantique, structurer un système dans lequel ils seront capables de ressentir le monde macroscopique. Permettez que je prenne un exemple : imaginons un noyau atomique constitué de deux protons. Tous deux interagissent et se meuvent en suivant des règles bien définies. Si par exemple les protons tournent sur eux-mêmes, ils doivent le faire dans un sens opposé l'un à l'autre. Lorsque ces deux protons sont extraits du noyau, peu importe la distance à laquelle ils se trouvent séparés, les principes régissant leurs interactions demeurent les mêmes. Si l'on change le sens de rotation d'un proton, l'autre changera immédiatement le sien pour répondre en conséquence, où qu'il soit. Quand deux protons sont transformés en intellectrons, ils forment donc une seule entité intriquée. Un ensemble plus vaste d'intellectrons forme quant à lui une formation intriquée. L'échelle de cette formation peut être ajustée à n'importe quelle taille. Elle peut donc recevoir les ondes électromagnétiques de n'importe quelle fréquence et percevoir l'ensemble du monde macroscopique. Bien entendu, les phénomènes quantiques permettant de structurer de telles formations d'intellectrons sont extrêmement complexes. Mon explication n'est qu'une simple analogie.

Les déploiements des trois protons suivants furent un succès dès leurs premières tentatives. Le temps utilisé pour fabriquer ces intellectrons fut moitié moindre que pour Intellectron 1. Après la création d'Intellectron 2, d'Intellectron 3 et d'Intellectron 4, on parvint avec le même succès à reproduire les intrications quantiques évoquées par le consul de la science.

Le chancelier et l'ensemble des consuls se réunirent une nouvelle fois au pied du mémorial du Pendule. Au-dessus de leurs têtes flottaient les quatre intellectrons à six dimensions. Leurs surfaces miroitantes et cristallines reflétaient le soleil levant. Cette scène rappela à ceux qui étaient présents les yeux tridimensionnels qui étaient apparus jadis dans le ciel de Trisolaris.

— *Formation Intellectron, ajustez en onzième dimension.*

Les quatre sphères disparurent.

— Chancelier, expliqua le consul de la science, Intellectron 1 et Intellectron 2 sont partis pour la Terre. Grâce à la base de données que nous avons stockée dans leurs circuits électroniques microscopiques, ils connaissent la nature de l'espace sur le bout des doigts. Ils sont capables de puiser de l'énergie dans le vide et, dans un temps très court, de se transformer en particules à haute énergie pour voguer à une vitesse proche de celle de la lumière. Cela paraît violer la loi de conservation de l'énergie, mais les intellectrons "empruntent" de l'énergie à la structure du vide. Cependant, le temps que ceux-ci mettront pour "rendre" l'énergie sera infiniment long, il faudra attendre la désintégration du proton et nous ne serons pas loin, ce jour-là, de la fin de l'univers.

Une fois sur Terre, la première mission des deux électrons sera de localiser les accélérateurs de particules à haute énergie utilisés par les physiciens humains, et de s'y dissimuler. Au niveau scientifique actuel des Terriens, la méthode basique d'exploration de la structure profonde de la matière est de faire entrer en collision des particules de haute énergie avec des particules cibles à l'intérieur de ces accélérateurs. Lorsque ces particules se sont télescopées, des analyses sont menées sur les résultats de l'expérience, et les scientifiques tentent d'en déduire des informations sur la structure profonde de la matière.

Dans leurs expériences réelles, les particules cibles sont contenues dans des noyaux d'atomes. Or, un atome est quasiment vide : si un atome était grand comme une salle d'opéra, son noyau serait une noix suspendue au milieu de la salle. Les collisions sont donc rares. La plupart du temps, une grande quantité de particules à haute énergie est dirigée pendant une longue période de temps vers la substance servant de cible avant que la collision se produise. C'est un peu comme si on essayait de trouver une goutte de pluie d'une couleur légèrement différente dans un orage d'été.

C'est une occasion donnée à l'intellectron de remplacer les particules cibles censées recevoir la collision. L'intellectron étant doté d'une grande intelligence, il peut, grâce aux intrications quantiques de sa formation, déterminer en un instant très court le chemin que vont suivre les particules accélérées, puis se placer à la position appropriée. Par conséquent, le degré de réussite d'une collision avec un intellectron est des millions de fois supérieur à celui d'une collision avec une particule cible habituelle. Lorsque l'intellectron sera touché, il fournira des résultats faux et chaotiques. Et même s'il arrive de temps en temps que la vraie particule cible soit touchée, les physiciens de la Terre ne pourront pas distinguer les résultats corrects de ceux manipulés par l'intellectron.

— Mais ainsi, l'intellectron ne risque-t-il pas d'être détruit ?

— Non. L'intellectron est déjà un élément de base structurant la matière, ce qui diffère fondamentalement de la matière du monde macroscopique. Un intellectron peut être fragmenté, mais il ne peut pas être détruit. Quand un intellectron est brisé en plusieurs morceaux, il produit en réalité d'autres intellectrons. Et ceux-ci continuent d'avoir entre eux les mêmes intrications quantiques. C'est comme si vous coupiez un aimant en deux, vous en obtiendriez deux au lieu d'un. Si ces fragments d'intellectrons sont bien moins performants que l'intellectron d'origine, sous le commandement du logiciel de réparation intégré à celui-ci, les fragments se réassembleront en une seule entité pour redevenir le même intellectron ayant précédé l'impact. Ce processus, qui ne nécessite qu'un centième de seconde, aura lieu après la collision dans l'accélérateur et après que les intellectrons auront envoyé des résultats erronés, soit dans la chambre à bulles, soit sur les pellicules d'appareil photo utilisées dans les accélérateurs.

Quelqu'un demanda encore :

— Est-il possible que les Terriens parviennent, d'une manière ou une autre, à identifier l'intellectron, puis à le capturer grâce à un puissant champ électromagnétique ? Après tout, les protons ont une charge positive !

— C'est impossible. Pour identifier les intellectrons, il faudrait que la science terrienne connaisse une soudaine et exceptionnelle avancée dans le domaine de la recherche sur la structure profonde de la matière. Or, si les accélérateurs ont été réduits à l'état de ferraille par l'action de nos intellectrons, ces recherches ne pourront être menées à bien. Les yeux des chasseurs seront d'abord aveuglés par les proies qu'ils cherchent à traquer.

— Les humains pourraient utiliser une technique plus grossière, dit le consul de l'industrie, construire un grand nombre d'accélérateurs, plus rapidement que nous ne fabriquons des intellectrons, et alors il finira par exister des accélérateurs sans intellectrons, capables de fournir des résultats corrects.

— C'est certainement l'aspect le plus intéressant du projet Intellectron ! fit le consul de la science, que cette remarque avait réjoui. Monsieur le consul de l'industrie, ne vous inquiétez pas, la fabrication de masse des intellectrons ne ruinera pas l'économie du monde de Trisolaris, car nous n'aurons pas besoin d'agir ainsi. Nous créerons peut-être encore quelques intellectrons, mais peu. En réalité, deux seuls suffisent, car les intellectrons sont multitâches.

— Multitâches ?

— C'est un vieux terme technique appartenant au vocabulaire des anciennes séries d'ordinateurs. À l'époque, l'unité centrale de traitement d'un ordinateur était uniquement capable de réaliser une seule tâche à la fois mais, en raison de sa rapidité d'exécution et des interruptions de l'ordonnanceur, notre perspective limitée nous donnait l'impression que l'ordinateur menait en même temps de front plusieurs programmes. Comme vous le savez, les intellectrons se déplacent à une vitesse proche de celle de la lumière. À cette échelle, la Terre est en fait minuscule. Si les intellectrons sont capables de patrouiller à cette vitesse dans les différents accélérateurs de particules de la planète, c'est, vu de la perspective des Terriens, comme s'ils se trouvaient en même temps dans chaque accélérateur et qu'ils pouvaient provoquer simultanément des résultats erronés dans chacun des appareils. Nous avons calculé que chaque intellectron pouvait être capable de contrôler parallèlement jusqu'à dix mille accélérateurs de haute énergie. À l'opposé, les humains ont besoin à l'heure actuelle de quatre ou cinq années avant de terminer la construction d'un accélérateur de ce type. De plus, étant donné la situation économique et les ressources de leur planète, il est absolument inenvisageable qu'une construction massive d'accélérateurs soit mise en route. Bien entendu, ils pourraient élargir la distance existant entre leurs accélérateurs, en en installant sur les autres planètes de leur système stellaire. Cela perturberait effectivement le fonctionnement multitâche des intellectrons, mais cela leur prendrait énormément de temps, et nous aurions le temps de créer dix autres intellectrons, voire plus.

De plus en plus d'intellectrons se promèneront donc dans le système stellaire, qui, même assemblés, ne feront pas la taille d'un milliardième de bactérie. Ceux-ci empêcheront pourtant à jamais les physiciens terriens de pouvoir ne serait-ce qu'entrevoir les secrets de la structure profonde de la matière. Que ce soit dans quatre cent cinquante ans ou dans quatre cent cinquante millions d'années, la maîtrise humaine du monde microscopique se limitera donc aux objets de moins de cinq dimensions. La technologie et la science de la civilisation terrestre n'arriveront jamais à faire de percée fondamentale dans ce domaine et ils stagneront à un stade primitif de la science. La science sur Terre sera complètement verrouillée, et ce verrou sera si résistant que les humains ne seront jamais capables de le desserrer par leurs propres moyens.

— Voilà qui est extraordinaire! Je vous demande pardon d'avoir mis en doute le projet Intellectron, s'excusa platement le consul de la guerre.

— Dans les faits, il n'existe actuellement sur Terre que trois accélérateurs permettant d'obtenir des résultats significatifs dans ce domaine. Après leur arrivée sur Terre, Intellectron 1 et Intellectron 2 seront donc presque inactifs. Mais pour pouvoir profiter pleinement de leurs capacités, nous leur assignerons d'autres tâches que la simple perturbation des résultats des expériences de collision dans les accélérateurs. Ils deviendront par exemple nos principaux assistants techniques pour la réalisation du plan "Miracle".

— Les intellectrons pourront produire des miracles?

— C'est en tout cas comme cela que le percevront les humains. Tout le monde sait que les accélérateurs à haute énergie utilisent parfois des pellicules photo sur lesquelles les particules laissent des traces lorsqu'elles les traversent. C'est l'une des méthodes qui a autrefois permis aux archaïques accélérateurs humains de détecter des particules individuelles. Quand un intellectron passera à travers la pellicule, il laissera sur celle-ci un point lumineux. Si les intellectrons passent et repassent à travers cette pellicule, ils pourront connecter ces points et former des lettres ou des nombres – voire des images – comme s'ils faisaient de la broderie. Ce processus peut être rapide, bien plus rapide que la vitesse du développement de la pellicule d'un appareil photo humain. Par ailleurs, les rétines humaines étant sensiblement les mêmes que celles des Trisolariens, nos intellectrons pourront utiliser la même technique pour projeter sur leurs rétines des lettres, des chiffres ou des images... Si ces banals petits artifices ont déjà pour effet de déstabiliser et d'effrayer les humains, un grand miracle suffira à faire mourir de peur ces misérables vermines : les intellectrons auront le pouvoir de faire clignoter devant leurs yeux le fond diffus cosmologique!

— Ce prodige ferait même frissonner mes scientifiques, comment est-ce possible?

— C'est simple. Nous avons programmé sur la surface de l'intellectron un logiciel de déploiement bidimensionnel. Une fois passé en deux dimensions, l'intellectron pourra envelopper la planète Terre comme une membrane; ce logiciel sera également en mesure de rendre cette membrane transparente. Mais le degré de transparence pourra être réglé sur les fréquences du fond diffus cosmologique. Naturellement, l'intellectron pouvant se déployer dans toutes les dimensions existantes, il pourra dans le futur être à l'origine de miracles encore plus impressionnants. Nous sommes d'ailleurs en train de développer un logiciel dans ce sens. Mais les miracles dont je viens de parler suffiront largement à créer une atmosphère viciée dans les systèmes de pensée scientifique humains. Ainsi, nous nous servirons du plan "Miracle" comme moyen de dissuasion pour stopper les autres progrès scientifiques terriens n'appartenant pas au domaine de la physique.

— Une dernière question : pourquoi ne pas avoir envoyé ensemble les quatre intellectrons vers la Terre ?

— Les phénomènes quantiques restent valables même si les quatre intellectrons sont aux deux extrémités de l'univers. Leurs corrélations restent opérationnelles. Si nous avons conservé Intellectron 3 et Intellectron 4 ici, c'est parce qu'ils pourront recevoir instantanément les informations que leur enverront depuis la Terre Intellectron 1 et Intellectron 2. Nous pourrons donc ainsi mener une surveillance en temps réel de la Terre. En outre, la formation d'intellectrons nous servira pour communiquer sans décalage avec les membres des forces aliénées de la civilisation terrienne.

— Vous pointez quelque chose d'important, dit le chancelier en lui coupant la parole. Avec ces intellectrons, le monde de Trisolaris révélera aux humains ses véritables intentions à l'égard de la civilisation terrienne.

— Nous allons donc révéler aux humains que la flotte trisolarienne les empêchera de procréer et, en définitive, les fera disparaître de la surface de la Terre ?

— Oui. Une telle stratégie pourra avoir deux conséquences possibles : la première, c'est que les Terriens abandonneront tout et se prépareront à une guerre ultime ; la deuxième, c'est que la peur et le désespoir plongeront leurs sociétés dans le déclin et l'effondrement. Au vu des analyses qui ressortent des documents reçus jusqu'à ce jour concernant la civilisation terrienne, je crois que la seconde des hypothèses est la plus probable.

Sans que personne s'en soit rendu compte, le soleil, qui venait tout juste de se lever, avait de nouveau disparu derrière l'horizon. L'aube était devenue le crépuscule. Une nouvelle ère chaotique commençait dans le monde de Trisolaris.

Tandis que Ye Wenjie lisait ces informations sur la civilisation trisolarienne, une réunion importante se tenait au même moment au Centre d'opérations militaires, où une investigation préliminaire était menée sur le contenu des documents capturés lors de l'opération Cithare. Avant que la réunion commence, le général Chang Weisi annonça :

— Camarades, je vous demande votre attention. La réunion qui va se tenir ici est peut-être surveillée par des intellectrons. À partir de maintenant, nous n'aurons plus aucun secret.

Tandis qu'il prononçait ces mots, le monde autour d'eux paraissait le même que ce qu'il avait toujours été ; derrière les rideaux dansaient les ombres des arbres d'été. Mais dans les yeux de tous ceux qui étaient présents, le monde n'était plus comme avant ; ils sentaient maintenant une paire d'yeux braquée sur eux où qu'ils aillent et, sous ce regard, le monde n'avait plus nulle part où se cacher. Ce sentiment les suivrait toute leur vie et même leurs descendants ne pourraient s'en débarrasser. Les hommes allaient vivre de longues années avant que leurs esprits soient en mesure de s'adapter à cette étrange réalité.

Trois minutes précisément après la prise de parole du général Chang Weisi, le monde de Trisolaris communiqua pour la première fois avec des humains n'appartenant pas au groupe rebelle de l'OTT. Après quoi, ils coupèrent toutes les communications qu'ils avaient avec les adventistes et, pour le restant de la vie de tous les participants à cette réunion, Trisolaris n'envoya plus jamais d'autre message à la Terre. Tous ceux qui se trouvaient dans le Centre d'opérations militaires virent s'afficher le message devant leur rétine, comme Wang Miao avait vu s'afficher le compte à rebours. Le message clignota à peine deux secondes avant de s'effacer, mais tous avaient pu lire clairement ce qui était écrit, une phrase toute simple :

Vous êtes de la vermine !

34

LA VERMINE

— Tout ça doit sûrement te faire penser à ton fait de gloire : ta découverte du macro-atome, il y a trois ans, lors de tes recherches sur la foudre en boule, dit Wang Miao à Ding Yi. Ils se trouvaient à présent tous deux dans le salon spacieux de Ding Yi, assis le dos contre la table de billard.

— Oui. Je n'ai jamais vraiment cessé de travailler sur ma théorie du macro-atome, et les événements récents m'ont inspiré de nouveaux développements : le macro-atome n'est peut-être en réalité qu'un atome ordinaire, mais déployé dans une plus petite dimension. Ce déploiement se serait produit grâce à une force naturelle que nous ne connaissons pas encore, peut-être au lendemain du Big Bang… Ou peut-être qu'il se produit ici et maintenant, en permanence… Si ça se trouve, tous les atomes de l'univers finissent avec le temps par se déployer dans une plus petite dimension. Et si l'ultime destin de l'univers était de devenir un macro-univers, fait d'atomes de plus petite dimension ? Peut-être pourrait-on considérer cette trajectoire comme un processus d'expansion entropique… Je croyais à l'époque que la découverte du macro-atome allait marquer une avancée majeure de la physique. Il semblerait bien que ce ne soit plus le cas aujourd'hui, lâcha Ding Yi, avant de se lever et d'aller chercher quelque chose dans sa bibliothèque.

— Pourquoi ? Nous sommes déjà en mesure de capturer le macro-atome : pourquoi ne pourrions-nous pas nous passer des accélérateurs de particules et extraire directement des éléments du macro-atome pour étudier les structures profondes de la matière ?

— C'est ce que j'ai pensé au début. (Ding Yi revint de sa bibliothèque, un cadre photo aux bords argentés dans les mains). Mais ça me paraît ridicule à présent. (Il se baissa pour ramasser sur le sol sale un mégot de cigarette.) Regarde ce filtre, nous avions dit qu'une fois déployé en deux dimensions, il avait la même surface que le salon, mais quand il sera déployé, crois-tu vraiment qu'on pourra se baser sur cette surface en deux dimensions pour comprendre la nature du filtre en trois dimensions? C'est évidemment impossible. Les informations contenues dans sa structure tridimensionnelle auront disparu dès son déploiement. Imagine un verre cassé. Jamais il ne pourra retrouver son aspect original. Le déploiement d'un atome naturel est un processus irréversible. Si nous voulons comprendre la structure profonde de la matière, il nous faut d'abord explorer le monde microscopique à onze dimensions. Et pour cela, nous avons besoin des accélérateurs. Les accélérateurs sont notre boulier et notre règle à calcul. Sans eux, nous n'aurions pas pu inventer l'ordinateur.

Ding Yi laissa voir à Wang Miao la photo dans le cadre. Sur l'image, une jeune et jolie officière militaire se tenait debout, au milieu d'un groupe d'enfants. Elle avait le regard pur et souriait tendrement en fixant l'objectif. Les enfants et elle posaient sur une pelouse verte bien taillée, sur laquelle gambadaient de petits animaux blancs. Derrière eux se dressait un immense bâtiment, semblable à une usine. Ses murs étaient saturés de dessins d'animaux multicolores, de ballons de baudruche, de fleurs, etc.

— Tu l'as connue avant Yang Dong? Tu as eu une vie mouvementée, sourit Wang Miao en regardant la photo.

— Elle s'appelle Lin Yun, elle a apporté une contribution majeure aux études sur la foudre en boule et à la découverte du macro-atome. Sans elle, je n'aurais jamais fait cette découverte.

— Je n'ai jamais entendu parler d'elle.

— Oui, pour des raisons dont tu n'as jamais entendu parler non plus. Mais c'est injuste.

— Où est-elle maintenant?

— Dans… dans un endroit, ou peut-être *des* endroits… Ah, si seulement elle pouvait être ici aujourd'hui…

Wang Miao ne fit pas attention à son étrange réponse, il n'était pas intéressé par la photo. Il rendit le cadre à Ding Yi et fit un geste de la main :

— À quoi bon ? Plus rien n'a d'importance.

— Oui, plus rien n'a d'importance.

Ding Yi reposa délicatement le cadre photo sur la table de billard, le regarda encore puis tendit la main vers un coin de la table pour saisir une bouteille d'alcool.

Lorsque Shi Qiang poussa la porte du salon, Ding Yi et Wang Miao étaient déjà complètement saouls. Ils semblaient enchantés que Shi Qiang les rejoigne. Wang Miao se leva et attrapa le commissaire par les épaules :

— Ah, ce vieux Shi, ce vieux commissaire…

En titubant, Ding Yi alla chercher un verre, le posa sur la table et le remplit d'alcool.

— Ça valait bien la peine, votre plan diabolique ! Qu'on ait ou non trouvé ces informations, le résultat dans quatre siècles sera le même !

Shi Qiang s'assit devant la table de billard, en les dévisageant d'un air retors :

— Alors c'est comme ça ? Tout est fini ?

— Bien sûr, tout est fini.

— Vous ne pouvez plus utiliser vos accélérateurs ni explorer la structure profonde de la matière, et tout est fini ?

— Mmh… qu'en pensez-vous ?

— La technologie fait encore des progrès, non ? Et notre académicien Wang et ses amis nous créeront des nanomatériaux…

— Imaginez-vous un royaume de l'ancien temps. Leur technologie progresse, elle aussi. Ils inventent pour leurs soldats de meilleures lances, de meilleurs boucliers… Ils sont même capables de créer un arc avec des flèches pouvant partir en rafale, comme une mitrailleuse. Cependant…

Shi Qiang hocha la tête. Il comprenait :

— … cependant, s'ils ignorent que la matière est faite d'atomes et de molécules, ils ne pourront jamais créer de missiles ni de satellites, et ils seront éternellement limités par leur niveau scientifique.

Ding Yi tapa sur l'épaule de Shi Qiang :

— Dès le début, j'ai su que notre commissaire était un homme intelligent...

Wang Miao continua :

— Les recherches sur la structure profonde de la matière constituent la base de toutes les sciences fondamentales. Sans avancée dans ce domaine, tout le reste, c'est – permettez-moi de vous citer – du pipi de chat !

Ding Yi pointa Wang Miao du doigt :

— Mais notre académicien Wang aura du travail pour le restant de sa vie ! Il continuera à améliorer nos poignards, nos épées et nos boucliers en nanomatériaux. Et moi, qu'est-ce que je vais bien pouvoir foutre ? Dieu seul le sait ! dit-il en renversant la bouteille sur la table et en essayant de la tamponner avec une boule de billard.

— Bravo ! dit Wang Miao en levant son verre. Il faudra bien que nous vivions quand même ! Désormais, la décadence et la débauche auront de bonnes raisons d'être ! Nous sommes de la vermine ! De la vermine en voie d'extinction, ha, ha...

— Bien parlé ! dit Ding Yi en levant son verre. Trinquons à la vermine ! Je n'aurais jamais pensé que la fin du monde serait si gaie ! Vive la vermine ! Vive les intellectrons ! Vive la fin du monde !

Shi Qiang secoua la tête, il avala son verre d'une traite, puis secoua encore une fois la tête :

— Pff, regardez-vous.

— Qu'est-ce que vous voulez ? dit Ding Yi en fixant Shi Qiang, les yeux embués d'alcool. Vous espérez pouvoir nous redonner du courage ?

Shi Qiang se leva :

— Allons-y.

— Où ça ?

— Chercher du courage !

— Allons, vieux frère, asseyez-vous, buvez.

Shi Qiang leur attrapa les bras et les mit debout.

— Allons-y. Prenez votre alcool, si c'est nécessaire.

Après avoir descendu l'étage, tous trois grimpèrent dans la voiture de Shi Qiang. Une fois le véhicule mis en marche, Wang Miao demanda d'une voix faible où il les emmenait.

— Dans ma région natale, pas très loin d'ici.

La voiture quitta la ville en empruntant l'autoroute Pékin-Shijiazhuang en direction de l'ouest. À peine entrés dans la province du Hebei, ils sortirent de l'autoroute. Shi Qiang arrêta la voiture et fit sortir ses deux passagers. Les rayons brillants du soleil de l'après-midi les éblouirent. Devant eux s'étendait la Grande Plaine de Chine du Nord, recouverte de champs cultivés.

— Pourquoi nous avoir emmenés ici ? demanda Wang Miao.

— Pour observer la vermine.

Shi Qiang alluma un cigare que lui avait offert le colonel Stanton, et désigna la plaine devant eux.

Ce n'est alors que Wang Miao et Ding Yi remarquèrent que les champs étaient envahis d'une épaisse nuée de criquets locustes. Chaque brin de paille était occupé par plusieurs insectes et un nombre encore plus important de locustes se tortillait sur le sol. L'ensemble ressemblait à une sorte de liquide visqueux.

— Il y a eu une invasion de locustes, ici ?

Wang Miao chassa un essaim d'insectes au bord d'un champ et s'assit.

— Comme une tempête de sable ! Il y en avait déjà eu il y a dix ans, mais cette année, ils sont encore plus dévastateurs.

— Et alors quoi ? Quelle importance ? demanda Ding Yi, d'une voix encore enrouée par l'alcool.

— Je voulais seulement que vous réfléchissiez tous deux à cette question : la différence de niveau technologique entre les Terriens et les Trisolariens n'est-elle pas la même qu'entre les locustes et nous ?

Cette question fit sur la tête des deux scientifiques ivres l'effet d'une carafe d'eau glacée. Ils examinèrent du regard les tas d'insectes qu'ils avaient devant eux. Leurs mines se firent peu à peu plus graves. Ils avaient vite compris ce que voulait dire Shi Qiang.

— Regardez-la, cette vermine, la différence de technologie entre nous et eux est de loin plus grande que celle existant entre les Trisolariens et nous. Les humains ont tout tenté pour les éliminer : ils les ont bombardés de toutes sortes de poisons, les ont arrosés par avion, ont essayé d'introduire et d'élever leurs prédateurs naturels, de trouver et de détruire leurs œufs, de les modifier génétiquement pour les stériliser, ils les ont brûlés, noyés… Toutes les familles de la région possèdent chez elles des vaporisateurs insecticides de la marque Miehailing. Sous chaque table se trouvent des tapettes à mouches… Mais cette guerre dure depuis le début de l'histoire et les hommes n'ont toujours pas remporté la victoire. La vermine n'a pas été éliminée, elle continue d'aller et venir fièrement sur la terre et son nombre n'est pas forcément moindre qu'avant l'apparition des hommes. En considérant les humains comme de la vermine, les Trisolariens semblent avoir oublié quelque chose : personne n'a jamais triomphé de la vermine.

Un petit nuage noir cacha le soleil et projeta une ombre mouvante sur le sol. Mais ce n'était pas un nuage, c'était un essaim de criquets qui venait d'arriver. Alors que l'essaim atterrissait dans le champ, la tempête de la vie paraissait avoir rincé les trois hommes. Ils ressentaient maintenant toute la dignité de la vie sur Terre. Ding Yi et Wang Miao renversèrent leurs deux bouteilles d'alcool à leurs pieds et, sur la Grande Plaine de la Chine du Nord, ils portèrent un toast à la vermine.

— Mon vieux Shi, merci, dit Wang Miao en tendant la main à Shi Qiang.

— Je vous remercie moi aussi, ajouta Ding Yi en lui attrapant l'autre main.

— Rentrons, dit Wang Miao, nous avons du pain sur la planche.

35

LES RUINES

Personne n'aurait cru que Wenjie puisse gravir le pic du Radar par elle-même. Mais elle y était finalement parvenue, et personne ne l'avait aidée en chemin. Elle s'était seulement reposée à deux reprises dans des petites guérites abandonnées sur le flanc du pic. Elle semblait avoir épuisé sans le moindre scrupule une vitalité qui ne se renouvellerait pas.

Depuis qu'elle avait appris la vérité sur la civilisation trisolarienne, Ye Wenjie s'était murée dans le silence. Elle ne parlait presque plus et n'avait émis qu'une seule requête : retourner voir les ruines de la base de Côte Rouge.

Quand le petit groupe atteignit le sommet, celui-ci venait à peine d'émerger des nuages. Ils avaient marché un jour entier dans la brume et le brouillard, et lorsqu'ils virent le soleil lumineux à l'ouest et la couleur bleue du ciel, ce fut comme s'ils étaient arrivés dans un autre monde. Depuis le sommet du pic, les nuages formaient une mer blanche et argentée, dont le balancement des vagues était comme une représentation abstraite des montagnes du Grand Khingan en dessous.

Il n'y avait aucune trace des ruines qu'ils s'étaient imaginées. La base avait été intégralement rasée. Il ne restait plus sur le sommet qu'une bande de terre déserte. Les fondations des bâtiments, ainsi que la route, avaient été ensevelies, et tout ne ressemblait plus qu'à une étendue vierge, comme si tout ce qui était arrivé à Côte Rouge n'avait jamais eu lieu. Mais Ye Wenjie remarqua un vestige. Elle marcha jusqu'à un grand rocher et ouvrit les lierres qui le recouvraient, révélant une surface tachetée de rouille. Ses compagnons découvrirent que le rocher était en fait un large socle en métal.

— C'était le socle sur lequel reposait l'antenne, dit Ye Wenjie.

Le premier appel de la Terre jamais entendu par une civilisation extraterrestre était passé par cette antenne avant de partir vers le soleil et, du soleil, il avait été amplifié jusqu'à s'étendre à tout l'univers.

Ils remarquèrent une petite plaque à côté du socle, presque entièrement recouverte de mauvaises herbes. Il y était écrit :

Site de la base de Côte Rouge (1968-1987)
Académie chinoise des sciences 21.03.1989

La plaque était minuscule, comme si on avait cherché à faire oublier l'ancienne existence de la base plutôt que de la commémorer.

Ye Wenjie marcha jusqu'au bord de la falaise, à l'endroit même où elle avait mis fin à la vie de deux officiers. Elle ne contempla pas, comme ses compagnons, la lointaine mer de nuages. Son regard se porta dans une autre direction, sous la couche de nuages. Un petit village appelé Qijia.

Le cœur de Ye Wenjie battait furieusement, comme la corde d'un luth menaçant de rompre. Un brouillard noir commença à voiler ses yeux. Elle utilisa toute l'énergie qui lui restait pour demeurer en vie encore quelques instants. Avant que tout devienne noir à jamais, elle voulait voir une dernière fois le coucher du soleil sur Côte Rouge.

À l'ouest, alors que les rayons du jour semblaient se fondre dans la mer argentée, le soleil fissura les nuages et sa clarté se répandit dans le ciel, l'illuminant d'une magnifique couleur rouge sang.

— Le crépuscule des hommes, murmura faiblement Ye Wenjie.

Le traducteur remercie Joëlle Gaffric pour sa relecture attentive et passionnée, et Lin Chieh-an, docteur en astrophysique au centre CEA de Saclay, pour ses précieuses corrections et suggestions.

DANS LA MÊME COLLECTION

LA PORTE D'ABADDON
THE EXPANSE 3

roman traduit de l'anglais (États-Unis)
par Thierry Arson

Pendant des générations, le système solaire – Mars, la Lune, la ceinture d'astéroïdes – fut la grande frontière de l'humanité. Jusqu'à maintenant. Un objet non identifié opérant sous les nuages de Vénus est apparu dans l'orbite d'Uranus, où il a construit une porte massive qui mène à un hyperespace désolé.

Jim Holden et l'équipage du *Rossinante* font partie d'une vaste flotte de navires scientifiques et militaires chargés d'examiner le phénomène. Mais une intrigue complexe se trame dans leur dos, visant à l'élimination pure et simple d'Holden. Les émissaires de la race humaine en sont à devoir décider si la porte est une opportunité ou une menace, sans imaginer que le plus grand danger est peut-être celui qu'ils ont apporté avec eux.

La Porte d'Abaddon est le troisième volet de la désormais célèbre série *The Expanse*, plus explosive que jamais.

PHARE 23

roman traduit de l'anglais (États-Unis)
par Estelle Roudet

Les gardiens de phare. Pendant des siècles, ils ont assuré la sécurité des bateaux. C'est un boulot solitaire et bien souvent ingrat. Jusqu'à ce que quelque chose se passe. Qu'un bateau soit en détresse. Au XXIIIe siècle, on pratique toujours ce métier, mais dans l'espace. Un réseau de phares guide à travers la Voie lactée des vaisseaux qui voyagent à plusieurs fois la vitesse de la lumière. Ces engins ont été conçus pour être d'une solidité à toute épreuve. Ils ne connaissent jamais d'avaries. En théorie du moins...

Après la trilogie *Silo*, Hugh Howey revient avec un roman au suspense haletant. Dans un monde en proie aux aliens et à la guerre interstellaire, il met en scène le destin d'un homme rongé par un mal tout aussi redoutable : l'infinie solitude des confins de l'espace.

LA FAIM DU LOUP

roman traduit de l'anglais (Canada)
par Laure Manceau

Dans le Grand Nord canadien, des chasseurs ont retrouvé un corps nu dans la neige. Ben Wylie, l'héritier de la deuxième fortune des États-Unis, est mort. Loin de là, à New York, Jamie Cabot, le fils des domestiques des Wylie, journaliste, cherche à comprendre comment, et surtout pourquoi. Il sait que la réponse se trouve dans l'histoire torturée de la dynastie Wylie, qui en trois générations a édifié un empire colossal de plusieurs milliards de dollars dans l'immobilier, le pétrole et les médias, en dépit d'un terrible secret que le monde doit ignorer.

Dans ce roman audacieux à mi-chemin de la saga fitzgeraldienne et du conte sanglant, Stephen Marche livre une subtile et glaçante métaphore de la bestialité du capitalisme.

OUVRAGE RÉALISÉ
PAR L'ATELIER GRAPHIQUE ACTES SUD
ACHEVÉ D'IMPRIMER
SUR ROTO-PAGE
EN MARS 2017
PAR L'IMPRIMERIE FLOCH
À MAYENNE
POUR LE COMPTE DES ÉDITIONS
ACTES SUD
LE MÉJAN
PLACE NINA-BERBEROVA
13200 ARLES

DÉPÔT LÉGAL
1re ÉDITION : OCTOBRE 2016
N° impr. : 90955
(Imprimé en France)